Rosas

para Emilia

Virginia Camacho

DEDICATORIA

Especialmente a todo mi equipo de trabajo, que incansablemente están allí por mí y mis novelas, haciendo ruido cuando yo me dedico a escribir, que me recomiendan cuando no soy capaz de hablar por mí misma.

1

—Es decir —dijo el profesor de Composición Arquitectónica mirando su reloj—, que este hombre cada vez que construye un edificio, piensa en él como en un organismo viviente, así como el ser humano. Si se sostiene por sí mismo, es porque está bien hecho... —Miró a todos sus estudiantes y recogiendo sus apuntes agregó: —Eso es todo por hoy, chicos. Nos vemos la próxima semana.

Emilia suspiró con una sonrisa dibujada en el rostro. Amaba esta carrera que había elegido. ¡Le encantaba Arquitectura! Era un arte tal y como había pensado desde que era niña. Recogió también sus apuntes; libros, lápices y los metió uno a uno en su mochila.

No era una mochila de última moda, como las de sus compañeras, ni siquiera de la moda pasada; era la misma desde el bachillerato. Sus padres ya estaban haciendo un enorme esfuerzo al pagarle esta universidad carísima, pero ella les estaba retribuyendo con buenas notas, y enamorándose cada vez más de su carrera. Quería construir edificios, casas, calles, parques; quería hacer cosas bonitas que el hombre pudiera habitar.

—¡Emi! –la llamó Telma. Emilia se giró al escuchar la voz de su mejor amiga. Telma llegó a ella un poco agitada, con libros en las manos y su cabello negro y rizado algo alborotado, como siempre—. ¡Caminas muy rápido! –le reclamó.

—Lo siento, no sabía que estarías por aquí; tu facultad queda al otro lado del campus, ¿no? –Telma hizo un bufido poco femenino.

—Salimos más temprano de lo normal. El profesor abandonó la clase porque "su primer hijo está naciendo"—. Emilia sonrió. Telma lo había dicho como si en vez, su profesor se hubiese ido a tomar una cerveza con sus amigos.

—¡Qué desconsiderado! –rio Emilia, y se encaminaron juntas a una de las cafeterías.

—¿Estás libre? —le preguntó Telma mientras avanzaban. Emilia miró su reloj.

—En unos minutos empezará mi próxima clase —contestó mientras se sentaban en una de las mesas y Emilia sacó uno de sus libros para hojearlo.

—No te pongas a estudiar —le reprochó Telma al verla—. Estoy frente a ti y busco conversación.

—Pero tengo que hacerlo. Los exámenes son en un par de semanas…

—Vamos… ¡por una vez! ¿Qué es eso? —señaló Telma. Emilia miró a donde apuntaba su amiga, y vio una hoja en el interior del libro que tenía en la mano y que se había salido un poco.

Suspiró al ver de qué se trataba. Era un dibujo a lápiz. Un dibujo de rosas; rosas por todos lados, en diferentes ángulos, en carboncillo negro y siempre traían las mismas palabras: PARA EMILIA.

—Emi, ¡es hermoso! —Exclamó Telma—. ¿Tienes un admirador?

—Un acosador, diría yo —suspiró Emilia echándose atrás el flequillo de su castaño cabello—. Esta es la quinta vez que recibo un dibujo como este.

—Pero es hermoso. De verdad, Emi. ¿No sabes quién te las envía?

—No —respondió Emilia haciendo una mueca—. Nunca tienen remitente, aparecen entre mis libros y nunca nadie ve quién la metió allí. Ya hasta me avergüenza hacer el interrogatorio cuando aparece; no hacen sino reírse porque tengo un admirador secreto.

—¿Y por qué se ríen?

—Tener un admirador secreto está pasado de moda —rio Emilia. Telma miró a su amiga con ojos entrecerrados. Ciertamente, tener admiradores secretos no era lo que regía hoy en día; si alguien te gustaba, ibas y se lo decías, y esta norma aplicaba para ambos sexos. En la universidad era muy fácil dejarse llevar en cuanto a romances se refería, ella misma había tenido ya un par de novios, unos más ansiosos que otros por llevarla a la cama. Era sólo que Emilia parecía ser de otro planeta.

Sabía de primera mano que un chico se le había acercado hacía poco, pero ella lo rechazó diciéndole que simplemente estaba concentrada en sus estudios y no quería distracciones. Un novio sería una distracción innecesaria, y al oír eso, el chico dio la media vuelta bastante decepcionado por la respuesta.

Y Emilia no había recibido más propuestas.

No era fea, pero tampoco era de las que destacaba entre las demás mujeres. Era… "normal". Tenía ojos café como la gran mayoría de los pobladores del mundo, era delgada y de buenas formas, aunque más bien bajita. Su cabello era castaño, abundante y largo, eso sí era hermoso de ver.

—Me estás mirando raro, Telma —murmuró Emilia sin levantar la vista del dibujo de rosas.

—Sólo busco los atractivos que pudo ver en ti tu acosador secreto —Emilia se echó a reír.

Emilia era su amiga desde la infancia, vivían en la misma ciudad y en el mismo barrio, habían estudiado en la misma escuela, y juntas se habían propuesto ser profesionales. Ambas estaban sacando su sueño adelante. Con mucho esfuerzo, pero lo estaban consiguiendo. Estaban ya en su segundo año universitario, y si bien era cierto que se veían muy poco, seguían siendo amigas.

Se enredó entre los dedos uno de sus rizos pensando en que Emilia no era muy afortunada al tener un admirador secreto, porque, ¿de qué le servía a una mujer tener uno? ¿No era mejor que se declarase y así saber si tenía oportunidad o no? Tal vez el chico era extremadamente feo, o era muy tímido, o era de esos que se consideraba inadecuado, con la autoestima por el suelo. ¿Quién sabe?

Aunque, dudaba que, si el pobre se declaraba, tuviera una oportunidad; para Emilia Ospino lo primero ahora mismo era su carrera, lo segundo su carrera, y lo tercero su carrera. Estaba empeñada en ser una gran arquitecta, y sacar su familia adelante.

Era admirable, ella era de las pocas que en verdad había entrado a una universidad privada para estudiar, y no para buscar novio o marido rico.

La vio pasar el dedo por una de las rosas, y luego mirarse la yema. Ésta estaba limpia, lo cual indicaba que el pintor de las rosas había tenido el cuidado de aplicarle fijador para que no manchase todo alrededor, ni se dañara el dibujo.

—Pero no cabe duda de que sea quien sea, sabe dibujar — comentó Telma—. A lo mejor es de tu carrera.

—Sí, tal vez, pero no lo he podido descubrir.

—Si analizas los momentos en que descubres el dibujo, tal vez puedas hacerte a una idea de quién es…

—No he podido establecer un patrón hasta ahora, a veces descubro el dibujo cuando ya estoy en casa.

—Mmmm… ¿estás asustada? –le preguntó Telma, y Emilia se quedó mirando el dibujo. Las rosas en esta ocasión parecían más bien la fotografía tomada desde arriba de un rosal. Detrás de ellas se advertían las hojas dentadas y los espinos. Sin embargo, las rosas en sí eran de una precisión inquietante. No había problemas de perspectiva, ni de proporción. Eran preciosas.

¿Podría ella sentir miedo de alguien que era capaz de hacer algo tan hermoso como esto?

Sonrió.

No había encontrado un patrón en las entregas, pero sí había descubierto uno en los dibujos; las rosas iban aumentando en número cada vez que recibía una, y este que tenía en las manos tenía cinco rosas, unas abiertas, otras aún en capullo. Alguien le estaba enviando un mensaje, y ella no era capaz de descifrarlo.

—No, no estoy asustada –dijo con una media sonrisa—. Tengo el presentimiento de que pronto sabré quién me las envía.

Rubén Caballero estacionó su auto con cuidado y salió de él mirando que no se hubiese salido de los límites… y que el auto no estuviera rayado.

Era su primer auto, era nuevo, y era un regalo de su padre por haber sido premiado en su proyecto de fin de carrera en la universidad.

Su padre había alardeado de ello frente a sus amigos, y había insistido en hacerle una fiesta. Afortunadamente, entre su hermana y él lo habían convencido de lo contrario, y en vez de eso, le había dado un auto nuevo.

—Está bien, está perfecto –dijo alguien tras él, y Rubén se giró a mirarlo. Eran Andrés y Guillermo, dos de sus compañeros de clase. O más bien, ex compañeros de clase. Pronto se graduarían, y seguirían sus vidas por separado.

Aunque sospechaba que estos dos no querían que fuese así. Su padre, Álvaro Caballero, era el socio mayoritario y presidente del CBLR Holding Company, una empresa dedicada a la construcción, y que iba en alza desde los últimos veinte años. Ellos querían, muy seguramente, que se tuviera en cuenta su amistad para tener una oportunidad y entrar a trabajar allí. Lo que ellos no sabían era que, en lo referente a la empresa, su padre no se dejaba influenciar por este tipo de cosas, y si así fuera, la respuesta sería no. Álvaro había detestado a este par desde que los había conocido. Le había faltado muy poco para prohibirle a él juntarse con ellos, como si fuera un niño de quince, cuando ya tenía veintitrés.

Les sonrió y caminó hacia la entrada del edificio colgándose en el hombro los tubos de planos que siempre llevaba consigo.

—¿Vas de afán? –preguntó Andrés.

—Un poco –contestó Rubén—. Me retrasé por el tráfico y…

—Queríamos invitarte a una fiesta el otro fin de semana en casa de uno de los muchachos –dijo Guillermo sin perder tiempo y ubicándose a su lado, avanzando también.

—¿Una fiesta? –sonrió Rubén un poco inseguro.

—No te pongas así, es sólo la fiesta de graduación de Óscar.

—Ah… pero él no me invitó a mí.

—¿No?

—¿Y qué importa? –Dijo Andrés—. Todo el curso va a ir.

—Bueno…

—Ah, ya veo que vas a decir que no… otra vez. ¿Rubén, cuántos años tienes? ¿Eres un niño acaso? ¿En serio vas a terminar tu vida universitaria así?

—¿Así cómo?

—¡Sin divertirte!

—Mi vida universitaria no acaba aún –contestó Rubén sacudiendo su cabeza, y avanzó por el lobby del edificio hasta llegar al ascensor.

—Nos graduamos en un par de días, a mí me parece que el grado es el fin de la vida como estudiante.

—Pero yo seguiré estudiando –sonrió Rubén, como excusándose por ello.

—Ah… —Guillermo miró al techo disimulando que había blanqueado sus ojos.

Era insufrible, este chico era insufrible. Un auténtico hijo de papi y mami. Rico, bien vestido y peinado, nerd. Durante la mitad de la carrera lo había traído a clases el chofer de la familia, luego, el niño había venido en uno de los autos propiedad de los mismos, y ahora tenía el suyo propio. Siempre iba de punta en blanco; obtenía las mejores calificaciones, y los profesores no hacían sino lamerle las suelas, y tal vez el culo también.

Sin embargo, aquí estaban él y Andrés, lamiéndole las suelas también. Necesitaban urgentemente un lugar donde emplearse luego de graduarse, y hasta el momento, no habían obtenido propuestas de ningún lado. No quedaba más que pegarse a este ricachón a ver si había suerte. Pero hasta el momento, nada.

Lo habían invitado a fiestas, le habían presentado mujeres, habían intentado engatusarlo de una y mil maneras, y, si bien había cedido un poco, y en una ocasión hasta habían ido a estudiar a su casa (¡su villa! ¡Era una mansión!), no lo tenían aún donde querían.

—Aun así —siguió Andrés—, es el fin de la vida como estudiante de Óscar, y quiere celebrarlo. Si tú hicieras una fiesta así, querrías que tus compañeros celebraran contigo, ¿no?

—Ah, bueno…

—Y a propósito —intervino Guillermo apoyando su mano en su barbilla como si se estuviera acariciando la barba—. No nos has invitado a tu fiesta de graduación.

—Es que… es algo… familiar. No se invitó a nadie, prácticamente.

—Pero somos tus amigos, ¿no?

—Vaya, nos estás dejando por fuera —suspiró Andrés. Rubén se mordió un labio mirándolo.

—No importa. No somos de su círculo social, de todos modos.

—No es por eso…

—A nosotros nos corresponde ir a fiestas más comunes, como la de Óscar…

—No sean tontos —sonrió Rubén. Se rascó la cabeza. Su madre lo mataría por lo que iba a hacer, pero sintió que se quedaba sin opciones—. Vale, está bien. Están invitados.

—¡Yay!

—¿Debemos ir de traje? —Rubén apretó sus labios.

—Sí, me temo que sí.

—No importa.

—Llevaré regalo también, ¿eh?

—No, eso no es necesario.

—¿Y qué dices, vas a la de Óscar? —Rubén lo miró meditando seriamente en ello. Tal vez debía ceder un poco. Estaría en vacaciones, podía relajarse, tomárselo con calma, y ellos tenían razón al decir que poco se había mezclado con sus compañeros a lo largo de la carrera. Quizá era un poco tarde para empezar, pero tal vez cambiaba algo la impresión de niño elitista y esnob que se habían formado de él.

—¿Qué dices? –presionó Guillermo, había visto que el chico aflojaba.

—Bueno… no sé dónde es…

—Ah, de eso no te preocupes, te enviaremos la dirección por correo.

—No tienes que ir con traje y corbata –rio Guillermo—. Ropa casual estará bien.

—Vale…

—Tampoco es necesario que lleves regalo…

—De acuerdo… —Andrés y Guillermo se alejaron riendo aún, y Rubén suspiró. En el pasado había cometido esos errores, había ido con traje a una fiesta donde todos estaban en jean y camisetas, y llevado un regalo con moño incomodando así al anfitrión. Era cierto que le faltaba mucho mundo, y tal vez sus compañeros tenían razón cuando decían que era un hijo de papá. Pero así lo habían criado. ¿Tenía él la culpa de eso?

Ingresó al ascensor recordando que ya iba un poco retrasado, y mientras las puertas se cerraban, se miró a sí mismo revisando que todo estuviera en su lugar. Esta cita era importante.

—Estúpido engreído –murmuró Andrés en cuanto el ascensor hubo subido—. No lo soporto.

—Oye, ¿qué culpa tiene el niño de haber nacido en cuna de oro? –se burló Guillermo tomándolo del hombro para que le siguiera.

—Si no fuera porque de verdad quisiera entrar a trabajar en ese Holding… No hay otra manera de entrar más que lamiéndole las botas a ese estúpido.

—Esperemos que en esa fiesta afloje un poco más. Hay que pensar en un plan.

—Se me vienen unas cuantas ideas a la mente –rio Andrés, y siguieron el sendero que los llevaba a uno de los restaurantes del campus.

Rubén se detuvo en uno de los pasillos del cuarto piso cuando vio allí a Emilia Ospino. Quedó paralizado, y cuando ella se movió en dirección a él, se dio la vuelta dándole la espalda.

Ella dejó un halo de perfume de rosas al pasar, y él cerró los ojos disfrutándolo. Luego volvió a mirarla mientras hablaba con otra compañera acerca de las asignaturas que debía matricular para el próximo semestre.

Apoyó la cabeza en la pared que tenía al frente cuando quedó solo en el pasillo y apretó los dientes. Debía ser paciente, debía esperar, pero ¡qué difícil era!

Miró el lado por el que ella se había ido esperando que todo lo que en él se había agitado volviera a la calma.

Conocía a Emilia desde el día en que había entrado a la universidad. Ella se había matriculado en una asignatura optativa y habían coincidido allí.

No era un enamoradizo, y la universidad estaba llena de chicas hermosas, pero había algo en ella que simplemente fue atrayéndolo hasta que quedó allí, atrapado en esa red. Pero cuando se decidió a acercársele y decirle lo que sentía, la escuchó rechazar a otro chico.

—No es personal —había dicho ella—. Eres guapo y me caes bien, pero no estoy pensando ahora mismo en el amor, ni nada de esas cosas. Estoy concentrada en mis estudios, eso es lo más importante para mí.

—Pero me gustas —había insistido el chico—. Tal vez podría hacerte cambiar de opinión cuando veas cuánto me gustas de veras.

—Por favor no insistas. Tengo un objetivo claro en la vida, y no es el amor o el matrimonio. Un novio sería una distracción innecesaria ahora mismo.

—¡Podría hacer que te enamores de mí!

—No, no podrás... sólo conseguirás que me enfade—. Pero ya parecía enfadada, sonrió Rubén entonces, compadeciéndose del chico que estaba siendo rechazado tan tajantemente.

Si se le acercaba ahora, no conseguiría sino entrar a su lista negra. Había comprendido que debía esperar si quería una oportunidad, pero no se resignaba a quedarse completamente cruzado de brazos; ella era la primera mujer que de verdad le había gustado así tan seriamente en toda su vida, así que, silenciosamente, estaba intentando meterse en su mente.

Respiró profundo sacudiendo un poco esos pensamientos, y se encaminó a la oficina del decano que lo esperaba. Debían hablar del posgrado que empezaría dentro de poco.

—¡Llegué! —anunció Emilia entrando en su casa y encaminándose directamente a su habitación. De la cocina salió su madre secando un vaso con un trapo.

—Saluda como se debe, jovencita —le reclamó Aurora. Emilia

tuvo que darse la vuelta, y caminó a ella para que le dieran el beso en la mejilla.

—Buenas noches, mamá.

—Eso es. No te vayas a encerrar en tu cuarto. Tu papá llegará en unos minutos.

—Vale...

—Emilia, es en serio. Anoche nos dejaste la cena servida, y para cuando bajaste, ya estaba fría.

—Prometo cenar con todos esta noche –dijo Emilia desde el segundo piso, y entró a su habitación. En la habitación de al lado, seguramente estaba su hermano Felipe jugando a sus videojuegos. Desde acá se escuchaban las explosiones y la música electrónica que le acompañaba.

Dejó su mochila sobre su cama y se tiró boca arriba en ella mirando el techo acusando el cansancio de aquél día, y de los anteriores. Necesitaba mejores notas, subir su promedio. Había escuchado de empresas que becaban o favorecían a estudiantes brillantes, necesitaba ser mejor.

Pero estaba haciendo todo lo que podía con sus escasos recursos. Otros tenían todos los libros que pedían, todos los materiales, ella estaba prácticamente trabajando con las uñas.

Su familia era como cualquier otra, de clase trabajadora, propietarios únicamente de esta casa que había sido pagada a plazos y otra que era demasiado pequeña para ser habitada por ellos. Su padre era un maestro de construcción que se iba bien temprano a su trabajo y volvía bien tarde cansado, lleno de tierra y manchas de concreto que se había secado sobre su uniforme. En alguna ocasión lo acompañó a ver las estructuras que con sus propias manos había ayudado a levantar, y así se había enamorado de la arquitectura. Su padre no era profesional, sólo un obrero que se había hecho un lugar en ese mundillo gracias a su inteligencia y experiencia.

—Hey, llegaste –saludó Felipe entrando a su habitación, y ella abrió los ojos para mirar a su hermano sentarse en la silla de su escritorio y mirarla con una sonrisa.

—Estoy cansada.

—Es que no duermes. Anoche vi la luz encendida casi hasta las dos. ¿Qué hacías?

—Estudiar.

—Te vas a matar. Ni comes—. Emilia elevó una de sus cejas y se sentó mirándolo.

—¿Qué buscas aquí?

—¿Yo? Nada.

—Felipe… —El joven tomó aire, y Emilia cerró un ojo preparándose para la explosión de palabras que le siguió:

—¡Me invitaron a una finca este fin de semana con unos amigos del colegio y estoy seguro de que si le pido permiso a papá me dirá que no, no, no, y quiero iiiir!!! —Emilia se echó a reír.

—¿Y quieres que yo le pida permiso por ti?

—Por favoooor —Felipe juntó sus manos en una súplica, e incluso cayó de rodillas frente a ella. Emilia rio con más fuerza—. ¡Ten compasión!

—¿Quiénes son esos amigos?

—Juan Ca, Cami, Juan Se.

—Mmm… y ¿cuál es la finca? —Felipe siguió dando los detalles hasta que se hizo la hora de la cena. Ya en la mesa, Emilia hizo caso de los mensajes que su hermano le hacía con los ojos y habló acerca de lo genial que era que a Felipe lo hubiesen invitado a una finca con sus amigos.

Antonio era un hombre severo, pero bastante justo, y luego de interrogar a su hijo de quince años acerca de qué, con quién y dónde estaría, le dio el permiso que necesitaba.

—Me debes la vida —le susurró Emilia a Felipe, y éste le sonrió mostrándole toda su dentadura; ahora mismo no le importaba mucho la deuda que había contraído con su hermana.

—Aburrido —susurró Andrés mirando a Guillermo de reojo—. Esto es mortalmente aburrido—. Guillermo rio entre dientes.

Rubén había tenido razón. Su fiesta de graduación no había sido tal, sólo una cena con unos pocos amigos y familiares, música de violines en vivo y vinos caros. Al menos eso podían disfrutarlo.

—No te quejes mucho, la hermana está buenísima—. Andrés miró a la joven que antes le habían presentado. Viviana Caballero, se llamaba. Ah, era preciosa, increíblemente parecida a su hermano menor, pero en ella esos rasgos eran delicados, armoniosos, preciosos.

—Pero está prometida, ¿no? Mira, el tipo no le quita la mano de encima—. Roberto Solano tenía su mano posada en la cintura de su novia ahora mismo mientras hablaba con otro personaje con aspecto igualmente aburrido y esnob, como los de todos aquí.

—¿Crees que, si le digo de fugarnos, me haga caso? –bromeó Andrés, y Guillermo se echó a reír. En el momento llegó Rubén a ellos.

—Sé que esto no es lo que ustedes llaman fiesta –se excusó él—. Intenté advertirles, pero...

—¿Bromeas? Esto está muy bien. Quiero decir... nunca había comido caviar. Es genial—. Rubén sonrió mirándolos. No entendía por qué se esforzaban tanto en ser sus amigos, casi desde el inicio de la carrera habían intentado meterse a la fuerza en su círculo, y ya una vez les había tenido que explicar cómo era la cosa aquí.

Él, Rubén, no era rico, los ricos eran sus padres. Ese concepto les quedaba terriblemente difícil de comprender, pero lo cierto era que no tenía libertad financiera. Tenía una asignación mensual que debía alcanzarle para todos sus gastos universitarios, su ropa, su transporte, y a veces, hasta su comida, pues los estudios le exigieron en algunas ocasiones comer por fuera, y hasta viajar. Si se quedaba sin dinero a final de mes tenía dos opciones: pedirle prestado a su papá, que luego se lo descontaba, o a su mamá, que a veces simplemente le sonreía y le decía que no. Era verdad que algún día heredaría, y entonces tendría dominio de todo, pero mientras tanto no tenía siquiera el poder de uno de los empleados.

Y mucho menos podría contratar, o influenciar para que se contratase a un par de amigos. Ellos tendrían que ganarse ese lugar con sus méritos, pero hasta el momento, Andrés y Guillermo seguían haciendo presión sobre él. No comprendían que no podía ayudarlos en eso.

Por otro lado, era frustrante que sus amigos más insistentes sólo lo buscaran por eso.

—Andrés y Guillermo, ¿no es así? –preguntó Álvaro Caballero llegando. De inmediato, Andrés y Guillermo enderezaron sus espaldas mejorando así su postura.

—Señor –saludó Andrés bajando su cabeza casi en una reverencia. Álvaro sonrió.

—Ahora son arquitectos también, ¿no? –le preguntó a su hijo.

—Sí –contestó Rubén mirando a su padre. Tenían la misma estatura, y el mismo cabello castaño claro, aunque el de su padre estaba un poco encanecido. Ahora mismo, miraba a Andrés y Guillermo con algo que, más que interés, parecía suspicacia—. Se graduaron al igual que yo –agregó.

—Mmm, qué bien. Me interesaría mucho ver sus currículums.

—¿De verdad? —preguntaron Andrés, Guillermo y Rubén al tiempo.

—Claro que sí. Los espero el lunes en mi oficina. Me aseguraré de apartar unos minutos para conversar con ambos—. Y dicho esto, les dio la espalda alejándose. Andrés y Guillermo se miraron el uno al otro. ¿Qué importaba ahora que la fiesta hubiese estado aburrida? ¿O que la posibilidad de que Viviana Caballero se fugara con uno de ellos fuera de una entre diez mil millones? ¿Qué importaba lo mucho que odiaran a Rubén y su suerte en la vida?

Todo el tiempo que habían invertido tratando de llegar a ese niño rico había valido la pena. ¡¡Tenían un lugar en la CBLR Holding Company!!

2

—Ah, otro —susurró Emilia mirando el nuevo dibujo de las rosas. Pero esta vez sonrió. Eran seis rosas. En uno de los extremos, con letra que parecía más bien impresa, decía: "Para Emilia". Dejó salir el aire y siguió avanzando por el sendero que la llevaría al edificio donde tendría su próxima clase. Como siempre, las rosas eran hermosas, bien hechas. Miró en derredor, pero todo el mundo andaba por su camino concentrado en sus cosas.

—¿Quién eres, misterioso pintor de rosas? —giró la hoja, y se conmocionó bastante cuando descubrió un mensaje diferente a todos los demás: "¿Cuántas rosas crees que quepan en una hoja?" – No sé. Dímelo tú —contestó ella riendo.

Era cierto que había dicho que ahora mismo lo primero en su vida era su carrera, pero este pintor de rosas había sacado en ella más de una sonrisa.

¿Quién tendría tal habilidad? ¿Quién se interesaba tanto que invertía tiempo en esto? Porque pintar de esta manera no podría hacerse en minutos. Y luego, el trabajo de hacer que le llegaran sin que se diera cuenta. Esta persona se estaba tomando mucho trabajo en conquistarla. ¿Qué haría ella cuando se revelara al fin?

Si le gustaba, tal vez echaría por la borda su idea de poner de primero y último a sus estudios.

—Andrés González, y Guillermo Campos —susurró Álvaro Caballero mirando las dos carpetas que contenían el currículum vitae de los amigos de Rubén. Éstos estaban sentados frente a su escritorio, muy bien vestidos y peinados, aunque de lejos se les notaba que no estaban acostumbrados a la ropa formal.

—Nuestras calificaciones hasta ahora han sido buenas —dijo

Andrés, intentando causar buena impresión.

—Sí, buenas, pero no impresionantes —contestó Álvaro—. Antes de traerlos aquí, solicité a la universidad todas sus notas—. Andrés y Guillermo se miraron el uno al otro.

—Bueno, tenemos lo que se necesita, de todos modos –intervino Guillermo—, que es instinto, y coraje.

—No cabe duda de que ambos tienen mucho coraje. Desde el principio han intentado una y otra vez acceder a mí a través de mi hijo, y pensé que al finalizar la carrera se darían cuenta de que era inútil, pero ya veo que no. No se rendirán hasta que yo mismo les diga que realmente no tienen una oportunidad aquí. No los contrataré; no contrato holgazanes, ni gente retorcida como ustedes.

—¡Señor... nos insulta! –objetó Andrés.

—Lo siento, yo sólo estaba diciendo la verdad. Pero si la verdad es un insulto para ustedes, no hay nada que pueda hacer.

—Desear un buen lugar de trabajo no es un crimen –dijo Guillermo con voz casi susurrante.

—¿Se engañan a sí mismos con esa mentira? Conozco a la gente como ustedes. No se detienen hasta conseguir sus objetivos, no conocen el principio de lealtad, y lo peor: son insaciables. Con tal de conseguir lo que quieren, pasan por encima de cualquiera.

—No nos conoce. No puede juzgarnos de esa manera.

—No necesito conocerlos demasiado profundamente para saberlo. Basta con ver la manera tan avariciosa con que miran todo alrededor, los objetos, las personas... —Sintiéndose descubierto, Andrés empuñó su mano. El viejo los había estado mirando muy atentamente en la fiesta de graduación de Rubén.

—Podría estar equivocado, ¿no le parece? Rubén...

—Rubén –interrumpió Álvaro, ya de mal humor y poniéndose en pie— es, a pesar de su edad, alguien muy ingenuo en la vida. Cree en el buen hacer y la buena voluntad de los demás. Sé que en algún momento se dará cuenta del tipo de personas que son, pero por el momento, yo me encargo de proteger lo que es mío y mi familia. Aléjense de él. Aléjense de mi empresa.

Sin poder soportarlo más, Andrés se puso en pie.

—No nos conoce. No le conviene amenazar a personas que no conoce.

—Que yo sepa, no te he amenazado con nada... aún.

—Está más que claro por qué el poder se concentra en tan pocas personas en este país. Somos mejores arquitectos que su hijo, y lo sabe, por eso teme contratarnos. Lo eclipsaríamos—. Álvaro frunció el ceño sin poderse creer que de verdad este joven estuviera diciendo algo así.

—Nos vamos –dijo Guillermo, tomando del escritorio el par de carpetas que antes habían puesto en manos del presidente de esta compañía—. Le deseamos, de todo corazón, mucho éxito a su hijito querido. ¿Pero qué importa el buen deseo de un par de personas como nosotros? Rubén ya tiene el éxito comprado, ¿no es así? Usted tiene el suficiente dinero como para eso.

—Sí, el éxito puede comprarse –dijo Álvaro cuando ya el par de jóvenes había dado la espalda—. La inteligencia, definitivamente, no.

No los vio apretar los dientes, pero por la manera en que empuñaban sus manos, se imaginó que no estarían sonriendo.

Eran personas peligrosas tal como había intuido desde que los viera por primera vez. Esperaba haberlos sacudido de la vida de su hijo para siempre.

—¿Cómo les fue? –le preguntó Rubén a Andrés encontrándoselo casualmente en una de las cafeterías de la universidad. Aunque ambos se habían graduado, todavía tenían cosas que hacer allí. Rubén, coordinar todo acerca de su posgrado; Andrés, buscar otras opciones para emplearse. La universidad era más que un sitio para aprender, también lo era para establecer buenas conexiones, aunque esta en particular había sido nefasta.

—No muy bien –contestó con una sonrisa.

—No me digas… —susurró Rubén, sintiendo un poco de pesar—. Vaya. Papá es alguien difícil, me parece que ya se los había dicho antes. Al menos en el tema de los negocios.

—Sí, de eso nos dimos cuenta.

—Lo siento…

—Nah, no tienes que lamentarte. Seguimos siendo amigos, ¿no?

—Ah… Sí… —Rubén miró a otro lado distraído, y Andrés tuvo que girar la cabeza para ver qué había captado su atención. Dos muchachas entraban a la cafetería y se encaminaban a la caja para hacer su orden. Una de ellas era una mulata de cabellos negros rizados parados en todas direcciones, y la otra era una chica baja y delgada de cabello largo a la cintura recogido en una trenza muy simple. Volvió a mirar a Rubén y se dio cuenta de que no les había quitado la mirada de encima.

—¿Cuál te gusta? ¿La morena? ¿La blanquita?

—¿Ah? ¿De qué hablas?

—Vamos, somos amigos, ¿no? Si te gusta la chica, yo podría conseguirla para ti.

—No digas tonterías. Las mujeres no "se consiguen".

—¿Entonces?

—No importa —Rubén dio unos pasos alejándose. Había evitado echarle una última mirada al par de chicas, pero iba algo sonrojado. Andrés lanzó un largo silbido de admiración. Guillermo había hablado de la posibilidad de vengarse de Rubén, y él ahora había descubierto que éste tenía un enorme punto débil.

Emilia entró al salón de clases y encontró a varios de sus compañeros allí, conversando y esperando al profesor. Se sentó en uno de los pupitres y vio que tres de sus compañeras se le acercaban.

—Toma, es para ti —dijo Juanita, una rubia preciosa de labios carnosos, tal como los de Angelina Jolie.

—¿Qué es? —le preguntó Emilia tomando lo que le extendían. Era una tarjeta de invitación.

—Mira —contestó Juanita mirando al techo, como si le molestara tener que dar explicaciones—, ya sabemos que eres anti fiestas, anti diversión y anti chévere, pero nos pidieron que te entregáramos la invitación y eso hacemos.

—Ah. Bien. Gracias. Pero…

—Y también debemos asegurarnos de que vayas —dijo otra, Laura, recordó Emilia que se llamaba, al tiempo que tomaba uno de sus libros y se lo llevaba.

—¡Oye!

—Si lo quieres de vuelta —aseguró Juanita—, ve a la fiesta, allí te lo devolveremos.

—¡Pero es mi libro! ¡Y lo necesito!

—Ve a la fiesta, allí lo recuperarás—. Emilia las miró con disgusto, y le echó una ojeada a la invitación. La fiesta de graduación de un tal Óscar algo. Lanzó un bufido y arrugó la tarjeta. ¿Quién tenía tanto interés en que fuera a esa dichosa fiesta? No conocía a ese Óscar, y no era amiga de ninguno de los de último semestre. ¿Para qué querían que fuera?

Y entonces pensó que tal vez era su pintor de rosas. Tal vez allí se mostraría.

Pero diablos, ¿no podía haber encontrado otro modo igual de romántico para llegar a ella? Obligarla a ir a una fiesta...

Sin embargo, ese que se habían llevado era su libro más caro. Su padre había hecho horas extra en su trabajo con tal de comprárselo. Lo necesitaba de vuelta.

En la noche, lo primero que hizo al llegar a casa, fue tomar el teléfono y llamar a Telma.

—¿Qué? —exclamó bastante sorprendida—. ¿A ti también te invitaron?

—Sí, tenía el presentimiento de que fuera un error —rio Telma—. A la única persona que conozco de la facultad de Arquitectura es a ti. Y me parece un poco de mal gusto que me inviten cuando ya sólo faltan tres días para la fecha.

—Sí, opino lo mismo, pero creo que con eso se confirma mi sospecha.

—¿Qué sospecha?

—¡Es el pintor de rosas! —contestó Emilia emocionada—. Tal vez quiere que vaya. Invitándote a ti, se asegura de que no tema ir.

—¿Estás considerando ir?

—Bueno, sola no iba a ir. Pero estando tú allí...

—¿Me vas a usar de chaperona, o algo? —Emilia se echó a reír.

—No necesito chaperonas... bueno, sólo un poco. Seguro que, si necesito escapar, tú me ayudarás.

—Seguro.

—Ya verifiqué el lugar. Es una finca. Tal vez necesitemos ir en tu motocicleta.

—Emilia, ir vestidas de fiesta en una motocicleta no tiene nada de estilo. Prefiero pagar un taxi.

—Un taxi nos costaría un ojo de la cara.

—Tal vez le pida prestado el auto a papá. Huele a gasolina por todas partes y echa humo cuando se recalienta, pero no hay nada más a mano—. Emilia suspiró.

—Peor es nada —Telma sólo pudo echarse a reír.

—¿A dónde vas? —le preguntó Viviana a Rubén, entrando a su habitación y viéndolo ajustarse una chaqueta de cuero color miel. Rubén se giró a mirar a su hermana, que lucía una simple falda floreada, una blusa sin mangas y pantuflas.

—Ah... A una fiesta. La graduación de un amigo se celebra hoy.

—Ah. Vaya. Pero, ¿no vas de traje?

—Me advirtieron que fuera casual—. Viviana sonrió.

—Pues te ves muy bien.

—Gracias. Y ¿por qué estás aquí? Es sábado por la noche. ¿Roberto no te invitó a ningún lado?

—No quise salir; así que vendrá aquí, veremos películas y comeremos palomitas de maíz.

—Qué novio tan sumiso.

—No te engañes. No es nada sumiso.

—¿Te casarás con él? —Viviana miró al techo haciendo una mueca.

—¿Cuándo dejarás de preguntármelo?

—Todavía pienso que accediste a casarte con él más por obedecer a papá que porque estás enamorada—. Viviana sonrió.

—Bueno, al principio fue así —se encaminó a él y le ayudó a arreglarse el cuello de la camisa para que sobresaliera por encima del cuello de la chaqueta sólo lo necesario—. Pero digamos que... me conquistó—. Rubén miraba el piso.

—Se puede conquistar a una mujer.

—Claro que se puede—. Ella le tomó la mejilla y lo hizo mirarla. Él era más alto que ella, le sacaba una cabeza, pero en su corazón, Rubén seguía siendo un niño. Su hermanito menor— ¿Te gusta alguien? —él sonrió.

—Bueno, sí.

—¿Cómo se llama? —él la miró de reojo.

—¿Para qué quieres saber?

—Si se va a convertir en mi cuñada, quiero saber de ella, ¿no es lógico?

—No le he dicho nada —contestó él riendo—. ¿Por qué ya estás pensando en que será tu cuñada?

—¿No le has dicho nada?

—Bueno...

—Señor, el auto está listo —le interrumpió Edgar, un hombre mayor, delgado y alto que desde hacía más de veinte años era el mayordomo. Viviana lo miró duramente por haberlos interrumpido.

—Edgar, estuve a punto de sacarle el secreto más grande a mi hermano y tú lo echaste a perder.

—Estoy seguro de que pronto hallará un nuevo método para volver a intentarlo –repuso el mayordomo, impertérrito. Rubén se echó a reír pasando por su lado, y palmeándole el hombro.

—Nos vemos más tarde.

—¿Volverás hoy mismo? –le preguntó Viviana.

—¿Y qué esperas que haga?

—Que aproveches la noche para conquistar a tu chica—. Rubén hizo una mueca.

—Dudo mucho que la encuentre allí.

Mientras bajaba las escaleras, se encontró con Gemima, su madre, que al verlo así vestido de inmediato le preguntó qué planes tenía para esa noche. Rubén sólo le besó la cabeza y contestó evasivo que iba a una simple fiesta.

—Llámame si se te hace tarde—. Al escucharla, Viviana meneó la cabeza mirando al techo. Rubén no tenía mucha libertad.

—¿Y ahora qué? –se preguntó Telma bajando del viejo auto de su padre con un poco del olor de la gasolina pegado a su ropa. A su lado, Emilia se alisaba las arrugas que se habían formado en la parte de atrás de su falda.

—Eh… ¿avanzar?, creo—. Telma miró la enorme casa. Tenía todas las luces encendidas y se escuchaba mucha música. Había gente entrando y saliendo con bebidas en sus manos. Una piscina estaba iluminada, y aunque no había nadie nadando en ella a causa de lo frío de la noche, sí tenía flotadores y faroles que iban de un lado a otro.

—Es bonita, ¿no? –preguntó Telma, que poco sabía de construcciones. Emilia echó un vistazo. Era una casa finca bastante grande, de dos plantas, un poco al estilo colonial. Tal vez había sido rentada con el propósito de celebrar aquí.

Había preguntado quién era el tal Óscar, anfitrión de la fiesta, y si bien había averiguado que su familia tenía un negocio de fábrica e instalación de cocinas integrales, dudaba que ese negocio les permitiera tener un inmueble como éste.

—Sí, es bonita—. Contestó al fin.

Caminaron hacia la entrada, y el ruido y la música se hicieron más fuertes. Las conversaciones de la gente parecían más bien gritadas, y todos tenían en sus manos latas de cerveza. En varios extremos del jardín habían instalado barbacoas, y alrededor había mucha gente tal vez aprovechando el calor. Miró en derredor, observando los rostros. ¿Quién de ellos era su pintor de rosas?

—Hey, estás aquí –dijo Juanita al tropezarse con ella.

—¡Tú, mi libro!

—Tranquilízate, ya te lo entregaré—. Pero Juanita estaba muy abrazada a otro sujeto musculoso, con el claro propósito de embriagarse mucho y perder la conciencia.

—No, dámelo ya.

—¿Ah, te vas a poner pesada?

—Sí –contestó Emilia con firmeza. Juanita hizo una mueca y le dijo algo al oído al tipo musculoso y la guio hacia una habitación. En el interior había una pareja besándose, y no les importó mucho que ellas entraran. Emilia frunció el ceño. Esta fiesta era un desfase.

Juanita buscó algo en una mochila, el libro, y se lo entregó. Emilia lo recibió y lo metió en su bolso, que había traído expresamente para esto.

—Intenta relajarte y disfrutar –le dijo Juanita—. La vida no es estudiar y estudiar.

—Tampoco lo es copular y copular –contestó ella. Juanita la miró con desdén y se alejó. Emilia quedó a solas con la pareja que se besaba, y salió rápidamente de allí. Cuando volvió, ya Telma no estaba allí donde la había dejado.

—¿Telma? –la llamó, pero el ruido era demasiado, y de haberse encontrado cerca, Telma no la habría escuchado de todos modos.

—Relájate –le dijo Andrés a Rubén entregándole una cerveza—. Mira el ambiente, se está muy bien. Son todos jóvenes de nuestra edad celebrando.

Rubén recibió la cerveza, pero no la probó.

—Seguro –añadió Guillermo—. No verás aquí a nadie usando traje—. Andrés se echó a reír, y Rubén se arrepintió de inmediato de haber venido. No era para nada lo que se había esperado. Esperaba tal vez música ruidosa, comida y cerveza, pero esto tenía cara de convertirse pronto en un desmadre.

—¿Y quién sabe? –Siguió Andrés—. Tal vez encuentres aquí a tu chica—. Rubén lo miró fijamente.

—No tengo una chica.

—Vamos, vi cómo mirabas a ese par de niñas en la cafetería el otro día. Una de ellas es de la facultad, ¿no? –Rubén retrocedió un poco para mirarlo fijamente.

—¿La conoces? –Andrés se encogió de hombros.

—El mundo no es tan grande. Todo el mundo conoce a todo el mundo.

—Sabes, la cerveza no está envenenada –murmuró Guillermo, como si le ofendiera que no le diese aún el primer trago a su lata. Rubén miró la bebida, y luego miró en derredor. ¿Emilia aquí? Nunca, ella no era de este ambiente.

Le dio un trago largo a la cerveza pensando en que algún día ella estaría con él en una fiesta. No en una como esta. Estaba seguro de que a su padre le gustaría, y aunque sus orígenes eran bastante desiguales a los suyos, tenía el presentimiento de que también le gustaría a su madre.

Suspiró. Pero entonces su visión se puso borrosa.

Escuchó la risa de Andrés.

Se giró a mirarlo, pero él no estaba allí. Estaba solo en la sala. ¿A dónde se habían ido todos? Pero los escuchaba, escuchaba el ruido, las risas. Sin embargo, la sala estaba vacía, los muebles vacíos. Caminó hacia una de las salidas de la casa. Tropezaba con gente invisible. ¿Qué le pasaba? ¿Se estaba volviendo loco?

—¿Telma? –volvió a llamar Emilia. Había visto su pelo alborotado meterse por entre los árboles con alguien más. Telma se estaba involucrando demasiado con el tema de la fiesta. Ella no era así, ¿qué hacía con un sujeto que seguramente le era desconocido? ¡Y la había dejado sola!

El sitio estaba silencioso. No se escuchaban risitas, ni nada.

—Telma, ¿estás allí?

Caminó adentrándose más en el pequeño bosque de árboles. Había un perfume flotando en el ambiente, un perfume natural nocturno bastante intenso que no le fue demasiado agradable.

Se cubrió la nariz al sentir que se quedaría sin aire si seguía respirando ese aroma.

Entonces vio a un sujeto que se acercaba a ella con paso vacilante.

—Fue poderoso, ¿eh? –rio Guillermo.

—De una –contestó Andrés, también con una sonrisa—. Lo dejó noqueado.

—Y si al hecho le añadimos que el pequeño hijo de papá no está

acostumbrado a beber o a las sustancias… vaya. Hará el oso de manera terrible. ¿Te aseguraste de que ese par de niñas vinieran a la fiesta?

—Ya confirmé su asistencia. Las dos están aquí.

—Sea quien sea, verá al niño Rubén vomitarse y hacer el ridículo en la fiesta. Espero que no se te haya pasado la mano.

—¿Y qué si se me pasó? –Dijo Andrés alzándose de hombros—. Hacía tiempo que quería hacerle pagar a ese crío sus pequeñas ofensas. Si además de todo pierde la conciencia, ¿qué me importa? –Guillermo se enderezó mirándolo.

—Andrés, las pastillas que te di eran de las fuertes. No se las echaste todas, ¿no?

—¿Por qué; no se podían mezclar?

—¡Claro que no, idiota! ¿Y si lo matan?

—Que se muera. La policía lo encontrará y dirá que fue sobredosis—. Guillermo lo miró con el ceño fruncido.

—Vaya. Sí que lo odias.

—Si investigan, no hay manera de que den con nosotros. Esto es una fiesta, cualquiera pudo habérselo dado. Creo que el que estaría en mayor problema sería Óscar. ¿Pero qué importa? Estas cosas suelen pasar.

Guillermo sonrió meneando su cabeza, y cuando una chica cayó casi directo en sus brazos, olvidó que por allí deambulaba un pobre diablo que tenía en las venas un cóctel peor que la muerte misma.

3

—No eres Telma —dijo Emilia con desdén, mirando al hombre que se había acercado a ella. Echó una ojeada alrededor. ¿A dónde se había metido esa muchacha?

—Emilia —dijo el hombre, y ella se giró a mirarlo—. Estás aquí… Viniste.

—¿Me conoces?

—Estás hermosa—. Emilia se cruzó de brazos y sonrió nerviosa.

—Ah… gracias. ¿Quién eres?

—Y hueles a rosas—. Emilia lo miró fijamente, pero allí estaba bastante oscuro. Sólo pudo ver la forma recortada de su cuerpo a contraluz. No cabía duda de que era un hombre alto, y de espaldas anchas.

—Bueno, sí… es el perfume que…

—Te amo —dijo él acercándose más. Emilia frunció el ceño. ¿Era este su pintor de rosas? —Te amo —repitió él.

—Ah… pero… yo… no te conozco—. Él se acercó aún más, y Emilia pudo al fin ver más claramente sus facciones. Nariz recta, barbilla cuadrada, ojos oscuros, aunque de eso no podía estar segura por la escasa luz del lugar.

Él sonrió mirándola, y en su rostro se expresó tanta ternura que Emilia olvidó que debía tener miedo. Después de todo, estaba sola aquí, en un sitio solitario entre los árboles. Si gritaba por ayuda en caso de que lo necesitara, seguro que ninguno de los borrachos asistentes a la fiesta la oiría, y en caso de que la escucharan, no acudirían a ayudarla. Pero este hombre le estaba sonriendo como si al fin hubiese encontrado un tesoro largamente buscado, largamente anhelado.

—¿Eres tú… el de las rosas? —él no contestó. Sólo elevó una mano y tomó un mechón de su cabello, pasándolo entre sus dedos con delicadeza.

—Tan largo —susurró él—. Tan bonito—. Su voz la recorrió por completo, sintiéndola desde los cabellos que tocaba hasta sus pies, pasando por puntos extraños de su cuerpo. Su simple voz.

—¿De qué me conoces?

—Te he amado... desde que te vi. Eres un ángel. Mi ángel; fuerte y guerrero. Te amo, Emilia —él se inclinó para besarla, y extrañamente, Emilia no rehuyó a su contacto. Los labios de él tocaron los suyos con extrema delicadeza; olía bien, eclipsando un poco el molesto olor de las flores nocturnas de hacía un momento. No olía a licor, o cigarro, como cabía esperar al estar también en esta fiesta.

Sí, olía bien. Un aroma que se mezcló con las fragancias de la noche, y ya no le molestó como antes. Era agradable.

Emilia se fue relajando con su suave contacto e incluso apoyó sus manos en los brazos de él, cubiertos por lo que parecía ser cuero fino. Él atrapó sus labios en los suyos en un beso delicado. La estaba adorando con este beso. Vaya, no se imaginó que algo así pudiera ser tan dulce. Había recibido besos antes, pero ninguno como este.

Pero el beso se fue volviendo exigente, y él la atrapó en sus brazos rodeándola por la cintura y pegándola a su cuerpo.

—Oye... —reclamó ella un poco suavemente, aunque alejándose. Él, viéndose privado de su boca, besó su mejilla, y fue haciendo un camino hasta que llegó a su cuello. Tenía que doblarse un poco para llegar allí, pero por lo demás, parecía que simplemente esto era perfecto. Emilia se sintió extraña, como si algo caliente y espeso fuera quemándola por donde él iba besándola, y no era para nada desagradable. Se sintió asustada de sus propias reacciones—. Ya, basta —le dijo, aunque sin mucha fuerza. ¡Estaba cediendo ante el extraño encanto que contenían los besos de este hombre y ni siquiera sabía su nombre!

Sin embargo, él la fue conduciendo hasta que la tuvo contra un árbol.

—¡Oye, espera! Yo no soy una... —se detuvo cuando sintió la mano de él debajo de su falda—. ¡Qué te pasa! —gritó. Le hubiese encantado poder tener un buen ángulo para abofetearlo. ¿Qué le pasaba? Sin embargo, él no atendió a su reclamo, y siguió besándola, pegándose a ella y atrapándola contra el árbol. Emilia luchó entonces con todas sus fuerzas para alejarlo. Encantador o no, ella no le había dado permiso para esto.

—¡Déjame! —volvió a gritar. Pero él era como una roca, o un muro.

—Te amo —repetía él.

—¡No, no! ¡Suéltame! ¡Me haces daño! —él la silenció con un beso, y aunque era igual de apasionado al primero que le diera, ya no tenía la misma ternura. Ahora estaba lleno de urgencia, una urgencia que ella no iba a satisfacer—. Que te haya besado hace un momento… —intentó razonar ella luego de morderlo, consiguiendo así separarse— no quiere decir que me vaya a convertir en tu mujer.

—Mi mujer —dijo él, como si se hubiese iluminado su mente—. Oh, sí. Mi mujer.

—¡No! —gritó ella cuando él tocó su ropa interior. Y luego, cuando hizo fuerza para bajarla, gritó con toda su garganta.

Sin embargo, y a pesar de sus gritos y ruegos, él no se detuvo. La aprisionó contra el suelo al pie del árbol, tomó con una mano las suyas y siguió besándola, diciendo que la amaba, y, sin embargo, haciéndole daño.

Rogó, exigió, amenazó, lloró. Pero nada surtió efecto, y cuando lo sintió intentando entrar en su cuerpo, Emilia supo que no habría salvación para ella.

¿Qué había pasado? ¿Por qué había llegado a esto? Todo había empezado de una manera muy dulce, sus besos, sus palabras… Era su culpa, pensó. Debió salir corriendo en cuanto vio que se le acercaba, pero estúpida, cayó en la red como una tonta mosca y ahora estaba atrapada en ella y sin escapatoria. Las lágrimas bañaron sus sienes, internándose en su cabello, y miró el cielo a través de las copas de los árboles tratando de llegar a Dios con su ruego.

—Por favor no —repetía una y otra vez. Sin embargo, y a pesar de todo, él la penetró con fuerza. Emilia gritó de nuevo desgarrando así sus cuerdas vocales. Este hombre, este monstruo, le había arrebatado para siempre la virginidad, la dignidad, la pureza de su cuerpo, y quizá, también la de su alma.

¿Por qué? ¿Por qué?

Y dolía, dolía muchísimo. Allí, en ese punto que se suponía era un santuario, algo que ella le otorgaría por voluntad propia a alguien de quien se enamorara, cuando quisiera, como quisiera.

Qué vergüenza sentía ahora mismo. Dolor, vergüenza,

impotencia. No tenía fuerza contra él, no podía llegar a él de ningún modo, ni exigiéndole, ni pidiéndole, ni rogándole.

Él lanzó un bramido y se quedó quieto sobre ella, aplastándola con su peso. El movimiento que causaba el terrible dolor había cesado de repente. Emilia intentó moverlo, de un modo, de otro, pero él estaba allí, inconsciente.

Se fue arrastrando, poco a poco, hacia arriba, y no supo cuánto tiempo pasó hasta que al fin fue libre de él. Lloraba, se puso una mano en su entrepierna sintiendo ardor, dolor, y en su muslo un hilo de sangre se había formado. Monstruo, quiso decir. Maldito monstruo. Pero esas eran palabras tan nimias, tan pequeñas ante lo que en realidad él era que no se molestó en pronunciarlas.

Encontró determinación más que fuerza y se puso en pie. Él permaneció allí, boca abajo en el suelo, entre las raíces de los árboles, quieto. No quiso seguir mirándolo, era como contemplar su desgracia, y con el estómago revuelto, fue caminando hasta salir de entre los árboles. Afuera y adentro de la casa la fiesta continuaba, pero su vida había cambiado desde ahora y para siempre.

Caminó hasta la zona donde habían parqueado el viejo auto del padre de Telma, y allí la encontró.

—Emilia, mujer, ¿dónde estabas? —al verla llorando, corrió a ella—. ¿Emi? —Emilia se aferró a su amiga y comenzó a llorar—. Nena, ¿estás bien?

—Sácame de aquí —le pidió Emilia entre sollozos—. Por favor, por favor. Sácame de aquí—. Telma asintió. La ayudó a entrar al auto y ocupó el lugar frente al volante. Vio a Emilia aferrarse al bolso donde asomaba el libro que habían ido a recuperar. No sabía qué le había pasado a su amiga, pero era necesario que se calmara antes de volver a casa.

—¿Don Antonio? —saludó Telma por teléfono. Emilia ahora mismo estaba en la ducha, y habían acordado que pasaría la noche aquí.

—¿Telma? —contestó el padre de Emilia.

—Eh… bueno, lo llamaba para avisarle que… acabamos de llegar de la fiesta. Emilia pasará la noche aquí.

—¿Ella está bien?

—Sí, señor, claro que sí.

—No estará ebria y con miedo de ponerse al teléfono, ¿verdad?

—Don Antonio, Emilia nunca se ha puesto ebria.

—Mmm –murmuró el hombre con desconfianza.

—Bueno… tal vez… está un poquito pasada…

—Lo sabía.

—No se enoje con ella. La estoy cuidando aquí en mi casa. Mañana estará fresca como una lechuga.

—Más le vale. Dile que tendré una seria conversación con ella mañana.

—Sí, señor—. Telma cortó la llamada y caminó de vuelta a su habitación. Entonces escuchó un grito de Emilia, y corrió al baño. La encontró desnuda, arrodillada en la ducha, con la llave del agua abierta y llorando.

Entró y cerró la llave, y tomando una toalla, la cubrió.

—Nena, nena –la llamaba—. Dime, dime. ¿Qué te pasó? ¿Qué te hicieron? –Emilia levantó al fin la cabeza y la miró. Tenía el rostro mojado, pero Telma sabía que era más por las lágrimas que por el agua de la ducha.

Pero Emilia sintió tanta vergüenza de decírselo que simplemente volvió a enterrar su cabeza entre sus rodillas y llorar. Telma no tuvo más opción que ayudarla a levantarse y a secarse para que no se resfriara.

—¿A dónde se habrá metido? –preguntó Guillermo a nadie en particular. La fiesta ya estaba bajando su ritmo, y Rubén no había hecho su escena aún. Seguía desaparecido.

Las chicas que Andrés había invitado incluso ya se habían ido. Ya no había caso si Rubén hacía el ridículo desnudándose, o apareándose con otra frente a todos, pues entre las drogas que le habían puesto en la cerveza estaba un potente estimulante sexual. Si Rubén sacaba a la bestia que tenía dentro ya no valdría la pena; la chica no estaría allí para darse cuenta de ello.

Se adentraron entre los árboles que circundaban la casa, y Andrés tropezó entonces con algo. Con alguien.

—Míralo aquí –rio Andrés—. Mira a dónde vino a dar—. Guillermo se asombró un poco cuando vio a Andrés levantar su pie y propinarle una patada en las costillas a Rubén.

—Hey, le vas a romper los huesos.

—¿Y qué? Hace mucho rato que tengo ganas de hacer esto –dijo, dándole otra patada—. ¿Dónde está tu papaíto ahora? –susurró, dándole una patada más, y Guillermo empezó a perder la cuenta de las veces que Andrés lo golpeó; no sólo en las costillas, también en la cabeza, el vientre, las piernas.

—Míralo —dijo Guillermo—. Tiene los pantalones abajo —y se echó a reír—. Vino a echarse una meada y cayó muerto aquí—. Andrés tomó a Rubén por el cabello y lo hizo darse vuelta. Una vez boca arriba, Andrés empezó a golpearlo en el rostro, como si no tolerara su rostro intacto. Guillermo vio a Andrés agitarse por el esfuerzo que estaba poniendo en cada golpe, y luego que se hubo cansado, o tal vez se había roto los nudillos, empezó a aplastar con su pie la mano izquierda de Rubén, la mano con que escribía y dibujaba.

Rubén seguía con los ojos cerrados, como si no sintiera nada de lo que le estaban haciendo a su cuerpo, y al fin, luego de lo que pareció una eternidad y ya Andrés no podía más, se detuvo.

—¿No le vas a dar tu propia tanda? —le preguntó Andrés mirándolo. Guillermo negó tragando saliva.

—Ya lo dejaste bastante mal.

—Vamos, un golpe, aunque sea. Su padre dice que somos unos holgazanes buenos para nada—. Andrés se pasó el antebrazo por el rostro secándose el sudor, y Guillermo miró a Rubén en el suelo.

—Si me peleo con alguien, prefiero que esa persona pueda defenderse—. Andrés se echó a reír burlándose de su amigo. Dio unos pasos alejándose cuando Guillermo se acercó al cuerpo de Rubén y le puso los dedos en el cuello buscándole el pulso. No lo halló.

—Parece que sí está muerto —dijo asustándose un poco—. Y sabes —siguió, mirando en derredor—, no me interesa que me atrapen por asesino. ¿Qué haces? —exclamó cuando vio que Andrés le sacaba la chaqueta de cuero.

—¿Cuánto crees que vale esta preciosura? —Guillermo negó mirándolo.

—Mucho, pero... —Sin decir nada más, vio cómo Andrés le sacaba el reloj y la billetera, encontrando que después de todo, no había mucho dinero en efectivo allí. Las tarjetas no valían nada, no les convenía que los descubrieran por intentar usarlas.

—No podemos dejarlo aquí.

—¿Qué piensas hacer? —Andrés señaló hacia un lugar al lado de la arboleda, y Guillermo comprendió el mensaje.

Tomaron el cuerpo de Rubén, uno por los brazos, el otro por las piernas. Guillermo, que lo había tomado por los brazos, lo soltó cuando sintió que la parte del brazo que había tomado estaba blanda y sin hueso. Al alzarlo, éstos se habían separado y se había impresionado.

Andrés se rio de su reacción, y ahora Guillermo tuvo cuidado de tomarlo por las axilas, y lo llevaron más profundamente entre los árboles hasta encontrar un deslizadero, y por allí lo tiraron. El cuerpo bajó rodando, golpeándose contra rocas, raíces de árboles y más vegetación.

Salieron de la zona caminando rápido, pero disimuladamente. Guillermo miró a su amigo. Andrés prácticamente se había transformado mientras golpeaba y pateaba a Rubén una y otra vez. Lo habían dejado bastante desfigurado, pero no había encontrado satisfacción, ya que, al estar inconsciente, él no se había quejado ni una vez. Se podriría allí en ese sitio, hasta que los perros o las aves lo encontraran.

Gemima Sierra de Caballero se paseaba de un lado a otro en el hall de su mansión, cubierta con su pijama y su salto de cama de seda.

Eran las dos de la madrugada, y su hijo no había llegado. Sintió unos pasos que bajaban por las escaleras, y no le extrañó mucho escuchar la voz de su esposo.

—Gemima, vuelve a la cama.

—Rubén no ha llegado.

—Es un hombre ya. A lo mejor... no sé, está por allí con amigos... o con una chica. Vamos, dale libertad, no es un niño.

—Si fuera así me habría llamado. Él nunca hace esto.

—Tal vez lo olvidó.

—¡No Rubén! Él me habría llamado. Ay, Álvaro. Tengo un mal presentimiento.

—Vamos, no exageres.

—¿Sabes a qué lugar fue?

—Es temporada de graduaciones. Sus compañeros están celebrando sus fiestas, es obvio que está invitado a algunas. ¿Y qué si se le hizo un poco tarde? Ya verás que mañana lo tienes ante tu mesa desayunando con unas ojeras y una resaca de miedo—. Gemima sacudió su cabeza rechazando esa imagen. Rubén nunca había hecho algo así. No era fiestero, no era tan irresponsable como para ausentarse sin llamar a su madre.

Sin embargo, se dejó llevar por su esposo, rogando porque lo que él decía fuera lo cierto, que había olvidado llamarla. Si era eso lo que había sucedido, ah, la escucharía, Rubén Caballero la escucharía hasta que le ardieran las orejas.

—¿Ya estás mejor? –le preguntó Telma a Emilia por la mañana. Ella movió los ojos para mirarla. Tenía unas bolsas horribles debajo de ellos, oscuras, mostrando que no había dormido nada anoche.

—Sí. Gracias.

—Tu padre está un poco enfadado –dijo Telma con cautela—. Cree que llegaste borracha de la fiesta—. Emilia hizo una mueca, y cerró sus ojos.

—Quiero irme a casa.

—¿Te llevo?

—Estoy a dos casas. Me voy sola.

—Nena, ¿no me vas a contar qué pasó? –Emilia sacudió su cabeza—. ¿Se declaró tu admirador? –preguntó ella, tanteando, y Emilia frunció el ceño. Se rehusaba a pensar que ese monstruo que la había atacado anoche fuera su admirador. Alguien que dibujaba rosas tan hermosas no podía tener tanta maldad dentro, ¿verdad?

—No—. Contestó.

—Me estás mintiendo –Emilia la miró fijamente—. ¿No era lo que esperabas? ¿Te hizo algo?

—No quiero hablar de eso—. Dijo, y se puso en pie saliendo de la cama de su amiga. Buscó su ropa y empezó a ponérsela, pero no sabía si tenía rasguños o moratones en el cuerpo. No quería que Telma los viera.

Se encaminó al baño y allí se desnudó. Efectivamente, tenía un morado en uno de los senos, pero no le dolía. Unos pocos arañazos en las piernas que tal vez se había causado con la corteza de las raíces de ese árbol, aunque no era grave.

Entonces recordó el tacto de él en sus piernas, sus nalgas, y su estómago volvió a revolverse.

No aceptó el desayuno de la madre de Telma, y se fue andando a su casa, respirando hondamente una y otra vez.

Necesitaba enviar esas imágenes y todos los recuerdos al fondo de su subconsciente. Nadie debía saberlo, más que ella. Nadie debía enterarse de semejante humillación.

—¡Rubén no llega! –lloró Gemima, y Viviana sintió un peso muy desagradable caer en su estómago. Eran las diez de la mañana.

Rubén ni siquiera había llamado, ni contestaba su teléfono—. ¿Cuál era el nombre de ese amigo? –Preguntó Gemima—. ¡El de la fiesta!

—Él no lo dijo –contestó Viviana.

—Pero debe haber alguna tarjeta de invitación, ¿no?

—Mamá… hoy en día las fiestas no son como las que se hacen aquí en casa. A veces las invitaciones sólo se hacen de boca.

—Algo le pasó. Estoy segura de que algo le pasó a mi hijo.

—No te pongas así –Viviana tomó su teléfono y llamó a su padre, que le había pedido que le informara del momento en que Rubén regresara, seguro como estaba de que volvería a salvo.

—¿Ya volvió? –preguntó Álvaro al contestar.

—No, papá. Y mamá ya está demasiado angustiada—. Álvaro frunció el ceño mirando el campo de golf a donde había tenido que ir a causa de una cita previa con un posible cliente.

—Mierda –dijo.

—¿Emilia? –llamó Aurora tocando a la puerta de la habitación de su hija. Llevaba dos días allí encerrada, no había ido a clase, algo inusual en ella.

Tampoco estaba enferma; no tenía fiebre, ni nada. Sólo estaba a oscuras en su habitación, en pijama, y apenas si comía.

—¿Emilia? –volvió a llamar—. Telma está aquí.

Emilia se sentó en su cama mirando hacia la puerta cerrada con llave. Escuchó la voz de su amiga llamarla, pero no acudió a abrirle.

—¡Emilia! –Dijo Telma, ya con voz de enfado—. No me iré de aquí hasta que no abras esa puerta y me digas lo que está pasando—. Emilia miró al techo sintiéndose exasperada—. Sabes que soy muy capaz de hacerlo, así que no me retes. Ábreme esa puerta o…

Emilia la abrió de un tirón y Telma tardó un poco en recobrar la compostura.

—Estás haciendo un berrinche –la acusó Telma—. No es propio de ti.

—¿Un berrinche? ¿Te parece que hago un berrinche?

—¿Y entonces qué es? –Emilia esquivó su mirada y comprobó que cerca no estuviera su madre, luego, entró de nuevo a la habitación—. ¡Emilia, estoy preocupada! Tú no eres así. Tienes a tus padres preocupados. ¡Ya has perdido dos días de clases! ¿No que estudiar es lo primero, lo segundo y lo tercero en tu vida? –Emilia cerró sus ojos. Como siempre, había necesitado de la sensatez de Telma para volver a la realidad. Pero, ¿cómo iba a volver al mundo? Se sentía tan horrible.

Al ver que una lágrima bajaba por las mejillas de Emilia, Telma se sentó a su lado en la cama y se la secó.

—Venga. Cuéntame. Soy tu mejor amiga, ¿no? Guardaré tu secreto.

—No es un simple secreto.

—¿Entonces qué es? No me digas que mataste a alguien en esa fiesta—. Emilia meneó la cabeza negando.

—No le hice nada... a nadie.

—Entonces... ¿te lo hicieron a ti? —Emilia rompió en llanto, y Telma se preocupó—. Ay, nena. Nena. ¿Qué te hicieron? ¡Vamos, dime!

—Telma —susurró Emilia ahogada en lágrimas y sollozos que parecían venir de lo profundo—. Me violaron —Telma abrió grandes sus ojos—. Me violaron—. Repitió Emilia, y no paró de llorar, mientras se balanceaba en brazos de su mejor amiga.

Viviana escondió su rostro en el pecho de su novio, llorando.

Habían encontrado a su hermano a las afueras de una finca, sin signos vitales, golpeado hasta quedar irreconocible. Afortunadamente, la experiencia del personal de rescate y los paramédicos, habían sido lo que impidieran que lo dieran completamente por muerto.

Lo habían golpeado, una y otra vez, por todo su cuerpo, y además de eso, lo habían tirado montaña abajo para que se pudriera allí. Tenía tres costillas rotas, los dedos de la mano izquierda destrozados, el hombro fuera de lugar, y mil daños más. Además, habían encontrado en su sangre sustancias químicas que habían causado que entrara en estado de coma. Un coma profundo.

Su hermano estaba más muerto que vivo.

Óscar Valencia, el anfitrión de la fiesta a la que había ido Rubén esa noche, había sido detenido como principal sospechoso. Pero ya tenía un abogado peleando por él. El recién graduado simplemente había dado una fiesta en una finca que fue rentada especialmente para eso. Él no le había dado la invitación a Rubén Caballero, ni siquiera eran amigos, pero sí había admitido haber entregado libremente por lo menos diez invitaciones más para que fueran repartidas indiscriminadamente, ya que a la fiesta no se entraba si no se estaba en la lista.

Aquello era una mentira garrafal, ya que, según el personal contratado para atender la fiesta, había mucha más gente de la que se esperaba; es decir, que muchos que no fueron invitados igualmente asistieron y disfrutaron de la fiesta. Tampoco hubo un control de la gente que entraba y salía, así que la policía no podía hacerse a la lista de asistentes.

Como terrible coincidencia, esa misma mañana habían sido puestos varios denuncios por abuso sexual, consumo de estupefacientes, y desorden público, todos con referencia a esa fiesta a la que Rubén había asistido creyendo que era una simple celebración.

Gemima lloraba sin parar. Era su hijo. Su hijo querido. Un hijo que apenas estaba despertando a la vida, lleno de sueños y proyectos. Acababa de graduarse de su pregrado, y ya había hablado con el decano de su facultad porque quería iniciar un posgrado también. Álvaro había aceptado que siguiera estudiando, aunque lo que quería era que empezara a trabajar ya en el Holding que presidía. Estaba ansioso por enseñarle a su hijo todo lo referente al negocio, aunque ya él sabía bastante, pues desde niño se había involucrado.

Si Rubén moría todos estarían devastados, perdiendo un integrante importante de la familia y en el que tenían depositadas tantas esperanzas para el futuro.

Habían tenido que contestar a las preguntas de los agentes. Ellos suponían que la vida de Rubén era desordenada tal como la de los demás asistentes a esa fiesta. No era inusual que un joven de su estrato social fingiera ante sus padres ser una santa paloma y en la vida real ser un pillo, drogadicto, pendenciero. Tardaron bastante en convencerlos de lo contrario, y no fue gracias a la opinión de los familiares, que siempre estaría a favor de él; los mismos compañeros de clase de Rubén dieron testimonio de que el chico poco se involucraba en las fiestas, nunca lo vieron fumar, y mucho menos consumir otras sustancias. De hecho, lo único que le habían visto en la mano esa noche había sido una lata de cerveza.

Fue a Álvaro a quien se le ocurrió preguntar si en la misma fiesta estaban Andrés y Guillermo, y la respuesta fue positiva. Ambos habían estado allí, y habían estado con Rubén al principio de la fiesta.

Por fin, la policía tuvo a quien investigar, pero entonces los dos jóvenes desaparecieron de la faz de la tierra. No estaban en sus residencias, ni nadie daba razón de ellos. Uno de ellos vivía solo, pues, para estudiar aquí, se había venido desde su pueblo, donde vivían sus padres que le mandaban dinero para el estudio; y el otro, con una anciana que era su abuela, y ésta no había visto a su nieto desde hacía días. También había puesto el denuncio a la policía, preocupada como estaba de la desaparición del joven.

Viviana vio la desolación en los ojos de su padre, y se le acercó. Cuando le puso la mano en el brazo para consolarlo, él simplemente se alejó. Pensar que él había provocado esto lo estaba matando. Si tan sólo no hubiese hablado con ese par, dejándoles claro que no los contrataría; si tan sólo hubiese dejado las cosas así, al fin y al cabo, habrían dejado de verse, y tarde o temprano habrían tenido que renunciar a la esperanza de entrar en el Holding a través de él.

Pero no, él los había insultado tratándolos de holgazanes y aprovechados. Habían resultado ser más peligrosos de lo que jamás se imaginó.

Pero, ¿cómo dos personas podían haber puesto todo su futuro y su vida en riesgo haciéndole esto a un compañero de estudios sólo por vengarse? ¿Habían perdido el juicio en el momento?

No había sido algo momentáneo, pensó. Esto lo habían planeado con anterioridad. Le dieron la sustancia a Rubén, y para ello, primero debieron ponerse de acuerdo, conseguir las drogas, ponérselas en la bebida y engatusarlo para que la bebiera. Todo había sido fríamente calculado.

¿Habría él ocasionado todo esto? ¿Qué iba a hacer si su hijo no despertaba?

La culpa lo carcomía, transformándose en rabia, y la rabia sólo lo llevaba a presionar de mil formas a las autoridades para que diesen con los que él creía eran los responsables.

4

—¿Qué vas a hacer? –le preguntó Telma a Emilia.

Habían estado hablando por horas. Emilia no le había contado con detalle cómo fueron las cosas, pero no necesitaba hacerlo. Ella estaba tan mal, sintiéndose tan destrozada, que era fácil imaginarse cómo había sido el suceso.

Además, fuera como fuera, así fuera de tu propio novio, o esposo, una violación era eso: una violación. ¿Cuánto más de un desconocido que la había visto y atacado sólo porque le había placido?

—No sé qué hacer, Telma.

—¿No lo pudiste reconocer? –Emilia negó secándose con la palma de la mano las lágrimas.

—No.

—Dices que te fuiste de allí y él se quedó… ¿Cómo es que no fue él el que huyó primero?

—Se quedó… se quedó inconsciente—. Telma frunció el ceño.

—¿Estaba ebrio?

—No lo sé. No olía a alcohol… Telma… No quiero hablar de eso más.

—Lo siento por ti, pero vas a tener que hacerlo.

—¿Por qué?

—¿Acaso no piensas denunciarlo? Todavía estás a tiempo, tienes tres o cuatro días para mostrar las evidencias.

—No quiero que nadie más lo sepa.

—Nadie más lo sabrá excepto los profesionales, y ellos guardarán tu secreto. Emi, ¡esto no se puede quedar impune!

—¡Pero no sé quién es!

—Pero, ¿lo reconocerías si lo volvieras a ver? –Emilia cerró sus ojos. Sí, pensó. Reconocería su voz, su perfume, y los rasgos generales de su rostro.

—Sí, creo que sí.

—Con eso es suficiente. ¿Vamos?

—¿Ya?

—¡Claro que sí! ¡No podemos perder más tiempo! –Emilia miró al frente apretando sus labios. Respiró profundo y asintió.

—Me ducharé primero.

—Es obvio. Hueles a vieja encerrada—. Emilia sonrió, por primera vez en tres días.

—Gracias por apoyarme tanto.

—No seas tonta. Soy tu mejor amiga. Harías lo mismo por mí.

—No quiero que algo así te ocurra a ti.

—No me ocurrirá. Por ahora, preocupémonos por ti. Andando, se nos hace tarde y el tráfico en esta ciudad es de miedo.

—Vale… —Emilia salió de la habitación con la bata de baño en las manos. Telma entonces cerró sus ojos y lloró en silencio por su amiga. Frente a ella había tenido que mostrarse fuerte y serena, pero lo cierto es que tenía mucha rabia contra el monstruo que le había hecho daño a alguien tan inocente.

Pero él lo pagaría, o ella tendría que dejar la carrera de leyes.

Emilia puso el denuncio ese mismo día. La riñeron un poco por no haber ido inmediatamente, pero al tiempo la comprendieron, suponiendo que aún estaban a tiempo de evitar las más terribles consecuencias.

—¿Consecuencias? –preguntó Emilia como sintiéndose en el limbo.

—Enfermedades de transmisión sexual –dijo la doctora que la había examinado—. Y hasta un embarazo—. Emilia palideció—. No te preocupes, la píldora del día después funciona hasta setenta y dos horas más tarde.

—Ya… ya pasaron las setenta y dos horas.

—No te angusties, todavía estás a tiempo. Además, en caso de que lo peor ocurra, puedes decidir si interrumpir el embarazo o no. Nuestras leyes te ampararán—. Emilia sintió náuseas entonces. Quería irse de allí, quería encontrar un agujero oscuro, pequeño, y meterse allí para siempre—. También debes volver en dos meses para comprobar que no estás infectada con nada –siguió diciendo la doctora, pero Emilia no la escuchaba—. Sigue al pie de la letra los pasos que te indicamos en este folleto –le dijo, pasándole un simple papel plegable de letras azules. Emilia lo tomó—. La vida sigue, Emilia. No todo está acabado. Muchas mujeres sufrieron lo mismo que tú alguna vez, y ellas siguieron sus vidas. No como si nada, sino por el contrario, con más fuerzas. Tú eres una guerrera, a que sí.

Ella asintió.

Salió del consultorio, y en la pequeña sala de espera estaba Telma, que tomó el folleto en sus manos para leerlo.

—Tu seguro se hará cargo de tus medicinas –dijo Telma mientras avanzaban hacia la salida—. Al menos por eso no debes preocuparte—. Al notar que su amiga no decía nada, Telma suspiró—. No estás sola, Emi –le dijo tomándole el brazo—. Te acompañaré en todo lo que haga falta.

—Gracias –susurró—. Ahora, tengo que concentrarme en los exámenes—. Telma la miró fijamente.

—Lo sé, pero no puedes descuidarte en esto.

—Si estoy enferma o no, ya no hay nada que se pueda hacer, ¿verdad?

—Claro que sí. La gran mayoría de esas infecciones se pueden combatir completamente si se detectan temprano.

—Bueno, pero primero los exámenes.

—¿Te vas a poner terca en esto? –Emilia negó sacudiendo su cabeza.

—Él… no creo que estuviera enfermo de nada.

—¿Cómo puedes saberlo? –De verdad, se preguntó. ¿Cómo podía estar segura?

Telma siguió hablando de la importancia de seguir todas las indicaciones, pero otra vez, su mente echó a volar.

"Eres un ángel. Mi ángel; fuerte y guerrero". Había dicho él.

Sí, ella era fuerte y una guerrera. Todo le había tocado con duro trabajo, al igual que sus padres. No se dejaría hundir. No lo permitiría. No volvería a encerrarse en su miseria tal como los días pasados.

Pasaron las semanas y Rubén no daba muestras de mejoría, sólo permanecía allí, respirando a través de un tubo que tenía en la boca, con los ojos cerrados, cada vez más pálido y delgado. Las heridas habían ido sanando, y ya sólo quedaban sombras amarillentas de lo que antes fueron moretones. Para Gemima era una tortura tener que verlo así, pero esto era mejor que nada. Al menos aquí tenía una esperanza de que él despertara.

Había tenido mucha suerte, pensaba. A pesar de todo, su hijo había tenido mucha suerte. Las sustancias habrían matado a otro menos robusto, los golpes habrían conseguido lo que las sustancias no, y a pesar de todo, él estaba aquí, luchando por su vida.

La casa de los Caballero estaba como si alguien hubiese muerto. Siempre silenciosa, y el servicio andaba de un lado a otro haciendo sus cosas casi en puntillas de pie, y en una ocasión Viviana entró a la habitación de su hermano recordando la última vez que lo vio despierto, aquí de pie frente al espejo poniéndose su chaqueta de cuero que, por cierto, había desaparecido junto con su reloj.

Sin hallar otro motivo por el cual alguien quisiera hacerle daño a un joven que nunca había tenido problemas con nadie, al principio la policía adjudicó el hecho a un robo común, pero cuando se habló del par de amigos al que Álvaro había rechazado en su empresa, los motivos fueron aumentando.

Se sentó en la cama de su hermano mirando todo en derredor, tal como él lo había dejado.

En un extremo, había una mesa profesional de dibujo, y al lado, todos los tubos de planos acomodados en una caja que él mismo había construido para ello. Un pequeño estante con todo tipo de papeles, otro estante con libros de diferentes tamaños y grosores, y en la pared, paneles de corcho que ya estaban llenos de imágenes de planos en miniatura, construcciones y otras cosas a las que ella no le hallaba sentido.

Se puso en pie y caminó a ellos. Abrió algunos cajones curioseando y mirando sus lápices y reglas.

—Sabía que estarías aquí –dijo Gemima entrando. Echó también una mirada en derredor y suspiró—. Le haré una limpieza general a este lugar. Cuando mi hijo despierte, quiero que lo encuentre impecable –Viviana no comentó nada a eso, y siguió mirando los estantes—. ¿Tú... recuerdas a esos dos? A... los que Álvaro acusa de... ya sabes—. Viviana meneó la cabeza negando.

—No los miré con mucha atención. Parecían... normales.

—Dios, yo tampoco me fijé mucho. Pensé decirle a Álvaro que no debió llamarlos a su oficina, no debió decirles nada... Pero eso es prácticamente como hacerlo responsable de lo que le pasó a su hijo, y ya lo está pasando bastante mal.

—Los responsables son ellos –dijo Viviana—. Envidiaban a mi hermano, envidiaban su chaqueta, su reloj, su suerte en la vida. Pero no se limitaron a envidiar, intentaron quitarle todo—. Escuchó a su madre suspirar, y la vio secarse una lágrima sentada en la cama de su hermano donde antes había estado ella. Viviana entonces abrió un cajón que contenía dibujos, y los sacó uno por uno para mirarlos. Eran rosas, muchas rosas en cada hoja. Pero en un extremo decían: Para Emilia.

—¿Quién es Emilia? –preguntó. Gemima se encogió de hombros.

—No conozco a nadie con ese nombre.

—Rubén sí. Mira—. Gemima se puso en pie y tomó el dibujo que Viviana le extendía. Ya sabía que su hijo tenía habilidad para dibujar, pero nunca había visto algo tan hermoso hecho por él.

Al final de los dibujos de las rosas, encontraron otro de una mujer. Estaba de perfil, con los ojos cerrados y el cabello largo. Sonreía como si aspirara el viento, sintiendo su perfume. El detalle de sus facciones era muy realista, y esta era una mujer hermosa, hermosa al menos a los ojos del que la había dibujado.

—¿Será ella? –Viviana sonrió.

—Debe ser. Esa noche estuvimos hablando, creo que a mi hermano le gustaba una mujer, pero no le había dicho nada—. Al escuchar el sollozo de Gemima se detuvo, y guardando el dibujo, se dedicó a consolar y tranquilizar a su madre.

Su hermano tenía que sobrevivir, pensó Viviana, tenía que despertar. Tenía mucho por qué vivir, y ni siquiera había vivido lo que era el amor. ¿Le arrebataría esta desgracia todo? ¿Incluso eso?

Tres meses después, Emilia fue al médico a hacerse los exámenes. Había retrasado bastante el momento, a pesar de los constantes recordatorios de Telma, temiendo los resultados.

Y los resultados no se hicieron esperar. En su matriz había una infección bastante particular. Estaba embarazada.

—No –susurró Emilia al escuchar la información de parte de la doctora.

—Lo siento mucho, Emilia –dijo ella, mirándola con compasión.

—Pero… —los labios le temblaban, y no era capaz de articular palabras. Tuvo que respirar profundo varias veces—. Pero me tomé… la píldora. Me la tomé.

—Ni siquiera ese es un sistema cien por ciento efectivo.

—No, no —los ojos de Emilia se llenaron de lágrimas inmediatamente.

—¿No advertiste el retraso? —ella sacudió su cabeza. Ni siquiera había recordado que la regla debía bajarle. Había olvidado todo, concentrándose en sus estudios para no pensar—. Yo… lo siento de veras —dijo la doctora—. Ahora, incluso es tarde para practicarte un aborto. Sería altamente riesgoso para ti… podrías morir —Emilia levantó la cabeza mirando a la doctora

Bajó de la camilla donde había estado sentada al darse cuenta de que, de todos modos, si se hubiera dado cuenta antes, ella no habría sido capaz de matar a esa… cosa que crecía dentro de ella. Las manos le temblaron violentamente, sentía que se iba a desmayar, y se agarró de la pared.

—¿Qué voy a hacer? —susurró.

Había pensado en refundir en lo más oculto y oscuro de su subconsciente el episodio más terrible de su vida y seguir adelante con ella, pero, ciertamente, este nuevo acontecimiento cambiaba todos sus planes, los echaba por tierra.

—¿Qué le voy a decir a papá? —se preguntó.

Emilia salió del consultorio, y Telma, que otra vez la había estado esperando afuera, se levantó del asiento donde la había estado esperando. Al ver su rostro pálido, prácticamente corrió a ella.

—Ay, no me digas. No me digas. Hay malas noticias —cuando ella no dijo nada, la tomó del brazo y la condujo a una de las sillas del pasillo—. Vamos, nena. Lucharemos. Tú eres fuerte, joven. Vamos a luchar juntas, yo no te dejaré sola.

—No… no estoy enferma de nada —dijo Emilia, y Telma la miró confundida. Cuando Emilia se echó a reír, combinando risa con lágrimas, se preocupó.

—¿Estás bien? —Emilia asintió.

—Fuerte y saludable. En estado de dulce espera—. Telma se puso en pie y miró a Emilia aterrada—. Estoy embarazada —dijo Emilia en un asentimiento—. Embarazada de… ese…

—¡Ay, Dios, no!

—Tomé la pastilla… la tomé dos veces… y aun así…

—¿Qué te dicen los médicos? ¿Programaste la cita? —y en un susurro agregó—. El aborto es legal en este caso.

—No lo mataré, Telma.

—¡Y qué vas a hacer con un niño a esta edad, ¡qué vas a hacer!

—No… no lo sé.

—Además —insistió Telma, ahora con el rostro contraído de rabia—, estás estudiando, ¿crees que puedes estudiar y a la vez mantener a un crío? Los pañales, la leche, la ropa… ¡Tienes que abortarlo! —agregó entre dientes, como si más bien le provocara gritarlo. Emilia vio que a su amiga le bajaron las lágrimas por las mejillas, y se las barrió con sus dedos.

—Acompáñame a decírselo a papá.

—No, Emi. Piénsalo…

—Tengo que decírselo. No podré… ocultárselo por mucho tiempo.

—Y cuando te pregunte cómo te embarazaste y quién es el padre, ¿qué piensas decirle? ¿Quieres matarlo de la tristeza? —Emilia clavó la mirada en la pared. Había cargado con el peso de su tragedia ella sola estos últimos meses. Lo que ella tenía más claro en la vida era que la familia estaba allí para apoyarte en los momentos más difíciles. Si su padre lo comprendería o no ella no lo sabía, pero lo cierto era que ya no podría llevar más tiempo esta carga ella sola.

Telma la abrazó, y en el pasillo se escucharon los sollozos de ambas, como si en vez de la noticia de un nuevo ser, les hubieran notificado de la muerte de uno.

Roberto miró fijamente a Viviana, su novia, mientras ésta, a su vez, miraba a su hermano dormir.

Se había vuelto parte de la rutina de los Caballero venir aquí y hacerle compañía a Rubén. Le leían, le ponían música, le hablaban.

Viviana ahora estaba en silencio, sólo de vez en cuando extendía su mano y tocaba los cabellos castaños de su único hermano, teniendo cuidado de no tropezar o tocar ninguno de los tubos a través de los cuales respiraba. Ahora incluso tenía uno incrustado en la garganta. Verlo era demasiado fuerte, pero era su hermano y estaba aquí por él.

—Sabes. Cuando tenía quince, Rubén entró sin llamar a mi habitación y me encontró en ropa interior —empezó a decir Viviana. Él la escuchó en silencio. Ya se conocía todas las historias de las travesuras de Rubén. Las había escuchado una y otra vez en estos últimos meses. Pero no le importaba, eso las hacía a ella y a Gemima sentirse más cerca de él—. Se puso rojísimo —rio Viviana—. Creo que le dio más vergüenza a él que a mí.

—Seguramente.

—De allí en adelante, así la puerta estuviera abierta, adquirió la costumbre de llamar primero.

—Yo también habría aprendido mi lección —Viviana se giró a mirarlo, y sonrió.

—Debo tenerte aburrido con mis historias—. Él se acercó a ella y respondió a su sonrisa con un guiño.

—Si eso fuera así, no tendría madera de esposo. Escucharé tus historias hasta que nos muramos—. Viviana se echó a reír, pero entonces, la expresión de Roberto cambió.

—¿Qué... qué pasó?

—Nada, es sólo que... —él se acercó más a Rubén, pero sacudió su cabeza, como espantando una idea—. Creí ver...

—Llamemos al médico —dijo de inmediato Viviana, pulsando el botón de llamada.

—Pero tal vez me equivoqué.

—¿Qué viste?

—Movió los ojos.

—¿Qué? ¡Los tiene cerrados!

—Por encima de los párpados. Vi que los movió.

—¿Estás seguro?

—No... sí... Diablos, llama al médico.

—¡Ya lo llamé! —una enfermera apareció, y a trompicones le contaron lo que había sucedido. La enfermera llamó entonces al médico, y éste lo inspeccionó.

La pupila se escondía ante la luz, un poco erráticamente, pero había movimiento.

—¿Se va a recuperar? —preguntó Viviana una y otra vez, con el teléfono en la mano dispuesta a llamar a su madre en cuanto el médico diera la respuesta.

Éste revisó a Rubén de pies a cabeza y suspiró.

—Está evolucionando. Tiene mejores reflejos, pero...

—Pero, ¿qué? Eso es bueno, ¿no?

—Sí, pero no asegura nada.

—A usted no le asegura nada. A mí me dice que mi hermano va a despertar.

—Señorita... ha estado tres meses en coma. Puede haber... secuelas, consecuencias.

—No. Mi hermano es fuerte. Él se recuperará completamente —y sin ganas de escuchar más al médico, Viviana llamó a su madre.

44

Emilia llegó a casa en la noche. Su padre había llegado temprano ese día, y dormitaba en el sofá con el televisor encendido, como era su costumbre. Siempre llegaba cansado, y ella sintió deseos de llorar al darse cuenta de que estaba a punto de romperle el corazón.

—¿No tenías clase hoy en la noche? –preguntó su madre saliendo de la cocina. Ella parecía vivir allí más que en cualquier lugar de la casa. Aurora tenía el cabello corto porque no le gustaba estarse peinando, y era guapa a pesar de sus pasados cuarenta años. Al escuchar su voz, su padre despertó.

—Tengo algo importante que decirles –dijo ella, y vio a Telma quedarse de pie tras ella. Llevaba en sus manos la carpeta donde escondían las copias de los resultados médicos, la historia clínica, el denuncio ante la policía y todas las pruebas necesarias en caso de que sus padres no le creyeran. Aunque Emilia estaba segura de que sí le creerían.

—¿Es algo malo? –preguntó Antonio, y movió la boca sintiéndola reseca. Antes de que lo pidiera, su esposa le puso en la mano un vaso con jugo. Él lo bebió hasta el fondo.

—Pues… me temo que sí.

—¿Qué es?

—Yo… —Emilia miró a Telma, pero no encontraría este tipo de apoyo en ella. Todavía sostenía que debía abortar. Tres meses no era tanto tiempo. O tal vez debía ausentarse, fingir un viaje por su carrera y dejar el niño en otro lugar sin que sus padres se enteraran siquiera.

Ella no quería mentirles a sus padres hasta ese grado. Ellos habían sido honestos, esforzados con ella. No se merecían esto.

Cerró sus ojos. No había manera bonita de decirlo.

—Yo… estoy embarazada—. Aurora hizo una exclamación, y se cubrió la boca sus manos.

—¿Qué? –preguntó Antonio casi en un bramido.

—Estoy… estoy embarazada. Lo… siento—. Su padre se echó a reír, y Emilia lo miró. En los ojos de él estaba la esperanza de que esto fuera una broma, una mentira—. Estoy de… tres meses—. Antonio se puso en pie, y Emilia cerró sus ojos esperando la bofetada, pero ésta no llegó.

—Es mentira –fue turno de Telma hacer algo.

—Es verdad, Don Antonio –dijo—. Tengo… tengo todos los resultados médicos aquí.

—¿Por qué? Tú… quieres ser profesional. Estás estudiando. ¿Por qué... embarazarte?

—No fue a propósito, papá.

—Pero sabes bien cómo se hacen los niños. ¡No harías algo tan irresponsable cuando te he visto quemarte los ojos estudiando! – Emilia no resistió más el llanto.

Antonio, sintiéndose perdido en medio de su propia sala, miró en derredor. Aurora también estaba llorando.

—¿Qué pasa? –preguntó. Emilia levantó el rostro a él—. ¿Estás muy enamorada del chico? ¿Te vas a ir a vivir con él, o algo como eso? ¿Quién es, de todos modos? ¿Por qué no está aquí para dar la cara? ¿Se fugó? ¿Es eso por lo que lloras?

—No... no sé quién es –dijo ella al fin. Y ahora sí, vio furia asomarse en los ojos de su padre.

—¿Qué?

—Emilia... –intervino Telma cuando vio que su amiga no era capaz de hablar—. Emilia fue... víctima de...

—¡No, No! –exclamó Antonio, intentando evitar que la información que estaban a punto de darle llegara al fin.

—...abuso... —completó Telma, y ahora Antonio rugió.

Telma vio a Aurora correr a su hija y abrazarla. Lloraron juntas un buen rato, y Antonio se paseó por la sala, golpeó objetos y se tiró de los cabellos en clara muestra de rabia y frustración. Dejó la carpeta sobre la mesa del café viendo que era verdad lo que Emilia había dicho; no era necesario darles pruebas de nada, la palabra de Emilia había bastado.

Respiró profundo. Con unos padres así, ella no debía temer el tener que levantar sola a un niño; ellos estarían allí para apoyarla, porque la mala suerte no había caído solo sobre Emilia, sino sobre toda la familia, y era juntos como debían afrontarlo.

Sonrió cerrando sus ojos. En medio de toda su desgracia, Emilia era afortunada al tenerlos, y salió de la casa dejando a la familia a solas para expresar su duelo. Ahora mismo, ella era una intrusa aquí.

5

—¿Hace cuánto fue? –le preguntó Aurora dulcemente a su hija. La tenía recostada casi en su pecho, y ya estaban cansadas de llorar.

—Tres meses… en… una fiesta a la que me hicieron ir.

—¿Cómo así que te hicieron ir? –preguntó Antonio.

—Una compañera me quitó un libro, y me dijo que sólo si iba a la fiesta me lo devolvería. Fui y lo reclamé, y cuando salía… —Emilia cerró sus ojos. Tal vez ese tipo era el que había instigado todo para que fuera, para tenerla donde quería.

Pero en el fondo de su conciencia, debajo de toda su rabia y su dolor, encontraba que todo se contradecía. La manera como él la abordó, la manera como la habían hecho ir. Las rosas… ¿Era ese hombre el de las rosas? ¿De verdad?

La policía le había preguntado si tenía idea de por qué razón el hombre había quedado inconsciente después de todo. Si estaba ebrio, o había en su ropa vestigios de que había fumado algo. Le exigieron que hiciera memoria, que recordara. Pero aparte de un leve sabor a cerveza en su boca, no había encontrado nada. Ni marihuana, ni ningún otro olor diferente al de su perfume y el aroma normal de su cuerpo, y ese horroroso olor de flores nocturnas que la asaltaba en cualquier momento y en cualquier lugar haciéndole ponerse la piel de gallina y sentir náuseas.

Días después, se enteraron de que muchos chicos habían ido directamente al hospital debido a sobredosis y abuso con las drogas. Le mostraron el rostro de varios de los asistentes que se ajustaban a su descripción, pero ninguna de esas fotografías coincidía con el que ella tenía en su mente. Con el paso de los días, su caso fue quedando como los otros cientos en el país: impune.

—No estás sola, hija –dijo Aurora una tarde que llegaron de la estación de policía sin muchos ánimos, pues otra vez habían vuelto sin conseguir nada—. Nos tienes a nosotros—. Emilia la miró desanimada. La policía se escudaba por su incapacidad de atrapar al culpable diciéndole que tal vez si ella hubiese actuado de inmediato, habrían podido hacer algo, pero conforme pasaban los días y las semanas, todo se iba haciendo más difícil.

—No nos lo ibas a decir, ¿verdad? –Reclamó Antonio—. De no ser por... la consecuencia, no nos lo habrías dicho—. Emilia movió la cabeza negando.

—No quería causarles esta tristeza.

—Y te la habrías tragado tú sola –suspiró—. ¿Qué piensas hacer con el niño? — Emilia sintió un pinchazo en su vientre. ¿Qué iba a hacer? Se encaminó a las escaleras y con los dientes apretados dijo:

—No lo sé. Ya es tarde para abortarlo—. Al escuchar la exclamación de Aurora, se detuvo en sus pasos y la miró—. Mamá... quiero... no quiero detener mi vida con esto. Sólo tengo diecinueve años. ¿De verdad es justo que cargue con esto?

—Pero es tu hijo.

—¡Y de ese hombre!

—Pero es tuyo. Está aquí –dijo Aurora acercándose y poniendo la mano sobre el vientre de Emilia, y ella la arrebató alejándola y siguió avanzando hacia las escaleras.

—Tal vez lo dé en adopción. Muchas familias no pueden tener bebés y los desean de verdad. Yo no.

—¿Dejarás que unos extraños críen a tu hijo? No sabes qué valores le inculcarán.

—No me importará. Será el hijo de ellos, ellos verán.

—Todavía es muy pronto para decidir eso –dijo Antonio con voz grave—. Si decides conservarlo, te prometo que no le faltará nada—. Emilia miró a su padre, y los ojos se le llenaron de nuevo de lágrimas.

—Si fueras un poco malo se me haría más fácil todo esto, ¿sabes? –Antonio sonrió.

—Eres mi hija. Ese niño es mi nieto.

—¡Y de ese hombre! –repitió ella, como si no se explicara cómo podían no entenderlo.

—Pero eso no importa, ¿verdad? A ti sí te conozco. Sé quién eres tú. No quiero sobre tu vida la sombra de la incertidumbre, sé que el resto de tu vida te preguntarás qué fue de ese bebé que entregaste, y cuando tengas tus otros hijos, los mirarás y te preguntarás si tienen algún parecido con él—. Antonio respiró profundo y caminó hacia su hija alcanzándola en las escaleras, y echó atrás su cabello levantando su cara para que lo mirara—. Piénsalo. Piénsalo detenidamente. Nosotros te apoyaremos—. Ella asintió, y se dejó abrazar por su padre, sintiendo cómo al fin el enorme peso que había llevado sobre los hombros, se aliviaba un poco.

Luego de que Roberto, el prometido de Viviana, viera a Rubén mover sus ojos, pasó una semana antes de que pudiera abrirlos completamente.

—¿Puedes escucharme? –le preguntó el médico poniendo ante su pupila una molesta linterna de luz blanca. Él sólo cerró sus ojos, pero encontró que no tenía fuerzas ni para hacerlo bien.

Intentó mover su cuerpo, pero del cuello para abajo todo se sentía como un enorme bulto pesado y molesto que no respondía a sus requerimientos. Agotado, volvió a caer en la inconciencia.

Pasó una semana más hasta que pudo permanecer despierto por unos minutos.

—Rubén, despierta –le pidió Viviana en una ocasión que estuvo allí para verlo abrir los ojos. Rubén la buscó con la mirada frunciendo el ceño—. Sabes quién soy, ¿verdad? –preguntó ella en un tono aprensivo.

—Vivi –contestó él, y esa sola palabra la hizo llorar de alegría. Ella le apretó las manos.

—Estoy tan feliz. Mamá estará tan feliz. Aunque se pondrá furiosa porque no estuvo aquí cuando despertaste…

—Las rosas –dijo él cerrando de nuevo sus ojos—. Los espinos.

—¿Qué? –preguntó ella—. ¿Qué quieres decir? ¿Rubén? –pero él dormía. Viviana lo estudió preocupada. ¿Hablaba de sus dibujos? Ciertamente, en ellos había rosas y espinos, pero ¿por qué era lo primero que le preocupaba cuando abría los ojos y por fin hablaba?

Unos días después, Gemima al fin pudo verlo despierto. Lo abrazó y lloró sobre él, esta vez de alivio.

—Estuve tan preocupada –le dijo—. Tan angustiada.

—Estoy bien –dijo él tranquilizándola.

—No, aún no estás bien. Los médicos dijeron tantas cosas; ¡que no despertarías! Fue tan horrible.

—Estoy bien –volvió a decir él, y esta vez sonrió. Gemima lo miró fijamente, y verlo sonreír así la hizo sonreír también. Le tomó la mano a su hijo y él la apretó suavemente.

Poco a poco había ido recuperando el dominio de sus

extremidades y todo lo demás. No era recomendable aún que se levantara, pero pronto lo haría.

—Sabes por qué estás aquí, ¿verdad? —le preguntó Gemima, y él parpadeó confundido.

—¿Me… accidenté? —Gemima sacudió su cabeza.

—¿No lo recuerdas?

—¿No fue eso?

—No, hijo. Tú… ¿De verdad no recuerdas qué pasó esa noche? —él siguió mirándola confundido.

Cuando por fin los médicos dieron el aval para que los detectives de la policía lo interrogaran y así pudiera dar su versión de la historia, éstos quedaron más confundidos que antes. Rubén no recordaba nada. Los últimos recuerdos que tenía eran haberse despedido de su hermana y su madre y haber tomado el auto para ir a una fiesta de grado. Pero no recordaba haber llegado allí, ni qué había bebido, ni con quién había hablado.

—Estuviste todos estos meses en coma por abuso con las drogas —dijo el detective escuetamente, y Rubén lo miró con ojos grandes de sorpresa—. Una mezcla letal; estimulantes, alucinógenos, calmantes. Todo revuelto la misma noche, y tal vez al mismo tiempo.

—Nunca he consumido drogas.

—Eso es lo que dices, pero en esa fiesta tal vez pudiste acceder a ellas.

—Nunca me he sentido tentado. He vivido perfectamente sin ellas toda mi vida, ¿por qué empezar esa noche y de esa manera? —el agente suspiró.

—¿Tal vez te sentiste emocionado? El ambiente, el fin de la etapa como estudiante…

—No. No me habría emocionado a tal punto. Y mi etapa como estudiante no ha acabado, yo… —de repente se sintió muy cansado. ¿Por qué lo creían un drogadicto? —Nunca he probado esas cosas —insistió—, ni conozco a nadie que las consuma.

—¿Y qué hay de Andrés Gonzáles y Guillermo Campos? —Rubén movió la cabeza para mirarlos de nuevo.

—Son mis compañeros.

—¿Ellos consumen drogas? —Rubén guardó silencio por unos segundos. ¿Qué tenían que ver ellos en todo esto?

—No lo sé… No lo creo.

—Las personas que te vieron en la fiesta aseguran que estuviste con ellos al principio de la fiesta, pero luego tú desapareciste.

Que le hablaran de cosas que supuestamente él había hecho o le habían sucedido sin que pudiera recordarlo era extraño. Quiso imaginarlo. Imaginar la fiesta, a Andrés y Guillermo allí, pero imaginarlo no era recordarlo.

Tampoco era capaz de imaginar a esos dos dándole drogas, ni a él mismo aceptándolas.

—Si ellos tenían drogas consigo, no sabría decirlo, no recuerdo nada. Lo último que recuerdo es ir en el auto hacia la finca, tal como les dije. Yo... de lo único que estoy seguro es que, si me la hubiesen ofrecido, yo la habría rechazado—. Uno de los detectives miró al otro y suspiró.

—Entonces sólo nos queda pensar que te la pusieron, sin que tú te dieras cuenta, en la bebida que tomaste esa noche. Si es así, ellos podrían pagar una penalización. ¿Sabes dónde podríamos encontrarlos?

—No sé dónde viven.

—Claro.

—Pero no creo que hicieran algo así —dijo Rubén, bastante desconcertado—. Ellos no son así. Son fiesteros y algo locos, pero no me habrían hecho daño. Son amigos.

—¿Ni siquiera por venganza?

—¿Venganza? ¡Nunca les hice nada!

—Tú no. Pero tu padre tal vez los humilló un poco al rechazarlos en su empresa. Ellos habían solicitado entrar a trabajar en la compañía de tu padre, ¿no?

—Sí, pero yo hablé con ellos luego de eso. No parecían molestos. Incluso...

—¿Incluso qué? —preguntó el hombre de la policía. Rubén se quedó callado al recordar que Andrés se había ofrecido a ayudarlo a conquistar a Emilia. No había sido de un modo agradable, pero eso le había indicado a él que no habían quedado rencores entre ellos por lo sucedido.

—Tuvimos una conversación normal luego de ello —siguió Rubén—. Ellos no parecían molestos, lo tomaron con mucha madurez a pesar de que tal vez estaban decepcionados.

—Bueno, tal vez sí, tal vez no. Lo cierto es que ambos están desaparecidos.

—¿Qué?

—Tu padre los denunció. Tenemos la ocasión y el motivo, pero no los tenemos a ellos para preguntarles. Teníamos la esperanza de que tal vez tú supieras algo.

—¿Desaparecidos? –volvió a preguntar Rubén, sorprendido.

Que ellos desaparecieran era casi una confesión. Sin embargo, la policía había presionado intentando sacarle alguna verdad. Si él no había consumido esas drogas por voluntad propia, entonces sólo podía haber sido a través del engaño, y esto era un delito. No fue casual ni fortuito, todo había sido adrede.

Los hombres le mostraron entonces fotografías de sí mismo luego de lo sucedido, cosa que lo impactó bastante. Los ojos hinchados y amoratados, las costillas rotas, la mano izquierda casi destrozada, ¡la mano con la que escribía y dibujaba! Sólo alguien que lo hubiera visto y se enterara de que era zurdo podía atacar esa mano y no la derecha si su propósito era lesionarlo para siempre.

Luego de tomar el veneno que casi lo mata, habían intentado completar el trabajo a golpes, y lo habían tirado por un deslizadero. Los agentes se guardaron de mostrarle esas fotografías en particular, y las del rescate de su cuerpo. Uno de los perros de aquella finca que casualmente había sido desatado ese día, pues era bastante violento, era el que lo había hallado. El viviente de la finca reportó el incidente y toda una flota de paramédicos y rescatistas se hizo presente. Afortunadamente, esos dos días no había llovido, pero las bajas temperaturas pudieron haberlo matado también.

Algunos se habían preguntado cómo había podido sobrevivir, y encontraron que Rubén, aun inconsciente, había vomitado todo lo que tenía en su estómago. Lo había salvado el que estuviera boca abajo, o se habría ahogado en su propio vómito. También, el expulsar parte de lo que había consumido había bajado el nivel de droga en su cuerpo, pero al ser tantas y tan peligrosas entre sí, lo habían mantenido entre la vida y la muerte tres largos meses.

Tal vez este chico estaba destinado para grandes cosas, habían pensado los médicos. O simplemente tenía las siete vidas del gato.

Los hombres le contaron a Rubén a grandes rasgos y sin detalles el hallazgo, cómo los paramédicos lo habían dado por muerto apenas ver el lugar en el que había estado a la intemperie por casi cuarenta y ocho horas, pero ya que sus tejidos no mostraban descomposición, asumieron que estaba vivo.

Vivo de milagro, se dijo mirándose la mano izquierda. Había habido saña, ira, odio hacia él. ¿Andrés? ¿Guillermo? ¿Ellos? ¿Por qué? ¿Qué les había hecho?

Pero entonces, ¿por qué huir?

—Nunca les hice nada —dijo con un poco de dolor, sintiéndose traicionado, herido más allá de lo físico—. Creí que eran amigos.

Levantó de nuevo su mano izquierda girándola y analizándola. Ahora sentía afán de probarla, hacerle su propio reconocimiento, aunque los médicos decían que físicamente estaba en perfecto estado. ¿Y si no podía volver a dibujar una rosa más?

¡Dios, las rosas! ¡Emilia llevaba cuatro meses sin recibir una!

—¿Te sientes mejor? —le preguntó su madre entrando a su habitación.

Ella sabía que los detectives habían estado aquí más temprano y lo habían interrogado, y también, que lo habían informado tal vez de una manera muy cruda acerca de lo que le había pasado.

Rubén la miró y suspiró.

—Sí.

—Mientes fatal —dijo Viviana, que había entrado tras su madre trayendo frutas en un cesto.

—Estoy bien —insistió él—. Iré mejorando.

—Claro que sí. Pero me refería a... Tú crees que esos dos chicos... ya sabes...

Rubén bajó la mirada. ¿Tan mal los había juzgado? No podía dejar de pensar en que había confiado y casi que considerado amigos a dos personas que podían convertirse de un momento a otro en asesinos. Casi lo habían matado. Casi lo dañan irreparablemente, y él, tonto, incluso los había llevado a su casa e intentado introducir en su familia llevándolos a su cena de graduación.

¿Cómo podía haber sido tan ingenuo?

Había tenido toda la mañana y la tarde para pensar, y no había llegado sino a la conclusión de que había sido un tonto al creer que eran incapaces de hacer daño a otro. Lo habían hecho con él.

Quería salir de este lugar y hacer sus propias averiguaciones. Si se los encontraba, ah, tenía unas cuantas preguntas que hacerles, pero su salida tomaría un poco más de tiempo; los médicos decían que debía seguir en observación.

Lo habían revisado de la cabeza a los pies, por dentro y por fuera. Poco a poco, todas las conexiones de su cerebro habían vuelto a la normalidad. Su capacidad cognitiva no había disminuido, ni había lagunas en su memoria, excepto por la de esa noche. Todos sus reflejos estaban bien. Hablaba y se expresaba con normalidad.

Había ido aumentando de peso recuperando poco a poco el anterior, pues casi había quedado en los huesos, pálido y flácido como una gelatina.

Pero debía permanecer aquí unos días más, y sus padres no habían puesto objeción.

—No lo sé –le contestó a su madre al fin—. No sé si de verdad lo hicieron, aunque, según los policías, todo apunta a que sí. Si lo hicieron, tampoco entiendo por qué—. Gemima miró a Viviana y suspiró. Rubén parecía triste, y tenía toda la razón. Lo habían traicionado terriblemente.

Emilia canceló el semestre; no iba a ir a clases estando embarazada. No sabía aún qué haría cuando el bebé naciera, pero fuera lo que fuera, no quería la mirada de sus compañeros sobre ella, ni sus críticas, que no se merecía. Si hubiese hecho este hijo con amor, no se habría avergonzado de mostrar su vientre crecido, pero no era así, y la vergüenza la estaba matando.

Aplazó todos sus planes y se dedicó a estudiar por su cuenta, a mejorar por su cuenta.

Fue a los controles prenatales con regularidad acompañada de su madre o de Telma. Cuando le dijeron que era un niño, se sintió bastante decepcionada. Si hubiese sido una niña, ella tal vez habría sentido un poco de amor y deseo de ampararla, pero era un varón. Los varones no estaban en su lista de favoritos ahora mismo.

Fue difícil decirle a su hermano que estaba embarazada. Felipe se asombró mucho ante la noticia, pero a él le dijeron que simplemente había sido por una "metida de pata", consecuencia de haber bebido un poco y haber creído la palabra de amor de un hombre, y aunque la había mirado inquisitivo, no hurgó más en sus razones aceptando lo que le decían. Era muy común que eso sucediera, lo triste era que eso le hubiese sucedido a su hermana, que parecía muy encaminada en la vida. Este desvío no era cualquier cosa.

Algunos de los vecinos se asombraron un poco ante el acontecimiento, y fue cuando Antonio decidió vender la casa y comprar un apartamento en otro lado de la ciudad. No soportaba que juzgaran a su hija, y el perjudicado fue Felipe, que tuvo que cambiar de amigos y compañeros de colegio. Sin embargo, el adolescente lo asumió con bastante madurez. Había visto la tristeza en los ojos de su hermana, le preocupaba que no volviera a ser la misma, y si trasladándose a otro lado de la ciudad ella iba a estar mejor, no iba a poner problemas con eso.

—¿Eso es seguro? –le preguntó Álvaro a su hijo al verlo intentar levantarse de su cama. Él le extendió su mano, y Álvaro no dudó en ayudarlo.

—Sólo quiero ir al baño –dijo—. No quiero que venga una enfermera sólo porque necesito… ya sabes, echar una meada—. Álvaro se echó a reír.

—Vale, te entiendo.

—No has venido mucho –le reclamó Rubén—. Sé que has estado ocupado, pero esperaba que vinieras más a menudo.

—Lo siento –se disculpó Álvaro. Rubén se giró a mirarlo, pero su padre parecía de verdad abatido.

—¿Qué pasa?

—Es sólo que la culpa me carcome. Yo fui el responsable de todo esto—. Rubén se apoyó en la pared y miró a su padre.

—Si estás buscando culpables, apúntame. Yo fui quien confió en ellos, en primer lugar.

—Pero si yo no los hubiese tratado como los traté esa vez…

—No, no pienses eso. No creo que los hayas insultado, y si lo hiciste, por un insulto tú no vas y matas al hijo de esa persona, y eso fue lo que ellos intentaron…

—Si algo te pasara… si de esto hubiese alguna consecuencia… hijo…

—Yo estaré bien. De alguna manera, la vida me dio otra oportunidad. Tal vez para que tú no tuvieras que cargar con esta culpa—. Álvaro sonrió, y Rubén vio que tenía los ojos humedecidos—. Tú fuiste más listo que yo al advertir que no eran buenas personas. Debí hacer caso de tu intuición y alejarme de ellos, pero fui tonto, ingenuo, y creí que no había personas tan malas en la tierra. He pagado la consecuencia de ello.

—Hay gente mala, pero también, hay gente muy buena. No pierdas la fe en la humanidad –Rubén sólo sonrió de medio lado, y entró en el baño.

No era que hubiese perdido la fe en la humanidad, había perdido la fe en su propia capacidad de juzgar a la gente. Ya se había equivocado terriblemente, y quién sabe si conocería algún día todas las consecuencias de esto.

Volvió a la universidad casi ocho meses después de lo sucedido. Al entrar al campus y caminar por los lugares donde solían estar los estudiantes de su facultad, no vio a nadie que le pareciera conocido. Claro, todos sus conocidos ya se habían graduado. Emilia ya debía estar en su tercer año, pensó mirando la carpeta donde traía una hoja con siete rosas dibujadas. ¿Se habría olvidado de ellas? ¿Las habría tirado a la basura? ¿O estaría preguntándose qué había sido del misterioso pintor de rosas?

—Disculpa —dijo, llamando a una joven que, según lo que recordaba, estaba en el mismo curso de Emilia. Era rubia y de cabello muy largo, decolorado en diferentes tonos—. Eres de tercer año, ¿verdad? —ella había pensado ignorarlo, pero luego de echarle un segundo vistazo decidió que sería muy tonta si lo hacía. El chico no sólo era muy guapo, sino que también rezumaba dinero con esa ropa y ese reloj.

—Mmm, sí. ¿Te puedo ayudar en algo? —Rubén sonrió.

—Sí. Yo… Bueno, estoy buscando a una estudiante llamada Emilia. Es algo de la universidad…

—Emilia dejó la carrera —dijo la mujer blanqueando los ojos. Qué popular era Emilia.

—¿Dejó la carrera? —él se vio asombrado, y hasta había palidecido. Su semblante cambió con la noticia.

—Sí. Se casó. Se fue de la ciudad, incluso.

—¿Se casó?

—Pues sí. ¿Para qué la necesitabas? ¿Te puedo ayudar yo? —Rubén sacudió su cabeza negando, y dando las gracias, se alejó de ella a paso lento. Unos metros más adelante, la rubia volvió a alcanzarlo—. Yo no era muy amiga de Emilia —dijo, pero él no dio muestras de que la estuviera escuchando—. Se veía muy apática a eso de relacionarse con los compañeros e ir de fiestas, pero parece que alguien llegó y la enamoró. Mira, si incluso dejó la carrera—. Rubén la miró al fin, pero parecía molesto, y eso la frenó. Él apresuró el paso y la dejó atrás.

Entró al edificio de la secretaría de la facultad, y buscó a una de las secretarias. Una de ellas le sonrió, y él no perdió el tiempo en sentarse frente a ella. Se estaba revelando demasiado. Cualquiera podría decirle a ella que la estaba buscando, que estaba preguntando por ella, pero ya no le importaba.

—Quería saber de una de las estudiantes de tercer año… o que debería estar en tercer año.

—¿Tienes el nombre?

—Emilia. Emilia Ospino—. La mujer no necesitó teclear nada ni buscar, sólo lo miró apretando sus labios.

—Ella dejó la carrera.

—¿Qué? ¿Entonces es verdad? ¿Se casó? –la secretaria miró a otro lado.

—Eso no lo sé. Ella vino un día, habló con los directores y todo quedó suspendido—. Rubén se puso en pie sintiendo algo muy ácido bajando por su estómago y quemarlo por dentro. Ella se había ido, y no tenía manera de comprobar si era verdad o no que se había casado.

—Muchas gracias… —quiso agregar el nombre de la secretaria, pero se le había borrado de la memoria justo en ese instante.

—No hay problema. Quizá vuelva. Ella estaba muy enamorada de su carrera –él asintió. Él lo sabía. Emilia no habría dejado sus estudios por nada.

Salió de la secretaría y en el pasillo se encontró con el decano que anteriormente le había ayudado con todo lo referente al posgrado. Rubén lo saludó, aunque con la mente en otro lado.

Todavía había cuatro dibujos más de rosas para Emilia, pero al parecer la había perdido.

Miró en derredor. Desde donde estaba, se podía observar gran parte del campus, los senderos, los edificios de las otras facultades.

¿Dónde podría estar ella? ¿Cómo volverla a encontrar?

No creía haber conseguido quedar grabado en su mente para siempre con unas simples rosas. No había podido hacer algo más. Había perdido su oportunidad con el amor.

6

—Míralo Emilia. Es tan guapo –dijo Aurora sosteniendo en sus brazos a Santiago Ospino. Así había decidido Antonio nombrar a su nieto. Santiago era el nombre de su propio abuelo, y le parecía muy apropiado que así se llamara su nieto.

Emilia no se giró a mirarlo. Estaba acostada de lado mirando hacia la pared.

El parto había sido un poco largo. Los médicos habían esperado a que dilatara lo suficiente, pero habían tenido que estimular el proceso. Más de veinte horas en labor la habían dejado agotada, era bastante justo que ella ahora descansara, ¿no?

—¿Emilia, no lo vas a mirar? –ella no respondió. Debió haber hecho el papeleo para entregarlo en adopción, pensó, así su madre no se habría encariñado con él al tenerlo tanto tiempo a disposición.

Escuchó el suspiro de su madre, y la vio ponerse delante con el bulto de frazadas y sabanitas que mantenían a Santiago abrigado.

—Los médicos dicen que está muy bien de peso. En unas horas podremos irnos a casa—. Emilia siguió en silencio. Cerró los ojos pretendiendo quedarse dormida, y Aurora se resignó. Emilia no le había dado el pecho al nacer, no lo había alzado en sus brazos ni una vez, ni siquiera lo había mirado fijamente para saber cómo era. Sólo lo había parido, expulsándolo de su cuerpo para luego desentenderse de él.

Y el pequeño Santiago era precioso, con sus cabellos rubios lisos como una pelusa que le cubría toda la coronilla, y mejillas sonrojadas. No había llorado mucho, y mantenía sus puñitos apretados y los ojos cerrados.

Se parecía mucho a Emilia cuando nació; ella había nacido con los cabellos dorados al igual que Santiago, y luego se habían ido oscureciendo hasta quedarles castaño claro, pero ella eso no lo quería saber. En este momento, su hija estaba enojada contra el bebé, como si éste fuera el culpable de todo lo que le había pasado. Y Santiago no era el culpable. Era el fruto de todo ello, pero no el culpable.

Algún día se le pasaría, pensó, sólo debía darle un poco de tiempo. El instinto maternal tenía que nacer en ella y desarrollarse.

Telma llegó saludando y haciendo un poco de ruido. También ignoró al bebé, y centró toda su atención en Emilia. Molesta con ambas, Aurora les echó malos ojos y salió de la habitación con el niño.

—La abuela sí te quiere —le dijo al niño—. Y pronto tu madre también te querrá.

Sin embargo, fue difícil para Santiago ganarse el amor de su madre.

Los psicólogos les habían dicho a Aurora y Antonio que esto podría presentarse. Emilia dormía muy poco, tenía problemas de concentración. En un momento estaba con la mirada perdida y al otro se echaba a llorar.

Estaba deprimida, esta tristeza le estaba durando mucho tiempo, y nada le levantaba el ánimo.

Durante los meses en que a Santiago le dio fiebre por los dientes o por algún resfriado, fue Aurora quien se trasnochó con él. Cuando empezó a gatear merodeando por toda la casa, fue ella quien cuidó que no se accidentara. La primera palabra de Santiago también la escuchó su abuela y no su madre, lo mismo sucedió con sus primeros pasos.

Emilia estaba trabajando en una pequeña oficina como secretaria. Se había decidido a buscar un empleo al ver que los gastos en casa habían aumentado y en muchas ocasiones se habían quedado cortos de dinero, así que se iba temprano por la mañana, y llegaba muy tarde por la noche. Nunca veía a su hijo.

Aurora pensaba que este empleo era más una forma de escapar de la realidad que una necesidad en sí, pero no dejaba de insistir; le enseñaba al niño para que fuera a saludarla cuando ella llegaba, le había inculcado el hábito de reclamar un beso suyo antes de irse a dormir, y el abuelo le había enseñado para que le pusiera en los pies las pantuflas cuando llegara cansada de trabajar.

Pero el corazón de Emilia era duro de conquistar.

—Debes retomar la carrera —le dijo Antonio una noche en que

estaban todos sentados a la mesa. Emilia levantó la cabeza de su plato. A un lado estaba Felipe, que miró a su padre en silencio, y al otro, Aurora, con el niño sentado en una silla a su lado, aunque más que sentado, estaba de rodillas con tal de alcanzar la mesa. Antonio respiró profundo—. ¿O no tenías la intención de continuarla? –siguió.

Emilia parpadeó recordando que su mesa de dibujo estaba plegada a un lado de su habitación. Los tubos de planos guardados en el armario, sus reglas, sus lápices, todo estaba en un rincón.

¿Volver a estudiar?

Sintió en su rostro la mirada de toda su familia. Ellos estaban esperando una respuesta.

—No… no hay dinero.

—Esa es una muy mala excusa. Antes tampoco hubo dinero.

—Pero ahora… hay una boca más –y al decirlo, ni siquiera miró a Santiago, que comía espaguetis con las manos, incapaz de ensartarlos en el tenedor.

—Santiago ya no usa pañales –lo defendió Aurora—, y no toma biberón. Come casi lo mismo que nosotros. Lo soportaremos.

—¡Pero seguro que Felipe también quiere ir a la universidad! – Felipe la miró y sonrió.

—No te preocupes por mí. Trabajaré y estudiaré.

—Eso no es justo.

—No seas tonta –dijo su hermano sacudiendo su cabeza—. Hagamos esto: tú te haces arquitecta, y luego me ayudas a terminar mi carrera.

—¡Pero me tomará mucho tiempo!

—¡Basta de excusas, Emilia! –Bramó su padre dando un golpe en la mesa, que asustó a Santiago. El niño se lo quedó mirando con sus ojos muy abiertos un poco asustado, y Aurora le susurró algo en el oído para tranquilizarlo. El niño volvió a sus espaguetis cuando Antonio respiró profundo calmándose.

—Ve a la facultad, pide que te vuelvan a… inscribir, o lo que sea que haya que hacer—. Emilia miró su plato apretando los dientes—. No renuncies a los sueños que tenías de niña. Te lo prohíbo, Emilia.

—Papá…

—Siempre has querido ser arquitecta. ¿Ya no quieres? –Una lágrima rodó por la mejilla de Emilia, y antes de que todos la vieran, se puso en pie y dejó la mesa corriendo a su habitación.

Se sentó en la cama intentando dejar de llorar, pero, para empezar, ni siquiera sabía por qué estaba llorando. Sus sueños se habían destruido todos, y con el paso de los días, estos acumulaban más y más polvo. ¿Volver? ¿Era capaz de ello? ¿Retomar su vida tal como la había trazado años atrás?

Tomó su teléfono y llamó a Telma.

—¿Todo bien? –fue su saludo. Emilia sonrió, tragó saliva y habló.

—Papá dice que debo volver a la facultad.

—Tu papá es sabio.

—¿Estás de acuerdo? –Preguntó Emilia—. ¿Crees… que pueda, o que deba? ¡No sé qué hacer! Ha pasado tanto tiempo… ¡han pasado tantas cosas! ¡¡Nada es igual! –Telma miró su teléfono con el ceño fruncido.

—¿Tu inteligencia se te fue en la placenta de Santiago, acaso? –Emilia se echó a reír.

—¡No!

—¿Necesitas mi permiso entonces para continuar tu vida?

—¡Claro que no!

—Entonces hazlo. Y no molestes, estoy estudiando—. Era verdad, Telma ya casi acababa su carrera. Sería una abogada, y de las duras.

—Te quiero, Telma—. Emilia la escuchó suspirar.

—Mira, Emi. Eres una persona a la que le han sucedido muchas cosas malas, y tienes razón en sentirte triste. Una vez juraste que esto no te destruiría, pero perdiste tu determinación en el camino. Sí, eres madre soltera, ¿y qué? ¿Eres la única en el mundo? ¿Quieres que te consiga la estadística de cuántas mujeres crían dos y tres hijos a la vez que trabajan y salen adelante? Son millones, Emilia. Tú, al menos, tienes a tus padres. Sé valiente, amárrate bien los pantalones y retoma las riendas de tu vida. Si no, dejaré de ser tu amiga—. Mientras la escuchaba, otra lágrima había bajado hasta la boca de Emilia, y la limpió con su lengua sintiéndola muy salada y cálida.

—Sí, seguro que lo harías.

—Entonces no me hagas perder el tiempo, estoy estudiando.

—Ya lo dijiste –rio Emilia.

—Es porque es verdad. Estoy estudiando—. Telma cortó la llamada.

Emilia se quedó allí, sentada en su cama y mirando hacia la oscuridad por largo rato. Tendría mañana a primera hora que hacer llamadas a la universidad para pedir el reingreso, y hablar con su jefe para presentar su renuncia. El nuevo semestre empezaría dentro de poco. Tal vez se encontrara con sus ex compañeros que también ya estarían a punto de graduarse, pero ya no le importaba nada de lo que se había quedado atrás; de nuevo, estaba en el camino para la consecución de las metas que se había propuesto de niña. Había habido un enorme bache en el camino, pero era hora de superarlo.

El enorme bache abrió la puerta de su habitación y caminó dando pasitos inseguros hasta llegar a su cama. Desde el pasillo entraba la luz y Emilia pudo ver a Santiago levantar su carita y mirarla. Pronto cumpliría los dos años. Era alto para su edad, su cabello era castaño y abundante como el suyo, y la piel muy blanca.

Santiago le sonrió en silencio ladeando su cabecita, coqueteándole como siempre hacía, y ésta vez, algo se arrugó en su corazón.

—Mamá va a volver a la universidad —le dijo al niño, y él elevó sus cejas como si le hubiese comprendido perfectamente. Pero era listo; su madre nunca le hablaba, y ahora lo estaba haciendo, así que no desaprovechó la oportunidad y se subió a la cama para estar más cerca de ella. Caminó hasta quedar a su lado, y la miró fijamente.

—Mi mamá es muy bonita —dijo, y Emilia se admiró un poco al escucharlo. ¿Ya hablaba tan claro su hijo?

—¿Sí? —le contestó sonriendo—. ¿Y quién es tu mamá? —Santiago se echó a reír.

—Tú. Tonta.

—¿Le estás diciendo tonta a tu madre?

—Lo eres—. Emilia se abalanzó sobre él atacándolo a cosquillas, las risas y los gritos emocionados del niño se escucharon aun por fuera de la habitación. Aurora se asomó encontrándose con un entrañable cuadro: Emilia estaba jugando con su hijo, le estaba haciendo cosquillas mientras este se retorcía sobre la cama muerto de risa y pedía más cuando ella se detenía.

Respiró profundo. A veces las cosas más extrañas eran las que conseguían que el ser humano despertara de sus propias pesadillas. Todo volvería a la normalidad, por fin.

Emilia regresó a la universidad y retomó sus estudios allí donde los había dejado. Para entonces, habían cambiado al director de la facultad y a unas cuantas secretarias, pero por lo demás, todo parecía normal. Todos sus compañeros le eran desconocidos, pero no importó, tampoco se había relacionado demasiado con los anteriores, y otra vez su prioridad era su carrera, y ahora también su hijo.

No lo había notado, pero antes no se detenía en las tiendas de ropa para niño, ni se había fijado en que éste iba creciendo y necesitaba zapatos, calcetines, y todo lo demás, porque se le iban quedando chicos. Ahora era más consciente de estas cosas tan básicas, y conocía todas sus tallas y medidas. Santiago estaba creciendo, había pasado de bebé a niño y parecía que cada día aprendía mil palabras nuevas.

Tenía sus dientes sanos. Le encantaba estar al aire libre, no importaba el clima, atrapar ranas y cualquier bicho que saltara o se arrastrara. Cerca del apartamento en el que ahora vivían había un parque, y era ya muy normal verlo manchado de tierra, con los pantalones sucios y hasta rotos en las rodillas, corriendo de un lado a otro.

Y pronto también habría que ingresarlo en la escuela.

Se lo quedó mirando una tarde lluviosa en la que no pudo llevarlo al parque, y en vez, tomó uno de sus pliegos de papel y lo pegó con cinta en la pared, le dio los crayones que la abuela le había comprado y libertad para pintar. Con un niño de tres años en un apartamento pequeño como este, había que sacarse ideas del sombrero para que no enloqueciera enloqueciendo también a los demás habitantes. Ya antes había rayado las paredes con un marcador, y todos habían tenido que aprender una dura lección. Incluso el niño.

Emilia elevó una ceja cuando vio que Santiago había tomado el crayón con la mano izquierda.

—No, nene –le dijo, quitándoselo y pasándoselo a la derecha—. Se escribe con esta mano—. El niño la miró un poco confundido, como si le hablara en chino, y empezó a trazar líneas. Dos minutos después, había vuelto a tomar el crayón con la izquierda—. Hijo, se escribe con la derecha –insistió Emilia, y volvió a ponérselo en la otra mano. Santiago no discutió, sino que cogió un crayón con cada mano y empezó a hacer líneas y círculos con las dos al tiempo. Emilia lo observó en silencio.

Cuando Santiago dejó a un lado el crayón que tenía en la derecha, y siguió con el que tenía en la izquierda, Emilia suspiró. Su hijo era zurdo.

La etapa en que se lo quedaba mirando buscándole parecidos

consigo misma y los miembros de la familia había pasado. Ya no le inquietaba saber a quién le había sacado la marca de nacimiento que tenía en la espalda, por qué sus ojos eran más claros, a quién salía tan alto, o, como ahora, por qué era zurdo. Era su hijo. La mitad de sus genes los había aportado ella. Si tenía las pestañas rizadas más de lo normal, o su nariz tenía cierta forma, o el caracol de sus orejitas era diferente ya no le inquietaba.

Además, era un buen chico, obediente, inteligente, y de buen carácter. De vez en cuando lloraba por tonterías, como que no quería ir al supermercado, o no quería esos zapatos, sino otros, o el dibujo en el que estaba trabajando no había salido como quería. También a veces quería hacerse el loco para no recoger sus juguetes y le encantaba desvestirse cuando ya estaba listo para salir con ella o la abuela, pero por lo general, era un niño agradable.

—Me gustaría invitarte a salir –le dijo una vez Armando. Era un amigo, pero parecía que quería ser algo más. Emilia lo miró con el corazón latiendo a mil.

Había conocido a Armando hacía unos meses. Después de coincidir varias veces y a diferentes horas en un pequeño autoservicio del barrio, él había decidido romper el hielo y acercársele para hablar. Habían hablado de una que otra cosa, y él parecía muy agradable, con buen sentido del humor y metas claras en la vida.

Era un contador, trabajaba como empleado en una empresa y al parecer ganaba bien, y ahora parecía que él quería ser algo más que amigos y conocidos.

Parpadeó sin saber qué responder.

Como siempre, su salvación era Telma, pero esta vez no tuvo que llamarla para saber qué respondería ella. Seguramente diría algo como: "¿Se te fue la feminidad en la placenta de Santiago? ¿Necesitas mi permiso para continuar con tu vida?". Sí, ella respondería eso.

Le sonrió a Armando, y asintió. Él mostró su dentadura sonriendo y empezó a proponerle sitios a los que ir.

Fue agradable. El restaurante tenía buen ambiente, buenos platos y en general, todo estaba bien. Armando le contó entonces que estaba esperando un ascenso, que estaba pagando un apartamento a plazos, y pronto se mudaría. Dejaría de ser su vecino, pero ella tenía el presentimiento de que él no perdería el contacto.

—¿Ya has pensado dónde emplearte? –le preguntó él. Sabía que pronto se graduaría de arquitecta, y Emilia se encogió de hombros.

—Todavía no tengo nada claro.

—Tal vez puedas abrir tu propia oficina –Emilia sonrió un poco sarcástica.

—No me atrevería. Necesitaría una gran inversión, y prefiero primero tener la experiencia en el campo laboral antes que correr semejante riesgo –él hizo una mueca con los labios.

—Yo te ayudaría –ella sonrió.

—Gracias. Pero prefiero estar segura; como te digo, necesito primero un poco de experiencia.

—Eres muy sensata.

—No lo he tenido muy fácil en la vida.

—Nadie, en verdad –suspiró él—. También yo he tenido que luchar por ser lo que hoy soy—. Ella elevó sus cejas al pensar que fuera lo que fuera, no había sido como lo que le había pasado a ella.

Su teléfono timbró. Era su madre.

—¿Mamá? –Contestó luego de pedirle disculpas a Armando y levantarse de la mesa—. ¿Está todo bien?

—Santiago no se dormirá antes de que le des las buenas noches –contestó ella con tono resignado, y Emilia sonrió.

—Pásamelo—. Al escuchar la vocecita de su hijo, Emilia cerró sus ojos. ¿Qué iba a imaginar ella que esto iba a ser tan hermoso? –¿No te quieres dormir? –lo riñó ella—. ¿Le estás dando problemas a la abuela? ¿Tanto que te quiere ella?

—¿Te demoras? –preguntó el niño en vez de contestar. Ella se giró a mirar a Armando, que la esperaba en la mesa.

—Un poco –Santiago se quejó—. Así que duérmete. Te prometo que cuando llegue te daré las buenas noches, pero debes estar dormido.

—Si estoy dormido, no me daré cuenta.

—Pero yo sí. Así que obedece a la abuela y acuéstate.

—Está bien –le dio las buenas noches y volvió a la mesa. Cuando él la miró fijamente, ella sonrió, y casi sin pensarlo dijo.

—Mi hijo no se quería dormir—. Al sentir el silencio de él, lo miró. Él parecía pasmado.

—¿Tienes un hijo? –mordiéndose el labio, ella contestó.

—Sí. Va a cumplir cuatro años –buscó en su teléfono una fotografía y se la enseñó. Armando la miró sin tomar el aparato en su mano—. No te lo había dicho. Lo siento.

Y entonces Emilia experimentó ese miedo que se tiene cuando un hombre está considerando si la mujer que tiene delante vale lo suficiente como para aceptarla con todo e hijos. Era horrible. Era egoísta. ¿Sería Armando uno de esos? ¡Era injusto!

—Es guapo —dijo él, y Emilia lo miró a los ojos sintiéndose iluminada. Sonrió ampliamente.

—Sí. Lo es.

—Lo estás criando tú sola, ¿verdad? —ella asintió moviendo lentamente la cabeza, como si estuviera atravesando un campo minado.

—¿Y... tú tienes hijos? —preguntó ella. Él se echó a reír.

—No, que yo sepa —ella frunció el ceño.

—¿Qué tipo de respuesta es esa?

—Bueno, hasta ahora ninguna mujer ha venido a mí a decirme que tengo uno, así que asumo que no, no tengo.

—Claro, para los hombres es diferente.

—¿Y él lo sabe? —Ella lo miró un tanto confusa—. El padre de tu hijo. ¿Sabe de él? —Emilia apretó sus labios, hizo una mueca y sonrió.

—No tengo ningún contacto con él. Y no importa. Estoy bien así.

—Me gustas —dijo él con una sonrisa, y Emilia sintió el corazón que quería subírsele por la garganta. Él la estaba mirando atentamente.

—Gra... gracias. Tú... también me gustas.

Pero a Santiago no le gustó él. Cuando iba a casa lo miraba furioso; sobre todo, si él le tomaba la mano a Emilia, o se portaba cariñoso con ella.

Armando era paciente. No intentó comprarlo con juguetes, pero sí lo saludaba y le hablaba con cierta normalidad, no como si fuera un bebé que no entendía.

—Llevémonos bien —le dijo una vez—. Si tu mami nos ve pelearnos, se pondrá triste. No queremos que esté triste, ¿verdad? — Santiago lo miró con sus cejas fruncidas en el ceño. Emilia lo habría desconocido, pues era una cara de verdadero enfado.

Pero él no quería que su madre estuviera triste, así que este adulto horrible y de dientes grandes tenía razón.

Emilia salió de la habitación poniéndose en el lóbulo de la oreja un pendiente y dándole indicaciones a Santiago para que se acostara temprano y no diera lata.

Santiago los vio irse sin deshacer su ceño. El tiempo que tenía con su madre era muy poco, y este gigantón dientes grandes se lo estaba quitando.

7

—Bienvenido a casa –le dijo Gemima a Rubén dándole un beso y abrazándolo. Él le devolvió el abrazo dándole además un sonoro beso en la frente. Encantada, Gemima sólo se echó a reír. Su hijo venía a casa muy esporádicamente, y tenerlo de nuevo en casa realmente la hacía feliz. Sobre todo, porque últimamente esta enorme casa estaba demasiado silenciosa. Viviana se había casado y se había ido, y Rubén, aunque seguía soltero, ya no vivía aquí.

Luego de que sufriera aquel accidente, como prefería llamarlo ahora, su hijo se había ido al extranjero dos años. Allá había hecho el posgrado que había pensado hacer aquí, y no lo culpaba. Era natural que quisiera poner tierra de por medio.

Había regresado y entrado a trabajar de una vez en la empresa de la familia y luego, había aceptado salir con Kelly Ávila, la hija de un amigo de la familia.

Kelly era guapa, de piel canela, cabello largo y azabache, ojos un tanto almendrados, y bastante delgada. Parecía estar enamorada de Rubén, a pesar de las pocas semanas que llevaban saliendo, pero él, en cambio, no parecía muy involucrado.

—Bienvenida, Kelly –la saludó también, pues había venido con Rubén. Ella contestó al saludo con una amplia sonrisa.

Los guio hacia una de las salas donde se encontraban los demás recordando que cuando su esposo le había hablado de la posible unión entre los Caballero y los Ávila, ella le había reclamado por obligar a su hijo a aceptar una unión así.

—No lo obligué –se defendió Álvaro entonces—. Le di oportunidad de considerarlo, hasta de negarse y no lo hizo. Y todavía puede terminar con ella si quiere. No se han comprometido todavía.

—Dudo que lo haga –le había dicho Gemima, y aún ahora lo

pensaba. Habían entrado juntos a la casa y él no hacía ningún contacto físico con ella; no le ponía la mano en la cintura, o en la espalda. No le decía cosas al oído, ni ninguna otra cosa que mostrara cercanía en la pareja, pero ella, en cambio, parecía ver a través de los ojos de él.

Era el almuerzo de un domingo muy tranquilo, un domingo cualquiera, pero hoy Gemima había insistido en que sus dos hijos vinieran a comer con ella para sentirlos cerca, para reñirlos si le daban ocasión, para disfrutar de tenerlos aquí otra vez.

—Mírate –le dijo Rubén a su hermana mirándola con una sonrisa socarrona—. Estás enorme.

—Yo también te quiero, hermanito –le contestó Viviana, poniendo su mano en su enorme panza como protegiéndola de algo muy malvado. Rubén sólo se echó a reír y le besó la mejilla acariciando un poco su barriga. Era su segundo embarazo y ella estaba encantada. Ya sabían que era una niña, y Roberto parecía más sobreprotector que de costumbre.

—¡¡Tío!! –exclamó Pablo, como había nombrado Viviana a su hijo mayor, un chiquillo inquieto de tres años que corrió a él colgándose de su pierna como una garrapata.

Viviana también saludó a Kelly e iniciaron una conversación agradable. Kelly le hacía preguntas acerca de su embarazo, y Viviana se preguntó si de pronto estaba soñando con tener los hijos de Rubén.

Gemima miró a Viviana, Viviana miró a Gemima. Ninguna de las dos creía que Rubén estuviese enamorado, y, por lo tanto, dudaban mucho que el matrimonio se produjera.

Era injusto con Kelly, que de pronto se estaba haciendo ilusiones, pero no habían tenido tiempo para hablar con él acerca del tema.

—Tu casa es preciosa –le dijo Kelly a Rubén cuando él se sentó a su lado en el sofá. Él miró en derredor con una sonrisa en el rostro.

—Fue un diseño de papá –contestó.

—¿De verdad?

—Cuando por fin pudo construirla, se aseguró de que cada detalle estuviera en su lugar. Había tenido mucho tiempo para imaginarla, y a la hora de pasarla del papel a la realidad, también se lo tomó con calma.

—Entonces, lo de construir y diseñar viene de familia –le sonrió ella. Rubén la observó atentamente, mientras ella miraba los acabados de yeso en el techo.

Era bonita, no cabía duda, sin embargo...

—¿Rubén, me acompañas, por favor? —le pidió Viviana poniéndose en pie. Preguntándose por qué no le pedía a su marido que la acompañara a donde fuera que necesitase ir, Rubén se puso en pie y la siguió. Casi anadeando, Viviana se metió al despacho de su padre, que no estaba muy lejos de la sala en la que habían estado, y allí se encontró a Gemima.

Cuando vio que Viviana pasaba el seguro en la puerta las miró de hito en hito.

—¿Ha llegado el momento de mi muerte? —bromeó.

—No seas tonto —le dijo Gemima, que odiaba que jugara con esas cosas—. Queremos hablar seriamente contigo, y como casi no hay ocasiones en que nos reunamos los tres, hemos tenido que hacer esto.

—Hemos dejado a Kelly allá sola...

—Está con papá y Roberto —dijo Viviana moviendo su mano y quitándole importancia—. Dime una cosa. ¿Te casarás con ella?

—¿Esa era la cosa seria de la que querían hablar?

—Contesta, por favor—. Rubén caminó al aparador donde su padre tenía unas cuantas botellas de licor y se sirvió un vaso, pero más tardó en servirlo que su madre en quitárselo.

—No has comido nada —fue lo que le dijo. Viéndose privado de su trago, Rubén se sentó. Tendría que mantener esta conversación a palo seco, como decían por ahí.

—No lo sé.

—¿Qué no sabes?

—No sé si me casaré con ella.

—¿Cuánto llevas saliendo con la pobre muchacha?

—¿Dos, tres meses? Y no es una pobre muchacha.

—¿Y en todo ese tiempo no has podido establecer si es o no la mujer indicada?, ¿si la amas? —Rubén miró a su hermana fijamente.

—Vivi...

—Estás con ella sólo porque papá te lo impuso, ¿verdad?

—¿Cuál es el problema? Tú también empezaste tu relación con Roberto así, ¿no? Pero dijiste que él te conquistó—. Los ojos de Viviana se humedecieron un poco. Ellos habían mantenido esa conversación justo antes de que él se fuera a esa fiesta siniestra.

Lo siniestro no había sido sólo lo que le habían hecho a su cuerpo entonces, aunque estuvieron a punto de matarlo. Más siniestro aún era lo que había sucedido con él, con su alma. Al enterarse de que dos de sus compañeros de estudio lo habían tomado por estúpido y además habían intentado acabar con su vida, él se había vuelto un poco oscuro. Se había vuelto un poco cínico frente a la vida, ya no parecía aquel muchacho ingenuo, lleno de sueños y proyectos. Parecía... aburrido de la vida, desconfiado.

—Pero esto es diferente —dijo Viviana con voz quebrada. Una de las cosas que odiaba de estar embarazada era el ser tan emotiva.

—¿Por qué es diferente?

—Porque... es muy raro el hombre que es conquistado, ¿sabes?

—Eso son tonterías.

—Uno entre cien —insistió Viviana—. Las mujeres sí somos fáciles de conquistar, por eso existe el cortejo. Pero un hombre... si no se enamora en cuanto ve a la mujer, si en él no nace, aunque sea un pequeño sentimiento, como un chispazo... difícilmente se dará después.

—Es decir, que en un hombre no hay amor a segunda vista —se burló Rubén—. ¿Cómo puedes estar tan segura?

—¿Cómo fue que te enamoraste de Emilia? —Al escuchar el nombre, Rubén se puso en pie bruscamente.

—¿Qué sabes? —preguntó él con voz agitada y el tono de voz un poco alto. Viviana miró a Gemima, que tenía sus ojos cerrados. Aquella reacción les dio más respuestas de las que buscaban.

—No sabemos nada de ella —contestó Gemima en vez de Viviana con voz calmada—, sólo que la querías.

—¿Cómo...? ¿Cómo...? —tartamudeó Rubén.

—Vi las rosas. Las rosas para ella.

—¿Por qué? Es algo privado. ¿Por qué...?

—¿Te enamorarás de Kelly, así como te enamoraste de ella? —Insistió Gemima—. ¿Dibujarías rosas que digan: para Kelly?

Rubén respiró profundo y cerró sus ojos por unos cortos segundos, como llamando de nuevo el autocontrol. Caminó hacia la puerta y la abrió. Antes de salir dijo:

—Agradezco que se preocupen por mí. Al haber sido mujeres que se casaron enamoradas, entiendo su buena intención, pero no hay nada que temer. Yo estaré bien.

—Rubén...

—Kelly está sola —fue lo que dijo, y salió.

Viviana y Gemima quedaron de nuevo solas. Esperaban que sí, que él estuviera bien, ahora y en el futuro. Les había quedado claro que no podían hacer más que observar.

—¿Discutiste con tu hermana? —le preguntó Kelly a Rubén. Esa tarde, luego de salir de casa de sus padres, la había llevado a un buen restaurante para cenar. Ella se había entusiasmado bastante ante la idea. Casi había preguntado: ¿y luego me llevarás a tu apartamento? Pero se había mordido la lengua.

Llevaban nueve semanas y tres días saliendo y él no la había llevado a la cama ni una vez. Si las cosas seguían así, ella tendría que hacer algo.

—No. Para nada —contestó él—. ¿Te gusta el lugar? —ella sonrió. Había estado aquí antes, pero no lo dijo.

—Sí, me gusta. La comida también está muy buena.

—Me alegra—. Él quedó en silencio, y ella deseó por enésima vez meterse en su cabeza y escuchar, aunque fuera a hurtadillas lo que pasaba por ella. ¿Qué pensaba con respecto a ella?

Sus padres los habían presentado con el claro propósito de formar una alianza a través de un matrimonio, y ella se había sentido bastante aliviada al ver que el hombre con el que intentaban comprometerla al menos era guapo. Luego había comprobado que también era educado y hacía honor a su apellido. Pero la relación estaba estancada aquí y ella empezaba a desesperarse. Nunca sabía lo que estaba pensando, y mientras ella se enamoraba cada día un poquito más de él, él parecía más y más lejano.

Llévame a tu apartamento, quiso rogar. Por favor.

Rubén sintió la mirada de Kelly, alzó la vista y le sonrió.

No estaba concentrado en el aquí y el ahora. Saber que su madre y su hermana habían sabido lo de Emilia todo este tiempo lo había dejado un poco fuera de lugar. Habían visto las rosas y los otros dibujos cuando él estuvo en el hospital, era lo más seguro, y ahora se sentía un poco invadido, molesto. Molesto consigo mismo también, porque ese tema aún le afectaba.

Había intentado deshacerse de esos dibujos luego de que saliera del hospital y le dijeran que Emilia había dejado la carrera, pero simplemente los había devuelto a su lugar. Borrarlos, tirarlos, era como despreciar lo más hermoso que alguna vez sintió, como suprimirlo y no se sintió capaz. Luego había viajado, y cuando regresó, no volvió a la mansión, sino que se estableció en un apartamento de soltero.

Era increíble que el sólo hablar de ella lo dejara así. Vamos, ya no era un niño.

Respiró profundo. Miró a Kelly tratando de concentrarse en ella, sólo en ella; en sus necesidades, es sus expectativas. Era su novia, después de todo.

Pero entonces la vio. A Emilia Ospino. En el restaurante.

Era ella, no cabía duda. Con su cabello largo y precioso, del brazo de un hombre de cabellos negros y una sonrisa con demasiados dientes yendo hacia la salida.

—Emilia —susurró, y se puso en pie.

—¿Qué? —Preguntó Kelly—. ¿Viste a alguien conocido? —pero él no respondió. Simplemente se retiró de la mesa y salió un poco a prisa del restaurante.

Cuando llegó afuera, la vio sonreír con ese hombre. Él se inclinó a ella y le besó los labios, y ella no lo rechazó. Vio que él tomaba un taxi y entraba con ella en él, poniéndole delicadamente la mano en la espalda, marcando su territorio.

—¡Emilia! —volvió a decir. Sin embargo, el taxi arrancó alejándose.

¡La había vuelto a ver! ¡Luego de casi cinco años!

Entonces había sido verdad. Ella se había casado.

Tragó saliva al sentir que un nudo se había formado en su garganta.

¿Por qué se había emocionado tanto al verla? ¿Por qué su alegría inicial? ¿Por qué luego la decepción?

¿Acaso había albergado esperanzas?

Sí, él había tenido la esperanza desde hacía mucho tiempo no sólo de volverla a ver, sino de poder entregarle lo que quedaba de sus rosas. Miró al suelo al darse cuenta de lo ingenuo de su intención. Seguramente ella ya no era una joven estudiante que se dejara impresionar por esas cosas. Estaba visto que lo de poner primero que todo su carrera ya no era cierto, así que las rosas ya no eran necesarias. ¿Y a dónde se las enviaría?

Además, si fuera ante ella y se presentara, la conversación no podría ir más allá de un intercambio de nombres. Decirle que había sido el admirador de las rosas no habría sido muy delicado ni productivo cuando ella ya tenía a alguien a su lado.

—Rubén, ¿pasa algo? —escuchó la voz de Kelly. Él se giró a mirarla.

Contestando a la pregunta de su madre esta tarde, tenía que ser sincero y admitir que no. No. Jamás se enamoraría de Kelly. Nunca la amaría ni la mitad de lo que había amado a Emilia. Sin embargo, dudaba que ese milagro que había vivido cuando estaba en la universidad se repitiera algún día.

—No pasa nada —mintió con una sonrisa—. Sólo... creí ver algo...

—A alguien, querrás decir —dijo ella, y su tono fue un poco duro. Si estaba molesta porque la había dejado sola en la mesa tendría razón.

—Lo siento —se disculpó él guiándola de vuelta al restaurante—. Siento haber arruinado la velada.

—¡No! ¡No has arruinado nada! Quiero decir... invítame a una copa, ¿quieres? —él la miró y respiró profundo.

¿Qué iba a hacer? ¿Qué debía hacer?

—He pensado... quería invitarte a una copa de buen vino que tengo en mi apartamento —le dijo Armando a Emilia mientras iban en el taxi.

El corazón de Emilia empezó a retumbar en su pecho. Claro, él quería llevarla a su apartamento no a beber una copa de buen vino. A otra cosa.

Y ella no debía extrañarse. Llevaban varias semanas saliendo. En su casa sus padres y hermano lo conocían y lo habían aceptado como su novio. Incluso su hijo había terminado por resignarse.

—Me encantaría —contestó, y él sonrió ampliamente. Debía dar el salto. Debía ser ahora.

Él le dio la mano al bajar del taxi. La apoyó luego en su cintura cuando subieron al elevador, y una vez dentro, él no perdió el tiempo y la besó. Emilia respondió a sus besos intentando relajarse. Armando la quería, se repitió. Esto era natural.

Entraron al apartamento, que olía como si recientemente le hubieran hecho la limpieza y sonrió internamente. Lo había preparado todo para esta noche. Él buscó el vino y dos copas y lo sirvió.

—Es bonito tu apartamento —dijo, pues nunca había entrado aquí. Él se le acercó con las copas en la mano y una sonrisa en el rostro.

—El otro es más grande —contestó. Emilia recibió la copa que él le pasaba sonriendo también—. ¿Por qué brindamos? —preguntó él acercándosele. Ella elevó una ceja.

—¿Por quién más? ¡Por los dos! –Por un momento, él se quedó mirando sus labios.

—Por nosotros, entonces –brindó, y luego de darle un trago a la copa, se acercó a ella y volvió a besarla.

Emilia permitió que él le sacara de los brazos la pequeña chaqueta que acompañaba a su vestido. Luego, con manos tal vez un poco ansiosas, él apretó uno de sus senos sin dejar de besarla. Eso la sobresaltó un poco, sin embargo, no hizo nada para impedirlo.

—Te quiero –dijo él, y ella sonrió tal vez un poco vacilante.

La llevó a la pequeña habitación, conduciéndola poco a poco a la cama, y una vez en ella, Emilia empezó a sentirse nerviosa. Él pesaba. Se alzaba sobre ella y dominaba la situación. La sensación de sometimiento la empezó a asustar, comenzó a sentirse ahogada, aunque tenía suficiente espacio para respirar.

—Espera –susurró, sintiendo el corazón acelerado, pero no de emoción. ¿Qué le pasaba? ¿Por qué asustarse? Cerró sus ojos y sintió una lágrima bajar.

Fantástico. Ahora estaba llorando.

Armando le sacó el vestido, le quitó el sostén y luego lo vio desabrocharse la camisa y quitársela. Le decía cosas que en cierta forma impidieron que se llenara de terror, le hacían recordar que era con él con quien estaba.

Cuando entró en su cuerpo, se mordió los labios.

—¿Estas bien? –le preguntó él. Ella simplemente asintió.

Date prisa, quiso decir. Acaba rápido.

Afortunadamente, no hubo que decirlo. Armando empezó a moverse sobre ella, aumentando poco a poco el ritmo, sin embargo, duró más de lo que hubiese querido.

Cuando al fin acabó, y él se derrumbó sobre ella, Emilia quiso gritar, llorar, y se movió para salir de debajo de él.

—Oh, lo siento, te estoy aplastando –rio él con la voz un poco espesa.

—No… no hay problema—. La voz de ella sonó un poco extraña.

—¿Estás bien?

—Sí, bien –él se la quedó mirando, y ella captó un poco tarde su pregunta silenciosa.

En sus conversaciones con Telma, ella había dicho una vez que odiaba que luego de estar por primera vez con un hombre este le preguntara: ¿qué tal estuvo? Para ella, era como si todo el tiempo dicho hombre sólo hubiese estado buscando el calificativo de experto amante, y no un encuentro realmente agradable.

Armando no lo había preguntado, pero intuyó que buscaba su aprobación.

Bendita Telma y sus experiencias narradas en voz alta.

—Estuvo genial –dijo, y dio en el clavo, porque él sonrió muy satisfecho consigo mismo y la abrazó apoyando su cabeza en el hueco de su cuello.

—Y tú eres hermosa.

—Ah… tengo que irme.

—¿Qué? ¿Ya?

—Sí… Mi hijo…

—Vamos, quédate. Estás cerca, de todos modos.

—No quiero dejarlo solo.

—No está solo. Está con tu madre—. Ella le sonrió, pero igual, salió de la cama y empezó a vestirse.

Él hizo lo mismo, aunque no muy feliz. Se puso ropa más cómoda, aunque abrigada y salió con ella.

Había pensado pasar toda la noche con ella. Llevaba mucho tiempo deseando esta noche, pero había olvidado que ella era madre.

—Te prometo que la próxima vez será mejor –dijo él de repente, tomándole la mano mientras caminaban hacia el edificio donde estaba el apartamento de ella, que estaba a pocas cuadras.

Ella lo miró un poco pasmada. Nunca esperó que él le hablara abiertamente de sexo.

—Ah… no hay problema, yo…

—Estuve un poco ansioso, lo admito –dijo él suspirando—. Pero entiéndeme. Llevaba meses sin una mujer y deseándote. Es por eso que te digo que la próxima vez será mejor—. Emilia se echó a reír sintiéndose un poco aliviada. Tal vez si ella no había sentido ninguna emoción fuera por eso.

—Te prometo entonces –dijo ella—, que la próxima vez yo también… me esmeraré.

—Tú no tienes que hacer nada. Eres sexy por ti misma.

—Qué mentiroso –rio ella, reconociendo que sólo se había quedado allí, quieta y pasmada mientras él hacía todo el trabajo.

Entraron al edificio y allí se despidieron con otro beso. Él parecía muy reacio a dejarla, ella en cambio tenía urgencia de alejarse. Subió a su apartamento sintiendo todavía los restos de las sensaciones en su cuerpo.

Esta vez había sido consentido, pero no había sentido nada. De hecho, pensó con un odio visceral hacia sí misma, esa noche, la noche en que ese monstruo la había dañado, al principio se había emocionado más. Había sentido cosas bonitas. Un solo beso la había llevado más allá de lo que ella había imaginado. Pero luego, el terror.

Sacudió su cabeza como siempre que ese pensamiento acudía a ella. Tal vez lo que necesitaba urgentemente era un psiquiatra, o más noches con Armando.

Entró a su habitación encontrándose a Santiago dormido en su cama. Compartía habitación con él, ya que no había más donde ponerlo, y se quedó allí, mirándolo largo rato.

No quería pensar en que tenía alguna especie de trauma. Esta había sido su primera vez, después de todo. No había sabido qué hacer, ni cómo, y era normal. Las vírgenes siempre estaban nerviosas la primera vez, ¿no?

Tal vez sí debió quedarse, pero en el momento había echado mano de su mejor excusa para huir: su hijo.

—Pensé que regresarías más tarde —susurró Aurora abriendo suavemente la puerta. Emilia se sobresaltó un poco al escucharla. Ella venía de tener sexo con su novio y se sintió en cierta forma incómoda. Tal vez se olía en su cuerpo lo que acababa de hacer.

Aurora caminó hasta llegar a la cama y se sentó en el borde.

—Y bien, ¿cómo estuvo eso? —Emilia abrió grandes sus ojos.

—¿Cómo estuvo qué?

—Vamos, que no soy tonta. Estabas con Armando. Pero regresaste temprano. ¿Algo fue mal? —Emilia se puso en pie casi de un salto, y se hubiese puesto a dar vueltas por la habitación si hubiese habido espacio, pero lo cierto es que era muy estrecha. Caminó al espejo y empezó a deshacerse el peinado que recogía parcialmente su cabello.

—Fue… bien —contestó ella, evasiva—. Cenamos; era un muy buen restaurante. Yo pedí langostinos, nunca había comido.

—Ya. Entiendo que hablar de sexo con tu madre es incómodo, pero…

—¡¡Mamá!! —exclamó Emilia, y ambas miraron a Santiago, que se movió en su pequeña cama, y al suelo cayó su peluche de Totoro, que nunca dejaba. Aurora se inclinó para recogerlo y volver a ponerlo en el regazo del niño.

—Luego de lo que te pasó –siguió Aurora con el mismo tono de voz bajo para no despertar al Santiago— sabía que te sería difícil darte una oportunidad, o dársela a alguien. Estoy muy feliz de que hayas conocido a Armando. Es un buen hombre, se ve que te quiere, y lo más importante, acepta a Santiago. Yo… no quiero que te sientas presionada, hija, pero…

—Quieres que me case, que tenga mi casa…

—Como cualquier madre en este mundo—. Emilia asintió, comprendiendo.

—Es pronto para saberlo –dijo mirándola a los ojos, y en eso no le mentía, necesitaba otra oportunidad en la cama de Armando—. Pero te prometo que pondré todo de mi parte.

—Te creo –sonrió Aurora—. Ahora, a dormir. Buenas noches, hija.

—Buenas noches, mamá.

Con un suspiro, Aurora salió de la habitación, y Emilia se tiró en su cama sin saber qué le esperaba ahora. Su vida había sido una ruleta hasta hoy, llena de sorpresas.

Al menos en lo que se refería a Armando, esperaba que todo fuera muy normal, como las demás parejas. Nada de líos extraños, por favor.

8

—¿*Cuáles rosas?* –preguntó Emilia—. *Tú sólo me diste espinas.*

Rubén despertó sobresaltado y se sentó de golpe en la cama. Era un sueño. Sólo era un sueño.

Sintió la boca seca y la lengua rasposa, pero no tuvo ánimo de salir de la habitación e ir a la cocina por un vaso de agua. Esta no era la mansión, donde sagradamente había una jarra de agua con su vaso en su nochero, y se quedó allí un momento analizando los restos de imágenes que todavía tenía en su mente.

Tal vez el haberla visto hoy tenía algo que ver, pero había sido un sueño muy vívido.

En su sueño, ella estaba vestida con una sencilla falda que no iba más arriba de sus rodillas, unos zapatos planos cerrados y su cabello echado en parte hacia adelante. Estaba preciosa. Pero lo curioso era el escenario de su sueño; ella se hallaba en medio de un bosque místico, rodeada de árboles que parecían esconder ninfas. La luz de la luna llena se filtraba por entre las hojas y ella estaba en medio del claro.

Pero en vez de sonreír invitándolo a probar sus amores, ella estaba molesta.

Rosas no. Espinos.

No, él nunca le dio espinos. Tal vez sus dibujos eran demasiado realistas y junto con las rosas iba uno que otro espino, pero nunca le había causado malos momentos como para decir que la metáfora se completaba. Y si ella le hubiese dado la oportunidad, él sólo le habría dado las rosas.

Apoyó su frente en su rodilla cerrando sus ojos. Estaba solo en su cama, en su apartamento, luego de haber dejado a Kelly en su casa. Ella lo había mirado llena de decepción, pero él no había tenido el ánimo para traerla aquí, para hacer lo que sabía ella esperaba: sexo.

No, esta noche no era capaz. Emilia estaba con ese hombre, en sus brazos, dándole a otro lo que él por mucho tiempo anheló y con tanta fuerza: su amor.

Salió de la cama y caminó hacia la ventana retirando las persianas para mirar hacia la noche.

Había sido incapaz de volver a enamorarse de otra mujer en los pasados años, y ahora comprobaba que todo se debía a que tal vez seguía estando enamorado de la primera. No encontraba razones para comprender mejor a qué se debía esto. Ella nunca había sido su pareja. Nunca tuvo una conversación con ella, excepto por una vez que se sentó a su lado en aquel curso en el que la conociera y ella le extendió su goma de borrar porque él no encontraba la suya.

—Gracias –le había dicho él, molesto consigo mismo por quedar como un escolar que pierde sus útiles.

—Es la tuya –le dijo—. La tomé prestada—. Ella había sonreído con un poco de picardía, y el corazón de él había latido acelerado. ¡Ah, le encantaba, le encantaba!

Ella le había encantado desde el principio. Era un encanto, un embrujo. ¿Qué si no?

Aún ahora sonreía recordándolo. Respiró profundo y miró hacia su cama, tan vacía.

Necesitaba un contra embrujo pronto y efectivo.

—Esa cara –dijo Telma mirando a Emilia. Ella se sobresaltó un poco y le prestó atención. Habían salido con Santiago para llevarlo a un parque de atracciones infantil. Ahora mismo, Santiago reía embobado mientras daba vueltas en lo que era una tacita de té hecha a su medida con otro niño más. Aunque eran desconocidos, reían y se hacían monerías como si fueran amigos de toda la vida.

—¿Qué cara? –le preguntó Emilia a Telma.

—De aburrida. De preocupada—. Emilia la miró de reojo.

Ciertamente estaba preocupada. Habían pasado dos meses desde la primera vez que estuviera con Armando y, a pesar de que había estado con él otras cuantas veces, los resultados no habían cambiado. Ya no se llenaba de terror, al menos, pero tampoco sentía alegría, felicidad, ni plenitud. Nada de nada.

—No pasa nada –mintió.

—Sí, claro.

—¡Tía! –Gritó Santiago saliendo de la atracción y corriendo a

Telma—. Llévame a los caballos —el niño señaló al pequeño carrusel que tenía en frente. Los asientos de éste tenían forma de caballos y Telma sonrió.

—¿No estás cansado de dar vueltas? —Santiago rio negando—. ¡Eres incansable!

—¡Vamos, tía!

—¡Me vas a arruinar! Te estás aprovechando porque yo invito, ¿verdad?

—¡Pero si tú tienes dinero!

—¿Quién te dijo eso? —Santiago miró a Emilia, y ésta se defendió de inmediato.

—¡No fui yo!

—¿Le estás enseñando a tu hijo a aprovecharse de la gente?

—¡Te digo que no fui yo! ¡Santi!

—¡Pero tú tienes dinero! —Insistió Santiago mirando a Telma—. Tienes muchos más zapatos que mamá.

—Excelente —dijo Emilia cruzándose de brazos y Telma soltó la risa. Santiago había aprendido a medir la satisfacción y riqueza de una mujer a partir de la cantidad de zapatos que tuviera.

—No estás muy desencaminado, sobrino —le dijo Telma al niño alborotándole el cabello.

—¿Qué es desencamionado?

—Desencaminado —le corrigió Telma tomándole la mano y conduciéndolo al carrusel. Emilia suspiró. Había podido evadir el tema exitosamente gracias a la intervención del niño. Esperaba no tener que necesitar su consejo y resolver esto por sí misma. Había dependido de su amiga por mucho tiempo ya.

Regresaron a casa cuando ya había oscurecido, y antes de llegar al edificio, Emilia vio allí a Armando.

—¿Vino a buscarte? —preguntó Telma. Emilia llevaba en sus brazos a Santiago, que se había dormido en el camino a casa; aun así, aceleró el paso para ver a su novio.

Telma se quedó atrás más para observarlos. Cuando Emilia llegó hasta él, notó que Armando no se inclinó para besarla, ni para quitarle el peso del niño, que, al estar dormido, se hacía peor.

—Quiero que hablemos —le escuchó decir. Emilia asintió y sonrió.

—Vamos arriba y…

—No —interrumpió él—. Hablemos a solas—. Emilia evitó mirar a Telma, y volvió a asentir.

—Hola, Armando –saludó Telma con voz un poco seca.

—Hola –contestó él, pero volvió a concentrarse en Emilia—. Te esperaré aquí.

—Vale—. Emilia y Telma entraron al ascensor. El silencio era un poco incómodo, pero Telma no tuvo cuidado.

—Te va a terminar –le dijo.

—¿Qué? ¡No! Estamos súper bien.

—Falso. Te va a terminar.

—¿Por qué lo dices?

—En mi carrera, Emi, he aprendido a leer a las personas con sólo su expresión corporal— Suspiró. Emilia no quiso mirar a Telma ni seguir discutiendo con ella, se le había formado un nudo en la garganta.

Entraron al apartamento y Santiago despertó.

—Eres un bribón –lo acusó Emilia—. ¿Te estabas haciendo el dormido para que te trajera en brazos?

—¿De verdad lo estás acusando de eso? –le reclamó Aurora, que lo recibió y se sentó con él en el sofá. Santiago seguía medio dormido, así que no tuvo presencia de ánimo para defenderse—. ¿Vuelves a salir? –preguntó Aurora al ver que Emilia se encaminaba de nuevo a la puerta.

—Sí. Armando está abajo.

—Dile que suba –sonrió Aurora—. Hice la cena pensando en que tal vez él vendría.

—No creo que suba –dijo Telma, y Emilia, luego de echarle malos ojos, salió del apartamento.

—¿Por qué no? Siempre que lo invito a cenar viene aquí.

—Doña Aurora –dijo Telma, sentándose a su lado en el sofá—, ¿de verdad cree que Armando es lo mejor para Emilia?

—¿Qué pregunta es esa? Lo mejor que yo puedo desear para mi hija es que un hombre la quiera y la acepte como es. Armando lo hace.

—Bueno, ojalá sea así.

Emilia volvió al lobby del edificio y se encontró allí de nuevo a Armando.

—Mamá quiere que subas a cenar –sonrió ella acercándose. Buscó su boca para darle un beso como siempre era costumbre, y él no la rechazó.

—Ven –le dijo él tomándole la mano y saliendo con ella. Emilia lo miró un poco aprensiva. Que no me termine, deseó. Que no sea lo que Telma dijo.

Él la llevó hacia la calle y allí tomó un taxi. En Bogotá, los taxis eran reconocidos por ser carísimos, y a ella siempre le había llamado la atención que cuando él quería llevarla a algún lugar no la llevaba en buses o el Transmilenio, sino en taxis. Era un caballero, pensó.

Cuando llegaron al nuevo apartamento de él, ella sonrió. Él se había cambiado recientemente. La constructora a la que le había comprado el apartamento había hecho las entregas hacía poco y aunque aún no había traído sus muebles, ya sabía que era inminente la mudanza.

—¡Es precioso! —exclamó ella.

Sin embargo, él no le soltó la mano, sólo la llevó hasta una de las habitaciones, donde Emilia encontró una cama.

—Esta es nueva —dijo ella. Otra vez, él no contestó, sólo la atrajo a él y la besó. Le quitó la chaqueta con la que se abrigaba, y luego la blusa.

—¿Armando?

—Quiero hacerte el amor —dijo él.

—Va… vale —susurró ella.

Se apoyaron en la cama, y él le sacó el pantalón. Se puso entre sus piernas y volvió a besarla. La besó una eternidad.

Él no le iba a terminar, suspiró ella. Telma estaba equivocada.

Él le tomó una mano y se la puso en su propia entrepierna. Emilia quedó un poco desconcertada, y asustada la retiró.

—Tócame —le pidió él—. Haz algo, Emi.

—¿Qué… qué quieres que haga?

—No sé, lo que sea. Haz algo—. Ella lo miró allí. Al entrar, él no se había molestado en encender las luces, así que estaba oscuro, pero de la calle entraba un poco de luz y podía ver sus formas un poco en la penumbra.

Acercó su mano a él, pero cuando estuvo a unos milímetros, retrocedió.

—Está bien, no importa—. Apoyó su espalda en la cama poniéndola a ella encima, y fue guiándola hasta que estuvo en su interior. Emilia estaba allí, en esa posición, quieta, esperando a que él se moviera.

—Muévete —le pidió él. Ella sonrió confundida.

—¿Qué?

—¡Emilia, por favor! —ella empezó a temblar, comprendiendo. Desde el principio, él no hacía más que decirle "haz esto, haz aquello". Esto nunca había sucedido. Él nunca se había impuesto de esta manera, nunca le había exigido nada.

Los ojos se le humedecieron.

—¿Te das cuenta? —dijo él, mirando al techo, exasperado—. Emilia, fui capaz de pasar por alto que tuvieras un hijo; un hijo al que, si me casaba contigo, yo terminaría adoptando y criando. Pero hay algo que ningún hombre puede pasar por alto —él la movió, saliendo de su cuerpo—. Eres terrible en la cama, nena —concluyó, y ese "nena" no sonaba a mote cariñoso. Emilia se movió en la cama alejándose de él.

—Yo… —ahora tenía los ojos anegados en lágrimas. Esto dolía.

—No, no, no —siguió él—. Lo intenté por meses. Fui paciente. Al principio creí que era mi culpa, creí que por estar ansioso no despertaba en ti lo que debía despertar. Me dije, vamos, tiene un hijo, tiene experiencia, tal vez sus expectativas son diferentes. Pero el problema no soy yo. El problema eres tú. Eres madera mojada en una hoguera; ¡no te enciendes! Si me casara contigo, no tardaría en buscar satisfacción en otra mujer. Te quiero, pero el sexo es demasiado importante.

Emilia salió de la cama al fin. Buscó sus pantalones y se los puso lentamente. Las lágrimas habían rodado hasta su mentón y ella no se molestó en secarlas. Lo escuchó a él suspirar.

—Lo siento. Tenemos que terminar—. Emilia asintió.

—Perdona.

—No, no tengo nada que perdonar. La vida es así. No todas las mujeres son iguales, y tú, desafortunadamente, no eres… No quiero herirte, pero tal vez debas ir con un profesional— Emilia volvió a asentir. Sí, ya antes había pensado en que a lo mejor necesitaba un psiquiatra.

Ella se puso el sostén y luego la blusa. Él siguió en la cama mirándola vestirse.

Cuando salió a la sala, completamente vacía, él la llamó.

—De verdad te quería, Emi —le dijo él—. De verdad me gustabas. Hasta tu hijo me gustaba— Ella lo miró al fin.

—¿Por qué siempre hablas de Santiago como si fuera mi defecto? —él sonrió.

—Tienes que aceptar que el sueño de un hombre no es estar con una mujer que ya tuvo hijos con otro.

—¿Entonces te crees muy noble porque estuviste dispuesto a sacrificar tu sueño por mí y por él?

—Estás buscando una razón para encontrar que el malo soy yo, ¿verdad?

—¿Entonces el malo es Santiago? Ah, no. Somos el dúo dinámico; el hijo bastardo, y la madre incapaz en la cama. ¡Qué paquete! ¡De lo que te libraste! —Armando hizo una mueca y miró a otro lado.

—No puedes negar la realidad, Emilia. Eso son ustedes dos, precisamente—. Emilia deseó tener algo en la mano para lanzárselo, golpearlo.

¿Qué podía decirle? Ah, seguro que alguien como Telma habría encontrado mil cosas hirientes que decirle como una pequeña forma de venganza. Quería hacer una gran salida, quería darle a entender que estaba equivocado, que era un estúpido. Pero su corazón de mujer estaba tan herido que no era capaz de idear nada.

—No sabes nada de mí –fue lo que pudo decir—. Nunca jamás podrás hacerte a una idea de lo que pasaba en mi cabeza cuando estaba contigo.

—Cuéntame—. Emilia sacudió su cabeza.

—No. No esperes que te lo cuente ahora. Has mostrado tu verdadero ser—. Él hizo un gesto que pareció ser una risita incrédula. Emilia había dado la espalda y ya estaba ante la puerta para irse, pero al escucharlo reírse, algo se encendió dentro de ella—. Si es cierto y yo soy para esta hoguera algo así como madera mojada, entonces, tu fuego, cariño, no fue lo suficientemente intenso como para secarme y mucho menos encenderme. Analízate, tal vez no eres tan bueno en la cama como crees –y dicho esto, salió cerrando la puerta con tanta fuerza que la pared tembló.

Sin embargo, y a pesar de haber hecho su salida, Emilia no se sentía ni medianamente satisfecha. Llamó al ascensor, pero este no vino pronto, y temiendo que él saliera y le dijera algo más, corrió escaleras abajo.

Tuvo que detenerse tres pisos después, pues ya no veía por dónde andaba a causa de las lágrimas.

Telma tenía razón, ¿cómo había sido capaz de verlo?

Expresión corporal, había dicho ella.

Qué estúpido. Qué idiota.

¿Pero qué podía hacer ella? Él tenía razón al menos en una cosa.

Llegó afuera y estiró el brazo para tomar un taxi. Luego recordó que no llevaba dinero suficiente y caminó hacia una parada de autobús.

Iba llorando en silencio, sintiéndose otra vez humillada, avergonzada.

No era justo. Nunca se había imaginado que aquella noche en esa fiesta ella pudiera perder tantas cosas, cosas que hasta ahora se estaba dando cuenta que no tenía.

Maldito monstruo, volvió a decir. Maldito monstruo. Si lo tuviera delante, lo mataría. Lo mataría lenta y dolorosamente. Le arrancaría la piel a tiras, le echaría ácido luego, y le cortaría el pene para que nunca más tuviera la posibilidad de hacerle lo mismo a otra mujer.

Ah, sí, y ella se reiría de él a carcajadas.

Pero a pesar de todas sus macabras ensoñaciones, Emilia no encontró alivio. Llegó a su casa y se asombró al ver que allí seguía Telma. Al verla, su amiga lo supo.

Otra vez, llorando, le contó su nueva desgracia, y esta vez, juntas, idearon mil formas de hacer sufrir a los hombres en general, a maldecirlos, porque ninguna de las dos había encontrado un espécimen, aparte de los miembros de la familia, que salvara al género de su escarnio.

—¿Emilia Ospino? —preguntó Álvaro Caballero al escuchar el nombre de labios de su secretario. El hombre asintió mirando de nuevo sus apuntes.

—Es la persona que le envía el señor Agudelo, de la universidad donde se graduó el joven Rubén. Incluso —dijo, pasándole una serie de papeles y carpetas—, envía una carta donde la recomienda.

—¿La leíste?

—Sólo por encima. Sólo son elogios.

—Vaya. ¿Está aquí?

—No, pero la llamaré si usted me lo indica.

—Sí, llámala. Agudelo nunca me ha decepcionado al recomendarme personal, y no es que lo haga muy seguido.

Emilia saltó de la emoción y se abrazó con Felipe cuando recibió la llamada. Santiago también saltó, pero él lo hacía sólo para aprovechar el desorden, saltar estaba bien a cualquier hora.

Aurora miró a su hija sonriendo. Luego de que terminara su

relación con Armando ella había estado muy deprimida, aunque no tanto como aquella vez, pero verla feliz era una un alivio.

—¡Papá se va a poner feliz! —Exclamó Emilia—. Es como si... todo el esfuerzo se viera recompensado. ¡Nada más que en la CBLR! ¡Qué suerte tengo!

—No es suerte —la contradijo Felipe—. Es fruto de duro trabajo. Te has esforzado mucho, te quemaste las pestañas estudiando—. Emilia se tiró en el sofá cubriéndose las mejillas sonrojadas por la felicidad con sus manos.

—Quiere que vaya mañana mismo a una entrevista —sonrió Emilia.

—Ganarás un sueldazo —sonrió Felipe, y ella lo miró fijamente.

—Ahora te ayudaré con tus estudios.

—Ah, es cierto. Lo prometiste.

—Ni que se te hubiera olvidado —acusó ella, y Felipe se echó a reír. Él no había entrado a la universidad porque realmente el presupuesto no había alcanzado. Había iniciado, pero al segundo año tuvo que elegir entre seguir o trabajar, y bajo la promesa de Emilia con que luego le ayudaría, dejó el estudio.

—Gracias por la paciencia —le dijo Emilia, y Felipe sólo meneó la cabeza sonriendo.

Emilia miró a su hijo, que la miraba sonriente. Sólo tenía cuatro años, no debía tener muy claro qué era lo que pasaba, pero entendía bien que era algo que su madre había estado deseando. Emilia le extendió el brazo y el niño acudió a ella, que lo alzo y lo besó.

—Mamá va a poder comprarte más ropa —le dijo—. Ya no te va a faltar nada.

—No quiero ropa —dijo Santiago—. Cómprame juguetes.

—Ahí estás pintado —sonrió Emilia, Aurora y Felipe se echaron a reír.

Acudió a la cita al día siguiente. Llevó puesto un conjunto sastre color marfil, el mejor que tenía, con una blusa azul turquesa debajo y los zapatos de punta a juego. Intentó recogerse el cabello, pero como siempre, era demasiado abundante, demasiado largo, y difícil de manejar, así que simplemente se hizo una cola de caballo con el flequillo hacia un lado y se aplicó un suave maquillaje. Necesitaba verse lo más profesional posible, serena y segura.

Rubén conducía su automóvil con algo de prisa. Tenía unos

papeles que revisar antes de la llegada de uno de sus clientes, y el tráfico no estaba ayudando mucho hoy.

Bueno, también era cierto que hoy había salido de casa con un poco de retraso.

Aceleró el auto cuando vio que la luz verde pasaba a naranja seguro de que alcanzaba a pasar al otro lado, pero entonces un chico en una moto se atravesó en su camino.

El impacto se produjo, pues Rubén no pudo frenar a tiempo. Lanzando una maldición, abrió la puerta y salió a mirar qué tipo de catástrofe había provocado por la prisa.

Se acercó lentamente, y vio un joven de no más de veinte años tendido en el suelo, la moto, cuya rueda delantera aún giraba, estaba a escasos metros de él.

—Maldita sea —dijo—. Lo maté.

Se arrodilló frente a él poniéndose ambas manos en la cabeza.

¡Mierda, mierda, mierda! ¿Por qué tenía tan mala suerte en la vida?

Pero entonces escuchó un quejido proveniente del muchacho, que se movió hasta quedar sentado. Rubén se sintió tan aliviado, que prometió ir a llevar flores a todas las iglesias de la ciudad.

—¿Estás bien? —le preguntó con preocupación—. ¿Tienes un hueso roto? ¿Llamo una ambulancia? —el joven lo miró e hizo una mueca.

—Te saltaste el semáforo —lo acusó, al tiempo que lidiaba con el casco de seguridad para quitárselo. Rubén miró en derredor. La gente se empezaba a aglomerar, seguramente la policía de tránsito vendría a hacer el estudio del choque y el embotellamiento sería tan monstruoso que no sólo lo afectaría a él, sino a los cientos de personas que ahora mismo necesitaban esta calle para ir a sus lugares de destino.

—Lo siento —dijo—. Tenía prisa. Fui imprudente—. Al parecer, el muchacho no esperaba una disculpa, así que lo miró un poco sorprendido.

Rubén lo vio ponerse en pie, y sintió que todos sus nervios se iban calmando. No tenía nada roto. Los bocinazos empezaron a escucharse, y cojeando, el chico fue hasta su motocicleta e intentó levantarla.

—Mierda, esta cosa quedó inservible.

—Yo responderé —dijo Rubén—. ¿No quieres que te lleve a un hospital?

—Estoy bien. Sólo fueron unos rasponazos, pero la moto… —Rubén sacó su billetera y le pasó una de sus tarjetas.

—Estos son mis números –le dijo al tiempo que se la pasaba—. Dame tu nombre, para así…

—Felipe Ospino –contestó el muchacho, y Rubén lo miró a la cara atentamente. Era un chico delgado, alto, cabello castaño un poco rizado. Sacudió su cabeza al ver lo que estaba haciendo; cada vez que escuchaba el apellido Ospino, se detenía a mirar a la persona.

Lo vio renquear hasta sentarse en el andén. Por más que dijera que no era nada grave, el chico no estaba bien.

Mierda y más mierda.

—Vamos –le dijo—. Te llevaré a urgencias.

—No es…

—Prefiero llevarte y que los médicos me digan que no es nada.

—Pero estoy trabajando. La moto es de mi trabajo, no es mía. No puedo…

—Por lo mismo. No puedes. Déjame hacerme cargo. Te juro que esto es primera vez que me sucede, y no pienso dejarte por ahí sin asegurarme de que estás bien –Felipe volvió a mirarlo, y ésta vez sonrió.

—¿Eres un niño bueno y correcto? –se burló.

—A ti te conviene que lo sea en este momento, ¿no?

—No es la primera vez que me caigo de la moto.

—Estamos haciendo tapón –insistió Rubén mirando desesperado cómo la gente seguía aglomerándose, y los bocinazos aumentaban. Uno de los carriles de la carretera estaba habilitado, pero, aun así, se había producido el embotellamiento.

Felipe suspiró y tomó la mano que le tendía este niño rico y se puso en pie. Él le abrió la puerta de su lujoso automóvil y lo ayudó a entrar. Mientras se aseguraba el cinturón de seguridad, lo vio levantar la moto del suelo y orillarla al lado de uno de los locales comerciales de la esquina. Vio que incluso hablaba con alguien y le pasaba dinero.

Cuando entró al auto, hablaba con alguien por teléfono, avisando lo sucedido y que llegaría tarde. Felipe lo miró de reojo dándose cuenta de que no sólo era un niño rico, bueno y correcto, sino que además era alguien ocupado.

—Nos hemos arruinado el día –dijo cuando él colgó. Lo escuchó suspirar.

—Hay una ley que dice que cuando las cosas van mal, tienden a ir peor—. Felipe se echó a reír.

Llegaron a una clínica, y Felipe llamó a su trabajo para informar lo sucedido. Luego le avisó a su padre, que llamó a su madre, para que le fuera a hacer compañía ya que él por su trabajo no podía.

Aurora quedó lívida al recibir la llamada de su esposo. ¡Su hijo se había accidentado en esa moto!

Según lo que Antonio le había dicho, no era grave, pero ella odiaba que su hijo fuera de un lado a otro en una ciudad tan agitada y peligrosa en un transporte tan inseguro como ese.

Tomó a Santiago, que por estar de vacaciones estaba en casa a esa hora de la mañana, lo vistió y se lo llevó consigo. Hoy no habría almuerzo en casa.

9

Rubén no fue capaz de irse y dejar al chico solo mientras esperaba a que lo atendieran. A pesar de que todo iba a cargo de sus tarjetas, los estaban haciendo esperar en la clínica, y ya que había tenido que cancelar sus citas de la mañana, prefería quedarse aquí y asegurarse de que todo saldría bien.

Felipe Ospino aún era un niño, había comprobado. Tenía veinte recién cumplidos, había tenido que dejar la universidad por ponerse a trabajar, y ahora mismo era un simple mensajero.

—¿Te gusta lo que haces? —le preguntó, y lo vio torcer el gesto.

—¿A quién le va a gustar? Estar todo el día en una moto, de un lado a otro, llevando sol o lluvia… A nadie —contestó con un suspiro.

—¿Qué estabas estudiando?

—Medicina —respondió Felipe.

—Qué bien. Vas a ser médico—. Felipe hizo una mueca.

—Sólo hice dos semestres.

—Pero imagino que piensas algún día volver, ¿no?

—En cuanto la situación mejore…

—Bueno, tal vez no sea del todo malo que nos hayamos chocado —le dijo Rubén—. Trabajo en una empresa bastante grande. Si me llevaras tu hoja de vida, tal vez pueda ayudarte.

—Vamos, sólo pasaría de ser mensajero donde estoy a ser mensajero acá.

—Pero tal vez mejoren tus condiciones. Es sólo una sugerencia, tú verás si la sigues.

Cuando vio a una mujer de cabellos cortos y castaños acercarse a ellos con cara angustiada, se puso en pie.

—¡Mi hijo! —exclamó la mujer abrazando a Felipe. Rubén sonrió. Típico de las madres.

—Estoy bien, mamá. Mírame, estoy en pie.

—¿Qué fue lo que pasó? ¿Cómo sucedió?

—Fue... mi culpa —dijo Rubén, con algo de aprensión. Podía ser que esta señora lo agarrara a carterazos por maltratar a su hijo. Pero ella lo miró con ojos humedecidos.

—Gracias por cuidar de él.

—Era mi obligación.

—Otro habría huido.

—Bueno...

—Mamá... ¿Te trajiste a Santiago? —preguntó Felipe mirando a un niño pequeño que lo abrazaba. Rubén lo miró entonces. Era un chico guapo, de piel blanca, y algo se agitó en él a verlo. Sus ojos claros... le parecían haberlos visto antes.

—¿Es... tu hijo? —preguntó mirando a Felipe.

—Claro que no —sonrió Felipe—. Es mi sobrino.

—No tuve dónde dejarlo —explicó Aurora—. Están de vacaciones, así que...

—¿Estás enfermo, tío? —preguntó el niño, y Felipe le contestó tranquilizándolo. Rubén miraba al niño. Debía irse, ya Felipe no estaba solo, de aquí en adelante, no lo necesitaban y tenía mucho que hacer en su oficina, pero algo lo hacía estarse allí más tiempo.

El niño lo miró, y Rubén le sonrió. Tal vez era cosa suya, pero sentía que este niño se parecía a su propio sobrino, Pablo.

—¿Cuántos años tienes?

—Cuatro —contestó Santiago.

—Ah. ¿Estás en la escuela? —el niño asintió.

—Ya sé leer.

—¿Tan pequeño?

—Soy inteligente —dijo el pequeño sonriendo, y Rubén se echó a reír.

—Ya lo veo —dijo mirándolo fijamente. Santiago le sostuvo la mirada por un rato, pero luego se recostó en el regazo de su tío mirando en derredor.

No podía decir que le encantaran los niños. Amaba a los hijos de su hermana porque eran sus sobrinos, pero nunca les había prestado demasiada atención a los niños ajenos. Pero este le parecía guapo, listo, y despertaba en él un sentimiento de anhelo. Extraño.

—¿Cómo fue que ocurrió el accidente? —preguntó Aurora. ¿Qué accidente?, se preguntó Rubén. Ah, cierto. El accidente.

—Yo... iba un poco a prisa... choqué por imprudencia—.

Aurora lo miró fijamente por unos segundos—. Lo siento mucho.

—De todos modos –dijo Aurora—. Le agradezco mucho que no haya huido, y se haya hecho cargo.

—Claro que sí.

—Sin embargo, de aquí en adelante, ¡tenga más cuidado, por favor! ¿Y si mata a alguien? ¿Y si le hubiese sucedido algo a usted mismo? –Rubén se rascó el cuello recibiendo la regañina, y vio que Santiago se le reía. Entrecerró sus ojos mirándolo con una amenaza velada, pero el chico sólo rio más.

—Ya tengo su tarjeta –le dijo Felipe—. No creo que lo vaya a necesitar, pero si algo surge, lo llamaré.

—Claro –volvió a decir Rubén. Lo estaban despachando—. En fin –suspiró dando unos pasos alejándose—. No duden en llamarme—. Volvió a mirar al niño y le tendió la mano.

—¿Cómo es que te llamas?

—Santiago.

—Yo soy Rubén. Cuida de tu abuela y tu tío—. Santiago sonrió asintiendo. Rubén le alborotó los cabellos y al fin dio la espalda alejándose.

Aurora miró la espalda de Rubén largo rato.

—Necesitamos más hombres como ese.

—¿Por qué?

—Se nota de lejos que es un muchacho bien criado, responsable. Ay, Dios. Y tú, no me digas que estabas de loco en esa moto. Te he dicho que no me gusta que andes por toda la ciudad en moto…

—Mamá…

—Sabía que algo así pasaría en algún momento, le voy a decir a tu papá que…

—Ya pronto dejaré el trabajo. Emilia está ahora mismo en una entrevista de trabajo, ¿no?

—Sí. Sí. ¡Dios! ¡Que le vaya bien!

Emilia se bajó del autobús y caminó buscando la dirección que le habían dado por teléfono. Fue fácil encontrarla.

El edificio de la constructora era un bloque enorme situado a un lado de una importante avenida. Eso le alegró, significaba que no tenía que andar mucho si se transportaba en bus.

Era enorme, una parte recta, la otra, redondeada, brillante por sus paneles de cristal, y con una amplia zona de parqueo. Árboles y jardines, como recordando que en sus proyectos siempre se tenía en cuenta la participación de la naturaleza de una manera funcional. Entró y dio su nombre en la recepción. No pasaron muchos minutos hasta que estuvo ante el mismísimo Álvaro Caballero. Esto la sorprendió. Había imaginado que la entrevistaría alguien de personal, pero al parecer el presidente de esta compañía se encargaba de contratar personalmente a sus arquitectos.

En cuanto lo vio, Emilia sintió algo muy extraño dentro de ella. Él le recordaba a alguien, a alguien muy querido. Tenía los ojos claros, como un café avellana, y arrugas alrededor de los ojos. Cabello castaño encanecido, y alto.

—Emilia Ospino —la saludó él tendiéndole la mano, y ella la estrechó sonriéndole.

—Señor Caballero.

—Siéntate, por favor —ella le hizo caso, y se sentó con su espalda recta y los tobillos juntos.

—Tengo aquí tu currículum. Eres una recién egresada de la Universidad de los Andes—. Emilia asintió con un simple movimiento de cabeza—. Tus calificaciones han sido buenas; tan buenas, que tu profesor Agudelo, que es un buen amigo mío y que muy raras veces recomienda a alguien, lo ha hecho, incluso ahora, que no estoy buscando personal—. Eso la confundió un poco.

—¿De verdad? —Preguntó, pero luego pensó que eso estaba fuera de lugar—. Quiero decir... él me pidió mi currículum, no pensé que... —se detuvo cuando lo vio sonreír.

—No te preocupes, si no me hubiese interesado, no te habría llamado. ¿Estás trabajando actualmente?

—Bueno... —titubeó ella— dado que tengo experiencia como secretaria, ingresé en una oficina hace un mes, al tiempo que he repartido aquí y allí mis hojas de vida.

—¿Y no te han llamado? —ella meneó su cabeza negando—. Pero eso es extraño, tienes un excelente reporte.

—Gracias.

—Mejor lo hago yo antes de que otro te descubra, ¿no es verdad? —ella elevó su mirada a él—. Quiero que empieces aquí. Estarás como ayudante de los actuales arquitectos, pero eso será temporal.

—¡Gra... gracias!

—No, no me lo agradezcas aún. Se te viene mucho trabajo; estas personas te pondrán a hacer tareas tal vez demasiado simples y rutinarias, pero deberás probarte ante ellos y ante mí.

—No me importa. Siempre que tenga la oportunidad de mostrar

mis capacidades…

—¿Te gusta lo que estudiaste? –Emilia sonrió ampliamente.

—¡Me encanta! ¡Desde niña! Mi padre… él es un simple obrero, pero siempre me llevó a conocer esos edificios que con sus manos ayudó a levantar, y me enamoré del oficio. Tuve… baches en el camino, pero…

—Parece que sí –dijo él mirando sus papeles—. Dejaste la carrera por un tiempo.

—No fue voluntario, y, pues, como ve, en cuanto pude, regresé.

—Sí, eso veo—. Él la miró fijamente. La chica le pareció guapa, de mirada inteligente, y no hablaba de más.

—¿Cuándo tienes disponibilidad? –Emilia meditó la respuesta.

—Tendría que hablar con mi actual jefe. No creo que me pida demasiado tiempo.

—¿Una semana estará bien?

—Creo que sí.

—No te vayas a ir a otro lado.

—No, no lo creo –rio ella. Álvaro se puso en pie, y Emilia lo imitó.

—¿Te decantas por algún estilo arquitectónico en especial? –le preguntó, ya hablando un poco más seriamente acerca de su carrera. Emilia se preguntó por qué lo hacía cuando parecía que ya la estaba despidiendo. Sin embargo, salió de la oficina con él.

—Bueno, mis profesores hallaron en mí una extraña mezcla entre lo funcional y lo orgánico –contestó con una sonrisa.

—Eso es interesante –siguieron caminando, y Emilia pronto comprendió que el propósito del señor caballero era mostrarle algunos sitios del edificio en general. Se dio cuenta de que el secretario los seguía, presto a seguir órdenes, como si esto, seguir al jefe, fuera su único trabajo.

Y al parecer lo era. A medida que avanzaban, el señor caballero le dio órdenes, recibió mensajes, y al mismo tiempo, le mostraba a ella las diferentes dependencias. Parecía ser muy dinámico, exigente, y aún enamorado de su oficio. Todavía se entusiasmaba mucho por la construcción en general.

Estaba siendo un rato agradable. Emilia se preguntó si este recorrido se lo daban a cada arquitecto nuevo que contrataban; era una gran empresa, así que no debía tener dos, ni tres, sino muchos más. ¿Era un trato especial por ser recomendada, o simplemente el señor Caballero estaba hoy de buen humor?

Sea como sea, estaba siendo la mejor entrevista que jamás tuviera.

—Realmente —le confesó Álvaro caballero a Emilia cuando se acercaban al final del recorrido— soy ingeniero, no arquitecto. Cuando mi hijo me dijo que deseaba estudiar arquitectura, lo critiqué un poco. El machismo enseña que la ingeniería es la carrera de los hombres.

—Sí, he oído eso varias veces de boca de mis ex compañeros de estudio.

—Pero él me cerró la boca. Es un excelente arquitecto —Álvaro suspiró, y Emilia sonrió al imaginarse eso. No parecía ser un hombre que se dejara cerrar la boca por cualquiera.

—Señor —dijo el secretario que los había estado siguiendo—, llegaron las invitaciones de la galería Don—. Una mujer se hallaba al lado del secretario sosteniendo un paquete cuadrado que seguramente contenía las invitaciones, y cuando Álvaro le extendió la mano, ella se dio prisa en abrirlo.

Era un simple cuadrado de papel mate negro con algunas figuras florales de vivos colores.

—¿Cuántas son?

—Cincuenta, señor —contestó la mujer. Álvaro miró a Emilia.

—¿Te gusta ver cuadros? —ella, tomada un poco por sorpresa, contestó:

—Ah... sí. Claro—. Acto seguido, él le extendió el papel.

—Constantemente nos invitan a estos eventos —explicó—. Este en especial ha sido muy sonado. El artista es mexicano.

—Le agradezco que me dé una invitación a mí.

—Todos los arquitectos están invitados siempre. Se espera que ellos se inspiren viendo los cuadros y decidan no sólo llevarse algunos a sus casas, sino también incluirlos en sus futuros proyectos. Ya sabes, no sólo construimos.

—Entiendo —entonces se dio cuenta de que se hallaban ya en la salida del edificio. Fin del recorrido, se dijo, sintiendo un poco de pesar. Durante todo este tiempo, que había disfrutado, se había estado preguntando a quién le recordaba este hombre. No creía haberlo visto antes en ningún lugar. Había asistido a congresos y simposios, pero también dudaba que hubiese sido allí. No le coges cariño a alguien a quien has visto por unas escasas horas.

Guardó la invitación en su bolso y miró de nuevo al que sería su jefe.

—Te espero aquí en una semana —se despidió él, y ella sonrió.

—Aquí estaré, señor –él volvió a estrecharle la mano y la vio partir. Se dio cuenta de que no caminó hacia la zona de parqueo, sino que se fue andando de una vez hacia la avenida.

Si su padre era un simple obrero, y había estudiado en una universidad como la de los Andes, entonces lo había tenido sumamente difícil en la parte económica. Sumamente difícil, se repitió.

Aun así, ella había terminado. Tenía curiosidad por saber cómo había conseguido tremenda proeza.

Un auto se detuvo casi frente a él, y de él vio bajar a su hijo, que le entregó las llaves al encargado luego de darle indicaciones de llevarlo al taller.

—Hola, papá –lo saludó.

—¿Le sucede algo al auto? –Rubén agitó su cabeza.

—Tuve un pequeño accidente –Antes de que Álvaro se preocupara, añadió: —No me pasó nada, pero choqué con un chico y tuve que llevarlo a urgencias.

—¡Rubén!

—Él está bien –agregó—. Sólo fueron raspaduras—. Cuando su padre suspiró, Rubén sonrió—Parece que sólo te doy preocupaciones.

—No seas tonto –le contestó Álvaro mirándolo de reojo—. Estas cosas pasan. ¿Vienes de allá, entonces?

—Sí. ¿Y tú, ibas de salida?

—No. Acabo de despedir a mi nueva contratada—. Él lo miró confundido, pero no tuvo tiempo de quedarse allí a charlar y se internó en el edificio.

—Nos vemos a la hora del almuerzo –le dijo mirando su reloj, ya no quedaba mucho para esa hora, e hizo una mueca.

—Ve –lo despidió su padre, y Rubén siguió su camino. Álvaro miró sonriendo a su hijo, y se estuvo otros instantes allí mirando hacia el camino por el que se había ido Emilia Ospino.

Emilia sacó su teléfono cuando estuvo en la parada de autobús con una sonrisa que le era imposible disimular.

—Mamá –saludó al escuchar su voz.

—Hola, Emilia. Qué bien que llamas –la voz de ella parecía un poco preocupada.

—¿Pasó algo? ¿Santiago?

—Santiago está perfecto. Es tu hermano; tuvo un accidente.

—¡Oh, Dios!

—No, no te preocupes, él está bien. Ahora mismo lo están atendiendo los médicos. Sólo fueron raspaduras y golpes.

—¿En dónde están? Iré a verlos...

—No tiene caso. Para cuando llegues, ya nosotros estaremos de salida. Nos vemos en la casa.

—¿Santiago está contigo?

—Sí... —Emilia suspiró y cerró sus ojos.

—Vale, nos vemos en casa entonces.

—¿Te dieron el trabajo? –preguntó Aurora antes de que su hija cortara la llamada. Emilia sonrió.

—Sí. Empiezo en una semana.

—¡Qué bien!

—No tengo mucho saldo, mamá. Hablamos bien en casa.

—Está bien.

Felipe regresó a casa con la muñeca vendada, un dolor en la nalga izquierda a causa de una inyección y una buena bolsa de medicamentos. Minutos después de que entraran al pequeño apartamento, llegó Emilia y le tuvo que contar con detalle cómo fue el accidente, y cómo el causante no se había desentendido de él.

—Es un tipo bien –dijo Felipe apoyando su cabeza en la almohada de su cama—. Otro se habría puesto a pelear y dejado que pagara el seguro, porque, si te soy sincero, yo también me adelanté un poquito. Pero luego de que hablamos, hasta me ofreció empleo.

—Bueno, al menos no fue un idiota que salió huyendo—. Felipe sonrió.

—Me dijo mamá que te dieron el empleo –Emilia sonrió asintiendo.

—Empiezo en una semana, así que ya no tendrás que exponerte en una moto todo el día, y podrás ser el médico que quieres –Felipe sonrió mirándola, y ella extendió su mano a él y la puso con cuidado sobre su cabeza—. Me asusté mucho por tu culpa.

—Estoy bien. Tengo huesos duros.

—Menos mal –Emilia se puso en pie y salió de la habitación de su hermano. Se introdujo en la cocina con Aurora para ayudarla en la preparación del almuerzo, que ya estaba bastante retrasado.

Ya en la noche, Antonio llegó a casa y recibió un informe

completo de lo sucedido durante el día. Tanto del accidente de Felipe, como de la entrevista de Emilia

—Es un señor muy amable, muy gentil —le contaba ella esa noche al finalizar la cena—. Iba psicológicamente preparada para entrevistarme con alguien muy pedante y orgulloso, ¡pero todo lo contrario! Me dio un recorrido por la empresa, me habló de muchas cosas... me cayó súper bien.

—Qué bueno —sonrió Aurora levantándose primero de la mesa y recogiendo algunos platos.

—¿Te hablaron del sueldo? —le preguntó su padre, que la escuchaba atento.

—No. Y tampoco fui capaz de preguntar —contestó Emilia poniéndose en pie también y quitándole el plato vacío a Santiago— . Aunque él fue claro y me dijo que primero sería una especie de ayudante de los arquitectos que ya están.

—Pero puedes ascender.

—Claro que sí. Sólo es trabajar duro, y estoy acostumbrada a eso.

—Bueno. Al fin.

—"CBLR Holding Company —dijo Felipe leyendo algo en su teléfono. Había insistido en sentarse en la mesa con todos no queriendo quedarse por fuera y recluido en su habitación— es una constructora con más de veinte años de experiencia en el campo de la construcción y comercialización de propiedad raíz, con presencia en diferentes estratos socioeconómicos de la ciudad de Bogotá, con una filosofía de transparencia y honestidad, cumplimiento y respaldo"—. Lanzó un silbido—. Suena bien.

—Y se ve mucho mejor —sonrió Emilia, sintiéndose orgullosa por haber entrado allí—. Incluso me dieron una invitación para ir a una exposición de arte. Al parecer —suspiró— se acostumbra que los arquitectos vayan.

—Te mezclarás con la crema y nata —sonrió Felipe, y Emilia siguió recogiendo los platos de la mesa. Por fin. Por fin podía permitirse soñar. Tal vez pudiera adquirir una casa, no un apartamento, para que sus padres pudieran volver a tener espacio. Habían invertido mucho en ella, en su estudio. Antes, su padre había tenido un carro, otra casa, cero deudas. Todo lo habían invertido en ella, por eso su afán de llegar aquí.

Y había llegado, pensó con un sentimiento enorme de satisfacción y realización. Había llegado al fin a un lugar donde podía crecer y retribuirles a sus padres todo lo que habían hecho por ella, tanto económica, como moralmente. Nunca podría pagar todo.

—Entonces, tienes una nueva arquitecta –comentó Gemima sin desprender la mirada de su libro. Estaba recostada en su cama, en pijama y sin maquillaje, leyendo "Delirio", de Laura Restrepo.

—Te digo que es casi una niña, pero vi mucho en ella. No sólo la recomienda Agudelo, yo mismo vi que tiene potencial. Sus modales son impecables, se expresa con mucho decoro, y no tiene esa mala costumbre de hablar de más o de sí misma para destacar—. Gemima lo miró de reojo.

—Me parece a mí que te estás entusiasmando demasiado con esa muchacha.

—¿Estás celosa? –preguntó él con picardía.

—Hazte el tonto—. Él se echó a reír y le quitó el libro de las manos.

—Podría ser mi hija. La tonta eres tú –Gemima suspiró y lo miró atentamente—. Ella tiene algo –siguió él—. Me gusta… ¡no a ese nivel! –Exclamó al ver de nuevo la mirada de su esposa— ¿Estás celosa? –volvió a preguntar, pero era como si en vez de preocuparlo, lo estuviera deseando. Gemima no pudo evitar reír. Desde hacía mucho, muchísimo tiempo, Gemima no se sentía celosa por ninguna mujer en el mundo. Su marido, hasta donde ella sabía, siempre le había sido fiel. Y si en alguna oportunidad él tuvo alguna aventura, más le valía el seguir manteniéndolo en secreto, pues juntos habían prometido ser fieles el uno al otro. So pena de muerte.

Lo miró fijamente.

Era extraño que él se entusiasmara por un nuevo empleado. Nunca venía del trabajo hablando de esos temas, pero hoy era diferente y eso le causó curiosidad.

—Supongo que en algún momento la conoceré, y allí me fijaré si le gustan los abuelos o no—. Sumamente herido en su orgullo, Álvaro la miró con la boca y los ojos muy abiertos.

—Ya verás lo que este "abuelo" todavía es capaz de hacer – Gemima casi lanza un grito al ver cómo él se abalanzaba sobre ella.

10

Emilia entró a trabajar en la CBLR Holding Company una semana después. El sueldo era estupendo, su lugar de trabajo bastante iluminado, amplio y funcional, y le presentaron otros arquitectos de su mismo nivel. Algunos le sonrieron, otros siguieron en lo suyo.

El recorrido esta vez fue menos despacioso y más lleno de datos. Firmó una serie de papeles que la incluían de inmediato en la nómina y pasó a ser parte del personal.

Actualmente, se dio cuenta, la constructora tenía entre manos muchos proyectos, y a ella la incluyeron inmediatamente en uno de ellos. Era pequeño, y tal vez poco ambicioso, pero al darse cuenta de que haría parte del personal que llevaría al mundo real algo que todavía estaba en planos, no pudo evitar su entusiasmo.

—¡¡¡Woah!!! —exclamó Telma cuando Emilia le contó con todo detalle lo que estaba haciendo y dónde—. ¡Maldita, Ganas lo mismo que yo y acabas de graduarte! —Emilia se echó a reír.

—Tengo mejor suerte, tal vez.

—Sí, no cabe duda. ¡Pero qué bien, Emi! —Emilia sacó de su bolso la invitación a la galería de arte y se la extendió a Telma.

—Aquí dice que es para dos personas. ¿Podrías acompañarme?

—Patético. Irás con tu mejor amiga a un evento donde deberías ir del brazo de un hombre.

—Y tú eres especialista en arruinarme el buen humor —le reclamó mirándola con rencor— ¿Vas a venir conmigo o tendré que ir sola?

—¿Eres capaz de ir sola?

—Entonces qué. ¿Tendré que privarme de salir y vivir la vida sólo porque no tengo un hombre a mi lado para que me haga compañía? Estoy por pensar que los hombres para ti sólo son un accesorio.

—En muchos casos lo son —Emilia le echó malos ojos, pero Telma no pudo resistirse mucho rato—. Está bien. Iré contigo. También estoy soltera, qué le vamos a hacer.

—Pero tú porque eres difícil, mujer. No hay hombre que te dé la talla —Telma sonrió de medio lado.

—¿Cómo se va vestido a una cosa de estas? —se preguntó Telma, y sacó su teléfono.

—Ya que personas como los de la CBLR están invitados, yo diría que... formal.

—Mmm, sí, es lo más probable.

Adrián Fernández entró a la galería de arte y miró todo en derredor. Había muchas personas deambulando por allí mirando los cuadros, y buscó entre ellos a alguien con quien tal vez pudiera charlar. Había venido solo, como siempre; al ser uno de los arquitectos estrella de la empresa donde trabajaba, realmente eran pocas las personas con las que podía hablar sin sentirse raro.

Al fin lo vio. Rubén no prestaba demasiada atención a los cuadros, sólo hablaba con el que a todas luces era el artista que en esta ocasión exponía, y, se dio cuenta, echaba vistazos disimulados al reloj.

—Tú aquí, ¿eh? —lo saludó, y Rubén fue muy tacaño con su sonrisa.

—Hola —le dijo. A continuación, le presentó al pintor, un larguirucho de cabellos y barba rizada y rojiza. Llevaba lentes redondos espejados y una boina de cuadros. Raro.

—Un placer —lo saludó Adrián, y en un aparte le dijo a Rubén: —¿Puedes venir conmigo un momento? —Rubén miró al pintor, y luego de disculparse, se alejó con Adrián—. Ahora, agradéceme, ya que te libré de tener que entretener a ese hombre—. Se ufanó Adrián con una sonrisa. Rubén hizo una mueca.

—Más bien, creo que lo libraste a él. Al parecer, se sentía en la obligación de hacerme compañía.

—Ah. Alguien le dijo quién eres—. Rubén asintió, mirando a todos lados. Adrián suspiró. Rubén no había cambiado; en momentos, parecía que le caía bien, y en otros, como este, como que no. Era como si le fastidiara a ratos.

—¿Trajiste a tu novia? —le preguntó.

—No. Kelly tenía otro compromiso.

—Ya. Yo tampoco traje a nadie—. Rubén lo miró de reojo.

—Tú no tienes a nadie.

—¿Qué puedes saber tú? Hace rato no salimos y nos tomamos una cerveza—. Rubén elevó una ceja. Nunca había vuelto a beber nada que le ofreciera nadie, a menos que fuera un familiar. Podía ser un trauma, pero ya lo conocían porque los vasos se quedaban intactos en sus manos por mucha sed que tuviera.

Que Adrián le reclamara eso era un chiste. No entendía por qué se consideraba su amigo, no ganaba nada con eso. Tenía el puesto más alto que un arquitecto podía conseguir en la empresa de su padre, y había sido por su propio talento, lo que respetaba. Sin embargo, siempre que podía lo buscaba, le ponía conversación, y hasta bromeaba.

—Daré una vuelta por allí –dijo Rubén—. Tal vez me guste un cuadro y lo lleve.

—Mentiroso –masculló Adrián, pero Rubén alcanzó a escucharlo. Meneando su cabeza, Adrián vio cómo se alejaba. Otra vez había salido huyendo, era como si no le gustara que le cayera bien.

—Mira este –le dijo Telma a Emilia, señalando uno de los cuadros. Emilia se detuvo a mirarlo. El tema de la exposición era la naturaleza, así que había flores, jardines, mujeres y niños en medio de ella.

—Es lindo.

—Pero no te impresiona. No te ha impresionado ninguno.

—Claro que sí. ¿Has visto sus precios?

—Sí, eso sí que impresiona –contestó ella riendo. Telma se quedó mirando otro, y Emilia avanzó. Este era el de una niña recogiendo flores en su cesto. Era precioso. El sol daba con una luz naranja, y todo el cuadro parecía llevar las mismas tonalidades. Lindo.

Pero el siguiente la dejó allí, clavada en su lugar. Era una mujer, una mujer en medio de un rosal. Llevaba un ligero vestido blanco, y sobre su falda había regadas rosas de tallo largo, con unos cuantos pétalos sueltos. Sin embargo, el rostro de ella no era de felicidad, incluso, parecía que aquello que tenía en la mejilla era una lágrima. ¿Por qué lloraba?

Estaba herida, se dio cuenta. Sus manos estaban heridas por los espinos de las rosas. ¡Qué hermoso! ¡Qué triste!

Alrededor de toda ella había rosas, rosas rojas como la sangre, con tallos y hojas verdes como el más antiguo bosque.

"¿Cuántas rosas crees que quepan en una hoja?", recordó que decía el último dibujo de rosas que recibiera. Como no había vuelto a la universidad en mucho tiempo, había dejado de recibirlas.

—En este cuadro debe haber cientos —dijo, sintiéndose nostálgica. En aquella época, luego de seis dibujos de rosas, había encontrado que tal vez estaba dispuesta a amar, y ser amada; estaba completa, entonces, aún era digna.

Si se encontrara, por casualidad, con el pintor de rosas, ¿la aceptaría él tal y como era ahora? ¿Qué tan puro era su amor? Eso, descartando que el monstruo fuera el mismo pintor.

No, no. Hacía tiempo que había decidido que no podían ser la misma persona. Era una casualidad que ese malnacido conociera su nombre, por ejemplo. Sólo una casualidad.

Rubén la vio. Allí, de pie frente a uno de los cuadros más grandes, y esta vez no corrió hacia ella. La vez pasada lo había hecho sólo para quedar como un tonto viéndola irse del brazo de otro. Al parecer, el universo estaba pujando por hacer que se la encontrara allí, por casualidad, más veces de lo normal.

Otra vez, ¡estaba tan hermosa! Llevaba un sencillo vestido color rojo vino y zapatos de tacón medio negros. Su bolso de cuero lo llevaba a un costado, y su cabello largo y castaño le llegaba a la cintura. ¿Estaba sola? Al parecer, sí.

No pudo quitar la mirada de encima de ella, sólo atinó a acercarse unos pasos más, meter una mano en el bolsillo y encontrar un sitio desde donde pudiera contemplarla sin ser descubierto.

Ella no había cambiado mucho, tenía la misma estatura, el mismo tono de piel y el cabello conservaba su largo. Tal vez era un pelín más caderona, pero eso sólo acentuaba sus curvas, haciéndola más deseable. Otra vez sus formas le mantenían los ojos clavados en ella, otra vez todo se agitaba dentro de él.

Qué poderoso sentimiento, pensó. No se había desvanecido con el paso de los años. Lo que en principio fue un chispazo, como dijo su hermana esa vez, había evolucionado. El tiempo no lo había ahogado, ni las circunstancias. ¿Si ella alimentaba este sentimiento, llegaría a convertirse en un poderoso incendio? Imaginarla a ella sonriéndole, hablándole, buscando un beso suyo fue casi como un golpe en el centro del pecho.

Cerró sus ojos privándose a sí mismo de esa maravillosa visión, sólo para encontrar descanso al volver a mirarla.

No era justo. ¿Por qué su corazón había elegido a alguien tan lejano? ¡Qué difícil mujer! Esquiva, como una mariposa.

Ella miraba embobada un cuadro, con el rostro levantado hacia él, y él por fin desvió la vista de ella para mirar hacia la pintura.

Y entonces sonrió con un dolor sordo que invadió todo su cuerpo. Era una mujer en medio de un rosal.

¿Te estás acordando? Quiso preguntar. ¿Echaste en falta alguna vez mis rosas?

En su antigua habitación habían quedado archivados los otros dibujos. Allí estaban acumulando polvo. En esa época, había ideado todo un plan: hacer diez dibujos de rosas, cada uno con un número específico de ellas.

Para ello, había acudido al jardín de la mansión para dibujar rosas reales, luego, las veces que no pudo entregar el dibujo él mismo, logró engatusar a algún desconocido transeúnte para que lo dejara dentro de su bolso en el momento en que ella no estuviera mirando. Recordó ahora una vez en que había sido un anciano encargado de la limpieza y éste lo había dejado caer muy cerca de Emilia. Ella había estado a punto de pisarlo y descubrirlo todo y él de sufrir un infarto, pero el viejo había logrado recuperarlo. Lo había enrollado y metido en un bolsillo de su vieja mochila y fingido seguir barriendo como si nada.

Habían sido muchas aventuras con tal de entregarlos y mantenerse a sí mismo en las sombras.

Entonces parpadeó cayendo en cuenta de algo. Hoy era el lanzamiento de esta exposición, así que las puertas no se habían abierto al público en general aún. ¿Por qué estaba ella aquí?

Caminó en reversa, sin perder de vista a Emilia, y se introdujo un poco bruscamente en el círculo en medio del cual estaba el pintor.

—¿Invitaste a alguna otra empresa hoy?

—No –contestó él—. Sólo la CBLR.

—¿Estás seguro?

—Pregunta al personal de seguridad –contestó el hombre encogiéndose de hombros. Rubén no perdió el tiempo.

—¿Alguien entró sin invitación? –le preguntó al hombre que estaba en la puerta.

—Jamás –aseguró él.

—¿Sólo los de CBLR?

—Son las únicas tarjetas que hemos recibido –contestó una mujer que hacía de guía y anfitriona en el evento al ver su interés—. Se enviaron cincuenta, y cincuenta hemos recibido esta noche.

—¡Trabaja en la CBLR! –exclamó Rubén, alejándose. Volvió a buscarla, y ella seguía allí, mirando el cuadro. Incluso, le pareció que acercaba su mano a su rostro como quien seca una lágrima. Era extraño. No había forma de entrar a la empresa sino siendo un profesional. Lo que él sabía de ella era que había dejado la carrera para casarse. Pero, acercándose un poco más, se dio cuenta de que no llevaba anillos en sus dedos, más que uno que parecía sólo decorativo. O no estaba casada, o no acostumbraba usarlo. ¡Y debió haberse graduado de arquitecta! ¡Su padre no aceptaba estudiantes, ni gente sin grados!

—Trabaja en la CBLR –se repitió Rubén, sintiendo su pecho agitado. Por fin la había encontrado. Por fin podía saber más acerca de ella. Ah, podía morir feliz hoy.

Bueno, hoy no. Quería hacer muchas cosas primero.

Pudo reconocer a la antigua amiga que siempre la acompañaba a todos lados que se acercaba a ella y hablaban de algo. Ella miró su reloj, y de repente pareció muy afanada.

No te vayas, quiso decir. Déjame mirarte otro rato esta noche.

Mirar era todo lo que podía hacer hoy. Mañana, cuando supiera más acerca de la vida de ella, se dejaría caer por los lados donde estaba su lugar de trabajo "de casualidad", y de casualidad, se harían amigos.

Y de casualidad también, se prometió a sí mismo, se enteraría si tenía al fin una oportunidad real con ella, y la aprovecharía. Ah, lucharía con todas sus fuerzas para atraerla. Usaría todo lo que tuviera a su disposición para hacer que se enamorara de él, la conquistaría. Una mujer podía ser conquistada.

Emilia salió de la galería con su amiga, y él se quedó allí, frente al cuadro, mirándolo a través de los ojos de Emilia.

¿Qué había visto ella de precioso en él? ¿Era tan sólo el tema? ¿Las rosas?

"¿Cuáles rosas?, había preguntado la Emilia de su sueño. Tú sólo me diste espinos".

—¿Te gusta? –preguntó Adrián señalando el cuadro.

—Sí. Mucho.

—Llévalo –sugirió él con un encogimiento de hombros.

—Buena idea—. Rubén habló con uno de los organizadores del evento y le prometieron entregarle el cuadro al final de las dos semanas que tardaría la exposición. Debía permanecer allí colgado por el bien del evento, y luego, todos aquellos que hubiesen sido adquiridos irían con sus dueños.

—No importa —dijo Rubén con una sonrisa. De todos modos, no podía dar un regalo así luego de dos semanas de haber conocido a una mujer, ¿verdad?, se dijo con una sonrisa. Tal vez en esta ocasión, las rosas que pensaba dar debían estar en otro nivel. Todavía no sabía a qué se iba a enfrentar, pero ella había amado este cuadro, por lo tanto, debía ser suyo.

—Quiero que busques en tu base de datos a una persona —le pidió Rubén a uno de los directivos del departamento de recursos humanos. Era una mujer de mediana edad y, sin embargo, muy guapa, que de vez en cuando trataba a Rubén con familiaridad, aunque este siempre era algo tosco en su trato.

—¿Una chica? —bromeó ella. Rubén la miró y recordó su nombre. Mayra.

—Sí. Una mujer. Su nombre es Emilia Ospino —Mayra elevó sus cejas y estiró sus labios. Sabía quién era Emilia Ospino, aun así, tecleó algo en su ordenador.

—Sip —suspiró—. Fue contratada hace tres semanas.

—¿Tres semanas? ¿Tanto? —Mayra lo miró elevando una ceja.

—Realmente, es la arquitecta más reciente.

—Es arquitecta —susurró él—. ¿Preside algún proyecto?

—Conoces las políticas de esta empresa. Todo nuevo arquitecto entra siendo ayudante, y luego de que ha demostrado sus…

—Entonces, ¿a quién le está ayudando ahora?

—A Adrián Fernández.

—¿Qué?

—Bueno, está en varios proyectos a la vez, pero el más importante es ese.

—¡Tres semanas aquí y yo no lo sabía! —se dijo Rubén pasándose la mano por la cara.

—Es importante la chica, ¿verdad? —sonrió Mayra. Rubén la miró fijamente.

Sí, Emilia era importante. Muy, muy. Los pies le estaban exigiendo ir ya mismo a donde ella podía estar para ir a verla.

Se cruzó de brazos sintiendo que, si no los ataba a su cuerpo, haría algo muy tonto.

—Pues mira que como me caes bien, te diré algunos detalles.

Está soltera, vive en una casa familiar, seguramente con sus padres, y tiene un… ¡oye! –lo llamó Mayra cuando vio que él prácticamente salía corriendo de su oficina. Se echó a reír.

No había alcanzado a decirle que según la información que le había dado al departamento de recursos humanos, ella tenía un hijo. Bueno, tal vez él ya lo sabía.

Emilia se acercó a la oficina de Adrián Fernández con unos papeles en las manos. Él, al verla a través de sus ventanales y puerta de cristal, la hizo seguir. Estaba con dos más mirando planos dispuestos sobre una enorme mesa anexa a su escritorio. Le gustaba trabajar con Adrián Fernández. Era dinámico y directo. Si algo no le gustaba, lo decía claramente, y escuchaba las sugerencias de su personal con atención.

—¿Qué dices tú, Emilia? –preguntó al verla–. Estos muros de hormigón, me parece a mí, que están afeando un poco la vista general. Parecía más bonito en mi cabeza, pero verlo aquí…

—Yo le he dicho que tal vez acero –dijo otro, señalando un punto sobre el plano.

—El acero está muy visto –se quejó Adrián.

—El hormigón puede quedarse –intervino Emilia—. ¿Por qué no crear previamente unos moldajes textiles para cada uno de ellos? Será un poco más de trabajo, pero definitivamente la vista tanto de lejos como de cerca será hermosa.

—Mmm, moldajes textiles. ¿Una textura en especial? ¡Hola! –se interrumpió Adrián al ver a Rubén entrar—. ¿Tú aquí? Qué extraño. ¿Me traes café o algo?

Emilia se giró a mirarlo, y de repente todos sus instintos de conservación, defensa y ataque reaccionaron al mismo tiempo. Soltó lo que tenía en las manos y dio varios pasos atrás poniendo una silla en medio del monstruo y ella.

Era el monstruo, no cabía duda. Era él.

Su estatura, la forma de su rostro, la forma de su silueta, y ah, algo más espantoso aún; él tenía la misma mirada de aquella vez. La misma intensidad en su expresión.

—Hola, Adrián –dijo él saludando, pero tenía la mirada fija en ella.

Al escuchar el timbre de su voz, grave y sedoso como aquella vez, los ojos de Emilia se humedecieron de puro terror. Ya no tenía la menor duda de su identidad. Olvidó que no estaba en un bosque solo y oscuro, sino en una oficina donde había más personas. Él la estaba mirando, como un león que mira a su presa, y ella siguió retrocediendo.

—No —susurró, incluso elevó sus manos como defendiéndose para luego gritar: —¡No! ¡Aléjate! —encontró algunos adornos dispuestos sobre el escritorio y empezó a lanzarlos. Rubén logró esquivar algunos, pero otros definitivamente impactaron en él. Todos en la oficina la miraron pasmados—. ¡Vete! ¡No te dejaré otra vez! ¡¡Vete!!

—¿Emilia? —preguntó Adrián, pero ella estaba gritando como si estuviera en un mundo extraño donde una bestia demasiado horrorosa quisiera atacarla solo a ella. Siguió su mirada y encontró a Rubén mirándola tan desconcertado como todos allí.

—¿Emilia? —dijo él. La conocía, sabía su nombre y eso extrañó momentáneamente a Adrián, pues Rubén poco se relacionaba con los arquitectos de segundo nivel, pero tuvo que caminar hacia ella, que estaba destrozando su oficina. Le tomó las manos para detenerla, y Emilia gritó aún más fuerte—. ¡Déjala! —le gritó Rubén dándole un empellón y separándolo de ella. Sin embargo, cuando Emilia se dio cuenta que éste se hallaba a tan sólo un paso, gritó desde el fondo de su alma y luego perdió la conciencia.

Todos se quedaron allí, confundidos por lo que había sucedido. Los gritos de Emilia habían atraído la atención aun de los que transitaban o trabajaban fuera de los paneles de cristal y se habían detenido a mirar.

—¿Qué se les perdió, eh? —exclamó Adrián con ceño. Y cuando todos volvieron a ponerse en movimiento; se giró a mirar a Emilia que yacía en el suelo.

Rubén se arrodilló a su lado y no permitió que nadie se le acercara, sino que con extrema delicadeza la alzó en sus brazos.

—A dónde la llevas —preguntó Adrián con voz plana.

—Es obvio que a la enfermería.

—Ella te estaba gritando a ti, ¿no es así? —Él le lanzó una dura mirada—. Si despierta y ve que tú la llevas, esto se pondrá peor—. Sin embargo, él no hizo amago de ponerla en sus brazos o dejarla allí, sólo se levantó con ella en brazos y salió de la oficina de Adrián—. Rubén —lo llamó él—. ¿La conoces de antes? —él no contestó—. Está visto que ella sí te conoce a ti. ¿Qué le hiciste para que te tuviera tanto terror?

En este piso, sabía Rubén, había una habitación de enfermería.

Conocía muy bien todo el edificio, y rápidamente se encaminó al que quedaba en este lado.

Mientras la llevaba en brazos la miró. Ella estaba muy pálida, sus pestañas reposaban sobre sus mejillas y él sólo quiso inclinarse y besarla, pero se contuvo fuertemente y siguió avanzando. Ludy, la enfermera, se puso en acción inmediatamente al ver que Rubén traía una mujer en brazos.

—¿Qué le sucedió? –le preguntó disponiendo de inmediato sus equipos.

—No lo sé –contestó Rubén—. Sólo… —no supo qué decir. Cualquier explicación la haría quedar como una loca, y Emilia no lo era. Había habido un poco de locura en su mirada cuando lo vio, pero no era capaz de decir aquello ante la enfermera. La dejó sobre la camilla con mucho cuidado mientras Ludy le buscaba el pulso.

—Entró en shock –contestó Adrián, que los había seguido, en su lugar. Rubén lo miró y vio que Adrián lo miraba con muchas preguntas en sus ojos. Lo acusaba, al mismo tiempo.

De verdad. ¿Por qué Emilia había empezado a actuar así en cuanto lo vio? Ellos nunca habían hablado más que aquella vez de la goma de borrar, y mucho menos había tenido ocasión de hacerle algo por lo que ella pudiera gritar de esa manera. En sus ojos había habido tanto odio, pero a la vez, tanto miedo…

Acercó su mano a ella y tomó un mechón de cabello que se salía de la camilla para tocarlo entre sus dedos y tuvo una extraña sensación. Era como la continuación de un sueño que no recordaba haber tenido.

Cerró sus ojos respirando profundo. Este encuentro no se parecía en nada a lo que había imaginado. Hoy había venido dispuesto a todo, a derramar sobre ella todo su encanto, todo su ingenio para atraerla. No había alcanzado siquiera a dirigirle la palabra con normalidad.

Se mordió los labios y volvió a mirarla. No importaba qué obstáculo tenía que saltar ahora, ya estaba aquí, la suerte ya estaba echada, y él lo daría todo por ella.

11

—No —susurró Emilia despertando, y Rubén se quedó allí, reacio a dejarla—. Por favor no —lloró ella aún con sus ojos cerrados—. No lo hagas.

—Rubén —lo llamó Adrián, preocupado y poniéndose a su lado—. De verdad… —la enfermera le tomó el brazo a Emilia para rodearlo con el tensiómetro, pero ella lo encogió hacia su pecho y abrió los ojos. Al ver a Rubén, se sentó en la camilla de golpe, bajó de ella, pero al estar mareada tropezó con una silla.

—¡Emilia! —la llamó Adrián, acercándose.

—No dejes que se me acerque —le pidió Emilia poniéndose tras él, pegando la frente en su espalda—. No dejes que me haga nada.

—¿Qué podría hacerte? —preguntó Rubén con voz dolida, pero ella empezó a llorar, más dolida aún.

—¿Lo conoces, Emilia? —preguntó Adrián, sin moverse. Ella no dijo nada, ni movió la cabeza asintiendo o negando, y Adrián dejó salir el aire—. Déjala, Rubén —le pidió.

—No puedo —contestó Rubén con los ojos clavados en lo poco que podía ver de ella.

—¿Por qué no? Está visto que huye de ti.

—Pero yo… Emilia…

—¡Vete! —gritó ella—. No digas mi nombre. ¡Te odio! Eres un monstruo, ¡un maldito monstruo! —ella no parecía tímida ahora, y mucho menos atemorizada. Estaba enfrentando a Rubén.

—Tal vez me confundes con otra persona, yo no…

—¡Eres tú, fuiste tú! ¡Tú! Tu cara, tu voz, tu asqueroso perfume; ¡eres tú! Vete, que tengo náuseas, y si me das oportunidad, te mataré. ¡Te juro que te mataré!

—¡Por qué! ¿Qué te hice para que me odiaras? ¿Por qué me odias?

—¡Descarado! ¿Cómo puedes preguntar algo así? ¡Te denunciaré a la policía! ¡Te refundiré en la cárcel, porque por fin, por fin te encontré!

—¿Tienes un motivo para acusar a Rubén de algo ante la policía? –preguntó Adrián con ceño un tanto confuso. Él conocía a Rubén, no había nadie más correcto y civil. Puede que no fuera todo sonrisas y derroche de encanto, pero lo creía incapaz de dañar a alguien adrede. Pero la respuesta de Emilia fue una risa socarrona.

—¿Que si tengo motivos? Sí. Tengo muchos. Muchos motivos—. Emilia tenía el pecho agitado, pero dio unos pasos hacia Rubén. Tragó saliva. Era pequeña, le llegaba debajo del hombro y tenía que alzar la cabeza para mirarlo, pero no se arredró—. Él... no tiene hermanos gemelos, ¿verdad? –preguntó.

—No –contestó Adrián, aún confundido.

—¿Cómo es el nombre de este tipo, Adrián?

—Rubén Caballero –Emilia parpadeó, sorprendida.

—¿Caballero?

—Sí. Es el hijo de Álvaro Caballero. El sumo jefe—. Ella pareció meditar en algo, y sonrió cerrando sus ojos.

—Claro, eso lo explica todo.

—Emilia...

—¡Tienes prohibido decir mi nombre, maldito! –la enfermera se tapó la boca ahogando una exclamación. Emilia había cogido unas tijeras y la empuñaba contra él, sin embargo, Rubén parecía calmado, como si no le atemorizara la pequeña mujer que tenía el coraje de amenazarlo cuando antes se escondió tras otro para no verlo—. No me impresiona tu nombre, ni tu apellido. No me impresiona el poder que tengas. Lo sabía, tenía que ser alguien así, engreído, acostumbrado a tomar las cosas por la fuerza.

—¿Qué tomé de ti? –los ojos de ella se humedecieron, pero no contestó.

—Llama a tus abogados –fue lo que dijo—. Te espera una larga estancia en la cárcel—. Y dicho esto, Emilia salió de la enfermería a paso rápido.

Iba temblando, con la adrenalina a tope, tan rápido como podía ir e ignorando las miradas curiosas de algunos. Se acercó a su escritorio y cogió su bolso, y dentro buscó su teléfono. Ignoró los mensajes y correos y de inmediato llamó a Telma.

—Más te vale que sea algo importante, bruja. Voy de camino a una reunión –contestó ella.

—Encontré al monstruo, Telma —contestó Emilia, y no pudo evitarlo, así que, sollozando, siguió—. Al hombre que me hizo eso, en la fiesta. Lo encontré.

—¿Qué? ¿Estás segura? —preguntó Telma deteniéndose bruscamente en su camino.

—Segura. Muy segura.

—¿Quién es? —Al escuchar su risa un tanto enloquecida, Telma empezó a preocuparse—. Nena, ¿quién es?

—El hijo de mi jefe. El hijo de Álvaro Caballero.

—Mierda.

—Dime que aun así podemos meterlo en la cárcel.

—Podemos —contestó Telma—. Claro que podemos.

Rubén siguió mirando la puerta por donde había salido Emilia, allí, clavado en su sitio.

Ella había sonado muy segura de sí misma cuando lo miraba fijamente, lo acusaba y lo amenazaba. Lo amenazaba no sólo con esas tijeras, sino con meterlo a la cárcel, y en su rostro había quedado patente la intención de herirlo de verdad si tan sólo pestañeaba. ¿Por qué? ¿Qué estaba pasando con ella? ¿Por qué ese odio en sus ojos? ¿Por qué la cárcel?

—¿Qué le hiciste, Rubén? —escuchó la voz de Adrián, y él salió poco a poco de ese trance en el que había entrado.

—¿Qué?

—Te pregunté qué le hiciste. Amenaza con meterte a la cárcel.

—Yo… no lo sé.

—¿No lo sabes? ¿Crees que el odio que derramó aquí, ante ti, fue fingido? —Rubén siguió meneando su cabeza. No. Ese odio no había sido fingido, había sido puro, verdadero, y eso lo estaba matando. Miró a Adrián fijamente a los ojos, y éste parpadeó un poco al verlo así.

—Nunca le hice daño —dijo Rubén—. Cómo podría hacerle daño, cuando yo… —se quedó en silencio. Adrián tomó aire antes de preguntar:

—¿Ella… te gusta? —el pecho de Rubén se agitó. ¿Gustarle? Esa palabra era tan plana…

—No era así como imaginaba nuestro encuentro —sonrió, pero era una sonrisa llena de dolor—. Sabía que no sería sencillo, pero jamás imaginé… Ella… debe estar confundiéndome. Yo jamás le quitaría nada. Por el contrario…

Adrián se acercó a él y respiró profundo.

—¿Crees que debas esperar a ver con qué te acusa?

—¿Y qué puedo hacer? –Adrián se cruzó de brazos.

—La verdad, no lo sé. Parece que con sólo acercarte a ella activas a la fiera que lleva dentro—. Rubén caminó por el interior de la enfermería dando pasos inseguros. Ludy ya no estaba; al parecer, Adrián la había mandado fuera sin que él se diera cuenta. Adrián respiró profundo y se acercó a la puerta.

—Intentaré hablar con ella, a ver qué información puedo sacar – Rubén no dijo nada, sólo siguió mirando a ninguna parte—. Cálmate. Tal vez sólo sea algo… sin importancia. Un malentendido que pueda solucionarse.

—Tal vez, tal vez –susurró Rubén, y Adrián salió al fin de la enfermería dejándolo solo.

Rubén quedó allí, rodeado aún de los gritos de Emilia, de su odio, de sus acusaciones. Todavía no tenía claro de qué lo acusaba, pero no cabía duda de que era algo grave, y no sin importancia como había dicho Adrián.

La empresa se había enfrentado una que otra vez a acusaciones, nunca había sufrido ningún escándalo grave, pero sí había habido clientes inconformes, pleitos por alguna cosa. No sabía si tal vez se debía a eso. Tal vez su familia, o su empresa, había dañado a la de Emilia por alguna razón.

No, lo dudaba, lo dudaba seriamente. No sólo porque su padre no cometía tales actos, ni ninguno de los directivos, o él, sino porque el odio de Emilia no venía de algo comercial o empresarial. Su odio era personal.

Y ella no había sabido su nombre o su apellido antes de odiarlo. Lo odiaba antes de saber quién era.

"Tu cara, tu voz, tu asqueroso perfume", había dicho ella.

Salió de la enfermería y caminó hacia la oficina de Adrián, pero ella ya no estaba por allí. Fue a los cubículos donde estaban los ayudantes y pasantes, pero no estaba ahí tampoco.

—Ya, cálmate –le pidió Telma a Emilia, pasándole un pañuelo de papel. Ambas estaban sentadas ante una pequeña mesa redonda de un café que a esa hora estaba muy solo. Se habían puesto de acuerdo para verse allí y discutir el paso a seguir. Emilia tomó el pañuelo y se limpió las lágrimas. Respiraba profundo intentando calmarse. Era extraña la mezcla de odio y miedo, pero al final, había podido más el odio. Todavía no se había podido creer que lo amenazara con unas tijeras. Él no se había defendido, aunque tampoco había hecho nada por intimidarla. Sólo se había quedado allí, mirándola como un idiota—. ¿Entonces dice que no sabe qué motivo tienes para denunciarlo? —Emilia asintió—. Hay que ver lo cínico. Ya lo enteraremos. Llamé a una amiga y nos hemos puesto de acuerdo—. Telma tomó las carpetas que tenía sobre la mesa.

Todo este tiempo, Emilia había guardado muy bien estos papeles, eran las copias de la denuncia a la policía, los exámenes médicos y todas las pruebas que había podido reunir luego de su tragedia con la esperanza de algún día hallar al culpable y hacerlo pagar.

—¿No te dijo nada tu mamá por verte llegar temprano?

—No estaba —contestó Emilia con voz nasal—. Salió con Santiago—. Los ojos de Emilia se humedecieron de nuevo al pensar en su hijo, el hijo que había tenido de ese hombre. Ahora entendía por qué sus ojos eran así, por qué su estatura, por qué Álvaro Caballero se le había parecido a alguien muy querido. Claro, era el abuelo de su hijo.

—No te angusties. El que debe estar temblando ahora es él. No tiene escapatoria. Si de casualidad intenta usar su poder para evadir las consecuencias, ah, lo llevaremos a la vergüenza pública con un escándalo de Dios Padre.

—Tendrías que llevarme también a mí a dicho escándalo.

—No, tú no te preocupes. Rico o no, ese hombre la pagará. Una vez me juré que lo hundiría en la cárcel o tendría que dejar la carrera de leyes; no pienso dejar mi trabajo, así que, tranquila—. Emilia asintió.

Rubén no pudo trabajar tranquilo el resto del día. No pudo concentrarse en nada. Él había pensado que este sería un día muy feliz, pero, todo lo contrario; estaba siendo una pesadilla.

—Escuché que hubo un escándalo aquí esta mañana —dijo Álvaro entrando a su oficina, encontrándolo frente a una mesa de dibujo con un plano dispuesto y un lápiz en la mano, pero sin hacer nada, realmente—. Y estuviste justo en medio —siguió él tomando una silla para sentarse—. ¿Quieres contarme qué pasó? —Rubén bajó la mirada y permaneció en silencio—. ¿Te peleaste con alguno de los arquitectos? —Rubén lo miró al fin. Él nunca se peleaba con los arquitectos. Tenía su equipo de trabajo como cualquier otro, y tal vez no era el mejor amigo, ni sonriente, ni los invitaba a un trago de vez en cuando como sí hacía Adrián para mejorar lo que él llamaba "ambiente de trabajo", pero tampoco se llevaba mal con ninguno. Apostaba que su padre sabía más detalles de los que dejaba entrever.

—¿Qué te dijeron?

—Que una mujer se volvió loca y empezó a gritarte algo. ¿Hiciste algo para provocarlo? –Respiró profundo. Ella decía tener motivos, pero él los desconocía totalmente. ¿Qué podía decirle a su padre?

—No lo sé –dijo lanzando el lápiz en la mesa y dando vueltas por el estudio, que era amplio, de paredes y muebles blancos, con un cielo raso y piso en madera oscura—. No sé si hice algo o no, lo cierto es que me odia.

—¿Quién era ella?

—Emilia –contestó Rubén—. Emilia Ospino –Álvaro frunció el ceño.

—Conque ella. ¿La conoces de antes? –Rubén se recostó en una pared y se cruzó de brazos, Álvaro lo miró atentamente.

—Sí.

—Cuéntame.

—Pero nunca traté con ella. Es decir... yo la conocía, pero ella a mí no.

—Está visto que sí. Si te acusa de algo, es que te conoce.

—No entiendo de qué. Dejé de verla luego de ese accidente. Hasta hace poco, que la vi de nuevo en un restaurante, y luego anoche, en la exposición de arte; pero en ninguna de las dos ocasiones cruzamos palabras.

—Entonces la conociste en la universidad antes de eso, ¿eh? Mmm –Rubén miró a su padre.

—¿Qué estás pensando?

—Ella te gustaba—. Eso no era una pregunta, sino la afirmación de un hecho, y Rubén sonrió meneando su cabeza y mirando a través del ventanal de su oficina.

—¿Cómo es que todos llegan tan fácilmente a esa conclusión?

—Por la forma en que pronuncias su nombre, tal vez.

—¿Qué?

—Estás afectado por todo esto, ¿no?

—Claro que sí. Amenazó con meterme a la cárcel, acusarme de algo ante la policía.

—¿De verdad no tienes idea de qué pueda tener contra ti?

—Papá, ¿crees que, si lo supiera, no estaría haciendo algo ya? –

Álvaro se encogió de hombros—. No tengo idea. Nunca le hice nada. Si acaso la saludé en el pasado, no creo que haya sido algo que ella pudiera recordar con tanto encono. Nunca hice ni planeé nada que pudiera hacerle daño a ella, o a su familia. ¿Por qué, si, por el contrario, era una mujer que me...? Dios, ¿qué tiene contra mí?

—Entonces, tal vez está usándote para algo.

—No, ella no es capaz de eso.

—¿Por qué estás tan seguro?

—Porque su odio era mortal, visceral, papá –contestó Rubén con voz algo quebrada—. No hay actriz que pueda poner tanto veneno en una amenaza. No es posible. Me habría matado si tan sólo hubiese pestañeado. Te lo juro. Yo... nunca me sentí así.

—Entonces, tal vez de verdad debas llamar a tu abogado—. Rubén cerró sus ojos con fuerza. No dijo ni contestó nada a las palabras de su padre.

En cuanto Álvaro salió de la oficina, Rubén volvió a la de Mayra.

—Tú otra vez, ¿eh? –le preguntó ella con una sonrisa.

—Necesito la dirección de Emilia Ospino.

—Imagino que hablas de la dirección de su residencia.

—Mayra, sabes a lo que me refiero.

—¿Necesito recordarte que eso es información confidencial?

—¿Tengo que jurarte por mi madre que no es para nada malo?

—Podrían despedirme si...

—¡No te despedirá nadie! ¡Por favor, Mayra!

—Vale, vale. Tengo tu palabra –Mayra tecleó algo en su computador, y acto seguido, escribió en un papel—. Ten –dijo ella, pasándoselo. Sin pérdida de tiempo, Rubén lo tomó y lo guardó.

—Gracias –le dijo cuando salía. Mayra se mordió los labios un tanto preocupada. El estoico hijo del jefe estaba mostrando demasiado interés en una simple empleada. ¿Qué estaba ocurriendo entre esos dos?

Emilia llegó al edificio donde desde hacía cinco años residía con su familia sintiéndose mortalmente cansada. Había sido un día muy difícil.

Luego de salir del edificio de la empresa, había ido directamente con Telma, y había estado con ella ultimando detalles hasta hacía poco. Ya estaba oscureciendo, y moría por darse una ducha y tirarse a la cama hasta mañana. No quería saber nada del mundo en derredor.

Muy pronto, tal vez hoy mismo, la policía iría a buscar a Rubén caballero. Luego de dar todos los detalles y pruebas, Telma le había garantizado que no sería una simple citación para un interrogatorio, sino una detención inmediata. Ellas tenían todas las de ganar. Pero entonces, a unos pocos metros de la entrada de su edificio, él apareció de la nada. La había estado esperando al interior de su auto y ahora estaba aquí, a unos pocos metros de ella.

Oh, Dios mío. ¡La iba a atacar de nuevo!

Miró en derredor, y no la tranquilizó mucho saber que en la esquina había una cámara de circuito cerrado de televisión perteneciente al edificio donde vivía.

—Emilia —dijo él acercándose unos pasos. Al ver que ella retrocedía, se detuvo.

Emilia palpó en su bolso buscando algo que le sirviera como arma. Aparte del pequeño paraguas que siempre llevaba consigo, no había nada más, así que lo sacó y lo empuñó como si fuera una navaja. Él la miró desconcertado.

—Vine a que hablemos. No te haré nada, te lo juro.

—Eso no lo sé. Eres una bestia; podrías, de un momento a otro, comportarte como tal.

—¡No! Yo jamás te haría daño —ella se echó a reír con una risa socarrona, y no le quitó la mirada de encima ni un momento.

—Si empiezo a gritar, el hombre de seguridad del edificio vendrá aquí de inmediato. Lo sabes.

—No te voy a hacer daño. Sólo quiero saber qué sucede. ¿Por qué me odias?

—¿Te parece poco lo que me hiciste?

—¿Qué te hice?

—¿Y vas a hacer como que no recuerdas nada? ¿Qué tipo de bestia cínica eres?

—Te juro por mi vida que no sé de qué me hablas. Te lo juro, Emilia.

—¡No digas mi nombre! —Gritó ella entre dientes—. Odio que digas mi nombre. Odio mi nombre en tu boca. ¡Odio que me mires así! —Rubén tragó saliva y elevó sus manos mostrándole a ella sus palmas. Cerró sus ojos y respiró profundo.

—Dime por qué. Por favor.

—¿Por qué? ¿Lo olvidaste? ¿Tan ebrio estabas?

—¿Qué?

—Cómo envidio tú… tranquilidad. Ya habría querido yo todos estos años haberlo olvidado. Pero no. Me persigue, me agobia en sueños. ¡Ha arruinado mi vida, y es tu culpa! —Él guardó silencio, consciente de que cada vez que decía algo ella se alteraba más—. La policía te capturará, tal vez esta misma noche. Tal vez ya te estén buscando —él la miró interrogante—. A ti —rio ella—, un niño rico. Tarde o temprano todos pagamos las que hacemos—. Él abrió su boca para decir algo, pero entonces la vio acercarse a él con la misma sonrisa en el rostro y apuntándole con su paraguas—. ¿Sabes lo que les hacen a los violadores en la cárcel?

Rubén abrió grandes sus ojos. ¿Violador?

—¿De qué… de qué estás hablando?

—Ah, ¿empiezas a asustarte? —ella agitó su cabeza y se puso ambas manos en la cintura, sonriendo como si no se lo pudiera creer. Ahora ya no parecía asustada, estaba sacando valentía de su propia amenaza—. Vale, te seguiré la cuerda. Sólo ten en cuenta que eso de allí es una cámara de seguridad —señaló ella, pero él no se giró—. No me puedes hacer nada. En fin… —lo miró de nuevo, y a causa de la escasa luz no pudo ver que él temblaba, tan tenso como estaba.

—Dime, Em… —se interrumpió al ver que estuvo a punto de decir de nuevo su nombre.

—En esa fiesta… La dichosa fiesta de graduación de un tal Óscar —Rubén dio un paso atrás. ¿Qué sabía ella de esa fiesta? La fiesta donde él casi fue asesinado—. El claro de la arboleda que estaba a un lado de la finca—. Él ahora no estaba respirando siquiera. A su mente vino la imagen de su sueño. Un bosque encantado, ella en medio—. Estaba buscando a mi amiga, porque la había perdido de vista —la voz de ella estaba quebrada ahora, y la vio secarse una lágrima—. Te acercaste y… me atacaste —una lágrima corrió por su mejilla, y Rubén sintió que no sólo había dejado de respirar, también su corazón había dejado de latir— Me atacaste —repitió ella mirándolo con sumo rencor, pero también llena de dolor—. Me violaste.

—No —dijo él, y fue más como un susurro impregnado de incredulidad, un ruego y la débil esperanza de que esto fuera una simple pesadilla.

—Yo no te hice nada nunca…

—No, no…

—Pero tú me atacaste. Allí, entre los árboles.

—Emilia, no... —él había retrocedido hasta chocar con su propio auto, que estaba detrás. Al verlo así, Emilia frunció el ceño. Él estaba temblando, parecía tener dificultades para respirar.

—Tengo las evidencias médicas —dijo ella con voz un poco más segura—. Tengo incluso tu ADN—. Él meneaba la cabeza, y le escuchó lo que pareció ser un sollozo—. He tenido que esperar todos estos años, pero al fin te encontré. Por eso, Rubén Caballero, te refundiré en la cárcel. Te pudrirás allí.

Él elevó ambas manos y las apoyó en su frente haciendo presión sobre ella.

—No es cierto. Estás mintiendo.

—¡Cómo quisiera que todo fuera una mentira! —Gritó ella a voz en cuello—. ¡Cada noche de mi vida después de eso, no sabes lo que he llorado y lo que he deseado nunca haber ido a ese lugar! ¡Pero desear retroceder el tiempo no sirve de nada, sobre todo cuando te toca seguir viviendo con las consecuencias! ¡Te odio, te odio, TE ODIO!!!

—No, por favor...

—Ah, ¿ahora me suplicas a mí? ¿No recuerdas todo lo que yo te supliqué a ti? ¡¡Te rogué!! —volvió a gritar ella—. Viéndome vencida por tu fuerza, te rogué, pensando en que tal vez tenías corazón. No tienes. Fue inútil. ¿Por qué me hiciste eso, siendo que yo no te había hecho nada a ti? Por qué, dime—. Él dobló su cintura y rugió. Su grito irrumpió en la noche y Emilia retrocedió un paso mirándolo un poco sorprendida.

Él cayó de rodillas en el suelo, mirando el suelo y cubriéndose el rostro con las manos; se estaba comportando como si apenas se estuviera enterando. Y no sólo eso, como si la noticia lo estuviera devastando.

Respiró profundo y se secó las lágrimas, recobrando un poco la compostura.

—Es inútil que pidas perdón, si eso pensabas hacer —dijo ella avanzando hacia su edificio. Se detuvo un momento y lo miró allí, doblado y llorando—. Es tu turno de sufrir ahora. Tal vez hay justicia en el mundo, después de todo. Lárgate, o llamaré a la policía ahorrándoles el tener que buscarte.

Emilia siguió su camino hasta el edificio, y una vez allí corrió al ascensor, como si estuviera escondiéndose de una grave amenaza que la perseguía.

Rubén se quedó allí, arrodillado en el suelo y con la espalda doblada. Tenía la respiración agitada, y de su boca y su garganta no paraban de salir sollozos.

Esto era una pesadilla. ¡Era una pesadilla, era una pesadilla! No era cierto.

Él jamás, jamás le habría hecho algo así. ¡Jamás!

Él en sus cinco sentidos no, pensó. Pero alguien que está drogado con mil pastillas a la vez, tanto que estuvo a punto de morir, sí.

La imagen de su sueño donde ella estaba en medio de una arboleda vino otra vez. Rosas no, Espinos.

Esa noche, él le había dado los más ponzoñosos espinos. Ahora lo entendía todo.

Él lo había hecho, aunque ahora no lo recordaba, aunque ahora ni siquiera quería verlo.

—No—. Volvió a llorar—. No, Emilia, no. No. No.

Volvió a mirar al edificio deseando llamarla para que viniera y le dijera que todo había sido mentira, pero ya ella no estaba por allí.

Por favor, ven aquí, quiso decir; por favor, no me dejes en este infierno.

12

Emilia se asomó a través de la ventana de Felipe, que era la que daba hacia la calle, para mirar abajo y lo vio allí. Seguía en el suelo, sin moverse, y estuvo muy tentada a llamar a la policía.

—¿Qué haces, mami? —preguntó Santiago entrando a la habitación, y Emilia se giró a mirarlo. Le tendió una mano y el niño acudió a ella. Sin pensarlo mucho, lo abrazó apretándolo fuertemente en su pecho—. ¿Estás enferma? —preguntó el niño cuando la escuchó sollozar.

¿Cómo podía decirle ella lo que en verdad sentía?

Le besó la cabeza y le tomó el rostro, dándose cuenta de que todos esos rasgos de su hijo que ella no había logrado encontrar en su familia, venían del hombre que estaba allá abajo.

—Estoy bien, mi amor —le dijo—. Es sólo que te quiero.

—Yo también te quiero.

—Ah, qué bueno. Nunca olvides lo mucho que te amo.

—No se me olvida —sonrió Santiago como si no se explicara tanto amor de repente.

Rubén no cayó en cuenta de que algunas personas pasaban por la calle y se lo quedaban mirando con curiosidad. Estaba recostado al auto y sentado en el suelo reteniendo las ganas de seguir gritando y negando la realidad.

Pero negarlo no traería a Emilia de vuelta, no lo llevaría atrás en el tiempo a cuando le entregó el sexto dibujo de rosas y la vio mirarlo con una sonrisa, mientras en su propio corazón sonaban violines, tambores y redobles. No podría.

Su cabeza ahora mismo era un remolino de pensamientos. Culpa, dolor, ira, incredulidad, y más dolor. No sabía cuál empezar a analizar primero porque tampoco tenía la fuerza, y mientras tanto seguía allí, en el suelo, mirando al vacío y con manos temblorosas. En su oído y sus retinas sólo aparecía Emilia acusándolo. Monstruo, bestia cínica, violador.

Se puso en pie y caminó hasta la puerta del auto abriéndola con mano temblorosa. La noche estaba fría, y una fina llovizna empezó a caer, pero él no se percató de eso. Se sentó frente al volante.

Restos y retazos de su conversación con ella llegaban en oleadas, y por fin, el arquitecto que había en él intentó ponerlas en orden y darles una forma a los sucesos.

Él había ido a esa fiesta, según el testimonio de los asistentes que lo vieron. Bebió una lata de cerveza que Andrés o Guillermo le habían dado. En la lata había pastillas sintéticas de estimulantes, sedantes, alucinógenos.

Entonces, tal vez vio a Emilia y...

No, no, no. No era capaz de llegar allí. Tenía la esperanza de que aún en el peor de sus momentos de alucinación, de embriaguez, de lo que sea, Emilia habría sido su faro de luz en medio de la tormenta.

¿La había golpeado, la había maltratado? ¿La había amenazado con tal de conseguir su objetivo? ¿Él, con esas manos, esa boca y todo su cuerpo?

Sintió náuseas, y se recostó en el asiento respirando agitadamente. "Me atacaste", había dicho ella. ¿La había atacado, golpeado, arrinconado, usando su fuerza para reducirla y abusar de ella?

De su boca salió un sollozo de odio hacia sí mismo, y sin mirar atentamente a lo que hacía, metió la llave del auto y salió de allí.

¿Podría culpar de esto a Andrés y Guillermo también?

Pisó el acelerador sintiendo que lloraba otra vez. ¿Cómo podía haber hecho algo así? ¿Lo excusaba el haber estado bajo el efecto de las drogas?

No, porque el instinto de un hombre debía ser proteger a su mujer bajo cualquier circunstancia. Él en cambio, la había violentado.

Maldita bestia, se dijo entonces a sí mismo. Maldito monstruo.

Si Emilia lo odiaba por el resto de la eternidad, habría sido, de todos modos, la mitad del tiempo que él se odiaría a sí mismo.

Álvaro cortó su quinto intento de comunicarse con su hijo sintiéndose ya preocupado. Miró a Gemima, que se hallaba sentada en uno de los muebles de la sala de espera. Viviana estaba en labor de parto, Roberto estaba en la sala con ella, acompañándola, y Rubén no estaba aquí.

Era extraño que no contestara su llamada. Luego de lo sucedido hacía cinco años, muchas cosas habían cambiado en la vida de su hijo, muchas, y una de ellas era que jamás ignoraba una llamada de sus padres.

—¿No te contesta? –preguntó Gemima.

—Iré a su casa –contestó Álvaro.

—No exageres. A lo mejor está con... Kelly. ¿Quién sabe? – Álvaro frunció el ceño. Dudaba que estuviera con Kelly, sobre todo por el incidente de hoy con la chica nueva, Emilia Ospino. ¿Y si estaba con ella?

No le había quedado duda de que en el pasado su hijo había estado enamorado de ella, y al parecer, aún ahora. Y no había nada más persistente en el mundo que un hombre enamorado, suspiró Álvaro.

—No me tardaré –dijo, y tomó su abrigo, se acercó a su mujer y le dio un beso.

Llegó pronto al edifico donde vivía Rubén desde hacía dos años. Había sido uno diseñado por él, cada apartamento, y el pent-house. Su hijo habitaba uno bastante modesto en el piso diez. No había conseguido convencerlo de tomar el pent-house, y eso no se lo explicaba. Había acostumbrado a sus hijos a lo mejor, a las viviendas espaciosas, pero al parecer, Rubén era feliz aquí.

El conserje le confirmó que Rubén había llegado hacía más de dos horas, solo, y Álvaro se encaminó al ascensor preguntándose por qué no tomaba la llamada.

Intentaron comunicarse con él a través del interfono, pero a este tampoco atendía.

—¿Está seguro de que en verdad mi hijo entró?

—Señor, lo llamé para entregarle su correspondencia, pero él no me escuchó, sólo entró—. Álvaro hizo una mueca y se encaminó al ascensor.

Una vez arriba, llamó a la puerta, pero ésta se abrió por sí misma. Dentro todo estaba oscuro.

—¿Rubén? –llamó. Buscó el interruptor de la luz en la pared, pero ésta no se encendió—. ¿Rubén? –volvió a llamar, sintiéndose preocupado.

Buscó en su teléfono la linterna y alumbró el camino. Entonces sí se preocupó. Los muebles estaban volcados, los cuadros torcidos y algunos caídos. Las figuras de cerámica, los cristales, las lámparas, todo estaba roto y en el suelo.

—¿Qué pasó aquí? —exclamó—. ¡Rubén! —lo buscó en la habitación, y la luz de ésta sí se encendió. Lo encontró sentado en el suelo, con la espalda apoyada en la cama y la cabeza enterrada entre las rodillas—. ¿Qué pasó? —corrió a él y lo tocó. No encontró signos de fiebre, ni nada anormal. Él respiraba, estaba vivo, al menos.

—¿Hijo? —lo llamó.

—Déjame, papá —le pidió Rubén.

—¿Qué pasó? ¿Te peleaste con alguien? —Rubén no contestó. Álvaro se sentó en el suelo a su lado, respirando profundo, sin saber qué hacer o qué decir. Algo verdaderamente terrible debió haber sucedido para que él se comportara así, para que hubiese entrado hecho una furia y atacado los muebles de la casa.

Ni Viviana ni Rubén tenían por costumbre romper cosas cuando se hallaban enojados. Se preciaba de haber educado bien a sus hijos, ellos no hacían berrinches.

¿Pero entonces, por qué estaba todo así?

Rubén siguió en silencio, y Álvaro lo vio temblar.

—No me iré de aquí hasta que me digas qué sucede. Tu hermana está dando a luz, ¿sabes? ¿Deberías estar allá, no deseas conocer a tu sobrina? —Rubén siguió guardando silencio, como si sólo hubiese escuchado hablar del clima—. No comprendo qué te pasa, y no podré ayudarte si no me dices qué es.

—No puedes ayudarme.

—¿Cómo puedes saberlo?

—Lo sé. No puedes ayudarme—. Álvaro frunció el ceño sin dejar de mirarlo. Respiró profundo y preguntó:

—Hablaste con ella, ¿verdad? —lo vio ponerse tenso. Sí, esto tenía que ver con ella—. Vamos, ¿qué pudo salir tan mal? —preguntó con voz sonriente que pretendía ser tranquilizadora, pero al ver que él sólo se tensaba más, empezó a preocuparse—. Ella… dijo que te acusaría ante la policía. Rubén, háblame de ello, por Dios. ¿Es tan malo?

Rubén al fin elevó la vista a su padre. Tenía los ojos rojos, anegados en lágrimas, y entre dientes dijo:

—Es peor. Es mucho peor de lo que podrías imaginar. Maldita sea, papá. Debí morir esa noche. Así, jamás habría pasado, jamás…

—No digas tonterías…

—Jamás le habría hecho tanto daño —siguió él—, y este sentimiento habría muerto puro, al menos para mí.

—¿De qué hablas?

—¿Cómo pude? —dijo él entre dientes y moviéndose hasta ponerse en pie—. ¿Cómo fui capaz? ¡Yo la amaba! ¡Yo daba la vida por ella, la daba de verdad! Estaba tan enamorado que dibujar rosas era el mejor modo de pasar mi tiempo libre. Pensar en ella, imaginar lo que hablaríamos cuando al fin me pudiera acercar. Descubrir si al sonreír de verdad sus ojos se iluminaban. ¿Cómo sería... cómo sería besarla? Eso me preguntaba. Dios, cómo pude.

Álvaro sólo pudo arrugar su frente y ponerse en pie para seguirlo con la mirada mientras él caminaba de un lado a otro.

—Se suponía que mi amor la arroparía —siguió Rubén con voz rota y dolida—, la confortaría, sería su refugio. Se supone que yo sería para ella un alivio, un escondite, no que le causaría la peor pesadilla. Yo deseaba ser su... apoyo, el amor de su vida... y me convertí en... el monstruo de sus pesadillas.

—Vas a tener que explicarme eso —preguntó Álvaro, confundido—. ¿Por qué serías tú el monstruo de las pesadillas de Emilia Ospino?

Rubén se apoyó en un mueble de su habitación dándole a él la espalda y miró al suelo.

—Porque... porque esa noche, la noche de la fiesta... yo... —se le quebró la voz, y tuvo que controlar la respiración. De todos modos, su voz fue sólo un susurro cuando dijo: —yo abusé de ella, papá.

—¿Qué? —exclamó Álvaro.

—Tiene pruebas —siguió Rubén, y Álvaro sólo pudo ver su espalda temblorosa—. Tiene mi ADN.

—No, no. Espera. No entiendo un carajo. Tú eres incapaz de hacer algo así. ¡Lo eres! —él se giró para mirar a su padre y sonrió.

—No soy tan incapaz, si de hecho lo hice.

—¡No! ¡No! Me niego a creerlo—. Rubén volvió a darle la espalda a su padre—. Espera —volvió a decir Álvaro, tratando de razonar y poner en orden sus ideas—. ¿Hablas de la noche esa en que te drogaron? —pasaron varios segundos hasta que Rubén asintió—. No recuerdas nada de lo que pasó en todas esas horas. ¡Esto podría ser una patraña! —Rubén respiró profundo apretando fuertemente en sus manos el mueble en el que se apoyaba. Una patraña. Ojalá lo fuera.

—Emilia me denunció ante la policía, papá.

—¡Ah, Dios!

—Dice que tiene las de ganar. Dice que tiene pruebas contundentes. Está segura de que me refundirá en la cárcel.

—¡A lo mejor fue otra persona! ¿Quién sabe? ¿No podría ser ella una muchachita loca? Tal vez está intentando sacar provecho de lo que te sucedió —Rubén se echó a reír. No, no era así. Ya antes había establecido que el odio de Emilia no podía ser fingido, era verdadero, mortal, visceral. Ahora comprendía por qué, pero comprenderlo sólo hacía que le doliera más.

—Lo siento, papá —dijo Rubén en un susurro—. Te he causado tantos problemas.

—No digas eso. Dios, Rubén, ¿estás asumiendo que eres culpable antes siquiera de analizar la situación?

—Ya he analizado la situación —contestó Rubén con voz un poco más tranquila.

—¿Entonces… lo recuerdas?

—No.

—Pues para mí, es todo una mentira.

—En cualquier momento llegará la policía…

—¡No irás a la cárcel, maldita sea! ¡Un hijo mío no pondrá un pie en un lugar de esos! —Álvaro tomó su teléfono. Rubén lo escuchó hablar con Leopoldo Vivas, el abogado de la compañía y la familia, uno muy duro de pelar y que los había ayudado antes en lo concerniente a esa noche maldita.

Rubén se sentó de nuevo en el suelo al pie de la cama sintiéndose cansado, cansado en todos los modos en que un hombre podía estarlo. Álvaro dio vueltas mientras hablaba, y Rubén se mantuvo en silencio.

Cerró sus ojos sin poder evitar que otra lágrima rodara. No había ni un solo pensamiento que le hiciera a sí mismo eximirse de semejante culpa. No había ningún soplo de consuelo en nada de lo que su padre le dijera. Si el abogado iba a pelear, si conseguía librarlo de la prisión, nada conseguiría lavar su corazón. Fuera a donde fuera, la culpa lo perseguiría, el saber que había destruido lo más hermoso que jamás hubo en su vida lo carcomería por siempre. Ese sería su castigo más cruel.

Álvaro tuvo que ver, con mucha impotencia, cómo la policía llegaba para llevarse a su hijo. En concesión a que no era un ciudadano cualquiera, le permitieron vestirse con ropa abrigada y botas. Iría a un sitio frío y hostil. Rubén se quitó el reloj y todas las prendas de valor y los dejó en manos de su padre, que seguía discutiendo con la policía tratando de impedir que se lo llevaran, al tiempo que le gritaba a su abogado que moviera el culo para que esto no sucediera.

Fue inútil, y la policía se llevó a Rubén con las manos atadas al frente con una cinta plástica. Todo un delincuente.

El conserje del edificio vio pasmado toda la escena. Algunos vecinos que estaban por allí se dieron cuenta, y los que lo conocían, sólo pudieron llevarse las manos a la boca. Nunca hubieran imaginado que eran vecinos de un delincuente.

Rubén iba en silencio. Entró a la parte trasera del coche patrulla y lo único que le dolió en el momento fue ver a su padre. En la vida, no había hecho más que preocupar a sus padres.

—Ya se lo llevaron —le dijo Telma a Emilia entrando en su habitación y cerrando la puerta. Emilia se movió en la cama y tomó en brazos a Santiago, que se había dormido en su regazo mientras le leía un cuento, para llevarlo a su cama. Pesaba, pero consiguió acostarlo.

—Qué bien —susurró ella sin mirarla.

—A pesar de que es el hijo de un hombre rico y todo eso, la policía actuó rápido. Es increíble. Yo creí que nos pondrían trabas, que pedirían más pruebas... pero como teníamos todos los papeles... Habrá que hacer una prueba de ADN con Santiago... —Emilia la miró al fin.

—No quiero a ese hombre cerca de mi hijo.

—No tiene que estar cerca para hacer la prueba. Los médicos certificaron plenamente que Santi es producto de... eso, así que él será nuestra mejor arma para terminar de hundirlo—. Emilia arrugó su entrecejo al escuchar eso. No le gustaba cómo sonaba.

—Todo lo que quiero es que ese hombre pague.

—Y pagará —dijo Telma, sentándose en la cama de Emilia—. ¿Estás bien? —ella negó.

—Él... estuvo aquí hace un rato.

—¿Qué? ¿Estuvo aquí? ¿Llamaste a la policía?

—No.

—¿A qué vino?

—Quería... quería hablar conmigo.

—¿De qué? ¿A convencerte de que no lo denuncies? ¡Demasiado tarde!

—No, no vino a eso… Parece que… Él no recuerda lo que pasó.

—¡Qué estupidez! ¿Va a usar eso como defensa? ¡Muy idiota! Que no lo recuerde no indica que no lo hizo, si es que es verdad y no lo recuerda. ¿Cómo podría un hombre olvidar algo así? –Telma miró a Emilia, que, con movimientos lentos, como si estuviera muy cansada, se sentaba a su lado en la cama—. ¿Estás bien? Pobrecita. Tener que verlo y hablar con él debió ser horrible para ti—. Emilia se encogió de hombros.

—Fue horrible, sí. Pero tengo la sensación de que fue más horrible para él –Telma se alejó un poco para ver mejor a su amiga.

—¿Estás simpatizando con él?

—¡Claro que no!

—Muy bien. No me asustes, porque lo hundiremos, y si tú vacilas una sola vez, estamos perdidas.

—No vacilaré. Haré que ese hombre pague.

—¿Ya le dijiste a tus padres? –Emilia asintió—. Lo saben papá y mamá. Felipe… nunca le dije nada, no tiene sentido contarle ahora—. Telma suspiró.

—¿Y qué harás con tu empleo?

—Eso es lo que me duele, pero tengo que dejarlo.

—Ya encontrarás en otro lado.

—No será tan fácil, pero no te preocupes, Telma. No me rendiré.

—Yo sé que no. En todo caso, ahí estaré yo para impedirte que lo hagas—. Emilia sonrió, pero de pronto una lágrima bajó por su mejilla—. No llores.

—Es sólo que… he tenido que revivir ese momento. Verlo, hablar con ese hombre… me sentí de nuevo allí, en esa finca. Sentí de nuevo el miedo, la impotencia… —Telma pasó su brazo por los hombros de su amiga.

—Enfréntalo. Es la única manera que conseguirás para vencer ese miedo. Enfréntalo y véncelo. Imagina que él es una cucaracha, y que tú usas unas botas de suela muy dura –Emilia no pudo evitarlo y se echó a reír.

—Sí, es una buena imagen.

Rubén escuchó el ruido metálico de la reja al cerrarse en su espalda, pero ni eso lo conmovió. Desde hacía un rato, todos sus sentidos y emociones estaban adormecidos. No podía sentir nada, ni siquiera podía sentir temor de estar aquí en un espacio tan reducido, maloliente, donde había otras dos personas que lo miraron con un particular interés en su chaqueta y sus zapatos.

En un rincón estaba el retrete, al otro lado, una banqueta ocupada por los dos hombres y nada más. Ladrillos pintados de gris, un suelo igualmente gris.

—Mira —dijo uno de los hombres—. Un niño bonito —el otro se echó a reír entre dientes.

Sin prestarles atención, Rubén caminó hacia una de las paredes, y dejándose caer poco a poco se sentó en el suelo.

—¿Qué hiciste, preciosura? —preguntó uno de los hombres acercándose a él.

—Pero, ¿qué podría hacer alguien como él? —dijo el otro—. ¡Los ricos no hacen nada malo! ¿Robar? No lo necesitan, ¡ellos tienen todo! ¿Matar? ¡Para qué! ¡Eso ensuciaría sus manos! —se rieron a coro y Rubén no pestañeó siquiera, como si no los escuchara.

—Como sea, estás aquí y eso te pone en el mismo nivel que nosotros. Me gusta tu chaqueta.

Rubén recordó que Viviana le había contado que lo habían encontrado sin su reloj ni la hermosa chaqueta de cuero que había llevado a la fiesta esa vez. Tal vez ellos mismos, Andrés y Guillermo, le habían quitado todo lo de valor, incluso el poco efectivo que había llevado consigo.

Le habían quitado todo, pensó. Incluso su dignidad.

Elevó la mirada al par de hombres que lo miraban con expectativa, casi deseando que el niño bonito les diera pelea.

Pero Rubén sólo se movió para quitarse la chaqueta y tirarla al suelo. A continuación, se quitó también los zapatos y quedó en calcetines.

—Tómenlo todo —dijo—. No me importa.

Uno de ellos, sin perder el tiempo, tomó la chaqueta, y el otro los zapatos. Empezaron a discutir por las prendas e incluso a pelearse. El guarda tuvo que venir y golpear los barrotes de la reja con su tonfa y callarlos.

Rubén volvió a meter la cabeza entre las rodillas, en silencio y sin hacer un solo sonido.

13

—¡No es posible! –exclamó Gemima cuando Álvaro le contó lo que estaba pasando con Rubén. Hubiese preferido no tener que hacerlo, ocultárselo al menos hasta que se resolviera esto, pero no sabía cuánto tiempo iba a tomar, y él nunca le había ocultado asuntos tan graves a su mujer—. ¡No es posible! –repitió—. ¡Mi hijo jamás haría algo así! ¡No sería capaz! No es un santo, pero sí que estoy segura de que jamás lastimaría a una mujer. Y menos de esa manera. ¡Por Dios!

—Eso lo sabemos tú y yo. Pero incluso él duda.

—Estaba bajo el efecto de esas drogas –dijo Gemima caminando de un lado a otro en la sala de su casa. Ya había nacido Perla, la hija de Viviana y Roberto, y habían vuelto a casa para descansar, lo cual se había hecho imposible con la actual cadena de acontecimientos—. ¡Dios mío! Mi hijo en una celda. Álvaro, tenemos que hacer algo.

—Ya llamé a Vivas. Lo puse al tanto de todo y ya está trabajando en este asunto.

—¿Podemos ir a verlo? –Álvaro meneó la cabeza.

—Creo que tendremos que esperar hasta mañana.

—¡Hasta mañana!

—Bueno, hasta dentro de unas horas –dijo, mirando su reloj. Respiró profundo y cerró sus ojos—. Saldremos de esta –prometió. Mi hijo es inocente, lo sé.

Gemima caminó a él y lo abrazó.

En horas de la tarde se recibió el resultado de la prueba de ADN, que había dado positivo. Bajo estas luces, todo se complicaba para Rubén Caballero, y Telma sonreía al sentir que podía saborear la victoria. Nada podría salvar a este hombre de la cárcel.

Lamentablemente, lo máximo que podían darle de cárcel serían tres años, ya que las pruebas mostraban que no había habido agresión, violencia ni degradación. Emilia no era una menor de trece años, ni tenía ninguna discapacidad. De hecho, todo estaba al filo de quedar como si todo hubiese sido un encuentro sexual rudo consentido.

Si de casualidad Rubén contraatacaba diciendo que ella había consentido el encuentro, estarían en problemas, pues Emilia no tenía cómo demostrar lo contrario y sería la palabra del uno contra la del otro.

Telma se encontró con Leopoldo Vivas, el abogado que estaba defendiendo a Rubén Caballero. Fue preparada para escuchar la propuesta de una negociación, incluso estaba segura de que le propondrían recibir para ella y para Emilia una fuerte cantidad de dinero para acallar el asunto, pero se sorprendió mucho cuando lo que escuchó fue que Rubén se declararía culpable.

Eso dejó a Telma un poco desubicada.

—No he podido convencerlo de lo contrario —dijo el abogado—. Así que es probable que ustedes ganen el caso—. Telma miró al hombre, que parecía más cerca de los cincuenta que de los cuarenta, y entrecerró los ojos con desconfianza.

—¿Está tratando de ganarse mi simpatía? —Leopoldo Vivas suspiró.

—No. Si es verdad lo del abuso…

—¡Es verdad! —interrumpió Telma casi con un grito.

—…tienen toda la razón para estar molestas, y no habrá nada en el mundo que apacigüe su sed de venganza.

—¿Sed de venganza? —Volvió a exclamar Telma—. Imagínese que tiene una hija…

—La tengo.

—Y que en una fiesta un malnacido abusa de ella y por eso su vida se arruina. ¿Llamaría a eso que siente sed de venganza? Yo lo llamaría más bien justicia.

—Sea lo que sea —siguió el hombre con un suspiro—, hagamos las cosas con transparencia. Es un asunto horrible, la dignidad de dos personas está en juego.

—¿Entonces lo que me pide es que no incluyamos a los medios de comunicación en el proceso?

—Exacto. Entre más discretamente se lleve todo, mejor para los dos—. Telma consideró la propuesta. Emilia tampoco quería llegar al escándalo, algo que incluso ella le había propuesto. No podía obrar sin su consentimiento, pero si a mitad de camino las cosas se llegaban a torcer, estaba segura de hacer que Emilia cambiara de opinión.

—No incluiré a los medios si se hace justicia.

—Me parece a mí que está usando el término "justicia" un poco a su conveniencia. Cualquier cosa puede pasar antes del fallo del juez.

—No me importará el fallo del juez si éste es justo—. Dándose cuenta de que no llegaría a ninguna parte discutiendo con ella, Leopoldo Vivas se puso en pie respirando profundo.

—Entonces tendré que conformarme con eso.

—Eso parece.

—Bien –Leopoldo le extendió a Telma su mano, como si estuvieran sellando un trato, y ella, sin vacilar, la estrechó. Era típico de los hombres, sobre todos los que llevaban años en esta carrera, creer que una chica joven como ella se intimidaría ante su experiencia y recorrido. Telma no se dejaría amedrentar por nada, era a su amiga a quien estaba defendiendo esta vez. Ella incluso había desviado la orientación de su carrera con tal de poder litigar en favor de ella y hundir al maldito que le había hecho daño.

—He conseguido una audiencia –le dijo Leopoldo Vivas a Rubén, que salió a recibirlo en una pequeña sala donde había sólo una mesa metálica con su par de sillas a juego.

Los guardas habían conseguido devolverle su par de botas, pero seguía sin el abrigo. No se había afeitado, y ya se le notaba en su barba áspera. Pero peor que su aspecto, era su mirada. Rubén parecía derrotado antes siquiera de iniciar la pelea.

—Una audiencia –repitió Rubén con voz áspera—. ¿Eso es bueno?

—En tu caso, es mejor que nada. Emilia Ospino presentó la prueba de ADN y es positiva. Eso te ubica a ti en el lugar de los hechos y… en ella—. Rubén le dirigió una mirada casi asesina. No le había gustado ni un poco que se expresara de ella así.

—Soy culpable. Eso ya lo sabía.

—Pero hay circunstancias atenuantes –siguió Vivas, a pesar de la mirada que había recibido—. Tú estabas bajo los efectos de esas drogas… y ella podría estar mintiendo.

—¿Mintiendo? ¿La prueba de ADN no es muestra suficiente?

—¿Y si todo fue consentido? Tal vez ella dijo que sí a un

encuentro contigo, y ahora está intentando aprovecharse... —se interrumpió ante el golpe que Rubén dio a la mesa.

—No hagas eso —susurró Rubén.

—Estoy tratando de salvarte.

—No lo hagas con suposiciones como esa. Métete en la cabeza que soy culpable. Lo hice. Me odio por ello, pero lo hice. Ella no está mintiendo, no está fingiendo que me odia y no está buscando mi dinero, sólo quiere hacerme pagar.

—¡Pero tal vez no tengas que pagar! Estando bajo los efectos de las drogas un hombre puede...

—Si este caso te queda grande, entonces ve y busca a otro que sí quiera representarme ante el juez. Yo no apoyaré tus mentiras—. Leopoldo cerró sus ojos negando, e incluso sonrió.

—No estoy intentando defenderte con mentiras, pero sé un poco justo contigo mismo, Rubén, y acepta la ayuda. Tú no recuerdas nada...

—Pero ella sí.

—Pero es una mujer molesta, dolida y herida en su dignidad. Tal vez lo está viendo todo bajo la luz del odio y la vergüenza. Tal vez lo que necesite sea otro cristal, otro punto de vista—. Rubén frunció el ceño. Por fin su abogado estaba hablando en un idioma que él entendía. Ciertamente, Emilia estaba dolida y herida en su dignidad. Y con toda razón.

Tragó saliva pensando por primera vez en que tal vez había una salida para su situación, pero entonces dependería de Emilia, sólo de Emilia.

Estaba difícil.

—Esta audiencia —siguió Vivas— nos ayudará a obtener el testimonio de ambas partes. El tuyo no ayuda mucho, pero tal vez podamos hacer que ella hable.

—Ella ya habló.

—Sí, pero no lo ha dicho todo. El juez debe escuchar todos los detalles. Tú dices que ella no miente, pues bien, las personas que dicen la verdad no temen dar detalles.

—No cuando los detalles son degradantes para su persona.

—Si ella de verdad quiere justicia, no le importará exponerse un poco. Si hay una sola mentira en su testimonio lo sabremos, pero si ella dice la verdad, llegaremos al fondo de la cuestión.

Rubén apretó sus dientes, reconociendo que el abogado tenía razón al menos en eso. Odiaba tener que poner a Emilia contra las cuerdas sólo para encontrar un poco de paz para sí mismo, pero también él tenía curiosidad de saber todo. Y más que curiosidad, se dijo, era su derecho. Él había estado allí, pero no sabía nada de lo que había sucedido. Tal vez algún día su cerebro expulsara de su rincón más oscuro el terrible episodio, pero hasta entonces, dependía de la palabra de la mujer que más lo odiaba en el mundo.

—¿Una audiencia? –preguntó Emilia mirando a Telma con ojos grandes—. ¿Dices una de esas audiencias en donde toca subir al estrado, con un juez y todo eso? –Telma hizo una mueca.

—No pude impedirlo, lo siento.

—¿Pero acaso no llevamos pruebas suficientes para meterlo definitivamente en la cárcel?

—Ya te dije yo que no sería fácil pelear contra esta gente llena de plata, tienen contactos hasta donde no te lo puedes imaginar. Sin embargo, no creo que cambie mucho las cosas. Él es culpable. Incluso se declaró culpable—. Emilia abrió grandes los ojos, sorprendida.

—¿Se declaró culpable? –Telma asintió con un mero ruido—. Pero… ¿no que no recordaba nada?

—No sé qué trama con eso, pero lo hizo—. Emilia miró a otro lado tragando saliva. Recordó el momento en que lo acusó frente al edificio donde vivía, la manera como él había reaccionado cuando se lo dijo.

Su grito aún rugía en sus oídos. ¿Qué había sido? ¿Qué significaba semejante alarido?

Sintió su corazón acelerado, latiendo furiosamente en su pecho.

—Siento mucho que tengas que pasar por todo esto –siguió diciendo Telma—. Te harán preguntas incómodas, y me temo que también tendrás que revivir una y otra vez el momento, porque ellos querrán detalles. Pero tú sólo di la verdad. No tienes nada que temer—. Emilia asintió, pero entonces su corazón decidió salir de su pecho a golpes. ¿Por qué? ¿Qué pasaba? Ni que estuviera obrando mal, se dijo. Ni que estuviera siendo injusta. Él había sido el malo; ella, la víctima.

Gemima consiguió una visita a su hijo antes de la audiencia. Verlo era importante, era vital, y llegó un poco antes de la hora. Nunca se imaginó que tuviera que venir a visitar a uno de sus hijos a un sitio como este, nunca se imaginó siquiera pisar un lugar así. Ella no los había educado para esto, los había criado para que fueran gente de bien, buenos ciudadanos, que aportaran algo a la sociedad, para que cuando cumplieran la edad, formaran sus propias familias y tuvieran unas bases sólidas para al menos luchar por su felicidad. Esto la sobrepasaba, la estaba matando.

Cuando Rubén entró a la sala de visita, ya tenía los ojos llenos de lágrimas. Verlo así fue demasiado.

Él estaba vestido de una manera muy descuidada, llevaba sólo dos días aquí y ya había ocasionado estragos en él. Corrió a su hijo y lo abrazó.

Rubén la estrechó en sus brazos cerrando sus ojos. Le estaba causando daño a la persona que más lo amaba en el mundo, otra vez, y otra vez, no podía hacer nada para solucionarlo.

—Mírate —sollozó Gemima poniendo sus manos sobres sus mejillas. Rubén tenía ojeras y bolsas bajo los ojos, lo que indicaba que no había dormido nada, o que había dormido mal. No era para menos.

—Estoy bien —sonrió él, y Gemima recordó la vez que, acostado en aquella camilla de la clínica, él le mintió diciendo lo mismo. Le hizo bajar la cabeza para besarlo en la mejilla, y él fue dócil.

—Saldrás de esta también —dijo ella—. No te dejaremos solo. Viviana lamenta no poder estar aquí y darte su apoyo…

—No te preocupes, dile que lo comprendo.

—Estamos en shock, cariño. No entendemos por qué te has declarado culpable. ¡Tú no eres culpable!

—Madre, lo soy. La prueba de ADN…

—¡Eso no prueba nada para mí! ¡Tú eres incapaz de hacer eso! – Rubén respiró profundo presintiendo que su madre lo creería inocente hasta la última consecuencia—. Tal vez si hablo con esa muchacha… –Rubén la miró a los ojos.

—Te pido que no hagas eso.

—¿Por qué no? Soy mujer, tal vez a mí me escuche.

—No, mamá. Agradezco tu intención, pero tal vez eso sólo empeore las cosas—. Gemima empuñó las solapas de su abrigo intentado zarandearlo, pero no era lo suficientemente fuerte para conseguirlo.

—¿Entonces esperas que me quede aquí, de manos cruzadas, mientras miro cómo mi hijo es acusado, juzgado y encerrado? ¡No puedo! –Rubén la abrazó cerrando sus ojos.

—Lo siento tanto, mamá.

—No, no. Tu padre y yo no permitiremos que te encierren. ¡Algo se podrá hacer! –Rubén sonrió por su optimismo, y la vio, con movimientos un tanto nerviosos, sacar de su bolso un pequeño paquete que se notaba ya había sido abierto—. Los guardias me hicieron abrirlo, pero son simples cosas de primera necesidad. Mañana es la audiencia, así que date una ducha y aféitate. Te enviaré a tiempo la ropa que usarás, y recuerda en todo momento que tu familia te apoya, que eres muy importante para nosotros.

—Gracias—. Gemima volvió a mirarlo.

—No te des por vencido, hijo. Tal vez ella... tal vez... se haya equivocado, tal vez... acepte una compensación —Rubén suspiró al comprender la intención de su madre. No había nada que hacer y ambos lo sabían, pero ella no perdía la esperanza.

—No creo que Emilia quiera una compensación—. Vio a su madre palidecer, y frunció el ceño un tanto preocupado—. ¿Estás bien?

—¿Emilia? –Preguntó ella a su vez— La de las rosas –Rubén se dio cuenta de su paso en falso y se mordió los labios—. ¿Es la misma? –Rubén asintió. Gemima, que hasta ahora había hecho caso omiso de las sillas, acercó una para caer sentada en ella. Rubén le tomó una mano, encontrándola fría.

—¿Mamá? –ella rechazó su toque, y eso dolió en el corazón de Rubén. Ella estaba aceptando que él era culpable.

Vaya, dolía.

—Mamá... Lo siento. Lo siento...

—Pero la querías –él sonrió triste.

—Sí.

—¿Por qué...?

—No... no lo sé.

—Debes saberlo. Por qué razón... Dios mío...

—Me he estrujado la mente tratando de hallar esa respuesta. Simplemente, ella no viene a mí—. Vio a su madre cerrar sus ojos y llorar silenciosamente. Rubén se alejó un poco y se sentó en la otra silla sin mirarla. Ser él, ahora mismo, estaba siendo demasiado difícil, pero al parecer, no podía huir de esto, tenía que vivirlo.

Escuchó a su madre respirar profundo y tomar su bolso.

—Le hemos dicho a Kelly que estás de viaje y no tienes señal telefónica. Está furiosa.

—Dile la verdad.

—¿De veras quieres eso? –Rubén se encogió de hombros—. Te

será difícil… recuperarla, si quieres eso luego.

—No intentaré recuperarla.

—Claro. Yo… —Rubén elevó la vista a ella por fin, pero Gemima cerró sus ojos.

—Te quiero, mamá. Siento que tengas que pasar por todo esto por mi culpa.

—Ay, hijo. De verdad que sí me has traído unos cuantos dolores de cabeza… pero eres mi hijo. Pienso que sólo has tenido mala suerte en la vida.

—Sí, tal vez. Pero la de Emilia fue peor, ella se llevó la peor parte de todo.

—No lo sé. Tú no lo has pasado bien desde entonces tampoco. Eso te cambió, te hizo ser… menos feliz. Y ahora esto… —Se acercó por fin a él poniéndose en pie y le pasó una mano por su cabello castaño—. Cuando todo esto pase, nos reiremos—. Rubén le sonrió.

—Sí. Nos reiremos.

—Me tengo que ir.

—Yo estaré bien, mamá. Gracias por mentir –Gemima se inclinó a él y le besó la cabeza. Rubén cerró sus ojos absorbiendo todo el cariño que su madre le intentaba transmitir, y cuando ella se fue al fin, se quedó allí unos segundos para permitir que ese calor lo invadiera un poquito más. Cuando saliera de aquí todo sería hostilidad, y él necesitaba recargar baterías.

La audiencia se llevó a cabo el lunes a primera hora. Emilia entró a la sala muy nerviosa. Debía mostrarse molesta, ofendida contra el mundo, pues ella era la víctima, pero no le era posible. Se sentía fría, sudorosa, como si estuviera haciendo algo malo, y no se explicaba por qué.

El lugar era muy sencillo. No estaban sus paredes forradas en paneles de madera, ni había cuadros colgados en las paredes, sólo una especie de tarima sobre la que estaba el sitio en el que seguramente se sentaría el juez, tres mesas que lo rodeaban, y unas banquetas detrás, pero ahora todo estaba vacío. Sólo una mujer estaba sentada a un lado del podio y tomaba nota de algo a la vez que revisaba unos papeles.

—Este es nuestro lugar –le dijo Telma señalándole una de las mesas con sus sillas dispuestas. Miró las otras mesas, suponiendo que ante ellas se sentaría el hombre que le había arruinado la vida y ella tendría que mirarlo casi de frente.

Pocos segundos después de que ella se sentara, entró Rubén caballero con su abogado, y tras él, su padre.

—No me gusta esto —susurró Emilia, y miró de reojo a Rubén, que miraba sus manos.

No lo recordaba así. En sus recuerdos él era muy diferente. Más alto, más grande, más… feo.

Parpadeó mirando hacia otro lado. Tenía que ser objetiva, debía serlo si quería ganar este caso y enviarlo a la cárcel. Si bien tenía todo el derecho de juzgarlo todo lo horriblemente que quisiera, las leyes no funcionaban así. Sólo porque ella así lo quería, a este hombre no podrían darle treinta años de cárcel.

De hecho, Telma le había dicho que, si conseguían tan sólo tres años de cárcel, debían darse por bien servidas.

Volvió a mirarlo, pero él la miraba ahora, y rápidamente, ella esquivó su mirada.

La mujer que estaba en el podio y tomaba notas habló al fin. Se presentó a sí misma y presentó a los concurrentes dando sus nombres y función en la audiencia, y luego presentó al juez, un hombre bastante joven. Ella esperó que fuera algún abuelito de cabellos o peluca blanca.

Cuando al fin se llegó el turno de hablar, Telma tomó la palabra. Se expresaba bien, pensó Emilia, firme y segura, sin llegar a sonar demasiado agresiva o demandante.

Telma presentó ante el juez todas las pruebas que acusaban a Rubén, las pruebas médicas, la antigua demanda que Emilia había impuesto, y las consecuencias que esto había traído sobre su vida. No mencionó a Santiago, y Emilia esperaba de todo corazón que no fuese necesario.

—Por parte de mi apoderada y mía —finalizó Telma—, no vemos consecuente esta audiencia. Rubén Caballero es culpable, se ha declarado a sí mismo culpable, estas pruebas lo demuestran. Él debe comparecer ante la ley y pagar su deuda ante la sociedad. Es todo lo que tengo que decir, señor juez.

Emilia miró al abogado defensor, que parecía poco impresionado por todo lo que había dicho Telma, y se puso en pie muy tranquilamente cuando se le dio la palabra.

—No estamos aquí para demostrar la inocencia de Rubén Caballero. Tal como la apoderada de la demandante lo ha dicho, parece que todas las pruebas apuntan a que Rubén Caballero estuvo en el sitio y el lugar del que se le acusa. Hemos solicitado esta audiencia porque hay circunstancias... atenuantes.

—¿Atenuantes? –preguntó Emilia en voz baja, y Telma elevó su mano para pedirle que no dijera nada.

—Y para ello, solicito que Emilia Ospino pase al estrado y rinda declaratoria.

—Lo sabía –masculló, y se puso en pie objetando. Emilia no tenía por qué pasar por esto.

—Ella es la única testigo. Si bien es la víctima, es la única persona a la que le podemos preguntar qué y cómo sucedió.

—Señor Juez –objetó Telma—. Si la parte demandada desea conocer el testimonio de mi defendida, ella rindió una muy clara declaración cinco años atrás tan sólo unas horas después del hecho.

—Señor Juez –objetó a su vez Leopoldo Vivas—, las preguntas que deseo hacerle a la señorita Ospino son sencillas y ayudarán a aclarar el suceso. No van orientadas a degradarla en ningún sentido, sólo deseo hacer unas cuantas preguntas y que mi cliente escuche sus respuestas, ya que, como dice en su propia declaración, él no recuerda lo sucedido –Emilia miró a Rubén con el pecho agitado, pero contrario a todo lo que deseara, el juez le pidió que se pusiera en pie y caminara al estrado.

Le hicieron jurar que diría la verdad, y Emilia se sentó sintiéndose indignada y atropellada. Pero ya Telma le había advertido que esto podía suceder.

Cerró sus ojos disponiéndose a desnudar nuevamente su horror, su vergüenza. Parpadeó rápidamente procurando que las lágrimas no entorpecieran su visión, y miró fijamente al abogado que ya se estaba dirigiendo a ella para lanzarle la primera pregunta.

14

—Por favor –pidió el abogado—, relátenos con todo detalle lo que recuerde de esa noche.

—Lo recuerdo todo –contestó Emilia de inmediato, molesta porque él sugiriera que había partes que ella pudiese haber olvidado—. Me hicieron ir a esa fiesta…

—¿Podría explicarnos esa parte, por favor? –La interrumpió el abogado—. ¿Cómo así que la hicieron ir a esa fiesta? –Emilia respiró profundo.

—Un par de compañeras de la universidad se acercaron a mí en clase y tomaron uno de mis libros y me dijeron que la condición para devolvérmelo era que fuera a la fiesta de graduación de uno de sus amigos.

—Y usted fue para recuperar su libro.

—Sí. Fue lo primero que hice en cuanto llegué a la fiesta.

—¿Fue idea de ellas?

—Eso no lo sé. Pensé… quiero decir… Yo… en esa época tenía un admirador… creí que… tal vez era él, que quería que fuera a la fiesta y lo había planeado todo. No parecía que fuese idea de ellas.

—Entonces un admirador la hizo ir a la fiesta…

—No estoy segura de que fuera él, tampoco.

—¿Quién era ese admirador? –Rubén elevó la mirada a ella, atento. Emilia negó.

—No lo sé.

—¿Cómo se manifestaba antes? ¿Cartas? ¿Mensajes?

—Rosas –contestó Emilia, y Rubén cerró sus ojos—. Él me enviaba dibujos de rosas. Creí que era él, que… se declararía en esa fiesta—. Rubén la miró fijamente. Por un momento, ella había sonado casi soñadora. Una fuerte punzada en el pecho le dijo que ella había cedido ante sus rosas, si había ido a esa fiesta sólo porque creía que allí él se mostraría, era porque había sentido algo más que curiosidad por saber de quién se trataba—. Fui... pero no fue así... ocurrió eso—. Rubén tenía su pecho agitado y las manos empuñadas.

—¿Tiene idea de quién instigó todo para que usted fuera? – Rubén asintió, como si la pregunta hubiese ido dirigida a él en vez de a Emilia. No pudo evitar recordar cuando, en aquella cafetería, Emilia y Telma habían entrado y Andrés las había mirado atentamente. Incluso le había prometido conseguirle a la que él quisiera. Seguramente alguien como él tenía sus métodos. ¿Y si, al saber que una de ellas dos le interesaba, había maquinado todo para que ambas fueran? ¿Había hecho que Emilia fuera, pero, para qué? ¿Cuál había sido el verdadero propósito al hacer que ella se presentara en esa fiesta?

La respuesta bajó a él como un ácido. Le habían dado a consumir droga, seguro esperaban que se comportara violento, o indecente, o ambas cosas. Querían que Emilia estuviera allí y lo presenciara, y lo repudiara.

Ah, las cosas le habían salido más que perfectas, si había sido así. Emilia lo odiaba, lo odiaba a muerte.

—¿Les preguntó a sus compañeras quién había concertado todo? –siguió preguntando el abogado. Emilia meneó su cabeza negando.

—No. Nunca se los pregunté, pero es que tardé muchos años en volver a verlas, y nunca se dio la oportunidad—. Rubén tragó saliva deseando conocer el nombre de esas mujeres. Él mismo les preguntaría en cuanto supiera quiénes eran.

—Usted identificó plenamente a Rubén Caballero como su atacante... —siguió el abogado—. Esto que le voy a pedir será un poco duro para usted, pero, ¿podría contarnos por favor cómo sucedieron los hechos? Con todos los detalles que le sean posibles—. Emilia miró a Telma, pero esta no dijo ni objetó nada. Respiró profundo, regresando a aquel momento.

—Yo fui con una amiga. A ella también la habían invitado. Cuando entré a la fiesta, vi a la compañera que me había quitado el libro e hice que me lo devolviera. Ella me llevó a una habitación y me lo devolvió de inmediato, incluso me pidió que me quedara un poco, que disfrutara la fiesta... Cuando volví a la sala donde se realizaba la fiesta... perdí de vista a mi amiga—. Miró a Telma. Habían hablado de ello antes, y lo que le había dicho su amiga era que un borracho le había caído encima y se había puesto un poco pesado, le había tocado ir al baño, pero al volver, no encontró a Emilia por ningún lado—. No me sentía segura en ese lugar sin ella. Era una fiesta demasiado… No era mi ambiente, y no conocía a nadie más. Me pareció ver a mi amiga que se metía en una arboleda en el jardín de la finca y la seguí, pero no había nadie allí. Fue cuando… él… llegó.

—Por favor, siga –le pidió el abogado cuando ella guardó silencio, y Emilia lo miró un tanto confundida.

—¿Que siga?

—Por supuesto.

—Pero ya lo dije. Él… me atacó.

—Objeción –dijo Telma—. Lo que está tratando de conseguir el señor Vivas reposa en una declaración jurada que hizo Emilia Ospino ante la policía. No es necesario que le haga revivir ese momento en especial.

—Sólo le estoy pidiendo que describa cómo se acercó él a usted – contestó el abogado—. En las pruebas no se evidencia maltrato de ningún tipo—. Emilia siguió en silencio, y el juez denegó la objeción de Telma. El abogado insistió—. ¿Parecía ebrio? –Emilia negó agitando levemente su cabeza—. ¿Llevaba algo en las manos?

—¿Algo como qué?

—Como un arma –Emilia volvió a negar—. Alguna bebida alcohólica, como una lata de cerveza… —Emilia agitó su cabeza, negando—. ¿Hablaba de manera extraña?

—Mmm… no. Hablaba claro.

—Es decir, que mantuvo una conversación con él—. El pecho de Emilia empezó a agitarse. ¿Por qué le preguntaba precisamente eso?

—Sólo… me llamó por mi nombre… me dijo… que se sorprendía de verme allí… o algo así.

—¿Podría relatarnos cómo fue esa conversación?

—No la recuerdo palabra a palabra.

—Pero conversó con él.

—Un poco. Parecía… normal.

—¿Entonces usted habló con un desconocido de noche en medio de una arboleda solitaria? ¿No le dijo su instinto que estaba en peligro? –Emilia abrió su boca para decir algo, cualquier cosa, pero no salió nada de ella—. Le recuerdo que está bajo juramento –dijo el abogado, y Emilia se sintió mareada—. Con todo lo que usted está diciendo, me parece a mí que fue un encuentro consentido…

—¡No fue consentido! –Gritó Emilia—. Al principio sí, pareció inofensivo, pero esa impresión duró muy poco ¡y me salió muy cara! Le pedí que no lo hiciera. No me acuesto con el primero que se me presenta en una fiesta. Él me atacó, tomó mis manos y me impidió defenderme, me tiró al suelo, me bajó la ropa y... Dios, mío, ¿qué más quiere que le diga? –Emilia se echó a llorar y Telma tomó la palabra. Escuchó la voz de varias personas hablando a la vez, y el llamado al orden del juez.

—Siento hacerla pasar por esto –dijo el abogado con voz un poco contrita—. Pero quiero que conteste una pregunta más—. Emilia lo miró con rencor—. ¿Había visto antes a Rubén Caballero?

—No.

—Piénselo. Estudiaban en la misma facultad, la misma carrera.

—Nunca lo vi. Y si fue así, no recuerdo el momento—. El abogado movió su cabeza asintiendo.

—No tengo más preguntas –dijo, y volvió a su asiento.

Emilia pudo volver a su lugar. Telma la abrazó y le pasó un pañuelo. Miró hacia el abogado y a Rubén con ganas de fulminarlos con la mirada; pero se detuvo al ver la expresión en el rostro de Rubén. Era como si deseara saltar de allí y correr a ella para calmar él mismo su llanto. Luego le lanzó una mirada casi asesina a su propio abogado.

Telma apretó el hombro de Emilia deseando que esta se recuperase lo más pronto posible.

—Esa noche, veinte de mayo de dos mil nueve –empezó a decir el abogado– fue nefasta para la señorita Emilia Ospino. No cabe duda de eso. Lamentablemente, fue víctima de abuso sexual por parte de Rubén Caballero. En circunstancias normales, y a la luz de las pruebas presentadas, mi defendido debería ir a la cárcel por hasta tres años. Pero quiero presentar ante el juez, y ante la parte demandante, las circunstancias que atenúan el incidente.

Emilia se calmó al fin. Apretó los dientes y en su mano empuñó el pañuelo que alguien le había prestado para que secase sus lágrimas.

—Esa noche, Rubén Caballero asistió también a esa fiesta tras la insistencia de dos de sus compañeros de estudios; Andrés González y Guillermo Campos, ambos actualmente desaparecidos—. Emilia elevó una ceja y miró interrogante a Telma, pero esta sacudió su cabeza casi imperceptiblemente. Ella tampoco sabía a dónde llevaba todo esto—. Lo que voy a contar de aquí en adelante son las conclusiones a las que llegó la policía luego de una exhaustiva investigación: A las ocho y diez minutos llegó el señor Caballero en su auto y se internó en la casa finca en la que se desarrollaba a la fiesta. A las ocho treinta, fue visto en compañía de los antes mencionados: Andrés Gonzáles y Guillermo Campos—. Emilia frunció su ceño preguntándose qué necesidad había de relatar los pasos de Rubén Caballero esa noche minuto a minuto, pero el abogado siguió—. De acuerdo con el testimonio de la señorita Ospino, se encontró con él en la arboleda a las nueve en punto. Ella huyó del lugar dejando al señor Caballero inconsciente minutos después. Llegó a su casa hora y media después, que es lo que toma llegar en auto desde esa distancia a su antigua residencia. A la mañana siguiente, la familia Caballero se alerta porque su hijo, Rubén Caballero, quien nunca durmió fuera de casa sin antes avisar a sus padres no aparece. No contesta su teléfono. Cuarenta y ocho horas más tarde, el viviente de la finca en la que se desarrolló la fiesta llama a la policía, pues ha encontrado un cuerpo en las afueras. Su perro lo encontró. Era el cuerpo de Rubén Caballero.

Emilia levantó su mirada y miró a Rubén al otro lado de la sala, pero él mantenía su vista baja.

¿Era verdad? ¿O se lo estaban inventando? Ella no le había hecho nada a él, ¿por qué iba a estar su cuerpo dos días tirado en ese lugar?

¿La acusarían de eso?

Miró a Telma sintiéndose preocupada, pero ella miraba al abogado sumamente concentrada.

—La conclusión a la que llegaron las autoridades, es que en esa fiesta el señor Caballero fue inducido a beber de alguna manera una bebida que iba cargada con sustancias, que por separado eran bastante peligrosas… Revueltas; mortales.

Emilia contuvo un grito y todo su cuerpo se tensó. ¿Qué pretendían, hacer pasar a este delincuente como una víctima?

—Había alucinógenos, calmantes y estimulantes –Continuó Leopoldo Vivas—. Si es cierto que atacó a Emilia Ospino esa noche, y la parte acusadora ha demostrado que sí, lo hizo bajo el efecto de estas drogas.

—¡Eso es imposible! –gritó Emilia.

—Emi, cálmate –le pidió Telma.

—¡Él no parecía drogado, parecía muy en sus cinco sentidos!

—¡Emilia! –volvió a llamarla Telma.

—No puedo permitirlo, Telma. ¡Ese hombre arruinó mi vida! –tuvo que callarse cuando el juez insistió en que hiciera silencio o tendría que salir de la sala. Vio al abogado acercarse a ellas y dejar sobre su escritorio, y sobre el podio del juez, una carpeta llena de documentos. Emilia la ignoró, pero Telma la abrió. Lo que vio la hizo contener un grito, y eso captó la atención de Emilia, que se asomó a mirar.

Era alguna criatura humana con el rostro destruido a golpes, moratones, hinchazones, cortes y demás.

—Ese es Rubén Caballero luego de esa noche –dijo el abogado— . Tengo el soporte médico y policial que demuestra que los golpes se produjeron tal vez media hora después de su encuentro con Emilia Ospino, la misma noche, en exactamente el mismo lugar. No se han podido esclarecer del todo los hechos, porque, como es sabido, y según la declaración de la señorita Emilia Ospino, él quedó inconsciente en el suelo, así que todos esos golpes los recibió estando inconsciente y sin posibilidad de defenderse; pero lo que es cierto es que luego de que ella le dejó allí, otras personas llegaron, le quitaron las cosas de valor que llevaba consigo, como su chaqueta de cuero –Emilia sintió una punzada entonces. Ella recordaba esa chaqueta, la había tocado con sus manos— y su reloj –siguió el abogado—. Lo golpearon de manera insana y con saña buscando no sólo hacerle daño físico, sino tal vez matarlo. El señor Rubén Caballero es arquitecto, excelente dibujante, habilidad que necesita para su profesión, zurdo, y como podrán ver en esas imágenes, los atacantes se ensañaron contra esa mano en especial, lo que demuestra que era un ataque personal, lleno de rencor. Los mismos que le dieron las drogas con el propósito de destruirlo o matarlo, quisieron completar el trabajo a golpes. Luego lo arrojaron por el deslizadero, se llevaron su auto para que no lo vieran allí parqueado y abandonado, y se olvidaron de él.

Emilia estaba agitada. Las imágenes eran desagradables, la criatura de las fotografías había sufrido mucho, muchísimo dolor. El brazo y la mano izquierda tenían evidentes fracturas y parecía ser otra cosa menos una mano por lo hinchada y morada que estaba. No pudo evitar mirarlo. Él lucía ahora una chaqueta, pero su mano izquierda parecía normal. Sin embargo, y a pesar de lo desfigurado que se veía en las fotos, no había duda de que era él. Ella había huido de allí dejándolo dormido en el suelo; nunca se había preguntado por qué la que había salido primero había sido ella y no él, pues un violador que acaba de atacar una víctima sólo quiere huir lejos para no ser atrapado en caso de que llamen a la policía. ¿Por qué se había quedado allí inconsciente cuando antes no pareció estar borracho?

Miró a Telma haciéndole una pregunta silenciosa. Ella, otra vez, no le tenía una respuesta agradable. Emilia tomó en sus manos la carpeta y empezó a mirar los documentos. Había mucha terminología médica que no comprendía, pero parecía ser cierto. Él había estado bajo los efectos de las drogas. Las fechas coincidían.

—Rubén Caballero estuvo en coma por casi cuatro meses —siguió el abogado—, y cuando despertó y pudo hablar con la policía, creyó haber sido víctima de un accidente; no recordaba nada de la noche en cuestión. Ni siquiera para acusar a las personas que tal vez le hicieron daño. Lamentablemente, tampoco recordaba lo sucedido con Emilia Ospino.

Emilia cerró sus ojos y tuvo que recordar el momento en que lo volvió a ver. Cuando ella le gritó y le juró meterlo en la cárcel él no había sabido por qué, o eso había parecido. Incluso había ido hasta su casa para preguntar por qué lo odiaba, y cuando ella se lo dijo, él había gritado.

—Antes de eso —siguió el abogado—, Rubén Caballero nunca tuvo un comportamiento agresivo hacia ninguno de sus compañeros ni ninguna otra persona. Nunca consumió drogas, estaba limpio en los anales de la policía. Incluso sus compañeros dijeron que era un estudiante ejemplar, siempre las mejores notas. No era fiestero ni juerguista. Llegaba, atendía sus clases, presentaba sus trabajos y evaluaciones y luego se iba a casa—. Emilia empezó a sacudir su cabeza negando, negándose a aceptar esas palabras.

Esto contradecía todo lo que ella había cultivado en su mente en los últimos años, que él era un violador, y ella, tan sólo una de sus víctimas.

—Basándonos en el testimonio de la misma Emilia Ospino, donde no hay muestras de agresión, amenaza o degradación, podemos comprender que Rubén Caballero fue también una víctima.

—Esto no es cierto —rio Emilia, sintiendo que la invadía la locura.

—No fue consciente de lo que hizo —persistió el abogado mirándola fijamente—, aun ahora, no lo recuerda, pero acepta que estuvo mal. Está dispuesto a acatar el fallo del juez, sea lo que sea, sólo pide que, por favor, se tengan en cuenta sus circunstancias. No estamos seguros de siquiera conocer todo el sufrimiento por el que ella ha tenido que pasar, pero es de saber que el señor Rubén Caballero nunca quiso hacerle ese mal; un mal que, estando en sus cinco sentidos, él nunca habría provocado. Es todo, su señoría.

Emilia miró a Rubén, pero él no esquivó su mirada, sino que se la sostuvo. Emilia meneó su cabeza como intentando advertirle que no se saldría con la suya.

El juez ordenó un receso y salió de la sala. Emilia se puso en pie, deseando salir también, pero Telma la contuvo.

—No creo que tome mucho tiempo en volver –le dijo.

—No quiero estar en el mismo lugar que él. Me estoy asfixiando—. Telma miró hacia Rubén. Era obvio que él la había escuchado, y lo vio tragar saliva.

—Emilia, hay algo que quiero preguntarte –susurró Telma, y Emilia volvió a sentarse—. ¿Hay algo que no me has contado? –ella la miró confundida.

—¿Qué?

—Hay algo que no me cuadra aquí. Él se comporta como si… quiero decir…

—¿Crees que te he ocultado información?

—Yo espero que no, Emilia—. Emilia apretó sus dientes negando—. ¿Emi, por qué te conocía él?

—¿Y yo qué sé?

—Dijiste que dijo tu nombre esa vez, que se sorprendía de verte… ¿por qué sabía él tu nombre?

—No lo sé, Telma. ¡Te juro que nunca lo había visto!

—Estudiaban en la misma facultad, en la misma universidad –susurró Telma acercándose más—. ¿Segura que nunca cruzaste una palabra con él?

—No lo sé, es probable, pero, ¿qué con eso?

—Emi, ¿y si él era tu admirador? –Emilia abrió sus labios un poco perpleja.

—No—. Contestó luego de varios segundos—. No, ¿el de las rosas? Imposible.

—Mira, nena… es muy, muy posible. Ata los cabos… te hicieron ir a esa fiesta, él te conocía de antes… Es arquitecto al igual que tú, seguro que es bueno dibujando tal como dijo el abogado…

—No, no es el de las rosas…

—Emi…

—Me resisto. El de las rosas… me quería, tenía paciencia, quería conquistarme, hacer las cosas bien… él no es ese hombre.

—Podrías estarte equivocando, y lo sabes —Emilia siguió negando, y miró de vuelta a Rubén, que escuchaba algo que su abogado le decía.

A su mente vino de nuevo aquella conversación en la arboleda.

"Hueles a rosas", había dicho él.

—¿Y qué si fuera él? —le preguntó a Telma. Ella no dijo nada, sólo se frotó la frente como si le estuviera empezando un dolor de cabeza.

Emilia miró de nuevo a Rubén, y comprendió al fin por qué su corazón retumbaba en su pecho como si estuviera haciendo algo muy malo. Estaba desoyendo los gritos que salían desde el fondo, los gritos que le decían que estaba ignorando algo muy importante.

El hombre que la había violado había dicho que la amaba, reconocía su perfume de rosas, adoraba su pelo, y según lo que había dicho, la había amado desde que la había visto por primera vez. Había sido su ángel.

Al escuchar aquellas palabras, se había sentido emocionada. Por eso se había dejado besar, y había sido el beso más hermoso que recibiera alguna vez.

¿Cuándo se dañó todo? ¿Cuándo se volvió pesadilla?

El juez volvió interrumpiendo sus pensamientos, y todos se pusieron de pie. Venía el veredicto.

Rubén Caballero fue hallado no culpable. El estar bajo los efectos de las drogas, y todas las circunstancias que rodeaban el hecho lo eximían de la cárcel, pero debía indemnizarla de la manera en que ella lo pidiera. Al parecer, podía pedirle incluso que le traspasara su empresa, que él debería hacerlo.

—Él está dispuesto a compensarla de la manera como usted lo pida —le dijo el abogado cuando el juez se hubo retirado y quedaron a solas en la sala. Álvaro Caballero, que había permanecido en silencio en una silla un tanto alejada, se acercó asintiendo con su cabeza corroborando así las palabras del abogado.

—¡Nada podrá compensarme! —dijo Emilia entre dientes. Sintió que Telma le apretaba el hombro, y ella cerró sus ojos recostándose en su silla. Sabía que esto pasaría, él torcería la justicia a su favor y saldría de rositas, impune.

—Yo… —dijo Rubén, abriendo su boca por primera vez para hablar, y todos los presentes le prestaron su atención, excepto por

Emilia, que tenía sus ojos cerrados— sé que nada compensará lo que te hice. No hay una manera en que yo pueda siquiera pedirte perdón –Emilia abrió sus ojos, pero se resistió a mirarlo—. Pero estoy dispuesto a hacer cualquier cosa que me pidas.

—¿Cualquier cosa? –preguntó Emilia, y Telma la miró un poco sorprendida. ¿Aceptaría ella el dinero? –Emilia se puso una mano en la cintura y le sonrió de medio lado a Rubén—. Está bien. ¡Devuélveme mis lágrimas, las noches que pasé en vela preocupada por mi futuro! Devuélveme los años que no pude estudiar...

—Emilia... —susurró Telma, intentando atajarla.

...porque estaba demasiado preocupada por conseguir algo de comer para el hijo ¡que sin yo quererlo pusiste en mí!

—¡Emi!

—Devuélveme mi virginidad, mi inocencia. ¡Devuélveme todo! ¡Maldito seas!

—¿Tú... tuviste un hijo mío?

—Oh, Dios, Emi... —Emilia miró a Rubén parpadeando. ¡Él estaba preguntando por Santiago! Miró también a Telma, que miraba al suelo negando. Había revelado lo del niño.

Miró de nuevo a los hombres. Los tres la miraban de una manera muy extraña. Rubén seguía sorprendido, el abogado hacía una mueca analizando la situación, buscando con eso alguna manera de comprometerla, y Álvaro Caballero, que hasta el momento había permanecido en silencio, sonreía; de una manera curiosa, pero sin duda, sonreía.

—Emilia –insistió Rubén, y Emilia se odió a sí misma por la manera en que sus emociones habían jugado con ella y le habían hecho revelar la ubicación de su más valioso tesoro.

—Sí –dijo con voz temblorosa—. Pero es mío. Sólo mío.

—Oh, Dios –exclamó Rubén en un hilo de voz. Parpadeó mirándola, incapaz de quitarle los ojos de encima. ¡Qué difícil debió ser para ella, qué angustiante... y cuántas razones más para odiarlo!

—Les advierto que, si tratan de sacar ventaja de esto, se los impediremos –atacó Telma—. Emilia tiene la custodia del niño. Si tan sólo nos llegamos a sentir amenazadas, Emilia huirá del país con él. ¿Está claro?

—Nunca te lo quitaría. Nunca te haría nada que... te hiciera daño –dijo Rubén, y Emilia sintió deseos de llorar, sólo por la necesidad de creer esas palabras.

Se sentó en la silla sintiéndose cansada, cansada de llevar este dolor tanto tiempo, cansada de tener miedo, de tener que atacar y defenderse. Extrañaba su vida cuando ésta se trataba sólo de estudiar y salir adelante, de soñar.

Rubén Caballero había destruido esa vida, pero la justicia había considerado que él no tenía la culpa, y ella se había quedado sin alivio. No podría hundirlo en la cárcel. Ya no podría darse la satisfacción de verlo tras las rejas, y él ahora sabía de la existencia de Santiago; y si tenía la influencia como para poner un juez a su favor, si se empeñaba con el niño ganaría también.

—Telma, no puede quitármelo, ¿verdad? —preguntó entre lágrimas.

—¡No te lo quitaría! —exclamó Rubén.

—No puede —dijo Telma, pero Emilia ya no podía creer las palabras de su abogada, la misma que le había prometido encerrarlo a él en la cárcel.

Se echó a llorar. Como una niña desconsolada, aun delante de su mismo agresor, se echó a llorar.

Rubén cerró sus ojos y miró al techo sintiéndose como lo peor sobre la tierra. ¿Qué hacer cuando todos sus instintos demandaban ir y abrazarla? Reconfortarla, hacerla sentir segura.

No podía. Él mismo era quien estaba causando su dolor e incertidumbres.

Se pasó ambas manos por la cabeza con fuerza, echando hacia atrás sus cabellos, deseando borrarlo todo, cambiarlo todo, pero sin el poder para hacerlo.

Ver a Emilia llorar así, por su culpa, lo estaba matando. Y él que había querido ser el motivo de su risa, de su alegría.

La vida los había puesto en caminos demasiado separados.

15

Emilia regresó a casa sintiéndose bastante agotada. Aurora la vio tirar su bolso de cualquier manera sobre un mueble y se preocupó y fue detrás de ella.

Hoy había sido la audiencia, y si ella venía con ese semblante era que las cosas no habían salido bien.

Caminó tras ella y la vio tirarse boca abajo en la cama.

—Salieron mal las cosas, ¿verdad? —preguntó Aurora entrando a la habitación. Sólo escuchó a su hija suspirar.

—Él… no irá a la cárcel.

—¿Pero… cómo es posible eso? Telma dijo que tenían todas las de ganar. ¡Él es culpable! —Emilia se sentó en la cama sin mirar a su madre, con los dientes apretados y tragando saliva.

—Presentó sus propias pruebas.

—¿Pruebas de qué? —Emilia suspiró.

—Mamá… luego te cuento.

—Pero, ¿qué podría ser? ¿Te equivocaste de persona? ¿No era él?

—Sí, era él. No me equivoqué.

—¿Y entonces? —Emilia suspiró. Si bien estaba cansada, su madre había estado aquí esperando por ella, y deseando saber qué sucedía. Pero decirle la verdad era casi como excusar a ese malnacido.

Miró a su madre y respiró profundo.

—El juez… determinó que el delito no era tan grave, y que es excarcelable.

—¿Qué? ¿Una violación no es tan grave?

—Él… me indemnizará… con dinero.

—¿Y quién dijo que necesitas el dinero? No lo aceptaste, ¿verdad? —Emilia negó mirando al suelo—. Dios, ¿qué está pensando esa gente? ¿Ese es el sistema de justicia que tenemos? ¡Ese hombre es un delincuente! ¡Le hizo daño, mucho daño, a una mujer! ¿Y no lo meterán en la cárcel porque sí? —Emilia se quedó en silencio; dejó que su madre despotricara todo lo que quisiera contra Rubén Caballero. Tenía todo el derecho a odiarlo, y ella estaba demasiado cansada, molesta y confundida como para decirle la completa verdad; qué él había presentado pruebas que demostraban que no había sido del todo culpable, que había habido una poderosa razón para comportarse como lo hizo.

Una razón. Eso era injusto.

Volvió a tirarse en la cama y cerró sus ojos, pero al interior de sus párpados estaban grabados los de ese hombre. Viéndolo por más tiempo y tan de cerca, tuvo que reconocer que tenía unos ojos hermosos. El cabello castaño y abundante, tal como el de Santiago, barbilla cuadrada y nariz recta, y una mirada que parecía querer traspasarla a toda hora.

Él la había mirado bastante durante toda la audiencia. Había sido silencioso la mayor parte del tiempo, pero con sus ojos había querido decir mil cosas, cosas que ella no quería escuchar, y mucho menos entender.

—Estoy cansada, mamá…

—Claro, claro. No ha sido fácil para ti estar en la misma sala que él. Lo comprendo—. Aurora se puso en pie y salió de la habitación y dejó salir el aire. Había perdido, había perdido contra ese hombre y contra el sistema. Sólo quería dormir y dormir, al menos por ahora.

Rubén regresó a casa para alegría de su familia. Gemima lo abrazó, pero de inmediato notó que él no estaba para nada contento.

—Le ofrecimos una indemnización —explicó Álvaro cuando se encontraron a solas; Rubén había subido a su antigua habitación para darse una ducha.

—¿Y… no lo aceptó?

—No. Nada. No quiere nada de él—. Gemima tragó saliva intentando deshacer el nudo en su garganta.

—Antes le pedí a Rubén que me dejara hablar con ella, pero ahora sí lo haré.

—Gemima…

—Dame su dirección, por favor.

—¿Qué harás?

—Convencerla.

—Empeorarás las cosas.

—Álvaro, no soy tonta. Sé decir las cosas. Te prometo que seré cuidadosa. Soy mujer, tal vez a mí me escuche.

—No querrá escuchar a la madre de su...

—¡No lo digas! –Lo interrumpió Gemima—. Mi hijo no es eso—. Álvaro respiró profundo.

—Hay algo que debes saber –Gemima lo miró de hito en hito. ¿Todavía había más cosas que saber acerca de todo este horrible asunto? –Ella... a consecuencia de lo que le sucedió... tuvo un hijo—. Gemima abrió grandes los ojos por la sorpresa. Abrió su boca para decir algo, pero de ella no salió ningún sonido—. Es una mujer que ha sufrido mucho... —siguió Álvaro—Estuve de principio a fin en la audiencia, leí con mis propios ojos su declaración ante la policía. El daño no fue sólo psicológico, ella... tuvo que dejar su carrera por ponerse a trabajar. Su familia está terriblemente endeudada, podrían perder incluso el pequeño apartamento en el que viven, y... su desarrollo como arquitecta se vio comprometido por mucho tiempo por lo que sucedió.

—Un hijo... ¿ella tuvo un hijo de Rubén?

—Gemima, escúchame. Sólo estoy preparándote para lo que te vas a encontrar. Te estoy diciendo que tiene todos los motivos del mundo para estar molesta, para odiarnos.

—Pero ese niño... es mi nieto, Álvaro.

—Suponemos que en efecto es un niño... Ella no tenía intención de decírnoslo, así que no estamos seguros de su sexo siquiera, y no la puedo acusar por eso.

—Con mayor razón ella debe aceptar nuestra ayuda –Álvaro volvió a suspirar y miró de reojo a su mujer.

—Estás empeñada, ¿verdad?

—Sí. Y soy terca, lo sabes.

—Está bien. No creo que lo consigas, pero no tenemos nada que perder—. Gemima vio a Álvaro tomar el teléfono, y luego de unos minutos y hablar con varias personas, apuntó algo en un papel y luego se lo pasó a Gemima—. Ésta es su dirección.

—Gracias, Álvaro—. Él sonrió mirando a su mujer mientras subía a su habitación a buscar su bolso para salir.

Fuera lo que fuera, ya no dependía de él. Tal vez Gemima tuviese más suerte.

Felipe llegó a casa con el casco de la moto bajo el brazo. Luego de la corta incapacidad que le habían dado por su accidente, había tenido que volver al trabajo como si nada, y aquí estaba, cansado en más de una manera. Ser un simple obrero en este país era el equivalente a ser un esclavo en la época medieval. El día que no trabajabas, simplemente no comías, porque tu sueldo escasamente alcanzaba para sobrevivir; y si además tenías deudas importantes, había ocasiones en que sentías que tu dinero no era nada frente a los gastos, y trabajar así desmotivaba.

—¡Hola, mamá! –exclamó en un saludo. Aurora se puso el dedo índice sobre los labios pidiéndole que hiciera silencio. Felipe miró su reloj. Eran el medio día, ¿por qué debía ser silencioso?

—¿Santi está en casa? ¿Está durmiendo?

—No es por Santi. Es Emilia.

—¿Vino a almorzar a casa? –Aurora apretó sus labios. Felipe no sabía nada de nada. Todo este tiempo había creído que su hermana seguía trabajando en la gran constructora en la que la habían contratado.

Felipe se asomó a la habitación de Emilia y la vio boca arriba sobre su cama, profundamente dormida, con la ropa de calle puesta.

Aquello le extrañó. Tenía entendido que Emilia almorzaba por fuera, ya que le salía más rápido y económico.

—¿Estás enferma? –susurró, pero fue suficiente para que Emilia despertara.

—Ah. Felipe –murmuró ella moviéndose—. Llegaste temprano.

—Tengo el resto de la tarde –sonrió Felipe—. ¿Quieres que te traiga algo? ¿Una pastilla?

—No. Estoy bien –él la miró un poco ceñudo.

—¿Y entonces?

—¿Entonces qué?

—Por qué estás aquí –Emilia lo miró a los ojos. Respiró profundo.

—Yo… renuncié al trabajo—. Felipe la miró confundido.

—¿Renunciaste? ¿Por qué?

—Es… es difícil de explicar.

—Pero debes explicarme. Al menos a mí. ¿Te trataron mal? ¿No pagan lo que prometieron? ¿Viste cosas extrañas dentro?

—No, no, no –contestó ella—. No es eso.

—¿Entonces qué es?

—Felipe… Yo… no puedo seguir allí. No puedo.

—¿Por qué?

—¡Porque es incómodo! ¡No puedo permanecer cerca de esas personas! –Emilia vio a Felipe tomar aire, como si estuviera comprendiendo al fin.

—Ya. ¿Te caen mal los dueños?

—Algo… algo así—. Él se echó a reír, pero fue una risa sin humor.

—Qué egoísta eres, Emilia.

—¿Qué? –susurró ella extrañada. Su hermano nunca le había hablado así.

—Eres egoísta. Terriblemente egoísta. ¿Se te olvidó que dejé de estudiar porque todos los esfuerzos económicos de nuestra casa debían concentrarse en que tú te pudieras graduar? Dejé mi carrera, Emilia, porque me prometiste que luego me ayudarías.

—¡Y te ayudaré!

—¡Cómo! ¡Cuándo! Si renuncias porque no te caen bien los jefes… ¿debo seguir teniendo esperanzas? ¿Acaso aquí lo único que cuenta es lo que tú quieres y deseas?

—¡No es así!

—¿Y entonces cómo es? –Emilia se puso en pie, pero Felipe abandonó la conversación dándole la espalda y saliendo de la habitación.

—¡Felipe… compréndeme!

—¡No puedo comprenderte! No, porque toda mi vida todo siempre se ha tratado de ti, de ti y de nadie más. Todo es porque Emilia está estudiando, porque Emilia necesita esto y Emilia necesita lo otro. Y yo te apoyé y te ayudé. Aplacé mis sueños y mis necesidades porque confié en ti. Pero no hay futuro contigo, ¿verdad? Estás durmiendo cuando deberías estar trabajando, ¡trabajando! ¡Porque para eso te pagó papá la carrera en la universidad más cara del país! ¡Para eso se invirtieron todos los ahorros, los bienes, para eso se endeudó papá!

—¿Qué está pasando aquí? –preguntó Aurora llegando al pasillo donde se desarrollaba la discusión. Aurora vio lágrimas en los ojos de Emilia, y a Felipe molesto, molesto como nunca lo había visto.

—Yo… no sabía que te sentías así –susurró Emilia mirando a su hermano.

—Claro que no lo sabías, porque aquí lo que importa es lo que tú sientes.

—¡Felipe! –lo regañó Aurora.

—¿Te vas a poner de parte de ella, mamá? ¡Te ha defraudado! ¡A ti, a papá, a mí! Cuando metiste las patas y saliste embarazada, todos te apoyamos, porque eres tú, la niña de la casa, ¡pero ya estoy cansado, Emilia! –Felipe tuvo que callarse, Aurora había levantado la mano contra él y le había dado una bofetada.

—¡Mamá, no! –exclamó Emilia, pero era demasiado tarde. Felipe dio la media vuelta y salió de la casa. Emilia lo llamó un par de veces, y al tiempo que ella lo llamaba y Aurora lloraba, el interfono que comunicaba con el conserje del edificio empezó a timbrar. Emilia levantó el aparato y escuchó primero que su hijo venía en camino, y luego, que una señora llamada Gemima Caballero deseaba ser recibida.

—¿Quién? –preguntó Emilia, apretándose más el auricular a la oreja, pues Aurora seguía exclamando cosas a la puerta tras la cual se había ido Felipe.

—Gemima Caballero… —dijo el conserje. Se escuchó una voz femenina al otro lado, y luego al conserje decir: —la madre de Rubén Caballero—. Emilia apretó los dientes. ¿Qué deseaba esa señora? ¿Justo en este momento?

—¡Mierda! –exclamó Emilia alejando ahora el auricular. Elevó la mirada y vio a su madre que lloraba, ignoró al conserje y a la señora Caballero y caminó a ella.

—¿Por qué se comporta así? –Reclamaba Aurora—. ¡Por qué es así! –Emilia suspiró.

—Es lo que pasa por ocultarle la verdad. Yo sé que si Felipe se entera de lo que en verdad me pasó… Comprenderá por qué no puedo trabajar en la empresa de ese hombre y su familia.

—¿Le vas a decir?

—Ya es un hombre hecho y derecho.

—Pero… —alguien llamó a la puerta, y Emilia fue a abrirla. Detrás estaba Santiago con una sonrisa.

—¡Me gané una carita feliz! –dijo, y mostró el dorso de su mano, donde tenía la pegatina de una carita amarilla y sonriente.

—Ah, qué bueno…

—¿Emilia Ospino? –en medio de toda la locura reinante en su casa, Emilia había olvidado que alguien más había solicitado entrar a su casa, y miró a la mujer de pasados cincuenta años que sin embargo no vestía como una abuela sino con jeans, chaqueta de rayas blanco y negro, blusa color mostaza debajo y accesorios en carey, acercarse por el pasillo.

Era una mujer preciosa, con el cabello castaño recogido en una coleta y maquillaje suave. La identificó por su sonrisa. Era la sonrisa de su hijo, Santiago. Gemima Caballero, la madre de ese hombre.

—¿Qué hace aquí, señora? —la vio tomar aire y tragar saliva. Sus ojos estaban clavados en el niño que ahora la abrazaba y parloteaba acerca de su carita feliz, y que luego, muy campante, la ignoró para ir a mostrársela a su abuela Aurora, que al ver el niño secó sus lágrimas y recompuso su semblante.

—Quiero hablar contigo —Emilia miró al interior de la casa. Su hijo estaba a salvo dentro, con su abuela.

—Yo no tengo nada que hablar con usted.

—No te cierres, Emilia —insistió Gemima—. Es importante lo que tengo que decirte.

—¿No se ha enterado? —Dijo Emilia elevando una ceja—. Ya ganaron el juicio, déjeme en paz.

—No podemos —y miró hacia la puerta, aunque desde su ángulo no podía ver lo que sucedía dentro, sí que podía escuchar la voz del niño hablar—. Sólo quiero que escuches algo que tengo que decirte, Emilia. Por favor—. Emilia miro a su hijo por un momento y trató de calmarse. Esta señora no podía hacer nada, y ella defendería a Santiago con uñas y dientes si era necesario.

—Está bien, hable.

—¿De veras quieres que toque ese tema aquí en el pasillo?

—No quiero que entre a mi casa.

—¿No hay… otro lugar donde podamos hablar? —Emilia suspiró resignada.

—Vamos al parque que está aquí cerca—. Gemima asintió, y Emilia entró de nuevo para tomar su chaqueta y las llaves.

—¿Quién es? —preguntó Aurora.

—Luego te cuento —le contestó Emilia, y salió al pasillo donde la esperaba Gemima. Presidió la marcha hasta el ascensor y también allí permanecieron en silencio.

Emilia la guio fuera del edificio y le señaló el camino hasta un parque donde de vez en cuando, y siempre que el clima lo permitiera, traía a Santiago a que quemase un poco de sus energías, explorara y jugara. Emilia miró a la mujer a su lado. Era alta, y aparte de eso, usaba botines de tacón. Olía muy bien, y su piel se veía cuidada. Una señora rica.

—Estoy enterada de que rechazaste la indemnización que te ofreció mi familia –le dijo Gemima, y Emilia no comentó nada ante eso—. He venido para que lo reconsideres.

—No quiero su dinero.

—Lo sé.

—Tampoco me puedo creer que puedan lavar sus conciencias con plata. A esta le damos unos pocos millones y se está quieta. ¿Eso pensaron? –Gemima movió su cabeza asintiendo, más como si esta reacción fuese la que había esperado.

—Tienes toda la razón para estar molesta y ofendida.

—Y sería muy canalla de parte suya si me quitaran esa razón –dijo Emilia deteniéndose frente a los juegos infantiles. La inercia la había traído aquí, pues era el sitio favorito de su hijo.

Gemima la observó por un momento. Emilia no era la mujer más guapa sobre la tierra, aunque tenía rasgos delicados y una cabellera preciosa. Tenía curvas donde debían estar y era bastante más bajita que ella. Dudaba que alcanzara el metro sesenta siquiera. Pero tenía carácter, no temía decir las cosas tal como era y mucho menos se intimidaba ante otra persona sólo porque era de otro estrato social.

Álvaro ya le había dicho que era la misma chica que él había entrevistado aquella vez y que le había impresionado.

Era extraño, era casi místico, pero esta mujer aquí casi había embobado a los hombres de su familia y ella quería saber por qué, qué de especial tenía, porqué parecía como si Emilia debiera estar en su familia de una manera u otra.

Emilia se sintió observada y la miró de reojo. Escuchó la sonrisa de Gemima.

—Mi hijo… no lo ha pasado fácil tampoco, ¿sabes?

—Nunca peor que yo.

—Escúchame –pidió Gemima suavemente—. Rubén… no he hablado con él desde esta mañana que llegó a casa con la noticia de que, después de todo, no iría a la cárcel. Pensé que estaría al menos un poco contento, aliviado, pero no ha sido así para nada. Se encerró en su habitación y…

—No me interesa eso, señora –Gemima respiró profundo. Esta chica era difícil. Sacudió su cabeza y abrió su bolso. Emilia la miró con recelo, pero ella sólo sacó una agenda, la abrió y de ella sacó varias hojas dobladas y se las pasó. Emilia las recibió mirando aún a Gemima.

—Míralas—. Emilia bajó la mirada al fin a las hojas, y las

desdobló.

Un peso cayó directo de su corazón a su estómago al verlo. Eran las rosas. Las rosas de su admirador.

Los ojos se le humedecieron.

—¿Qué... qué es esto? ¿Por qué las tiene usted?

—Las reconoces, ¿verdad?

—¡Son mis rosas!

—No lo son—. Emilia, confundida, volvió a mirar las rosas. En una hoja había siete, en la otra ocho, y el número iba aumentando hasta llegar a diez. ¡Eran diez dibujos! ¡Diez hojas de rosas! Todas tenían escrito: para Emilia.

La lágrima que había bailado en su ojo cayó por su mejilla al fin. Pero había una quinta hoja. Era ella, un dibujo de ella. Estaba de perfil y su actitud era como si aspirara el perfume del aire. Se veía tan feliz en ese dibujo...

—¿Soy yo?

—¿No me vas a preguntar por qué tengo yo estos dibujos? – Emilia la miró al fin.

—¿Por qué las tiene? –Gemima sonrió.

—Porque cuando mi hijo estuvo en el hospital, en coma, a punto de morir, Viviana, su hermana, entró a su habitación. Nos hacía sentirnos más cerca de él cuando entrábamos allí, y ella los descubrió. Rubén las había dibujado para ti.

—No. No es posible.

—Suponemos que te las quería enviar a ti, pero bueno, al ver tu reacción, asumo que ya te había enviado varias antes—. Gemima no quitaba la mirada de encima a Emilia, que se veía agitada, sorprendida, confundida—. Le preguntamos una vez quién eras tú –siguió con una sonrisa triste—. No quiso decir. Nunca nos habló de ti. Era como si le doliera algo cuando escuchaba tu nombre.

A la mente de Emilia vinieron de vuelta las imágenes y la conversación que sostuvo con él esa noche. Él estaba sorprendido de verla allí, al tiempo que feliz, lo que indicaba que no era la primera vez que la veía. Ella no había sido su víctima de manera fortuita, no era sólo porque la había encontrado allí, como si pudiera haberle sucedido a cualquier otra mujer que se atravesara en su camino esa noche. Le había sucedido a ella porque había estado enamorado.

Rubén era el mismo admirador de las rosas.

Se secó las lágrimas. Gemima había matado su última esperanza de que no fuera él. Telma se lo había sugerido, pero ella se había negado a creerlo porque quería mantener puro ese sentimiento. Pero había sido corrompido, terriblemente.

—¿Espera que esto me ablande? ¿Cree que pensar que él me quería antes de… de eso, hará que me sienta mejor?

—No, Emilia. Serías muy tonta si así fuera. Yo sólo quiero que pienses un poco en… él. ¿Cómo crees que se sintió cuando se enteró de lo que le había hecho a la mujer que amaba? –bramó, se contestó Emilia a sí misma. Él había gritado con dolor, pero no dijo nada de eso a la mujer que ahora tenía delante, que era su madre y que seguramente lo defendería a capa y espada—. No es que queramos compensarte con dinero, no podremos, jamás podremos. Pero antes de negarte siquiera a sentarte a negociar con él, piensa en tu familia, piensa en… en tu hijo. ¿Ese pequeño… merece pagar las consecuencias?

—Saque a Santiago de todo esto.

—No podemos, Emilia. Él ahora es el centro de todo. Además… tienes derecho a sentirte indignada, pero no dejes que tu rabia nuble tu visión. Sé más astuta, Emilia. No te imaginas todo lo que podrías obtener si te lo propusieses.

—¿Obtener qué? –Gemima sonrió y le señaló las hojas con las rosas.

—Ya has comprobado que mi hijo estaba enamorado de ti, al menos, cuando ambos estaban en la universidad. Le ha hecho daño a la mujer que amaba, lo que te ubica a ti en un sitio muy ventajoso. Estará eternamente en deuda contigo, ¡hará y te dará lo que le pidas! –Emilia la miró elevando una ceja. ¿De verdad esta mujer le estaba sugiriendo que se aprovechase de la situación y de su hijo? –Además –siguió Gemima—, le has dado un nieto a mi marido que llevará su sangre y el apellido Caballero si se lo permites. Si siguieras en la empresa, no sólo ganarás un excelente sueldo, sino que tus condiciones de trabajo mejorarían considerablemente. Mi hijo no es un santo y eso tú lo sabes mejor que nadie, pero déjale demostrar al menos la clase de persona que es. Déjale intentar compensarte, cubrirte con sus disculpas—. Emilia la miró fijamente, respirando un poco agitada. Dio unos pasos alejándose de ella. Sus palabras habían calado. Era verdad. Todo lo que ella decía era verdad.

Se giró de nuevo y la miró, ella parecía muy serena y muy segura de todo.

—Intentarán quitarme a mi hijo.

—Tu hijo es importante –le dijo Gemima moviendo la cabeza afirmativamente—, pero es alguien de quien apenas nos enteramos que existe... Mi hijo es más real. Rubén es real –susurró Gemima—, su tristeza es más real aún. Ha sido duro verlo convertirse en el hombre que es, y cada día que pasa es peor, y con tu aparición... con tu acusación... ¡mi hijo se está muriendo en vida! —. Emilia esquivó su mirada—. Ahora, lo importante para mí es que él pueda volver a ser la persona que era antes de toda esta tragedia, y sé que... también tú deseas seguir adelante, completar los propósitos y sueños por los que seguramente estabas luchando cuando... esto te sucedió. Permítenos ayudarte a corregir el camino, a retomarlo. No se puede devolver el tiempo, y no podemos devolverte las cosas inmateriales que perdiste por culpa de... la mala suerte, el destino, o lo que sea que fuera que los puso a ambos allí y en tan malas circunstancias. Al menos por tu familia... déjanos compensarte—. Emilia pensó en su hermano, tan molesto y frustrado como estaba. En las deudas millonarias de su padre, en las suyas propias. En las necesidades de Santiago, que aumentaban a medida que él creía.

Respiró profundo. ¿Debía, entonces, recibir el dinero de estas personas?

Agitó su cabeza negando.

Al verlo, Gemima se apresuró a añadir:

—Piensa en que puedes quitarte de encima gran parte de las preocupaciones que ahora te agobian a ti y a tus padres. Y si tienes hermanos, piensa en que tal vez, en vez de ser una carga, te conviertas en la persona que sacó cosas buenas de las cosas malas que le sucedieron para ayudar. Piensa en ti misma, la vida te ha tratado mal. Deja que la vida se reivindique contigo—. Emilia la miró y trago saliva. Eso era tan cierto...

—¿No hay segundas intenciones detrás de todo esto?

—Todo quedará registrado sobre el papel.

—Ustedes pueden torcer la ley a su antojo.

—Sé sincera contigo misma, Emilia. Sabes que si mi hijo no fue a la cárcel no fue porque nosotros moviéramos fichas.

—Aun así...

—Piénsalo –dijo Gemima—. Sabes dónde encontrarnos si cambias de opinión—. Dicho esto, Gemima dio media vuelta y se alejó por el sendero por el que había venido con Emilia. Ella quedó allí, con los dibujos de rosas en las manos, y tuvo que caminar hacia una banqueta del parque para seguir mirándolos.

"¿Cuántas rosas crees que quepan en una hoja?", había preguntado él en uno de los dibujos. Ella había reído entonces, preguntándose lo mismo. Su admirador había planeado enviarle diez dibujos de rosas, las había tenido listas mucho antes de entregárselas. Y luego, ¿qué habría hecho?

Hacía tiempo que había concluido que el hombre de las rosas la quería, que era paciente y estaba tejiendo alrededor de ella una red en la que ella había caído irremediablemente, atraída por la dulzura que se expresaba no sólo en los dibujos, sino en todo el misterio que encerraba las entregas. Él se había tomado el trabajo muy en serio, la observaba de lejos analizando tal vez sus gustos.

Tal vez porque sabía que si venía de frente ella lo rechazaría.

Y el hombre que la había besado en esa arboleda y le había dicho "Te amo", y la había elevado a las nubes con sus palabras y su adoración encajaba perfectamente con el hombre de las rosas. El hombre de después, no.

Pero eran el mismo hombre. Lo odiaba por todas las consecuencias que había tenido en su vida lo que él le había hecho.

Miró de nuevo las rosas, tan hermosas, tan bien dibujadas. Quería poder separar a estos dos hombres y quedarse con el bueno, el que la había amado dulcemente, pero era imposible.

16

—Telma, necesito hablar contigo —le dijo Emilia por teléfono.
Telma estaba sentada frente a su escritorio revisando documentos importantes, pero alejó su silla para hablar más cómodamente.

—¿Estás bien?

—No... Pero eso no importa. Lo he pensado y... tal vez deba recibir la indemnización que me ofrece la familia de... ese hombre.

—La familia, dices —farfulló Telma. Lo que ella recordaba era que había sido el mismo Rubén Caballero quien ofreciera indemnizarla—. ¿Estás segura?

—La verdad... No, no quiero hacerlo, pero es algo que debo hacer. Si somos justos, Telma... Mi familia está en la situación en que está por culpa de esto. Yo me habría graduado de arquitecta mucho antes y ya gran parte de las deudas estarían saldadas, pero no fue así y... todo se retrasó. Es culpa de ellos. Que paguen al menos eso.

—Está bien. Concertaremos una reunión, pero antes, debemos hacer un estimado de la cantidad de dinero que deberán pagar.

—De acuerdo.

—¿Nos vemos esta noche? —Emilia hizo un ruido de asentimiento, y a continuación Telma le nombró los lugares que acostumbraban frecuentar.

Gemima llamó a la puerta de la habitación de Rubén y entró a pesar de que no escuchó respuesta desde adentro. Su hijo estaba de pie ante la ventana mirando los jardines, con los brazos caídos a cada lado de su cuerpo y recostado al marco de la ventana.

—¿Rubén? —llamó ella, y él movió la cabeza hacia ella.

—Mamá —contestó. Gemima avanzó hasta situarse a su lado. Quería decirle muchas cosas, quería poder ofrecerle una alegría, pero no tenía nada para decirle. Todos los consejos, todas las palabras de aliento no funcionarían con él ahora.

Elevó una mano a él y la puso sobre su brazo. Su hijo siempre había sido muy alto. ¡Un metro ochenta y tres! Más alto que el mismo Álvaro. Siempre había sido el más alto de la clase. De niño, los otros compañeritos se habían metido con él creyendo que era una amenaza, pero su hijo siempre fue pacífico, al punto de parecer tonto.

Sonrió. Tal vez sí tenía una alegría que ofrecerle.

—Vi a tu hijo —le dijo. De inmediato, el cuerpo de Rubén se tensó y se giró a mirarla.

—¿Qué?

—Es precioso. Tan blanquito, con sus cabellos alborotados, claros... Tiene tu nariz.

—Mamá...

—Sí, fui a verla, y en ese momento, él regresaba de la escuela. ¡Va a la escuela ya! ¿te imaginas? Venía con su mochila y su uniforme, emocionado porque había ganado una carita feliz. Habla casi mil palabras por minuto, ¡tan vivaracho! Es increíble—. Rubén estaba sonriendo, tal vez él ni siquiera se había permitido pensar en ese niño como suyo; pero lo era, al menos, genéticamente.

—¿De verdad?

—Ah, y es alto, también. Si tiene cuatro años, tal como los cálculos indican, es alto. Tú también fuiste alto para tu edad.

—Pero... ¿Pero por qué fuiste a verla?

—Para convencerla de que aceptara la indemnización.

—Mamá...

—Tal vez no la acepte —dijo Gemima encogiéndose de hombros y con tono resignado—, pero al menos pude verlo. Ella lo protege con unas y dientes, como una leona—. Eso lo hizo sonreír de nuevo.

—Sí que lo es. Es brava—. Gemima sonrió y suspiró.

—¿Qué harás con Kelly?

—Vaya. Tú sí que sabes cambiar de tema.

—No volverás con ella, y tiene derecho a que tú en persona le termines. No alargues más la situación.

—Yo... lo haré mañana.

—Esta misma noche, Rubén—. Él la miró de reojo—. Si de casualidad Emilia acepta reunirse contigo para hablar de la indemnización, preséntate al menos como un hombre que ya no le debe nada a nadie. No le hagas más daño a esa chica.

—¿A Emilia?

—A Kelly.

—Parece que sólo causo daño a las mujeres. Parece que sólo... consigo que me odien.

—Emilia no odia al chico que le enviaba las rosas.

—¿Qué? –Volvió a preguntar él, ahora en una exclamación—. Mamá... tú... —Ella se encogió de nuevo de hombros y ahora además le enseñó las palmas de sus manos con gesto inocente.

—Tenía que hacerlo.

—No. ¡No tenías!

—Reúnete con Kelly y termina con ella. Luego, si Emilia te busca para hablar, sé claro. Dile todo.

—Creo que sólo eres muy romántica y muy ingenua.

—Tal vez. ¿Qué tiene de malo? –Rubén dio unos pasos y se sentó en uno de los sillones de su habitación. Ahora tenía más cosas en qué pensar además de en su desgracia. Había estado sumido en su tristeza, sintiéndose derrotado. Ahora, gracias a su madre, podía pensar en algo más. Tenía un hijo, una novia a la que terminarle, una mujer por la que pelear... Si es que ella le permitía pelear.

¿Y si sí?

—Iré a darme un baño –dijo poniéndose en pie. Gemima sonrió cuando lo vio de nuevo lleno de energía.

—Ese es mi hijo.

Kelly llegó antes de la hora al restaurante y se sentó en una de las mesas sintiéndose bastante molesta. Estaba en un laberinto con este hombre, un laberinto lleno de callejones sin salida, pero ah, era el hombre más interesante con el que había estado.

No podía ser ciega, no podía negarse que él no estaba enamorado, pero ¿qué importaba? El amor no era importante para casarse, y ella lo quería como su marido, había invertido ya bastante tiempo en él, y esperaba que hoy viniera con el anillo de compromiso para formalizar por fin esto. Ella necesitaba casarse, irse de casa de sus padres, tener la suya propia, los hijos de Rubén y poder continuar al fin con su vida.

Él había estado ausente más de una semana. No la había llamado, y cuando le preguntó a Gemima qué sucedía, le dijo la mentira esa del viaje. No se lo creía. Si Rubén pensaba que podía portarse así cuando se casaran, ella tendría que dejarle muy claro hoy que no sería así. Pero debía ser astuta. Si era demasiado dura, él lo tomaría como el pie para terminarle, si es que tenía esa intención y por eso debía ser cuidadosa.

Respiró profundo. Otra vez callejones sin salidas con este hombre.

—Hola —saludó él cuando llegó mirando su reloj—. Llegaste temprano—. Kelly se encogió de hombros quitándole importancia. Él estaba guapísimo, con una simple chaqueta de paño negro de cuello alto y doble botonadura que fue desabrochando para sentarse. Además, tenía un cuerpo que a ella le encantaba. No demasiado musculoso, pero tampoco flácido; en su punto, y ella ya había tenido el privilegio de verlo desnudo. Había tardado, y ella había tenido que jugar un poco sucio para meterse al fin en su cama, pero lo había conseguido.

Si hubiese sido un poco más mala, se habría embarazado esa noche, pero, ante todo, una mujer debía guardar su imagen ante la sociedad. Debía ser la dama que se suponía sus padres habían criado.

—Estás muy guapo –él la miró un poco sorprendido. Era como si nunca nadie le echara piropos, y eso era… lindo.

—Ah… gracias. Tú… también estás guapa—. En el momento un mesero uniformado le dejó las cartas, y Rubén pidió de inmediato dos copas de vino. Abrió la carta deseando pedir rápido y salir de esta noche lo más pronto posible. Odiaba estas situaciones. Para completar, su mente no estaba del todo aquí. Una parte estaba en la audiencia de esta mañana, en los días de cárcel que tuvo que soportar, en el llanto de su madre… y la otra parte estaba con Emilia, con Emilia enterándose de que él era el de las rosas.

—Me alegré mucho cuando me llamaste para citarme aquí –dijo Kelly luego de varios minutos en silencio—. Sigo molesta por haberte desaparecido, no creas que lo tendrás fácil esta noche—. Él sonrió de medio lado. Ah, era tan guapo.

—Kelly…

—Me debes una explicación y lo sabes –él asintió.

—Lo siento.

—Oh, bueno. Empezaste por la disculpa. Está bien… —El mesero llegó con las copas de vino, y Rubén hizo de inmediato su pedido. Kelly sintió su prisa y lo miró arrugando levemente su frente. Bueno, tal vez él tenía afán de reconciliarse para luego llevársela a la cama. Si era eso, ella colaboraría, pensó sonriente, y también hizo su pedido.

—Excelente elección –alabó el mesero y se fue llevándose las cartas con los menús. Kelly vio a Rubén darle un trago a su copa.

—Estás un poco… delgado –dijo ella analizándolo.

—Ha sido una semana difícil.

—Cómo te envidio. Eres capaz de perder peso en una semana y se te nota—. Rubén la miró de reojo y no hizo ningún comentario—. Eres un novio tan lindo, después de todo.

—Kelly…

—¿Ya fuiste a ver a tu hermana? –preguntó ella extendiendo una mano para tomar la de él, pero él rehuyó al toque fingiendo buscar algo en el bolsillo de su camisa.

—No he tenido tiempo.

—No seas así. Hasta yo fui a ver a tu sobrina. Perla. ¡Es preciosa!

–Rubén sonrió.

—Me imagino—. Mierda, pensó él. No sabía cómo retomar la conversación, no sabía cómo volver a encaminar las cosas hacia la dirección que había tomado antes. La interrupción del mesero había retrasado todo.

Se pasó la mano por los cabellos pensando en que al menos debía esperar a la cena para terminarle decentemente. De otro modo, ¿por qué la había citado a comer?

Había sido un error. Tal vez debió llevarla a otro sitio, uno donde no tuvieran que estar el uno frente al otro comportándose como una pareja normal hasta que él diera el batacazo.

—Estás muy raro –dijo Kelly en tono acusatorio. Rubén hizo una mueca.

—Lo siento. Estoy… en una encrucijada.

—¿Cosas de negocios?

—No. Cosas personales.

—¿Tengo que ver con esas cosas? –preguntó ella con una sonrisa. Rubén asintió lentamente.

Me pedirá matrimonio, se dijo Kelly sonriendo. ¡Al fin!

—A cualquier cosa, diré que sí –Rubén alzó la mirada a ella.

—No lo creo.

—Todo lo que tenga que ver contigo, sí, sí, sí.

—¿Incluso terminar? –la sonrisa de Kelly se borró abruptamente.

—¿Qué? –él la miró en silencio, no dijo nada más, y Kelly palideció. Aun en su rostro moreno pudo verse que había perdido el color—. ¿Qué? –volvió a preguntar.

—Tenemos que…

—¿Estás hablando en serio?

—Me temo que sí.

—No, no. Tú no me vas a terminar. ¿Qué estás pensando?

—Estoy pensando justo eso… —Kelly se puso en pie.

—Pudiste esperar al menos hasta el postre para decir que tenías intención de terminar.

—Kelly…

—No hemos terminado, en lo que a mí respecta, no.

—No puedes continuar una relación sola. En lo que a mí respecta, Kelly, sí que terminamos.

—¡No! —exclamó ella entre dientes, odiando llamar la atención de los demás comensales, que al verla de pie giraron sus cabezas a mirarla. Rubén tuvo que tomarle la mano y hacerla sentarse otra vez. Kelly tenía los ojos cerrados.

—Sé consciente de que esto no está funcionando. Yo no estoy enamorado de ti.

—Pero eso a mí no me importa. No tenemos que estar locamente enamorados para que funcione. Sólo con la voluntad…

—Sólo con la voluntad no es suficiente.

—No quiero terminar contigo. ¡Yo te quiero! —Rubén hizo una mueca y tragó saliva. Había esperado que esto fuera más fácil, pero no había sido así.

—Lo siento, Kelly.

—¿Por qué? ¿Qué hice mal?

—No se trata de ti…

—¿Vas a salir con eso? El típico: no eres tú, soy yo. ¿De veras, Rubén? —Él asintió. Era verdad, no era por ella, era por él.

—Están sucediendo muchas cosas en mi vida y no quiero arrastrarte en ello.

—¿Y si quiero ser arrastrada? Si me convierto en tu esposa, será así. ¿Espantarás a todas las mujeres siempre que estén sucediendo cosas en tu vida? —ella tenía un punto, admitió él.

—El problema es que esas cosas… tienen que ver con otra mujer —ella ahogó una exclamación y se recostó en la silla en la que estaba poniendo un poco de distancia entre ella y él.

—¿Me has sido infiel? —él negó meneando la cabeza.

—No.

—¿Entonces? —él la miró a los ojos, unos ojos verde claro, suaves, llenos de pestañas rizadas y enmarcados por unas cejas un poco arqueadas, largas y pobladas. Él era esa clase de hijos que conseguía que sus padres se parecieran entre sí, pues había heredados rasgos de uno y de otro. La sonrisa y color de piel de su madre; el cabello, las pestañas, los pómulos y barbilla de su padre. En conjunto, Gemima y Álvaro eran guapos, y todo eso se había condensado en su hijo, que además siempre había tenido un carácter dócil y palabras amables—. Me estás terminando para irte con ella, ¿verdad? –él sonrió. No pudo evitarlo. Lo que proponía Kelly no estaba ni a años luz de la verdad.

—Es mucho más complicado que eso—. Kelly meneó su cabeza negando y elevó una mano a su rostro cubriendo sus ojos como si estuviera llorando—. Lo siento, Kelly –ella bajó la mano de inmediato, y Rubén se sorprendió al ver sus ojos secos.

Kelly se enderezó en su silla y respiró profundo. El mesero llegó al fin con los platos y ella tomó los cubiertos disponiéndose a comer como si nada hubiera sucedido, como si el hombre que estuviera enfrente no acabara de terminar su relación con ella.

Las mujeres a veces dan miedo, pensó Rubén sin dejar de mirarla. Esperaba otra reacción; hasta hacía unos segundos, había esperado lágrimas, indignación o furia, no ésta indiferencia que resultaba tan extraña. ¿Había entendido ella?

—No hemos terminado –dijo Kelly cuando hubo terminado su plato—. Si tienes a otra, termínale a ella—. Mierda. Kelly era una loca, concluyó Rubén.

—Hemos terminado. Mi familia ya lo sabe, tu familia lo sabrá pronto también.

—No se los diré yo.

—No hay problema para mí. Lo diré yo entonces.

—No hemos terminado.

—Kelly, no te aferres.

—No me estoy aferrando. Hasta ahora, no me has dado una razón que yo pueda aceptar.

—Estás loca –dijo Rubén, ya sintiéndose molesto. Llamó al mesero para pedir la cuenta y Kelly se apresuró para terminar su plato. Cuando Rubén pagó, ella tomó su bolso, se puso en pie y le tomó el brazo dispuesta a salir a su lado.

Rubén lo soportó hasta que estuvieron afuera, pero ya en la calle se zafó de ella.

—¿Qué pasa por tu mente?

—Yo te quiero. Estoy luchando por ti.

—No lo hagas. No ganarás nada. ¿Y es esa la manera de luchar? ¿Siempre has sido así de rara o sólo son los rechazos los que alteran tu cordura?

—No toleraré que me ofendas.

—¡Te estoy terminando! Lo hice de buena manera allá dentro, te di mis razones, una poderosa razón: no siento nada por ti, ¡nunca lo he sentido! Acepté salir contigo porque papá me lo pidió, porque pareció buena idea en el momento, porque… ¡mierda, porque no tenía nada que hacer en el momento! –Kelly elevó la mano a él y le abofeteó la mejilla.

—¡No me ofendas!

—¡Acepta que no hay nada en común entre los dos! –Masculló Rubén sobándose la mejilla—. Maldita sea, no te conviertas en una carga para mí, ¡ya tengo demasiadas!

—¿Esa mujer es una de esas cargas? –Rubén la miró. Kelly tenía los ojos humedecidos, pareciendo más humana. Al fin.

—Sí. Ella es una.

—¿Quién es? ¿Es… más bonita? ¿Tiene más dinero? –Rubén dejó salir el aire.

—Ella es… todo lo que siempre he querido para mí.

—¿Por qué ella y no yo? –él sonrió.

—Porque la vida es el capricho de una niña malcriada, por eso. ¿Yo qué sé? –Kelly agitó su cabeza negando y se dio la media vuelta alejándose. Rubén quedó allí solo, sintiendo el frío de la noche, preguntándose si esa retirada significaba que ella al fin lo había entendido o si se convertiría luego en un nuevo dolor de cabeza.

Estaba más que salado con las mujeres.

Emilia entró a las instalaciones de la CBLR Company. Algunos la saludaron con una sonrisa, otros, con curiosidad; la última vez que la habían visto, era gritando como una poseída y arrojando cosas.

Álvaro Caballero había propuesto este sitio para determinar el monto de la indemnización y ella no había encontrado objeción a eso. Lo mismo daba aquí que en la calle, y vino sola. Telma llegaría en unos minutos, y ella prefirió esperarla en la entrada del edificio para guiarla ella misma hasta la sala de juntas. La recepcionista, que ya la conocía, la condujo hacia los muebles e incluso le ofreció bebidas. Emilia rechazó todo, incluso sentarse.

Para esta ocasión, había elegido una falda de color beige que le llegaba hasta la rodilla con una sencilla blusa negra con una abertura en el escote. No era profunda, y no enseñaba gran cosa, pero le ajustaba a su delgada cintura y le hacía sentir segura. Llevaba la chaqueta plegada en un brazo y el bolso en la otra. Sus tacones la hacían parecer más alta de lo que era, y como siempre, el cabello había sido imposible recogerlo por completo, así que caía en su espalda e una cola de caballo que despejaba su frente.

Toda la vida había tenido el defecto de que la creyeran menor por su estatura. Tenía veinticuatro años y muchos aún le calculaban diecinueve. A pesar de haber tenido un hijo y haber llorado y trasnochado tantas noches seguidas, no aparentaba su verdadera edad.

Su busto y sus caderas habían aumentado una talla luego de parir a Santiago, pero, aun así, tenía que tener mucho cuidado con lo que elegía para ponerse, o parecería cuando menos una universitaria. Hoy quería parecer madura y segura de sí misma.

Minutos después de estar allí, entró Rubén Caballero. Él se detuvo al verla. Estaba preciosa, simplemente preciosa. Las curvas de su cuerpo eran llamativas, y él estuvo allí clavado en el suelo por varios segundos hasta que ella elevó la mirada y lo vio. Él se puso inquieto de inmediato, como si hubiese olvidado por qué estaba allí. Al parecer, lo recordó de repente, y al fin sus pies le hicieron caso, avanzando por el pasillo. Se detuvo cerca como si quisiese decirle algo; saludarla, tal vez, pero sólo atinó a mover su cabeza y salió de allí.

Emilia arrugó su entrecejo al ver ese comportamiento. ¿Era tonto?

Telma entró segundos después, y Emilia se acercó a ella.

—¿Estás bien? –le preguntó Telma, y Emilia asintió. Miró el portafolio de su amiga y se sintió más tranquila. Telma era eficiente, buena en su trabajo. Si no habían salido las cosas como hubieran querido el día de la audiencia, había sido por pura mala suerte.

Entraron juntas a la sala y ya Rubén Caballero estaba allí al lado de su padre y su abogado. Al verla, todos los hombres se pusieron en pie, pero los pies de Emilia parecieron hincarse en el suelo.

—Adelante –dijo Álvaro Caballero señalando las sillas libres.

—Creo que fui clara –dijo Emilia—. Mi abogada les dijo que aceptaba negociar si la persona con la que tenía que tratar era Álvaro Caballero, no su hijo—. Rubén la miró entonces. Tenía un rostro sereno, y no dijo nada—. No estoy dispuesta a sentarme en la misma mesa que él, y mucho menos hablar.

—Eso es lamentable –contestó Rubén—, porque quien te agredió en el pasado fui yo, no él, y el dinero que se usará para indemnizarte será el mío, no el de mi padre. Por tanto, me parece importante que sea yo quien esté aquí—. Álvaro miró a su hijo con mucha fascinación, y Emilia no pudo disimular su sorpresa. Este hombre no era tonto, después de todo.

—Emilia, esa era una petición sin fundamento –intervino Telma—, y lo sabes.

—No quiero hablar con él.

—Será por poco tiempo –aseguró Rubén, acomodándose en su silla sin esperar a que las damas se sentasen primero. Álvaro estaba alucinando; su hijo nunca perdía los estribos, ni la educación. De hecho, era tan flemático que a veces se preguntaba si había algo en este mundo que lo alterara.

Emilia apretó los dientes y se sentó en la silla que le ofrecía el abogado, al lado de Telma. Esta pelea iba a estar dura, comprendió ella. A pesar de saberse culpable, de admitir que le había hecho daño, de decir que lo sentía y pedir perdón, él no bajaba la cabeza, y tenía el descaro de poner condiciones y retarla.

Aflojó sus puños tratando de relajarse. Si volvía a salir con un comportamiento como ese, se iría de allí.

Pero su familia estaba en apuros. Felipe la odiaba porque no podía ayudarlo tal como le había prometido. La estaba creyendo una holgazana y eso la estaba matando.

Respiró profundo y miró a Telma para que empezase. Odiaba tener que estar aquí, pero decidió esperar a ver qué acontecía. Tenía las uñas y la lengua afiladas, no se dejaría, y no estaba sola esta vez.

17

Telma empezó a hablar sin pérdida de tiempo. Presintiendo que los ánimos estaban demasiado volátiles, se dio prisa y presentó los diferentes montos de dinero que ellas consideraron Rubén debía costear.

—Emilia tuvo que cancelar un semestre y ese dinero no fue reembolsado, las deudas para pagar la carrera aumentaron su interés tres veces su porcentaje normal por el atraso en los pagos, y además de eso, tuvo que ver materias y cursos adicionales debido a que su carrera se vio interrumpida por más de tres años—. Emilia no dejaba de mirar a Rubén, pero él sólo estudiaba la copia del documento que Telma le había pasado y lo leía con atención—. Además de eso, y a causa de lo sucedido, los padres de Emilia perdieron una casa, que, si bien era pequeña, era la prenda de garantía por la hipoteca que se estaba pagando. Sumado, los gastos ascienden a cien mil dólares.

Álvaro miró a su hijo con los dedos entrelazados, pero sin decir nada.

Emilia apretó los dientes. Seguro iban a decir que era demasiado dinero. En pesos colombianos, era varios cientos de millones. Mucho dinero.

Vio a Rubén respirar profundo y tomar el papel con la punta de sus dedos como si fuera papel de baño usado. Maldito. Iba a decir que no pagaría eso.

—Has olvidado la indemnización por daño psicológico que demanda el gobierno en este caso —dijo, y Telma abrió su boca, primero sorprendida, luego, buscando qué decir.

—Bueno…

—No quiero esa indemnización en especial —contestó Emilia.

—Además de los gastos de educación del hijo que… Emilia tuvo.

—¡No metas a Santiago en esto! –exclamó ella. Rubén la miró, y no pudo evitar que su mirada se endulzara.

—Santiago. Se llama Santiago.

—Mierda. ¡No te metas con mi hijo!

—Pagaré sus gastos educativos desde aquí hasta que se gradúe de la universidad –siguió él, ignorándola––. Por supuesto, velaré porque la vivienda en la que vivan él y su madre sea cómoda y en un estrato y barrio decentes, así que, si sumamos rápidamente, todo esto asciende a trescientos mil dólares.

—¡Por qué haces esto! –Gritó Emilia poniéndose en pie––. ¿Tratas de comprarme con dinero?

—Ojalá existiese la más mínima posibilidad de conseguirlo, Emilia, pero soy consciente de que no. Sólo estoy siendo justo.

—¿Justo tú? Estás tratando de lavar tus culpas con dinero y...

—Emilia, acéptalo –le dijo Telma poniéndole una mano en el hombro––. Piensa en Santi.

—Mi hijo me tiene a mí.

—¡Deja de ser terca, por Dios!

—Ella es terca, y difícil –sonrió Rubén mirándola a los ojos––. No acepta nada de nadie.

—De ti jamás aceptaré nada –él apoyó sus manos en la mesa inclinándose hacia ella, y su perfume consiguió alcanzarla.

—Sé justa contigo misma, entonces –dijo. Emilia no pudo evitarlo y cayó sentada en la silla. Su corazón estaba enloquecido. Miedo, sentía miedo, pero no miedo de él, de su voz ni su perfume, miedo de sí misma porque se vio a sí misma besándolo, abrazándolo y rindiéndose hasta caer en su red.

—¿Estás bien? –le preguntó Telma, pero ella asintió rápidamente. Rubén se volvió a sentar también, y no notó que Álvaro lo estaba mirando sonriente.

—Yo tengo una última propuesta –dijo, y todos se giraron a mirarlo. Hasta ahora, él había permanecido en silencio y al margen de todo, como un simple espectador––. Emilia puede seguir trabajando con nosotros––. Escuchó la risa de Emilia, pero era una risa sin humor, y Álvaro la ignoró––. Te prometeré que no tendrás que trabajar cerca de mi hijo mientras así lo desees. La empresa es tan grande que podrían pasar toda la vida aquí sin verse––. Rubén miró a su padre ceñudo. ¿Qué trataba de conseguir con eso? Emilia se negaría, era tan obvio que ni él mismo había soñado con algo así––. Eres una excelente arquitecta, Emilia –dijo Álvaro con voz suave y mirándola a los ojos—. Con nosotros puedes crecer e ir tan alto como desees. Te ofreceré las mejores condiciones de trabajo...

—Si soy tan buena arquitecta, encontraré empleo en algún otro lugar.

—Bueno, tal vez —concedió Álvaro—; hay más constructoras en el país. Sólo recuerda que entraste aquí más por un golpe de suerte.

—No me quite el crédito, señor.

—No te lo estoy quitando, muchacha, pero si encontrar un empleo como éste fuera tan fácil como chasquear los dedos, no habría tanto arquitecto allá afuera conduciendo taxis o detrás de un mostrador.

—Ella ya tendrá la vida solucionada con todos los millones que Rubén acaba de cederle —aportó el abogado, reconociendo la intención de su cliente y metiendo baza—. Podría simplemente dedicarse al hogar de aquí hasta que muera. No necesitará trabajar.

—¡Emilia no es así! —exclamó Telma, y no se perdió el asentimiento que hizo Rubén ante su afirmación. Miró a Emilia, pero ella sólo estaba mirando a Álvaro Caballero, que la miraba un tanto retador.

Por alguna extraña razón que a Emilia le daba miedo siquiera analizar, este hombre la quería cerca. Miró a Rubén, pero él sólo la miraba esperando su respuesta, parecía que la propuesta de su padre también lo había tomado por sorpresa.

No pudo evitar recordar las palabras de Gemima Caballero. Las mejores condiciones de trabajo, se dijo, repitiéndose lo que le dijera Gemima; una eterna deuda con ella que jamás podrían saldar.

Si recibía el dinero, pagaría todas las deudas de su padre, compraría un nuevo apartamento, o mejor, una casa, y podrían vivir más ampliamente, más cómodamente, y el estudio de su hijo estaría garantizado desde la primaria hasta la universidad.

Sacudió su cabeza negando. El dinero no tenía tanto problema, si lo recibía, dejaría de existir cualquier vínculo entre ella y él y ambas familias, pero lo del empleo...

—No tienes que decidirlo ahora —dijo Álvaro antes de que ella abriera la boca para rechazarlo—. Puedes pensártelo. Tómate el tiempo que necesites.

Telma se giró a mirarla y encontró a su amiga con la cabeza gacha y apretando sus labios. Era mejor no presionarla más, conocía esa actitud.

—Entonces, sólo queda firmar los acuerdos —dijo, y los tres

hombres de la mesa asintieron al tiempo. El abogado sacó sus documentos con sus copias y las repartió para que las estudiase.

Telma, con mucha calma, se recostó en el cómodo sillón en el que estaba para leerlo concienzudamente. No creía que conviniera llevarlo para estudiarlo en otro lugar, Emilia estaba que explotaba y en cualquier momento podría cambiar de opinión echando a perder lo que había conseguido hasta ahora, aunque dudaba que estos hombres fueran a dar su brazo a torcer fácilmente.

Se estaba exponiendo mucho al mantenerla en la misma sala que este hombre, pero Rubén estaba teniendo una actitud tranquila, no la miraba siquiera, tenía sus brazos sobre su regazo y casi ni se movía. Parecía no querer llamar demasiado la atención de ella, como si sólo procurara que ella lo aceptara cerca, que se acostumbrara a su presencia.

Esto era extraño. Como abogada, no imaginó que una situación como esta se presentase. Rubén le parecía más extraño aún. La manera como antes había mirado a Emilia despertaba en ella mucha curiosidad, muchas sospechas.

Volvió los ojos al documento tratando de concentrarse. Había venido aquí como abogada, no como amiga, así que debía cumplir su función.

Emilia tenía los nervios de punta. Estaba a punto de hacer un show aquí y volver a ponerse a gritar y arrojar cosas; estaba perdiendo los nervios.

No podía mirar a Rubén sin sentirse amenazada, reducida y llena de miedo. Ah, el miedo era un monstruo frío y húmedo y tenía mil caras. La que le estaba enseñando ahora era la más fea de todas; le estaba diciendo lo débil que era ella, lo mal que estaba si todavía el aroma de él la llevaba a aquel primer momento de esa noche cuando todo fue casi un sueño.

Se puso en pie de repente y miró las salidas. Se sentía mareada y vomitaría si no cambiaba de ambiente, así que, al visualizar la primera puerta, se encaminó a ella.

—¿Emilia? —la llamó Telma.

—Sólo necesito aire —dijo ella, y desapareció.

Todos volvieron a su sitio y Telma inició un diálogo con el abogado Vivas acerca del documento. Todo parecía tranquilo hasta que el mismo Rubén se puso en pie y fue hacia la puerta por la que se había ido Emilia.

Telma se levantó con la intención de seguirlo.

—No tiene por qué preocuparse –dijo Álvaro con voz serena atajándola—. Esa puerta conduce a mi despacho.

—Pero ellos...

—Estamos aquí, si ella se viera en apuros, no dudará en gritar y usted la escuchará.

—No quiero que esté a solas con él.

—Mi hijo no será tan tonto como para atacarla estando usted tan cerca. Permítales hablar, si es que consiguen hacerlo. No hay dos personas en el mundo que lo necesiten más.

Telma miró fijamente a Álvaro Caballero. Un extraño entendimiento se instaló en la sala, como si todos supiesen algo de lo que no se podía hablar en voz alta.

Se sentó poco a poco y miró de nuevo hacia la puerta. Emilia la odiaría por dejarla sola con él, pero tal vez era cierto y eso ayudaba en algo. Rubén Caballero había tenido un comportamiento demasiado inusual desde el mismo inicio de este proceso. Ella lo había notado, pero no estaba nada segura y por eso no podía ponerlo en palabras.

Rubén entró al despacho de su padre y encontró a Emilia mirando por el ventanal, cruzada de brazos y secándose lágrimas de las mejillas. Al verlo, ella abrió su boca para decir algo, tal vez gritar, e incluso dio un paso atrás para echar a correr.

—No tengas miedo –le pidió él elevando sus manos y enseñándole las palmas, como mostrándole que no iba armado, ni tenía intención de causarle daño.

Ella guardó silencio, y lo miró fijamente por espacio de dos minutos, como vigilándolo, tal como se vigila una serpiente.

Él tuvo que obligarse a sí mismo a relajarse. Metió las manos en los bolsillos y miró por la ventana, aunque estaba más lejos de ella.

Pasaron largos minutos en silencio, hasta que ella consideró que él no la atacaría allí, tal vez porque no era tan tonto, y su cuerpo se fue relajando. Incluso volvió a fijar su mirada en la ventana y lo que se podía ver de la ciudad desde ella.

Él dio unos pasos acercándose al ventanal y ella volvió a mirarlo de reojo. Estaba a una distancia prudencial, pero no lo perdió de vista.

—Me disculpo si... te sentiste atacada allá dentro –dijo él sin mirarla. Emilia elevó su mirada a él.

—¿No era eso lo que pretendías? –él movió su cabeza negando.

—No, Emilia –dijo.

Volvió el silencio, y sólo se escuchó la respiración de ambos. Emilia volvió a mirarlo. Ahora que estaba aquí una pregunta vino a su mente, pero no quería hacerla y escuchar una respuesta que ella odiaría.

—¿De verdad... eres el de las rosas? –él tensó su cuerpo al oír la pregunta, se movió para mirarla de frente y notó que ella estaba más sorprendida que él. Era como si no hubiese querido hacerla, pero de todos modos ésta había salido. Sonrió.

—No, no lo soy –dijo, y ella lo miró—. Lo era. Ya no.

Emilia apretó sus dientes. Era la respuesta correcta. Ahora sólo quería saber por qué.

Él volvió a mirarla. Sus ojos tan claros iluminados por la luz que entraba por la ventana, y tan llenos de... de algo que hacía que por mucha luz que hubiese, estuviesen apagados.

—Él se murió –siguió Rubén con una sonrisa triste—. No existe tal hombre de las rosas.

Emilia respiró profundo.

—Tampoco existe la chica a la que se las enviaba –dijo ella con voz amarga—. Tú la mataste—. Él asintió sonriendo, pero de repente de él fluyó tanto dolor, tanta tristeza, que se inundó el lugar. Emilia sintió que llegaba hasta ella y la arrasaba.

Estaba viendo cosas, se estaba volviendo loca. Ahora mismo, y por primera vez en su vida estaba viendo a un hombre gritar en silencio, y su bramido era aún más lastimero y profundo que el que escuchara aquella vez.

Y, por un microsegundo, Emilia pudo ponerse en su lugar.

¿Qué sentirías si un día simplemente te enteras de que destruiste con tus propias manos aquello que más amabas? Hacía tiempo que había concluido que el hombre de las rosas la quería, quería algo serio, quería más que una historia, lo quería todo.

¿Si fueras esa persona, y un día te dijeran que lo dañaste, que lo echaste a perder irremisiblemente, que no hay vuelta atrás, qué sentirías?

Además de dolor, furia contra sí misma.

Y ahora estaban saliendo en oleadas, y la estaban alcanzando.

Cerró sus ojos con deseos de llorar por aquello que también ella pudo tener y no fue.

¿Y si devolviese el tiempo? ¿Si al estar en esa arboleda, ella sólo hubiese salido corriendo, no importaba qué tan bonitas fueran sus palabras?

Tal vez, al encontrárselo de nuevo en la universidad, ella lo habría abordado riéndose de él.

No, él estuvo en coma cuatro meses. Había visto la historia clínica, y era verdadera, según palabras de Telma. No se lo habría encontrado en la universidad, al menos en mucho tiempo. Tampoco habría recibido más dibujos de rosas.

Volvió a mirarlo, pero lo que vio la dejó allí, incapaz de decir nada más. Él tenía sus ojos cerrados, los dientes apretados, las manos empuñadas por dentro de los bolsillos.

Ella había vivido horrores. A pesar de que su familia había estado a su lado, sentirte sucia, usada, sin valor, había sido horrible. Añadido a eso, el pensar que había sido una tonta por dejarse atrapar era una auténtica pesadilla. Si ella no lo hubiese besado en primer lugar, nada habría pasado. Si no hubiese tenido esa conversación con él no habría bajado tanto la guardia.

Por años pensó en otras alternativas, darle una patada en las pelotas y salir corriendo de allí, morderlo y arrancarle una tira de piel del cuello, o el labio, o darle un cabezazo.

Pero sólo le quedaba la verdad: ella lo había besado, se había dejado abrazar y se había ubicado a sí misma en el centro de la trampa. Y había disfrutado de todo el proceso; eso la hacía sentirse peor.

Sí, había sido un horror. Todos estos cinco años pasados habían sido horribles. Tenía miedo a la intimidad, y con Armando no había sentido nada de nada. No se había fijado en otro hombre y no tenía deseos de volver a hacerlo. Su familia casi se había hundido en deudas y todo había ido mal.

Pero este hombre de aquí no lo había pasado muy bien, también. Ni su familia. Cuando vio las fotos en esa audiencia, sintió náuseas. ¡Cuánto dolor debió sentir su madre al ver a su hijo en ese estado!

Volvió a mirarlo. Él tenía de nuevo los ojos abiertos y miraba al frente como si hubiese olvidado que ella seguía allí.

Respiró profundo y caminó de vuelta hacia la puerta dándole a él la espalda, cosa que no había hecho ni una sola vez desde que lo volviera a ver. Abrió la puerta y se sentó en el mismo lugar que antes en la mesa de juntas. Telma la miró con una pregunta silenciosa, pero ella sólo movió la cabeza dándole a entender que estaba bien.

Minutos después volvió Rubén, más apagado que antes, más silencioso.

Sin embargo, entre ambos había ocurrido un cambio, y Álvaro contuvo una sonrisa. Lo que seguía era mover muy cuidadosamente cada ficha de este tablero de ajedrez. La reina debía ser conquistada. Había mucho en juego.

—¿Qué hablaste con él? –le preguntó Telma a Emilia cuando ya iban de salida. Habían acordado la suma de dinero, cuándo se recibiría y de qué modo. Emilia seguía pensando en que era demasiado dinero, y algo que había comprendido es que esta gente deseaba conocer al niño. Sin embargo, ella podía simplemente tomar a su hijo y a su familia e irse del país sin remordimientos. ¿No se estaban exponiendo ellos a eso?

—¿Emi, me escuchaste?

—¿Qué?

—Saliste un momento de la sala de juntas, y luego salió él. ¿Qué hablaron?

—Ah… eso… —Telma la miró de reojo—. Nada, realmente – contestó Emilia, pero Telma no dejó de mirarla interrogante. Emilia respiró profundo y avanzó hacia el ascensor. Telma se detuvo a su lado mirándola inquisitivamente. Quería entrar a la cabeza de su amiga y ver qué sucedía.

Cuando entraron al ascensor, Telma respiró profundo.

—¿Estás molesta conmigo? –Emilia la miró confundida.

—¿Molesta contigo?

—Bueno, las cosas no salieron como nos lo propusimos –Emilia hizo una mueca.

—No fue tu culpa. Ellos tenían un as bajo la manga—. Eso extrañó a Telma. Esperaba que de nuevo despotricara contra los Caballero. ¿En verdad, qué había hablado con Rubén en ese despacho?

—¿Eso quiere decir… que aceptas que en realidad él no es del todo culpable? –Emilia se encogió de hombros.

—Culpable o no, con intención o no, yo fui violada, Telma – Emilia se giró y miró a su amiga a los ojos. Su mirada era desnuda, estaba revelando mucho, pero no le importó y siguió: —Y tengo que vivir con eso, con las consecuencias.

—Crees que algún día puedas…

—¿Perdonarlo? No lo creo.

—No me refería a perdonarlo –se sorprendió Telma. A ella ni se le había ocurrido la posibilidad de que Emilia hablara de perdón—, sino a… olvidarlo.

Olvidar que eso te sucedió, seguir tu vida con tus antiguas bases, que eran ser una gran arquitecta, darle a tu familia lo mejor… y todo eso—. Emilia miró al frente recordando aquello. ¿De verdad podría olvidarlo?

Cerró sus ojos haciéndose aquella pregunta. La única manera en que ella podría decir que su alma estaba sana del todo era olvidando. Ya el propósito de meter a su agresor a la cárcel era nulo, no podía contentarse con ideas de castigarlo y hacerlo pagar, ya no sería la promesa a sí misma de meterlo a la cárcel lo que le haría conciliar el sueño.

¿Qué iba a ser de su vida ahora?

—Yo… tengo que pensar en eso –dijo, y Telma sólo pudo asentir.

Al salir de los edificios de la CBLR Holding Company, Telma se ofreció a llevar a Emilia en su auto, uno que había comprado hacía poco y de segunda, pero que servía para el propósito. Emilia se negó.

—Quiero caminar.

—¿Caminar? ¿En Bogotá a medio día? Estás loca, ¿verdad? –ella se encogió de hombros.

—Sólo un poco –dijo. Telma volvió a mirarla como si de repente un tercer ojo se le hubiera formado en la frente, pero Emilia sólo le dio la espalda y se encaminó a la calle.

Iba pensando, pensando. Tenía mucho en qué pensar ahora.

Había salido de ese edificio siendo una mujer casi millonaria. Claro que el dinero de la educación de su hijo y la vivienda que pensaba comprar eran sagrados, pero estaba segura de que luego de pagar a los bancos las deudas sobraría algún dinero. Podría iniciar su propia firma de arquitectos, podría empezar un negocio.

Pero no tenía experiencia, y ese dinero era mejor invertirlo con cuidado, no volvería a ganarlo si de repente lo perdía o lo malgastaba.

Se giró a mirar el complejo de edificios del que había salido. Cuando entró aquí la primera vez, había deseado ganar experiencia, mucha experiencia, y avanzar. Nunca se imaginó que aquí encontraría algo más que eso.

Respiró profundo recordando las palabras de Gemima. Esa mujer era astuta, había conseguido meterle ideas raras en la cabeza.

Se cruzó de brazos mirando fijamente los cristales del edificio que a la distancia lo hacían verse muy azul; al reflejar el cielo y sus nubes parecía una extensión del firmamento. Seguro que el que lo había construido había imaginado que la gente se detendría aquí para mirarlo.

Álvaro Caballero le había ofrecido seguir trabajando aquí. Gemima le había dicho que, de aceptar, sería la empleada más feliz del mundo, prácticamente. ¿Podría ella valerse de la deuda moral que esta familia tenía con ella para cumplir sus propios propósitos?

No sabía qué era lo correcto ahora mismo. Lo correcto y lo incorrecto parecían no tener relevancia en esta situación de su vida, parecían no diferenciarse mucho. Ella había sido violada, pero su violador, según la ley, no había tenido la culpa. Ella había tenido que sufrir mucho por las consecuencias, pero él, al parecer, incluso había estado al borde de la muerte.

Justo o injusto, eso no importaba, las cosas eran como eran, y ella debía seguir adelante de alguna manera.

18

Antonio Ospino levantó la vista del plano que el ingeniero le mostraba en el momento cuando alguien le dijo que lo solicitaban afuera.

Estaba en el tercer piso de una obra en construcción, con su casco, chaleco y demás elementos de seguridad. Cuando le dijeron que era su hija quien lo solicitaba, le extrañó.

Miró su reloj, las once y cincuenta de la mañana.

—Nos vemos en la tarde entonces –dijo el ingeniero, que parecía estar buscando una excusa para salir de la construcción temprano.

—Está bien –contestó Antonio, y se encaminó a la calle, donde aún los obreros trabajaban introduciendo materiales. Algunos miraban a Emilia con interés, otros, que sabían que era hija del maestro de obra, sólo la saludaban con una sonrisa.

—¿Qué haces aquí? –preguntó Antonio acercándose.

—Hola, papá –lo saludó ella y se puso en puntillas de pie para darle un beso—. ¿Estás libre un momento? –Antonio meneó su cabeza—. No, pero ya va siendo hora de comer, te espero—. Antonio asintió mirándola fijamente, dio la media vuelta y se internó de nuevo en la obra.

Cuando volvió a salir, ya venía sin todos los elementos de seguridad encima, caminaron juntos hacia un restaurante de comida corriente, que ya se iba llenando de trabajadores y obreros de la zona.

—¿No trajiste hoy el almuerzo de mamá? –preguntó Emilia. Siempre había sido así. Aurora no se fiaba de la salubridad de la comida en estos restaurantes, así que ella misma le preparaba el almuerzo a su esposo.

—Sí. Pero estás aquí, así que haré una excepción –Emilia sonrió—. Nunca vienes a mi trabajo por nada. Ni siquiera la vez que perdiste el concurso por una beca. ¿Qué sucede hoy? —Emilia hizo una mueca.

Una mesera llegó dándoles el menú del día, y tomo el pedido de ambos. Antonio apoyó sus brazos en la mesa y miró fijamente a su hija.

—Anda. Habla.

—Es… Hoy fue la reunión con esas personas.

—Los Caballero.

—¿Los conoces? –preguntó Emilia elevando su cabeza y mirándolo. Antonio asintió.

—Me sorprendí mucho cuando tu madre me dijo de quiénes se trataba.

—¿Has tratado con ellos alguna vez?

—Nunca.

—Ah…

—Pero he oído hablar mucho de Álvaro Caballero y su empresa.

—¿Y… qué dicen? –Antonio se encogió de hombros.

—¿Qué es lo que te inquieta? ¿Estás inconforme con la cantidad de dinero que te ofrecieron? –Emilia sonrió con desdén.

—Decir que estoy inconforme hablaría muy mal de mí. Me ofrecieron demasiado dinero. Tal vez… sólo quieren presumir que tienen, y para regalar. No pueden comprarme con dinero, papá.

—¿Esa fue la actitud que mostraron ante ti? –Emilia estiró los labios.

—No –contestó. Antonio suspiró. Permanecieron en silencio largo rato. Era como si Emilia quisiera decir algo, pero no supiera por dónde empezar. Antonio conocía a su hija, en cierta forma, era muy parecida a él, y por eso tuvo paciencia.

Cuando los platos al fin llegaron, ella hizo un comentario acerca de que se veía muy bien, y empezó a comer. Antonio sonrió. Para venir de una reunión donde había tenido que verse con el hombre que le había hecho daño, estaba de muy buen humor. Recordaba la época en la que ni siquiera quería comer, y sólo lloraba y lloraba. Le hacía feliz verla superar esto, enfrentarlo con otra actitud.

Con Aurora habían estado preocupados de que ella recayera en su depresión, pero al parecer, ahora había más furia que tristeza y eso la había mantenido en pie.

Y tal vez la furia también desapareciese. Había hecho que Telma le prestara los documentos que el abogado había presentado ante ella y el juez para echarles una hojeada en compañía de su esposa y

185

enterarse por sí mismos y no sólo por boca de Emilia cómo habían sido las cosas, cuál había sido la versión de la contraparte. Habían leído la reconstrucción que había hecho la policía de esa noche, visto las fotografías, leído los testimonios de los compañeros de estudio de ese muchacho, todo. Aurora se había quedado sin palabras y él sólo estaba esperando la reacción de su hija.

Y la reacción de Emilia estaba siendo un poco extraña.

—Rico —dijo cuando acabó su plato. Antonio bebió su limonada y suspiró.

—No es tan malo, pero a tu mamá le molesta que coma en restaurantes.

—Es porque además de salirte caro a la larga… ¿viste la cantidad de grasa y harinas? Te provocaría un infarto en la primera semana.

—Sí, sí.

—Deja que ella se siga encargando de tu alimentación—. Antonio sonrió.

—Ahora sí, cuéntame lo de hoy—. Emilia bajó la mirada.

—Me ofrecieron pagar tus deudas.

—Vaya. Pero son bastantes —Emilia se encogió de hombros.

—Para ellos, es lo de los dulces, no les afecta.

—¿Y qué más?

—Me ofrecieron… seguir trabajando para ellos—. Emilia elevó la mirada a su padre, y se encontró con que él la miraba escrutadoramente.

—¿Te negaste?

—Me dijeron que podía pensármelo.

—¿Estás pensando hacerlo? —Emilia negó pasándose una mano por los cabellos—. ¿Algo más? —preguntó Antonio, y Emilia sonrió.

—Otras cosas, pero ante eso no pude hacer nada. Quieren pagar los estudios de Santiago, quieren comprarme una casa, y luego de todo me quedará dinero como para montar mi propio negocio tal como siempre soñé, pero…

—Tú no quieres que sea así. Te suena muy fácil.

—Tú sí me entiendes.

—El problema es que no fue fácil. Si pasar por lo que tú pasaste es una manera fácil de conseguir las cosas, Emilia, no me quiero imaginar la difícil.

—¿Entonces… estás de acuerdo con que acepte todo? —Antonio suspiró y miró lejos, los demás comensales hacían ruido y reían en voz alta. Era el ambiente normal de estos lugares.

—Lo que te preocupa es quedar como alguien que se aprovechó de su desgracia para salir adelante. Yo creo que eso no tiene nada de malo. Es hacer lo que dice exactamente ese dicho: si la vida te da limones, haz una limonada—. Emilia sonrió.

—¿Y entonces… también estás de acuerdo con que siga trabajando allí? —tanteó ella. Vio a su padre darle otro trago a su bebida.

—¿Soportarás verle la cara a ese hombre día tras día? ¿Serás capaz incluso de trabajar con él sin terminar enterrándole en las pelotas un cuchillo? —Emilia abrió grandes los ojos. Su padre nunca se había expresado así, al menos no delante de ella.

Pero la pregunta era seria. ¿Lo soportaría?

Esta mañana había estado a solas con él en una oficina, y si bien al principio casi entra en pánico, él, de alguna manera, le demostró que no corría peligro a su lado. No sabía si porque al otro lado de la puerta había personas que servirían de testigo o por qué, pero ella había conseguido sentirse a salvo a pesar de estar él allí.

Pero sería muy diferente si tuviera que verlo a diario. Se encontrarían a menudo en situaciones en las que no habría gente al otro lado de la puerta. ¿Lograría ella controlarse o entraría en pánico como la primera vez?

A su mente vino la imagen de él frente a esa ventana, con las manos en los bolsillos y los ojos cerrados diciéndole que el chico de las rosas había muerto, que ya no existía.

Ahora que lo recordaba, sentía una punzada de tristeza por eso.

—Nadie te puede decir qué es lo que debes hacer, Emilia. Si yo te dijera: acepta, y por hacerlo tú vives un infierno, me odiarás. Pero si te digo que no, puede que estés dejando pasar una gran oportunidad.

—¿Una oportunidad laboral?

—No, una oportunidad de matar a tus propios demonios—. Emilia lo miró confundida—. Eres mi hija, mi única niña. Mi deber es velar por ti, pero velar por ti implica que… tenga que soltar tu bici para que puedas aprender a ir por ti misma —Emilia sonrió recordando aquello. Había sido su padre quien le enseñaba y había sido exactamente así—. Tu relación con Armando no funcionó… y yo… en cierta forma sabía que eso sucedería.

—¿Qué? ¿Por qué?

—Porque tienes a tus demonios vivos dentro de ti. No los has enfrentado y matado—. Emilia rio un poco asustada por las palabras de su padre y lo que eso podían significar.

—Papá...

—No sé qué fue lo que falló con él. Tal vez él era una mala persona, pero dime una cosa y sé sincera, Emilia: Si conocieras ahora mismo a otro joven, guapo y con ambiciones... sería igual que con Armando, ¿verdad? –Eso la dejó en silencio. Armando tal vez no era el mejor hombre del mundo. Quizá había tenido razón en alguna cosa, pero no había sido el mejor modo de decírselas. Sin embargo, lo que había fallado con él había sido el sexo. No podía decirle eso a su padre; de hecho, no se lo había dicho a nadie, moriría de vergüenza. Pero de lo que sí estaba segura, es que, si había fallado con Armando, fallaría con cualquier otro.

Sus demonios estaban vivos. Su padre tenía razón.

Tragó saliva al darse cuenta de aquello. Enfrentar a sus demonios. ¿Qué debía hacer?

—No tengas miedo –le dijo Antonio extendiendo una mano y poniéndola en el hombro de su hija—. Puedes sólo probar. Si es demasiado insoportable, seguiremos buscando. Hemos pasado cosas peores juntos.

—Pensé que... pensé que odiarías la idea. Eres mi padre... a veces eres incluso un poco machista. Lo que me sucedió a mí... ningún padre en el mundo lo quiere para su hija. Pensé que me recomendarías huir lo más lejos posible.

—Oh, quiero hacerlo. Sacarte del país, del planeta, lo quiero hacer. Cuando me dijeron quién había sido el hombre que te hiciera semejante canallada, quise ir yo mismo ante ellos y pelear, matarlo. Afortunadamente tienes una madre muy sabia que logró contenerme –añadió sonriendo de medio lado—. Y por eso pude... conocer la otra versión de la historia. No lo justifico. Nunca lo haré, y todavía quiero matarlo... pero quiero más tu felicidad. Y lamentablemente para eso tendrás que enfrentarlo y vencerlo.

Emilia miró a su padre a los ojos. Enfrentarlo y vencerlo. Eso implicaba ser capaz de permanecer frente a Rubén Caballero sin sentir miedo, sin sentir la necesidad de echar a correr, y, por el contrario, permanecer firme, fuerte, ser la que reduce al otro, no la reducida; ser la que golpeaba primero.

Tenía lógica. Sin embargo, no dejaba de sentir miedo.

—Si hubiese sido... un drogadicto vagabundo y asesino quien me hiciera eso… y no el hijo de un hombre importante…

—También te haría enfrentarlo –contestó Antonio—, sólo que esta vez lo tendría yo amarrado a unos grilletes, desnudo y sin… ya sabes, se lo habría cortado primero—. Emilia se echó a reír un poco horrorizada—. O tal vez te habría dado las tijeras para que fueses tú la que se lo cortara.

—¡Papá!

—¡Es lo que se merecen los hombres que le hacen eso a una mujer, sea quien sea, tenga la edad que tenga! —. Emilia no pudo evitar mostrarse de acuerdo. Su padre la sorprendía, y sonrió respirando profundo.

—Gracias por… por no dejarte cegar por la ira, por ser capaz de ver las cosas de otro modo.

—No ha sido fácil. Y no será fácil tampoco para ti. Tengo todo el derecho del mundo de odiar a ese hombre y lo odiaré con gusto el resto de mi vida. Es mi elección. Pero tú necesitas curarte del mal que te dejó… y resultó que se ha ofrecido a hacerlo. En otra época, se le habría obligado a casarse contigo.

—¡Ni lo digas! –lo interrumpió ella.

—Estamos en otra época –dijo Antonio encogiéndose de hombros—. Para bien o para mal, ya las cosas no se solucionan de la misma manera.

—Y si él… no se habría ofrecido a indemnizarme y todo eso…

—No me habría contenido y habría ido a matarlo. Con mis propias manos—. Emilia sonrió, sintiéndose un poco aliviada por esa respuesta, aunque era extraño.

—Gracias, papá. De verdad, gracias—. Antonio miró su reloj. El tiempo se había pasado y alrededor muchos se habían ido.

—Tengo que volver a mi trabajo –dijo, y se puso en pie dejando sobre la mesa el dinero de la cuenta. Emilia también puso dinero, y Antonio lo tomó y se lo devolvió—. Yo invito—. Sabiendo que no sería productivo insistir, Emilia hizo caso y tomó de vuelta el dinero.

—Ahora soy una mujer millonaria, no lo olvides. Podré invitarte pronto a un restaurante caro.

—Entonces me dejaré invitar, no lo dudes –Emilia volvió a reír y juntos salieron del restaurante.

Rubén tenía a su equipo de trabajo alrededor de una mesa mirando un conjunto de planos. Había estado fuera más de una semana, y habían sido ellos quienes tomaran las riendas del proyecto en su ausencia. Habían hecho un buen trabajo, en especial Laura Gallego, la joven arquitecta que ahora explicaba los cambios que había realizado y las nuevas ideas.

Él no tenía su mente aquí al cien por ciento. Había traído café, miraba fijamente a cada uno de los que estaban aquí, sabía de lo que hablaban, entendía los cambios, las nuevas ideas… pero no se sentía mínimamente emocionado, como le había sucedido en el pasado con cada proyecto.

Anoche no había dormido nada, pero eso no le había impedido levantarse temprano, meterse al gimnasio y luego venir a trabajar como todos los días.

No había recibido llamadas de Kelly, lo que lo aliviaba un poco, tal vez ella había comprendido al fin que lo mejor era terminar y ya no se aferraba. Tampoco había recibido llamadas de su abogado donde le dijeran algo de Emilia.

—¿Le… parece bien así? –dijo Laura Gallego mirándolo a los ojos cuando terminó de hacer su exposición. Él había estado de pie, recostado a su escritorio, en mangas de camisa, sin corbata, pues no era muy amante de ellas, y mirando los planos con ojos un poco perdidos. Al escucharla parpadeó y se enderezó.

—Sí. Sí. Todo se ve impecable—. Ella sonrió—. Han hecho un gran trabajo, felicitaciones.

—Por eso nos pagan –dijo Frank Jiménez, el otro del equipo, encogiéndose de hombros. Rubén los miró a ambos. No estando él aquí, debieron haber trabajado más de lo normal. Tenían un límite de tiempo con estos planos, y gracias a ellos no estaba retrasado.

Su padre siempre le reprochaba que prefiriera quedarse en el grupo creativo y no se decidiera a tomar las riendas en el grupo administrativo. Al fin de cuentas, algún día presidiría y debía ir conociendo el funcionamiento desde otro ángulo. Tal vez era tiempo de empezar en ello. Los números y las cuentas no tenían nada de apasionante para él, pero últimamente diseñar tampoco lo tenía.

Y de repente, vio a Emilia pasar.

Todo su cuerpo entró en tensión.

Gracias a que la estructura interna del edificio era en su mayoría acristalada se podía ver desde cualquier oficina, excepto la del presidente, lo que sucedía afuera. La gente que pasaba, los que holgazaneaban, los que trabajaban duro. Y esa que iba al lado de su padre hacia el ascensor era sin duda Emilia Ospino. ¡Había venido a hablar con su padre! ¿Había aceptado trabajar aquí?

—Denme un minuto –les dijo a Laura y a Frank y salió de la oficina. No llegó a tiempo, para cuando llegó a ellos, ya Emilia se había internado en el ascensor y bajaba.

Álvaro se giró a mirarlo con una sonrisa en el rostro.

—Vino a decirme que acepta trabajar de nuevo aquí –dijo él sin que le hubiesen preguntado. Rubén abrió grandes los ojos por la sorpresa.

—¿De... de verdad?

—Empezará mañana mismo –siguió Álvaro sin borrar su sonrisa y caminando hacia su despacho—. Sólo puso una condición – Rubén dejó salir el aire y lo siguió. Seguramente era que no quería bajo ningún concepto estar en ninguna situación en la que le tocara tratar con él—. Quiere participar en todo tipo de proyectos –siguió Álvaro—, desde los más pequeños y sencillos, hasta los más complejos. Quiere participación en reuniones y eventos, en otras palabras... quiere conocer a fondo el funcionamiento de la CBLR.

—¿Qué? ¿Para qué?

—Sólo tengo dos respuestas; o ella quiere saber cómo funcionamos para luego destruirnos...

—Emilia no es así –interrumpió Rubén, pero Álvaro continuó.

—O quiere aprender, para luego ella... poner la competencia – eso tenía más sentido para Rubén, e incluso asintió estando de acuerdo.

—Sí, eso es más probable... Vaya, jamás imaginé que aceptaría.

—Entonces debes agradecerme el que se me haya ocurrido la idea—. Rubén asintió, sonriendo por primera vez en mucho rato— . Así que –suspiró Álvaro llegando a su despacho— volveremos a tener a Emilia por aquí.

—Gracias, papá.

—No he hecho nada, sólo he seguido mi instinto.

—¿Tu instinto? ¿Qué te decía tu instinto? –Álvaro sonrió evasivo.

—Es sólo una corazonada, si lo digo en voz alta, tal vez lo eche a perder—. Él entró a su despacho, y Rubén quedó ante la puerta con las manos en la cintura y una sonrisa idiota en la cara. Pasados unos segundos, se dio la media vuelta y entró a su propia oficina. Laura y Frank lo vieron de mucho mejor ánimo y actitud, se miraron el uno al otro en una pregunta, pero no supieron a qué adjudicarle este cambio.

De cualquier forma, el Rubén entusiasta era mucho mejor que el meditabundo.

En la mañana, se sentía como el primer día de clase en la universidad. Ese día había estado bastante inseguro de cómo vestir o peinarse, y había sido nefasto, llevó un suéter de lana y jeans creyendo que así iba sencillo y casual, pero los demás habían ido con pintas que parecían ser sacadas de la pasarela en Nueva York. Él parecía un pueblerino en medio de todos.

El primer día es determinante, reconoció entonces, y hoy era el primer día... El primer día de un nuevo comienzo en su vida.

Ajustó el cuello de su americana, por encima llevaba un sencillo suéter de cuello en v, jeans negros algo desgastados, sus favoritos, y mocasines azul oscuro. Para entrar en esta batalla, mejor ir cómodo. Pero también quería verse bien, no sabía si siquiera Emilia elevaría su mirada a él; aun así, se esmeró en verse pulcro, limpio... bien.

Respiró profundo. No podía evitarlo, todavía estaba enamorado de esa mujer, pensó mientras se abrochaba el reloj, tomaba su billetera y teléfono celular. Seguía pensando en ella, seguía deseando verse bien ante ella, y a pesar de que era consciente de su odio, de que ella lo aborrecía, y que además no podía quitarle razón, seguía deseando acercársele, y que ella no lo rechazara.

Subió a su auto pensando en que había más probabilidades de que se ganara la lotería sin tener que comprarla a que Emilia lo mirara sin odio en sus ojos.

Aun así, desde hoy, trabajaban en el mismo lugar. Su padre no había mentido; el edificio y la empresa eran lo suficientemente grandes como para que no tuvieran que encontrarse en semanas, como había pasado antes. Pero ahora él procuraría verla, tropezarse casualmente con ella, compartir de vez en cuando el ascensor.

No lo podría evitar, estaba seguro. Estaba enamorado.

19

Emilia volvió a la empresa, a su trabajo y a su antiguo cubículo. Ésta vez se presentó en la oficina de Adrián antes de que él llegara para hablar con él de su regreso, y al verla, él le sonrió y le estrechó la mano.

—Bienvenida de vuelta —le dijo con una sonrisa, y Emilia se la devolvió sintiéndose un poco avergonzada. La última vez que se vieran, ella había hecho un show terrible y él se había visto envuelto en ello.

—Gracias.

—Esta vez te quedarás indefinidamente, ¿verdad?

—Eso espero —sonrió ella sintiéndose un poco tímida.

—¿Deberé mantener a Rubén al margen? —Emilia lo miró fijamente pensándose esa respuesta, pero mantenerlo al margen no ayudaría mucho a la consecución del propósito que la había traído de vuelta: Enfrentar y vencer sus demonios.

—No —contestó—. No será necesario.

—Ah, qué bueno. Lo digo porque siempre será un poco difícil mantener al hijo del dueño fuera, ¿sabes? Aunque bueno, Rubén no se porta como tal, trabaja tan duro como cualquier arquitecto—. Emilia lo miró entrecerrando sus ojos.

—¿Te pagan por hacerle buena publicidad? —eso hizo reír a Adrián.

—Para nada. Es el hombre más reservado que alguna vez vi. Pero mi ética profesional me obliga a decir la verdad: es excelente arquitecto, excelente jefe y excelente persona.

—Mejor dicho, una persona triple A —dijo Emilia con sorna. Adrián se encogió de hombros.

—Esas son las áreas que yo conozco, las que tal vez tú llegues a conocer de mí. Mi aspiración es que algún día mis subalternos digan lo mismo de mí –Emilia sonrió ésta vez con sinceridad.

—Para mí, ya te ganaste lo de excelente arquitecto –Adrián hizo una mueca.

—Un cumplido. Lo guardaré muy bien –Emilia se echó a reír y pasaron a temas de trabajo. Adrián la puso al día en los proyectos que llevaban adelantados, varios de ellos nuevos, otros, los antiguos en los que había participado.

Minutos después fueron llegando los otros del equipo, y cuando se reunieron, notó que algunos ni la miraron. Tal vez sentían un poco de recelo hacia ella, y no los culpaba; tendría que ganarse de nuevo la confianza de sus compañeros.

La mañana se fue rápido, y no tardó mucho en ponerse al corriente de todo. Había sido más de una semana ausente y, sin embargo, logró empaparse de gran parte del trabajo que se llevaba a cabo, recuperando así su ritmo.

—Es increíble que hayas podido volver y como si nada –dijo una de sus compañeras entrando detrás de ella en la pequeña cocina de ese piso. Había entrado por un poco de café, pero al parecer, ella había estado esperando el momento para hablarle. Emilia recordó que se llamaba Melisa y le sonrió, pero al ver que ella no lo hacía, comprendió que lo había dicho no en son de broma—. Estuviste una semana fuera –siguió Melisa con tono un poco duro—, sin excusa de ningún tipo; y no sólo eso, sino que antes de irte ¡atacaste a Rubén! Al mismo hijo del presidente. O sea, Emilia, ¿qué te crees?

—¿Hay un club de fans de él, o qué? –sonrió Emilia con sarcasmo.

—¿Qué tuviste que hacer para que te volvieran a aceptar?, ¿ante quien tuviste que arrodillarte? –Emilia la miró apretando sus dientes. Definitivamente, a la gente le encantaba hablar de los demás y ni siquiera se alcanzaban a imaginar lo que en verdad estaba sucediendo en sus vidas—. Desde el principio supe que eras una oportunista, de esas que inventa cualquier cosa con tal de conseguir lo que quiere.

—Deberías ganarte la vida como adivina, no como arquitecta – contestó Emilia, y al parecer eso la molestó.

—¿Eso fue entonces un tipo de show para hacerte notar?

—Sí, y funcionó, porque seguro que tú ahora no me quitarás el ojo de encima, ¿cierto?

—No te creas muy lista.

—No te metas conmigo —le advirtió Emilia. Melissa era más alta que ella, pero se estiró todo lo que pudo estirando su cuello y elevando su mentón. Que no creyeran que por chiquita se iba a dejar; tenía la lengua rápida.

Melissa la miró de arriba abajo con desprecio, se dio la media vuelta echándole malos ojos y se fue. Emilia miró la encimera de la cocina sintiéndose molesta. No debía alterarla, Melisa era prácticamente una desconocida, pero era una compañera de trabajo, y no quería mal ambiente aquí, suficiente con saber que a pocos metros podía estar ese hombre, y que podía tropezárselo en cualquier momento.

En cualquier momento. Como, por ejemplo, justo ahora.

Cuando vio que se acercaba, y que no podría salir por la puerta sin que la viera, hizo lo más loco: se ocultó en un espacio que quedaba entre la encimera y una puerta y se acurrucó allí.

Esto era de locos, rayando en el patetismo, pero no quería verlo. Menos a solas y en el primer día de trabajo. Lo sintió entrar y abrir una de las puertas del mueble de cocina.

—¿Qué se hizo la jarra? —escuchó que preguntaba. Emilia abrió grandes los ojos al darse cuenta de que la jarra caliente de café estaba en sus manos. Mierda.

Lo sintió trastear buscando algo en las puertas y gabinetes, y Emilia se quedó todo lo quieta posible para que no sintiera siquiera su respiración. Él cerraba las puertas y cajones con algo de fuerza, como si estuviera molesto, pero esperó pacientemente a que se fuera.

Pero no se fue, por el contrario, alguien más entró.

—No puede ser. ¿Me seguiste hasta aquí? —dijo él, y Emilia frunció el ceño. ¿A quién le hablaba así?

—Dejaste nuestra conversación a la mitad —dijo la voz de una mujer. No la reconoció, pero tampoco conocía la voz de todas las mujeres de esta empresa. ¿Estaban acosando a Rubén Caballero? Eso era de risa.

—Dios, Kelly. No quedó a la mitad —siguió él un poco enfadado—. Está terminado. ¡TERMINADO!, ¡tal como nuestra relación! —Emilia quiso blanquear sus ojos. Estaba en medio de una riña de novios. Brillante.

Por otro lado, era extraño saber que este monstruo tenía novias, y que éstas lo buscaban. Los novios se tenían que decir cosas bonitas y hasta besarse… y definitivamente…

—Te dije que para mí no habíamos terminado.

—Dios mío… —farfulló él.

—Te quiero, Rubén –insistió la mujer. Hubo un tenso silencio, interrumpido luego por un:

—¿Qué?

—Te quiero –repitió ella, y parecía ser el tipo de cosas que el otro no quería o no esperaba que se dijeran. Es decir, ésta era una relación sin "te quieros".

—Pero Kelly… Yo te dije…

—Ya sé lo que me dijiste. Me dijiste que no sentías nada por mí… pero… Yo sí te quiero a ti. Estoy dispuesta a…

—No, no. Para ya. ¡Por favor, Kelly, detente! –Emilia quiso asomarse. ¿Qué estaba haciendo la tal Kelly que él parecía en un apuro?

—¡Estoy dispuesta a luchar por ti! –exclamó ella—. Te amo. Nunca había conocido a alguien tan… dulce como tú—. –Emilia abrió grandes los ojos al oír aquello. —Dios mío, nadie me hizo sentir así, ¿qué tiene de malo que quiera luchar por ti? Y lo que me dices sólo me hace pensar: Mi Dios, si aun sin estar enamorado me hace sentirme así, ¿qué tal si me amara?

—Kelly, no quiero ser duro contigo, pero… Ya te lo dije, lo nuestro no funcionó porque no siento nada por ti. ¡No puedes forzar ese tipo de cosas!

—De eso no puedes estar seguro. Ahora dices que amas a esa otra mujer, pero… las cosas pueden cambiar con el tiempo… —Al oír eso, Emilia elevó su cabeza. ¿Qué otra mujer?, se preguntó.

—No cambiarán con el tiempo, Kelly.

—¿Dónde está ella ahora, ah? ¿Sabe que la quieres? ¿Trabaja aquí? –preguntó ella, y la última pregunta la hizo como si apenas se le ocurriera la idea y eso la aterrara. Él quedó en silencio, y Emilia no tuvo modo de saber si movía la cabeza asintiendo o negando.

—Kelly, no te hagas esto. Yo… incluso ya hablé con tu padre –lo escuchó suspirar—. Nunca hubo un compromiso formal, sólo salimos para… satisfacer los deseos de nuestros padres que querían probar si podían unir dependencias.

—¿Es decir, que para ti sólo fueron cosas de negocios? ¿Lo que fue más hermoso para mí… para ti no tuvo importancia?

—No, Kelly, pero… Las cosas… simplemente no pueden ser. Por favor, compréndelo. No quiero que te empeñes y salgas lastimada, porque te digo que nada va a cambiar.

—No me importa…

—Pero a mí sí me importa. Terminemos esto aquí, no nos hagamos daño. No, no llores —susurró él y Emilia quiso salir de allí para no tener que seguir escuchando esto, pero ella misma se había metido en este asunto, ahora tenía que aguantarse. Por otro lado, era incómodo hasta el extremo encontrar que una mujer podía llorarlo, incluso rogarle que la amara cuando para ella él sólo había sido una bestia abominable.

—No es justo —sollozó ella. Él guardó silencio y Emilia blanqueó sus ojos estando en su escondite.

No tenía toda la información consigo, pero esta mujer estaba enamorada, y él, claro, le estaba rompiendo el corazón. Era raro que otra mujer dijera que amaba a este hombre, que siquiera lo encontrara aceptable. Seguro que no sabía lo que le había hecho a otra persona hacía cinco años. Tal vez si alguien tenía el buen corazón de decírselo, lo dejaría ir sin una sola lágrima.

—¿Estás mejor? —preguntó él pasados unos minutos. Emilia apretó sus dientes. Tenía cosas que hacer, seguro que en la oficina ya se estaban preguntando dónde estaba, si había desertado de nuevo; sentía las piernas entumecidas, y ellos dos todavía hablando como si nada.

—Perdóname por… los malos ratos —dijo ella con voz nasal.

—No pasa nada.

—Esa mujer es afortunada… —se hizo el silencio, y luego la escuchó a ella sonreír—. Asegúrate de que lo sepa—. Luego de varios segundos sin que él volviera a decir nada, se escucharon unos pasos de gente saliendo de la cocina y la puerta cerrarse. No se escucharon más ruidos.

Al fin, dijo Emilia, pero contrario a lo que había deseado antes, se quedó allí unos segundos más analizando, sin poder evitarlo, lo que había sucedido. Ésta mujer había sido novia de Rubén Caballero, y él la había dejado. Ella le rogaba que no lo hiciera, parecía que no le importaba que él estuviese enamorado de otra.

Pestañeó al darse cuenta de que estaba humanizando otra vez a su bestia; eran los humanos los que se enamoraban, no las bestias, y aunque ese juego de palabras parecía muy infantil, aceptar que él tenía sentimientos iba en contra de su costumbre, y era difícil.

Al fin, se movió para salir de su escondite. Seguía con la jarra de café en las manos y ésta estaba caliente. Esconderse era agotador.

Pero la cocina no había sido desocupada, allí seguía Rubén

Caballero, recostado a la encimera y totalmente quieto. ¿Qué se le había quedado aquí? ¡Mierda, la había pillado saliendo de su escondite!

Él se sorprendió mucho al verla, y Emilia se quedó allí, de rodillas en el suelo, mirando al techo molesta con Dios o con quien fuera que había concertado esta casualidad.

—¿Estuviste allí todo el tiempo? –preguntó él con ojos grandes. Emilia dejó la jarra de café en el suelo y se puso en pie arreglándose la falda, que se había arrugado. Ya que la había visto, y no sólo eso, sino que se hacía obvio que había permanecido allí todo ese tiempo, no tenía caso disimular.

—Ah, sí –dijo como si tal cosa—. Escuché tus porquerías. Rubén no dejó de mirarla. Esto era una completa sorpresa. Miró el sitio donde ella había estado todo este rato. Era estrecho, pero al ser ella pequeña, seguro que cabía, aunque un poco incómoda. Todo con tal de no verse aquí con él. Había estado huyendo, y como Kelly se vino detrás de él, ella había tenido que escuchar toda la conversación. ¡Toda!

Volvió a mirarla. Ella había tomado la jarra de café del suelo y la había apoyado de vuelta en su soporte en la cafetera. La miró de arriba abajo esperando que, como siempre, ella odiara compartir este espacio con él y saliera de la cocina, pero en vez, ella elevó la barbilla y lo miró como retándolo a que le dijera algo.

No le diría nada, no quería. Estaba admirado. Hasta ahora, lo que él entendía de ella era que no podía respirar el mismo aire que él, que le temía y lo odiaba a partes iguales, pero ella no tenía una actitud de temor ahora, a pesar de que él prácticamente estaba bloqueando la única salida.

—Si hubiera sabido que estabas allí… —le dijo con voz pausada— no habrías tenido que escuchar mis… porquerías—. Ella se alzó de hombros y tomó una taza para servirse café.

—Sólo estoy sorprendida porque, definitivamente, hay mujeres tontas en el mundo, y esa pobre es una—. Él sonrió. Estaba haciendo una lista mental de las cosas que Emilia estaba haciendo y no haciendo ahora. No había echado a correr, y había iniciado un tema de conversación por sí misma, aunque todo era para menospreciarlo a él—. ¿No tienes nada que decir? –preguntó ella sin mirarlo. Cuando él guardó silencio, ella al fin giró sus ojos a él, aunque no su cuerpo.

—Nada –contestó él—, sólo que hoy estás hermosa.

—Mierda. Cállate—. Él sonrió asintiendo, y salió de la cocina con prisa, como si de repente ella se fuera a quitar un zapato y lanzárselo.

Emilia se miró a sí misma para recordar qué se había puesto, y cuando se dio cuenta de lo que estaba haciendo, se reprendió a sí misma. Él no tenía derecho a hacerle piropos de ningún tipo. No había modo en que ella se lo permitiera. Estúpido.

Se puso los dedos en las mejillas sintiéndolas calientes. Primer día y ya había tenido tal encuentro con él. Esto no era para nada lo que se había imaginado al principio.

Rubén regresó a su oficina con una enorme sonrisa. Se le iba a rajar la cara de lo grande que era, pero diablos, estaba feliz.

Se había encontrado con Emilia, a solas, e incluso había conseguido cruzar unas palabras con ella sin que saliera huyendo, o intentara arrojarle algo. Tal vez porque no le había dado tiempo, pero de todos modos estaba feliz.

—¿Qué te traes? –le preguntó Adrián al tropezárselo en un pasillo.

—¿Ah? –preguntó Rubén, pues no había escuchado la pregunta.

—Te arreglaste con Kelly –supuso Adrián, señalando el lugar a donde varios habían visto que se había internado con ella. Pero al mirar hacia la cocina, Adrián sólo vio que Emilia salía con una taza de café en las manos.

Miró a Rubén y su sonrisa atando cabos.

—Te arreglaste fue con ésta.

—¿De qué hablas?

—Arreglaste las cosas con Emilia –repitió Adrián—. Ella te odiaba, dijo que te metería a la cárcel—. Se acercó más a él en tono confidente—. ¿Significa esto que descubriste qué era lo que la tenía tan molesta? –la sonrisa de Rubén se fue borrando poco a poco. Miró a Adrián. No podría contarle lo que realmente había sucedido con ella, y era comprensible que sintiera curiosidad; él había presenciado el momento en que ella lo había gritado.

Adrián suspiró dramáticamente al notar cómo Rubén se retraía y armaba sus defensas. No confiaba en él ni para decirle que simplemente Emilia le gustaba, y que tal vez las cosas iban por buen camino.

¿Por qué dudaba tanto para contarle algo tan sencillo? No era de vida o muerte, pasaba todo el tiempo.

—Vale, guárdate tus secretos –le dijo palmeándole la espalda—. No sé ni para qué insisto.

Rubén lo vio alejarse sintiéndose un poco apenado. Adrián era una buena persona, hasta el momento había visto que, si bien era un poco ruidoso y bromista, era confiable. A pesar de que muchos le habían preguntado por qué Emilia había enloquecido esa vez, Adrián los había mantenido al margen criticándolos por preguntar cosas que no eran de su incumbencia.

¿Pero qué podía hacer? No sólo la situación con Emilia era grave, demasiado íntima, sino... él hacía tiempo no confiaba en nadie que no fuera su familia. Una vez hace tiempo, dos personas que él consideró amigos intentaron matarlo y casi la destruyen a ella, con eso había aprendido que lo mejor era guardarse las cosas, por muy inocentes que parecieran.

"¿Qué tal van las cosas?", le preguntó Telma a Emilia en un mensaje de texto.

No era el primero que recibía, su padre y su madre también se habían comunicado para preguntarle qué tal iba todo.

"Todo bien", contestó ella.

"¿Te has cruzado con el monstruo?", preguntó Telma. Emilia pensó la respuesta.

Sí, se había cruzado con él, pero no había sentido temor, sólo cierta molestia porque había tenido que escuchar cómo le terminaba a su novia. Se había hecho testigo de algo incómodo.

"Sí, pero no tiene importancia", le respondió.

"¿Segura?", insistió Telma. "Ya sabes que no tienes por qué aguantarlo. Tú pega el grito y yo paso por ti". Emilia sonrió.

"Si quieres pasar por mí, entonces ven a las seis", le dijo, y le añadió un emoticón. Recibió de vuelta otro, y Emilia guardó el teléfono con una sonrisa.

Rubén la vio encaminarse hacia la parada de autobús, y la siguió desde una distancia prudencial. El camino no estaba solo, y no era peligroso ya que un equipo de vigilancia privada monitoreaba la calle, pero quería asegurarse de que estaba bien... y quería verla otro rato más.

Un automóvil viejo se estacionó, y ella se asomó a la ventanilla sonriendo, luego la vio subir.

Cuando vio que se trataba de la abogada, se tranquilizó. Ella no se estaba viendo con aquel sujeto que vio en el restaurante, tal vez. No, no lo estaba viendo, se dijo. Si fuera así, lo habría visto a su lado en la audiencia, o en cualquier otro momento apoyándola, dándole consuelo, y odiándolo a él. Él lo habría hecho, y hasta lo habría buscado para darle una golpiza, pero hasta el momento, nada.

Volvió a la zona de parqueo y se subió en su propio auto. Estaba haciendo locuras otra vez, pero era algo que no podía evitar cuando se trataba de ella.

—Volviste al trabajo —dijo Felipe asomándose a su habitación. Santiago había estado cotorreando largo rato acerca de su día y todas las cosas que había hecho en la escuela, la casa y etc., pero se quedó mirando a su tío cuando éste apareció en la puerta.

—Nene —le dijo Emilia a su hijo—, ve a lavarte los dientes.

—¿Ya me voy a dormir?

—Sí, ya.

—Pero quiero estar más contigo —Emilia le sonrió. Él tenía razón, el tiempo que pasaban juntos era muy poco.

—Ve, lávate los dientes. Yo te espero aquí, sólo dame un minuto con tu tío, ¿vale?

—Si me hubieras dicho que lo que querías era estar a solas, yo entiendo —dijo el niño, dejando a su madre y a su tío con la boca abierta. Cuando el niño se fue, se echaron a reír.

—Qué lengua —se quejó Emilia, Felipe sonrió negando.

—Igual a ti.

Emilia miró a su hermano, y éste se rascó la cabeza como si tuviera algo que decir, pero no sabía cómo empezar. Ella guardó silencio esperando.

—Perdóname, manita —dijo él, empleando el término cariñoso con que se habían tratado desde niños—. No quise hablarte así esa vez —como ella lo miró de reojo, él se apresuró a añadir: —Sí quise... y eso es peor. Te pido perdón. Yo... me dejé llevar por la frustración. Había sido un mal día.

—Y una mala semana —dijo Emilia sonriendo y extendiendo a él su mano para que se acercara—, y un mal mes, y un mal año. Ha sido difícil para todos, pero ya se arreglará, manito.

—Estuvo mal que te sacara en cara lo de Santi —dijo él, cabizbajo y sin mirarla—. No lo volveré a hacer—. Emilia suspiró. Hubiese querido contarle la verdad, pero no se sintió capaz. Decirle el verdadero origen de su hijo era empeorar las cosas. ¿Y qué necesidad había ahora?

—¿Ya empezaste a hacer el papeleo para volver a la universidad?

—No.

—¿No?

—Quería primero contentarme contigo —Emilia sonrió.

—Ya nos contentamos. Haz eso mañana mismo.

—Tengo primero que renunciar y todo eso.

—Para lo difícil que es… Vas, dices que no vuelves y listo, no vuelves—. Felipe se echó a reír.

—¿Segura?

—Segura. No retrases más las cosas.

—Vale, mañana mismo lo haré.

—Eso es —Emilia lo abrazó fuerte—. ¡Voy a tener un hermano médico! —exclamó emocionada, y Felipe volvió a reír, sintiendo cerca por fin el momento en que su vida volvería al cauce correcto.

—Gracias, Emi—. Emilia le besó la mejilla.

—Por ti, lo que sea, manito.

20

Gemima se sorprendió un poco cuando Edgar, el mayordomo de su casa, le dijo que a la salida de la mansión había un camión de entregas.

—¿Para quién? –preguntó Gemima extrañada, y tomó el teléfono para llamar a su esposo; tal vez él estaba esperando un paquete y se le había olvidado decírselo esta mañana.

—Para el joven Rubén –eso la extrañó. Su hijo había cambiado su domicilio hacía rato, y toda su correspondencia iba al pequeño apartamento en el que vivía.

—Está bien. Recíbanlo, pero... ten cuidado, Edgar –el hombre mayor asintió y caminó hacia la salida. Gemima se quedó allí esperando a que hicieran la entrega, y luego vio a dos hombres traer lo que parecía ser un cuadro enorme.

—Parece que es una pintura –dijo Edgar cuando los dos hombres apoyaron el paquete en el suelo y lo recostaron a la pared.

—Pero es grandísima. ¿Lo habrá comprado Rubén? No me dijo nada –y al tiempo que lo decía, marcaba el número telefónico de su hijo.

Los hombres que hacían la entrega se fueron y Gemima miró el cuadro envuelto en papel con mucha curiosidad.

—¿Mamá? –saludó Rubén por teléfono.

—Hijo... perdona que te llame en medio de tu trabajo, pero... Acaba de llegar un paquete a tu nombre.

—¿Un paquete? –preguntó Rubén, pero le daba órdenes a otra persona al tiempo, estaba ocupado.

—Parece ser un cuadro –se apresuró a decir ella. Rubén guardó silencio—. ¿Es tuyo? ¿Se equivocaron?

—¿Es un cuadro grande? –preguntó Rubén.

—Sí.

—Es mío. Por favor, haz que lo suban a mi habitación. Olvidé decirte que di la dirección de la casa para la entrega.

—No pasa nada. ¿De quién es?

—¿De quién? –preguntó Rubén sonriendo—. ¡Mío, claro!

—No me refiero a eso. Pregunto quién lo pintó.

—Ah, eso. Es de una exposición a la que fui, vi el cuadro y me gustó.

—Mmmm –Gemima parecía más bien extrañada. Si Rubén comprase cuadros cada vez que iba a una exposición de arte, la casa estaría llena a rebosar.

Sintió curiosidad. ¿Y si lo desenvolvía para echarle una ojeada?

Se despidió de su hijo, y no resistiéndolo, rompió el papel que cubría el cuadro.

Al verlo sonrió. Este cuadro tenía dueña, eran más rosas para Emilia.

—¡Oh, qué precioso! –exclamó mirándolo—. ¡Vaya, Edgar! ¡Se rompió el papel!

—Habrá que volver a envolverlo –dijo Edgar, como si no hubiese sido testigo de que había sido ella misma quien lo rompiera por saciar su curiosidad.

—Que mi hijo no se dé cuenta. Qué trágico.

—No se preocupe, señora. No quedará señal alguna.

Rubén vio desde la ventana de su oficina a Emilia y Adrián hablar y sonreír, y ese feo cosquilleo de celos empezó a molestarlo. ¿Por qué le sonreía?

Salió de la oficina casi por inercia. No tenía en mente ningún plan, y sabía que el humor de ella se echaría a perder si se le acercaba, pero Emilia tendría dos tareas que hacer entonces: enojarse y luego contentarse sola; él estaba determinado a presentarse ante ella todas las veces que pudiera.

Los alcanzó en el ascensor, y se introdujo con ellos. Esto era una tontería, pues no tenía nada que hacer en ningún piso de abajo, pero no le importó. Saludó con un movimiento de cabeza y se ubicó en el fondo.

Emilia no lo miró al rostro, y siguió actuando como si él no estuviera allí.

—¿Dónde almuerzas, Adrián? –Rubén lo miró de reojo. A su parecer, había mucha familiaridad entre los dos.

—Ah… en un restaurante… cerca –titubeó Adrián, mirando a

Rubén con algo de aprensión.

—Genial. ¿Podría ir hoy contigo?

—¿Estás segura? –le preguntó Adrián.

—Claro que sí. ¿Por qué no iba a estarlo? Ah –se contestó ella misma antes de que Adrián pudiera decir algo—, ¿lo dices por que no ganamos lo mismo y tal vez tu restaurante sea muy caro para mí?

—No, pero…

—Ten la seguridad de que me lo puedo permitir.

—No me refería a eso. Rubén, tú…

—Además –volvió a interrumpir Emilia—, tengo algo importante que decirte—. Rubén elevó una ceja mirándola, como diciendo: ¿ah, ¿sí?

—¿A mí? –Adrián estaba en un apuro, mirando de Emilia a Rubén. No quería que éste último creyera que le estaba coqueteando a Emilia, o que había un interés romántico, pero ella parecía empeñada en que pareciera así.

—Sí. Sin que los demás se entrometan, o nos molesten—. Adrián miró a Rubén como pidiendo disculpas. Rubén seguía sin decir nada, pero ahora miró a Emilia con una sonrisa divertida.

El ascensor abrió sus puertas, y Rubén puso una mano sobre el hombro de Adrián deteniéndolo. Éste lo miró tratando de comunicarle con la mirada que él no tenía nada que ver con lo que había pasado aquí. Rubén sólo lo miró meneando su cabeza. Emilia salió y se detuvo esperando a que Adrián la siguiera.

—Te prometo que no le tocaré un pelo… —le susurró Adrián a Rubén.

—Yo que tú no me preocuparía por eso –sonrió Rubén.

—Fue una encerrona. Has sido testigo de eso.

—Lo sé.

—¿Y por qué pareces tan divertido? –Rubén cerró sus ojos, no podía para de sonreír. Era ilógico, debía estar molesto, celoso, pero, de alguna manera, que Emilia hiciera todo esto para molestarlo era… genial. Le encantaba. Era un juego, e iniciar uno con Emilia era… increíble.

Estaba seguro de que lo hacía por molestarlo, no sólo por evitarlo. Si ella pretendiera mantenerlo lejos, en primer lugar, no habría vuelto a trabajar aquí, ¿verdad?

—Luego te preguntaré palabra por palabra lo que hablaron.

—¿Qué? ¿Estás loco? –Rubén se encogió de hombros y se alejó

con las manos en los bolsillos y sin parar de sonreír. Incluso empezó a silbar.

Emilia le sonrió a Adrián cuando llegaron al restaurante. Era fino, de paños y manteles. Seguro que las servilletas aquí no eran de papel.

Él fue amable y le abrió la puerta, luego, le corrió la silla y Emilia sonrió admirando el lugar.

—Me gusta —dijo, y Adrián sonrió—. ¿Vienes aquí frecuentemente?

—No —contestó él.

—¿Hoy es una ocasión especial entonces?

—Más o menos—. Emilia lo miró entrecerrando sus ojos.

—¿Puedo hacerte una pregunta personal? —Adrián elevó ambas cejas sin mirarla. Rubén lo mataría.

En el momento, el teléfono de Emilia sonó, y ella le pidió disculpas, librándolo a él de su pregunta personal. Al menos momentáneamente.

—¿Telma? —preguntó Emilia a su amiga un poco extrañada.

—Estoy por los lados de tu trabajo —contestó ella—. ¿Puedo invitarte a almorzar?

—No.

—¿No?

—No.

—Qué mala eres. ¿Almorzaré sola? ¿En serio, Emilia? Te odio.

—Deja el drama —la riñó Emilia sonriendo—. Ya estoy comiendo con un… compañero de trabajo —Adrián estiró ahora sus labios. Había sido degradado de "objeto para molestar a Rubén" a "simple compañero de trabajo"—. Está bien, ven aquí —tapó la bocina del teléfono mirando a Adrián y preguntó: —¿Podemos pedir que agreguen otra silla? Perdóname, es que es mi amiga, y se pone intensa.

—No hay problema. Agreguemos otra silla —y de inmediato, Adrián le hizo la solicitud al mesero. Emilia le dijo por teléfono a su amiga el nombre y la dirección del restaurante, y cortó la llamada.

—Es mi amiga de la infancia —sonrió Emilia—. Lo siento. Te he obligado primero a almorzar conmigo, y luego con mi amiga—. Adrián sonrió.

—Es decir, que admites que me has obligado a aceptar esta

invitación.

—Un poco. Cuando vi que ese hombre se metía al ascensor tuve que hacer algo.

—¿"Ese hombre"? ¿Hablas de Rubén caballero?

—El mismo.

—¿Aún lo odias? –preguntó Adrián con inocencia, pero Emilia lo miró seria.

—Tengo motivos para odiarlo.

—Sin embargo... trabajas en la misma empresa que él. Volviste... No creo que te hayan obligado a hacerlo.

—Es... complicado –contestó Emilia mirando a otro lado. Adrián suspiró.

—Sí, parece muy complicado. "Ese hombre" sonríe como un idiota cada vez que te ve, y tú hace un par de semanas lo amenazaste con unas tijeras y con meterlo a la cárcel...

—Sonríe como un...

—Sí, como un idiota –completó Adrián.

—¿De casualidad... eres su mejor amigo y te pidió que me hablaras bonito de él? –esta vez fue turno de Adrián de hacer una mueca.

—No soy su mejor amigo. Dudo que tenga amigos—. Emilia lo miró confundida, pero interesada a su pesar.

—Te contradices, ¿sabes? Por un lado, lo defiendes, pero eso que dices de él...

—Lo sé, lo sé. Yo... llevo ya varios años en la CBLR, juraría que le caigo bien a Rubén, pero al mismo tiempo... es como si no se permitiera tener amigos. Digamos que me evita, rechaza mis bromas, invitaciones a tomar una cerveza, y etc. En ocasiones parece que le caigo terriblemente mal, pero en otras, juraría que ríe de las mismas cosas que yo.

—¿Eres gay?

—¡Claro que no!

—Te noto muy interesado.

—Mira... soy una persona acostumbrada a...

—A ser aceptado, popular –completó Emilia cruzando los brazos sobre la mesa, y Adrián la miró serio por unos instantes, luego se echó a reír.

—Sí, la verdad, sí. Es instintivo, de alguna manera, quiero ser amigo de todo el mundo. Es un defecto, lo sé.

—No lo encuentro malo del todo.

—Gracias.

—Pero no entiendo cómo quieres ser amigo de alguien como él.

—¿Y por qué no? Por ejemplo, tú y tú amiga; ¿por qué son amigas?

—Porque las dos estamos locas; a diferentes niveles, pero locas, al fin y al cabo –eso hizo reír a Adrián—. Es lo que ella dice –siguió Emilia—. Aunque de las dos, creo que la más loca es ella—. Él siguió sonriendo. Al cabo de unos segundos, suspiró.

—A veces… pienso que una persona no aleja a los otros porque sí. Tal vez me he visto herido en mi ego y por eso le he dedicado tiempo y pensar –dijo, riéndose de sí mismo—. Pero he llegado a una conclusión, y es: para que una persona prefiera estar sola, es porque algo muy malo le ocurrió, algo muy malo le hicieron.

—¿Él… no te lo ha contado?

—Vamos, para contárselo a alguien, tiene que confiar primero, ¿no? Rubén Caballero no confía en nadie—. Emilia quedó en silencio.

Ella no sabía nada de la vida de Rubén, excepto lo que había ocurrido hacían cinco años. Había visto las fotos, seguro que aquello era suficiente para marcar la vida de alguien. Pero ahora recordó lo que él mismo le dijo aquella vez; el chico de las rosas no existía, había muerto.

Luego, a su mente vino la imagen de Gemima.

"Ha sido duro verlo convertirse en el hombre que es, y cada día que pasa es peor".

Esas habían sido sus palabras cuando fue a buscarla para que aceptara la indemnización que le estaban ofreciendo. Implicaba un antes y un después en la vida de él, así como había sucedido en la suya.

Tragó saliva rechazando la empatía que estaba desarrollando hacia él, definitivamente, había sido mala idea salir a comer con alguien que lo apreciaba, pero entonces llegó Telma y la sorprendió con un beso en la mejilla.

—Estabas en la luna –la acusó, y luego miró a su compañero de mesa.

—Ah… Te presento a… —Adrián se puso en pie y le extendió la mano presentándose a sí mismo.

Telma se sentó y miró a ambos con una sonrisa.

—¿Estoy dañando el ambiente? –Preguntó, pues había un tenso silencio entre los dos—. ¿O mejor traigo los violines?

—Tú quieres que te mate –farfulló Emilia.

—Te garantizo que no hay interés romántico aquí –aclaró Adrián.

—Y luego te mataré a ti –volvió a decir Emilia, ahora mirando a Adrián. De repente, se sentía incómoda aquí, como queriendo deshacer algo que había hecho, pero no encontraba el qué.

—¿Eres arquitecta también? –le preguntó Adrián a Telma.

—No, soy abogada.

—Vaya, qué interesante. Si me meto en problemas, ¿irás por mí a defenderme?

—No defiendo a criminales –bromeó Telma sonriendo, y Emilia elevó una ceja mirándola. ¿Estaba coqueteando?

La había visto en acción antes, estas eran las señales de que había un macho aceptable cerca.

—No te metas con Adrián –le advirtió señalando como si en vez de unos centímetros, se hallara lejos y no la pudiera escuchar—. Es mi jefe inmediato.

—¿Qué? –preguntó Adrián sorprendido.

—Me meto con quien me da la gana –contestó Telma mirando a Adrián con una sonrisa—. No le prestes atención. Tú sí eres arquitecto, ¿verdad?

—¿Se me nota mucho?

—Sólo lo digo porque trabajas con Emilia.

—Ah… sí –Telma se echó a reír.

—También se te nota, claro. Tus dedos están manchados de carboncillo –él se miró los dedos, encontrando que era verdad. La miró un poco admirado, y entonces escuchó el suspiro de Emilia.

—Ella es mi amiga, la loca Telma –volvió a decir, pero Adrián sólo sonrió. El mesero llegó trayendo consigo las cartas del menú, y se concentraron en el pedido. Emilia empezó a sentirse como la sujeta—velas, o la violinista. Telma y Adrián congeniaron de inmediato y empezaron una amena conversación. Mucho más amena que la que ella había sostenido antes, pues no habían hecho otra cosa más que hablar de Rubén Caballero.

—Estás aquí, me lo imaginé –dijo Adrián poniendo ambas manos en su cintura al ver a Rubén sentado en el sillón de su escritorio. Éste juntó la yema de sus dedos y lo miró con una sonrisa expectante.

—No hablamos gran cosa. Su amiga llegó y… bueno…

—La abogada –dijo Rubén, poniéndose en pie.

—Sí, es abogada. Su nombre es Telma —Rubén elevó una ceja mirándolo—. Y Emilia admitió que me usó para alejarse de ti. Al parecer no quería almorzar contigo—. Rubén sólo hizo una mueca—. Por una vez, hombre, ¿qué fue eso tan grave que le hiciste? Te odia.

—Ya lo sé.

—Pero al tiempo —siguió Adrián— básicamente lo que hicimos antes de que llegara su amiga fue hablar de ti.

—¿De verdad? ¿Te dijo algo? —Adrián se encogió de hombros.

—Que te odia.

—Idiota—. Adrián se echó a reír y ocupó su sillón mirándolo mientras tomaba camino hacia la puerta—. Algún día me contarás varias cosas que hacen parte del rompecabezas que eres –le dijo—. Y te darás cuenta de que no soy una mala persona y se puede confiar en mí—. Rubén se giró a mirarlo, pero no encontró nada que decirle, así que se rascó la cabeza algo incómodo y salió de la oficina de Adrián.

—Abuela —dijo Santiago acercándose a Aurora con el control del televisor en la mano—, ¿qué es un sinónimo? —Aurora, que acababa de servirle un vaso con jugo natural a Antonio, que estaba sentado en una butaca de la cocina, se lo quedó mirando con ojos parpadeantes.

—¿Un qué?

—Un sinónimo—. Aurora miró a su marido preguntándole a él con la mirada.

—Es algo de español –le dijo Antonio en voz baja.

—Ya lo sé, pero no me acuerdo. ¿Son las palabras que suenan parecido? —Antonio se echó a reír al ver que ninguno de los dos era capaz de solucionar las dudas del niño. Y eso que no había preguntado de dónde venían los bebés. O qué era un condón, como había sido el caso de Felipe cuando tenía siete años.

—Cuanto venga tu mamá le preguntas. Apunta la palabra en tu mente. ¿Dónde la oíste?

—En la televisión.

—Bueno, ahorita que llegue le preguntamos a Emilia, o a Felipe, si llega primero—. El niño movió la cabeza aceptando esa salida y volvió al sillón donde había estado sentado, con Totoro a un lado mientras leía algo al tiempo que miraba dibujos animados—. Resumió toda la inteligencia de la mamá y el tío –sonrió Antonio mirando al niño desde su lugar. Escuchó a Aurora suspirar—. ¿Sigues preocupada?

—Ya sabes que no estoy de acuerdo con que Emilia haya vuelto a ese trabajo –dijo, y encendió la licuadora preparando algo para la cena—. ¡Teniendo tal vez que seguir órdenes de ese hombre al que odia... y con toda razón!

—Aury –dijo Antonio usando el diminutivo del nombre de su esposa—. Es una especie de... terapia –Aurora agitó su cabeza negando y bajó el vaso de la licuadora para vaciar su contenido en una jarra.

—No fue cualquier cosa lo que le hizo, Antonio. Fue una violación, ¡una violación! –Exclamó en voz baja—. La vida de mi hija estuvo patas arriba mucho tiempo por culpa de ese hombre, y tener que trabajar para él ahora... —Aurora se detuvo, y Antonio elevó la vista a ella, y de inmediato miró a su espalda, pues hacia allí miraba ella con ojos como platos. Felipe estaba de pie, con el casco de la moto bajo un brazo y mirándolos sumamente espantado.

—¿De qué hablas, mamá? –preguntó. Antonio se puso en pie y se ubicó en medio de Aurora y su hijo, como si así pudiese ocultar una verdad que había sido escondida desde hacía mucho tiempo.

—Felipe... llegaste temprano.

—¿Qué pasó con Emilia? ¿Qué es eso de la... —lo interrumpió el sonido que Aurora hizo poniéndose el índice sobre los labios y mirando en dirección a Santiago, que seguía entretenido con su libro y la televisión al tiempo— violación? –Concluyó Felipe en un susurro, pero le salió más como si la palabra fuera veneno—. Explícame.

Antonio miró a Aurora tragando saliva. Cerró sus ojos rindiéndose, y dándole la palabra a Antonio, pero éste se hallaba en un apuro.

—Pasó hace...

—¿Pasó? ¿Es verdad? ¿Mi hermana? –Antonio asintió—. ¡No puede ser! ¡Cuándo!

—Hace ya cinco años –Felipe dio un paso atrás sintiendo que lo acababan de golpear en pleno abdomen y sacado todo el aire.

—¿Y hasta ahora... me entero?

—Emilia no quiso decírtelo. Eras un niño, sólo tenías quince años...

—¡Pero podía entenderlo! ¡Dios mío!

—Ella sintió vergüenza. Luego todo se complicó y...

—¿Se complicó? –Felipe miró a su madre, que se secaba una lágrima.

—Sí, ella tuvo que dejar la universidad... ¿lo recuerdas? –Felipe abrió su boca como si fuera a decir algo, pero entonces giró su cabeza a Santiago comprendiendo todo al fin. Su hermoso sobrino, al que amaba con locura, era el fruto de una violación a su hermana. Los pasados cinco años habían sido difíciles para ella, primero, teniendo que aceptar el embarazo, luego al niño, luego volver a luchar para hacerse profesional aun por encima de las mil dificultades, luego...

—No me dijeron nada –dijo—. ¡No me dijeron nada!

—¡Baja la voz! –le reclamó Antonio, pero Santiago había escuchado su voz y corrió a él para saludarlo como siempre hacía.

—¡Tío! –gritó. Se chocó contra su pierna, pero Felipe sólo lo miró deseando gritar—. Tío, ¿qué es un sinónimo?

Felipe movió la mano lentamente, y antes de que pudiera hacer cualquier cosa, Antonio alzó a su nieto en brazos.

—Hijo –le dijo— ve a ver televisión.

—Pero me dijiste que cuando llegara tío Felipe le podía preguntar—. Antonio suspiró.

—Vamos a buscar un diccionario.

Felipe se quedó con su madre mirándola mientras ella batía algo en la encimera de la cocina a la vez que lloraba en silencio.

—Santi es hijo de ese hombre.

—¡Y de Emilia! –Exclamó Aurora, volviendo a defender al niño como aquella vez hace cinco años, cuando se enteró de que su hija estaba embarazada—. Es mi nieto, es tu sobrino—. Felipe quedó en silencio, como digiriendo varias ideas a la vez, cayendo en cuenta de mil cosas.

—Acabas de decir que... está trabajando... ¿con él? Con su... con el hombre que le...

—Fue decisión de ella –dijo Aurora meneando la cabeza—. No estoy de acuerdo, pero ya sabes cómo es cuando se le mete una idea en la cabeza.

—La CBLR Company –dijo Felipe dando la media vuelta.

—¿A dónde vas?

—Al trabajo de Emilia. A sacarla de allí.

—¡No hagas eso, no te metas en problemas!

—Escuché lo que dijiste. Ese hombre la violó, la embarazó. ¿Y ahora ella tiene que trabajar para él? ¡Dios mío! ¡Y yo le reclamé porque había dejado el trabajo! ¿Por qué no me lo dijeron?

—¡Felipe! –lo llamó Aurora, pero no pudo retenerlo. Lo llamó en el pasillo, pero Felipe era rápido.

—¿Se fue? –le preguntó Antonio a su lado.

—Va a cometer una locura.

—Será mejor que llamemos a Emilia para advertirle—. Aurora asintió y dejó que Antonio la tomara por los hombros guiándola de vuelta al apartamento.

Buscó rápido en su teléfono el número de su hija para decirle que en camino iba su hermano hecho una furia dispuesto a matar a Rubén Caballero. Pero entonces el teléfono de Emilia sonaba apagado.

21

Felipe se detuvo ante el enorme complejo de edificios que en su parte más alta tenía en azul oscuro las letras CBLR y una figura que semejaba una pequeña casa. Ya había oscurecido, las luces exteriores del edificio se habían encendido y personas salían una tras otra despidiéndose entre sí.

Se bajó de su motocicleta, que debía devolver mañana a la empresa en la que trabajaba como mensajero, y buscó algo en su teléfono. Su madre había dicho que Emilia estaba trabajando para él. Para él, no con él, así que tal vez ese hombre era uno de los jefes. O quizás el dueño.

En la página de internet dedicada a la constructora encontró el nombre de Álvaro Caballero y el de su hijo Rubén. ¿Sería él?

Diablos, podía ser cualquiera, podía ser alguien más y podía no estar aquí ahora.

Pero entonces se detuvo en sus pensamientos. Rubén Caballero. Ese nombre le sonaba de algo.

Buscó en su billetera una tarjeta que una vez un hombre le dio luego de accidentarse con él en una avenida.

Esa vez apenas si había mirado la tarjeta, pero había leído el nombre y lo recordaba. La tarjeta era muy sencilla, y el logo de la empresa no llevaba sus colores, sino un simple bajorrelieve.

Detrás de ella, el hombre que lo había arrollado había escrito su número personal y llamó.

—¿Diga? —saludó el hombre al otro lado de la línea.

—¿Rubén Caballero? —preguntó Felipe. Su ira ya iba más o menos controlada, así que pudo hablar con cierta normalidad.

—Sí, con él habla. ¿Con quién tengo el gusto?

—Soy Felipe Ospino. No sé si tal vez me recuerde. Una vez usted se pasó el semáforo y…

—Ah, ya lo recuerdo –dijo la voz sonriente de Rubén—. Creí que ya no llamarías.

—Estoy en su edificio. Quiero decir… en el edificio de su empresa. Me gustaría…

—Claro, claro. Me tomas un poco de salida, pero no importa. Ya te hago pasar. Preséntate con la recepcionista, ella te guiará—. Felipe miró el teléfono luego de cortar. No podía ser Rubén Caballero; tenía que ser alguna otra persona. Lo que él recordaba de éste es que era una persona gentil, responsable y correcta. Había pagado todos los gastos médicos y la incapacidad, y no sólo eso, también se había ofrecido a mejorar sus condiciones laborales.

Se presentó ante la recepcionista, y ésta le indicó el camino a seguir. Caminó hasta el ascensor para llegar más rápido al piso cuatro, donde lo esperaba el hijo del fundador de esta empresa, pero se tardó en llegar.

Se pasó las manos por los cabellos desordenados por el casco pensando en que tal vez había perdido el tiempo viniendo aquí. Ese sujeto ya debía haber salido, y esperaba no encontrarse con su hermana, ella lo detendría.

Se apresuró a subir por las escaleras, igual, sólo eran cuatro pisos, y en pocos minutos estuvo arriba.

Rubén lo vio y se le acercó tendiéndole su mano.

—Ven a mi oficina –le dijo con una sonrisa.

—Parece que escogí mal momento –se excusó Felipe mirando en derredor los cubículos ya vacíos a medida que andaban.

—Bueno, ya están todos saliendo, pero no te preocupes, no pasa nada si me quedo unos minutos más—. Entró a la oficina, de paredes blancas y mesas de dibujo dispuestas a un lado, muebles y cuadros muy alusivos al oficio.

¿Qué estaba haciendo aquí?, se preguntó. Estaba interrumpiendo a un hombre en su trabajo; había venido para dar una golpiza al violador de su hermana, pero ni siquiera sabía quién era y no tenía modo de saberlo ahora mismo, a menos que le preguntara a su hermana, y esa conversación sería bien complicaba. Además, conociéndola, dudaba mucho que Emilia le dijera el nombre.

—¿Te sientes bien? –le preguntó Rubén mirándolo un poco preocupado, e incluso se acercó unos pasos.

—Vine aquí porque… Dios, no vine a pedirte un empleo –le dijo riendo sin mucho humor y sintiéndose un poco avergonzado—. Vine por… Quería golpear a un sujeto.

—Vaya. ¿Debo salir corriendo? –bromeó Rubén.

—No, tú no tienes de qué preocuparte. Es porque… acabo de enterarme de algo muy malo, y en este lugar trabaja el responsable.

—Si te puedo ayudar…

—No, no… estaría metiendo en problemas a mi hermana.

—¿Tienes una hermana aquí? –preguntó Rubén, y al ver que él asentía, supo quién era. Emilia y Felipe no se parecían mucho físicamente; mientras ella era castaña y de baja estatura, él era de cabellos negros, piel trigueña y alto. Tal vez en la manera de torcer los labios al hacer una mueca se parecían… y tal vez en la forma de mirar…

Sí, se parecían.

—Es Emilia –dijo Rubén.

—Sí, ella –sonrió Felipe un poco fugazmente—. Si se entera de que estoy aquí… —Rubén tragó saliva. Si Felipe Ospino era el hermano de Emilia, entonces aquél niño que él vio en el hospital era su hijo. ¡Santiago!

No pudo pensar en otra cosa. No pensó en eso horrible que él venía a reclamar, no pensó en nada más. Había visto a su hijo antes, sabía cómo era. Su madre tenía razón; inteligente, alto, vivaracho…

Las palmas de las manos le empezaron a sudar. En el pasado, nunca pensó en tener un hijo, nunca había deseado demasiado la posibilidad, el tema nunca lo molestó especialmente, pero ahora que sabía que había uno por allí, sobre todo, uno que era hijo también de Emilia, el asunto ocupaba sus pensamientos… cuando no estaba pensando en la madre.

Pero también comprendía que verlo, acceder a él, iba a estar aún más difícil que conseguir el perdón de Emilia.

Tal vez podía engatusar a Felipe para volver a ver al niño.

No, Emilia se enteraría tarde o temprano, y ya lo odiaba bastante sin que él aportara nuevas razones. ¿Pero, qué podía hacer? Sabía que ella no le permitiría verlo, no tenía derechos, pero quería, ¡quería conocerlo!

Miró a Felipe y encontró que el muchacho miraba en derredor como si buscara algo. Felipe había venido aquí a reclamar algo, recordó. Pero tal vez había venido a mala hora, pues ya todos se habían ido.

Emilia iba saliendo un poco tarde. Miró su teléfono para llamar a su madre y avisarle, pero entonces vio que estaba apagado.

Se regresó para conectarlo, aunque fueran unos minutos, no le gustaba estar incomunicada, y además necesitaba hacer unas llamadas antes de llegar a casa, así que volvió a su cubículo.

En cuanto el teléfono encendió, vio las llamadas perdidas de su madre. Cinco.

Asustada, llamó de vuelta.

—¿Mamá? –La saludó en cuanto Aurora contestó—. ¿Qué pasa? ¿El niño está bien? ¿Papá, Felipe, están bien?

—Santi está bien, todo está bien.

—¿Entonces?

—Es Felipe; se fue a tu trabajo. Se fue a buscar problemas.

—¿Por qué? ¿Qué tiene que hacer aquí?

—¡Se… se enteró! –Exclamó Aurora—. ¡Sabe lo que te pasó hace cinco años! ¡Sabe todo!

—¿Pero… cómo se enteró? –escuchó a su madre sollozar, y entonces se imaginó la situación. Su madre era la que menos quería que Felipe se enterara—. Lo buscaré. ¿Hace mucho que salió?

—Ya debe estar allá.

—¡Ay, Dios!

—Detenlo, Emilia. ¡Que no cometa una locura! –Emilia asintió tranquilizándola y cortó la llamada. Miró entonces en derredor. Las oficinas ya estaban vacías… menos la de Rubén Caballero.

—Entonces –dijo Felipe sintiéndose bastante desinflado. Había venido aquí por camorra, pero sólo le había hecho perder el tiempo a un buen hombre—, será mejor que me vaya.

—Dime una cosa –lo detuvo Rubén—. Dijiste que no viniste aquí a pedirme empleo. Pero para eso me llamaste, ¿no?

—Te necesitaba para entrar al edificio.

—Vaya, suena como si necesitaras cometer un homicidio.

—Más o menos –contestó Felipe bajando la cabeza. A su mente vino la imagen de su hermana en la época en que estaba embarazada. La sentía llorar por las noches, y él en ese tiempo sólo pensó en que el estúpido novio que la había embarazado le estaba causando todo este daño y ese dolor y se hizo la promesa de buscarlo algún día y hacerle pagar—. Pero sólo sé que el tipo en cuestión trabaja aquí –siguió—, y que es un jefe de mi hermana… Ella trabaja para él, es todo lo que sé.

—La CBLR tiene un personal administrativa bastante amplio.

—Lo sé –dijo Felipe entre dientes—. Y si le pregunto a ella… no me dirá el nombre. Temerá precisamente eso, que lo mate—. La expresión de Rubén fue cambiando poco a poco cuando comprendió qué estaba sucediendo con Felipe. Acababa de enterarse de lo sucedido con su hermana hacía cinco años.

Si tenía veinte años, entonces en aquella época no era más que un adolescente. Seguro la familia le había ocultado tan terrible verdad: que su hermana había sido víctima de violación. Y era comprensible, pero ahora él se había enterado y tenía seguramente muchas ganas de romperle la cara al sujeto que le había hecho tanto daño a su querida hermana.

—¿Qué hizo esa persona? –preguntó Rubén, tanteando el terreno. Felipe sólo cerró sus ojos con fuerza y negó meneando la cabeza.

—Es demasiado… No puedo ni…

—¿Cómo te enteraste?

—Escuché a mis papás hablar –contestó Felipe sin notar que aquella pregunta era un poco comprometida—. Pensaban ocultármelo por siempre. ¡Diablos, no soy un niño!

—Pero en esa época sí.

—¡Sí, pero igual! La escuché tantas veces llorar que… —Felipe se detuvo en seco y miró a Rubén fijamente. ¿De qué estaba hablando él? ¿Por qué esas preguntas? Acaso…

—Tú lo sabes—. Rubén asintió.

—¿Ella te lo contó? –Rubén sonrió con tristeza. De hecho, sí, había sido ella quien se lo contara. Volvió a asentir—. Debe confiar mucho en ti.

—Por el contrario –dijo Rubén respirando profundo, dispuesto a todo, resignado a todo— ella me odia.

Felipe abrió un poco sus ojos negándose a comprender lo que se podía resumir de esas palabras. Tenía que atar cabos, tenía que recapitular todo lo que habían hablado. Lo miró de nuevo, pero Rubén tenía los ojos clavados en él, no como quien estudia a un posible enemigo, sino como quien se está entregando a su verdugo.

—Fuiste tú –susurró Felipe, dejando salir el aire en esas dos palabras.

Él no dijo nada, sólo se quedó callado y bajó la mirada. No necesitaba saber nada más.

Emilia corrió tan rápido como pudo, pero era ya tarde. Encontró a Rubén en el suelo, con sangre manando de su boca, y a Felipe dispuesto a seguir pegándole.

—¡Detente! –le gritó Emilia agarrándolo fuerte del brazo, pero no tuvo la fuerza suficiente y se vio arrastrada en el impuso que Felipe había tomado para golpear a Rubén—. ¡Basta! –gritó Emilia en todo el oído de Felipe, y éste al fin la miró.

—¡Fue él! –exclamó—. ¡Fue él, fue él!

—¡No le pegues!

—¿Por qué no? –Gritó Felipe—. ¡Se lo merece! ¡Se merece que lo mate!

—Tal vez, pero no serás tú quien lo haga. ¡No quiero que te metas en problemas, Felipe! –en el momento, un hombre de seguridad entró y vio el alboroto. Se apresuró a atrapar a Felipe, pero entonces se escuchó la voz de Rubén.

—¡No le hagas nada! –gritó—. ¡Suéltalo!

—Pero señor…

—Deja en paz al muchacho, yo me las arreglo solo –estaba golpeado, un ojo empezaba a ponérsele morado y le salía sangre de la comisura del labio. No parecía que se las estuviera arreglando.

Emilia miró a su hermano. No tenía ni un rasguño, ni un solo golpe de defensa.

—¡Por qué te estás dejando pegar! –le reclamó Emilia a Rubén. Éste sólo sonrió, aunque lo que se vio fue una mueca. Miró de nuevo al vigilante y le hizo señas para que saliera. El hombre no dejó de mirarlos, pero ante una nueva señal de Rubén, se resignó y dio la vuelta.

—Emilia –dijo Rubén con dificultad—. Tú sabes mejor que yo que me merezco estos golpes.

—¿Y por eso… por eso…?

—Sí, por eso. Él es tu hermano. Todos estos días he esperado que alguien de tu casa diera conmigo… al fin vino él—. Emilia se acercó a él, y sin remordimiento alguno, ni pensarlo mucho, le asestó una patada en la entrepierna. Rubén se dobló de dolor poniéndose ambas manos en el sitio. Incluso Felipe tragó saliva al verlo.

—Si era eso lo que querías, haberlo dicho antes –le dijo Emilia con voz dura—, yo con mucho gusto te habría dado el golpe que tanto querías.

Felipe la miró asombrado. El golpe había sido fuerte, más fuerte que todos los que él le había dado con los puños. Sin embargo, había un poco de verdad en lo que este hombre había dicho. No se había defendido ni una vez, tampoco había elevado las manos para protegerse. ¿De verdad estaba creyendo que se redimiría con unos pocos golpes?

—Él debe pagar —dijo Felipe.

—Ya te lo dije —le contestó Emilia con la voz agitada—. La justicia lo declaró no culpable.

—¿No culpable? ¿Qué es eso?

—Lo hizo, pero... no fue su culpa.

—¿Qué? —Preguntó Felipe riendo con sarcasmo—. No me jodas.

—No te jodo —le contestó Emilia—. Él... estaba drogado hasta las cejas esa noche. Incluso... no lo recuerda.

—¿Que no lo recuerda?

—¡No lo recuerda! —Repitió Emilia—. Esa noche... no existe en su mente, y para completar... tal vez los sujetos que lo drogaron, luego lo golpearon hasta casi matarlo. Estuvo cuatro meses en coma. Tengo los expedientes, toda la documentación de los médicos, la policía, defensa civil... Lo hallaron dos días después en un deslizadero, casi muerto... Por eso no irá a la cárcel. No era consciente de lo que hacía.

—¿Es posible algo así?

—Los médicos afirman que sí.

—¿Y ya? ¿Todo se quedará así? —Emilia miró a Rubén, que ya al menos podía respirar.

—Él... me ofreció una indemnización.

—¿Dinero? —Emilia asintió.

—Dinero para mí y para Santi.

—Santiago... Dios... —Emilia lo miró entonces—. Él lo vio esa vez. La vez del accidente.

—¿Qué?

—¿Recuerdas el accidente? —Emilia asintió moviendo su cabeza—. Fue él, Rubén Caballero. Pagó... todos los gastos de hospital. Mamá llevó a Santiago, y él lo conoció—. Emilia miró a Rubén, que le devolvía la mirada.

—¿El... destino? —preguntó él con voz temblorosa. Emilia quiso ir y pegarle de nuevo, pero tuvo que admitir, al menos ante sí misma, que en esto él no tenía responsabilidad. ¿El destino?, se preguntó ella misma.

Con un poco de dificultad, Rubén se puso en pie. Tenía la esperanza de que sus partes privadas volvieran a ser funcionales algún día. Emilia pegaba duro.

—Emilia, renuncia –le pidió Felipe—. Por favor, renuncia y vete de aquí.

—No puedo.

—¿Por qué no? Si es por mí... no importa. Yo esperaré. No puedo someterte a esta tortura.

—No me iré, Felipe. Ya lo hablé con papá.

—¿Por qué? ¡Dime por qué! –reclamó cuando Emilia se quedó en silencio. Ella miraba a Rubén fijamente, que se había sentado en uno de los muebles y no dejaba de mirarlos.

—Porque... tengo mucho que hacer aquí.

—No te entiendo.

—Perdóname, pero en esto tienes que confiar en mí. Tengo que... poner todo en orden primero, y además... necesito ganar experiencia y éste es el mejor lugar.

—¿Cómo soportarás ver a este hombre día tras día? –Rubén suspiró. Seguían hablando de él como si no estuviera presente.

—Si sirve de algo –dijo—, yo no le haré daño a tu hermana, Felipe. Nunca más. Tienes mi palabra.

—Tu palabra me vale mierda—. Emilia puso un brazo delante de él advirtiéndole que no volviera a pegarle. Felipe se contuvo.

—Amo a tu hermana –dijo Rubén, y eso dejó a ambos hermanos como estatuas, con caras de asombro épico—. Sí. Estoy enamorado de ella. Me casaría para resarcirla, pero sé que ella me odia...

—¡¿Cómo te atreves?! –exclamó Emilia con voz rota y ojos llorosos. Felipe la miró más sorprendido aún.

—Ya en esa época te amaba, Emilia.

—¡Pero tú ensuciaste eso! ¡Lo arruinaste!

—Y me odiaré cada día de mi vida por ello. Mientras me odies, no habrá razón de vivir para mí.

—¡No me hables de nada! –gritó ella—. ¡No te atrevas a hablarme de amor! ¡Lo que yo viví...!

—Fue un infierno, lo sé.

—¡Ni te alcanzas a imaginarlo!

—Pero créeme cuando te digo... que lo que yo tenía para ti era el paraíso. El paraíso mismo, porque te amaba—. Las lágrimas corrieron por las mejillas de Emilia, y salió de la oficina de Rubén corriendo. Felipe se quedó allí tres segundos, los tres segundos que tardó su shock.

Le echó una última mirada a Rubén, que se mordía los labios y cerraba sus ojos con fuerza, y fue tras su hermana.

No pudo alcanzarla y tomó las escaleras. Cuando llegaron a la zona de recepción, que a esa hora ya estaba desierta, ya Emilia tomaba la calle. La vio tomar un taxi e irse.

Felipe se quedó allí tratando de comprender lo que había sucedido. Este hombre, el violador, le hablaba de amor a su hermana y ella en vez de gritarlo furiosa y mandarlo a la mierda se ponía a llorar, y de qué manera. Miró hacia el edificio con el entrecejo fruncido. Necesitaba todas las piezas del rompecabezas para comprender todo esto; algo más estaba pasando, algo que sólo Emilia y este hombre sabían. Apretó los dientes y buscó el auto de Rubén; un Mazda 3 blanco. Lo recordaba de esa vez del accidente, así que no se le hizo difícil hallarlo, además, sólo había otros dos en la zona de parqueo del edificio.

Él apareció casi media hora después, y al verlo se detuvo por un momento. Felipe estaba recostado al auto con los brazos y los tobillos cruzados. Rubén se acercó y al estar frente a frente, respiró profundo.

—¿Qué fue eso que sucedió ahora? —Preguntó Felipe—. ¿Qué es toda esa mierda de "Te amo" y yo no sé qué más? —Rubén hizo una mueca. No le gustaba mucho que sus sentimientos fueran tratados como mierda, pero supuso que no podía esperar menos del hermano de Emilia.

—Es una historia larga.

—Bien. Me han ocultado tantas historias largas que quiero escuchar una.

—¿Ahora?

—¿Hay otro mejor momento? Hiciste que mi hermana saliera corriendo con sólo unas cuantas palabras. Por supuesto que quiero escucharlo todo ahora.

Rubén asintió. Supuso que no podía dejar pasar la oportunidad de contar por una vez su versión de la historia. Sacó las llaves del auto y Felipe se hizo a un lado, pero entonces lo vio encaminarse a su motocicleta.

—Yo te llevaré.

—No puedo dejarla aquí. No es mía—. Rubén asintió, y se internó en su auto.

Cerca había un bar bastante aceptable. Felipe era mayor de edad, así que no tendría problemas para la entrada, y allí se parqueó. Él se detuvo segundos después y juntos traspasaron la puerta.

Los vigilantes se miraron uno a otro cuando vieron los golpes de Rubén, que más necesitaban un médico que un barman, pero no dijeron nada.

—Dos cervezas, por favor —pidió Rubén al tiempo que se sentaban en una mesa. Felipe dejó el casco de la moto a un lado en el suelo a la vez que seguía mirándolo inquisitivo. Rubén elevó una ceja.

—¿Por dónde empezamos?

—Dijiste que querías a mi hermana desde esa época. ¿Qué quiere decir eso? ¿La violaste porque la querías para ti y ella te dijo que no?

—Nada más lejos de la verdad.

—¿Entonces? —Rubén meneó la cabeza transportándose a aquél tiempo en que él era ingenuo y cándido. Lamentablemente, no podría hablar de ese entonces sin mencionar a Guillermo y a Andrés.

—Yo era… un estudiante de la misma universidad que tu hermana —dijo—. La conocí en un curso optativo que tomamos al tiempo. Yo ya estaba por graduarme, y ella apenas entraba… Me… me gustó. Desde el primer día.

—Ajá —dijo Felipe con tono perentorio.

—En esa época yo… era bastante ingenuo, con tendencia a perdonar mucho las fallas de los demás… un idiota —sonrió Rubén—, así que tenía dos amigos, Guillermo y Andrés—. Rubén tragó saliva—. Caí en cuenta muy tarde de que me odiaban, envidiaban mi suerte en la vida, tal vez… y una vez papá les negó un empleo que ellos tanto ansiaban en la compañía, así que se vengaron de mí.

—Ya. Ellos te drogaron—. Rubén elevó su mano izquierda y movió los dedos suavemente. En el momento les trajeron las cervezas y Felipe probó la suya.

—Me drogaron… —siguió Rubén— y luego me golpearon. Esta mano fue inservible durante mucho tiempo. No he vuelto a dibujar rosas… No he vuelto a dibujar nada que necesite tanta precisión… pero perdí más que eso… No recuerdo lo que pasó. No sé por qué lo hice, qué sucedía en mi cabeza, pero me arrepiento mucho de ello. Me arrepiento de haberme puesto a mí mismo en una situación tan desfavorable—. Miró a Felipe a los ojos—. Tu hermana era lo más hermoso para mí, y ella tiene razón, lo eché a perder.

—¿Eras su novio?

—No –rio Rubén—. Nunca pude decirle lo que sentía. No tuve tiempo. Intenté hacerlo… Tu hermana no es una mujer fácil de conquistar, así que ideé un plan… pero no pude completarlo. Pasó lo que pasó.

Felipe respiró profundo cruzándose de brazos y mirando el techo. Movió su cabeza negando.

—Cuando te conocí esa vez del accidente –dijo—, me pareciste una persona correcta.

—Gracias.

—Pero el daño que le hiciste a ella fue real –siguió Felipe—. Nadie puede devolverle ese tiempo, y cada vez que pienso en ello… tu vida corre peligro, ¿sabes? Fue horrible. Fue realmente malo. Santiago… Dios… —Rubén guardó silencio largo rato. Miró la cerveza en la mesa, y casi sin pensarlo, la tomó y bebió de ella. El sabor de la bebida lo tomó por sorpresa. Hacía mucho, mucho tiempo no se bebía una de éstas en compañía de alguien que no fuera un familiar cercano, y dado que su padre no era dado a la cerveza, llevaba años sin probarla.

Le daba miedo. Siempre miraba el fondo del vaso, de la botella o de la copa preguntándose si contenía alguna sustancia que le haría volver a debatirse entre la vida y la muerte.

Y a pesar de que Felipe lo odiaba, y con justa razón, no pudo imaginar al chico haciendo algo tan rastrero. Quería matarlo, sí, pero a puño limpio.

Volvió a apoyar la botella en la mesa y miró de nuevo a Felipe, que parecía estar estudiándolo.

—Si la justicia no pudo hacer nada para que pagues, ¿qué harás tú? –Rubén hizo una mueca.

—Nada que ella no me permita.

—Dijo que le ofreciste dinero.

—Es lo menos que puedo hacer.

—¿De verdad te casarías con ella? –Rubén sonrió elevando su botella en un brindis.

—Los hombres podemos soñar, ¿no es así?

—¿Por qué se empeña en seguir trabajando allí? –Rubén meneó la cabeza negando.

—Eso no lo sé—. Felipe entrecerró sus ojos.

—No la estás acosando, ¿verdad? –Rubén sonrió.

—Si lo hiciera, ella saldría corriendo. Lo viste.

—¿Por qué lo hiciste? ¿Por qué decirle que la quieres, si sabes que te odia?

—Porque lo tenía atragantado. Tenía que decirlo.

—¿Es verdad entonces que sigues enamorado?

—Dios, sí.

—¿Entonces crees que ella podrá olvidar cinco años horribles, llenos de todo lo que conlleva una violación? ¿Esperas que no sólo ella, sino que también la familia lo olviden y te acepte? ¿Te imaginas a ti mismo algún día diciéndole a Santiago cómo es que eres su padre? –Rubén tragó saliva.

—Nunca dije que sería fácil.

—¿Eres consciente, siquiera? ¡Si ella decide odiarte toda su vida, estará en todo su derecho!

—¿Has sentido cómo se te muere el alma día a día porque eso que más anhelas está no sólo fuera de tu alcance, sino también destruido? –Dijo Rubén—. ¿Te has imaginado alguna vez lo que puede doler saber que, con tus manos, con tus propias manos destruiste lo que tenía más alto valor, más alta estima para ti? ¿Tú mismo? ¿Has deseado morirte sólo para no ver a la mujer que amas llorar porque eres tú quien le provoca esas lágrimas? Mi mera existencia es un trauma para ella. ¿Pero qué debo hacer entonces, irme a un rincón y llorar cuando lo que mi alma y mi cuerpo hacen es hervir cada vez que la veo? Dios, no, no puedes siquiera imaginarte cómo han sido mis noches estas dos últimas semanas desde que supe la verdad. ¿Infierno en vida? Eso es un juego de niños. He quedado vacío. Vacío y muerto.

—Te lo mereces –dijo Felipe poniéndose en pie—. O tal vez no, yo que sé. Pero existe algo que se llama causa y consecuencia.

—Yo nunca lo hubiera hecho –dijo Rubén elevando la mirada a él—. En mis cinco sentidos, nunca…

—Pero lo hiciste, y tal vez ella no lo pueda olvidar jamás. Y por eso, tal vez Emilia no quiera saber cómo eres tú en tus cinco sentidos, pues lo único que puede hacer es recordar cómo eres tú drogado—. Rubén cerró sus ojos sintiendo esas palabras como aguijones en su alma—. No tengo mucha experiencia con mujeres, pero hay algo que sé… Saben guardar rencor, pueden aprender a odiar, y Emilia lleva cinco años en esa carrera—. Rubén asintió admitiéndolo. Felipe tomó el casco de la moto y volvió a mirarlo—. Yo venía dispuesto a matarte –dijo—, pero parece que ya eres hombre muerto. Ya tienes tu castigo—. Y con esas palabras lo dejó.

Rubén se quedó allí, con sus dientes apretados y un nudo en la garganta. Cuando cerró sus ojos, una lágrima rodó por su mejilla, y la secó mirándola en la yema de su dedo como si fuera un bicho.

Se echó a reír, y metió la cabeza entre sus brazos apoyados en la mesa.

Según lo que decía Felipe, estaba hundido en este infierno, no habría salida jamás. ¿Debía resignarse? ¿Debía seguir luchando?

Volvió a levantar la cabeza. Se puso en pie dejando un par de billetes sobre la mesa y salió del bar.

Así no diera fruto, así el corazón de Emilia fuera un vasto desierto, así todo alrededor estuviera en su contra no podría parar de intentarlo. Era como un robot programado: amar a Emilia, luchar por Emilia.

Patético, pero era su realidad.

22

—Muy bien, gracias a todos por estar aquí –dijo Álvaro Caballero al cuerpo de arquitectos de su compañía. Grandes y pequeños, aprendices y veteranos, todos estaban aquí. Por el rabillo del ojo Emilia vio que también Rubén entraba en la sala de conferencias y se ubicaba al lado de Adrián, que al ver sus golpes se acercó para preguntarle algo al oído—. Creo que recuerdan que hace meses alguien habló de la posibilidad de hacer una escapada de arquitectos a algún lugar fuera del país –dijo Álvaro y todos empezaron a cuchichear.

Emilia miró con interés las imágenes que a una orden del supremo jefe se proyectaron en la pared. ¡Brasilia! ¡Qué hermoso! ¡Quería ir, quería ir y admirar la obra de Óscar Niemeyer!

—Será la primera escapada conjunta que hagamos –sonrió Álvaro, y Emilia sintió que la miraba a ella, pero fue un instante fugaz, él paseaba la mirada por el auditorio sin mirar fijamente a ninguno—. ¿Qué les parece este destino? –preguntó, pero era una pregunta retórica, pues siguió—. Ya hemos hecho los contactos. Cinco de nuestros arquitectos podrán ir con todos los gastos pagos.

Emilia se volvió a recostar a su asiento, desanimada. Sólo llevaba unas semanas aquí, y había faltado dos. En ningún momento la elegirían a ella para semejante tour.

—¿Cómo se elegirán a esos cinco? –preguntó Melissa casi saltando de su asiento.

—Sorteo –dijo Álvaro.

—Quiero dar mi humilde opinión –dijo uno—. ¿Y si se elige mejor por antigüedad?

—Por rendimiento –dijo otro—. El arquitecto que más aportes haya hecho a la compañía debería…

—Este viaje lo paga mi empresa –los detuvo Álvaro—, así que yo elijo cómo se elige quiénes van. ¿Queda claro? —cuando nadie dijo nada, Álvaro siguió: —O si es mucho problema, pues cancelamos el viaje…

—¡No! —gritaron casi todos al tiempo. Álvaro sonrió.

Emilia vio una esperanza entonces. Por antigüedad o por aportes ella quedaría excluida; no tenía ni uno ni otro, pero por sorteo tenía al menos una posibilidad.

Vio a Melissa escribir su nombre bien grande en el papel que se había repartido para participar en el sorteo.

La empresa cubriría todos los gastos del viaje, iba explicando la secretaria del señor Caballero, tiquetes de avión, hotel y alimentación por tres días, dos noches. Un hotel tres estrellas… un fin de semana completo.

Volvió a mirar en dirección a Rubén, pero no vio que estuviera escribiendo su nombre. Tal vez no estaba interesado en ir, y mejor. Si ella, por alguna buena suerte quedaba entre los cinco, no quería tener que ir con él.

Sabía de estos viajes, eran fabulosos. En la universidad se habían hecho varios, pero claro, ella no pudo ir a ninguno que implicara salir del país.

Luego se regañó a sí misma por ese pensamiento. Con la indemnización de Rubén ella ya no tendría que añorar viajes al extranjero.

De todos modos, se puso en pie y dejó su nombre en la pequeña urna de cartón y que ya se iba llenando.

Había muchos arquitectos. Tenía una posibilidad muy pequeña, pero no participar sería de tontos, aunque fuera la más nueva.

El primer nombre que se escuchó fue el suyo. Lo gritó el mismo Álvaro, que había metido la mano en la urna y sacado un papel. Luego el de Melissa, que saltó de alegría, luego el de José Palacios, un veterano, delgado como una garra, y con el mismo temperamento; luego el de Manuel Aguirre y luego el de Luisa Giraldo. Cinco.

Respiró profundo con una sonrisa. Ella iría y Rubén no. Iría gratis a Brasilia y conocería, tomaría fotografías y demás. Qué bien, la vida al fin le sonreía.

—Los cinco elegidos, por favor vengan—. Bastante desilusionados, todos los demás fueron saliendo de la sala hasta quedar sólo ellos, Álvaro Caballero y su secretaria.

—Felicitaciones –dijo con una sonrisa amplia. Todos contestaron apropiadamente y Álvaro siguió hablando—. Espero tengan sus pasaportes y demás documentos al día. El viaje sería el próximo fin de semana.

—¿Tan pronto? –preguntó Luisa, una mujer de mediana edad, con lentes y el cabello recogido de cualquier manera, aunque no por eso se veía mal.

—Lo siento, Luisa –dijo Álvaro—. Ya sé que es pronto, pero si lo dejamos para luego, ya sabes, se viene la temporada de diciembre y los hoteles y tiquetes se harán más caros. Es ahora o nunca. ¿Alguna objeción? –todos menearon la cabeza negando—. Bien, me alegra. Mi secretaria les dará las indicaciones para que todo salga bien.

—Gracias, señor Caballero –dijo José Palacios—. No recuerdo que algo así se hiciera antes.

—Es verdad –dijo Álvaro con una sonrisa—. Pero de vez en cuando hay que motivar a la gente. Tal vez el próximo año se vuelva a hacer y se tenga en cuenta lo que los demás propusieron: antigüedad y aportes.

—Eso definitivamente los incentivará—. Dijo Manuel, y miró a Emilia sonriéndole. Álvaro no se perdió la sonrisa y dio una palmada sorprendiéndolos un poco.

—¡Bien! –dijo, ya me dirá Conchi cuando tenga todo listo –miró a su secretaria—. Te dejo todo a ti de aquí en adelante.

—Sí, señor.

Emilia se quedó allí entre sus compañeros sintiéndose un poco en shock. De verdad iba a ir a Brasil. ¡A Brasil!

—Lástima que Brasilia no tenga playas –dijo Melisa haciendo un puchero muy bonito.

—Si tuviera playa, no sería Brasilia –dijo Luisa un poco molesta—. Eligieron ese lugar para construir allí la capital precisamente porque estaba lejos de la bahía…

—No quiero clases ahora –dijo Melissa dándole la espalda y buscando una silla para sentarse. Emilia miró a Luisa, y ésta le devolvió la mirada meneando su cabeza como preguntándose qué tenían los jóvenes de hoy en día en la cabeza. Emilia sonrió.

—Tendré que comunicarle a mi marido que este fin de semana lo dejaré solo –dijo Luisa con tono resignado—. No le va a gustar mucho.

—Y yo tendré que decirle a mi hijo que este fin de semana se quedará solo con los abuelos. Tampoco le gustará mucho.

—Vaya, ¿tienes un hijo? –le preguntó Luisa.

—Sí. Se llama Santiago. Tiene cuatro años.

—¡A esa edad son tan apegados! ¿Y el padre no lo puede cuidar?

–Emilia, de sólo imaginárselo, no pudo evitar hacer rodar los ojos.

—Creo que le encantaría.

—Yo que tú, se lo encasquetaría a él. Y yo libre viajando en Brasilia… Igual, es justo lo que haré—. En el momento, Concepción, o Conchi, como le decían todos, llamó a Emilia para pedirle algunos datos importantes y transmitirle una lista de documentos que debía preparar antes del viernes. Cada vez veía el viaje más real, y se iba emocionando. ¡Estaba tan contenta!

Álvaro metió la caja de cartón que había servido de urna para el sorteo en su chimenea encendida. No le convenía que vieran que el nombre de Emilia había sido escrito en al menos cien papeles antes de que los demás metieran sus nombres. Al momento de elegir, sólo había tenido que meter la mano bien en el fondo y elegir un papel. Y bingo.

Su teléfono timbró. Era su mujer.

—¿Qué tal fue todo? –le preguntó. Ella había sido la arquitecta de este plan. Adoraba a su mujer.

—Perfecto.

—¿Te aseguraste de que no sospechara que Rubén tiene que ir?

—Claro que sí. Tendrá que saberlo, pero para entonces ya estará en el avión y ni modo de arrepentirse—. Gemima se echó a reír.

—Amor, ¿no estamos siendo muy retorcidos?

—Sí. Pero no me importa.

—Ah… debería ahora inventarme algo para que también los abuelos tuvieran que viajar… y así, el niño lo cuidaríamos nosotros, ¿no te parece?

—Eso ya es muy rebuscado.

—¡Pero quiero verlo!

—Ya llegará el momento. ¿Has visto a Rubén?

—No.

—Tiene la cara golpeada.

—¿Qué? ¿Qué pasó ahora?

—Le pregunté. Me dijo que luego me contaría.

—¿Se metió en una pelea?

—No lo sé. Ah, aquí está. Luego te hablo—. Álvaro cortó la llamada y miró a su hijo, que miró con sospecha el cartón ardiendo

en la chimenea—. ¿Ahora sí me contarás qué fue lo que pasó? –
Rubén olvidó preguntar qué pasaba con la urna en el fuego e hizo
una mueca.

—El hermano de Emilia estuvo por aquí anoche.

—¿Anoche? Vaya. ¿Él te hizo eso? –Rubén asintió—. Pero no
debe ser más grande que tú, por qué…

—¿De verdad querías que le devolviera los golpes? –Álvaro hizo
una mueca.

—No… ¿conseguiste algo con eso, al menos?

—No lo sé—. Rubén señaló al fin la chimenea—. ¿Escondes
algo?

—¿Yo? Nada. Tu madre manda preguntar si cenarás en casa esta
noche.

—Tenía planeado ir a ver a Viviana.

—Sí, ya es hora. Debe estar furiosa contigo. Bien, le diré que
trasladaremos la cena a casa de tu hermana—. Rubén sonrió y salió
de la oficina de su padre, que hizo una mueca agradecido porque su
hijo no hizo más preguntas acerca del viaje y el sorteo.

—¿Verdad que ganaste el sorteo de un viaje a Brasil? –le preguntó
Telma a Emilia por teléfono.

—¿Qué? –exclamó ella sorprendida—. ¿Cómo te has enterado?

—Adrián me lo dijo –sonrió Telma.

—¿Intercambiaste números con Adrián?

—Claro que sí.

—Tú sí que eres rápida –rio Emilia.

—No, cariño. Eres tú que eres muy lenta. ¡Lenta! ¿Por qué me
tuve que enterar por boca de Adrián? ¿Por qué no me lo contaste
tú?

—¡Acaba de pasar! Soy yo la que debe reclamar, ¿por qué te lo
contó él y no esperó que fuera yo quien te lo dijera?

—Ay, ya no importa. ¿Te lo ganaste entonces? ¿Nos vamos para
Brasil? –Emilia se echó a reír.

—Sí. Me voy a Brasilia, más concretamente.

—¡Qué emoción! Espera –dijo de inmediato con un tono de voz
diferente—, no va el monstruo, ¿verdad?

—Sólo iremos cinco personas, y no, él no está entre ellos.

—Mejor. ¡Tal vez conozcas a un *brasileiro*! –Emilia se echó a reír
sintiéndose emocionada también. Era increíble. Nunca se había
ganado nada en ningún sorteo, y se sentía afortunada. Cortó la

llamada con Telma y llamó a su madre. Aurora también se pondría contenta. Pero al llegar a su cubículo su sonrisa se borró. Allí, en un solitario de cristal, había una rosa. Una rosa de verdad, no dibujada.

—¿Hija? –saludó Aurora por teléfono.

—Ah, mamá. Tengo una buena noticia que darte –contestó Emilia sacando la rosa de su solitario y encaminándose a la oficina de Rubén Caballero con ella.

—Dime.

—Me gané un sorteo de un viaje a Brasil. Viajo el próximo fin de semana.

—¿De verdad? ¿De verdad? Vaya, qué sorpresa. ¡Qué bien!

—Sí –sonrió Emilia. A través de los cristales vio que Rubén tenía gente en su oficina, pero no le importó y entró de todos modos. Al verla, las tres personas allí reunidas levantaron sus cabezas de los papeles que revisaban y la vieron encaminarse al escritorio de Rubén. Éste la miró boquiabierto, pero al ver la rosa en su mano, se imaginó qué era lo que pretendía—. Sí, viajaré a Brasilia con otros cuatro compañeros –siguió Emilia como si no hubiese irrumpido de pronto en una oficina donde había gente trabajando. Levantó del suelo la papelera como para que todos la vieran, y dejó en ella, boca abajo, la triste rosa—. Creo que tendré que pedirte que cuides a Santiago, mamá –siguió diciendo Emilia por teléfono y volvió a salir de la oficina.

Laura y Frank miraron a Rubén bastante sorprendidos, pero él sólo sonreía. Emilia había caído en la trampa. Si pensaba que le dolía que tirara las rosas, era porque no lo conocía. El que ella viniera a su oficina expresamente a tirarla, sólo lo alentaba para llenarle el cubículo de rosas.

—Estás horrible –le dijo Viviana a su hermano al verlo esa noche. Le puso suavemente los dedos sobre las heridas, y le pidió a Roberto, su marido, que le trajera el botiquín.

—No me digas que no sabes cómo me gané esos golpes –dijo Rubén sentándose en uno de los sofás de la hermosa sala de la casa de su hermana—. Papá debió contárselo a mamá en cuanto se enteró, y mamá debió contártelo a ti –Al ver la sonrisita de su hermana, Rubén agitó su cabeza—. No tengo vida privada.

Por las escaleras bajó Pablo, ya vistiendo su pijama, y como siempre, se subió encima de su tío para saludarlo.

—¿Qué te pasó en la cara? –preguntó al verlo con cara de

circunstancias. Rubén le sonrió para que no se preocupara.

—Me di contra la puerta.

—Qué torpe –rio Pablo, y Rubén lo miró ceñudo.

—¿Y tú por qué no estás durmiendo ya? Mañana tienes escuela, ¿no?

—Ahorita.

—Ven aquí –le pidió Viviana sentándose a su lado con algodones untados de un líquido sospechoso.

—¿Va a doler?

—No tanto como cuando… te diste contra la puerta.

—Ajá—. Mientras Viviana le aplicaba el algodón en los golpes, llegaron Gemima y Álvaro. Pablo se levantó del regazo de su tío para ir a saludar a sus abuelos y hubo un poco de alboroto por un rato. Viviana no perdió la concentración mientras aplicaba los algodones sobre el rostro magullado de su hermano.

—Esto va a tardar un poco en desaparecer –le dijo, refiriéndose al golpe en el pómulo, que estaba morado. Rubén hizo una mueca y miró a su sobrino hablar y hablar con sus abuelos contándoles de los pormenores del día.

Pablo y Santiago se parecían, aunque Pablo era de piel más trigueña, como su papá. Sonrió al recordar que de hecho aquél niño se le había parecido a su sobrino cuando lo vio en ese hospital. Los Caballero tenían la sangre fuerte.

Minutos después Pablo se fue al fin a la cama y los adultos se sentaron a cenar. Rubén conoció al fin a Perla, su pequeña sobrina, y estuvieron hablando largo rato.

—Tienes que conocer a Santiago –le dijo Gemima a Viviana al ver a Rubén tomar en brazos a la recién nacida. Ya no le daba tanto miedo; había practicado bastante con pablo—. ¡Es tan guapo! Ah, quiero que él y Pablo se conozcan… ¡quiero que lo conozcan todos!

—Ya llegará el momento, mamá –dijo Viviana tomando el brazo de su madre, que necesitaba un poco de consuelo. Gemima era tan apegada a sus nietos que no podía concebir que por allí hubiese uno al que ella no podía acceder, comprarle regalos y malcriar. Para eso estaban los abuelos, ¿no?

Rubén miró a su madre sin dejar de arrullar a Perla. Esperaba poder darle esa alegría algún día, pero primero debía sobrepasar varias barreras.

Cuando la velada hubo concluido, Rubén le dio un beso a su hermana y ésta lo retuvo otro rato en su abrazo.

—¿Qué pasa? –sonrió Rubén en su oído.

—Que te quiero.

—Ah... yo también te quiero.

—A veces me pongo triste por ti, porque sé que en este momento te están pasando muchas cosas feas... pero te quiero. Mamá, papá y yo estamos haciendo todo lo posible por... porque tus cargas se alivien un poco—. Rubén miró a su hermana sin borrar su sonrisa. La vida al menos le había dado una familia unida y amorosa. De no tenerlos, seguro que habría enloquecido con todo lo que le estaba sucediendo.

—Gracias, hermana fea –ella lo miró ceñuda.

—¿Eso es todo lo que tienes que decir? Qué poco romántico – Rubén volvió a reír y a abrazarla.

—Gracias por tu apoyo, significa mucho para mí.

—La conquistarás –le aseguró ella—. No hay mujer en el mundo que no pueda ser conquistada—. Rubén suspiró. Pero seguro que había niveles de dificultad, y Emilia estaba en un nivel Dios, o algo así.

Emilia llegó al día siguiente a su cubículo, como siempre, y encontró dos rosas en el mismo solitario.

Las tomó ambas por el tallo y se encaminó a la oficina de Rubén. Suerte que no había muchos todavía en este piso, porque tal vez gritara un poco.

—Para de hacer esto –le advirtió Emilia al entrar con voz dura. Él elevó su mirada de su portátil, y Emilia tuvo que detenerse. Él llevaba una sencilla camisa gris debajo de una americana azul petróleo, sin corbata, y tal vez fue la luz, o la manera en que él elevó la cabeza, o que las muñecas le quedaban un poco descubiertas, pero su corazón latió duro, y casi duele. Su pómulo seguía morado, aunque el labio ya no estaba hinchado, y aun así...

—¿Qué cosa? –preguntó él con tono inocente.

—¡Esto! –Exclamó ella señalando las rosas—. ¡No quiero tus rosas!

—Qué triste, porque ellas sí te quieren a ti –contestó él recostándose en su sillón.

—Rubén, deja ya el...

—Has dicho mi nombre –sonrió él, y Emilia tragó saliva mirando a otro lado. Debía ser algo que comió, no era posible que se sintiera así por… él. Respiró profundo, tragó saliva y volvió a mirarlo—. Nunca lo habías dicho –siguió Rubén, y Emilia odió la alegría que se escuchaba en su voz. Apretó sus dientes, y Rubén se levantó de su asiento y caminó despacio hacia ella.

Cuando estuvo a sólo unos pasos de distancia tendió su mano, Emilia tomó aire dando un paso atrás y él se detuvo. Tal vez creyó que la había asustado, y sí, sí lo había hecho… pero no por los motivos que él creía.

Se miraron a los ojos varios segundos, él pidiéndole que no le tuviera miedo, y ella tratando de controlarse.

Olía tan bien, maldición. Olía como aquella vez… y a su recuerdo llegó aquella desagradable fragancia nocturna.

Los ojos se le humedecieron, pero ya no sabía por qué. Por un lado, sentía ansiedad, su cuerpo estaba pidiendo algo, y por el otro… quería echar a correr, ir a un lugar donde no llegara ese aroma, el aroma del momento de su impotencia y el dolor.

Él notó su expresión, la humedad en sus ojos, y despacio, muy despacio, le quitó las rosas de las manos. Ella tardó en soltarlas, y cuando al fin comprendió su intención, intentó relajarse. Soltó las rosas y las miró en su mano izquierda, notando ahora que había una cicatriz en el dorso de su pulgar.

Volvió a mirarlo al rostro. Él, hace tiempo, también había sentido dolor… y aún ahora lo sentía, pero tal vez no físicamente, sino… en su alma.

Tragó saliva.

—¿Pararás de enviarlas?

—No, Emilia.

—¿Por qué? –preguntó ella como si de repente estuviera muy cansada.

—Porque te quiero.

—No me quieras. No quiero que me quieras.

—Recibiste seis de mis dibujos –siguió él con voz suave—. Te vi sonreír cuando recibiste el sexto… Te gustaban mis rosas. Si hubiese podido llegar hasta el final de mi plan, Emilia, ¿cuál habría sido tu respuesta?

—¿Y eso qué importa ahora?

—¿Habrías dicho que sí?

—¿Es eso lo que quieres? ¿Tomarlo allí donde lo dejaste? No es posible, Rubén. No es posible.

—No, no puedo tomarlo allí donde lo dejé, por eso he vuelto a empezar... Y ahora las rosas son reales, y tú sabes quién te las da.

—¿Y de verdad crees que yo podré...?

—Tal vez no ahora, tal vez no mañana... tal vez me tome años... pero sí... te quiero—. Emilia cerró sus ojos con fuerza. Volvió a mirarlo y murmuró:

—No eres tan paciente –él sonrió enseñando sus dientes, y Emilia tuvo que reconocer que la sonrisa era linda.

—Ponme a prueba –le dijo, y ella lo miró a los ojos largo rato. Allí estuvieron por lo que pareció una eternidad, y Emilia jamás habría admitido que aquello era una auténtica contemplación.

Al final, fue ella la que rompió la conexión. Volvió a mirar las rosas en la mano remendada de Rubén y se dio la media vuelta volviendo a su cubículo, pero en todo el camino pudo sentir la mirada de él, y cuando llegó a su asiento, sentía que hervía.

Ayer había sido una. Hoy dos. Cuando llegara a diez, ¿qué pasaría?

Cerró sus ojos con fuerza. ¿De verdad él creía que podía borrar el pasado y volver a empezar? ¿De verdad creía que tenían una oportunidad?

—Emilia, nos necesitan –dijo Melissa pasando por su cubículo.

—¿Qué?

—Que nos necesitan. Andas en la luna.

—¿Para... Para qué?

—Ha de ser algo del viaje. Vamos—. Emilia se puso en pie ajustándose su ropa y su cabello.

Mientras se encaminaba a la oficina de Álvaro Caballero, no pudo evitar echarle un vistazo a la de Rubén, pero él estaba de nuevo ocupado en su portátil. Debía concentrarse, había venido aquí para algo y debía conseguirlo, y este viaje a Brasil era lo mejor.

23

Domingo, se dijo Emilia recostándose en el sofá de su pequeña sala mirando la televisión, en pijama, con su hijo en su regazo y que también estaba en pijama. Que vivan los domingos, la quietud, el permiso para levantarse tarde y no hacer nada en todo el día. Hasta Aurora tenía vacaciones hoy, pues el almuerzo se pedía a domicilio en algún restaurante y los platos usados eran desechables. ¡Que vivan los domingos!

Y entonces sonó el timbre del intercomunicador del edificio.

Miró a su hermano, que leía de nuevo sus libros de medicina preparándose para su reingreso haciéndole ojitos para que se levantara él, y Felipe fue bueno y atendió.

—Emilia –dijo él al cabo de unos segundos—. Un envío para ti.

—¿Un envío?

—Sí, eso dijo –aclaró Felipe señalando el auricular por el que hablaba con el conserje.

—Que lo suba –pidió Emilia, y Felipe meneó la cabeza.

—Te mata la pereza.

—¡Hoy es domingo! –Felipe siguió negando y volvió a hablar por el intercomunicador. Un par de minutos después llamaron a la puerta y Santiago corrió a abrir—. ¡Espera! –lo regañó Emilia, pero el niño ya había abierto.

Emilia quedó de una pieza al ver de qué se trataba el paquete. Eran rosas. Cinco.

Ayer él había mandado cuatro, y otra vez, no fue a su oficina a tirarlas ni reclamarle. Estaba visto que no se daría por vencido.

—Son para usted, señorita –dijo el conserje entregándoselas.

—Gracias, Libardo –suspiró Emilia recibiéndolas.

—¡Mamá, son rosas! –exclamó el niño, por si ella no las había visto.

—Sí. Son rosas.

—¿Las vas a poner en un jarrón? —No, en la basura estarían mejor, pensó ella, pero el niño había ido a la cocina y trasteaba buscando un lugar donde meterlas. Al fin encontró un viejo jarrón que Aurora tenía guardado y lo puso bajo el grifo del agua muy emocionado—. Las flores deben ponerse en agua —dijo Santiago con aire de suficiencia—. Si no, se marchitan.

—Vaya, qué astuto —Santiago sonrió.

—¿Quién era? —preguntó Aurora entrando.

—Le trajeron rosas a mamá, abuela —informó el niño poniendo el jarrón con exceso de agua sobre la encimera. Emilia tuvo que ayudarlo cuando lo vio tambalear.

—¿Rosas? ¿Quién?

—Un admirador —dijo Emilia sin saber qué responderle a su madre. Ese tonto la estaba metiendo en un apuro.

—¿Tienes un admirador? —Sonrió Aurora, dispuesta a congraciarse con cualquiera que encontrara guapa a su hija—. ¿Quién es? ¿Alguien del trabajo?

—Umjú.

—¡No me lo habías dicho!

—No tiene mucha importancia —desde la sala sintió la mirada de Felipe, y se giró para comprobar que efectivamente le tenía los ojos puestos encima. Seguro sospechaba quién era el de las rosas. ¿Y cómo no? Si ese idiota había dicho delante de él que la quería y eso.

—¿Vas a tener novio de nuevo? —preguntó Santiago ya no tan emocionado.

—Claro que no.

—¿Y entonces?

—Es sólo que me gustan las rosas —mintió Emilia—. Por eso me las dan.

—Ah—. Observó a su hijo manipular las rosas con cuidado y ponerlas en el jarrón. Recordó que la mano izquierda de Rubén estaba herida porque esa era la mano con que dibujaba, y su hijo había salido zurdo a él.

Aurora vació un poco el exceso de agua en el jarrón y lo puso en una mesa auxiliar donde no daba demasiada luz que dañara las rosas, y Emilia no pudo evitar hacer una mueca. Esta vez Rubén Caballero la había hecho grande. Podía conseguir su número y llamarlo para reclamarle, pero entonces estaría haciendo exactamente lo que él quería, y no le iba a dar ese gusto.

Rubén, de todos modos, no esperaba la llamada de Emilia. Ella no se rebajaría, su orgullo podía con esto, y no pudo evitar sonreír todo el día. Así que volvió a dejarle sus rosas en su cubículo. Ahora era más fácil hacérselas llegar, y ya no tenía que esconderse tanto. Ahora el propósito era que se enterara, que se diera cuenta, que no olvidara que la quería.

De vez en cuando a su mente asomaban las palabras de Felipe; tal vez ella no pudiera olvidar esa noche. Ya que él no recordaba nada, no podía ni imaginar qué tan horrible podía haber sido para ella. Pero de algo estaba seguro, y era que su amor podría curar cualquier herida; porque era verdadero. Nada había podido acabarlo, nada lo había secado. Por el contrario, había seguido como un río que fluía y fluía muy vivo.

Estuvo pendiente de ella, de su llegada, pero pasó la hora de entrada y no la vio.

Llegó la media mañana y estuvo por ir a preguntar si era que había pedido permiso para ausentarse, si estaba enferma o si algo le había pasado.

Pero entonces notó que tampoco Adrián estaba. ¿Estarían juntos? Muchas veces tenían que estar por fuera supervisando obras, mirando terrenos y mil cosas más, tal vez era eso; dado que Emilia trabajaba con Adrián en gran parte de los proyectos, seguro que estaba con él. Esperaba que no le estuviera haciendo ojitos bonitos, sonriéndole... sólo imaginarlo le provocó la fea punzada de celos. No era un hombre celoso ni desconfiado, pero el detalle era que Emilia a él lo odiaba y preferiría seguramente a cualquier hombre sobre la tierra que a él.

Llegaron después del mediodía, y entonces la vio tomar las rosas.

Viene hacia aquí, se dijo internándose en su oficina como si se estuviera escondiendo. Pero ella nunca llegó. Al rato, volvió a asomarse. Seis mujeres en ese piso, incluyendo a secretarias y otras más, tenían rosas en sus cubículos. Las había repartido.

Hizo una mueca de resignación. Nadie había dicho que fuera a ser sencillo. Mañana serían siete rosas.

—¿Qué haces allí? —le dijo en la noche, deteniéndose en su auto cuando la vio de pie el paradero de autobuses. Ella lo miró y frunció el ceño.

—¿No es obvio? Espero mi transporte para ir a casa.

—Ah –dijo él, y abrió la puerta del auto para bajar.

—¿Qué haces?

—Te haré compañía.

—¿Qué? ¿Para qué?

—Saliste tarde, estás aquí sola. No quiero que te pase nada. Como estoy más que seguro de que no aceptarás que te lleve, prefiero quedarme aquí a tu lado.

—No me pasará nada.

—Es tarde; alguien podría considerar que tu bolso es muy bonito, y como te conozco, seguro que te pondrás a pelear con el ladrón. Santiago se preocupará mucho si algo te pasa—. Ella quedó en silencio por un momento aceptando a regañadientes esa verdad y lo miró de reojo por mencionar a Santiago. Suspiró. Seguro que quería verlo, seguro que quería saber de él, estar en su vida.

¿Sería él un buen padre?

No tenía modo de saberlo. No sabía nada de él, de su vida. No conocía su temperamento, ni su manera de reaccionar ante las cosas que lo enfadaban, o lo molestaban. Realmente, sólo lo conocía desde hacía casi tres semanas y todo lo que habían hecho era discutir, además del antecedente que tenía, lo pasado hacía cinco años. ¿Cómo introducirlo en la vida de su hijo? ¿Cómo confiar en que él de verdad no se lo fuera a quitar después?

Nunca se lo quitaría, había prometido él en la sala de audiencia esa vez. Nunca haría nada que le causase daño. Pero ya lo había hecho una vez.

Bajo el efecto de las drogas, dijo una vocecita más sosegada, una que no hablaba desde hacía mucho tiempo, y que por lo general veía las cosas desde varios ángulos antes de tomar decisiones.

Volvió a mirarlo. Él estaba a un lado, a casi un metro, con las manos en el bolsillo y mirando la calle. Respiró profundo y volvió a mirar en la dirección en la que seguro vendría su autobús.

—Mañana te será consignado el dinero –dijo él de repente, en voz baja—. Podrías comprarte un auto, aunque sea de segunda. No es recomendable que estés de un lado a otro en transporte público.

—La gran mayoría de personas en esta ciudad se transportan en autobuses y servicio público. Y es el hecho de que todos quieren andar en su propio auto lo que hace que haya tanto tráfico y problemas de movilidad en esta ciudad.

—Sólo me preocupo por ti.

—No lo hagas. No ganas nada con eso.

—No creo que alguien se preocupe por otro para ganar algo –dijo él—. Y preocuparme por ti me sale natural.

—Ah, ¿sí? –él sonrió mirándola.

—Me preocupo por ti. Todo el tiempo. Es algo que ya me había pasado antes—. Emilia se mordió el labio.

—Pudiste haber escogido a cualquier mujer en el mundo… Yo nunca fui dada al romance, nunca me llamó la atención… Elegiste muy mal.

—Díselo a mi corazón –siguió él con su sonrisa. En el momento se detuvo el autobús que Emilia esperaba, y ella subió a él mirando de reojo a Rubén, que permaneció allí hasta rato después de que ella se hubiera ido.

Sentía que no se acercaba a ella, pero por lo menos, ya no sentía que se alejaba, y cada minuto cerca de ella era agua fresca para su alma. Le hacía bien.

—¿Y cuándo vienes? –le preguntó Santiago a Emilia por enésima vez mientras la miraba hacer su maleta.

—El domingo por la tarde –contestó Emilia con tono paciente.

—Pero es mucho.

—Sólo son tres días. ¿Mamá, las blusas se secaron? –le preguntó a Aurora, que las trajo colgadas en sus perchas.

—Sí, afortunadamente. ¿No hace frío en Brasilia?

—Leí que la temperatura es más bien cálida. Más calor que aquí en Bogotá sí debe hacer. No tengo mucha ropa para clima así.

—Debiste ir de compras –Emilia elevó la cabeza mirando a su madre y sonrió. Había olvidado hacía tiempo lo que era ir de compras por placer, a buscar ropa que se pondría sólo en un par de ocasiones. La última vez había sido en su adolescencia.

—Sí, tienes razón… pero no hubo tiempo de nada.

—¿No puedo ir contigo? –volvió a preguntar Santiago.

—Amor, ya hablamos de eso.

—Pero, ¿qué voy a hacer sin ti? –Emilia se echó a reír.

—Jugar, como lo haces siempre. Obedece a la abuela y haz tu tarea, cómete la verdura y acuéstate temprano, ¿vale? –el niño se cruzó de brazos enfurruñado, y Emilia sólo le pasó la mano por el cabello, le hubiese prestado más atención, pero estaba ocupada ahora con mil cosas por preparar.

Mañana antes de que amaneciera debía estar en el aeropuerto para tomar el primer vuelo a Brasilia, y había sido una semana llena de trabajo, tuvo que estar por fuera la mayor parte del tiempo, de un lado a otro y casi siempre llegó tarde a casa.

Ya el dinero de la indemnización estaba en una cuenta a su nombre, ya su padre estaba mirando en las oficinas inmobiliarias una casa que fuera adecuada, ya Felipe se había matriculado de nuevo, y ya había recibido diez rosas de Rubén.

Diez rosas. En el pasado, él había dibujado diez rosas, al cabo de las cuales, al parecer, pensaba declararse, y ahora le había enviado diez rosas reales.

Pero ella se iba lejos y no tendría ocasión de saber qué planeaba. Sin embargo, no dudaba ni por un momento que se enteraría el lunes que estuviera de vuelta.

Sonrió. De alguna manera, él era predecible en ciertas cosas. Y no estaba mal.

Miró a su hijo, que seguía con los brazos cruzados mirando feo la maleta, y lo acercó para besarlo.

—No será mucho tiempo, cuando menos lo pienses, ya estaré de vuelta.

—Te voy a extrañar mucho –dijo él con voz sentida. A Emilia se le arrugó inmediatamente el corazón.

—Y yo a ti, mi amor –le dio un beso en la frente, lo abrazó fuerte, y acto seguido se puso en pie para buscar en su armario las cosas que le faltaban por empacar. Minutos después su hijo se quedó dormido en la cama y ella terminó de meter todo. Dejó su equipaje listo en la sala para no hacer ruido en la mañana y movió el niño a su cama.

Todo listo. Mañana a esta hora estaría en Brasilia, comiendo algún plato típico de nombre raro y paseando por las espaciosas calles de la ciudad. Todo un deleite.

Se acostó y suspiró. Su primera vez fuera del país y sería un sueño. Estaba ansiosa como una niña el día de navidad, y con una sonrisa se durmió.

—¿De qué estás hablando? –le preguntó Rubén a su padre.

—Qué tú también vas a Brasil.

—Pero… pero… fue un sorteo, ¿no? Para los empleados. Yo no soy un candidato aceptable para eso… además…

—Emilia va a ir, ¿vas a dejar ir esta oportunidad? –Rubén se detuvo en seco al oír esas palabras—. Piensa en este fin de semana con Emilia cerca… tal vez tengas suerte y la ciudad obre su magia.

—Papá…

—Tú pagarás tus gastos, así nadie podrá hablar de conflicto de intereses. Vamos, te la estoy poniendo en bandeja de plata—. Rubén se echó a reír.

—Agradezco que me ayudes, pero…

—Pero… ¿Es que por ti mismo estás consiguiendo grandes logros? –No, se contestó Rubén. Hoy le había enviado a Emilia diez rosas, y tampoco se apareció por su oficina para tirarlas ni decirle que dejara de enviarlas.

—Está bien. Iré.

—Muy bien. Tu tiquete ya está comprado.

—¿Qué?

—No quería arriesgarme a que no consiguieras vuelo en el mismo avión. Es el primer vuelo de mañana, así que duerme bien y madruga—. Su padre cortó la llamada y Rubén miró su teléfono por unos instantes más un poco boquiabierto, completamente asombrado por las estratagemas de sus padres. Ah, sí. Esto tenía el sello de Gemima Caballero, indudablemente; ella estaba metida hasta las cejas.

Se metió a su habitación abriendo de par en par las puertas de su guardarropa. Ahora tenía una maleta que empacar.

A primera hora estuvieron los cinco en el aeropuerto, y Emilia llegó a tiempo. Le había dado un beso a su hijo aun estando dormido, se despidió de sus padres y salió. Telma le había hecho el favor de traerla a pesar de que había tenido que madrugar mucho.

Llamaron a su vuelo y abordaron el avión. Le había tocado en el asiento del medio, al lado de un desconocido que la saludó en portugués y Emilia se dio cuenta de que si bien el idioma era fácil cuando lo leías, no lo era tanto cuando lo escuchabas.

¿Madre, y si se perdía? ¿Qué haría si tenía que preguntar una dirección?

—Discúlpeme, señorita –la llamó una auxiliar de vuelo acercándose a ella—. Hay un error en su asiento.

—¿Qué? –preguntó Emilia confundida.

—Este no es su asiento.

—Ah, ¿no? Qué pena. Lo siento.

—No. Nosotros lo sentimos. Acompáñeme—. Siguió a la azafata, y Emilia se puso en pie, tomó su bolso de mano y siguió a la mujer. Luisa la miró desde su asiento interrogante, y Emilia sólo hizo una mueca encogiéndose de hombros.

La llevó a lo largo del pasillo hasta llegar a la cabina de primera clase. Emilia frunció el ceño. Algo debía ir mal, dudaba que a ella la pusieran aquí mientras que a sus compañeros los dejaban en clase turista.

—Disculpa… —empezó a decir Emilia—. Este vuelo lo paga la empresa en la que trabajo, dudo que me paguen primera clase. Debe haber un error.

—¿Emilia? —la llamó una voz que ella conocía muy bien, y de inmediato se puso toda tiesa.

Se giró a mirarlo, y justamente, a su lado había un asiento desocupado, un asiento que la auxiliar de vuelo le estaba señalando.

—No puede ser —murmuró Emilia.

—Parece que iremos juntos —sonrió Rubén Caballero, vistiendo, como siempre, ropa casual y con una sonrisa más casual aún.

—Lo planeaste tú, ¿verdad?

—Claro que no… Fue mamá.

—¿Qué?

—Tome asiento, por favor —le pidió la auxiliar—. Despegaremos en pocos minutos, tenga la bondad y…

—Quiero bajarme.

—Sí, claro —rezongó Rubén—. ¿Sabes cuánto tiempo tomará bajar a un solo pasajero? —la azafata lo miró suplicante para que lograra convencerla.

—No me importa. ¡Jamás viajaré contigo! —Rubén respiró profundo y se puso los auriculares acomodándose mejor en su asiento. Cerró sus ojos y se cruzó de brazos como si se fuera a echar a dormir, pero antes dijo:

—Qué lástima. La catedral de Brasilia, el museo de arte contemporáneo de Niterói, el palacio de Planalto… te los perderás todos—. Emilia apretó los dientes, miró a la auxiliar de vuelo, pero ella había escapado. Estaba aquí, con un abrigo en la mano, y su bolso de mano en la otra. Su equipaje ya debía estar en algún rincón de los maleteros del avión. Si se bajaba ahora, haría bastante estropicio. Y lo que él decía… Ahh, había soñado toda la semana con ir. No era justo que tuviera que bajarse.

—Entonces, vete tú —le dijo. Él se echó a reír.

—Ni loco, Emilia.

—Te estás imponiendo. ¡Esto es pasarse de la raya! —en el momento se escuchó una voz que recomendaba a los pasajeros tomar sus asientos y abrocharse los cinturones. Emilia quiso echarse a llorar. Esto había sido una trampa, ¡una trampa! Sólo una persona podía haber manipulado tanto las cosas para tenerla justo aquí.

Con ganas de echarse a llorar, se sentó al lado de Rubén. Habían jugado con sus sueños. Estas personas se creían todopoderosas y le habían arruinado el viaje. ¿Cuánto costaría el tiquete de vuelta a Colombia?

¿Y qué importaba cuánto costara? Ahora tenía dinero.

Miró a su compañero de asiento, que ya no simulaba dormir, y la miraba atento.

—Emilia, no llores.

—Me devolveré en cuanto llegue.

—¿De verdad, tanto odias que esté aquí?

—¿De verdad tienes que hacer esa pregunta? ¡Te odio! ¡Y esta clase de jugarretas sólo consiguen que te odie más! –él pestañeó un par de veces y bajó la mirada.

—Vaya. Pensé que… Bueno, pensé que tus ganas de conocer la ciudad ganarían sobre tu odio hacia mí. Está bien –suspiró él—. Tomaremos el vuelo de regreso a Colombia en cuanto lleguemos.

—¿"Tomaremos"?

—Sin ti este viaje no tendrá sentido. Me devolveré también. No te preocupes, no iremos el uno al lado del otro, me aseguraré de eso. Además –dijo, volviendo a acomodarse en su asiento—, tengo cosas que hacer, mucho trabajo. Tú también podrás adelantar trabajo, o quién sabe. Brasilia, en otra ocasión—. Lo vio de nuevo cruzarse de brazos y cerrar sus ojos. Emilia hizo caso de las indicaciones que daban en el momento y se abrochó el cinturón.

Miró de nuevo a Rubén.

—¿No fuiste tú quien lo planeó?

—No –contestó él sin abrir los ojos.

—¿Por qué harían tus padres algo así?

—Porque te quieren…

—¡Qué me van a querer! ¡Ni me conocen! Cómo van a querer…

—Te quieren en la familia. Saben que te quiero desde hace mucho tiempo y sólo desean lo mejor para mí.

—¿Lo mejor para ti? ¿Estás delirando? ¡Yo te envenenaría en el primer desayuno! –él se echó a reír—. ¡No te burles de mí! Hablo muy en serio.

—Seguro que sí –dijo él abriendo los ojos por fin.

—Dile así a tus padres: no haré parte nunca de esa familia tan…

—¿Loca? Sí, lo estamos, un poco. Mamá es la loca mayor, pero yo la adoro. No te metas con ella.

—Mira que hablarme así de tu propia madre, y luego reclamarme.

—Lo que dicen los locos no tiene sentido. Te amo. Ah, perdona, eso es una locura. No me prestes atención.

—¡Cállate ya!

—Por otro lado, creo que más loca estás tú. Te regalan un viaje soñado a otro país, pero sólo sabes protestar.

—Eso es para que sepas que el mismo cielo se convertiría en un infierno sólo si tú estás allí—. Eso dejó en silencio a Rubén, y Emilia lo miró. Al parecer, le había dolido, tenía sus labios apretados y la mirada fija al frente.

Lo siento, quiso decir, pero se contuvo. El propósito había sido herirlo, sólo que lo había conseguido, y ahora no sabía qué hacer.

—Tenemos varias horas de viaje por delante –dijo él con voz pétrea—. En cuanto hagamos la escala en Sao Paulo, compraremos el tiquete de vuelta. No te preocupes, tal vez llegues de vuelta a casa hoy mismo.

Él volvió a cerrar sus ojos, y Emilia sintió lágrimas en los suyos. Pero si le preguntaban por qué lloraba, no sabría qué responder. Acababa de hacer una pataleta, decir algo muy feo, y aunque la persona a la que iba dirigida era su archienemigo, no se sentía nada bien.

Rato después la sintió llorar. Ya el avión había tomado velocidad de crucero y había un relativo silencio entre los demás pasajeros. Rubén cerró sus ojos con fuerza. Otra vez la había hecho llorar. Había subestimado el odio de Emilia, había pensado que en este tiempo se había ablandado un poco, pero había estado muy equivocado.

—Perdóname –le pidió—. Por favor, no llores—. Pero ella sólo giró su cabeza ignorándolo. Rubén se cubrió el rostro con las manos—. Cada vez que te veo llorar se me rompe el corazón y deseo morir.

—Entonces hay justicia en el mundo –murmuró ella con voz gangosa.

—Emilia, por favor… yo… Estaba equivocado… Está bien –dijo con otro tono—, no tienes por qué volver a Colombia, lo haré yo en cuanto hagamos la escala en Sao Paulo. Mientras tanto… —elevó la mano y llamó a la auxiliar de vuelo que antes había traído a

Emilia hasta aquí.

—¿Señor? –preguntó ella solícita, y miró de reojo a Emilia.

—¿Puedo cambiarme de asiento?

—¿Qué? –preguntó Emilia. Rubén no dijo nada, sólo miró a la azafata esperando respuesta.

—Bueno… Sí. Tenemos otro asiento.

—Excelente. Gracias—. Sin pensarlo mucho, Rubén se puso en pie y tomó su abrigo y el bolso de mano. Con la boca abierta de la sorpresa, Emilia lo vio encaminarse al otro asiento que le indicaba la azafata y sentarse. Se recostó de nuevo en su asiento sin podérselo creer. ¡Se había ido! ¡Sólo porque a ella le fastidiaba!

Bueno, en primer lugar, él se lo había buscado, ¿no?

Miró de nuevo el lugar a donde él se había ido. Iban a ser las horas más largas de su vida en este vuelo.

24

—¡Mira, es Rubén! —Exclamó Melisa al verlo entrar a la sala migración. Casi había gritado, como si en vez de su jefe se tratara de algún famoso—. Ah... —siguió con menos entusiasmo— y Emilia.

Ella venía tras Rubén, con el abrigo plegado en el brazo y su bolso de mano en el hombro. Melissa vio a Rubén cederle el turno para que ella fuera delante. Los separaban varios pasajeros en la fila, y luego de poner el sello en el pasaporte, se reunieron de nuevo en otro lado del aeropuerto. Estaban justos de tiempo para el siguiente vuelo, así que no podrían salir por ahí a conocer, ni tampoco pasear un poco por el interior del aeropuerto.

—Hola, chicos —saludó Emilia con voz un poco cansada al volver a reunirse con sus compañeros.

—¿Qué tal el vuelo? —preguntó Luisa.

—Horrible —contestó Emilia. Melisa le echó malos ojos. Esa boba se atrevía a mostrarse aburrida cuando era claro que le había tocado un asiento cercano a Rubén. De todos modos, se acercó a él ofreciéndole su más amplia y coqueta sonrisa. Él le devolvió la sonrisa, pero no dijo nada y sólo miró hacia el área de registro.

—No sabía que venías con nosotros.

—No vengo con ustedes —aclaró él.

—¿Qué quiere decir eso? ¿Me vas a decir que la casualidad más grande del mundo hizo que tuvieras que hacer una diligencia justo cuando nosotros venimos aquí?

—Tú lo has dicho, la casualidad más grande del mundo.

—Rubén —dijo la voz de Emilia, y él se movió lentamente para mirarla. Algo que era muy claro era que Emilia no le dirigía la palabra y mucho menos lo llamaba por su nombre delante de nadie. Ella hizo un movimiento de cabeza señalando la salida y dijo: —

quiero café.

Él elevó una ceja. Ella había mirado a Melisa con disgusto, pero sin atreverse a hacer conjeturas de nada, la siguió.

—¿Disculpa? –Exclamó Melisa poniéndose en jarras—. ¿O sea, ella dice: "Quiero café" y él sale tras ella como un corderito? ¿Qué se traen esos dos? ¡Algo está tramando esa Emilia!

—¿Y es que ella no tiene derecho a jugar sus propias cartas? –se burló Luisa.

—¿Qué cartas?

—Las mismas que tú, ¿o ese pestañear y sonreír es sólo porque Rubén es un simple compañero de trabajo?

—Tú estás loca.

—Sólo digo las cosas. ¿No te parece a ti, Manuel? –él sólo hizo un sonido de garganta, y Luisa se dio cuenta de que parecía más bien molesto. ¡Oh, oh! se dijo; he aquí un cuadro amoroso.

Emilia recibió de manos de Rubén un café negro y dulce. Le dio un sorbo como inspeccionándolo, pero el café era bueno, y volvió a beber de él.

Miró en derredor en silencio mientras Rubén pedía para sí mismo otra bebida. Alrededor había mucho movimiento; gente corriendo y arrastrando su maleta, otros caminando con menos prisa. Algunos se despedían con un abrazo lleno de lágrimas, otros con besos largos y profundos.

Suspiró recordando que ni siquiera de adolescente fue dada a las historias románticas. Admitía haber dibujado al John Smith de Pocahontas, y luego haberles seguido la cuerda a sus compañeras admirando a Brad Pitt y sus luminosos ojos azules, pero nunca se enamoró perdidamente de nadie de carne y hueso. Les había dado besos a los chicos durante el bachillerato porque se suponía que eso debía hacer, pero nunca fueron besos que la derritieran hasta los huesos.

Hasta que la besó el hombre que estaba de pie frente a ella bebiendo lo que parecía ser un cappuccino mientras miraba todo en derredor, menos a ella.

Por supuesto que había deseado algún día casarse. Incluso lo deseó después de lo que sucedió esa vez en esa fiesta; lo había intentado, pero no había sido una obsesión, ni lo principal en su vida. Tal como le dijera su padre cuando cumplió quince años, el amor llegaría por sí mismo, pero la fortuna y el trabajo debía uno buscarlos.

En ella todo había ocurrido de manera extraña y confusa, sin orden. Respiró profundo y miró a Rubén, el responsable de que todo su mundo, su vida y sus sueños estuvieran patas arriba.

—No tienes que regresarte a Colombia —le dijo. Él la miró de reojo, pero no dijo nada. Tampoco se mostró entusiasmado porque ella había dado su brazo a torcer. Le estaba dando lo que él quería, ¿no? Pero no había nada de alegría en su expresión—, y... siento haber dicho algo tan horrible allá—. Ahora él sí se giró a mirarla.

—No pasa nada.

—Es sólo que... —ella cerró sus ojos negando—. Tú... tú quieres moverlo todo, quieres... pretendes cambiar las cosas a la fuerza, y yo... —él no dijo nada y Emilia se volvió a mirarlo—. ¿Por qué no dices nada? Por lo general estás diciendo mil cosas, dando mil explicaciones, y... ahora vienes y te quedas callado, justo cuando te estoy diciendo que puedes ir con nosotros—. Él se encogió de hombros.

—Sólo estoy siendo cauteloso.

—¿Qué? ¿Cauteloso? —Emilia sonrió burlona y se terminó el café dejando el vaso de papel vacío en una papelera—. ¿Por qué tendrías que ser tú cauteloso conmigo? ¿Soy yo la que te ha tenido miedo todo este tiempo, sabes? ¡Tu mera estatura me intimida! Conozco de primera mano lo que tu fuerza puede hacer. ¿Por qué tendrías que ser cauteloso conmigo cuando está visto que a duras penas te alcanzo la cara para abofeteártela?

—Porque hay cosas que duelen más que una bofetada, o un golpe —dijo él, sintiendo en el fondo de su corazón sus palabras. No había pensado en eso, del mismo modo que no había pensado en muchos de sus miedos. Ella le temía a su fuerza y a su estatura... y era comprensible; las había usado para causarle daño en el pasado.

Ella lo miró fijamente por largo tiempo al escuchar eso. Lo había herido, de verdad lo había herido con lo que le había dicho en el avión.

Reprimió el impulso de llorar y pedirle perdón.

En el momento anunciaron su vuelo, y ella no salió huyendo aprovechando el escape como siempre, sino que se quedó allí, frente a él, mirándolo aún.

—Nos quedaremos si seguimos aquí.

—¿Tendré que ir otra vez en primera clase? –preguntó ella. Él hizo una mueca.

—Muy seguramente.

—¿De verdad tus padres instigaron todo esto? —eso lo hizo sonreír.

—Sí. Lo inventaron todo, desde el viaje, el sorteo… todo.

—Hicieron venir a cinco personas gratis sólo para… ¿qué pretenden ellos?

—Juntarnos.

—¿Es por… Santiago, cierto? La única manera de llegar a él es a través de mí—. Rubén hizo una mueca que no negaba ni afirmaba ese hecho.

—Quieren conocerlo –admitió—. Te darían lo que les pidieras por una tarde con él, por una promesa de poder verlo, aunque fuera una vez a la semana. Te darían lo que fuera –repitió—. Pero… lo hacen por mí, porque saben que te quiero—. Los ojos de Emilia se humedecieron, algo que sucedía cada vez que él decía que la quería. Pero, aunque las lágrimas de Emilia lo angustiaban, le dolía más el tener esas palabras entre la boca y el corazón, y debía decirlas, muchas veces.

—Yo… tal vez no pueda… Quiero decir… Tú ya no eres el chico de las rosas –la mirada de ella estaba desnuda ahora, revelando quizá mucho, pero decidida a decir también las cosas que la atragantaban—. Quería a ese chico, quería sus sueños, quería su dulzura, de hecho… estuve dispuesta a… ponerle en los lugares más importantes de mi vida, que hasta el momento sólo habían sido estudiar, mi familia y… estudiar más. Pero… ya no eres ese chico… y ya no soy esa chica.

—No lo somos –dijo él extendiendo la mano suavemente a ella, con anhelo de tocarla, de secar sus lágrimas, pero sin atreverse a hacer el contacto—. Somos personas diferentes ahora. Y por mi parte, te volví a conocer, y me volví a enamorar de ti—. Ella se echó a llorar, y volvieron a anunciar el vuelo.

Rubén cerró sus ojos con fuerza, y echando todo al diablo, pues este era uno de los momentos más importantes de su vida, dio el paso que la separaba de ella y le besó la frente. Ella lo miró sorprendida, pero no lo empujó, y no lo abofeteó, a pesar de que tenía su cara muy cerca a la suya.

—¿Y si me conocieras? –propuso él. Emilia lo miró a los ojos sintiéndolos más cristalinos y puros que nunca.

—Ya no será lo mismo –le contestó.

—¿Y qué tal que sí?

—Hay rencor en mi corazón.

—¿Y si yo pudiera borrar tu rencor?

—Quedaría el miedo.

—¿Y si el miedo desapareciera cuando se fuera el rencor?

—¡No quedaría nada!

—Dame ese nada –le pidió él, poniendo sus dedos sobre la mejilla de ella—. Dame tu nada y déjame poner una semilla allí. Te prometo que nacerá algo muy fuerte y eterno. Te he amado casi toda mi vida, Emilia; ten por seguro que lucharé hasta el final por ti. Con todo lo que tengo, lucharé por tu nada y por tu todo. Los quiero ambos para mí.

Emilia cerró sus ojos, y la tentación de besarla fue tan fuerte que Rubén tuvo que morderse los labios. No podía equivocarse ahora, la mujer de su vida estaba decidiendo, y él debía respetar su espacio.

Respiró profundo y se alejó de ella.

Al no sentir su mano en su rostro, Emilia abrió los ojos encontrando que él la miraba fijamente.

Y entonces escucharon el último llamado a su vuelo, y, como despertando de un trance, Emilia se encaminó a la puerta de embarque. Se detuvo cuando vio que él no la seguía. ¿Se iba a quedar?

—¿No vas a venir? –él sonrió triste.

—Esperaré mi respuesta en Bogotá.

—No seas tonto. No te quedes sin conocer Brasil por mi culpa—. Él elevó una ceja. No le dijo que él ya conocía Brasil; había vivido dos años aquí cuando hiciera su especialización, pues, era en este país donde estaban las mejores escuelas de arquitectura de Latinoamérica.

Apretó los labios y caminó tras ella hacia la puerta de embarque. Abordaron el avión, se sentaron juntos de nuevo en primera clase, y ésta vez ella no se echó a llorar ni a maldecir, sólo aceptó su compañía con serenidad.

Esperaba que de verdad estuviera pensando en él, en sus palabras, en su propia respuesta. Si bien pensaba que podía esperarla eternamente, esa eternidad podía convertirse en un infierno y no quería, ya había tenido demasiadas llamas y demonios a su alrededor.

—¡Al fin! –Exclamó Luisa—. Ya sentía que se me aplastaban un poco las nachas –dijo, tocándose el trasero, y Emilia se echó a reír al verla. Estaban frente a la cinta transportadora de equipaje, y en un extremo vio a Rubén tomar su maleta. De aquí al hotel, se dijo mirando de nuevo la cinta esperando ver la suya. ¿Qué haría? ¿De verdad él esperaría pacientemente una respuesta?

—¿Listo todos? –preguntó Luisa, que, al parecer, se había autoproclamado líder del grupo.

—Falta mi maleta –dijo Emilia con una sonrisa. Luisa le caía bien; a veces le recordaba a su madre, pues en ocasiones era mandona y regañaba, pero era buena persona y sus intenciones siempre eran buenas.

Frunció el ceño cuando dejaron de aparecer maletas en la cinta transportadora y la suya no apareció. Buscó a Rubén con la mirada, y él elevó las cejas con una pregunta.

—Mi maleta no está –dijo ella.

Rubén se puso en movimiento. Habló con el personal que trabajaba en el aeropuerto y ella se quedó allí esperando su maleta, pero ésta no apareció. Todo se le fue subiendo a la cabeza, la sangre, el miedo, el sentirse desnuda, desprotegida. ¡Toda su ropa estaba allí!

—Mierda –dijo Rubén, y nada la asustó más que esa palabra.

—¿Qué pasó? –preguntó Luisa acercándose.

—La maleta de Emilia… no está.

—Cómo que no está. ¡Cómo que no está!

—¡No está!

—Pero las demás sí. ¿Seguro que la entregaste en el lugar adecuado?

—Claro que la entregué en el lugar adecuado. La entregué después de ti, ¿lo recuerdas?

—Hay que ser muy de malas –se rio Melisa, y Luisa la miró regañándola.

—Mis cosas, mis cosas –se angustió Emilia—. ¿Qué voy a hacer ahora? No tengo ni siquiera un pijama para ponerme esta noche. ¿Qué voy a hacer?

—Emilia –le pidió Rubén—, cálmate.

—¿Que me calme? –Exclamó ella— ¡Acabo de perder mi maleta, estoy en un país donde no se habla español y no tengo sino lo que traigo puesto!

—Son cosas materiales –le dijo él tomándola de los hombros y mirándola a los ojos—. Son cosas materiales –repitió—. Las cosas materiales se recuperan—. En Emilia la niebla de la angustia se fue aclarando. Asintió aceptando esa verdad, en la maleta sólo iba ropa, zapatos, y objetos que podían comprarse de nuevo. Nada vital, nada irrecuperable. Elevó la mirada de nuevo y se dio cuenta de que Rubén había asumido el mando.

—Ustedes, salgan ya de aquí; afuera los deben estar esperando los guías.

—No queremos dejar sola a Emilia –dijo Luisa.

—No estará sola. Yo la acompañaré a poner el denuncio de la pérdida de su equipaje. No pierdan más tiempo, deben estar muy cansados, así que vayan al hotel. Nos encontramos allá en cuanto solucionemos esto aquí.

—Vale, vale. Emi... –Luisa se acercó a Emilia y la abrazó—. No te preocupes. Si algo, te prestamos dinero para que te compres algo—. Emilia sonrió, pues pudo recordar apenas que ella no debía angustiarse por eso, ya que podía comprar ropa de nuevo.

—Gracias, Luisa.

—Nos vamos –dijo Melisa mirando a Rubén, pero él tomó el brazo de Emilia llevándola a una oficina para poner el denuncio—. Andan muy junticos –se quejó Melisa, y Manuel hizo una mueca.

—Pues claro –dijo él—, alguien como él puede andar muy juntico con quien se le dé la gana.

—¿Por qué dices eso? –lo encaró Luisa.

—¿No es obvio? Es el hijo de Álvaro Caballero; incluso Melisa se mea a góticas por él.

—¡No te metas conmigo!

—¡Silencio! –exclamó José, el mayor de todos, pero el que menos hablaba—. No traigan aquí sus frustraciones, no empiecen una pelea. ¡Estamos de vacaciones!

Emilia vio cómo Rubén hablaba con otro de los empleados del aeropuerto en un perfecto portugués explicándole la situación. Tuvo que diligenciar documentos, poner su firma y mil cosas más, y le prometieron que tal vez en un mes le tenían respuesta.

—¿En un mes?

—Es lo que sucede cuando se te pierde el equipaje en un vuelo internacional.

—¿Y ellos se quedan así tan frescos?

—Te pagarán una indemnización por la pérdida y los daños.

—Parece que voy a vivir de indemnización en indemnización—.

Rubén sonrió. Al menos su humor había vuelto—. ¿Qué voy a hacer ahora?

—Ir de compras –sugirió él, y ella lo miró fijamente.

—Sí, parece que no hay de otra—. Rubén miró su reloj.

—Si nos vamos ya, tendremos tiempo suficiente para que compres lo que necesitas antes de que cierren las tiendas—. Emilia asintió y lo siguió. Él arrastraba su maleta, bastante más pequeña que la suya, y entonces se preguntó cómo fue que permitió que él tomara control de la situación.

Había estado asustada, se justificó. Y él lo había hecho bien, aunque no había recuperado sus cosas.

Salieron del aeropuerto, y Rubén volvió a hablarle en portugués a lo que luego identificó era un taxista; el auto que conducía no era amarillo, sino plateado con líneas amarillas y verdes. Cuando estuvieron dentro, le hizo una mueca.

—¿Debo suponer que los niños ricos conocen todos los idiomas? –él arrugó su entrecejo.

—¿Conocer todos los idiomas? A duras penas hablo inglés y portugués.

—¿Por qué hablas portugués? –él se mordió el labio superior, como si dudara en darle la respuesta, y ella no se perdió ese movimiento.

—Porque estudié dos años aquí—. De la boca de Emilia salió un sonido que parecía ser el inicio de una protesta, pero se quedó callada y él la miró—. Estudié dos años en Sao Paulo.

—¡Cómo es posible! Y yo teniendo compasión por ti porque tal vez te estaba arruinando la oportunidad de conocer Brasil. ¡Qué ridícula debí sonar!

—Ridícula no –sonrió él—. Linda.

—Sí, claro.

—Tuviste compasión por mí, y por eso estoy aquí.

—Me traicionó el subconsciente –se defendió ella, pero él no dejó de mirarla sonriente.

Llegaron a un centro comercial, y de inmediato Emilia tuvo que admirar la estructura de su construcción. Parecía ser una edificación circular incrustada en una cuadrada muy normal. Precioso.

Rubén caminó con confianza por los pasillos y le señalaba las vidrieras preguntándole si le gustaba alguna.

—¿De verdad vas a acompañarme a hacer compras? –Rubén suspiró.

—Tengo una madre y una hermana mayor; sé lo que es ir de compras con mujeres, no te preocupes—. Emilia sonrió.

—¿Te torturaban mucho?

—Aún lo hacen —ella rio caminando entre las prendas colgadas de una tienda. Miró un vestido blanco corto con un tejido a crochet en el cuello. Se lo plegó en el brazo y luego caminó hacia otro de un tono violeta.

—Te gustan los vestidos… y las faldas —observó él. Emilia asintió—. Pocas veces te he visto usar pantalón.

—Soy bajita —explicó ella—. Siento que los pantalones me hacen ver más chiquita—. Él elevó una ceja no muy de acuerdo, pero no dijo nada más. No era su intención influir en sus gustos, tal vez no tomara bien su consejo en ese tipo de cosas—. Además —siguió ella levantando una blusa negra de tela vaporosa—, es muy difícil encontrar jeans que me queden. Siempre tengo que cortarle las botas, y es un problema, porque cambia el diseño, y no quedan iguales.

—A ti te quedan geniales —ella se giró a mirarlo, pero él parecía no esperar una contestación a su comentario.

—Ah… gracias—. Salieron de la tienda con un par de bolsas, y cuando entraron a una de ropa íntima, Rubén prefirió quedarse fuera. No quería ciertas imágenes en su cabeza; ya fantaseaba demasiado con ella sin tener que conocer qué tipo de ropa interior prefería.

Se pasó la mano por el cabello y el cuello masajeándose. Era un milagro poder andar con ella en un centro comercial, hablar casi normalmente, ¡ir de compras! Debía ser cuidadoso, aunque eso lo matara.

Ella salió con más bolsas y una sonrisa que él adoró. Y fueron entonces a comprar calzado.

—Olvidé una toalla de baño —se quejó Emilia cuando iban en el taxi camino al hotel.

—En el hotel tendrás una —le dijo Rubén, y eso la tranquilizó. Él giró su cabeza para mirarla, encontrando que ella lo observaba.

—¿Pasa algo? —Emilia agitó su cabeza negando.

—Yo sólo… —No pudo completar su oración. En el momento, el taxista gritó, se escuchó un chirrido de llantas, y luego todo fue vueltas y vueltas. Emilia intentó abrazarse a Rubén, pero en un momento, perdió la conciencia.

Cuando abrió los ojos no pudo ver nada. Todo estaba oscuro. Y luego se dio cuenta de que estaba cabeza abajo en el auto. Movió su mano para tocarse la cabeza, que le dolía y goteaba un líquido caliente que debía ser sangre, y trató de recordar lo que había sucedido.

Venían muy tranquilos por la carretera, en algún lugar de la ciudad, pues no tenía ni idea de por dónde iban, y de repente, el caos.

Vio al taxista en el asiento del conductor, también cabeza abajo, pero a él lo retenía el cinturón de seguridad. ¿Estaría muerto?

Sintió miedo.

—¿Rubén? –llamó, pero él no contestó. Extendió su mano, pero no lo sintió en el asiento de al lado. El pánico empezó a invadirla. Quiso moverse para salir, pero su pie izquierdo estaba atrapado, y al intentar moverlo, le dolió horrores—. ¡Rubén! –llamó. De nuevo, el silencio. ¿Le habría pasado algo también a él? –Por favor... — susurró, sintiendo que casi no podía hablar, que le temblaban las manos, que la garganta se le cerraba—. ¡Ayuda! ¡Rubén! –gritó.

Rubén despertó entonces. Abrió los ojos y ante él vio un cielo oscuro y con unas cuantas estrellas. ¿Qué hacía aquí?

Y de repente, recordó. ¡Emilia!

La llamó a voces, y ella contestó llamándolo también.

—Ayúdame –le pidió—. ¡No puedo salir! –él se levantó con dificultad. Cojeando, llegó hasta el auto y se dio cuenta de dos horribles verdades: el taxista estaba muerto, y el auto estaba soltando gasolina. El motor echaba chispas; que explotara era cuestión de segundos.

—Va a explotar –dijo Emilia—. Huele a gasolina, ¡el auto va a explotar!

—Calma –pidió Rubén—. Te ayudaré a salir.

—¡Va a explotar, te digo que va a explotar! –Rubén sintió un auto detenerse al ver el accidente.

Estaban fuera de la carretera, el taxi había sido detenido por un árbol y yacía con las llantas arriba; el suelo se empapaba en gasolina y había chispas. Cuando la persona se bajó del auto, Rubén tuvo que gritarle que se alejara, y el hombre no perdió el tiempo.

—Emilia –le dijo él mirándola. Tal vez iban a morir aquí, tal vez fuera la última vez que la viera, tal vez esto había sido todo lo que la vida había deparado para ellos.

—Deberías irte –le dijo ella entre lágrimas—. Esto va a estallar.

Él no dijo nada. Hizo fuerza y sacó la puerta, que estaba bastante abollada, y metió las manos sintiendo el pie de Emilia atrapado entre los asientos delanteros. Ella se quejó, tal vez estaba fracturado.

—Te va a doler un poco, ten paciencia—. Emilia vio cómo tiró con fuerza del asiento, y en cuanto cedió, ella sacó su pie descalzo. Rubén la sacó lo más rápido que pudo, la alzó en brazos al darse cuenta de que no podría andar por sí misma y corrió con ella, aunque él también iba cojeando.

Sólo pudieron correr unos pocos metros. El estallido los envió lejos. Rubén cayó sobre ella y Emilia fue transportada de inmediato cinco años atrás. El peso muerto de su cuerpo, la impotencia, el gritar sin conseguir respuesta alguna.

Pero él se quejó. Algo lo había lastimado, y Emilia por fin dejó de gritar.

—Quieta –le pidió él.

—Qué…

—No te muevas.

Emilia miró hacia el auto, las llamas habían disminuido, la gente corría hacia ellos, y entonces sintió otra vez ese líquido caliente y viscoso sobre ella. Más sangre.

Pero provenía de Rubén.

Emilia elevó sus manos tocándolo, y él volvió a quejarse. Algo estaba enterrado en su hombro, algo metálico. ¿Había estado allí todo el tiempo o lo había recibido él en vez de ella en el momento de la explosión?

—¿Estás bien? –preguntó él—. ¿Estás herida? –de los ojos de Emilia salieron lágrimas y movió su cabeza negando. Él la había estado protegiendo con su cuerpo y ella no había hecho más que gritar muerta de miedo.

—Lo siento –dijo ella—. Lo siento—. Rubén sonrió.

—No seas tonta. Lo importante es que… estás bien. Mierda.

—No te desmayes –le pidió ella, pero fue demasiado tarde. Rubén cayó sobre ella con todo su peso, pero esta vez ella no tuvo miedo.

Era extraño, otra vez estaba mirando la luna, con lágrimas corriendo por sus sienes, atrapada entre el suelo y Rubén, asustada… pero ahora quería proteger la vida del hombre que estaba encima de ella.

—Ayuda –gritó, aunque sin mucha fuerza. Puso una mano sobre

la cabeza de Rubén acariciando sus cabellos, tratando de transmitirle que todo estaría bien—. ¡Ayuda! —gritó otra vez, y alguien corrió a ellos por fin.

25

Emilia abrió sus ojos y se encontró en una cama de hospital. Levantó su mano para cubrirse los ojos de la luz que entraba por la ventana y todas las imágenes de lo sucedido la noche anterior invadieron su mente. El accidente, la explosión, la sangre de Rubén.

Se levantó poco a poco y se dio cuenta entonces de que no tenía ropa para vestirse, sólo la bata de hospital que tenía puesta. Ni unas pantuflas, o un abrigo; no tenía sostén puesto, así que sus senos estaban libres y salvajes y muy notorios a través de la delgada bata.

Había una férula en su pie izquierdo, así que bajó con cuidado. Probó a andar unos pasos, y le dolía un poco al afirmarlo, pero no era nada insoportable.

Salió de la habitación cojeando y miró a ambos lados del pasillo. Algunas enfermeras caminaban a un lado y a otro, pero ninguna le prestó mucha atención.

Anduvo con cuidado, despacio, apoyándose en la pared de vez en cuando y mirando a través del vidrio de las puertas de las otras habitaciones, y entonces encontró la de Rubén. Él estaba sentado en su camilla, desnudo de cintura para arriba, con una venda en el hombro y el pecho mientras un médico lo auscultaba, pero estaba bien, al parecer.

El alivio le hizo cerrar los ojos y dejar salir el aire.

Una enfermera abrió la puerta y dijo algo que ella no entendió, pero entonces el doctor y Rubén se giraron a mirarla.

Emilia se cruzó de brazos sobre el pecho.

El doctor sonrió y entendió por el movimiento de sus manos que la invitaba a entrar. Emilia miró a Rubén analizando sus heridas, pero aparte de un rasguño en su mejilla derecha, y la venda en el pecho no había nada más. Se acercó poco a poco hasta quedar frente a él y Rubén la miró a los ojos.

El doctor salió y se quedaron solos. Emilia pestañeó al sentir que iba a llorar. Anoche él había perdido la conciencia, tenía algo metálico enterrado en el hombro y perdía sangre, por lo que creyó que su condición sería crítica, pero él estaba bien; había una bolsa de suero ya casi vacía en un asta que se conectaba al interior de su codo derecho, pero parecía estar bien.

—¿Te sientes bien? –preguntó él con voz suave—. ¿No deberías estar descansando?

—Estaba… preocupada.

—No te preocupes. Todo está bien. Esta mañana estuvieron aquí Luisa y los demás.

—¿Estuvieron aquí? ¿A qué horas? ¿Por qué no los vi?

—Porque estabas dormida. Dormiste mucho –ella miró en su muñeca, pero no estaba su reloj, ni había otro en ningún sitio de la habitación—. Es medio día –sonrió él. Emilia se sonrojó un poco. No era dormilona, y se suponía que debía estar más alerta, después de todo, ella había salido prácticamente ilesa—. Le avisaron a mis padres –siguió él—. Están de camino aquí.

—¿De verdad?

—Ellos se encargaron de decirle a los tuyos…

—Deben estar muy preocupados.

—Y tu padre también viene.

—¿Qué?

—Pero tu mamá no, ella no tenía el pasaporte al día.

—No lo tiene, de hecho.

—Mandé traer un teléfono para que te pudieras comunicar con ella en cuanto despertaras—, él se movió cuidadosamente hacia el nochero, donde había un teléfono. Lo tomó y se lo ofreció—. Toma. Llama a tu casa. Tranquiliza a tu madre…

Ella lo recibió, y luego de escuchar la indicación de Rubén de cómo marcar, llamó a su casa. Aurora tomó la llamada, que al oír la voz de su hija lloró emocionada.

—Estoy bien, mamá –dijo Emilia con voz quebrada—. Estoy bien.

—¿No te pasó nada? Esos señores me dijeron que no era nada grave, pero yo hasta no saber de tu propia boca cómo estabas, no me iba a sentir tranquila.

—Me lastimé un poco el pie –le informó ella—, y me duele un poco la cabeza, pero no me sucedió nada.

—¿Y cómo fue, hija? ¿Cómo es que te accidentaste?

—Supongo que se juntó toda mi mala suerte –sonrió Emilia—. Primero perdí mi equipaje, y luego ese accidente—. Emilia suspiró mirando a Rubén—. Parece que Brasil no me quiere.

—¿Y… con quién estás? –Aurora bajó la voz, como si Rubén pudiese escucharla— Estás con ese hombre, ¿verdad? Rubén Caballero.

—Sí –contestó Emilia—. Íbamos juntos cuando ocurrió el accidente.

—Ah… Debes estar asustada, allí en ese hospital y con ese hombre—. Emilia arrugó un poco su frente. Era normal que su madre pensara así, pero por un pequeño instante incluso le molestó que se refirieran a él de esa manera, aunque había sido su propia madre. Miró de reojo a Rubén, que se sacaba la aguja del suero y se masajeaba suavemente el hombro herido—. Pero ya va tu papá para allá a cuidarte mientras te recuperas. Ah, aquí está Santiago –le dijo Aurora—, está insistiéndome para que lo ponga al teléfono — y de inmediato se escuchó la voz del niño.

—¿Mami?

—Hola, mi amor—. Ésta vez Emilia no lo pudo evitar y lloró de verdad. Había estado tan cerca de perderlo. Sabía que si algo le pasaba a ella sus padres cuidarían muy bien de su hijo, pero no quería eso para él, ya carecía de un padre; perder a su madre también habría sido supremamente injusto. Y esa noche, la última noche que lo vio, Dios, él había estado un poco enfurruñado porque no quería que ella se fuera, y ella simplemente le había dado un beso antes de irse. ¡Por poco se pierden el uno al otro!

Rubén la vio secarse las lágrimas y respirar profundo repetidas veces.

—¿Cómo estás? –Preguntó Santiago—. La abuela estaba llorando esta mañana, pero tú estás bien, ¿verdad?

—Sí, mi cielo, estoy bien. Tu mamá está bien.

—¿Cuándo vas a venir?

—No lo sé –dijo mirando a Rubén, que seguro se imaginaba con quién hablaba—. Supongo que ya mañana estaré en casa otra vez. Me quiero ir a casa.

—Yo también quiero que te vengas. Me he portado bien.

—¿Ah, de veras?

—Sí. Si quieres le preguntas a la abuela.

—Es que eres un príncipe. Te quiero, mi amor.

—Yo también te quiero—. Santiago le devolvió el teléfono a Aurora, que preguntó:

—Te devuelves de inmediato, ¿verdad?

—No lo sé. Supongo que sí. Sólo debo... arreglar algunas cosas. Perdí mis documentos en el accidente y... en fin. Lo que quiero es estar ya en mi casa.

—Debiste estar muy asustada. Pobre mi muchacha. Tú que ibas a pasear y eso.

—Pero estoy bien. Estoy bien.

—Eso me deja tranquila. Llamaré a tu hermano, que no ha tenido paz y espera mi llamada.

—Vale. Te quiero, mamá.

—Yo te quiero también. Cuídate, tómate tus medicamentos.

—Sí, sí—. Aurora suspiró. Se despidió por última vez y cortó la llamada. Emilia le devolvió el teléfono a Rubén, que luego de recibirlo, extendió su mano a ella para secarle las lágrimas. Ella no se lo impidió, ni él se detuvo a último momento, sino que, como si fuera lo más natural del mundo, barrió con su pulgar la humedad de su mejilla.

—¿Ya te sientes mejor? –preguntó con voz suave. Ella asintió agitando su cabeza.

—Mi padre viene. Increíble. Será la primera vez que salga del país también.

—Estaba un poco reacio a venir con mis padres, pero ellos pudieron convencerlo. ¿Hablaste con Santiago?

—Sí—. Él sonrió—. Gracias por... por cuidar de mí –susurró ella—. Si no hubieses estado a mi lado anoche... yo tal vez...

—No digas eso. Ya pasó, no pensemos en lo que pudo haber ocurrido.

—Me salvaste –insistió ella. Rubén rio y negó agitando su cabeza.

—Me salvé a mí mismo –dijo, y ella lo miró confundida—. Si algo te hubiese pasado, yo habría enloquecido, así que en ese momento actué muerto de miedo; me aterraba perderte—. Emilia no dejó de mirarlo fijamente, pero no dijo nada, no habría sabido qué decir si acaso abría la boca. Recordaba el momento muy bien. Él pudo haber echado a correr, pero prefirió quedarse allí intentando salvarla aun cuando eso habría significado que él perdiera la vida también.

Había cosas con las que no era posible fingir, pensó Emilia, y esta era una de esas. El instinto de conservación era fuerte en el ser humano, pero al parecer, en Rubén ese instinto había sido echado un lado por el de protección, y la había protegido y salvado.

Rubén apretó sus labios y respiró profundo.

—Tengo unos cuantos amigos aquí –dijo—. Están acelerando el proceso para poder volver a Colombia, ya que perdimos los documentos.

—Qué bien.

—Mis padres vienen en un jet privado, así que les tomará menos tiempo llegar aquí. Te piden que por favor aceptes irte de vuelta con nosotros, para que no tengas que sufrir de nuevo las diez horas de viaje o más que te toquen.

—¿Tú... estás bien? Anoche... Dios... anoche estabas sangrando y... perdiste la conciencia...

—Estoy bien –dijo él echando hacia atrás los cabellos de Emilia, que estaban sueltos y un poco despeinados, y también aprovechando que tal vez ella seguía en shock para tocarla todo lo que le fuera posible—. Un pedazo de metal se incrustó en el músculo de mi hombro –dijo, señalándolo con un movimiento de cabeza—. Pero fue removido. Cicatrizará y sólo quedará una pequeña señal.

—Perdiste sangre.

—Anoche mismo me hicieron una transfusión. Me recuperaré – ella bajó al fin la mirada de sus ojos y lo miró. Las vendas no cubrían del todo su pecho, y ella pudo ver que tenía cicatrices. Una en la clavícula izquierda, otra en el antebrazo y luego la mano. Tenía una larga línea en su costado y la mano de ella fue allí y lo tocó. Sintió la respiración de él y lo miró; Rubén tenía sus ojos cerrados.

—¿Son... de esa vez? –Él asintió con un leve movimiento de su cabeza—. ¿Tienes más? —Él sonrió.

—Me hicieron treinta y cuatro puntos en diferentes lugares del cuerpo –contestó él—. Siete aquí –señaló él el dorso de su mano izquierda—, seis acá –le mostró él el antebrazo—, cinco aquí –dijo, indicando su clavícula—, ocho en las costillas, tres aquí –ahora él levantó la cabeza para que ella le viera la cicatriz que tenía en la línea de la mandíbula—. Y cinco en la cabeza –él elevó su mano y se tocó el sitio—. Algunas heridas no fue necesario coserlas – sonrió.

—Debió dolerte mucho—. Él se hubiera querido encoger de hombros y quitarle importancia, pero no pudo y sólo hizo una mueca.

—La mayor parte de esas heridas sanaron mientras yo estaba en coma. Pero la mano… —él la levantó ahora— cuatro cirugías, y no volvió a ser la misma —Emilia hizo un gesto que lo hizo mirarla. Ella lo miraba llena de compasión, sabía lo que eso significaba para él—. No —contestó él a su silenciosa pregunta—. No volví a dibujar rosas, ni nada…

—¿Y no han atrapado a las personas que te hicieron eso? —Rubén la miró deseando corregirla. "Que nos hicieron eso", quiso decir, pero ese todavía era un terreno sensible. Dejó salir el aire y negó. Ella dejó caer los brazos a los lados de su cuerpo como si no se pudiera creer tanta ineptitud, y él entonces se dio cuenta de que bajo la bata que ella traía no había nada. Tragó saliva.

Emilia seguía mirando su torso desnudo, y su mirada pasó de observar las cicatrices a posarse en su pecho, dándose cuenta de que los vellitos de sus pectorales eran rubios y finos, y sus tetillas eran rosadas.

Elevó la mirada a él, y él la miraba a ella. Rubén tragó saliva y ella se quedó mirando su nuez de adán subir y bajar.

Y luego su mirada no subió más allá de sus labios. Vaya, estaban tan cerca… En esos labios ella una vez había conocido el cielo, pero él había estado bajo el efecto de las drogas, no era él mismo entonces. ¿Qué pasaría si…?

—Emilia… —susurró él, y aquello parecía la mezcla de una advertencia y un ruego. No te acerques demasiado, decía la advertencia, pues te besaré; y, acércate, decía el ruego, acércate más.

Se acercó a él, más, hasta que sus labios tocaron los de él.

Rubén se quedó totalmente quieto, con sus ojos cerrados, sintiendo los labios de ella sobre los suyos que lo tocaban con timidez. No hizo nada, no dijo nada. Podía ser que lo siguiente fuera verla a ella huyendo, o peor, llorando y acusándolo por algo. Pero no fue así, por el contrario, Emilia volvió a besarlo, esta vez con más seguridad.

Bueno, él le había dado tiempo para huir.

La atrapó en sus labios, demorándose en ellos; abrió sus ojos y la vio con los suyos cerrados, sus pestañas reposando sobre sus mejillas y los labios entreabiertos esperando más. Oh, sí, más.

Rubén volvió a besarla, y, además, con su brazo izquierdo, que ahora estaba sano, la acercó a su cuerpo. Saboreó sus labios con delicadeza, succionando primero el inferior, paseando su lengua por él, introduciéndola poco a poco. Ella gimió al sentirlo, y Rubén quiso gritar de alegría. Estaba besando a su mujer al fin, porque Emilia era suya, así lo había sentido siempre, y cuando sintió las pequeñas manos de ella subir a su rostro, pensó que lo rechazaría, que lo enviaría lejos, pero, por el contrario, ella lo acercó más.

Era un milagro. No sabía qué lo había causado, si tal vez el haber visto sus cicatrices había ayudado, o el shock del accidente que aún perduraba en ella. Tal vez luego le reclamara, pero qué importaba si por ahora podía por fin besarla.

El beso se fue transformando hasta que se hizo exigente, fuerte; furioso, incluso. Él enredó su lengua con la de ella, exploró sus rincones, la succionó, la mordisqueó. Ella sabía a brisa y a rosas. Tenía los labios más suaves que jamás había besado, la lengua más inquieta, y la besó y la besó, y fue cuando ella se aflojó en sus brazos que al fin se detuvo. Ella retiró su cabeza y lo miró.

Aquí viene, se dijo él. El reclamo, las lágrimas, el arrepentimiento. Saldría corriendo de aquí y él tendría que dejarla ir, al menos por el momento, pues debía ser difícil para ella besar al hombre que en el pasado le había destruido la vida.

Pero pasaron los segundos y ella no dijo ni hizo nada. Rubén la miró a los ojos. ¿Qué estaba pasando?

—Sabía… sabía… que sería así –dijo ella al fin, con sus labios hinchados y sonrosados por su beso. Ella se pasó la lengua por ellos, como si deseara los vestigios que del beso habían quedado en ellos, y Rubén volvió a besarla.

La metió entre sus piernas y la pegó a su cuerpo, besándola tan profundamente hasta sentir que el uno respiraba a través del otro, que ya no sabían quién besaba a quién, que todo alrededor desaparecía, que se hacía el silencio tal vez en reverencia al par de almas que podían al fin sentirse la una a la otra en este beso.

Rubén se sintió a sí mismo tocado, bendecido por un ángel; era reacio a dejarla, y por eso la besaba, y la besaba más. ¡Cuánto tiempo esperando esto, cuánto tiempo deseándolo! No era justo que sólo durara unos minutos, había instantes que debían ser eternos, y este era uno de esos. Debía poder besar a Emilia hasta la eternidad, no había mejor lugar en el mundo que aquí y ahora. Amaba con locura a esta mujer.

Metió las manos entre sus cabellos, y cuando ella alejó un poco su boca, él siguió besando su mejilla, su mandíbula, su oreja. Metió la lengua en ella y la sintió gemir, y todo él reaccionó a ese sonido.

Debía tener cuidado; si acaso iba más allá de lo que ella le estaba permitiendo, este pequeño paraíso desaparecería más rápido de lo que él tardaría en decir "perdón".

Emilia tenía sus ojos cerrados. Deseaba las manos de Rubén por todo su cuerpo. No había deseado algo así antes. Había estado varias veces con Armando, había sido besada antes, en el colegio, pero nunca deseó ser tocada más allá de los labios… Y ahora se le estaban ocurriendo un montón de locuras, locuras tal vez obscenas, locuras que la estaban avergonzando un poco de sólo pensarlas.

Pero oh, Dios. Lo quería en todas partes. Quería esa maravillosa boca en todas las puntas y rincones de su cuerpo, quería que la lamiera, que la acariciara, que la besara. Se sentía caliente, hirviendo; se sentía liviana como una pluma y al mismo tiempo, pesada como una roca.

Cerró sus ojos con fuerza al comprender que todo ello se reducía a una impúdica verdad: deseaba a Rubén, y era más que obvio que él la deseaba a ella.

Lo había besado siendo consciente de lo que vendría después, de lo que ese beso significaría luego para él, que era la respuesta que él más deseó, pero la que menos esperó.

Él se detuvo un poco a regañadientes, enterró su frente en el hueco de su cuello como suplicando por algo, inhalando fuertemente el olor de su cuerpo, deseando ir más lejos de lo que ahora sus heridas y su propia cautela le permitían. Cuando se alejó un poco y pudo mirarla, Emilia encontró sus ojos humedecidos. Ella levantó una mano y tocó su mejilla.

—No estás jugando conmigo, ¿verdad? –preguntó él, y Emilia negó, aunque no pudo evitar sonreír—. Dios, Dios… morí en ese accidente y ahora estoy soñando, ¿no es así? –ella tomó aire y se alejó un poco, sin embargo, con su dedo recorrió las cicatrices del dorso de su mano.

—¿A qué horas llegan tus padres? –él pestañeó. ¿Qué significaba esto?

Él no quería hablar de esto ahora, no quería que cambiara el tema. Quería, además de seguir besándola, saber lo que a ciencia cierta este beso significaba. Pero él debía morderse el codo, porque no era nada conveniente presionarla justo ahora. Lo había besado, ¡y de qué manera!, pero otra vez estaba tomando distancia, aunque el roce de su dedo en su mano indicaba que era una distancia prudencial, que se retiraba, pero no del todo.

Rubén tomó aire y aflojó un poco el agarre en el que la había tenido encerrada. Aaah, dolía desprenderse de ella, pero además de todo, él tenía una herida reciente y tampoco habría podido ir más lejos. Aunque ella era tan pequeña que seguro que podía alzarla con sólo un brazo.

—Salieron esta mañana a primera hora. No deben tardar mucho ya.

—Qué bien. Que se hagan cargo, después de todo, por culpa de esos dos estamos así –Rubén sonrió. Había conseguido un beso de Emilia; en cuanto su madre atravesara esa puerta, le besaría los pies y le encendería velas.

—Ya tendrás tiempo de regañarlos un poco, aunque se asustaron tanto que a lo mejor ya tuvieron su castigo.

—De todos modos, uno puede ser víctima de un accidente aun en la puerta de su casa. En fin… estoy sin ropa… y no tengo ánimos para salir de compras otra vez –Rubén volvió a sonreír, y ella se quedó mirando de nuevo su boca. Joder, qué boca más apetitosa tenía el condenado.

—Luisa dijo que compraría algo para ti. Le dije tus tallas…

—Ah, le hemos arruinado el viaje también a ellos.

—Claro que no. Ellos se quedarán el tiempo que estaba previsto, sólo nosotros nos devolveremos; después de todo, tú con ese pie así y yo con el hombro herido, no podríamos caminar y pasear tomando fotos—. Emilia hizo una mueca.

—Juro que volveré a Brasil y me vengaré.

—Ah, ¿sí? ¿De qué modo?

—Visitaré todas sus ciudades. Ya lo verás –él no pudo evitarlo y elevó su mano a ella tocando de nuevo su cabello y sonriendo aún.

Se quedaron en silencio, mirándose otra vez a los ojos. Rubén deseaba decir tantas cosas… Hoy por primera vez la sentía así cerca, pero no era suficiente, quería más, lo quería todo.

—Emilia… —ella elevó sus cejas, expectante—. Yo…

Una enfermera entró en el momento con una planilla en sus manos. Rubén hizo una mueca por la interrupción, pero Emilia sonrió y se retiró permitiendo que la enfermera se ocupara de revisarlo.

Mientras retiraba la bolsa de suero del asta y le hacía tomar las pastillas, Emilia suspiró y se sentó en el mueble que estaba allí cerca.

Él la miró, como pidiéndole que no se fuera, pero ella no tenía intención de irse. Había descubierto muchas cosas acerca de él con ese beso.

Sí eres el chico de las rosas, quiso decirle. La capacidad de dibujar rosas perfectas no era lo que definía a ese hombre. Lo que definía al chico de las rosas era mucho más, eran mil cosas pequeñas que no se podían detallar, explicar o describir.

Haberle guardado rencor, odiarlo, no le había hecho nada bien en todo este tiempo, y, por el contrario, estaba descubriendo que el perdonarlo le estaba dando libertad, y le estaba abriendo la puerta a un sinfín de sentimientos, emociones, deseos…

Sí, hoy perdonaba a Rubén Caballero. Le había guardado rencor porque, además de humillada y sometida, aquella vez se había sentido traicionada; ella había confiado en él, y él la había herido. No sabía cuándo sería capaz de decírselo en voz alta, pero hoy lo perdonaba. Estaba visto que él necesitaba ser perdonado tanto como ella necesitaba perdonarlo, pero expresarlo con sus labios estaba a un nivel que no sentía poder conseguir en ese momento.

La enfermera hizo que Rubén se recostara, riñéndolo un poco por no haberlo hecho antes, y él hizo caso a regañadientes. Ella le sonrió desde el sillón, y cuando la enfermera se hubo ido, él se quedó allí, acostado de medio lado y sin dejar de mirarla.

—No has dormido nada, ¿verdad? –preguntó ella, él sonrió.

—No podré dormir en una semana.

—¿Por qué no?

—Porque no dejaré de pensar en ti, en tus besos –Emilia sintió que se sonrojaba.

—No me imaginé este viaje así –dijo ella cambiando de tema—. Esperaba estar hoy frente al Palacio da Alvorada disfrutando la vista, no aquí mirando tu pijama de hospital desde este ángulo –él hizo pucheros, y Emilia se echó a reír.

—Mejor no te digo lo que yo imaginaba. Saldrías corriendo, y estoy disfrutando de tu compañía—. Ella negó sin dejar de sonreír.

De alguna manera, no le sorprendía poder reír con él. No estaban ante la mesa de un restaurante, ni a la luz de las velas, ni había rosas por aquí, pero este, para Emilia, era un momento memorable.

26

Antonio Ospino casi no había hablado durante el viaje a pesar de los intentos de Gemima de poner conversación. Estuvo silencioso en el avión, y ahora en el taxi.

Era increíble, absolutamente increíble. La diferencia entre estas dos familias era enorme, pudo comprobar Antonio. Mientras los unos luchaban por sobrevivir día a día con duro trabajo, contando las monedas, angustiándose al abrir las cartas de cobro de los bancos, las facturas de los servicios y cuidando la ropa para que esta durara todo lo posible; estas personas de aquí vivían sin preocuparse en lo más mínimo por ese tipo de cosas.

Cuando lo llamaron, le pidieron viajar con ellos en un jet privado. Se había rehusado, claro, pero cuando le hablaron de la practicidad de venirse en un vuelo que duraría muchas menos horas, que saldría en cuanto llegara al aeropuerto y que no haría escalas como sí lo haría el vuelo comercial, y, además, gratis, no pudo seguir negándose. Le urgía sacar a su hija de donde estaba, pues Rubén Caballero estaba con ella, y cada minuto que pasaba debía estar siendo horrible para ella.

En las semanas pasadas le había preguntado a su hija cómo le estaban yendo las cosas, pero al parecer, no tenía demasiados encuentros con ese hombre, y ella incluso se había acostumbrado a tener que verlo, pero pasar todas estas horas con él y tener que tratarlo, sobre todo en un momento tan angustiante donde seguramente preferiría a alguien más confiable debía estar siendo una tortura para ella.

Llegaron al fin al hospital donde estaban internados y se bajó caminando con prisa hasta el interior, pero entonces se dio cuenta de que necesitaría un traductor. Por supuesto, los Caballero hablaban portugués.

Portugués no estaba en el pensum de los colegios en Colombia, y no siempre era la primera opción en las universidades. Lo sabía porque Emilia había preferido el inglés por encima del portugués cuando tuvo que elegir, pero estas personas igual lo hablaban.

Sin embargo, tuvo que admitir que, a pesar de todas esas enormes diferencias, los Caballero eran tal como él había escuchado decir de ellos.

Hace muchos años había conocido a otro maestro de obra que fue para él una especie de mecenas cuando él era un simple albañil y le dijo que pensaba hacer negocios con Álvaro Caballero, que era un hombre correcto y de buena reputación. En ese tiempo ni siquiera se había casado con Aurora, y la CBLR era sólo una constructora más que intentaba abrirse paso. A su amigo le había ido muy bien gracias a la inversión que había hecho, y Antonio deseó haber tenido un capital para usarlo en ese entonces, pero no había sido así.

Miró a Gemima Caballero, que tomaba la mano de su esposo y la apretaba mientras él se presentaba en el mostrador de la recepción del hospital.

No sólo le había ido bien en los negocios, al parecer, su matrimonio era estable.

De todos modos, la desgracia había caído sobre ambas familias una noche hacían cinco años. Los hijos de ambos habían salido víctimas, pero mientras en Rubén las heridas eran físicas, las de su hija iban mucho más allá, y quizá él nunca podría siquiera imaginarlas.

Los siguió de nuevo cuando les dijeron el número de las habitaciones en las que estaban. Antonio se encaminó de inmediato a la de su hija, pero al abrir la puerta, ésta estaba completamente vacía. ¿Dónde estaba esa muchacha?

—¿Emilia? –llamó, pero nadie respondió.

Tal vez esta no era la habitación, se dijo, y volvió a salir. Había visto dónde habían entrado los Caballero y se encaminó allí.

Cuando entró, el cuadro que se encontró lo confundió sobremanera. Gemima abrazaba a Emilia pidiéndole perdón, no sabía por qué, pero ella sólo sonreía y le decía que todo estaba bien. Ella lucía unos simples pantalones y una blusa, llevaba pantuflas, el cabello recogido en una trenza y una férula en el pie. Rubén Caballero estaba sentado en su cama y recibía el abrazo de su papá. Él tampoco llevaba un pijama de hospital, y se le veía de buen aspecto, a pesar de que, según lo que había escuchado, había perdido sangre en el accidente.

Si no fuera por la férula en el pie de Emilia, y la venda que asomaba por debajo de la camisa de Rubén, habría dudado que saliesen heridos de ese accidente; se les veía más bien rozagantes, llenos de una extraña vitalidad.

Emilia al fin lo vio, y luego de exclamar llamándolo, caminó a él cojeando y extendiendo sus brazos para abrazarlo. Antonio la abrazó mirando fijamente a Rubén Caballero y a los demás. ¿Qué sucedía aquí? ¿Qué eran estas sonrisas y esta confianza?

—¿Estás bien?

—Sí, papá. Qué bien que viniste, ¡no me lo esperé! Cuando Rubén me dijo que...

—¿Rubén?

—Sí... —Emilia se detuvo en sus explicaciones al comprender que su padre no se refería a la persona, sino al tono con que ella había dicho su nombre. Lo miró a los ojos y se mordió los labios—. Yo... —dijo al cabo de unos segundos en los que se impuso el silencio— le debo la vida, papá. Él me salvó.

—Entonces, podemos considerar que ha saldado su deuda.

—Nunca, señor —dijo Rubén antes de que Emilia pudiera decir nada.

—¿Por qué estás tan cerca de mi hija? ¿Por qué toda esta confianza entre ustedes? ¿Por qué esta señora te abraza?

—Papá...

—No, Emilia —la detuvo Rubén—. Tu padre tiene todo el derecho de hacer las preguntas que necesita, y yo estoy en obligación de contestarlas.

—Señor Ospino... —empezó a decir Álvaro, pero Antonio elevó una mano y él guardó silencio. Rubén quiso abrir grandes los ojos de sorpresa, nadie mandaba callar a su padre, ¡nadie! Pero él fue humilde y se quedó callado.

—Papá, no empieces una pelea —le pidió Emilia, aunque aquello parecía más una advertencia. Oh, vaya, se dijo Rubén; Antonio callaba a Álvaro, pero Emilia callaba a Antonio—. Rubén me salvó la vida. De no ser por él... tú te habrías quedado sin hija. Y no sólo eso, también...

—Nos devolvemos a Colombia —la interrumpió Antonio—. Tu mamá está angustiada y...

—No podemos, papá. Tenemos que esperar a que nos resuelvan

el asunto de los documentos.

—Entonces…

—Vamos a mi habitación –dijo Emilia exasperada tomándolo del brazo. Sabía lo terco que podía ponerse su padre y no era bueno tener esta conversación delante de más personas.

Rubén quiso reír al ver a alguien tan pequeño dominar a un hombre hecho y derecho como lo era Antonio Ospino, pues él hizo caso y la siguió a la salida de su habitación.

—Emilia, iré de compras en un momento –le dijo Gemima—. ¿Te parece bien si te traigo algo de ropa? –Emilia tuvo el impulso de mirar a su padre pidiendo su aprobación, pero apretó los dientes y dijo:

—Gracias, señora Gemima. Soy talla S en blusas y ocho en pantalones. No sé si aquí sea igual.

—Ya veré –dijo Gemima sonriendo. Emilia se llevó a su padre y Gemima miró a su hijo, que no le quitó los ojos de encima a Emilia hasta que se hubo ido.

—Parece un hombre de carácter fuerte.

—A alguien debió heredárselo ella –sonrió Álvaro. Gemima agitó su cabeza y abrazó a su hijo.

—¿Estás bien? ¿Te sientes mejor?

—Estoy mucho mejor.

—Cuando me enteré de lo del accidente me asusté mucho –confesó Gemima—. Me puse a pensar: ¿y si por mi culpa les hubiese pasado algo? Salieron prácticamente ilesos, ¡pero fue casi por un milagro!

—No tienes que sentir culpa. Los accidentes pasan, no se necesita estar en otro país para que te ocurran—. Gemima asintió y dio unos pasos hacia la puerta.

—Vuelvo en unos minutos –dijo—, procuraré no demorarme.

—No iremos a ningún lado sin ti –le sonrió Rubén y Gemima suspiró sintiéndose más aliviada. Salió de la habitación dejando a su hijo a solas con su padre.

—¿Qué fue todo ese ambiente bonito y romántico que encontramos cuando entramos? –Rubén miró a su padre ceñudo.

—Qué ambiente. Qué dices—. Álvaro sonrió con complicidad.

—¿Hubo algún avance? Por favor dime que algo bueno salió de todo esto—. Rubén no lo pudo evitar y sonrió.

—Algo así.

—Vaya. Hacía tiempo no te veía esa sonrisa. ¿Hablaron? –Rubén respiró profundo, aunque el movimiento hizo que le doliera un poco la herida.

—No, la verdad no hemos hablado, pero… algo me hace pensar que mi perdón está cerca.

—Siempre y cuando su padre no le haga pensar en lo contrario.

—¿Su padre?

—Le hablará, tenlo por seguro, y le recordará todos los años en que lloró y te odió, y tal vez ella…

—Detente –le pidió Rubén, su sonrisa se había borrado ya.

—Es muy probable, Rubén—. Sí, reconoció Rubén, lo era. Tal vez la voz de la razón, que se encarnaba en su padre, le hiciera pensar que ella no tenía por qué perdonar a alguien que le había causado tanto daño en el pasado. Antonio Ospino la alejaría de él, y tuvo miedo.

Había habido un avance hoy, ella lo había besado, y si bien no eran novios, ni le habían dado permiso para volver a besarla, y mucho menos habían hablado de Santiago, sentía que iba por el camino correcto con ella, que tenía una oportunidad.

Pero podía perderlo todo con un par de palabras de su padre.

—¿Qué está sucediendo? –Preguntó Antonio en cuanto estuvieron al interior de la habitación de Emilia, aunque ya le habían dado el alta, pero necesitaba privacidad—. ¿Te hiciste amiga de ese hombre? ¿Ya olvidaste lo que te hizo? ¿Todo lo que lloraste? ¿Todo por lo que tuviste que pasar?

—Papá…

—¡No lo puedo creer! –Exclamó Antonio—. Estuve preocupado todo este tiempo pensando en que mi hija lo estaba pasando mal por tener que estar al lado de ese hombre al que odia. Lo odiabas, ¿lo olvidaste? Y me encuentro con que… ¿con qué me encuentro exactamente?

—Si me dejaras hablar…

—¡Habla, habla, por favor!

—Estoy enfrentando a mis demonios –dijo ella con voz un poco baja, pero Antonio la escuchó perfectamente. Sin embargo, preguntó:

—¿Qué?

—Los estoy enfrentando, tal como me lo aconsejaste—. Emilia vio a su padre tragar saliva, y sus ojos se humedecieron. Era una llorona, se dijo, pero no pudo evitarlo, ya que desnudaría su corazón ante su padre—. Él… sembró en mí un miedo, un trauma, y no era demasiado consciente de él; he comprobado que… sólo él… puede… quitarme ese miedo.

—¿De qué hablas?

—Me dijiste que debía enfrentar mis demonios y vencerlos, ¿lo recuerdas?

—Sí, pero nunca me imaginé… Dios mío, Emilia… ¿te estás enamorando de ese hombre?

—¡Claro que no! ¡Sólo quiero volver a ser una mujer normal! ¡Volver a sentir!

—¿A sentir qué?

—Papá… confía en mí cuando te digo que todo esto es… una simple terapia—. Antonio se echó a reír.

—Estás yendo demasiado lejos con tu terapia, me parece a mí. Te estas congraciando con el enemigo.

—No es el enemigo. Rubén… no es el enemigo—. Antonio dio unos pasos por la habitación rascándose la cabeza.

—Estás jugando con fuego. Toda esa atmósfera que me encontré… ¡esa familia te trata como si ya fueras su nuera!

—Soy la madre de su nieto.

—¡Exacto! ¿Y si sólo hay ese interés de por medio? —Emilia se cruzó de brazos negando.

—Yo tengo la custodia. No le pueden hacer nada.

—¡Son poderosos! ¡Se libró de la cárcel! —Emilia meneó la cabeza negando.

—Papá… las cosas no son así—. Él la miró arrugando su entrecejo—. Hubo algo que nunca le conté a la policía, ni… a nadie.

—¿Qué cosa?

—Rubén… me conocía de antes… Estaba enamorado de mí.

—¿Qué? —exclamó él—. ¿De qué estás hablando? ¡Emilia!

—¡Me quería!

—¡Eso lo hace más peligroso aún!

—¡No! No es peligroso, ¡no para mí! ¡Salvó mi vida exponiendo la suya!

—¿Ahora es tu héroe?

—¡Papá, por favor! ¿Por qué no puedes entenderme? Tal como tú lo dices, yo fui la principal afectada, ¡yo fui la que fue violada! Si yo puedo perdonarlo, ¿por qué no puedes tú?

Antonio hizo silencio por casi un minuto mirándola sorprendido, y luego, en un hilo de voz, preguntó:

—¿Lo perdonaste? —Emilia rio un poco asustada de sus propias palabras. Se abrazó a sí misma frotándose los brazos.

—Él... todavía no lo sabe. Anhela mi perdón. Casi me lo ha suplicado. Tal como dijo su propia madre... yo podría incluso aprovecharme de él; podría pedirle lo que sea y me lo daría, porque me quiere y desea que lo perdone, lo necesita. He visto su dolor... luego de conocer su lado de la historia, y de ver día a día cómo es... he comprendido muchas cosas, papá. No miente cuando me dice que me quiere.

—Entonces, porque te quiere... no tienes miedo de él—. Emilia cerró sus ojos y recordó el momento del beso. Cualquier otra mujer habría sentido repulsión por su violador, como era natural, y ella debía estar loca, porque en vez, lo deseaba.

—No tengo miedo de él. Podría estar encerrada con él en una habitación por un mes... y no me haría nada. Lo sé.

—¿Y por qué esa noche...? ¿Lo achacas todo a las drogas? —ella bajó el rostro y se miró los pies.

—Esa noche yo lo besé y lo abracé. Hice que... En cierta forma lo provoqué... — por el rabillo del ojo vio a su padre echar a andar otra vez por la habitación, como si no se lo pudiera creer, o simplemente le molestara—, sólo que... por estar bajo el efecto de las drogas... él no se dio cuenta de cuándo me detuve. No te voy a mentir. Fue horrible, me asusté, lloré, le supliqué y no tuve respuesta... pero... de no haber sido por eso, papá, de no haber tenido todo ese veneno en su sangre... ese habría sido el inicio de mi relación con el que hubiera sido mi esposo. Tal vez—. Alzó la cabeza y lo miró, Antonio tenía sus ojos cerrados y tenía en su rostro una expresión de dolor—. Papá... —él usó el mismo gesto con que hizo callar a Álvaro Caballero, y Emilia se detuvo al instante.

El corazón de Emilia estaba agitado. Necesitaba la aprobación de su padre en este caso, necesitaba que le permitiera seguir trabajando en la CBLR, que no se opusiera, que le permitiera tomar el camino al que sus decisiones la conducirían.

Antonio respiró profundo. Era su culpa, en cierta forma. Él prácticamente había empujado a su hija para que entrara a trabajar con estas personas y, tal como le había dicho, para que enfrentara a sus demonios y los venciera. Sabía que había algo en su hija que la hacía infeliz, que le impedía relacionarse y desarrollar su vida

sentimental, pero nunca se imaginó que ésta fuera la solución a eso.
Todo había ido demasiado lejos, su hija estaba tomando un camino
que él no aprobaba del todo, pero no podía decir nada porque, así
como ella decía, necesitaba enfrentar sus miedos y vencerlos.
Pero era difícil, era difícil ver a su niña relacionarse con este
sujeto, confiársela. No, no podría.

—¿Qué prueba tienes de que... no volverá a suceder?

—¿Volver a suceder? ¿Te refieres a... "eso"?

—Sí a eso. Al sexo. Qué te garantiza que no vuelva a... —Al ver
a Emilia reír se detuvo supremamente confundido.

—¿Papá... no lo has entendido?

—No, creo que no.

—No pasará. Rubén Caballero no hará nada que yo no quiera.

—¿Por qué estás tan segura? Acaso ya...

—No, no.

—¿Entonces?

—Sólo... lo sé. No sé de dónde nace esta seguridad, pero... lo sé,
papá.

—¿Confías en tus instintos?

—Con respecto a él... sí—. Antonio tragó saliva y apretó sus
labios haciendo un gesto de resignación.

—Yo... no quiero que salgas lastimada, te vi llorar, hija. Estuviste
deprimida no por unos días, ni unos meses... estuviste deprimida
por años—. Emilia cerró sus ojos.

—Sí, papá, lo estuve. Estuve enojada conmigo misma por mucho
tiempo. Me culpaba por haber sido tan ingenua, por haber confiado
en un extraño que me hizo sentir bonito con unos cuantos besos y
unas bonitas palabras. Culpaba a Santiago por haberse estancado
mi vida, por haber tenido que dejar los estudios, por haberte
endeudado más a ti... Todavía... todavía tengo barreras que
superar, hay cosas que aún me asustan y que sé que me encontraré
en el camino. Pero los iré superando poco a poco. Ahora por lo
menos tengo esa fe—. Emilia se acercó a su padre y apoyó las
manos en sus antebrazos mirándolo a los ojos—. Y te necesito –le
dijo—, te necesito para que equilibres un poco mis decisiones, para
que me hagas escuchar la voz de la razón cuando sea necesario,
para que... me ayudes con tu sabiduría.

—Mi sabiduría no está haciendo mucho efecto en ti ahora mismo
–ella sonrió.

—Porque sabes que en muchas cosas tengo razón.

—Prácticamente has estado justificando a ese hombre y… —cuando vio que ella cerraba sus ojos le puso las manos en los hombros—. Ten por seguro que te advertiré del peligro todas las veces que sean necesarias, y esta vez sí que le arrancaré las pelotas con mis propias manos si te hace daño—. Emilia sonrió y lo abrazó. Lo abrazó fuerte por largo rato.

—Gracias, papá.

—Ahora vamos, vamos. Esa gente nos está esperando—. Emilia no le dijo nada, pudo haberle pedido que dejara de llamarlos "esa gente", pero ya había conseguido demasiado hoy, mejor no presionar.

—¿Comiste algo? –le preguntó Antonio. Emilia no tenía hambre, pero a su padre le gustaba cuidar de ella, y tal vez hoy tenía más que nunca esa necesidad.

—No, no he comido. Pero no sé cómo pedir un pan en portugués.

—Ah, cierto. Qué bonito –Emilia se echó a reír y tomó el brazo de su padre para apoyarse en él. Cuando salieron al pasillo, se encontraron con Álvaro Caballero, y Emilia notó que su padre lo trataba con menos hostilidad.

—Tengo hambre –dijo Álvaro—. ¿Comemos algo?

—Precisamente, iba a llevar a Emilia a la cafetería a ver qué pedíamos—. Álvaro miró su pie.

—No es aconsejable que te esfuerces mucho. ¿Pedimos una silla de ruedas?

—¡Claro que no! –protestó ella—. No andaré por allí en silla de ruedas, ¡no estoy inválida!

—Entonces será mejor que te quedes aquí muy quietica. Ya te traeremos algo. ¿Vamos, señor Ospino? –Antonio miró a Álvaro admirando la manera que tenía este hombre de manipular las cosas a su antojo. Acababa de permitirle a su hijo otro momento a solas con Emilia. ¡Estaba haciendo de casamentero!

Miró a Emilia, y ésta le devolvía la mirada como si estuviese ahora mismo en su mente leyendo sus pensamientos.

—Sí, vamos. Veamos si la comida de Brasil se parece a todo lo que me han dicho de ella.

—Te gustará –sonrió Álvaro, y Emilia notó que a veces lo tuteaba, y otras lo trataba con formalidad—. Tal vez en la noche pueda invitarte a unas caipiriñas.

—Pensé que tomaríamos el vuelo de regreso esta misma noche.

—Ojalá podamos, pero todo depende de si podemos conseguir los documentos para estos chicos hoy mismo, y por ser sábado y a esta hora, lo dudo mucho, la verdad.

—Y mañana es domingo –dijo Antonio mirando a Álvaro con ojos entrecerrados.

—Sí. Esperemos que ocurra un milagro.

Emilia los observó alejarse meneando su cabeza con una sonrisa. Era increíble que pudieran siquiera sostener una conversación. Tal vez sólo estaban siendo muy civilizados.

Respiró profundo y miró la puerta de la habitación de Rubén. Se acercó a ella y entró con cuidado, encontrándolo sentado e intentando bajar.

—¿Qué haces? –le preguntó, y él alzó la mirada a ella.

—Ah, estás aquí. Iba a ir a…

—¡Tú no puedes ir a ningún lado! ¡No te han dado el alta!

—Probablemente me lo den ahorita. Ya estoy bien.

—¡No estás bien! ¡A la cama! –Él la miró un poco sorprendido por su tono autoritario, pero le hizo caso—. Eso es.

—Mamá nunca usó ese tono conmigo –refunfuñó él, y se pareció tanto a Santiago que Emilia quiso echarse a reír.

—Tu mamá te mimó demasiado.

—No es cierto.

—Recuéstate –ordenó ella y otra vez él hizo caso—. Eso es, buen chico.

—Te aprovechas—. Emilia se acercó a su cama mirándolo con suficiencia, y él sonrió—. Estaba preocupado.

—¿Tú? ¿Por qué?

—Pensé que tu padre te convencería y… te irías con él hoy mismo sin mirar atrás.

—Ah, él tenía esa intención. No le gusta mucho que confraternice con el enemigo.

—No soy tu enemigo –ella lo miró elevando una ceja más riéndose de sí misma que de él; acababa de decirle a su padre que Rubén no era el enemigo, pero frente a él se mantenía en esa postura de defensa y ataque… a pesar del beso de esta mañana. Rubén respiró profundo—. ¿Sigues pensando que hacemos todo esto por Santiago?

—¿Puede ser, no es así?

—¿Cuándo comprenderás que nunca te haría daño?

—Hay ciertos miedos que no son fáciles de ignorar—. Él movió su cabeza sin dejar de mirarla, extendió una mano y tomó la de ella. Emilia no se lo impidió, pero cuando vio que él tiraba de ella y la ponía en su pecho se tensó un poco.

—¿Lo sientes? –preguntó él—. A mi corazón. ¿Lo sientes? –ella pudo sentirlo. Latía un poco acelerado a pesar de que estaba recostado—. Te pertenece completamente. Late por ti.

—Sabes decir las cosas más bonitas.

—No son sólo cosas bonitas, Emilia. Es la verdad. Este pobre – dijo, poniendo su mano sobre la de ella haciendo que ésta se extendiera toda en el centro de su pecho— ha estado moribundo todos estos años. Ahora por fin ha vuelto a la vida. Y es por ti.

Emilia lo miró tendido en la cama y paseó sus ojos por todo su cuerpo, tan largo, tan grande en comparación a ella. Se sintió nerviosa, un poco intimidada. Tal como le había dicho a su padre, había barreras que debía superar, pero debía ir poco a poco.

Rubén entrelazó sus dedos con los de Emilia dejándolos posados sobre su pecho.

—Duerme un poco –le pidió ella—. No has descansado nada en todo el día.

—Sólo si me prometes que no te irás.

—No tengo a dónde ir.

—No debería, pero me alegra—. Emilia sonrió negando.

—Eres como Santiago… o tal vez debería decir que Santiago es tal como tú.

—No puedo decir nada, apenas si lo conozco—. Ella entrecerró sus ojos mirándolo, pero él cerró los suyos esquivándola—. Sin embargo, es mi hijo –dijo—. Algo de mí debe tener.

—Tiene mucho de ti –sonrió Emilia—. También es zurdo—. El abrió sus ojos ahora, pestañeó un poco y la miró—. No conseguí que tomara el lápiz con la derecha—. Rubén sonrió y cerró sus ojos otra vez, pero aquello lo había emocionado, lo sabía porque tenía su mano abierta justo sobre su corazón y lo había sentido saltar.

Sin embargo, no le estaba pidiendo un encuentro con él, no le estaba rogando que le dejara verlo y eso la confundía.

Los minutos pasaron en silencio, y al cabo de un rato Emilia pudo ver que Rubén se había quedado dormido. Los médicos le habían pedido todo el día que descansara, que cerrara los ojos, pero él desde la buena mañana había estado ocupado del papeleo, de los teléfonos, de sus padres, de ella. Hasta ahora, que podía por fin cerrar sus ojos y descansar, y en cuestión de minutos se durmió.

Emilia se acercó a él y besó su frente tal como él había hecho en el aeropuerto de Sao Paulo, pero a diferencia, dejó sus labios sobre su frente un poco más.

El olor de Rubén era contradictorio a sus sentidos; esta mañana la había emocionado, pero ahora le recordaba a ese olor dulzón de las flores nocturnas.

Tal vez era mientras su cuerpo y su mente se decidían en ponerse de acuerdo, pensó, y se quedó allí, con su mano atrapada en la de él mientras dormía.

27

Dieron de alta a Rubén el domingo en la mañana, y dado que el asunto de los papeles aún no estaba resuelto, tuvieron que quedarse un día más.

Antonio llamó a Aurora contándole los pormenores de su viaje, y cuando le dijo que tendrían que esperar, Aurora empezó a sospechar.

—¿No lo estarán haciendo a propósito?

—¿Por qué lo dices? –preguntó Antonio, aunque sabía exactamente a qué se refería su esposa.

—Es todo tan raro… no querrán ellos…

—No te preocupes por nada –la interrumpió Antonio—. Yo estoy aquí, estoy cuidando de Emilia… no dejaré que nada le pase.

—¿Crees que le pueda pasar algo estando con ellos? –Antonio cerró sus ojos. Sí, algo le podía pasar, pero no sabía cómo ponerlo en palabras.

—Te lo digo para que estés tranquila. Ellos… tal vez intenten ganarse el corazón de Emilia, pero ella es fuerte y muy sensata, además—. Aurora respiró profundo.

—Que tú estés allá me tranquiliza.

—¿Cómo está Santiago?

—Extraña a su mamá. Mañana tiene clases, así que estará ocupado y distraído, pero hoy está siendo horrible; ya sabes cómo se pone.

—Sí, lo sé. Dale un beso de mi parte.

—Está bien.

Emilia estaba sentada en una sala de espera al lado de Gemima. En unos minutos Rubén saldría y se iría con sus padres al mismo hotel donde ella y Antonio habían dormido anoche. En cuanto tuvieran en sus manos los documentos necesarios para volver a Bogotá, viajarían.

—Es una lástima –dijo Gemima haciendo una mueca, y Emilia la miró. Tenía la barbilla apoyada en la palma de su mano y el codo en su rodilla mirando a ninguna parte.

Era increíble que esta mujer fuera incluso mayor que su madre y se viera tan joven. Había tenido la tentación de preguntarle si se había hecho alguna cirugía, porque de verdad sus arrugas eran muy mínimas. Aunque también influía el hecho de que Gemima cubría sus canas, vestía ropa genial, accesorios finos y caminaba muy erguida y segura de sí misma. Tal vez también su madre, con un buen corte de cabello, maquillaje y ropa diferente perdiera también unos cuantos años. Sin embargo, tenía que reconocer que Gemima tenía algo que Aurora no podría conseguir de la noche a la mañana ni con cosméticos ni ropa cara: confianza, la certeza de que tu palabra tenía valor y peso para personas más allá de su familia.

—¿Qué cosa? –preguntó Emilia ante su comentario. Gemima la miró sin cambiar el gesto.

—Este desperdicio de viaje. Es una completa lástima.

—Ah… Ya me prometí a mí misma volver algún día—. Gemima suspiró.

—Quería de verdad que lo disfrutaras, que tomaras fotografías, que… conocieras y te divirtieras.

—¿Al lado de su hijo? –preguntó Emilia en tono algo sarcástico. Gemima la miró de reojo.

—¿Y por qué no? Él te adora.

—Usted es mujer –le dijo Emilia—. ¿Perdonaría usted tan fácil? – Gemima apretó sus labios como si se estuviera pensando la respuesta. Al cabo de unos segundos en silencio dijo:

—Sabía que algún día me preguntarías eso.

—Entonces ha meditado la respuesta.

—Sí, la verdad es que sí –Emilia la miró entonces fijamente, pero Gemima no se quedó callada demasiado tiempo haciéndola esperar, sino que casi de inmediato dijo: —Lo he pensado mucho, intentando ponerme en tu lugar…

—Seguro que no le ha quedado fácil –la interrumpió Emilia—. Sólo las mujeres que fueron alguna vez abusadas, y tuvieron que dar a luz al fruto de esa pesadilla podrían entenderlo—. Gemima tragó saliva mirándola, e hizo un movimiento de asentimiento.

—Los abusadores no merecen perdón –dijo con voz queda—.

Andan por allí, acechando a las mujeres. Cuando las encuentran indefensas y vulnerables, atacan; o peor, buscan a sus amigotes para que se den un festín con ella—. Emilia frunció el ceño y la miró—. Se ríen, se burlan, hacen gala de su fuerza golpeándolas, callando sus gritos con manos que sólo provocan más. La rebajan hasta que todo su valor se reduce a... una vagina y unas tetas... —Emilia estuvo a punto de decir que no había sido así con ella. Rubén no se había reído, no la había golpeado ni la había maltratado. De hecho, a falta de golpes y marcas en su cuerpo, Telma había tenido miedo de que todo lo redujeran a sexo rudo consentido... Y entonces se dio cuenta a tiempo de que Gemima estaba buscando que pensara justo así, que le quitara culpa a Rubén, que lo considerara menos monstruoso porque su experiencia, después de todo, no había sido tan mala. Condenada mujer astuta—. Esos hombres no merecen perdón –siguió Gemima—. Yo tampoco los perdonaría.

Emilia se puso en pie y no pudo contener la risa, pero era una risa sin humor, como si no pudiera creerse que le hubiesen tendido una trampa y que hubiese sido precisamente esta mujer.

—Usted es terrible.

—Lucho con uñas y dientes por la felicidad de mi hijo –dijo Gemima admitiendo su intención. Emilia apretó los dientes y la miró agitando su cabeza.

—¿No se ha puesto a pensar en que yo estoy lejos de ser su... felicidad? ¿No le asusta que yo pueda fingir perdonarlo para, algún día, simplemente enterrarle un cuchillo? –Gemima sonrió.

—Nunca harías eso.

—¿Por qué no? El odio de una mujer puede ser como un fuego en bajo, tal vez no queme ahora, pero en cualquier momento puede explotar.

—Explota pronto entonces –le pidió Gemima poniéndose también en pie—. Sácalo todo, grítalo todo. Sácalo de tu sistema y...

—Si lo perdonara, estaría traicionando a mi género—. Gemima respiró profundo y miró a otro lado cruzándose de brazos.

—Sólo debería importarte saber que no te estás traicionando a ti misma—. Emilia miró el techo negando, y Gemima no volvió a decir nada; tal vez sólo estaba empeorando la situación, tal vez esta vez no estaba ayudando en nada a su hijo.

En el momento salieron Álvaro y Rubén de la habitación. Rubén caminaba despacio, y al verla, sonrió. Emilia miró a Gemima, que le devolvió la mirada sin ninguna expresión, y se acercó a su hijo para asegurarse de que estaba bien y podría llegar hasta la salida sin ayuda.

—Estoy bien, mamá, puedo andar—. Él miró a Emilia y le sonrió, no por nada especial, sino porque le era inevitable, pero ella no le devolvió la sonrisa.

Antonio cortó su llamada y llegó ante ellos. Rodeó a Emilia con un brazo y miró a Rubén con una advertencia. Sin embargo, él no pudo dejar de mirarla. Ella estaba bien, estaba sana y salva, era lo que importaba.

Anoche había tenido que despedirse de ella, de todos, porque se irían a dormir a un hotel, sólo su madre se había quedado aquí para hacerle compañía y él no había hecho sino pensar en ella, en el beso de esa mañana, en la cantidad de cosas que quería contarle, que quería compartirle.

Esa mañana, Álvaro le había dicho que los Ospino se habían rehusado a verle para desayunar y él sólo había podido pensar en que tal vez ella se había arrepentido de haberlo besado, de haberse acercado a él.

No pierdas la fe, se dijo; ahora no le sonreía, pero al menos estaba aquí, presente cuando él salía del hospital.

—¿Estás bien? –le preguntó él. Emilia asintió sin descruzar sus brazos—. ¿Dormiste bien? –volvió a preguntar él.

Emilia miró a Gemima, que por una vez tenía la cabeza gacha, tal vez comprendiendo que sus palabras sólo habían conseguido remover ciertas aguas que ya habían estado asentadas.

Pensar en esa noche justo ahora que el beso estaba a sólo veinticuatro horas de haber sucedido la había sacudido un poco, pero ahora que miraba a Rubén a la luz del día todo parecía volver a su lugar.

Sonrió asintiendo. Este era el hombre que había recibido un trozo de metal en su espalda por protegerla a ella, y estando aún adolorido sólo preguntaba por su bienestar.

—Estoy bien –dijo al fin—. Estoy bien.

Gemima la miró con una nueva luz en su mirada, y pasó sus ojos de Emilia a Rubén. Comprendió, al fin, que su hijo no necesitaba su ayuda, ellos dos, solos, podían conseguir el camino. Sonrió feliz, pero no dijo nada, sólo alcanzó la mejilla de su hijo para darle un beso.

Fue un fin de semana raro, pensó Emilia subiendo por fin al jet privado que los Caballero habían alquilado para realizar este viaje. Un fin de semana raro, pero no del todo malo. Había perdido su maleta, se había accidentado y visto un auto explotar a pocos metros, había besado a Rubén... y luego había podido conocer al fin la ciudad, una ciudad mágica.

Sonrió cuando se dio cuenta de que había metido el beso en el conjunto de las tragedias de este viaje. No se atrevía aún a ponerlo entre las cosas buenas.

Llevaba muchos recuerdos consigo. Los Caballero habían insistido en llevarla de paseo por toda la ciudad en auto. No había podido caminar por entre los jardines y las amplias calles, pero al menos había visto con sus propios ojos las bellezas arquitectónicas que le daban a esta ciudad una personalidad casi mágica, al menos a sus ojos.

Hasta Antonio había disfrutado del paseo, y con él se había tomado innumerables fotografías. Había aceptado un poco a regañadientes, pero luego el entusiasmo de su hija se le había contagiado y terminó por sonreír, bromear y alegrarse con la experiencia. Había ido bien.

Se sentó en el asiento que le indicaba la auxiliar de vuelo mirando todo en derredor. Era bonito, todo blanco y con sillones ultra cómodos. También era la primera vez que subía a uno de éstos.

Miró a Rubén acomodarse en su asiento y tratando de disimular el dolor. Si bien las pastillas que tomaba eran suficientes para mitigar la molestia, había estado en movimiento todo el día, siendo que el doctor había recomendado absoluto reposo; sin embargo, ninguno sugirió que Rubén tomara ese descanso aquí, que no viajara.

Giró la cabeza para mirar a su padre, que tal vez la estaría censurando por estar contemplándolo, pero él estaba bastante absorto mirando el interior del avión. Sonrió al reconocer que él también había tenido un viaje de ensueño sin siquiera haber participado en un fraudulento sorteo. La vida era extraña a veces, pero no todas las veces, mala.

—¡Mamá! —gritó Santiago al verla atravesar la puerta y Emilia lo alzó y lo besó. Antonio entró con la pequeña maleta que contenía la poca ropa de los dos, pero se detuvo al ver la expresión de

Aurora.

—¿Pasa algo? –le preguntó. Emilia miró a su madre, recibió su beso y su abrazo, pero no logró comprender por qué parecía incómoda.

—Esta mañana llegó eso para ti –señaló con el brazo hacia un rincón de la estrecha sala de estar, y Emilia vio un enorme cuadrado forrado en papel de embalaje.

Con Santiago en sus brazos, que no se quiso bajar a pesar de que Aurora se lo pidiera, Emilia se acercó al extraño objeto.

—¿Qué es? –preguntó.

—No sé, no lo he destapado.

—¿Llegó esta mañana?

—Sí. Me pareció raro, pero ni modo de devolverlo; no tiene remitente—. Emilia dejó en el suelo a Santiago y se acercó poco a poco intuyendo quién había enviado esto. Había recibido diez envíos de rosas de Rubén y todavía no se había enterado de cuál sería el final de este asedio; no creía ni por un segundo que Rubén dejaría esto inconcluso. Cuando llegaron las diez rosas no había tenido ninguna duda de que al volver se encontraría con alguna sorpresa, y muy seguramente la tenía ante los ojos.

Extendió la mano y rompió el papel por un extremo. En cuanto éste se rasgó, Emilia pudo ver de qué se trataba. No tuvo que destaparlo todo para comprender, y se llevó los dedos a los labios cubriendo una exclamación.

Era el cuadro, el hermoso cuadro de la mujer entre las rosas con una lágrima rodando por su mejilla y una gota de sangre en la yema de uno de sus dedos. Rubén lo había comprado para ella.

¿Pero cómo?, se preguntó terminando de quitar el papel. ¿Cómo pudo enterarse de que el cuadro le había gustado?

Hizo memoria tratando de recordar aquel evento en que lo había visto. Había ido con Telma, y aún no lo había reconocido a él. Dudaba mucho que Telma hubiese ido contándole que a ella le había gustado un cuadro en particular, no se la imaginaba siquiera haciéndole esta confidencia a Rubén, y, además, ella no había hecho mucho ruido al respecto, apenas lo había mencionado.

La pintura le había encantado, pero eso sólo lo había sabido ella. ¿Por qué Rubén lo había comprado para ella?

Cuando todo el cuadro estuvo descubierto, se lo quedó mirando tal como la primera vez, causando en ella las mismas sensaciones. Estuvo allí por largo rato contemplándolo, admirando el detalle de las rosas, el trazo del pintor.

—Lo envía él, ¿cierto? —preguntó Antonio situándose a su lado, y Emilia tuvo que recordar que no estaba sola, sus padres estaban aquí haciéndose muchas preguntas también.

—No... no lo sé.

—Lo sabes. Lo envió él.

—Papá...

—No, no te diré nada... me iré a mi habitación, estoy cansado—. Aurora la miró por un segundo antes de ir tras su marido. Sintió la manito de Santiago meterse en la suya, y la apretó con suavidad.

—¿Qué es, mamá? —preguntó el niño, aunque lo tenía delante y podía mirarlo perfectamente.

—Es... una pintura. Para colgarla en la pared—. Sólo que en su casa no había una sola pared donde cupiese, pensó, y el mobiliario de la casa no le haría justicia. Esta pintura debía estar en una casa de techo alto, en un muro exclusivamente para ella y en medio de unos muebles finos que le hicieran juego. Aquí no había espacio.

Caminó con Santiago hasta la mesa, donde estaba su bolso, y se sentó en una silla buscando un pequeño papel donde Rubén había escrito el número telefónico de su casa con la esperanza de que ella lo llamara.

El teléfono timbró un par de veces y contestó un hombre.

—Casa de la familia Caballero, ¿en qué puedo servirle? —saludó. Emilia elevó una ceja. Debía ser una broma. ¿Quién hoy en día contestaba el teléfono de esa manera?

—Ah... Hola, gracias... Necesito a Rubén.

—El joven señor en este momento se encuentra reposando en su habitación...

—Dígale que soy Emilia Ospino—. Hubo un silencio, pero imaginó que simplemente el acartonado hombre que le había contestado estaba pidiendo la autorización del señorito de la casa.

—¿Emilia? —se escuchó la voz de Rubén.

—¿Tienes a alguien sacado de un libro en tu casa? —Rubén se echó a reír.

—Sí. Justo así. Si lo vieras, te darías cuenta de qué tan sacado de un libro parece.

—¿Quién es? —preguntó Emilia con curiosidad.

—El mayordomo.

—Ay, caramba. Tienes mayordomo.

—Vino con la casa. A mamá le divierte tener uno. Ella es así de loca.

—De remate.

—Me llamaste —sonrió él, y luego guardó silencio como esperando que ella dijera el motivo de su llamada.

—Tú ya sabes por qué te llamo.

—No puedo ni imaginarme qué razón tendrías.

—Ay una razón de casi dos metros cuadrados aquí en mi sala ocupando espacio y restándole oxígeno a mi hijo.

—Ah, llamaste para decir gracias —Emilia blanqueó sus ojos.

—Mamá, ¿con quién hablas? —preguntó Santiago, que se había sentado en su regazo. Parecía una garrapata pegado a ella, pero a Emilia simplemente no le molestaba.

—Con tu… con… —se detuvo al darse cuenta de lo que estuvo a punto de decir, y también a Rubén pareció detenérsele el corazón—. Con alguien, dame un minuto, por favor.

Rubén tragó saliva, y hubo un silencio muy diciente entre los dos, ella parecía agitada.

—No puedo tener ese cuadro —le dijo Emilia al fin—. Mi casa es pequeña… no cabe.

—Pero quiero que lo tengas, es tuyo.

—No hay una sola pared donde pueda colgarlo, tendría que meterlo detrás de un armario y… es demasiado bello, no es justo. Además… tú no tienes por qué hacerme este tipo de regalos.

—Emilia…

—De todas formas, ¿por qué… cómo supiste…?

—¿Que te gustaba? —completó él, y la sintió suspirar—. Te vi esa noche en la galería de arte, el día de la exposición. Volvía a verte después de tanto tiempo y tuve que controlarme para no ir a ti y abrazarte. Pero dado que la última vez te vi con un hombre y besarte con él, esta vez fui cauteloso.

—¿De qué hablas? —Rubén sonrió.

—Son tantas cosas de las que no hemos hablado, Emilia… Yo… te vi esa noche en la galería, pero poco antes también te había visto en un restaurante con el que seguramente era tu novio.

—Armando —susurró Emilia.

—Pero la noche de la exposición decidí investigar sobre ti, y me di cuenta de que trabajabas para mi padre, así que decidí esperar hasta el día siguiente para presentarme ante ti en la empresa; iba con toda la intención de parecer un príncipe o algo peor —rio él—. Incluso ideé un plan bastante tonto para conocerte, caerte bien y ganarme tu corazón. Pero bueno… tú reaccionaste como si hubieras visto al mismo diablo, y entonces… Pero ya había comprado el cuadro para ti, en ese momento sólo pensé en crear la situación o el momento adecuado para regalártelo. Fue tuyo desde esa noche porque vi que te gustó, vi que te emocionó. No sé si por las rosas, o porque te sentías identificada con la mujer en medio de ellas, pero no pude evitarlo, tal vez fue un arrebato, así que simplemente lo compré… ¿Emilia?

Ella se había quedado callada, y ahora parpadeó y respiró profundo. Se le había formado un nudo en la garganta, pero habló.

—¿Por qué, Rubén? –él sonrió, como si la misma pregunta se la hubiese hecho él.

—Me pregunto lo mismo todos los días, cada vez que pienso en ti… y pienso en ti a cada momento. He sobrevivido todos estos años sin ti, Emilia, sin saber de ti, sin verte. Pero ha sido horrible. Sobrevivir no es lo mismo que vivir… y yo quiero estar vivo. Te quiero.

—No puedo…

—¿Aceptar el cuadro? Claro que puedes—. Emilia sonrió. Él había desviado el tema muy audazmente.

—Me dolerá mucho tener que ocultarlo, de verdad. Si conocieras mi casa sabrías que lo que digo no es una excusa.

—Pero no conozco tu casa…

—Otra vez haces eso –lo censuró ella, era como si le estuviera diciendo: sólo invítame y solucionemos eso.

—Estoy en pie de guerra –reconoció él—. Estoy peleando por ti, con todo lo que tengo. Y no dudes que usaré toda mi fuerza para atraerte a mí—. Emilia cerró sus ojos sintiendo su corazón latir fuertemente. Santiago se movió y ella lo miró.

Tenían tantas cosas que resolver… Esto apenas era el inicio de todo, pensó. Y estaba asustada, asustada de sí misma, de sus reacciones.

Cuando Santiago le sonrió, tomó al fin una decisión. Respiró profundo y miró al cuarto donde seguramente estaban sus padres conversando de lo que había sido el viaje.

No sabía si lo que estaba haciendo era un terrible error, no sabía si funcionaría, si se lastimaría, o lastimaría a la gente en derredor.

Cerró sus ojos y abrazó a su hijo.

Entonces, lucha por mí, quiso decir Emilia. Lucha por nosotros, porque no soy sólo yo quien está aquí, expuesta y asustada.

—Emilia… —volvió a llamarla él al sentirla en silencio.

—Estoy… estoy tan… Dios…

—No tengas miedo –le pidió Rubén—. Por favor, no tengas miedo. No tengas miedo de mí, nunca te haría daño. Confía en mi amor, confía en que te amo de verdad. Te quiero a ti, quiero todo lo que tengas para darme… así por ahora sólo sean espinas, Emilia.

Ella sonrió con tristeza, y entonces Santiago se hizo escuchar de nuevo.

—¿Estás triste, mami?

—No, mi amor –le contestó ella.

—¿Pero tienes ganas de llorar? –Emilia sonrió.

—Un poquito –admitió. Rubén escuchó la voz de su hijo y cerró sus ojos sintiendo que el anhelo lo debilitaba. Estaba famélico de esto, quería a su mujer y a su hijo aquí, con él. Quería quitar de un manotazo todos los miedos de Emilia, quería ver a su hijo a los ojos, abrazarlo y besarlo, pero tuvo que aceptar que las cosas no podían ser así de rápidas. Tendría que ir derribando muros y obstáculos uno a uno.

La sintió respirar profundo y se preparó, lo que ella diría ahora era decisivo.

—Me quedaré… me quedaré con el cuadro –dijo ella—. De todas formas, dentro de poco compraré una casa, y nos iremos de aquí.

—Asegúrate de que tenga una sala amplia donde quepa.

—Sí –sonrió ella—. Gracias… por el cuadro—. Él no dijo nada, y Emilia apretó el teléfono en su mano—. Yo… Dios, no sé cómo… —Estaba balbuceando, se dio cuenta Emilia. Tal vez lo mejor era cortar sin que él se diera cuenta de lo nerviosa que estaba, de lo insegura, de lo asustada. Pero sólo el saber que al otro lado él también estaba nervioso la mantuvo allí—. Tal vez debamos hablar cara a cara…

—Estoy de acuerdo –dijo él.

—Entonces…

—En cuanto me recupere iré por ti –propuso él.

—No. No.

—Emilia…

—Dame la dirección de tu casa –él se sorprendió sobremanera, pero no dijo nada—. Iré en cuanto pueda.

—Está bien—. Emilia apuntó en el mismo papel donde estaba el teléfono, la dirección de la casa de los Caballero.

Cortó la llamada y le sonrió a su hijo, que se había distraído con los objetos del interior de su bolso.

Iría y se metería justo en la cueva del oso. Ya no había vuelta atrás, y tal vez sus padres la censuraran por esto; pero no tenía opción, había huido todo lo que había podido... y el destino finalmente la había atrapado.

28

—¡Hey! ¿Dónde está mi viajera? –preguntó Telma entrando esa misma noche a la sala de estar de los Ospino y haciendo bastante ruido. Emilia salió de la habitación, donde estaba haciendo un repaso de todas las prendas que ahora le hacían falta, y caminó a recibir el saludo de su amiga—. Me dijeron por allí que volviste de la muerte.

—Qué exageración –rio Emilia, y Telma la estrechó fuertemente entre sus brazos.

—Gracias a Dios que estás bien –Emilia sonrió asintiendo, y la convidó a su habitación. Santiago, como siempre, les fue detrás—. ¿Y cómo se portó esta pulga en ausencia de su mamá, ah? –Le preguntó Telma al niño, que sonrió mirándola. Ya se había acostumbrado a que la tía Telma lo llamara así y cosas peores.

—Yo siempre me porto bien –dijo con suficiencia.

—Cualquiera que te escuche creerá que es verdad.

—Deja de meterte con mi hijo –le advirtió Emilia, y Telma atacó a Santiago a cosquillas. Minutos después Aurora llamó a su nieto para darle de comer y las dejó a solas. Telma miró atentamente a Emilia, que apuntaba algo en lo que parecía ser una lista.

—¿Qué haces? –le preguntó curiosa.

—Hago una lista de las cosas que no tengo y necesito.

—Ah… —Volvió el silencio, y Emilia que no se fiaba mucho de la actitud pasiva de su amiga, dejó lo que estaba haciendo y la miró fijamente. Telma estaba sentada en su cama y la miraba con gesto aburrido, mientras ella, sentada en el suelo frente a su armario, organizaba algunas cosas.

—Qué –le preguntó.

—¿Qué de qué?

—No te hagas la tonta, tienes algo por decir. Escúpelo—. Telma se echó a reír.

—Vale, vale. ¿Qué tal fue?

—¿Qué tal fue qué?

—El viaje con Rubén Caballero. ¿Qué tal fue?

—¿Tú de verdad me estás haciendo esa pregunta? —Telma respiró profundo y ruidosamente.

—Emilia... cuando me dijeron que te habías accidentado, de verdad que me asusté mucho, pero luego, cuando supe que había sido con Rubén Caballero con quien estabas, a solas, en el momento del accidente... Ya sabes, mi mente es loca y empecé a imaginar un montón de cosas.

—Sí, un montón.

—Emi... —Telma hizo una pausa que hizo que a Emilia se le erizara un poco la piel. Seguro que Telma tenía preguntas, y a ella no podría evadirla—. Está pasando algo, ¿verdad?

—¿Pasando algo? ¿Qué podría estar pasando?

—Algo entre tú y él—. Emilia le dio la espalda de inmediato, como escondiendo sus reacciones. Telma se mordió los labios antes de seguir—. Aquella vez... cuando me dijiste llorando lo que te había pasado... me juré a mí misma meter a ese malnacido en la cárcel—. Emilia bajó la mirada al escuchar aquello. Al parecer, todos alrededor se habían propuesto revivir esa noche, quitar la costra de la herida y meter el dedo.

—Telma...

—¿Sabías que quería ser otro tipo de abogada? Pero decidí ser abogada penalista sólo por encerrarlo a él—. Emilia la miró de reojo. Lo recordaba; Telma había querido enfocarse más en los derechos humanos. Incluso había soñado con hacer especializaciones con ese énfasis.

—Lo siento...

—No tienes que decir eso—. Telma hizo una mueca y sonrió—. Cuando fui a esa audiencia esperaba encontrar a otro tipo de hombre. Esperaba encontrar malicia en su mirada, burla, pedantería o cualquier signo que me reafirmara que ese malnacido era un desgraciado que merecía ir a la cárcel. Uno se hace juramentos, uno promete no defender nunca a un criminal, ni incriminar a un inocente... y ese tipo... yo no sabía en qué saco meterlo. No parecía malo, pero tú sólo de verlo ya te hervía la sangre.

Era verdad, pensó Emilia. Así era en aquel tiempo. No soportaba verlo, no soportaba su voz, su cara... o su perfume.

Miró al techo dándose cuenta de lo mucho que habían cambiado las cosas desde entonces, y de eso no había pasado mucho tiempo.

—Esa vez de la reunión donde se concertó lo de la indemnización –siguió Telma—, hubo varias cosas que noté.

—Acerca de qué –preguntó Emilia en voz baja.

—Acerca de él… acerca de su padre… acerca de ti.

—¿De mí?

—En un momento tú estabas mal, pálida, odiando cada minuto que pasabas en la misma sala que él; y luego de esa conversación a solas con él todo cambió. Incluso aceptaste trabajar en el mismo edificio que él. Yo no me lo podía creer cuando tu padre me lo dijo. Luego esperé pacientemente por el momento en que explotaras. Me dije: esa no aguanta, lo odia; renunciará y tendré que estar allí para decirle que no es su culpa.

—Qué buena amiga –comentó Emilia con cierto sarcasmo.

Telma sonrió.

—Pero ahora estuviste en Brasil con él, viajabas en un taxi con él… pasaste muchas horas en un hospital con él… y ya no te hierve la sangre cuando te lo mencionan o algo.

—¿Qué me estás queriendo decir, Telma?

—Él era tu admirador secreto de la universidad, ¿verdad? –Emilia giró su cabeza a otro lado. Nunca se lo había confirmado, a pesar de que Telma siempre había tenido sus sospechas.

—Telma…

—Te enviaba dibujos de rosas—. Emilia se puso en pie y abrió de par en par su armario, ahora bastante vacío—. Siempre pensé en que en vez de rosas reales él te mandaba sólo dibujos. Pensé que de pronto era un chico muy pobre que sólo contaba con su talento, así que, como no tenía dinero para comprar rosas, hacía dibujos y con eso te demostraba que pensaba en ti el tiempo suficiente como para terminar algo tan complicado—. Emilia volvió a sonreír. Un chico pobre. Sí, claro—. Él te enamoró en aquella época –siguió Telma— . Consiguió con unos simples dibujos lo que otros chicos no pudieron con palabras bonitas. Te conquistó.

—Mira, Telma…

—¿Qué es lo que está pasando ahora? –Le preguntó Telma con suavidad—. ¿Estás tratando de encontrar en él a ese chico?

—No… no lo sé.

—Sí lo sabes, Emilia. Eres inteligente, nunca te has dejado cegar por las emociones. No lo hiciste cuando eras adolescente y se supone que debías tener las hormonas revolucionadas, suspirando por amor por cuanto par de pantalones... Así que no creeré eso ahora que ya eres adulta y que has pasado por tanto—. Emilia asintió, aquello era verdad. Era tan sensata que rayaba en lo aburrido. Los chicos que la buscaban dejaban de insistir de inmediato en cuanto ella los rechazaba. Era tajante en eso, sin lugar a segundas oportunidades. Pero con Rubén todo siempre había sido un caos.

Suspiró y se giró a mirar al fin a su amiga.

—Sí, él era el de las rosas—. Telma asintió aceptando la información, que por fin salía de boca de Emilia—. Todavía no sé... por qué las dibujaba y no enviaba rosas reales. Todavía no sé muchas cosas acerca de él. Pero he dejado de tenerle resentimiento.

—¿Resentimiento? ¿No era odio, asco, miedo? –Emilia alzó un hombro.

—Nunca le tuve asco –admitió Emilia—. Cuando lo volví a ver en esa oficina, entré en pánico. Fue una reacción natural, supongo. Verlo tan libre y tranquilo mientras mi vida había sido un infierno fue demasiado. Que luego pretendiera que no recordaba lo sucedido fue lo que colmó el vaso. Pero... Rubén es el chico de las rosas. Me lo dijo Gemima Caballero una vez que vino a casa, el día que te llamé para que aceptáramos la indemnización. Rubén era el chico de las rosas y me había amado antes de lo sucedido. Alguien que te ama... ¿cómo estará sufriendo al saber que te ha dañado? En eso pensé—. Emilia dio un paso y se sentó en el borde de la cama, metiendo sus manos al interior de sus rodillas—. Mi cabeza fue un hervidero de ideas, de pensamientos, de recuerdos desagradables, y otros que no lo eran tanto.

—Así que has preferido darle una oportunidad al chico de las rosas para que por fin te demuestre sus verdaderos sentimientos, enterrando momentáneamente al que te hizo daño en esa fiesta—. Emilia elevó sus cejas.

—Has conseguido poner en palabras lo que yo no. Qué excelente abogada eres.

—Has considerado las implicaciones de todo esto, ¿verdad? –Emilia asintió moviendo lentamente su cabeza.

—Mi familia no lo aceptará –dijo en voz baja, y Telma sonrió.

—Es difícil cambiar de opinión, sobre todo porque... ellos te vieron llorar. Fue horrible para todos.

—Y, además, tendré que decírselo a Santiago—. Al oír eso,

Telma abrió grandes los ojos. Si Emilia estaba considerando eso, es que el asunto era serio.

—¿Le dirás que es su padre? —Emilia sacó un poco su labio inferior y movió su cabeza afirmativamente, como una niña que admite que fue ella quien rompió el lazo de seda de la muñeca.

—Ha sido difícil tener que mentirle a mi hijo diciéndole que su papá estaba en el cielo y que no tenía ni una sola fotografía de él. Está muy pequeño, así que no ha sentido la suficiente curiosidad como para pedirme su nombre, o el lugar de su tumba en el cementerio. Pero llegará un momento en que tendré que decirle algo más, y deberé seguir mintiendo y mintiendo hasta que todo me explote en la cara.

—De todos modos, ten cuidado —le aconsejó Telma. Emilia sonrió.

—No te preocupes. Es verdad que lo rechacé mientras estuvo en mi vientre, y por casi dos años apenas si lo miré, pero ahora él es mi vida. Metería mis manos al fuego si con eso consigo mantenerlo a salvo a él… Así que tranquila, yo iré delante pisando el terreno, asegurándome de que no hay peligro… y estoy segura de que papá, mamá, Felipe y tú misma me advertirán de cualquier cosa que parezca mínimamente sospechosa.

—Eso no lo dudes—. Emilia sonrió.

—Estoy asustada, no lo creas —rio Emilia—. Estoy muy asustada, pero… a la vez… estoy segura de un par de cosas y es lo que me ha llevado a decidirme.

—Él sigue enamorado de ti —concluyó Telma.

—Eso me ha dicho. Lo dijo frente a Felipe, papá también lo sabe. En fin, se ha encargado de que no quede en el olvido. Ha hecho bastante ruido enviando rosas de verdad y ahora ese cuadro que viste en la sala.

—¿Eso lo envió él?

—¿Te acuerdas de la exposición de arte a la que fuimos recién entré a trabajar en la CBLR? —Telma asintió—. Me vio allí —le contó Emilia con una sonrisa, una sonrisa que Telma estaba segura nunca le había visto a su amiga—. Vio que me gustó el cuadro y lo compró. Ni siquiera imaginaba que yo lo odiaría apenas verlo, pero lo compró. Son esas "pequeñas" cosas las que me han hecho pensar. Tal vez el chico de las rosas sí se merezca una oportunidad. Tal vez sea capaz de espantar las pesadillas, de curar las heridas. Tal vez, tal vez, tal vez…

—Y estás haciendo caso a lo que te grita el corazón –Emilia asintió.

Ambas guardaron silencio por largo rato y Emilia se recostó en su cama mirando el techo. Hablar de esto le había ayudado a poner en perspectiva muchas cosas, le había ayudado a comprenderse a sí misma. Ella también tenía anhelos, habían estado adormecidos muchos años, los años negros de su vida, pero había regresado la persona que había sembrado en ella estos anhelos, y tal vez sólo ella conseguiría que germinaran.

Era una apuesta muy alta, pero no hacerla la dejaría con la eterna pregunta de qué habría sucedido… otra vez.

—Cuentas conmigo para lo que necesites –le dijo Telma—. Soy tu amiga en las buenas y en las malas… aunque contigo sean más las malas que las buenas.

—Tonta –rio Emilia.

—Seré tu par de ojos en la espalda.

—Siempre lo has sido. Gracias por eso—. Telma sonrió con cierta candidez, así como sonreía cuando ambas tenían sólo once y unían el dinero de sus descansos para comprar entre las dos algo más caro, pero rico. Emilia no lo pudo resistir y la abrazó, un abrazo muy corto, pero sentido.

—¿Vas a comer, Telma? –preguntó Aurora desde el otro lado de la puerta.

—Sí, Aury, gracias –contestó ella, y luego, mirando a Emilia, dijo: —¡Tengo hambre!

—¿No vienes de verte con tu querido Adrián? –Telma no contestó de inmediato, y eso picó la curiosidad de Emilia, que la miró inquisitiva—. ¿Hay algo malo con él?

—No, nada. Sólo que… me está gustando de verdad… así que estoy tomando distancia.

—Eso no tiene sentido. ¿No deberías acercarte más?

—Se detalla mejor la pintura si estas a varios pasos de ella, ¿no es así?

—Pero si te alejas mucho, pensará que has perdido el interés y se desanimará.

—No lo hará.

—Telma, Telma…

—Ya lo hicimos.

—¿Qué? –preguntó Emilia sintiéndose un poco confundida. Los ojos de Telma parecieron hablar, y Emilia al fin comprendió que habían hecho—. ¡Oh, Dios!

—Fue... mágico. Me encantó. Por eso... estoy tomando distancia.

—Eres lo más raro que vi jamás, rápida cuando debes ser lenta... y lenta cuando debes darte prisa.

—Creo que él también se halla en una encrucijada. Seguro que al igual que yo no esperó que esto le sucediera cuando al principio todo fue una aventura. Las vueltas que da la vida, ¿no?

—Dímelo a mí –murmuró Emilia y juntas salieron de la habitación.

Rubén estaba sentado en un sillón que muy amablemente el servicio le había llevado al jardín para que aprovechara un poco el sol. Tenía un libro de estudio abandonado a un lado y miraba a la distancia. Hacía tres días que Emilia le había dicho que iría a verlo en su casa.

Ella había tenido una corta incapacidad laboral debido al accidente y ésta expiraría hoy. ¿Por qué no había venido a verlo?

Suspiró recostándose suavemente en el espaldar del sofá. Estaba practicando la paciencia, pero hoy en especial le estaba costando.

Se sentía aburrido, solo, un poquito abandonado. Y eso que no tenían una relación; no tenía ningún derecho a extrañarla, ni nada de nada.

Adrián había venido a verlo. Los que habían viajado a Brasil con ellos le habían mandado sus saludos y uno de ellos, o ellas, incluso le había mandado flores. Todos sus conocidos de una manera u otra le habían hecho saber que deseaban que se recuperase o cualquier cosa, excepto Emilia. Pero bueno, ¿qué podía esperar?

Era sólo que esa llamada lo había hecho subirse a una nube.

—Señor –lo llamó Edgar, el mayordomo. Rubén giró suavemente para mirarlo, pero entonces quedó allí, paralizado. Unos ojos castaños claro miraban todo en derredor con mucha curiosidad, y tenía su pequeña mano en la de su mamá, que lo miraba a él apretando sus labios.

Se puso en pie lentamente. Era la imagen más hermosa que había visto jamás, Emilia con su hijo en su casa. ¡Lo había traído! ¡Lo había traído! Su corazón estalló como un torpedo, pero luego fue como fuegos artificiales, y sólo atinó a quedarse allí mirándolos sin poder articular palabras.

—Hola –dijo ella y sonrió un poco tímida. Rubén caminó

despacio hacia ella, como si la imagen de repente se fuera a desaparecer—. Yo… me imaginé que te gustaría verlo y…

Ah, el cuerpo le dolía del esfuerzo que estaba haciendo para no saltar a ella y estrujarla en un abrazo, besarla y…

Miró de nuevo al niño, que ahora lo miraba con sus enormes ojos claros. Se agachó suavemente hasta ponerse a su altura y lo miró largamente.

—Hola –saludó Rubén, con el corazón latiéndole fuertemente en el hueco de su garganta. Era su hijo, y al fin estaba frente a él mirándolo cara a cara.

—Hola –contestó el niño.

—¿Te… te acuerdas de mí? –Santiago lo miró entrecerrando sus ojos—. Nos conocimos una vez en un hospital… cuando tu tío Felipe se cayó de la moto.

—Ah, sí –sonrió Santiago—. El señor que estaba allí… la abuela te regañó—. Emilia miró a Rubén elevando una ceja. Conque su madre también había tratado con Rubén, ¿eh?

—Sí, ya sabía yo que recordarías eso. Mi nombre es Rubén –dijo, extendiéndole su mano al niño. Santiago sonrió tímido, pero le dio la mano y dejó que se la estrecharan.

—¿Qué te pasó?

—¿Por qué?

—Tienes una venda.

—Ah… un accidente.

—¿Te salió mucha sangre?

—Santi, no hagas esas preguntas.

—Sí me salió mucha sangre –respondió Rubén sin mirar a Emilia—. Pero ya estoy bien.

—¿Te llevaron al doctor?

—Sí. Me llevaron, y me cosieron –Santiago hizo un gesto como si aquello fuera muy grave.

—Y tú, ¿cómo estás?

—Bien –fue la llana respuesta del niño.

—¿Cómo te va en la escuela? ¿Sigues siendo un niño inteligente? –el pequeño contestó moviendo afirmativamente su cabeza, y Rubén sólo sonrió. Extendió un poco su mano y la puso sobre su cabello, un poco rizado y castaño más claro. Así era él de pequeño, tenía fotos donde se veía justo así. Qué hermoso era su hijo.

Se puso en pie y miró por fin al rostro de Emilia. ¿Qué podía decirle? ¿Gracias por darme un hijo? No era posible, ella lo había tenido tal vez en contra de sí misma. Era una historia que no conocía, y que tal vez le dolería escuchar, pero su historia, la historia de ambos, estaba entretejida con muchos momentos que habían sido tristes, pero que tenía la fe de convertir en felices con el tiempo, si tal sólo ella le daba la oportunidad.

Y que trajera el niño aquí indicaba que ella se la estaba dando, no estaba dando pasos a él, para ella esto era un enorme salto, y no podía menos que sentirse agradecido y bendecido. ¡Dios, cuánto la amaba! Por valiente, por fuerte. Por ser simplemente ella.

Estaba tan emocionado y feliz que, seguro que no conseguía disimularlo, aunque lo intentaba. Emilia le había hecho un regalo demasiado bueno hoy, y él que minutos antes se había sentido abandonado por ella.

Ella no le había dicho al niño quién era él, que era su padre, y lo comprendía; con esto Emilia estaba enviando un claro mensaje y él lo aceptaba. Si quería ser parte de la vida de Santiago tendría que luchar también por él y ganárselo.

La miró por un momento a los ojos aceptando su dictamen. No podía oponerse, no había opciones al respecto. Iría al ritmo que ella indicara, hasta que confiara, hasta que se acostumbrara por fin a ser amada por él. Tendría que acostumbrarse a ella.

—Gracias –dijo él por fin. Emilia agitó su cabeza negando.

—Perdona por haberte hecho esperar, pero… estuve pensando mucho.

—Me imagino que sí. No te preocupes. He sido paciente—. Eso la hizo reír. Miró en derredor.

—Tu casa es hermosa.

—Es de mis padres –ella elevó una ceja, confundida.

—¿No vives aquí?

—No. Vivo en un apartamento bastante lejos. Estoy aquí por mi convalecencia.

—Ah… —los ricos hacen las cosas de otra manera, pensó Emilia, y puso su mano sobre el hombro de su hijo, que seguía mirando todo bastante absorto.

—¿Mamá, estamos en otro país? –preguntó Santiago, y Rubén sonrió divertido.

—No estamos en otro país.

—No veo más casas.

—Es porque el jardín es muy grande.

—Ah… —murmuró Santiago aceptando esa verdad, y Rubén

volvió a mirar a Emilia.

—Es un preguntón.

—Ya veo.

—Además, es la primera vez que viene a un sitio así. Está acostumbrado a las casas chicas con jardines normales.

—No te preocupes, no tienes que explicarlo—. Emilia sonrió.

—Pensé que por aquí estaría Gemima.

—Sí está. No tarda en venir aquí y darse cuenta de que lo has traído—. La mirada de Rubén decía muchas cosas, pensó Emilia con una sonrisa. Estaba feliz, estaba saltando por dentro, deseaba hacer muchas cosas que no podría.

—¿Desea tomar algo? –preguntó Edgar cuando vio que los dos se habían quedado en silencio, mirándose y saltándose las normas de cortesía, pues ella seguía de pie, y también el niño.

—Santiago tiene sed –dijo Emilia como saliendo de un embrujo en el que había estado perdida—. Un jugo estará bien para él.

—¿Y para usted?

—Nada, gracias.

Edgar se fue dejándolos solos, y Emilia abrió su boca en una sonrisa. Miró a Rubén y con tono divertido preguntó:

—¿Es el mayordomo?

—El mismo.

—Nunca había visto uno—. Él le devolvió la sonrisa.

Todo su cuerpo picaba por abrazarla, por encerrarla eternamente entre sus brazos. Sentía que la estaba amando hoy más que nunca, pero entonces pensó que este nivel de amor que hoy sentía por ella sería pronto superado. ¡Tenían tantas cosas que vivir, y por las que reír!

Miró de nuevo a su hijo sintiéndose orgulloso; esta personita de aquí era un ser que había salido de él. No quería ahora pensar en el modo en que eso había sucedido; era una vida, era su hijo, era algo que estaba más allá de las palabras. Lo había amado desde antes de conocerlo, de saber cómo sería… para él, estas semanas en las que había sabido que tenía un hijo y no había podido verle su rostro habían sido como su dulce espera, una espera que había terminado hoy.

Tenía fe, sus otras esperas también finalizarían. Ah, no lo estaba dando todo por sentado, sólo que hoy tenía más fe que nunca, con un poco más de tiempo, Emilia por fin sería suya.

Apretó su puño secretamente al sentir que eso lo emocionaba

tanto. Calma, calma, se dijo. Tendrás que irte acostumbrando a esto, a la felicidad.

Pero hacía tanto tiempo que no era feliz que estas sensaciones lo estaban abrumando.

Emilia lo miró y le sonrió, y él extendió su mano y tomó la de ella apretándola suavemente, luego la subió a sus labios para besarla delicadamente.

Ella lo vio cerrar sus ojos y sonrió internamente.

Este suplicio por el que ambos hemos tenido que pasar acabará pronto, quiso decirle, pero no fue capaz. Quizá algún día llegara el momento en que ella pudiera exteriorizar sus sentimientos.

29

—¿Quién era, Edgar? —preguntó Gemima al ver al mayordomo volver del jardín.

—Ah, una joven llamada Emilia, señora.

—¿Emilia? ¿Emilia vino? —Edgar movió la cabeza en un asentimiento, y Gemima dio varios pasos encaminándose al jardín para ir a verlo, pero de pronto se detuvo—. No. Mejor los dejo solos… —Se giró y miró de nuevo a Edgar—. No puedo creer que haya venido. ¿Seguro que era Emilia?

—Emilia Ospino.

—Ella es—sonrió Gemima, emocionada por su hijo. Edgar siguió andando hacia la cocina—. ¿Vas a prepararle alguna bebida?

—No para ella, para el niño—. Eso dejó a Gemima estática, con los ojos grandes de sorpresa y mirando fijamente a Edgar.

—¿Qué dijiste?

—Que la bebida es para el niño que vino con ella.

—¿Vino con el niño? ¿Trajo a Santiago? ¡Oh, Dios mío! —pareció olvidar por completo la intención de dejarlos a solas y casi que corrió hacia la salida que daba al jardín.

Allí los vio, Rubén sostenía la mano de Emilia y se la besaba, y pegado a ella había un niño, el mismo que había visto esa vez en el edificio de Emilia y que no había podido mirar fijamente sino por unos pocos segundos.

—¡Lo trajiste! —dijo caminando hacia ellos. Emilia se giró a mirarla y también Santiago—. Ay, Dios. ¡Ay, Dios! ¡Qué sorpresa tan… hermosa!

—Buenas tardes, señora Gemima—. Antes de que ella pudiera decir algo más, Gemima la abrazó, fue un apretón corto, pues toda la atención de ella estaba concentrada en Santiago.

—Hola, mi amor –le dijo, y Santiago la miró un poco extrañado.

—Saluda a la señora Gemima, hijo –le pidió Emilia.

—Hola, señora… —Cuando vio que el niño no había retenido su nombre, Gemima miró a Emilia como suplicándole que por favor le enseñara a su hijo a llamarla abuela, o mamá, o tía, o como fuera. Quería establecer ya lazos con él.

—Gemima –le repitió Emilia, y ella pestañeó sintiéndose un poco decepcionada, pero sin perder el ánimo, puso su mano en el pequeño rostro de Santiago y sonrió.

—Eres guapísimo. ¿Te lo han dicho antes? –el niño sonrió sin asentir o negar—. Dios mío, eres tan bello, tan bello, tan bello.

—Calma, mamá. Lo vas a asustar.

—Pero, ¿es que no lo estás viendo?

—Lo estoy viendo.

—Ay, Emilia, no sabes cuánto he deseado este momento. Estoy tan…

—¿Esta casa es suya? –preguntó Santiago.

—Sí, es mía. ¿Te gusta?

—¿Cuántas casas tiene dentro? –Gemima pestañeó al escuchar la pregunta, y sintió a Emilia disimular la risa.

—Es una sola casa, hijo –Aquello debió ser incomprensible para Santiago, pues tiró del brazo de su madre para susurrar algo en su oído.

—¡Entonces aquí deben vivir como cien personas!

—No, sólo ellos –le contestó Emilia en el mismo susurro, pero Rubén y Gemima podían escuchar claramente.

—¿Por qué? –preguntó el niño sin poder entenderlo—. ¿Son egoístas?

—Claro que no, sólo les gusta vivir con mucho espacio.

—Ah.

—Mi casa es tu casa desde ahora –le dijo Rubén acercándose un paso a ellos—. Podrás venir aquí siempre que quieras… si tu mamá te da permiso—. Los ojos de Santiago se iluminaron, y miraron de inmediato a su madre como pidiendo desde ya permiso para venir.

—Ya hablaremos de eso –dijo ella. Santiago asintió, sin insistir, y volvió a mirar al jardín.

—¿Ahí juegas fútbol? –le preguntó a Rubén.

—No es para jugar fútbol —contestó él—, pero Pablo, que tiene más o menos tu edad, lo usa para eso.

—¿Quieres ir a jugar? –preguntó Gemima.

—¿Ahora?

—Claro. Entre esos árboles que ves allí hay una casita. Una casa en el árbol, ¿la quieres ver?

—¡Sí! –Santiago elevó su carita a Emilia pidiéndole permiso. Ella miró primero a Rubén, que la miraba con serenidad, sin presionarla, sin pedirle nada más. Luego pasó su mirada a Gemima y respiró profundo; ella sí que suplicaba, quería estar con su nieto.

Le soltó la mano al niño. Lo había traído expresamente para que conociera y se divirtiera. Para que se fuera familiarizando con estas personas. Intuía que algún día tendría que decirles quiénes eran, pero era mejor que él escuchara esa noticia y la aceptara con agrado y no con preguntas, ya que así sucedería si antes no los presentaba siquiera.

—Ve –le dijo a Santiago—. Sé bueno, obedece a las órdenes que Gemima te dé, ¿vale?

—Sí, señora—. Acto seguido, Santiago le dio la mano a Gemima, la cual no disimuló su emoción recibiéndola y sonriéndole. Rubén se los quedó mirando hasta que se perdieron tras los árboles del jardín.

—Yo… no le he dicho nada, aún –dijo ella cuando quedaron a solas, pero él no se giró a mirarla, seguía con la mirada puesta en el camino por el que se había ido el niño—. Preferiría… esperar.

—No hay problema. Yo también esperaré—. Su voz sonó un poco extraña, y Emilia dio un paso a él para mirarle el rostro. Él tenía los ojos cerrados.

—¿Te sientes bien? – él rio.

—¿Que si me siento bien? Emilia, yo… —ahora sí la miró. Sus ojos verdosos estaban brillantes —. Gracias.

—Ya dijiste eso.

—No importa… Quiero decir… son tantas cosas que agradecerte, pero… Emilia—. Ella sonrió. Él estaba en un apuro, no sabía qué o cómo decirlo. Estaba emocionado y se le notaba. Sintió el apretón en su mano y se dio cuenta de que desde que la tomara para besársela él no se la había soltado.

—¿Vamos? –pidió él.

—¿A… a dónde?

—Hacia el jardín, para que tú también conozcas la casa en el árbol.

—¿De verdad hay una? –preguntó ella con una sonrisa y echando a andar a su lado. Rubén miró la mano de ella en la suya y sonrió.

—Sí, es un poco vieja. Papá la mandó construir cuando Viviana y yo éramos niños…

—¿Viviana?

—Mi hermana mayor.

—¿Tienes más hermanos?

—No, sólo ella. ¿Y tú?

—Yo sólo tengo a Felipe, también—. Él la miró sonriendo y Emilia elevó una ceja—. ¿Pasa algo?

—Sólo que… soy muy feliz en este momento. Estás a mi lado, caminando de la mano conmigo… y hablamos de cosas—. Emilia se encogió de hombros mirando hacia la copa de los árboles.

—Eres feliz con cosas muy simples—. Él sonrió.

—Siempre que estés tú allí—. Emilia volvió a mirarlo pensando en que ella le había dicho que el cielo se volvería el infierno si él estaba cerca. Tomó aire y siguió caminando a su lado, despacio, sintiendo los sonidos de la naturaleza alrededor.

Gemima tomó el teléfono y le mandó un mensaje de texto a Álvaro. "Emilia trajo a casa al niño, decía. ¡Ven ya a verlo!". No pasó mucho tiempo hasta que recibió uno de vuelta.

"¿Al niño? Quieres decir, ¿Santiago, el hijo de Rubén?".

Gemima sonrió. Era obvio que tampoco él se lo podía creer.

"Ese mismo", le contestó ella, y le tomó una foto mientras jugaba al interior de la casa para que lo viera con sus propios ojos.

Emilia y Rubén al fin llegaron a la casa en el árbol. Era grande, de madera, con una escalera que llevaba hasta lo alto, y allí ya estaba su hijo. Gemima, aun llevando tacones, estaba subida al tercer escalón y miraba al interior de la casita a Santiago que se movía de un lado a otro preguntando y sacando cosas.

Éste se asomó a una de las ventanas mirando en derredor con las mejillas arreboladas de emoción. A su hijo le encantaba el aire libre, tener espacio para correr y bichos que atrapar. Estaba en la gloria ahora mismo.

El niño la vio llegar y sonrió con intención de llamarla a voz en cuello para que también ella subiera y viera la casita por dentro, pero entonces se fijó en que este hombre tomaba la mano de su madre y su sonrisa se fue borrando. ¿Era este señor otro novio?

Rubén sintió que la mano de Emilia se le escabullía de la suya y la miró, pero los ojos de ella estaban fijos en su hijo y ya caminaba hacia él.

Ella no quería que Santiago pensase que entre los dos había algo, y por alguna razón, eso le dolió.

—¡Mira, mamá! –Dijo Santiago recobrando un poco su emoción— ¡Es una casa en el árbol de verdad!

—Sí, lo es.

—¿Te gusta? –le preguntó Gemima.

—¡Me encanta!

—Es tuya de ahora en adelante—. Santiago abrió grandes los ojos y miró a Emilia como pidiendo aprobación para recibir semejante regalo.

—Señora Gemima…

—Desde que Rubén se hizo adolescente nunca nadie volvió a jugar en ella. Es hora de que alguien vuelva a venir aquí—. Rubén la vio tomar aire y miró a su madre moviendo su cabeza casi imperceptiblemente. Entendía el deseo de su madre de tener cerca al niño, era su nieto, al fin y al cabo, pero si presionaba de más, se les escaparía la oportunidad de tenerlos cerca permanentemente, que era lo que él quería. Si Emilia se sentía mínimamente asustada, tomaría el niño y se largaría de aquí dejando apenas el polvo tras ella.

—No pasa nada si dices que no. La casa ha estado allí por años, no se irá a ninguna parte… —Emilia lo miró entonces comprendiendo su intención, y entonces sonrió.

—Está bien, gracias.

—¿Entonces me la puedo quedar, mamá?

—¿Cómo que te la vas a quedar? ¿Piensas meterla en una caja o algo?

—Mamá…

—La casa se quedará; y si te portas bien, pero muy bien, puede que vengas otra vez a jugar –Santiago meditó su respuesta a esa propuesta. Portarse "muy bien" implicaba muchas cosas si las condiciones venían de parte de su madre.

—Me portaré bien –dijo al final, y Emilia hizo un asentimiento que selló el trato.

—Parece que eres una mamá estricta –comentó Rubén. Emilia lo miró de reojo.

—Tengo que serlo. A pesar de la ayuda de mis padres, la responsabilidad recae en mí. Quiero que sea un buen chico y un buen hombre—. Rubén la miró con seriedad. Deseaba decirle que él podría ayudarla a conseguirlo, pero se quedó en silencio. Emilia elevó el rostro a él y lo miró—. ¿No me vas a decir: "yo puedo ayudarte a que sea así"? –él elevó una ceja.

—¿Qué me contestarías si te lo dijera? –Emilia se echó a reír, y eso atrajo la atención de Santiago y Gemima, que luego miró a su nieto abrir una caja que en el pasado era el cofre del tesoro de Rubén. ¡Se parecían tanto!

—Dime una cosa –tanteó Gemima—, te molestaría si… tu mamá y Rubén fueran… ya sabes, amigos—. Santiago la miró serio.

—Mamá tuvo una vez un novio y no me gustaba –dijo en un tono de voz un poco grave—. Él se iba con ella y me dejaban a mí con la abuela viendo televisión; y cuando llegaban al fin, yo ya estaba durmiendo y no me daba cuenta.

—Bueno, los adultos salen de noche.

—Pero él no me gustaba.

—¿Por qué no? –Santiago sólo meneó la cabeza.

—¿Y qué piensas de Rubén? –preguntó Gemima. Santiago miró al hombre que sonreía con su madre analizándolo.

Los adultos eran raros, era lo único que podía decir; un día estaban, y al otro quién sabe. Los únicos que siempre habían estado allí eran su madre sus abuelos y el tío Felipe. Todo alrededor era muy cambiante, pero ellos permanecían.

Gemima tomó el silencio del niño como una respuesta en sí. Al parecer, Emilia no era la única difícil de conquistar; parecían llevarlo en la sangre.

Se bajó de los escalones y caminó a Emilia. Sentía interrumpirlos, pero tal vez también debía darle espacio a Santiago para que se sintiera cómodo.

—Está en el colegio, ¿verdad? –le preguntó a Emilia.

—En el prescolar –contestó ella con una sonrisa.

—¿No se meten con él por la estatura? –le preguntó Gemima, y Rubén se pasó la mano por la nuca sonriendo.

—Lo hacían conmigo –explicó sonriendo—. Siempre era el más alto.

—Hasta ahora, no –respondió Emilia—. Es muy inteligente, fue el primero de su grupo en aprender a leer.

—Claro que sí, no esperaba menos –dijo Gemima muy orgullosa—. ¿Y si le muestras a Emilia la casa, Rubén? Ella es arquitecta, sabrá apreciar el diseño—. Rubén la miró esperando encontrar un poco de aprensión por dejar a su hijo solo acá, pero ella ya estaba admirando de lejos la mansión.

—¿Vamos? –le dijo, y ella asintió tomando la delantera. Quería tomarle de nuevo la mano para andar así, pero se contuvo. La verdad, no sabía qué terreno estaba pisando con ella ahora mismo. Temía asustarla, temía equivocarse. Necesitaba una seguridad, aunque fuera una muy pequeña, pero tampoco sabía si convenía pedirla. ¿En qué términos estaba con ella? ¿Tenían algún tipo de relación?

—Es simplemente hermosa –dijo Emilia mirando la fachada de la mansión.

—La diseñó papá hace mucho tiempo.

—Pero él no es arquitecto.

—No, y, sin embargo, lo hizo. Yo debía estar muy pequeño, porque no recuerdo otra casa antes de esta—. Emilia suspiró. Entraron a la casa y Emilia observó, más que los cuadros y el resto del mobiliario, las molduras y la distribución de los espacios.

—Nosotros tuvimos que vender la casa en la que nos criamos mi hermano y yo –Rubén apretó los labios.

—¿Por las deudas? –Emilia negó.

—Por las habladurías. Yo sólo tenía diecinueve años y estaba embarazada; los que se enteraron hablaban de mí y a veces ni siquiera se molestaban en esperar que yo diera la espalda. A pesar de los casos de embarazos en adolescentes, la gente todavía se escandaliza—. Emilia lo miró a los ojos, y él la observaba atentamente, escuchando su historia—. Si me hubiese embarazado por gusto, no me habría molestado que hablaran, pero no había sido así y yo siempre terminaba un poco alterada. Papá no lo soportó y decidió vender la casa. Al final… ese dinero se volvió moneda de bolsillo y se desapareció.

—Una tragedia tras otra –comentó él en voz baja, y la guio hacia la biblioteca.

—Sucedieron muchas cosas… —dijo ella deteniéndose— pero tuve conmigo a mis padres y a mi hermano… En cierta forma, fui bendecida; sin ellos, quién sabe qué habría hecho—. Él asintió cabizbajo. En su momento, él también había pensado así.

—Déjame resarcirte –le dijo—. Déjame…

—¿Curarme?

—Al menos intentarlo.

—Tengo heridas donde ni siquiera yo me atrevo a mirar –sonrió ella con tristeza.

—Entonces –Rubén dio un paso a ella—, déjame mirar todos tus rincones, no importa cuán oscuros estén—. Emilia lo miró a los ojos largo rato.

—Tal vez yo no sea capaz de… ser lo que tú quieres.

—No quiero que seas lo que yo quiero; quiero que seas tú misma, mandona y gruñona—. Emilia se echó a reír, y Rubén se acercó otro paso.

—No soy mandona y gruñona.

—Bueno, a mí me gruñes, a Santiago lo mandas… yo creo que sí lo eres.

—Tengo mis motivos para gruñirte—. Rubén ahora elevó una mano a ella y la puso sobre la piel de su cuello. Con su pulgar acarició el labio inferior de ella y los marrones ojos de Emilia se clavaron en él.

—Quiero besarte –le dijo—. Estoy tan enamorado de ti que no pienso en otra cosa durante el día.

—No has sido muy productivo últimamente, entonces –bromeó ella.

—No, no lo he sido—. Él se inclinó a ella, despacio, saboreando el momento y temiendo que fuera todo lo que consiguiera.

—¿Cómo me conociste? –preguntó ella, y Rubén cerró sus ojos, pero no se alejó.

—Tomamos el mismo curso optativo; Subjetividad urbana –él sonrió—. Una vez me senté a tu lado y te robaste mi borrador descaradamente.

—Yo no hice tal cosa –se defendió ella, sintiendo el tierno toque de Rubén en su piel.

—Sí lo hiciste. Y yo me enamoré de ti—. Emilia se echó a reír.

—Yo… no era tan bonita entonces… y sigo sin serlo. No…

—¿Estás diciendo que estoy enamorado de una mujer fea?

—No, pero…

—Eres hermosa. ¿Quién ha dicho lo contrario? Eres hermosa, cautivadora, ingeniosa, interesante…

—Ya, ya, ya –lo detuvo ella poniendo sus manos en su pecho riendo.

—Lo repetiré hasta que me creas.

—Vale, vale, te creo.

—¿Ahora sí podré besarte? –la sonrisa de ella se borró poco a poco. Mierda, metí la pata, se dijo Rubén.

—No me hagas daño –le pidió ella aún con sus manos en su pecho y con ojos tan cándidos que Rubén no lo pudo resistir y la abrazó.

—Nunca, Emilia. Nunca—. Emilia se sorprendió un poco. No se esperaba esta reacción, y él apoyó sus manos en su espalda atrayéndola a su cuerpo. Le besó la oreja y el cabello y Emilia cerró sus ojos—. Te amo –susurró él—. Te amo tanto.

El corazón de Emilia empezó a latir rápido. Los besos de Rubén fueron buscando el camino a su boca y esta vez no pidió permiso y la besó. Emilia no lo rechazó y aceptó sus labios sobre los suyos que a ratos eran insistentes y a ratos pasivos, como esperando que ella también lo besara.

Elevó sus brazos a él rodeándole los hombros, pero entonces lo sintió tensarse.

—¡Oh, te lastimé!

—No importa.

—¿Que no importa? ¡Esa herida está reciente!

—Calla y sigue besándome –ella retiró un poco la cabeza para mirarlo, pero no pudo resistir la risa—. Ah, ahora te ríes. Mujer mala.

—Lo siento—. Él no lo pudo evitar y sonrió también. Le tomó la mano y siguió mostrándole la casa. La llevó a la biblioteca y allí le mostró libros que seguramente le interesarían y no se equivocó. Emilia los abría, pasaba sus manos por las páginas y sonreía emocionada.

Luego la llevó a otra sala, contándole cómo había jugado aquí con su hermana y habían sucedido tantos eventos familiares.

Emilia se detuvo a ver los retratos. Rubén aparecía en muchos de ellos, y una joven hermosa de cabellos castaños que seguramente era Viviana.

—¿Quién es este? –preguntó señalando el retrato de un bebé algo parecido a Santiago.

—Es Pablo, mi sobrino. Allí apenas tenía un año—. Emilia volvió a mirarlo.

—Muéstrame tu habitación—. Rubén se quedó boquiabierto por tres segundos ante tan extraña y sorpresiva petición, pero se recompuso y asintió. Si hubiese podido, había chocado los talones en un salto de la alegría.

Subieron las escaleras y él la guio hasta una enorme habitación. Tenía el piso en madera negra, y una cama estaba justo en el centro, no apoyada en ninguna pared. Había mesas de dibujo y tubos de planos. Sillones que se veían muy cómodos, un escritorio con u portátil apagado y un estante con libros que se veían muy leídos.

Emilia admiró el cortinaje, los tapetes, las lámparas, y caminó de un lado a otro admirando un reloj de mesa, y hasta una camiseta usada tirada de cualquier manera sobre una silla.

Rubén tuvo que sentarse al borde de la cama sin poderse creer que Emilia estuviera aquí. En el pasado se la había imaginado muchas veces paseándose por este espacio, justo como estaba ahora, curioseando sus cosas y haciendo preguntas. Ella no fue tímida, e incluso entró a su baño.

Cerró sus ojos y oró: Dios, si esto es una trampa o una alucinación, por favor, mándame una señal.

Pero no vino señal, ella seguía por allí y por acá.

Emilia abrió el armario de Rubén y fue cuando vio una chaqueta de cuero oscura que se dio cuenta de lo que en realidad estaba buscando. Extendió la mano y tomó la que seguramente era la loción de Rubén y la olfateó. Ninguna reacción adversa ahora, se dio cuenta, y sonrió.

Estaba aquí, en medio de las cosas de este hombre, mirando cómo vivía, cómo dormía y comprendió que esta curiosidad no era de ahora. Tal vez sólo estaba respondiéndose las preguntas que se había hecho cuando estaba en la universidad y recibía las flores dibujadas.

Salió del cuarto de baño y caminó de nuevo a la alcoba. Rubén estaba sentado en el borde de la cama con la cabeza gacha y la mano cerca del hombro herido. Caminó a prisa a él y se sentó a su lado.

—¿Te duele? –él abrió sus ojos.

—No tienes idea—. Los ojos de él eran chispeantes. No había dolor allí, pero tampoco supo qué otra cosa podía poner esta expresión en él.

—Te he hecho esforzarte, deberías estar descansando.

—Estoy descansando—. Se acercó a ella y volvió a atrapar sus labios en un beso.

Emilia se dejó besar. Incluso dejó que él pusiera su mano en su cintura y la atrajera a él. Se sentía muy bien, como si flotara. La sensación de sus besos sobre su piel, el sonido de su respiración, el deseo que se destilaba de sus dedos…

—Eres mi ángel –susurró él—, tan fuerte y guerrero… —ella abrió sus ojos. Eran exactamente las mismas palabras que él había dicho esa noche y se enderezó al escucharlas. Lo miró a los ojos

313

sintiendo pánico—. ¿Emilia? –la llamó él, pero Emilia se puso en pie alejándose varios pasos.

Cálmate, se dijo. Él no te hará eso de nuevo, no te herirá, lo prometió.

Pero no era capaz de controlarse, le temblaban las manos.

—Emilia… —la volvió a llamar él y ella le dio la espalda.

—Santiago… —dijo—. Santiago debe estar buscándome.

—Siento si te asusté, no quería…

—No, no me asustaste. Yo… ¿salimos? –Rubén se puso en pie y caminó a la salida.

Algo había sucedido, algo había salido mal. Tal vez no debió abordarla aquí, en una habitación a solas y sentados en una cama.

Cuando quiso tomarle la mano, Emilia prácticamente chilló alejándose.

—¿Emilia? –la llamó él con dulzura, y ella empezó a llorar.

—Dijiste lo mismo esa noche –explicó ella—. Dijiste que era tu ángel fuerte y guerrero. Lo dijiste—. Él comprendió. Sin querer, la había transportado a esa noche horrible—. Llevabas una chaqueta de cuero y ese mismo perfume. Dijiste que yo olía a rosas, que me amabas, y que te gustaba mi cabello tan largo… —Emilia elevo sus ojos húmedos a él—. Y entonces pasó eso.

Él cerró sus ojos sintiendo su pecho agitado.

—Lo siento.

—¿Qué sientes? ¿Lo que sucedió entonces o lo de ahora?

—Siento todo, todo lo que hice y te alejó de mí… lo siento.

—Pero esas palabras no consiguen que ese miedo se vaya. No lo consiguen.

—Ahora no –susurró él, y volvió a tender la mano a ella, echando atrás su cabello con suavidad—, pero con el tiempo sí.

Ella no se resistió cuando él la atrajo a su cuerpo para abrazarla. Apoyó su cabeza en el amplio pecho de Rubén y dejó que la arrullara y la consolara. Después de todo, estas lágrimas las había provocado él.

30

Emilia y Rubén bajaron por las escaleras y esta vez él no le tomó la mano, aunque tampoco se alejó mucho. Llegaron a la sala, de donde se oían voces, y allí encontraron a Gemima, Santiago, y también a Álvaro. En la mesa de centro de los muebles había un rompecabezas infantil con sus piezas esparcidas y Santiago, sentado en el suelo, lo armaba mientras conversaba con sus abuelos.

Rubén se encaminó a ellos y se sentó al lado de su hijo también en el suelo.

—¿Está muy difícil? —le preguntó tomando una pieza y analizándola como si fuera un enigma muy grande. Santiago lo miró con sus ojos iluminados de entusiasmo.

—¡Para nada! ¡Ya lo armé dos veces! En el colegio también tengo muchos rompecabezas; cuando tenemos hora libre, la profesora nos los presta y jugamos.

—Ah, qué bien —sonrió Rubén.

Emilia los miró conversar y se cruzó de brazos mirando disimuladamente el reloj. Arriba las cosas habían sido un fiasco, pero no se sentía humillada como aquella vez con Armando. Rubén la había abrazado y consolado diciéndole que todo estaría bien, que ella olvidaría todos los malos ratos que había pasado por su culpa, y ella le creía. No sabía por qué, pero le creía.

Había tenido más éxito Santiago que ella, pensó sonriendo. Tenía a tres adultos pendientes de él, y, notó, también Santiago estaba encantado. Con Gemima y Álvaro no tenía dudas de que se llevarían bien, pero había tenido sus dudas con respecto a Rubén, sin embargo, al parecer ese resquemor que había sentido en él cuando los viera tomados de la mano, había desaparecido.

Álvaro se puso en pie y caminó a ella con una sonrisa mientras Santiago y Rubén conversaban con entusiasmo a la vez que armaban el rompecabezas bajo la atenta mirada de Gemima.

—Nos has dado un regalo inestimable –le dijo, y Emilia apretó sus labios haciendo una mueca.

—No es nada. Supuse que... él tiene derecho a conocerlos también.

—Aunque aún no sabe quiénes somos.

—Lo sabrá en su momento.

—Sí, lo sé... Sé que no debemos reclamarte nada al respecto, pero... nos darías una gran alegría—. Emilia lo miró y sonrió.

—Lo sé, lo puedo ver. A pesar de que ya tienen otros nietos...

—Podría tener cien, cada uno de ellos es irremplazable—. Emilia volvió a mirar a su hijo al verlo conversar con Rubén. Álvaro le extendió una mano invitándola a sentarse también en los muebles.

—No –se negó ella—. Creo que ya es hora de irme.

—¿A dónde?

—A casa, claro.

—¿Tienes algo urgente que hacer?

—Bueno, no, pero...

—Entonces no hay afán.

—Es que... vivo lejos. No quiero que se me haga demasiado tarde; conseguir transporte luego será...

—No tienes que buscar transporte, te llevaremos en uno de los autos de la familia y no tendrás que preocuparte. Déjanos disfrutar de tu compañía y del niño un poco más, por favor—. Emilia lo miró fijamente, pero él siguió: —Además, ya mandé preparar la cena teniendo en cuenta que tú y el niño están aquí –Emilia sonrió negando.

—Creo que, si por usted fuera, me quedaría a pasar la noche, y luego a vivir aquí.

—Oh, no lo dudes. Pero vamos despacio; por lo pronto, sólo cena con nosotros.

—Al menos, no oculta sus intenciones –sonrió ella caminando hacia los muebles.

Se sentó en uno y Gemima le sonrió como si quisiera decirle algo, pero sin atreverse. Emilia respiró profundo. Seguro que quería saber detalles de su embarazo y otras cosas que las madres normalmente compartían, y hacía bien en abstenerse de preguntar, pues el de ella no había sido bonito de recordar.

Al final ella pareció decidirse, pero su pregunta se trataba más de la vida escolar de Santiago, y con ello Emilia no tuvo problemas para hablar. Rato después Rubén se sentó a su lado conversando también, haciendo algún apunte que la hacía reír y luego de unas bebidas y aperitivos, Gemima se llevó al niño para que conociera la casa por dentro también.

Álvaro sonrió mirando a la pareja frente a él y apoyó los antebrazos en sus muslos.

—Imagínate, Emilia. Ediciones Lumix inaugurará su nueva sede este fin de semana.

—¿Ediciones Lumix? –Preguntó Emilia, interesada—. CBLR diseñó el edificio, ¿no es así?

—Lo diseñó el equipo de Rubén –sonrió Álvaro, orgulloso y mirando a su hijo—. ¿Ya le dijiste que debes ir a la fiesta de inauguración? –Emilia miró a Rubén un poco sorprendida, que sonreía algo tímido.

—No, papá.

—¿Y qué estás esperando? –Álvaro se puso en pie—. También nosotros iremos, después de todo, es la editorial que publica los libros de Gemima –y con esas palabras, salió de la sala dejándolos solos.

Supremamente confundida, Emilia miró a Rubén girando parcialmente su cuerpo.

—¿Qué? –fue lo que atinó a preguntar.

—Sí –contestó Rubén—. Tengo que ir a esa fiesta, y sí, me encantaría que fueras conmigo—. Ella abrió la boca un poco, pero no acertó a decir nada. Pestañeó y volvió a mirar al frente—. Es un sábado. Seguro que Santiago podrá prestarme a su madre por esa noche.

—¿Tu mamá es escritora? –preguntó ella, y Rubén se echó a reír; al parecer, había sido eso lo que la tenía sorprendida y no la invitación.

—Sí.

—¿Qué clase de libros escribe?

—Cuentos infantiles.

—¿Qué? ¿De veras? ¡Eso lo explica todo!

—¿Qué cosa?

—¡La imaginación que tiene! ¡Dios!

—¿Ya te cae bien? –sonrió él, y Emilia se echó a reír, se recostó al espaldar del sofá y lo miró fijamente. Estaba tan cerca que Rubén tuvo que morderse los labios controlando la tentación de cerrar la distancia y besarla.

—Nunca me ha caído mal –contestó ella a su pregunta—. Es sólo que no me imaginé que fuera escritora; quiero decir… eso explica un montón de cosas, pero no conoces escritores de verdad todos los días.

—Empezó muy joven. De hecho, conoció a papá en una feria de artes donde ella buscaba una oportunidad y él enseñaba un proyecto. Se enamoraron, se casaron, tuvieron dos maravillosos hijos y trabajaron incansablemente hasta conseguir esto que hoy tienen.

—Dos maravillosos hijos, tú sí que eres vanidoso –Rubén sonrió bajando la cabeza, pero ella levantó su mano hacia él tomando su mentón. Él se quedó quieto y la miró expectante—. Creo que iré contigo a esa fiesta.

—Qué bien –sonrió él, y sin poder aguantarse más, se acercó a ella y la besó. Iba a decirle algo, pero entonces se detuvo y la miró a los ojos.

—¿Pasa algo? –él volvió a retirarse sin decir nada, sólo meneó su cabeza y miró a otro lado. Pasaron unos segundos en silencio hasta que él volvió a hablar.

—Tengo una petición muy importante que hacerte, Emilia—. Ella contuvo el aire. Él tenía un semblante muy serio, como de alguien que está considerando qué camino tomar en la vida, y el corazón se le aceleró sintiéndose nerviosa, deseando que lo que él pidiera ella se lo pudiera dar. Empuñó sus manos apretando en ella la tela de su falda.

—¿Q—Qué… qué es? –él la miró otra vez, y la luz que se filtraba por los ventanales de la sala hizo que sus ojos se vieran de un verde grisáceo. Cada pinta más oscura del fondo y las pestañas rizadas. Con razón aquella chica de la cocina no quería que le terminaran; un hombre como él debía ser el trofeo de muchas interesadas.

—Tal vez no quieras hacerlo, pero entonces yo… tendré que insistirte un poco.

—Me estás poniendo nerviosa.

—Quiero… Quiero que me cuentes todo lo que pasó esa noche – dijo en voz baja, y luego la miró por un instante, para volver a mirar al frente—. Lo que pasó el veinte de mayo de dos mil nueve—. Emilia miró a otro lado y cerró sus ojos con fuerza. Él guardó silencio por unos instantes, pero ella no dijo nada más—. Tú lo recuerdas –insistió él—, lo tienes grabado en tu mente; cada palabra, cada cosa que hice y dije… tú lo sabes y lo odias… pero yo no, en mi mente no está esa información, y por muy horrible que sea, yo necesito conocerla.

—¿Por qué necesitarías saberlo?

—Porque no soporto que estés llevando esa carga tú sola.

—Podrías simplemente imaginártelo.

—Ese es el problema, Emilia, que no me imagino a mí mismo haciendo algo así, pero es evidente que lo hice y por eso quiero saber.

—¿Estás diciendo que crees que he mentido después de todo?

—No, Emilia. En cuanto me gritaste por primera vez yo comprendí que me odiabas, que no estabas fingiendo, que de verdad me veías como a un monstruo.

—¡Entonces no necesitas detalles! –él cerró sus ojos respirando profundo. Emilia lo vio frotarse los ojos y pasarse las manos por el cabello.

—Allá arriba –dijo en voz baja y refiriéndose al beso que se habían dado en su habitación— te dije algo que a mi parecer era inofensivo, pero echó a perder el momento—. Emilia tragó saliva—. Quiero saberlo para tomar mi parte en esa carga… aunque escucharlo de boca de otro y recordarlo en tu propia piel no es lo mismo; aun así, quiero intentarlo. Por alguna razón todo resultó en que tú, la parte más afectada lo recuerda y yo, el agresor, no. No quiero… No quiero que vuelva a ocurrir, no quiero volver a lastimarte de ningún modo. Por el contrario, deseo… ir borrando poco a poco los malos recuerdos e ir construyendo unos nuevos y más felices—. Cuando la vio secarse una lágrima, él tomó suavemente su mano.

—Es vergonzoso… —susurró ella— me ha costado sacarlo de mis pesadillas, ¿por qué quieres no sólo que lo recuerde, sino que lo cuente con detalle?

—Porque no tengo otro mejor modo de enterarme de la verdad sino a través de ti.

—No es bonito de contar, Rubén—. Él apretó sus labios.

—Aunque no lo sea, Emilia. Necesito saberlo.

—Revivir esa noche… es horrible. Además… ya lo hice frente al juez y tú estabas allí.

—No es lo mismo frente a un juez y varios extraños. Cuéntame, Emi –ella lo miró otra vez a los ojos. Hasta ahora, él no había usado el diminutivo de su nombre.

Sintió la calidez de la mano que sostenía la suya y la miró. La mano de las cicatrices.

Verla le ayudó, en cierta manera, a volver a verlo a él de otro modo.

Respiró profundo y asintió agitando su cabeza. De algún modo, lo que él decía era verdad. Más que necesitarlo, él debía saber; no era justo, tal como él había dicho, que ella sola estuviera llevando esta carga.

—Está bien, pero… ahora no. Están tus padres, Santi…

—Claro. ¿Podemos salir mañana?

—Estás convaleciente.

—Puedo salir. No puedo conducir, pero entonces le pediré a un chofer que me lleve.

—Me vas a hacer hablar, ¿verdad? —rio ella entre lágrimas. Rubén acercó la mano que tenía en la suya y la besó con suavidad.

—Perdóname. De verdad, perdóname… por hacerte pasar de nuevo por eso. Pero siento que es necesario a varios niveles—. Emilia suspiró aclarando su mente, sintiendo que el peso se iba poco a poco de su pecho y el nudo en su garganta se desataba. Lo miró otra vez y asintió.

—Lo haré… pero… vas a verme llorar y chillar mucho, y puede que al final vuelva a odiarte—. Él sólo sonrió levemente sin dejar de mirarla. Podía ser que al final lo odiara, sí, pero ella había traído a Santiago aquí, lo cual mostraba una gran voluntad de perdón. Tal vez estaba arriesgando demasiado, pero necesitaba saber.

—Si me odias otra vez mientras me cuentas —dijo—, haré, con mis cuidados y mi amor, que lo olvides, y esta vez, definitivamente.

—Pareces muy seguro.

—Tú eres mi todo, Emilia. Tú y mi hijo. No me puedo andar con vacilaciones cuando se trata de ti; la apuesta es alta, pero no puedo hacer otra cosa. Se trata de lo que más amo—. Emilia elevó una de las comisuras de su boca en una sonrisa.

—Me amas.

—Mucho, mucho—. Ella se volvió a recostar al espaldar del mueble y miró las molduras del techo pensando en ello, en el amor que este hombre decía sentir por ella. Era un amor que, había comprendido, le había causado daño en el pasado.

¿Pero era bueno seguirle cerrando la puerta? Él deseaba una oportunidad para demostrarle que en verdad la amaba. ¿Qué perdía con concederle su deseo?

—Entonces, mañana —confirmó ella y lo miró. Él sonrió

sintiéndose orgulloso de ella. Sabía que le estaba costando. Cada paso al frente para ella era como pisar espinos.

Sigue avanzando, quiso decirle… al final hay rosas para ti.

Emilia volvió a casa en uno de los autos de la familia. Rubén y Álvaro la acompañaron y subió con ellos hasta el mismo ascensor. Santiago había resistido en pie, pero iba prácticamente colgado de su mano. Había jugado, comido y vuelto a jugar. Y eso que en la casa de los Caballero no había más niños, si se llegaba a juntar con Pablo, el hijo de la hermana de Rubén, no quería imaginárselo.

Rubén, al despedirse, se había inclinado a ella y besado sus labios. Nerviosa, Emilia había mirado primero a su hijo, pero este estaba más dormido que despierto, y luego a Álvaro, pero de repente el extintor del pasillo se volvió la cosa más interesante de mirar para él.

—Vendré por ti mañana –le dijo, y ella asintió y no pudo evitar sonreír. Estaba marcando su territorio aquí en el lugar donde ella vivía, y en cierta forma eso le gustó. Él se inclinó a Santiago y le besó la cabeza, dio la media vuelta y al fin se fue. Emilia se internó en el elevador y suspiró.

—¿Cuándo volvemos, mamá? –preguntó Santiago con voz perezosa.

—No lo sé. Tal vez pronto. ¿Te gustó ir? –Santiago movió la cabeza asintiendo y bostezó.

—Quiero volver a la casa del árbol. La señora Gemima dijo que podía volver, que era mía.

La señora Gemima, se repitió Emilia. Se le haría extraño escuchar que su hijo le dijera abuela a alguien que no era Aurora.

—Llegas tarde –le dijo Antonio al verla entrar. Ella no se excusó ni dio explicaciones, sólo tomó a su hijo y lo metió al baño para lavarlo y cepillarle los dientes antes de que se durmiera de pie.

Cuando lo tuvo en pijama y en su cama abrazando a Totoro como siempre, salió de nuevo a la sala. Su padre estaba esperando explicaciones.

—Lo llevé a casa de los Caballero –le dijo sentándose a su lado mientras él veía las noticias de la noche. Giró su cabeza lentamente a ella.

—¿Y? ¿Ya Santiago lo sabe?

—No. No se lo he dicho. Voy… despacio en esto.

—Yo no veo lo despacio que vas. Me parece que, por el

contrario, vas muy a prisa—. Emilia sonrió. Rubén lo veía muy diferente.

No voy ni demasiado lento ni demasiado a prisa, quiso decir. Voy a mi ritmo.

—Estoy siendo precavida, papá. Voy con cuidado.

—¿Crees que llegues a confiar en él? ¿En todo sentido? —Emilia hizo una mueca y miró a otro lado, pero no podía hacer otra cosa más que escuchar las quejas de su padre—. ¿Crees que soportes la intimidad con él? —Ahora se sonrojó. ¿Su padre hablándole de esos temas? ¡Ya bastante vergonzoso era hacerlo con Aurora!

—Papá…

—Bueno, eso lo sabrás tú —dijo él volviéndose a girar a mirar sus noticias—. No soy mujer, después de todo. ¿Qué podría saber yo?

—Eres un viejo cascarrabias que sabe mucho y me cuida.

—Al menos lo tienes en cuenta —Emilia se echó a reír, y luego de darle un beso se encaminó a su habitación a prepararse para dormir.

Pero no pudo dormir. Su mente eligió ese momento para rememorar aquella noche.

Cada palabra, que había dicho él, y cada cosa que ella hizo y dijo.

Bueno, ella no había podido olvidar, no del todo. A ratos su mente entraba en una dulce anestesia y conseguía ignorarlo, pero otras no.

Al día siguiente fue a trabajar de nuevo. Sus compañeros, y sobre todo los que habían ido a Brasil con ella, la saludaron bastante efusivamente. Excepto Melisa, pero ella no importaba.

Tal vez ella se mostrara efusiva sólo cuando Rubén volviera de su propia incapacidad médica.

Y el día se le hizo eterno. A cada momento su mente volaba al pasado concentrándose no sólo en esa noche, sino en el año de pesadilla que le siguió. Y no era para menos; hoy tendría que contarle precisamente a ese hombre, y en primera persona, lo que le había hecho, lo que le había sucedido.

Cuando lo vio llegar en el asiento trasero de su propio auto, ya en la noche y a la entrada del edificio de la CBLR pensó: No es lo que me hicieron, es lo que nos hicieron.

Y con ese pensamiento en mente, entró al auto y se sentó a su lado.

—Oh, por Dios –dijo Melisa al ver que Emilia entraba al automóvil de Rubén Caballero—. Yo sabía, esos dos se traían algo—. Miró en derredor, pero nadie le estaba prestando atención. Qué mala suerte. Ella era más bonita que Emilia, ¿qué le veía ese tonto?

—Hola –saludó Emilia sentándose al lado de Rubén. No le extrañó nada cuando él se acercó a ella para besarla, pero esta vez él sólo tocó sus mejillas.

Tal vez estaba un poco nervioso por lo que ella le contara.

—¿Quieres comer algo antes?

—Sí, estoy hambrienta. Comí poco en el desayuno y casi dejé pasar la hora del almuerzo.

—No vuelvas a hacer eso –dijo él con tono un poco severo y Emilia no pudo evitar sorprenderse.

—Sólo me salté una comida.

—No lo hagas. Así no tengas hambre, come algo—. Emilia no pudo evitar sonreír.

—Vale, no lo haré –y lo miró de reojo, pero él ahora parecía mortificado.

—Perdona, no debería hacerte un reclamo así—. Emilia se encogió de hombros sin decir nada, y él no pudo ver que ella sonreía.

Le indicó a su chofer la dirección de un restaurante y el auto echó a andar. Cuando llevaban ya unos minutos en silencio, él le tomó la mano entre las suyas, pero no dijo nada.

Emilia suspiró, este hombre era muy diferente a Armando, pensó, pero se dio cuenta de que lejos de molestarle, le agradaba.

Llegaron al restaurante y pidieron algo. Rubén sólo pidió una bebida natural, ya que por los medicamentos no debía consumir nada de alcohol, le preguntó por el niño, por su día de trabajo luego de la incapacidad, por todo, y ella respondió a sus preguntas.

Se estaban haciendo amigos, pensó. Podía hablar con él de estas cosas triviales y sentirse cómoda. Él, a su vez, le contó lo mucho que se aburría en casa y que Gemima no permitía que le llevaran trabajo para tener algo que hacer; se estaba tomando la recuperación de su hijo muy en serio y ya él quería salir volando a su apartamento y recuperar su intimidad e independencia.

—¿Cuándo te fuiste de casa? –le preguntó ella dejando los tenedores sobre el plato ya vacío.

—Luego de que volví de Sao Paulo. Papá me hizo el traspaso de unas acciones y con eso me compré un apartamento.

—Tiene que ser así de enorme y espacioso como tu casa—. Rubén sonrió sin contestarle—. También me hubiese gustado estudiar fuera.

—Aún puedes.

—No con Santi. No me iría lejos dejando de verlo por meses y meses—. Eso hizo sonreír a Rubén.

—¿Y si te lo llevaras?

—El pobre pasaría mucho trabajo. Soy una madre soltera, ¿lo recuerdas? Trabajo todo el día y sólo veo a mi hijo por las noches. Aquí está con los abuelos que lo cuidan y lo aman—. Él extendió su mano a ella sobre la mesa y con la punta de su dedo empezó a acariciar del dorso de la mano de ella.

Esperaba que le propusiera algo, que hiciera una broma acerca de dejar de ser una madre soltera. Por lo general, los hombres hacían esto, coqueteaban y lanzaban propuestas a donde cayeran por si alguna daba en el lugar indicado.

Pero Rubén se mantuvo en silencio; sólo siguió tocando su piel con su dedo.

—¿Quieres postre?

—Es de noche.

—¿Y eso qué tiene que ver?

—Que si como postre por la noche, engordaré—. Él sonrió.

—Gordita también me gustarías—. Ah, la broma había llegado, pero tampoco le molestó. Sin embargo, no pudo evitar pensar que había lados de su cuerpo que seguro a él no le gustarían.

El mesero llegó y retiró los platos.

—¿Iremos a algún lado? –preguntó ella.

—Eso quería preguntarte. ¿Dónde... dónde te sentirías más cómoda?

—Cualquier sitio, por bonito que sea, será igual. Lo que hablaré no será agradable, así que no importa dónde sea—. Él movió su cabeza asintiendo.

—Eso pensé.

—¿No has pensado en tu apartamento, de casualidad? –la sorpresa de él le reveló que en verdad él no lo había hecho.

—Mi... apartamento... yo... —Pero Emilia se dio cuenta de que aquello era una buena idea. No quería que nadie la fuera a ver si acaso se echaba a llorar. No quería que nadie la viera recordando sus miserias. Bastante tenía con tener que revelárselas a Rubén.

—Vamos a tu apartamento –reafirmó.

—¿Estás segura?

—¿Puedo confiar en ti?

—Claro que sí, Emilia.

—Entonces vamos—. Él asintió y llamó al mesero pidiendo la cuenta. Luego se pusieron en pie y se encaminaron al auto.

Con cada paso que daba al exterior, Emilia sentía que enormes trozos de hormigón iban cayendo sobre su alma, echando fuera su optimismo y su confianza.

Tal vez no debía ir a ese sitio.

Pero, tal vez debía poner a Rubén a prueba esta noche.

Se estaba metiendo en un enorme problema, tal vez.

O tal vez, había encontrado al fin la salida de su oscuro túnel.

31

Empezó a llover de repente. El chofer que Rubén había llevado sacó un paraguas y guio a Emilia al interior del edificio. Rubén no esperó y fue tras ella mojándose un poco.

Emilia apenas si lo notó, estaba nerviosa, pensando en lo que pasaría cuando contara todo, sin fijarse mucho en lo que ocurría alrededor, y siguió a Rubén al ascensor en silencio.

Sin embargo, cuando entraron al ascensor, notó que él se sacudía las gotas de agua en el cabello.

—Te mojaste –dijo. Él la miró pestañeando, como preguntándose por qué lo notaba apenas.

—Sí. Llueve.

—No debiste mojarte. Podrías enfermarte.

—Estaré bien—. La miró de reojo, y la guio hacia la puerta de su apartamento cuando al fin llegaron a su piso.

Emilia entró delante de él, y cuando Rubén encendió la luz miró en derredor sintiéndose algo… decepcionada.

El apartamento era más bien chico, con espacio para las dos salas y una pequeña cocina al estilo americano. Paredes blancas, un par de pinturas, un pequeño ventanal… y nada más. Una puerta que debía conducir a la habitación y ya.

—Siéntate –la invitó él señalándole el sofá de dos plazas negro. Emilia dio unos pasos y ya estaba allí. Qué pequeño era.

Al ser él quien era, es decir, el heredero de una gran compañía constructora, había imaginado que su vivienda sería algo digno de un arquitecto de su talla, pero esto ni se acercaba a sus más bajas expectativas.

Se sentó en el sofá quitándose la chaqueta de jean que había traído y poniendo su bolso en su regazo preguntándose si acaso Rubén era un tipo excéntrico, o, en el peor de los casos, tacaño, pues su auto tampoco es que fuera un lujo.

No, no era tacaño, pensó. La indemnización que le había dado era generosa. ¿Quizá lo había dejado sin dinero? ¿Él le había dado todo en esa indemnización? Frunció el ceño mirando fijamente los adornos dispuestos en la pequeña mesa de café que había delante. No sabía que pensar de él ahora mismo.

Lo miró caminar hasta la puerta e internarse en la habitación, luego salió con una camiseta diferente y una toalla en la mano con la que se secaba el cabello.

—¿Estás bien? –preguntó él al verla pensativa—. ¿Te apetece una copa de vino? –ella sacudió su cabeza negando y lo miró a los ojos.

—Tu apartamento es pequeño—. Él hizo una mueca sonriendo.

—Sí.

—¿Por qué? Quiero decir... pensé que... te darías gustos. Tienes dinero, ¿no? ¿O es que quedaste arruinado luego de la indemnización?

—Nada de eso.

—¿Entonces por qué...? —él la miró en silencio sentándose en el sillón dispuesto al frente como esperando que ella completara sus ideas—. Esto no va con la imagen que todo el mundo tiene de ti – siguió ella—. Eres soltero, eres un heredero, se supone que tienes dinero para tener lo mejor, mucho espacio, muchos lujos... y estoy segura de que como arquitecto incluso habrás diseñado la casa o el pent-house de tus sueños.

—Sí, es verdad—. Ella guardó silencio por un momento y él suspiró—. Fue mi elección, este apartamento en especial, en este piso, en este edificio. Lo elegí así.

—Entonces hay una razón y eres consciente de ello.

—Al principio no lo era demasiado, pero ahora sí—. Ella seguía esperando, y Rubén hizo una mueca negando—. En el pasado, se me notaba demasiado quién era; tal como tú dices, un heredero, alguien con dinero. Creí que estaba bien, mis padres me enseñaron a ser comedido, pero también a estar orgulloso de quien soy, de mi familia y de lo que tengo. Así que estando en la universidad me vieron llegar en autos costosos, luciendo ropa costosa, mis compañeros fueron a hacer trabajos de grupo en la mansión de mis padres... Pero no me di cuenta de que con eso me estaba haciendo daño...

—¿Qué daño podía hacerte algo así?

—Ayudé a desarrollar la envidia en dos personas: Andrés y Guillermo—. Emilia recordaba esos nombres, aunque ahora no lograba ubicarlos con exactitud—. Fueron las personas que me drogaron esa noche –siguió él.

Emilia bajó la mirada. Sin querer, habían entrado en materia, pero en vez de empezar ella con las revelaciones, lo había hecho él.

Lo miró de nuevo y él con esa mirada comprendió que ella deseaba saber su parte de la historia. Era lo justo, pensó, y siguió hablando.

—Eran mis compañeros más cercanos. Desde el inicio de la carrera estuvieron cerca. Al principio creí ingenuamente que todo se debía a la verdadera amistad, pero conforme fueron pasando los semestres me di cuenta de que no eran tan desinteresados como yo pensaba. Lo noté un poco tarde; ellos hacían que yo pagara sus cuentas en cafetería, terminaba siempre llevando los materiales más caros cuando había que hacer alguna maqueta en grupo. Yo… era bastante ingenuo, creía en su amistad. Fue papá quien me advirtió de que no era como parecía, e intenté alejarme. Pero no fue fácil; ellos eran las únicas personas con las que me había relacionado.

Emilia se recostó al espaldar del sofá mirándolo, estudiándolo. Rubén siguió.

—Y así llegamos al final de la carrera. Ellos empezaron tal vez a notar que yo había tomado distancia y se preocuparon. Su afán era trabajar en la CBLR apenas se graduasen, pero no era tan sencillo. Papá elige personalmente a cada arquitecto que entra, y ellos no le habían gustado ni poquito desde el principio. Sin embargo, decidió entrevistarlos—. Rubén miró a Emilia. Ella no necesitaba una copa, pero él sí. Lástima que no podía beber ahora por los medicamentos que estaba tomando.

Se acomodó mejor en el sillón y empezó a pasearse la yema del pulgar por la barba, que había sido afeitada esta mañana y ya se oscurecía un poco.

—El señor Álvaro los rechazó –intuyó Emilia. Conociéndolo como lo conocía ahora, aquello era fácil de deducir. Rubén asintió moviendo lentamente su cabeza.

—Y tal vez lo hizo un poco duramente –dijo en voz baja—. Ellos se portaron como si nada la próxima vez que los vi, pero insistieron con más ahínco en que fuera a la fiesta de ese compañero.

—Óscar –dijo Emilia. Recordaba perfectamente el nombre. Rubén volvió a asentir mirándola a los ojos.

—Yo no había sido invitado, no me había relacionado mucho con él a lo largo de la carrera, pero me dejé convencer. No vi el peligro.

—Pero, ¿cómo podrías haberlo visto? ¿Quién podría imaginar que dos jóvenes universitarios serían capaces de tal cosa? El ser humano es… tan complejo—. Él bajó la mirada.

—Según los médicos, pude haber muerto esa noche. Sobreviví por una serie de casualidades, por ejemplo, cuando me lanzaron ladera abajo, caí boca abajo; no llovió ese par de días que estuve a la intemperie, vomité y expulsé algo de lo que tenía en el estómago… y tal vez haya que sumarle un milagro—. Emilia lo vio tocarse con la yema de un dedo la cicatriz en el dorso de su mano izquierda—. Pero la última imagen que está en mi mente es donde voy en el auto. Por eso, cuando desperté, pensé que tal vez había sufrido un accidente. Fue duro para mí cuando la policía me interrogó como si yo fuese alguien adicto, acostumbrado a consumir y a esas fiestas. Tardé en aceptar que mis dos amigos me habían hecho eso, que habían intentado matarme, y por si sobrevivía, acabar con toda posibilidad de que pudiese ser un arquitecto de verdad, o lo que fuera. Pero la evidencia estaba allí; los demás asistentes a esa fiesta nos habían visto juntos, conversando al inicio de la fiesta, yo con una cerveza en la mano; y luego ellos simplemente desaparecieron como si temieran ser encerrados, como si supieran que, de sobrevivir, yo podría contarlo todo y entonces ellos estarían hundidos. Me odiaban, me odiaban desde lo profundo sólo porque yo tenía dinero y ellos no. Odiaban a mis padres porque eran amorosos y preocupados por mí. Incluso llegaron a codiciar a mi hermana—. Rubén se pasó la mano por la cara y se puso en pie un poco enérgico—. Todos estos años no hice sino pensar: si yo hubiese manejado las cosas de manera diferente, si hubiese conseguido ver, aunque fuera un poco de su maldad, si hubiese tenido un poco de malicia… Pero cuando entré a la universidad era sólo un niño, un chico protegido de las cosas malas del mundo, de la gente mala; un hijo de mamá. Ahora lo recuerdo y era hasta un poco patético, ¿pero tengo yo la culpa, Emilia?

—No eras patético. Es la vida ideal de todo joven –dijo ella recordando que en su caso había sido bastante diferente. Ella había luchado, sus padres se habían endeudado, le había sido difícil desde el principio hasta el final. En cierta forma, comprendía el modo de pensar de Andrés y Guillermo. Tú, que todo lo has conseguido con esfuerzo y duro trabajo, llegas a considerar injusto que otro con tu misma edad lo tenga todo mucho antes de pedirlo sólo porque nació privilegiado.

—Cuando salí del hospital, casi ocho meses después –siguió él—, fui a buscarte—. Ella elevó la mirada a él—. Pregunté por ti a una de tus compañeras y me dijo que tú habías dejado la carrera.

—La dejé –confirmó ella.

—Y que te habías casado –ahora ella elevó una ceja.

—¿Por qué diría algo así?

—No tengo la menor idea—. Emilia sonrió. Ella sí. Algunas mujeres a veces eran así, tachaban la imagen de una de sus congéneres sólo para resaltar delante de lo que consideraban un macho aceptable, para opacar su luz—. No lo creí –siguió él—. Yo te había escuchado rechazar a un chico diciéndole que no tenías pensado tener un novio, que sería una distracción innecesaria cuando tu prioridad ahora era tu carrera.

—¿Tú escuchaste eso? –Rubén sonrió de una manera que Emilia sintió acelerarse su corazón en su pecho.

—Yo había pensado declararme esa noche, decirte que me gustabas; pero como comprenderás, al escuchar eso tuve que pensármelo mejor.

—Y fue cuando ideaste lo de… las rosas.

—Tenía que conquistarte, como fuera.

—¿No te desanimó eso que dije?

—Por el contrario, creo que esa noche terminé de enamorarme –siguió él con su sonrisa cautivadora; ella estaba cautivada, con sus palabras, con su sonrisa—. Pensé: es una chica con los pies bien puestos en la tierra. A papá le gustará, y a mamá… le encantará, se verá identificada. Por eso decidí luchar por ti. Valías la pena, valías cada centímetro de ti. Así que… cuando te veía, yo, como un tonto, suspiraba bebiéndome tu perfume. Pasaba horas dibujando esas rosas, o dibujándote a ti—. Aquello era verdad, pensó Emilia, ella había visto los dibujos. Los ojos de Emilia se habían humedecido, y pestañeó tratando de controlar las lágrimas.

Pudo haber sido hermoso, pensó. Un hombre tan enamorado consiguiendo conquistar a una mujer; una mujer que nunca había sido objeto de la lucha de nadie, por el contrario, agobiada por sus propias luchas, cayendo rendida ante tan encantador asedio.

Pudo haber sido hermoso.

Lo sintió sentarse a su lado en el sofá y acercarse a ella.

—Te amaba tanto –dijo él con voz suave—. Era demasiado joven, era demasiado ingenuo, pero ya sabía que te amaba. Mi corazón me lo gritaba día y noche. Te amaba, te deseaba, quería llevarte a mi casa para que conocieras a mis padres y mi a hermana; quería fascinarte, darte regalos, quería escuchar tu risa, tu llanto, tus quejas. Quería todo de ti… Por eso sufrí tanto esa noche. No podía creerlo, no quería creerlo. ¿Cómo pude yo dañar algo tan… puro? Era como haber contaminado el agua que pensaba beberme, ¿cómo pude?

Una lágrima rodó por las mejillas de Emilia. Él seguía atormentado haciéndose esas preguntas, se dio cuenta. Suspiró.

—Esa noche me llamaste por mi nombre –dijo, y Rubén se quedó en silencio. Ella había empezado su parte de repente y sintió deseos de gritar para no escucharlo, pero para eso estaba ella aquí—. Me llamaste y yo… me quedé allí un poco asombrada. Hasta el momento sólo había reconocido a una compañera, pero ella estaba bien entonada con la fiesta. Había decidido irme, pero perdí de vista a Telma, que había ido conmigo. Y entré a esa arboleda y tú entraste luego y me llamaste.

—¿No tuviste miedo? ¡Debiste echar a correr! –Ella rio.

—¡No! ¡No sentí miedo! Por el contrario, te vi allí y… sentí curiosidad. Dijiste: "estás hermosa", y "hueles a rosas", y "Te amo". Con eso me dejaste allí. Con eso… perdí. Algo me dijo que tal vez tú eras el de las rosas, pero no me escuchaste cuando te lo pregunté, porque no me respondiste. Tomaste mi cabello y me dijiste que era tu ángel, que me habías amado desde que me viste –Emilia miró a Rubén, que la miraba con sorpresa, miedo, temor, todo mezclado.

Se secó las lágrimas con el antebrazo, tal como hacía Santiago, y siguió.

—Luego, me besaste. Como te digo, no sentí temor. Si eras el de las rosas, yo estaba cayendo rendida ante ti. Y fue un beso… —Cerró sus ojos y elevó su rostro al techo— nunca me habían besado así. Yo… bajé todas mis defensas y te abracé.

Abrió sus ojos y apretó los labios. A Rubén se le contrajo el estómago intuyendo lo que seguía.

—Empecé a asustarme ya muy tarde. Tú no dejabas de besarme y estabas entrando en terrenos que nunca nadie pisó antes. Te pedí que pararas, pero no me escuchaste. Te dije… Te dije que no me convertiría en tu mujer sólo por unos besos y unas palabras bonitas. Pero decir eso fue un error. Ahora comprendo que eso fue un error. Si hubieses estado en tus cabales, te habrías detenido, o eso quiero pensar.

—Me habría detenido, Emilia.

—Pero decir la palabra "mujer" te hizo empezar a comportarte de otra forma: más agresivo, más posesivo… como si tuvieras el derecho—. Rubén cerró sus ojos con fuerza bajando la cabeza—. Me puse a llorar. ¿Cómo algo que había empezado tan bonito se había vuelto así?

—Lo siento, Emilia –susurró él.

—Te golpeé. Estaba asustada, pero tú tomaste mis manos y… las pusiste por encima de mi cabeza—. Para, quiso decir él, pero para esto la había traído aquí. Para esto habían venido y esto era lo que él había pedido escuchar—. Te supliqué. Y Dios, dolió. Dolió mucho.

—Lo siento –volvió a susurrar él otra vez, pero su voz ahora estaba quebrada.

—Estaba en el suelo, allí, debajo de ti rogándole a Dios ayuda, que alguien viniera y me salvara; esto no podía estar pasándome a mí, ¡a mí! Yo era una chica buena, yo me había portado bien. Se supone que este tipo de cosas son castigos que le pasan a la gente mala, ¿qué tenía yo que ver? Y por otro lado… ¿cómo pude ser tan estúpida?, ¿cómo me dejé envolver de esa manera?, debí haber intuido que eras alguien malo desde el principio, pero no, había caído en una trampa, y me sentí tan idiota, tan falta de valor.

—No, no –lloró él extendiendo su mano a la de ella, pero sin atreverse a tocarla.

—Me sentí traicionada –dijo ella con un sollozo—. Pasé de rozar las estrellas a quedar sumergida en el mismo infierno.

—Oh, Dios…

—Y al final, todo se detuvo –siguió ella con su relato—. El dolor, la esperanza, todo. Te quedaste allí, sin conocimiento, atrapándome con tu peso, ahogándome, y tuve que arrastrarme para escapar—. Emilia vio la lágrima que caía del rostro de él y respiró profundo tratando de calmar su llanto, pero simplemente no fue capaz.

Se cubrió el rostro con ambas manos y siguió llorando; lloraba como una niña, agitándose toda, hipando de vez en cuando, quedándose sin aire y sin fuerza. Pero cuando sintió los brazos de él rodearla y atraerla a su pecho se alarmó un poco. Detuvo momentáneamente su llanto sólo para escuchar el de él, que era más silencioso, pero no menos sentido.

Emilia puso sus manos en su espalda rodeándolo, apoyó la cabeza en su pecho enterrando su rostro en los pliegues de su camiseta, sintiendo ahora su aroma, sintiendo cómo, poco a poco, el aroma dulzón de las flores nocturnas desaparecía de su conciencia.

Allí se estuvieron largo rato, llorando el uno en brazos del otro, sacando los últimos gusanos de sus heridas, dejándolas expuestas al aire, por si decidían cicatrizar al fin.

Pasó lo que parecieron ser horas. Emilia se había calmado, pero seguía con su cara en su pecho. Él la había acomodado en su regazo, casi sin que ella se diera cuenta, y ahora abrió los ojos y le pareció lo más natural del mundo estar allí, casi sobre él, rodeada por sus brazos, con unas manos inquietas que acariciaban la piel de su brazo.

—Cuéntame más –le pidió él—. Fuiste a la policía y pusiste el denuncio…

—Sí –contestó ella, aunque no había sido una pregunta.

—¿Cómo quedaste embarazada? Según sé, es lo primero que hacen: tomar medidas contra eso.

—Yo fui dos días después –dijo ella—. Estuve en shock todo ese tiempo. Telma fue la que se dio cuenta de que algo no andaba bien y me hizo hablar. Me llevó al médico, y sí, tomaron medidas, pero ya habían pasado muchas horas desde el momento. Las posibilidades habían aumentado y dio positivo.

—Aun así –insistió él—, cuando los médicos saben que el embarazo es por… violación, practican el aborto—. Emilia apretó los dientes. Estaba visto que él quería saberlo todo absolutamente.

—Después de ir al médico, yo volví a la universidad y a las clases como si nada, intentando borrar ese episodio de mi vida. Estaba luchando con fuerza para olvidarlo, para salir adelante a pesar de todo… y no fui al médico en la fecha señalada… dejé pasar tres meses, más o menos. Ya para entonces, era arriesgado, y yo ya no fui capaz… no fui capaz de matarlo—. Él volvió a apretarla en sus brazos—. Le tuve que decir a mis padres… Lloraron mucho – sollozó ella de nuevo—. No lo podían creer, pero lejos de juzgarme, decidieron apoyarme, decidieron quedarse con el niño también. "Es nuestro nieto", dijeron, y Santiago vino al mundo.

—Les estaré eternamente agradecido –susurró él.

—Pero no todo fue tan… así. Odié todo el embarazo porque tuve que dejar de estudiar; me avergonzaba que me vieran así, y en el barrio empezaron los comentarios, así que papá tuvo que vender la casa. Luego nació él, y seguí odiándolo; ¡era el culpable de mis desgracias, era el fruto de eso que me había pasado y no quería ni verlo! Empecé a trabajar, y mamá se hizo cargo de él, y yo usé la falta de dinero como excusa para alejarme. Estuvo sin mamá por casi dos años.

—Pero volviste a él —dijo Rubén—. He visto cómo lo tratas, cómo lo miras. Eres una mamá amorosa.

—Trato de compensar todo el amor que no le di cuando estaba en mi vientre. Ni siquiera lo amamanté —dijo, y volvió a llorar. Rubén pasaba sus manos por su espalda, masajeándola.

—Yo no te culpo —dijo él—. Nadie podría culparte. Estabas sufriendo, intentando sobrevivir.

La camiseta de él estaba empapada ya por sus lágrimas. Elevó su cabeza a él y lo miró a los ojos. Nunca se había imaginado una escena entre los dos como la que se desarrollaba justo ahora. De hecho, nunca se había imaginado nada con él, y, sin embargo, estaba aquí.

—Desearía tanto poder volver el tiempo atrás…

—¿Qué cambiarías? —ella meditó la respuesta, pero él se adelantó—. No hay nada que podamos hacer, a menos que alguien nos mande un aviso de lo que nos sucedió, no había modo en que ninguno de los dos sospechara siquiera lo que iba a pasar.

—Pero habría sido tan diferente—. Él la miró ahora con expresión grave.

—Aún puede ser diferente —dijo—. Aún quiero… hacer todas las cosas que quise en el pasado. Aún te amo.

—Pero yo… tal vez estoy echada a perder.

—Asumiré esa responsabilidad —ella se enderezó y lo miró fijamente.

—¿Qué quieres decir?

—No importa cómo estén tu alma y tu corazón después de eso; aun así, yo los quiero.

—Tuve un novio —dijo ella—. Yo… No funcionó.

—Porque no te amaba como te amo yo.

—Tengo miedo.

—No temas —le pidió él tomando su rostro en su mano—. No temas —se acercó a ella poco a poco y le besó la mejilla—. Haré que olvides todo, te amaré tanto y tan fuerte que ya no podrás estar otra vez triste por esto—. Emilia cerró sus ojos interiorizando esa promesa, aceptándola, y él tomó sus labios en un beso. Fue tan suave y delicado como el toque de sus manos en su espalda—. Te amaré cada día –susurró—, cada mañana, cada noche. Todos los días de mi vida te amaré.

Emilia suspiró como una niña pequeña y volvió a apoyar su cabeza en su pecho.

—Está bien –dijo—. Ámame. Creo que puedo acostumbrarme a ello—. Rubén sonrió y volvió a apretarla entre sus brazos, encerrándola en un tierno capullo y deseando fundirla con su propio cuerpo.

Ella estaba aceptando al fin su amor, y miró al techo elevando una oración de gracias a Dios. Sentía como si, al final de una cruenta batalla, hubiese conquistado al fin la bandera anhelada.

32

Emilia se sintió tan cómoda, tan acogida, tan cálida en esos fuertes brazos que olvidó la hora, olvidó sus obligaciones, olvidó todo. Estaba allí, casi sobre Rubén, en el sofá, y él paseaba sus manos por su espalda y sus brazos consolándola con ternura, con manos cálidas que cumplían muy bien con la tarea de reconfortarla.

No podía creerlo, estaba justo en el lugar donde todo había empezado: los brazos de Rubén.

Bajó la mirada para mirarlos. Eran fuertes, duros, con vellitos rubios en los antebrazos, y no pudo resistir la tentación de pasar su mano por encima de ellos y peinarlos.

Elevó su cabeza sonriendo para mirarlo, quizá para hacerle una broma, pero se detuvo nomás verlo; los ojos de él chispeaban.

Se quedó sin habla. Empezaba a reconocer esta mirada, era una mirada que Armando nunca tuvo, una expresión que nunca le vio.

Y también alcanzó a sentirlo; estaba sentada sobre él, y él estaba... duro.

Se levantó de su regazo y dio unos pasos alejándose.

—Tal vez debería irme—. Rubén hubiese querido retenerla allí otro rato. Tal vez debía engatusarla hasta sacarle la ropa. Se moría por verla desnuda, se moría por hacerle el amor. Qué carajo, se moría por estar dentro de ella, sintiéndola en lo profundo, viéndola retorcerse de placer.

Mierda, imaginar eso justo ahora no era adecuado.

—Te llevaré a tu casa —dijo con voz grave y poniéndose en pie también.

—No es necesario, tomaré un taxi.

—No huyas de mí sólo porque estoy excitado, Emilia —le pidió él con mirada penetrante, y Emilia se puso roja al instante. Jamás esperó que él le hablara de esto tan escuetamente y se quedó absolutamente sin palabras—. Estoy así todo el tiempo –añadió él encogiendo su hombro sano—. Te deseo la mayor parte del día.

—Pero… pero…

—No tienes que decir nada. A pesar de lo que dice tu experiencia conmigo… sé controlarme, sé aceptar negativas. Sin embargo, tengo la esperanza de que algún día te sentirás preparada y yo esperaré.

—Rubén…

—Deseo a la mujer que amo –siguió él metiendo sus manos en sus bolsillos—, mi cuerpo reacciona honestamente ante ti. No puedes reprocharme eso—. Rubén dio unos pasos y caminó de vuelta a su habitación. Emilia se quedó allí en su sitio, clavados los pies en el suelo sintiendo su corazón bombear sangre alocadamente.

Sexo, la palabra le producía cierta reserva, pensar en el acto en sí la sacudía. Con Armando siempre había estado asustada, y nunca sintió nada agradable. Todas las veces estuvo allí, bajo él, esperando a que todo acabara mientras su cuerpo tenía que soportar la invasión.

Y todo se lo debía a esa mala experiencia; pensar en ello la ponía mala, le quitaba el aire.

Rubén volvió de su habitación luciendo un abrigo de lana fino y hablaba por teléfono con alguien pidiendo un taxi, pero al verla así se le acercó, cortó la llamada y guardó su teléfono.

—Dios, no debí decirte algo así –murmuró poniendo sus manos sobre los delgados hombros.

—No, no –dijo ella alejándose—. Eres un hombre, después de todo. Es normal que los hombres hagan sus… lances.

—Yo no hago "lances". No lanzo propuestas al azar a ver si alguna cuela. Sólo he hecho una declaración… Pero… tal vez fue demasiado pronto para ti—. Él caminó al mueble y tomó el bolso de ella y su abrigo. Le tomó la mano para salir con ella y Emilia se dejó conducir hasta el ascensor. Pestañeó como despertando de un trance y lo miró. Él parecía mortificado, tal vez pensando que era el hombre con menos derecho a pedirle algo del tema intimidad, pero contrario a lo que pensó en un principio, era mejor que él fuera honesto y hablara siempre con la verdad, que dejara claras las cosas. Eso le daba seguridad, sabía qué terreno pisaba con él.

Respiró profundo y extendió la mano a él para tomar su abrigo y luego su bolso.

—No estoy molesta –dijo—. Sólo estoy… sorprendida.

—Tuviste un novio –masculló él, como si odiara tener que hablar de ello—. En cierta forma pensé… que no te escandalizarías.

—No es que esté escandalizada. Y con Armando… esa es otra historia.

—Quiero que me la cuentes también.

—¿Me contarás la tuya con la ex novia de la cocina? –él hizo una mueca.

—Se llama Kelly.

—Sí, ella. Kelly. La que no quería que le terminaras. Casi te rogó—. Él frunció el ceño.

—No rogó. Sólo… quería salvar la relación, es todo.

—Debiste ser un novio muy especial.

—Lo normal –contestó él.

—Sí, claro, lo normal. ¿Qué fue lo que le hiciste? ¿Le dijiste tantas cosas bonitas como letras hay en un libro? Debía estar supremamente enamorada de ti. Tienes encanto y habilidad; la pobre casi pierde su dignidad.

—Exageras –sonrió él, un poco extrañado de que ella hablara así.

—¿Estuve allí, recuerdas? Escuché todo.

—Mmmm.

—Mmmm ¿qué? —Rubén mordió el interior de su mejilla disimulando una sonrisa.

—Estás celosa de Kelly.

—Claro que no. ¿De esa pobre? Jamás.

—No tienes que temer. Nunca le dije las cosas que te he dicho a ti. Yo sólo te amo a ti; no hay espacio para nadie más en mi vida. Además… estoy seguro que, si te fuera infiel, me la cortarías.

—No tengas la menor duda—. Él no pudo evitar reír. Eso era casi como si ella admitiera que tenían una relación estable y con derechos de exclusividad. La tomó por la cintura deseando besarla, pero entonces el ascensor se abrió.

Afuera los esperaba el taxi. Entraron juntos y él no soltó su mano en todo el viaje.

—Me gustaría invitarte a Santiago y a ti a comer algo el domingo—. Ella se giró a mirarlo.

—Está bien.

—Y también… Viviana me llamó hoy temprano; te pide, te ruega que por favor lleves al niño también a su casa. Claro, que esa es tu decisión, si decides esperar…

—No hay por qué esperar. El próximo fin de semana lo llevaré—. Él la miró sonriendo.

—Está bien. ¿A qué horas paso por ti mañana?

—¿Mañana?

—Para llevarte a la fiesta de inauguración…

—Ah… cierto –dijo ella antes de que él terminara—. Dios, no tengo un vestido adecuado para eso.

—Puedes pedir permiso para salir, aunque sea una hora antes.

—¿Se puede?

—Claro que sí.

—Bueno, lo haré—. Él la miró sonriendo—. ¿Qué? –preguntó ella al ver su sonrisa. Él sólo agitó su cabeza negando.

—Entonces, ¿a las ocho está bien?

—Sí, a las ocho.

—Vale –él levantó su mano para besarla.

—Te ves muy satisfecho contigo mismo.

—Lo estoy. Se están cumpliendo las cosas que tanto soñé hacer contigo.

—¿Qué cosas?

—Cosas tan sencillas como caminar contigo de la mano, besarte… y también acordar citas y llevarte a fiestas.

—Yo en cambio… nunca me imaginé nada de esto.

—No importa. Ya empezarás a soñar con cosas para hacer conmigo.

—¿Estarás dispuesto a hacerlas todas?

—Siempre y cuando no atenten contra mi integridad… —ella se echó a reír.

Emilia se estiró a él y besó sus labios mientras aún reía. Rubén no podía creérselo, ¡ella lo estaba buscando a él!, y cerró sus ojos recibiendo su regalo. Succionó suavemente sus labios, pasándoles la lengua despacio, despacio, y Emilia se quedó allí, como atrapada en un lazo, encantada por la manera que tenía este hombre de besar.

Y luego cayó en cuenta de que iban en un taxi y tal vez los estaban mirando por el retrovisor.

—Compórtate –le susurró entre dientes, olvidando muy convenientemente que había sido ella quien iniciara el beso.

—Tienes que comprar no sólo un vestido –le advirtió Telma a Emilia por teléfono, quien había salido temprano tal como le sugiriera Rubén—, también tienes que comprar ropa interior nueva.

—¡Pero eso me llevará más tiempo! –dijo Emilia, que miraba ropa colgada de sus ganchos en una tienda. Hasta el momento, sólo había mirado aquí y allá, pero nada la había enamorado.

—Pues vas a tener que arreglártelas, porque además debes combinarlo bien con un bolso y unos zapatos.

—Dios, voy a morir. ¿Todo eso en una hora?

—Ya voy en camino, te ayudaré a elegir.

—No, tú también tienes que prepararte.

—Yo sólo iré a maquillarme y peinarme. ¿Apartaste cita con el estilista?

—Sí.

—¿Ya viste algo que te gustara?

—No.

—Mi Dios. Mujer, date prisa—. Emilia suspiró y cortó la llamada mirando en derredor. Una dependienta la miraba como esperando que se decidiera por cualquier cosa.

—Sólo necesito un vestido para una fiesta esta misma noche, así que debe quedarme bien sin tener que mandarle a cortar o... –iba a estar complicado, pensó Emilia perdiendo momentáneamente el entusiasmo. Debió comprar ese vestido antes; pero entonces pensó en que si se retrasaba sería culpa de Rubén por avisarle tan tarde de la fiesta.

Que esperara, se dijo, y empezó a mirar un modelo tras otro.

Como siempre, le fue complicado encontrar uno que le ajustara de inmediato sin tener que cortarle o ajustarle.

Por fin, se decidió por uno azul cobalto corto a la rodilla y que iba algo suelto. Un escote con tirantes y que a ella le favorecía mucho, pues, según la vendedora, tenía bonitos hombros.

Telma llegó llevando ya su vestido cuando se lo probaba y de inmediato lo aprobó.

—Ahora, el bolso y los zapatos—. Casi de carrera la llevó a una tienda especializada en marroquinería, y allí mismo adquirió todos los accesorios. La última parada fue donde el estilista.

Emilia miró el reloj. Eran las siete y treinta y apenas iban a empezar a peinarla. Tomó su teléfono y decidió llamar a Rubén.

—¿Y? –le preguntó Telma, que había aprovechado para hacerse ella también la manicura.

—Llegará aquí.

—Qué bien. Entonces relájate—. Emilia respiró profundo.

Todo esto era raro, y a ratos la duda la invadía. Les había dicho a sus padres dónde estaría esta noche y con quién, y aunque seguían sin aprobarlo, por lo menos no le habían dicho nada para impedirle que fuera.

Miró a Telma a través del espejo pensando en que, si salía lastimada, ésta vez no podría echarle la culpa a nadie, y esta noche iba a ser decisiva. Rubén le había dejado en claro que deseaba estar con ella de una manera íntima, y toda esta preparación la hacía entrar en un ambiente de expectativa. Se sentía como una novia que es preparada para la noche de bodas.

¿Sería capaz? ¿Conseguiría relajarse y disfrutar?

Cerró sus ojos y apretó los dientes sin poder contestarse a sí misma.

Cuando Rubén llegó, tuvo que entrar a la peluquería y sentarse en los muebles mientras a Emilia terminaban de maquillarla. Sonrió mirando todo el proceso y rechazó la bebida que le ofrecieron. Telma, que tenía unos rulos puestos, se le sentó al lado y lo miro fijamente sin decir nada. Rubén la miró de reojo.

—La cuidaré bien, la trataré bien, y sé que, si algo le pasa, tú misma me matarás –dijo, casi adivinando sus pensamientos.

—Qué bien que lo tienes claro—. Él elevó sus cejas negando.

Unos minutos después, Emilia estuvo lista. Rubén sonrió orgulloso.

—Estás preciosa –le dijo, y Emilia se sentía justo así, preciosa, con la confianza un poco más elevada ahora que llevaba ropa y zapatos y maquillaje caro. Lo que un poco de dinero podía hacer, pensó.

Telma se fue en su propio auto, pues había quedado a encontrarse con Adrián en la fiesta sólo para ayudar a su amiga.

Al llegar, Emilia notó que todos trataban con mucho respeto a Rubén, considerándolo un arquitecto de excelente talla, y aunque algunos eran ya demasiado zalameros, otros parecían hacerlo sinceramente.

Estuvieron allí ante el discurso de inauguración, recibieron las copas de champaña e hicieron el brindis. Saludaron a mucha gente y todos la miraban interesados en quién era ella, quiénes eran sus padres y por qué iba del brazo de Rubén Caballero.

—Es algo incómodo decirles quién soy en verdad –murmuró Emilia y sólo Rubén la escuchó—. ¿Ellos aceptarán que soy la hija de un simple obrero?

—¿Y qué importa lo que ellos acepten o no? No necesito la aprobación de ninguno aquí para vivir mi vida.

—Bueno… algunos de estos son socios y clientes potenciales, ¿no?

—Nunca aceptaré a un socio al que tenga que darle explicaciones de mi vida privada, y a mi cliente sólo debe importarle el profesionalismo con que haga las cosas—. Ella lo miró elevando una ceja.

—¿Tienes una respuesta para todo?

—He vivido entre estos círculos toda mi vida, Emilia. No me intimidan.

—¿Entonces eres tú el que intimida?

—Claro que no—. Sonrió y le puso una mano en la espalda llevándola a un sitio con un particular diseño que quería mostrarle. Emilia sintió la mano de Rubén como un calor de mediodía subirle por la espina dorsal. Le dio un largo trago a su champaña.

Vieron a la distancia a Gemima y a Álvaro Caballero, y ambos la saludaron con bastante familiaridad, suscitando más murmullos entre los que se preguntaban quién era ella.

—¡Estás divina! –exclamó Gemima al verla. Emilia sonrió ampliamente.

—Usted sí que está divina—. Gemima rechazó el cumplido haciendo un movimiento con su mano. Pero la verdad es que sí estaba preciosa con su vestido negro con cuello alto de encaje y el cabello recogido en alto. Lucía unas piedras que de seguro eran diamantes de los de verdad.

—Me alegra que hayas venido –le dijo Álvaro tomándole la mano con suavidad. Emilia le sonrió.

—También me alegra estar aquí. Es… la primera vez que estoy en una fiesta de estas.

—Bueno, esperemos que no sea la última –dijo Gemima muy enigmáticamente, y tomó el brazo de su marido yéndose sin más ni más. Emilia se giró y miró a Rubén interrogante, él sólo encogió un hombro y volvió a guiarla por otros sitios del edificio.

—Rubén –lo llamó la voz de una mujer y ambos se giraron. Él había estado enfrascado en la descripción de los moldajes usados en aquí y allá, pero de repente se detuvo y se giró a quien le hablaba.

Emilia no la conocía, pero al parecer, Rubén sí.

—Kelly —dijo él, y entonces Emilia le dio otro trago a su copa. Había aparecido la exnovia.

—Pensé que por lo de tu accidente, no vendrías—. Emilia tomó aire. Ella seguía enterada de las cosas que le ocurrían a Rubén.

—Bueno, hice el esfuerzo. Te presento a mi… a… —Él la miró como pidiéndole auxilio. ¿Cómo debía presentarla? ¿Eran novios?

—Mi nombre es Emilia —dijo ella extendiendo su mano a la alta, preciosa, y muy delgada Kelly. Tenía la piel morena y el cabello negro azabache y liso hasta la espalda. Llevaba un vestido rojo oscuro que hacía brillar su piel. Y ahora que se fijaba, sí que brillaba; tal vez se había aplicado de esas cremas que venían escarchadas—. Eres hermosa —dijo casi sin pensarlo, y Kelly pareció sorprendida.

—Ah… gracias… tú también…

—Emilia, Kelly es hija de un importante industrial del sector de la construcción. Importa maquinaria y ofrece también muchos otros servicios de los que nosotros hemos tenido que hacer uso en muchas ocasiones—. Kelly sonrió como orgullosa de que Rubén hablara así de ella.

—Bueno, hacemos lo que podemos. Íbamos a unir nuestros negocios, pero… no se dio —Emilia elevó ambas cejas.

—Ah, se iban a casar por conveniencia—. La sonrisa de Kelly perdió un poco su luminosidad.

—Bueno…

—Míralos, aquí están, te lo dije —dijo de pronto la voz de Adrián interrumpiendo la respuesta de Kelly. Telma entró tras él—. Hola, Kelly —saludó Adrián con una sonrisa inocente—. Qué hermosa estás hoy.

—Hola, Adrián. Gracias.

—Te presento a mi novia —dijo él señalando a Telma y Emilia elevó una ceja. Vaya, a ella sí que la habían presentado como a la novia. Vio a Telma extender la mano y apretar la de Kelly. Telma también estaba hermosa, con su cabello rizado muy controlado en unos hermosos bucles, un vestido color marfil un poco escotado y largo.

—Fue un placer verlos —se despidió Kelly bastante abruptamente, como si no soportara estar más tiempo aquí, y acto seguido se retiró.

—¿Te salvé? —le preguntó Adrián en un susurro a Rubén, que

hizo una mueca.

—Creo que más bien la salvaste a ella.

—Vaya, ¿así es la cosa? –Rubén sonrió mirando a Adrián.

—¿Entonces viniste aquí sólo porque creíste que estaba en problemas?

—No lo sé. Siempre me pareció que Kelly era un poco rara, y no me la quiero imaginar en el papel de exnovia que no se resigna. Yo nunca he podido manejar estas situaciones, así que quise echarte un cable.

—Pues, gracias. ¿Y de verdad Telma es tu novia? ¿O lo inventaste como un recurso de última hora? –Adrián elevó una ceja como reprochándole que pensara así.

—Nada de eso –dijo—. De verdad estoy saliendo con ella—. Rubén lo miró ceñudo.

—¿Estás saliendo con ella de verdad?

—Sí, de verdad. ¿Por qué? –Rubén miró a Telma, que conversaba también en voz baja con Emilia.

Adrián con la abogada de Emilia. Le preocupaba un poco las conversaciones de almohada que pudieran tener, no por sí mismo, sino por ella. Quería preservar su dignidad, ante todo, y que Adrián se enterara de su pasado con él la mortificaría mucho.

—No –dijo en voz baja—, por nada.

—¿Tienes algo malo que decirme de ella?

—¿De quién?

—De Telma, claro. ¿De quién si no?

—Nada malo. Es una excelente abogada.

—Ah, ¿sí? ¿Por qué lo sabes?

—Porque Emilia me lo ha dicho.

—¿Estaba molestando? –le preguntó Telma a Emilia, que miraba su copa vacía como preguntándose quién se había tomado su champaña.

—¿Quién?

—La morena que estaba aquí cuando entramos. Adrián me dijo que es la exnovia de Rubén, y al parecer le costó mucho dejar la relación. No los estaba molestando, ¿verdad?

—No –contestó secamente—. Todo está perfecto, pero gracias por venir—. Telma se quedó en silencio y Emilia elevó la mirada a su amiga—. ¿Qué pasa?

—¿Tú estás bien? –ella asintió—. Di la verdad, Emi—. Emilia

suspiró.

—Sólo estoy un poco asustada.

—¿De qué?

—Bueno… —se acercó a Telma, y en el oído le susurró—. Tal vez esta noche lo hagamos –Telma se retiró un poco sólo para mirarla con ojos como platos.

—¿No lo han hecho?

—¡Claro que no! Yo no soy Flash, como tú—. Telma se echó a reír.

—¿Y estás nerviosa por eso?

—Sí, la verdad es que sí.

—No tienes por qué.

—¿Olvidas lo que pasó hace cinco años?

—¿Temes que la historia se repita? –Emilia no contestó, sólo miró a otro lado en silencio—. Emilia, si tan sólo por tu cabeza pasa la idea de que él es capaz de volverte a hacer eso, que vuelvas a pasar por eso estando él consciente, en sus cinco sentidos, mátalo. En la justicia eso se llama defensa propia—. Emilia se echó a reír.

—Exageras, como siempre.

—¡Es verdad! –Emilia se giró a mirar a Rubén, que hablaba con Adrián en voz baja y sonreía.

—No. No creo que sea capaz.

—Entonces, relájate, déjate llevar –Emilia suspiró.

—Ni siquiera sé a qué te refieres con eso.

—Emi, si él te gusta, si lo deseas, no tendrás mucho en qué pensar. El cuerpo sabe lo que quiere—. Emilia la miró bastante confundida, pero no pudo preguntarle nada, pues Adrián y Rubén se les acercaron proponiéndoles ir hacia el salón donde se desarrollaba la fiesta.

Emilia tomó otra copa de un mesero que pasaba, y Rubén la miró un poco preocupado.

—¿Está todo bien? –le preguntó. Emilia lo miró fijamente. Él tenía labios rosados, el cabello castaño y los ojos claros. Era alto, de espaldas anchas, y el traje que traía hoy, aunque sin corbata, como solía ir, le sentaba genial.

Quería besarlo aquí y ahora.

Se dio cuenta de que, por lo general, ella quería besarlo. No tenía problemas con poner la mano en su cuello para hacerle bajar a ella y besarlo. Estaba segura, además, de que él no se negaría. Era el ir más allá de un beso lo que la aterraba. ¿Y si otra vez se quedaba fría y quieta como un pez debajo de él, mientras él hacía lo que tenía que hacer?

¿Y si, al igual que Armando, la dejaba por ser mala en la cama?

Telma le había dicho que, si lo deseaba, el cuerpo haría lo que hubiese que hacer, y tal vez tenía razón, pero su conciencia gobernaba sobre sus instintos, siempre había sido así, para bien y para mal. Estaba segura de que en el momento de la verdad ella volvería a ser la misma pasiva de siempre, no importaba cuánto lo deseara ella.

Tal vez necesitaba un poco de alcohol en su sistema para adormecer un poco su conciencia. Todo el mundo decía que el licor era un estimulante bastante efectivo.

Rubén la vio beber de la copa de champaña como si fuera agua y detuvo su copa.

—¿Hay algo que te esté molestando? —ella lo miró ceñuda por quitarle la copa.

—Devuélveme mi champaña.

—No estás acostumbrada al licor. Esto se te puede subir a la cabeza, sobre todo porque no hemos comido nada. Ven—. Le tomó la mano conduciéndola al buffet, pero entonces unos periodistas lo acapararon haciéndole preguntas y lo tuvieron ocupado un buen rato. Emilia tomó otra copa de champaña y se la bebió mientras miraba a Rubén tomarse fotografías una tras otra; con sus padres, con el equipo de trabajo, con los propietarios del edificio…

Sonrió mientras lo analizaba a la distancia. Estaba buenísimo. A través de su ropa se podía adivinar que tenía piernas bonitas, y un buen trasero. No entendía por qué algunas personas le quitaban importancia al trasero de los hombres; las mujeres también tenemos derecho a llenarnos las manos con algo voluptuoso, pensó con una sonrisa maliciosa, y Rubén sí que era voluptuoso.

¿Cómo sería desnudo?

Se abanicó con las manos sintiéndose de pronto acalorada. Tenía la boca seca, pero bueno, en su mano tenía una copa de fría, espumosa y deliciosa champaña.

Rubén regresó a Emilia con una sonrisa un poco avergonzada.

—Te dejé sola —dijo en tono de disculpa.

—He disfrutado mirándote a la distancia —sonrió ella, y él elevó las cejas.

—Vaya. ¿De verdad?

—¿Vas al gimnasio?

—Un par de días a la semana.

—¿Nada más? Pero si estás buenísimo—. Él la miró con sus ojos abiertos de sorpresa.

—Emi… ¿estás bien?

—¿Qué tal que fueras todos los días? ¿En qué partes del cuerpo un hombre puede desarrollar músculos… además de los obvios? – Ahora Rubén estaba francamente escandalizado, pero no pudo evitar reír. Emilia estaba ebria.

—Te llevaré a tu casa.

—Nooo –se quejó ella hincando los pies en el suelo cuando él quiso llevarla del brazo—. La noche es joven, hagamos una locura.

—Tú ya cometiste la de hoy.

—Me dijiste que me deseas. ¿Ya cambiaste de opinión? –Rubén elevó una ceja.

—No, no he cambiado de opinión.

—Entonces, llévame a tu apartamento –le dijo al oído—. Hagamos el amor—. Rubén se retiró un poco y la miró pasmado.

En ese estado, no podría llevarla a su casa. Si devolvía a Emilia ebria la primera vez que había salido con él, Antonio Ospino lo odiaría más de lo que ya lo odiaba, y ahora estaba en la lucha por ganarse a los suegros; eran parte esencial si quería que Emilia fuera feliz con él.

¿Qué iba a hacer con ella ahora?, pensó deseando reír; ella lo miraba con sus párpados caídos y los labios estirados en un beso.

—Está bien –susurró besando fugazmente sus labios—. Te llevaré a mi apartamento.

—Yupiiii –rio ella, y Rubén rio meneando su cabeza. Iba a ser una noche bastante interesante.

33

Rubén tomó a Emilia con mucho cuidado del brazo y salió con ella caminando despacio del salón. No quería que la vieran trastabillar, o algo peor. Sin embargo, cuando llegó al estacionamiento, la sintió aferrarse a su brazo.

—¿Te sientes bien?

—Encendieron las luces –dijo ella mirando en derredor con expresión lela—. Pero no es navidad todavía—. Rubén tuvo que reunir todo su autocontrol para no echar a reír en el momento.

—No hay luces –dijo. Ella abrió sus ojos sorprendida.

—¿No?

—No, créeme—. Ella caminó dócilmente con él hasta el estacionamiento, y luego subieron al auto.

—Pon música –dijo, y empezó a mover los botones del radio. Al fin se detuvo en alguna estación romántica, y empezó a cantar a voz en cuello "La maldita primavera", aunque lo único que se sabía eran dos frases, el resto las tarareaba sin vergüenza alguna.

Rubén iba mordiéndose los labios para no reír, pero a veces le era inevitable. Emilia bajó el cristal de la ventanilla y cantaba sacando a veces la cabeza y él tenía que volver a introducirla. Nunca se imaginó que ella se embriagara para reunir valor, porque era claro que eso era lo que había sucedido, y tampoco que sería tan lanzada y desinhibida. Con unas cuantas copas de champaña había quedado lista para lanzarse a cualquier locura.

El viaje fue corto, y ella se molestó un poco por tener que dejar de cantar. Rubén la condujo al ascensor y ella entonces lo abrazó.

—Entonces, papacito –dijo ella paseando sus manos por su espalda—. ¿Empezamos?

—Emilia, estamos en el ascensor—. Ella miró en derredor.

—¿Nunca lo has hecho en un ascensor?

—No—. Contestó él mirándola ceñudo—. ¿Y tú?

—Yo sí que menos. ¡Hagámoslo aquí!

—El ascensor tiene cámara de seguridad.

—¡Nos harán un video! –Exclamó ella con los ojos iluminados—. ¡Lo subirán a internet! ¡Seremos famosos!

—No quiero ser famoso por eso.

—Aguafiestas. Ven, dame un besito—. La puerta del ascensor se abrió y Rubén se vio apurado para sacarla al tiempo que se dejaba besar. Ella estaba prendida a él como una garrapata y tuvo que irse con cuidado para no caer—. Necesito ser más alta –dijo ella a modo de queja—. ¿Por qué diablos soy tan chiquita? En el colegio siempre era la primera de la fila. Cuando cumplí quince años, creían que tenía once. ¡Qué injusto!

—Chiquita estás bien –dijo él, y por fin entraron al apartamento.

Ni bien estuvieron dentro, Emilia empezó a quitarle la ropa.

—Emilia –la llamó él tratando de quitarse sus manos de encima, pero ella debía tener ocho, o doce. Estaban por todos lados, sobándolo, desnudándolo, apretándolo—. Diablos –masculló él cuando ella le tocó la entrepierna y tuvo que tomarle ambas manos. Ella se reía con malicia, tal vez creyendo que él había entrado en el juego—. ¿Cuántas copas de champaña bebiste? –ella se miró los dedos contando.

—Estuviste tomándote fotos casi media hora –dijo ella con la voz de alguien que siente la lengua muy pesada—. ¿Cuántas copas se pueden beber en media hora?

—Bastantes –dijo él, y Emilia volvió a reír.

Lo abrazó por el cuello besándolo, restregándose contra él. El cuerpo de Rubén era duro, y ella sentía cierta urgencia en cierta zona que necesitaba atención inmediata.

—Rubén… —masculló ella y mordió su oreja.

Estar aquí era agradable, demasiado agradable, y Telma había tenido razón: el cuerpo sabía qué hacer. Se pegó a él a lo largo de todo su cuerpo, lo abrazaba con fuerza, y mordisqueaba su cuello, sacaba su lengua para lamerlo, inhalaba fuertemente su aroma y apretaba su pecho contra él. Cuando sintió que él la alzaba a su cintura y la ponía contra la pared, quiso gritar hurra. Oh, sí. Esto al fin había empezado. Tendría sexo con Rubén, ella no tendría miedo, ni se quedaría fría y quieta como siempre, por el contrario, podía decirse que lo estaba seduciendo con mucho éxito, y según como iban las cosas ahora mismo, sería espectacular.

Sintió sus manos desabrocharle el vestido y sacárselo por la cabeza. Dijo una palabrota al ver sus senos dentro del sostén y ella sonrió orgullosa. A ella misma le gustaban sus tetas. No tenía estatura, pero tenía tetas.

Sin embargo, de repente todo se puso helado y no pudo evitar gritar; gritó y gritó en su oreja hasta que el primer impacto pasó, y su mente empezó a aclararse, como a salir de una extraña nebulosa de la que no sabía cuándo ni cómo había entrado. Se aferró a Rubén con mucha más fuerza y casi lo estranguló. Luego sintió un líquido chorrear por todo su cuerpo. ¡Era agua! ¡Agua helada! ¡Y estaban en la maldita ducha!

Lo miró interrogante.

—Qué... Por qué...

—Lo siento –dijo él—. No haremos esto así—. Ella elevó sus cejas y Rubén tuvo que bajarla de su cintura. A pesar del agua helada, ella estaba semidesnuda delante de él.

—¿No quieres... hacerlo?

—Dios, sabes que sí, pero si pasa algo entre los dos estando tú ebria... ¿acaso, cuando vuelvas a tus sentidos, no pensarás que volví a aprovecharme de ti? ¿Qué otra vez no pude controlar mis instintos? –Emilia se lo quedó mirando sin decir nada, mientras el agua seguía bajando por su cuerpo corriendo su maquillaje y dañando su bonito peinado. Empezó a temblar, y Rubén la sacó de la ducha con cuidado y la envolvió en una bata de baño. Ella se quedó allí, abrazándose a sí misma, quieta y en silencio mientras él se ubicaba a su espalda para desvestirse también casi a la velocidad del rayo. Cuando volvió a ubicarse frente a ella, estaba seco y vestía un pantalón a cuadros; nada arriba.

Él tenía el abdomen plano, y seguro que, si lo tocaba, sería duro. Los vellitos del pecho se ausentaban en el vientre, y se marcaban sus músculos.

Y ella de verdad había estado a punto de cometer una locura. ¿En qué había estado pensando para beber de esa manera? ¿Por qué carajos había pensado que embriagarse era la mejor forma? Había estado a punto de echarlo a perder todo. ¡Todo! Todo el esfuerzo de él, toda la lucha de ella, pues, tal como él había dicho, seguro que habría encontrado la manera de culparlo a él por haber accedido y haberse aprovechado de la situación. Esto le decía que, de algún modo, ella seguía queriendo huir de la verdad, de estar con él en sus cinco sentidos. Quería mantener un pie afuera de la relación que él le pedía sólo para echar a correr cuando las cosas la asustaran.

No lo pudo evitar y se echó a llorar.

—Oh, no llores –le pidió él secando sus lágrimas—. No quiero que llores—. Emilia no se detuvo, y Rubén la abrazó consolándola y arrullándola.

El agua helada también lo había ayudado a él, los había salvado a ambos, pensó. Por un momento, estuvo a punto de ceder; cuando le sacó el vestido para meterla a la ducha y vio sus senos tan disponibles para sus manos y su boca, tuvo que morderse la lengua con fuerza por si acaso el dolor lo ayudaba a centrarse un poco.

Suspiró y cerró sus ojos. Necesitaba a Emilia, la deseaba, pero ni el sexo mismo conseguiría que él arruinara su relación con ella.

Emilia sorbió mocos y se alejó de él.

—Quiero darme una ducha –dijo sin mirarlo, y Rubén tuvo que tomarle la barbilla levantándole la cara. Ella lo miró al fin.

—Te amo, Emilia –le dijo—. No lo olvides.

—¿A pesar de que… me he portado como una tonta? –él sonrió.

—Una tonta muy divertida—. Emilia apretó sus ojos al recordar la cantidad de locuras que había hecho. ¡Había hablado descaradamente de sexo en el ascensor, del video en internet, se había sobado contra él como si en ello le fuera la vida! Quería abrir un agujerito en el suelo y esconderse allí.

Rubén le besó la frente y con voz risueña dijo:

—No te mortifiques; date una ducha, yo prepararé algo de comer—. Ella asintió y esperó a que él se fuera para hacer caso.

Se duchó con el agua templada y usó el champú de Rubén. Se le había mojado el cabello, así que era mejor lavarlo. Su ropa interior también estaba mojada, así que no sabía qué se pondría ahora. Los boxers de Rubén, tal vez.

Sonrió al pensarlo.

Rato después, se puso de nuevo la bata de baño y se acercó a la cama de Rubén, una cama doble con sábanas en blanco y negro, muy bonita. Se sentó en el borde del colchón con el cabello envuelto en una toalla y llamó a su casa.

Antonio contestó.

—Papá… me quedaré a dormir fuera –dijo. Escuchó el suspiro de su padre, seguro que se estaba imaginando qué iba a hacer ella.

—Hija…

—Estoy bien. Estaré bien. Están cuidando de mí. Llegaré mañana a primera hora, no te preocupes.

—Emilia… —volvió a hablar Antonio, pero otra vez Emilia lo interrumpió.

—Papá, confía en mí. Estoy en buenas manos.

—No estoy seguro.

—Es por eso que te pido que confíes en mí. Dale un beso a Santiago por mí—. Cortó la llamada y se quedó allí, mirando el teléfono de Rubén en su mano y volvió a suspirar.

No quería irse a casa, aunque tampoco quería quedarse aquí. No se sentía bien, tenía náuseas y su ropa era un desastre. Pero enfrentar a sus padres en este estado estaba fuera de cuestión.

Se recostó a la almohada de Rubén y sonrió al sentir un dejo de su aroma aquí. Eran sus sábanas, era su cama.

En cuestión de segundos, se quedó dormida.

Rubén entró a la habitación para preguntarle si prefería el café amargo o dulce, pero la encontró dormida sobre su almohada.

Se acercó a ella, pues estaba en una mala posición, con las piernas colgando de la cama y la columna un poco torcida. La ayudó a acomodarse, y luchó un poco por quitarle la toalla del cabello mojado, lo extendió por la almohada y no pudo evitar sonreír. Estaba preciosa. Tendría el sueño ligero o profundo, se preguntó. Tenía muchas ganas de saberlo. Tal vez Emilia era de las que acaparaba la sábana, o la cama completa. Tal vez era de las que se acurrucaba, o quién sabe si también hablaba dormida.

Quería conocer todas esas pequeñas cosas de ella.

Se acercó y le besó los labios, pero ella ni se inmutó. Estaba bajo los efectos del alcohol, no había estado despierta el tiempo suficiente como para comer algo y mejorarse un poco, aunque fuera.

Buscó una frazada y se la puso sobre las piernas. Se dio una ducha, fue a la cocina a comer algo y poco rato después, se acostó también. Era temprano, pero todo su mundo estaba aquí en este momento. Nada lo esperaba afuera.

Emilia despertó con un concierto de tambores en su punto más álgido en su cabeza. Resonaba por todas partes, y tan sólo abrir los párpados fue un esfuerzo.

Sin embargo, y despacio, muy despacio, consiguió sentarse en el borde del colchón.

Miró en derredor. ¿Dónde estaba? Esta habitación no le era conocida.

Se llevó la mano a la cabeza, donde dolía como el infierno, e intentó ponerse en pie. Ubicó la salida y se encaminó a ella, pero cada paso era como un estremecimiento a su pobre cerebro.

Se quejó cuando no pudo seguir, y se recostó en algo. El marco de la puerta.

—Ah, despertaste –dijo alguien. Ella abrió sus ojos, pero había demasiada luz aquí.

Ese alguien se acercó a ella y le pasó un dedo suavemente por el rostro, pero ella se volvió a quejar como si en vez la estuviese atravesando con un estilete.

—Lo sabía –dijo—. Tienes resaca.

—¿Re…saca?

—El comúnmente llamado "Guayabo". Puro y duro. Ven, come algo y se te pasará.

—No quiero.

—Ah, pero debes comer—. Él le tomó los brazos como si fuese alguna ancianita de noventa y la llevó a una mesa comedor. Emilia pestañeó mirando el plato de sopa que tenía delante y luego volvió sus ojos al que se lo había servido. Rubén.

De inmediato, se miró a sí misma. Estaba en bata de baño, y ésta iba un poco abierta mostrando gran parte de sus encantos.

Los cerró sintiéndose demasiado avergonzada. Estaba siendo una mañana de perros.

—Come un poco. Ya se te pasará.

—Me emborraché –dijo, como si se sorprendiera de sí misma.

—Bueno, el champan estaba frío, delicioso y burbujeante, muy suave al paladar… y tú tal vez te bebiste unas diez copas.

—¿Tantas?

—Además –siguió él—, no comiste nada, así que el alcohol se te subió a la cabeza muy rápido.

A la mente de Emilia vinieron todas las imágenes de la noche anterior. Ella pidiéndole hacer el amor, sacando la cabeza por la ventanilla del auto cantando "La maldita primavera", besándolo en el ascensor y…

—Quiero morir –dijo apoyando su frente en las palmas de sus manos. Rubén se sentó a su lado sonriendo, y lo vio agitar un poco su plato de sopa con la cuchara.

—Vamos, come un poquito –ella abrió la boca y recibió el

bocado que él le ofrecía. Cuando hubo comido unas tres cucharadas, sintió la mente mucho más clara y tomó ella misma la cuchara para comer.

Lo miró de reojo. Sentía vergüenza, de esa vergüenza que no te da muy a menudo. Él había tenido que lidiarla borracha, y ahora también la lidiaba con guayabo.

—¿Ya te sientes mejor? —ella asintió con la mirada baja—. Perfecto.

—¿Lo… lo hiciste tú? —preguntó ella señalando la sopa.

—¿Qué crees? —esa no era una respuesta en sí, y ella lo miró ceñuda.

—¿Sabes cocinar?

—Por supuesto. En la puerta de mi refrigerador tengo una lista de teléfonos de restaurantes que te harían chuparte los dedos—. Ella sonrió.

—Ya. Sería demasiado maravilloso que también supieses cocinar—. Él hizo una mueca.

—Papá y mamá nos ofrecieron a mi hermana y a mí un curso de comida o polo acuático. Viviana eligió el polo, y obviamente me fui con ella.

—Hubieses elegido cocina.

—Sí, el polo no me sirve para hacer los desayunos—. Ella volvió a mirarlo sonriente. Rubén la miró fijamente y en silencio. Ella tenía el cabello tan enredado como un nido de pájaros, los ojos enrojecidos y se le pintaba la marca de la sábana en su mejilla, además de sus párpados hinchados. Pero de alguna manera, estaba preciosa, preciosa porque estaba aquí, desayunando a su lado y riendo con él.

—Estoy horrible, ¿verdad? —dijo ella bajando la mirada.

—Sólo un poco.

—Te odio –él rio quedamente, y se encaminó a la cocina para que no viera que de repente él había reaccionado a su cuerpo tan cerca. Cuando ella terminó de desayunar, le puso delante unos analgésicos y Emilia se los tomó sin hacer preguntas siquiera. Se estuvo allí en la silla largo rato, y de repente se dio cuenta de algo que le hizo cerrar sus ojos queriendo desaparecer. Rubén tenía un chupetón en el cuello, y se lo había hecho ella anoche.

Ahora sintió un poco de náuseas, y tuvo que quedarse muy quieta para no devolver el desayuno.

—Quédate todo lo que necesites hasta que te recuperes, ¿o

prefieres que te lleve a tu casa? –le dijo él.

—No quiero ir a casa así. Papá me matará.

—No lo hará. No eres una adolescente.

—No lo conoces. Y como sabe que estoy contigo…

—¿Por qué lo sabe?

—Porque anoche lo llamé y se lo dije.

—Bueno –dijo él con la sonrisa un poco desdibujada—, en algún momento tendrá que empezar a acostumbrarse a verme contigo, ¿no? –Ella lo miró apoyando su cabeza en la palma de su mano y el codo en la mesa.

—Le va a costar un poquito.

—Yo creo que tú piensas que es mucho más que un poquito.

—Habrá que tener paciencia. ¿Puedo seguir durmiendo en tu cama? –él sonrió.

—Puedes dormir allí siempre que quieras.

—¿Es eso una invitación?

—Es una muy sutil.

—Ah, no me lo recuerdes. Debí parecer una fulana anoche –él sonrió con todos sus dientes y Emilia, casi por inercia puso sus dedos en el lado donde tenía el chupetón. Él la miró fijamente—. No me di cuenta de a qué horas te hice eso.

—Oh, yo sí lo recuerdo.

—Mierda. Soy un asco. Casi te violo yo anoche –él elevó ambas cejas sorprendido. Por primera vez ella bromeaba acerca de ese tema—. Afortunadamente, no eres un debilucho.

—Oh, me vi en seria desventaja por momentos –sonrió él.

—Como cuándo.

—Como cuando te quitaste el vestido—. Emilia rio quedamente. En el momento se escuchó el sonido de un teléfono timbrando y Emilia lo reconoció como el suyo. ¿Dónde diablos estaba su pequeña cartera?

Rubén le pasó un pequeño sobre plateado cubierto en pedrería y ella lo abrió. Era su padre el que llamaba, y fue bastante difícil explicarle dónde y cómo y con quién estaba. Otra vez él hizo entender que no estaba nada de acuerdo, pero de igual modo, no podía hacer nada para evitar que las cosas ocurrieran tal como estaba sucediendo.

Emilia se puso en pie encaminándose a la habitación pensando en su hijo. Santiago debía estar preguntando por ella, pero por una vez él tendría que esperar.

Rato después, apareció Emilia en la sala luciendo ropa de Rubén. Una simple camiseta le llegaba casi a las rodillas, y él no pudo evitar burlarse un poco, pero cuando se dio cuenta de que ella iba sin sostén debajo, se quedó callado y de inmediato miró a otro lado.

Emilia sonrió disimuladamente y se sentó a su lado en el sofá de la pequeña sala mientras él buscaba en la pantalla del televisor una película.

Habían acordado que ella pasaría aquí la tarde y luego él la llevaría a casa luego de ver una película, pero Rubén ya había previsto que sería una auténtica tortura.

Dio inicio a la película, pero tal como lo imaginó, no se estaba concentrando nada.

—¿Quieres… comer algo? Palomitas de maíz, o lo que quieras.

—¿Tienes palomitas de maíz?

—No, pero hay un supermercado cerca.

—No salgas –dijo ella recostando su cabeza en su hombro. Rubén miró fijamente a la pantalla del televisor—. Esa película es mala –masculló ella, y Rubén sonrió.

—Sí. Pésima.

—Miremos otra –él movió su cabeza para mirarla, y de repente ya no pudo contenerse y se acercó para besarla.

Emilia respondió a su beso y puso una de sus manos en su mejilla sintiendo su aspereza. Cuando sintió la mano de Rubén en su muslo lo miró, pero él no se detuvo, y guio su mano hasta arriba tocando sus nalgas con toda la palma de su mano.

—Emilia… —dijo con voz ronca.

Ella se estuvo allí, quieta y en silencio, con el corazón galopando en su pecho y analizando todo lo rápido que podía la situación. Si empezaban ahora, seguro que ya no habría una excusa para detenerse, concluyó.

Emilia se movió hasta ponerse a horcajadas sobre él, y Rubén cerró sus ojos gimiendo quedamente cuando ella se acomodó sobre él. Lo sintió duro a través de las capas de tela y empuñó sus manos. Rubén apoyó las suyas en su espalda y ella lo miró fijamente.

—Nunca te haré daño –dijo él con voz queda—. Nunca.

—Lo sé.

—Pero dudas.

—No de ti.

—¿Entonces? –Emilia cerró sus ojos. Aquello debajo de ella

palpitaba, lo podía sentir, y todo él estaba vibrando en tensión. Él empezó a mover las manos por su espalda como apremiándola a aceptarlo o rechazarlo. Pero hazlo pronto, parecía decir.

—Yo… no soporto que… estén encima de mí –dijo. Él se quedó quieto y la miró con seriedad—. El psicólogo que me atendió después de lo que sucedió, dijo que tal vez yo desarrollara cierta aversión por el sexo, y descubrí que tal vez sí puedo estar en intimidad con uno, pero no lo disfruto porque… simplemente no soporto que estén encima de mí. Soportar el peso… tener que… abrir tanto mis piernas. Oh, Dios, esto es vergonzoso –dijo ella bajándose de él. Rubén estaba frío ahora. Toda la sangre se había concentrado en otro lugar. Sus pies, tal vez.

Emilia tragó saliva mirando a otro lado. Le avergonzaba tener que hablar de esta manera, pero tenía que hacerlo, y, sobre todo, con él.

—No puedo hacer nada en esa situación –siguió—. Me quedo allí, quieta y fría… esperando que todo acabe. Lo siento—. Él extendió su mano a ella.

—No tienes que disculparte, Emilia.

—Lo intenté con Armando –dijo ella con una mueca que parecía una sonrisa—, pero fue nefasto. Él dijo que yo no me encendía, que era como… como madera mojada en una hoguera –él frunció el ceño molesto. Quería tener a ese tal Armando en frente sólo para darle un puñetazo—. También dijo que el ser madre soltera me restaba puntos, o algo así… y es el único con el que lo he intentado. No tengo mucha confianza para… Dios, por eso anoche me embriagué. Y ya ves que ebria sí que fui activa.

—Emilia, hay mil posiciones más para hacer el amor. Hay todo un abanico de posibilidades –ella lo miró atenta—. Tal vez en tu caso debas ir despacio, pero… no es un caso perdido—. Él se acercó y depositó un beso muy suave y muy cálido en su cuello. Emilia se sintió erizarse de inmediato, incluso se estremeció—. ¿Ves? —dijo él con una sonrisa orgullosa –Tu cuerpo reacciona muy normalmente ante las caricias y el estímulo.

—Pero tú… eres grande… más que Armando—. Él elevó una ceja.

—Eso todavía no lo sabes.

—¿Qué? –preguntó ella confundida—. Claro que lo sé. Son diferentes a simple vista –él se echó a reír.

—Eres madre, pero eres inocente en muchos aspectos.

—Seguro que te mueres por corromperme.

—No tienes idea.

—¿Tienes mucha experiencia? –él negó evasivo.

—Como la de cualquier otro a mi edad, supongo.

—Con Kelly…

—No hagas preguntas si odiarás las respuestas—. Esa era una respuesta en sí, pensó ella, y suspiró. Miró de nuevo la pantalla del televisor, que permanecía totalmente ignorada, y cerró sus ojos cuando él volvió a besar su cuello. Tal vez había descubierto que ese era un sitio especialmente sensible.

Qué carajo, se dijo. Si alguien tiene que soportar las consecuencias de lo que pasó esa vez, es Rubén, y fue cayendo poco a poco en el sofá mientras él seguía besando su cuello.

34

Rubén siguió besando la piel detrás de su oreja. Después de haber descubierto que este era un lugar en el que le encantaba ser besada, decidió concentrarse allí, al menos por el momento. Besó la piel de su garganta, la línea de sus clavículas, y miró su piel, de un tono bronceado natural y dejó un reguero de besos hasta llegar al valle de sus senos. Sin embargo, la sintió quieta y buscó de nuevo sus ojos. Ella tenía sus ojos cerrados con fuerza, como intentando concentrarse. Disfrutaba de los besos en el cuello y el pecho, pero en este momento no estaba siendo así.

Emilia lo sintió retirarse y abrió los ojos.

—¿Qué pasa? –preguntó con la voz llena de miedo. Si él se alejaba ahora, si lo dejaban todo aquí, se le haría difícil luego volver a intentarlo; pero claro, ella otra vez se había quedado rígida.

Lo miró arrugando un poco su frente deseando poder pedirle que por favor continuara, no importaba qué. Pero no era posible, ese había sido su error en el pasado.

Rubén la tomó de la cintura y fácilmente la acomodó de nuevo encima de él. Ella lo miró desde arriba y pestañeó confundida cuando vio su sonrisa.

—Ésta es una buena posición –dijo metiendo la mano debajo de la enorme camiseta que llevaba puesta—. Podemos vernos a la cara, eres tú quien ejerce el control… y yo tengo libre acceso a éstas—. Emilia gimió cuando sintió uno de sus senos ser apresados suavemente por la mano de Rubén. Él lo amasaba con delicadeza, y ella no pudo evitar poner su mano encima de la de él, que se movió para volver a besarla en el cuello—. ¿Te gusta? —ella no pudo contestar, estaba ida sintiendo la cálida mano de él en su pecho, y cómo a su cuerpo le empezaba a subir la temperatura.

Luego sintió la otra mano de él en su cadera, entrando por su panty y tocando también su trasero.

—Me gusta —dijo ella en un susurro.

Sintió que él respiraba un poco ásperamente, y cuando se movió pudo sentir en su entrepierna la fuerza y la dureza de su cuerpo. Emilia soltó un auténtico y muy erótico gemido.

—Dios… ¿Es… normal? —él sonrió.

—No. Es sublime. Te amo, Emilia. Te deseo—. La mano abandonó su trasero y le tomó la cara para bajarla hasta su boca y besarla. Fue un beso al principio suave, gentil; luego pasó a ser caliente, urgido, muy sensual. Emilia le rodeó los hombros con sus brazos hincándose en el sofá con las rodillas y arqueó su cuerpo restregándose contra él. Rubén apretó los dientes disfrutándolo inmensamente. Tal como imaginó, estar con Emilia estaba siendo extremadamente placentero.

Tomó con sus manos el borde de la camiseta que ella se había puesto y se la sacó, dejando al fin los senos al descubierto. Ella lo miró un poco tímida, pero Rubén no le dio tiempo a ruborizarse por eso, de inmediato se sumergió en ellos besándolos, lamiéndolos, chupándolos con hambre.

Verlo allí, paseando su lengua por su oscuro pezón fue un poco raro para Emilia, pero la sensación sólo duró un par de segundos, de inmediato las sensaciones la invadieron. La lengua de él era áspera, y succionaba con sus ojos cerrados, mientras el otro seno era apretado en su palma sin llegar a hacerle daño.

Algo empezó a moverse dentro de su ser, y se sintió más caliente que hace un rato, la respiración más acelerada.

Armando también había besado sus senos, y lamido y chupado, pero lo que había sentido entonces no se parecía en nada a esto. Parecía que lo que él hacía allí se conectaba inmediatamente con la zona más íntima de su cuerpo, porque ésta se humedeció, y se apretó más contra lo que, sabía, era el miembro erecto de Rubén contenido en unos boxers.

Otra vez su cuerpo se onduló, pero ésta vez no paró. Ah, qué bien, qué delicioso, pensó echando la cabeza atrás. Rubén dejó por un momento el seno al que se dedicaba para prestarle la misma atención al otro. Elevó su mirada a ella y sus ojos se conectaron por un segundo. Sin poder evitarlo, ella metió su mano entre los dos y la metió al interior de sus pantalones. De repente quería tocarlo, quería sentirlo, y él, un poco sorprendido de su audacia, gimió cuando estuvo en su mano.

Estaba duro, largo, surcado de venas que podían sentirse al tacto, y al tiempo, era tan suave. Lo apretó y buscó su boca para besarlo. Rubén la rodeó con fuerza pegándola a él, gimiendo dentro de su beso, entrelazando su lengua con la de ella y deseando, al mismo tiempo, alargar este instante por toda la eternidad.

Sin embargo, el tiempo pasaba, era inexorable. Afuera la ciudad se agitaba buscando presurosa la puesta del sol para disfrutar de los placeres de la noche, y Rubén elevó un poco a Emilia para sacarle el panty.

Emilia reaccionó un poco sorprendida, pero él se dio prisa y la tuvo al fin completamente desnuda sobre él.

Le cubrió el pubis con su mano y lo dejó allí quieto por largos segundos. Qué vas a hacer, quiso preguntar Emilia, pero simplemente no encontró las palabras, o el idioma, para formularla.

Uno de los dedos de él empezó a moverse suavemente, y joder, qué bien se sentía. Abrió sus muslos en una invitación, pero él se quedó allí, moviendo el dedo arriba y abajo, hasta que entró suavemente en su interior.

—Ahh… —gimió Emilia, haciendo fuerza contra él, empapándolo con su humedad, pegando su mejilla a la mejilla de él—. Rubén…

—¿Qué deseas, mi amor?

—No… no lo sé. Por favor.

—Sí lo sabes.

—No seas malo –le rogó, y onduló su cadera consiguiendo un roce que le robó otro gemido.

Rubén introdujo otro dedo y Emilia se mordió los labios.

—¿Qué… qué me haces?

—Le estoy haciendo el amor a tu cuerpo, Emilia –susurró él—. Te estoy adorando—. Ella agitó su cabeza negando, y entonces cayó en cuenta de que ella todavía lo tenía en su mano.

Ah, esto era un juego de dos.

Lo apretó fuertemente y tiró un poco de él. Rubén soltó una palabrota entre dientes y ella sonrió, pero entonces él se vengó tocando con su pulgar en forma circular su clítoris. Debía ser eso, porque vio estrellas y gritó. Había leído por allí que ese botoncito te subía al cielo si era bien tratado.

Rubén no se detuvo, y siguió moviendo sus dedos, y Emilia empezó a hervir. Se quedó completamente quieta cuando sintió que un líquido quemante bajaba por su cuerpo y todas las sensaciones estallaban por toda su piel. Recogió los deditos de sus pies y se envaró en lo que fue su primer orgasmo.

Cuando volvió a la conciencia, pues sintió haberla perdido momentáneamente, estaba sudorosa, caliente, y deseando otro de éstos.

En su mano tenía la herramienta para conseguirlo, se dijo, y lo guio hasta la entrada de su cuerpo.

Él seguía besándola, lamiéndola, chupándola, y cuando se sintió allí, en ese sitio en especial, se quedó quieto.

Tenía que ser ella quien lo hiciera, se dijo. Tenía que ser su decisión. En el pasado, su sexo había sido un arma que le hiciera mucho daño, y había esperado hasta que ella considerara que no era una amenaza, que era placer.

Ella humedeció su punta con los mismos fluidos de su cuerpo y poco a poco fue entrando. Lo sintió grueso y romo contra su piel más delicada y suave. Por un momento tuvo la sensación de que era demasiado grande, demasiado ancho. ¡No cabría!

Rubén dejó caer su cabeza en el espaldar del sofá y gimió. Ella estaba estrecha, muy estrecha, y se detuvo por un momento.

—¿Algo va mal? –él meneó la cabeza y abrió sus ojos para mirarla. En el rostro de Emilia había una sombra de miedo.

—Todo está bien, cariño –susurró él.

—Pero… por qué…

—Llevas mucho tiempo sin… estar con un hombre. Es normal.

—¿Seguro?

—Seguro.

—¿Qué debo hacer? –los ojos de ella se habían humedecido, y Rubén sólo quería tomarla y enterrarse en ella con fuerza una y otra vez hasta estar en lo profundo.

No, no, no, se dijo. Despacio, más despacio.

—Bésame –le pidió. Emilia hizo caso como si en los besos se hallara el secreto del placer. Rubén la rodeó completamente con sus brazos—. Ah… eres tan hermosa –dijo entre beso y beso—. Tan condenadamente… sexy… —eso la hizo detenerse y se separó de él para mirarlo. Él le sostuvo la mirada como esperando que se atreviera a contradecirlo—. Eres hermosa –siguió él con ambas manos en su trasero, amasando sus nalgas y creando un ritmo que ella no dudó en seguir.

En esta posición era ella quien controlaba la situación tal como él había dicho, y ella decidía qué tan lejos llegar, pero la sangre estaba zumbando en sus orejas, el corazón queriendo salirse de su pecho, su cuerpo ardiendo; no se quería detener.

Abrió más sus muslos, y de un solo movimiento, se empaló en él. Ambos lanzaron un gemido profundo y se quedaron quietos por un momento.

Emilia apoyó sus manos en los hombros y el pecho de Rubén y empezó a moverse. Eso grueso y que en un momento ella creyó no poder contener, estaba dentro de su cuerpo y entraba y salía conforme ella se movía.

Y ella empezó a moverse y a moverse. Su cabello cayó sobre los dos y a pegarse en su piel cubierta del sudor que este delicioso ejercicio le estaba provocando. Lo sentía dentro, muy dentro, tocar sus paredes en un tiempo adormecidas, tocar el fondo de su cuerpo, llegando hasta el mismo final.

Era fantástico; era, tal como él lo había dicho, sublime.

A su mente llegó una imagen de sí mismo en aquella arboleda, llorando debajo de él, sintiendo dolor al ser desflorada tan bruscamente.

Abrió sus ojos y lo miró, Rubén tenía sus ojos ahora oscurecidos fijos en ella, los labios entreabiertos dejando salir el aire cada vez que ella se movía.

Ahora estaba encima de él, no le dolía, y tenía el control.

Se separó de él y se puso en pie, y él prácticamente echó a llorar tras ella. Se puso en pie también y la atrapó entre sus brazos cuando ella daba la espalda.

—Qué… —empezó a preguntar él, pero ella no estaba huyendo, estaba jugando. Sintió su risa y él volvió a besarla en el cuello y la nuca, a poner sus manos sobre sus senos y su entrepierna, deseando volver.

Ella movió su trasero y se sobó contra él. Rubén no quería jugar, tenía urgencia.

Vamos, mujer, quiso decir. Me estoy muriendo por ti.

Juntos cayeron al suelo suavemente, pero ella no quiso girarse, así que Rubén esta vez no pidió permiso y volvió a penetrarla desde atrás. Emilia apoyó sus manos en el suelo y lo sintió entrar con fuerza. Esto se estaba poniendo serio, dijo, pero no hizo nada para impedirlo.

Rubén le puso las manos en la cintura, de rodillas tras ella, y empezó a bombear en su cuerpo. Al principio suavemente, pero pareció perder el control rápidamente y empezó a moverse cada vez más rápido. Ella cerró sus ojos. Así parecía llegar más profundamente a su interior, o tal vez sólo era que así parecía, no estaba segura.

Lo sintió gemir suavemente mientras sus cuerpos se chocaban sin parar. Emilia apretó los dientes. Antes, ni siquiera se había imaginado a sí misma en esta posición, ni en esta situación.

Él dijo su nombre una y otra vez, dijo que la amaba una y otra vez... tal como esa vez en la arboleda. Y otra vez, ella se separó de él para echarse en el piso boca abajo. Él la miró desconcertado. ¡Lo había interrumpido otra vez!

Pero ella sonreía traviesa.

—¡Me vas a matar, Emilia!

—¿De veras? –él se echó encima de ella sin pérdida de tiempo, puso su mano en su entrepierna y la movió hasta tener acceso otra vez a su entrada. Le mordisqueó los hombros, moviendo sus dedos dentro de ella suavemente, pasó la lengua por detrás de la oreja y la sintió gemir.

Necesitaba que perdiera el control. Ella estaba húmeda y caliente, de eso no tenía duda, pero todavía estaba consciente y él lo que necesitaba era que perdiera la cordura al menos por un rato.

Entró de nuevo en su cuerpo a la vez que metía la lengua en el caracol de su oreja. Emilia gimió apretando el interior de su cuerpo. Tenía la mejilla contra la moqueta, y Rubén la aplastó un poco contra el suelo entrando más duramente en su cuerpo.

—Oh, Dios –gimió ella.

Esto no es nada, quiso decir él, y le cerró los muslos al tiempo que la penetraba con fuerza. Emilia volvió a ver lucecitas como cuando estaba borracha.

Una vez, otra vez; esto se repetía. Él pasaba su mano por su espalda, apretaba uno de sus senos, la lamía, la besaba sin dejar de moverse en su interior. Rubén se estiró encima de ella cuan largo era, lo que le impidió a Emilia volver a separarse de él, pero ya no le interesaba hacerlo, quería llegar otra vez al cielo y rozar las estrellas, y el cuerpo de Rubén, encima de ella y a su espalda, con el sonido de su voz y su respiración, el tacto de su piel, y oh, ese maravilloso instrumento de placer al interior de su cuerpo, la ayudaron a llegar.

De su boca salió un sonido que pareció un quejido, y esta vez no la asaltaron imágenes del pasado, ni olores, ni ningún otro recuerdo. Estaba aquí y ahora con un hombre que se había ganado un espacio en su corazón.

¿Un espacio?, dijo una vocecita más loca dentro de ella, no haces sino pensar en él.

Era verdad. Rubén había ocupado sus pensamientos desde esa vez que se habían reunido para acordar la cantidad de dinero con que la indemnizaría. En ese entonces, cuando hablaron a solas en esa oficina se había preguntado por su dolor, y casi lo había palpado.

Ahora estaba palpando su deseo por ella, que era fuerte, duro, grande, pleno.

La fuerza de su orgasmo la inundó como una ola y Emilia lloró con un quejido casi lastimero pero que iba cargado con todo lo que había guardado todo este tiempo. De alguna manera, ella se había enamorado de Rubén.

Este conocimiento resonaba en ella como una lejana campana. Lo amas, decía, lo amas. Si no lo amaras, no sentirías esto, no sentirías que eres capaz de abrazar el universo y contenerlo en tu cuerpo.

Apretó duro los dientes y gritó. Toda su piel fue sintiendo las oleadas de locura y placer que provenían del cuerpo de Rubén, apretó el interior de su cuerpo apresándolo, vibrando, liberándose al fin.

Cuando abrió los ojos, se dio cuenta de que él la miraba lleno de un sentimiento que pudo reconocer al fin.

—Te amo –dijo él, y acto seguido salió de su cuerpo y la giró, abrió sus muslos y volvió a penetrarla. Él seguía duro.

—¿Rubén?

—Oh, Dios, te amo –él estaba enloquecido ahora, se dio cuenta ella. Ido, en ese mundo donde hasta hacía unos segundos había estado ella, y le pareció tan tierno y tan hermoso que no cayó en cuenta de que él otra vez estaba encima, ejerciendo el control.

Rubén se movió a un ritmo rápido y constante, y tan sólo unos minutos después lo sintió correrse. Apretaba sus nalgas y se corría dentro de ella, gemía y se volvía a correr. Emilia lo abrazó con brazos y piernas mientras él se enterraba en ella y dejaba salir todo su deseo, y toda la paciencia y la espera acababan al fin.

—¿Qué hora es? –dijo ella como si la pregunta fuera una grosería y se sintiera tímida al decirla por primera vez. Él movió su cabeza e hizo un sonido con su garganta mientras seguía aferrado a ella, todavía en su interior, pero con los cuerpos tan laxos y flácidos que parecían un par de gelatinas amalgamadas en el piso.

—No te vayas –dijo al fin. Emilia sonrió.

—Tengo un hijo.

—Tenemos un hijo –corrigió él.

—Santi ha estado solo desde anoche. Estoy abusando de la paciencia de mis padres.

Él se retiró un poco y la miró a los ojos.

—Vente a vivir conmigo—. Emilia soltó la risa en una explosión de saliva y Rubén se alejó de ella poniéndose de rodillas en el piso—. ¿Por qué te burlas?

Ella lo miró con ojos grandes de asombro.

—¿Lo decías en serio?

—¿Crees que podré pasar una noche sin ti después de… esto? –ella suspiró y se sentó frente a él tan desnuda como él.

—De veras crees que…

—¿Que mi amor por ti dure lo suficiente como para soportar una convivencia juntos? ¡Estoy ansioso por empezar! –ella se puso en pie y buscó la camiseta que antes había usado y los pantis, pero él no hizo ademán de ponerse los pantalones.

Se lo lanzó cubriéndolo.

Rubén se pasó una mano por el cabello.

—¿Por qué te molestas? –ella se alzó de hombros.

—No estoy molesta.

—Emilia… —Ella caminó a la habitación y tomó el sostén que había puesto a secar. Todavía estaba húmedo, pero igual se lo puso.

—¿Dónde está mi vestido?

—¿Te molesta que te pida que vengas a vivir conmigo? –preguntó él entrando a la habitación, todavía desnudo. Ella desvió la mirada y dio varios pasos hasta llegar al armario para abrirlo de par en par. Su vestido estaba colgado entre las camisas de él.

De repente pudo verlo, la ropa de él y la de ella tal vez en el mismo armario, los dos compartiendo todos los días esta intimidad, teniendo más sexo como el de hoy.

Sublime, había sido sublime. Todavía lo sentía al interior, rodearla…

Bueno, eso último era porque él en realidad la estaba rodeando.

—Está bien, está bien –dijo él—. He esperado hasta hoy, seguiré esperando.

—¿No era esto lo que tú deseabas? ¿Sexo?

—¿Crees que lo que siento por ti se reduce al deseo, Emilia? –

preguntó él con tono ofendido y ella tuvo la decencia de sentirse un poco avergonzada.

—Bueno… no lo sé.

—Vale, está bien –volvió a decir él masajeándose las sienes con los dedos como si le estuviese empezando un dolor de cabeza—. Seremos… novios. ¿Quieres ser mi novia, Emilia? –eso sonó tan infantil que ella no pudo evitar sonreír.

—¿Qué privilegios tiene la novia? –preguntó ella con una sonrisa, y él volvió a abrazarla. Emilia paseó sus manos por su espalda hasta ponerlas sobre sus nalgas prietas.

—El cielo, cariño.

—¿Me llevarás allí?

—Cada vez que quieras—. Él empezó a olisquear su cuello, y Emilia se admiró de que, a pesar de las diferentes estaturas, sus cuerpos encajaran tan bien.

Cuando él empezó a besarla, Emilia tuvo que poner distancia. Estar aquí era adictivo, pero ya su conciencia de madre se había tomado unas largas y atrevidas vacaciones; no podía seguir huyendo de sus obligaciones.

—De verdad que debo volver a casa –dijo en un gemido, pues Rubén la estaba toqueteando otra vez con pericia.

—Sólo te tomará unos minutos.

—Por favor… —él la levantó en sus brazos y la llevó en volandas a la cama en cuanto vio que ella cedía. Una vez sobre ella, le sacó de nuevo el panty con tanta velocidad que este voló por la habitación. Emilia se echó a reír, pero segundos después su risa quedó ahogada en un gemido. Rubén estaba duro y dentro de ella otra vez.

—Oh, sí, sí –gimió. Sus obligaciones de madre estaban muy encantadas con esta nueva situación, y se perdió otra vez en el placer de los brazos de Rubén por una media hora más.

—Te digo que tengo que ver por Santi, ¿qué clase de madre crees que soy? –dijo ella con la cabeza enterrada en el pecho de Rubén, que todavía respiraba agitado.

—Ya puedes irte –dijo él, pero la fuerza con que la aferraba desmentía sus palabras. Emilia levantó la cabeza y se echó a reír.

—Mentiroso—. En el nochero de Rubén había un reloj despertador y ella pudo ver la hora. ¡Las seis de la tarde! –se puso en pie y otra vez empezó a buscar su ropa interior y esta vez consiguió ponerse el vestido.

—Te llevaré –dijo él, resignado.

—Gracias, aunque el tráfico a esta hora será horrible.

—Entonces esperemos que sea un poco más tarde, igual, perderemos tiempo embotellados en el tráfico.

—Sí, sólo estas buscando excusas para que me quede otra hora—. Él sonrió nada avergonzado por haber sido descubierto.

—¿Qué tiene de malo que desee que mi mujer esté aquí?

—Y si estoy desnuda, mejor para ti, ¿verdad? –rezongó ella recogiendo su cabello en un rodete que igual no se sostuvo por mucho rato.

—Desnuda, en pijama, o desnuda, o en tacones... ¿ya dije desnuda?

—Bribón –rio ella—. ¡Ponte ropa!

—Vale, vale. Debo impresionar a los suegros.

—¿Impresionar a quién?

—A tus padres.

—Tú no subirás al apartamento.

—¿Cómo qué no? Subiré y le daré mis respetos al señor Ospino.

—Eso suena muy falso cuando vienes de follar a su hija—. Él la miró con ojos grandes.

—Eres capaz de decir esa palabrota sin sonrojarte.

—Reconócelo, eso hicimos.

—Oh, yo tenía planeado algo más tierno –dijo él buscando una camisa en su armario—. Pero tú me sacaste de quicio—. Ella se echó a reír, sorprendida y encantada de que pudieran hablar de sexo con tanta tranquilidad.

Salieron del pequeño apartamento charlando y sonriendo. Ahora, él no se contenía y la abrazaba, ponía la mano en su cintura, le robaba besos y susurraba cosas al oído.

Lo quiero, pensó Emilia, pero pensarlo aún le provocaba sensaciones extrañas en su interior.

Necesitaba más tiempo, más convivencia con él, conocerlo más profundamente.

Sin embargo, lo quería, y de alguna manera tendría que acostumbrarse a ello.

35

Antonio Ospino miró su reloj. Las siete de la noche.

No había vuelto a llamar a Emilia para preguntarle dónde estaba, pues no tenía sentido ya que ella misma le había dado esa respuesta, pero lo cierto era que estaba preocupado, pues no había regresado.

Miró hacia la sala y vio a Santiago que resolvía un problema matemático sentado en la mesa comedor mientras Felipe resolvía alguna otra cosa de anatomía, sentado al lado del niño; y Aurora resolvía cosas culinarias en la cocina… y él sólo se enredaba más y más.

No comprendía por qué ella le había pedido anoche que confiara en ella. ¡No podía confiarle su hija a ese hombre, no tan rápido! Emilia se estaba precipitando al tomar decisiones y temía más por el niño que por ella misma. Si ese hombre era otra vez un fracaso, esta vez habría más daño colateral que antes.

Sin embargo, no podía hacer más que esperar, pero si Emilia entraba por esa puerta llorando o preocupada, no dudaría decirle cuántas eran veinte. Y también a él. Iría a buscarlo a su trabajo y le haría pagar esta vez con su vida.

Se rascó su cabeza cana recordando lo que ella le había dicho en Brasil, que antes de lo sucedido, ellos se habían besado. Al parecer, antes de todo el infierno, ella había vivido una especie de momento romántico con él. Nunca se lo dijo sino hasta ahora. Se lo guardó todo este tiempo; lo decía a estas alturas tal vez para que no lo odiase tanto, pero no le era posible. Debía ser peor así, ¿no?, y definitivamente imaginarse a su hija en tal situación no lo ayudaba mucho a pensar con cabeza fría.

La cerradura de la puerta principal hizo ruido al ser introducida una llave se preparó para lo que fuera que se fuese a encontrar, y a la sala entró una Emilia con una sonrisa de oreja a oreja, con los ojos más luminosos que jamás hubiese visto, la piel reluciente y un aura de felicidad que jamás le vio.

Y detrás de ella, Rubén Caballero.

—Buenas… noches –dijo Emilia mirando a su padre y borrando su sonrisa, o más bien, conteniéndola.

—¡Mamá! –exclamó Santiago y corrió a ella para abrazarla. Ella lo alzó y lo besó.

—¡Mi hijo hermoso! –dijo acunándolo—. Perdona que llegue a esta hora.

Antonio se puso en pie y la miró apretando un poco su mandíbula.

—Y bien tarde que llegas –dijo.

—Buenas noches, señor –saludó Rubén, pero Antonio lo ignoró.

—¡Llevas más de veinticuatro horas fuera de casa, jovencita! ¡Santiago ha estado aquí, preguntando por ti!

—¿Dónde estabas? –preguntó el niño.

—Tuve que salir… a resolver unos asuntos –eso último lo dijo mirando a su padre. Cuando Santiago vio a Rubén, le sonrió.

—Hola –le dijo. Rubén extendió una mano hacia su hijo y le tocó el cabello, aunque de lejos se notaba que lo que quería era abrazarlo también.

A la sala llegó Aurora, y Felipe dejó a un lado los libros para observar la escena.

Estos dos tenían cara de haberlo estado haciendo por unas veinticuatro horas seguidas; por lo menos, tenían ese aspecto satisfecho que sólo da el buen sexo, y no pudo evitar hacer una mueca, pues era tan obvio que, si él se había dado cuenta, sus padres también. Emilia estaba en problemas.

—Santi, imagínate que vi ese helado que querías el otro día y que se había acabado—. Santiago se iluminó como un árbol de navidad.

—¿De verdad?

—¿Vamos a comerlo? –Rubén miró a Felipe y le sonrió como diciendo "gracias", pero Felipe apenas si le sostuvo la mirada.

—¿Te traigo uno, mamá? –preguntó el niño, quien siempre se acordaba de ella y le compartía cualquier cosa que comiese.

—Sí, mi amor. Tráeme uno.

—¿Y a ti? –le preguntó a Rubén.

—Vale, uno estará bien –le sonrió él. Si Emilia aceptaba un helado a esta hora, él no podría desairarlo.

—No me alcanza el dinero –rezongó Felipe, y no dejó que Rubén

370

se metiera la mano al bolsillo para darle, sino que tomó a Santiago de la mano y salieron del apartamento dejando a los adultos en la sala.

Aurora los miraba en silencio con un vaso de cristal en la mano, pero no dijo nada. Miraba a Emilia lucir tan radiante, aunque tan desmañada con el vestido de anoche y el cabello recogido de cualquier manera.

¿Cómo podía una mujer lucir así?

—¿Estás bien, Emilia? –la mirada que ella le lanzó fue una respuesta en sí. Y Aurora no preguntó más.

—¡Tuviste a tu madre preocupada todo el día!

—Lo siento, mamá, pero no estuve en peligro en ningún momento.

—Tengo que presentar mis disculpas –dijo Rubén. Pero…

—¡No eres ya una niña, Emilia! –Volvió a exclamar Antonio ignorando nuevamente a Rubén—. ¡No puedes hacer como que te vas sin importarte nada!

—Lo siento, papá –dijo Emilia, contrita.

—No volverá a pasar –dijo Rubén, intentando hablar otra vez.

—Teníamos muchas cosas que aclarar y…

—¡No me interesa qué cosas más tenían que hacer! –dijo Antonio elevando la palma de su mano.

—Pero necesito decírtelo –dijo Emilia dando un paso hacia él, tomando su mano y bajándosela suavemente—. Sé que desde hace mucho tiempo no haces sino preocuparte por mí, ¡te he dado tantos problemas! ¡Pero ahora estoy bien! –Ella miró a Rubén de reojo, y apretó sus labios—. Todo está bien.

Antonio miró al fin a Rubén, que los miraba atentamente. Sintiendo en esa mirada mil preguntas, Rubén tomó aire. Si dijera que no estaba nada nervioso sería un auténtico mentiroso, pero tendría que disimularlo y por el contrario parecer muy seguro.

—Amo a Emilia –fue lo primero que dijo, y Emilia sonrió. Esa frase parecía ser su grito de guerra—. Mi deseo sólo es hacerla feliz. Sé que tengo muy malas referencias, que el pasado me acusa terriblemente, pero por eso mismo, cada día que pase sólo intentaré una y otra vez cubrir con mi amor y mi atención todo el dolor que le causé. Pondré mi vida en ello, señor Ospino. Se lo juro.

Algo muy parecido a un sollozo o a un suspiro se escuchó y Emilia se giró a mirar a su madre, que observaba a Rubén con ojos grandes, los mismos ojos que ponía cuando veía sus telenovelas románticas.

Antonio también la miró, pero él estaba ceñudo.

—No puedo confiar en ti –dijo—. No puedo.

—Me gustaría poder cambiar eso.

—No puedes. Violaste a mi hija—. Rubén tragó saliva y bajó su mirada. Por más que dijera mil frases bonitas, por más que escribiera un libro con ellas… siempre estaría esa horrible verdad por delante.

—Eso sólo lo sé yo –dijo Emilia—. Y yo, que viví en carne propia ese hecho, te estoy pidiendo que me des un voto de confianza. A mí y a… a Rubén.

—¿Se lo merece?

—No sé si se lo merece –sonrió Emilia—, pero está luchando por eso –se acercó más a su padre y susurró: —¿Y no dijiste tú que en otra época él habría estado obligado a casarse?

Él la miró algo sorprendido y estuvo allí, en silencio, sin decir nada.

—Si juras que harás feliz a mi hija… yo no tengo problema en que sean novios –dijo Aurora con voz suave. Rubén la miró casi con adoración.

—¡Gracias! –dijo.

—Dime Aurora.

—Gracias, Aurora.

—Él no se atreverá a fallar –le dijo Aurora a su esposo, y Antonio se halló a sí mismo sin aliados.

Sacudió su cabeza negando, pasándose las manos por la cara.

—Hablaremos de esto cuando estemos a solas.

—Papá…

—No, no –él entró a su habitación dejándolos solos. Emilia se quedó allí, de pie, mirando la puerta cerrada.

¿Qué iba a hacer ahora?

Pero tampoco le podía reclamar nada a su papá, él tenía toda la razón del mundo en sentirse así, en reaccionar así. Por momentos, ella misma pensaba que estaba cometiendo un error, que todo esto era una locura.

Y luego, como ahora, sentía un toque de Rubén que le hacía volver al camino.

Ella se giró suavemente para mirarlo.

—La confianza no es algo que se consiga sólo por pedirla, Emilia –dijo él en un susurro—. Yo tendré que pelearme la de tu padre, pero lo conseguiré, no te preocupes.

—Para mí es muy importante la opinión de papá.

—Lo sé—. Él se acercó y le besó la frente con suavidad.

Y al momento entraron Felipe y Santiago con una bolsa y varios helados dentro. El niño los repartió muy feliz.

—Pero este no es el helado, ¿verdad? –preguntó Emilia mirando a Felipe.

—Él insistió en que trajéramos estos. Dijo que quería traerle uno a cada uno—. Felipe no parecía muy contento, y luego de preguntar por su padre, se fue a su habitación a buscarlo.

—¿Te gusta? –le preguntó Santiago a Rubén, éste le dio una mordida a su helado y sonrió.

—Muy rico, gracias. Un día de estos te invitaré yo.

—¿De verdad? ¿Me llevarás otra vez a tu casa? –Rubén miró a Emilia por el rabillo del ojo.

—Claro, si tu mamá te da permiso.

—Mamá… —rogó Santiago.

—Iremos mañana domingo—. El niño celebró saltando, y Rubén la miró con una sonrisa.

—Pasó algo feo, ¿verdad? –dijo Felipe acercándose a su padre con un abrigo en las manos y poniéndoselo en los hombros. Antonio que se asomaba al balcón de la pequeña habitación y miraba la noche fría. Al escuchar a su hijo hizo una mueca meneando la cabeza.

—Emilia se comporta… extraño, ¡como si hubiese olvidado todo por lo que tuvo que pasar!

—Tal vez es eso, y lo está intentando.

—¿Cómo puede hacer algo así?

—¿Entonces, deberá vivir toda la vida sufriendo por eso?

—¡No me refiero a eso! Estoy feliz de que olvide, ¡pero al lado de ese… hombre…!

—Tampoco me gusta la idea –dijo Felipe recostándose a la baranda y cruzándose de brazos—. Y no porque él no me guste, sino por ser quien es.

—¿Él te cae bien? –Felipe sonrió.

—No puedo decir que me cae bien o mal. Le hizo daño a mi hermana.

—¡Exacto!

—Pero si ella misma está dispuesta a pasar eso por alto.

—¿También nosotros deberíamos?

—¿Y si de casualidad es verdad y él es el único que la puede hacer feliz? Ya ves cómo le brillaban los ojitos cuando llegó.

—Es terrible.

—Con Armando nunca la vi así.

—Pero hay cientos de miles de hombres allá afuera que quizá la puedan hacer feliz. No ese cretino.

—Sí, tal vez.

—No lo aceptaré, jamás lo aceptaré.

—Entonces ya sabes lo que pasará, ¿verdad? –Antonio giró su cabeza suavemente para mirar a su hijo interrogante—. Él la enamorará, conseguirá que se una a él… y Emilia se irá, y como tú lo odias a él, ella ya no podrá volver a esta casa ni para navidad, o cumpleaños… y dejaremos de verla a ella y a Santiago—. Antonio tragó saliva. No había pensado en eso. Pero, de todos modos, tener que ceder sólo porque no quería perder a su nieto…

—Es difícil –dijo, completando en voz alta sus pensamientos. Felipe suspiró audiblemente.

—Yo pienso darle una, tan sólo una oportunidad a ese hombre. Si sólo se atreve a borrar por un segundo la sonrisa de mi hermana, iré y lo acribillaré, lo mataré lentamente. Emilia no está sola, y ahora él está localizado, completamente rodeado. Ya sé dónde está su trabajo, y seguro que no me será muy difícil conseguir dónde viven él y su familia.

Antonio sonrió. Aquello era muy cierto, y al fin se relajó un poco.

—Su casa no debe ser cualquier cosa –dijo como si tal cosa—. Debe ser una mansión.

—¿No sabes la nueva moda? –contestó Felipe sonriendo—. Hoy en día los niños ricos se van de la casa a sus propias mansiones. Ese soy yo, que sigue viviendo con sus padres a sus veinte.

—Vete a vivir solo –lo retó su padre— a ver cómo te va.

—Mal, mal. Todavía necesito a mamá—. Al sentirse excluido, le lanzó una fea mirada, y Felipe se echó a reír, girándose en la baranda y mirando al lado de su padre la fría ciudad.

—¿Te quedarás a cenar? –le preguntó Aurora a Rubén, que seguía encantado sentado en el sofá al lado de Emilia y escuchando a Santiago hablar y hablar.

Cenar aquí, con los Ospino, con su hijo… Aquello era demasiado bello para ser cierto. Estuvo a punto de decir que sí, pero entonces recordó a Antonio, que seguramente estaba esperando a que él se fuera para poder salir de la habitación.

—Me encantaría, Aurora, pero no puedo –contestó, y Emilia lo miró extrañada.

—¿Te vas?

—Bueno... tal vez otro día. Me guardaré esta invitación para otra ocasión.

—¿Tienes algo que hacer? –volvió a preguntar Emilia, sin poderse creer que los estuviera rechazando.

—Sí... lo siento—. Ella elevó una ceja de manera despectiva, y él se mordió los labios.

—¿Vienes mañana? –le preguntó Santiago, y Rubén le sonrió.

—Sí, vendré por ti y por tu madre. Iremos a pasear—. Ahora miró a Emilia, que seguía seria—. ¿A las nueve está bien?

—¿De la mañana? ¿Tan temprano?

—¿Bueno, a las diez...?

—¿A dónde iremos? –preguntó Santiago entusiasmado.

—Por allí –contestó Rubén—, a hacer muchas cosas.

—¡Yo quiero ir! –y a él le encantaría llevarlos, pensó Rubén sin poderse contener más y abrazando a su hijo.

—Mañana despiértate muy temprano, ¿vale?

—¡Sí!

—No le digas mucho. Es capaz de estar en pie a las cinco de la mañana.

—Parece que eres muy enérgico—. Y, casualmente, Santiago estaba saltando de anticipación y entusiasmo. Rubén sonrió pasándole una mano por el cabello. Eso debió heredarlo de Emilia, él había sido más bien un chico tranquilo.

—Es una lástima que te vayas –dijo Aurora, que había estado observando el cuadro en silencio—. Incluso había hecho rendir la comida para ti.

—Ah... qué pena contigo, Aurora.

—No importa. Otro día será. ¡Emilia, acompáñalo a la salida! –Emilia hizo caso, y Santiago le tomó la mano sin que nadie lo convidara para despedirse él también. Rubén sonrió y salió del apartamento, pero al llegar al ascensor, se detuvo.

—No tienes que acompañarme abajo.

—Vale—. Él elevó una ceja.

—¿Estás molesta por algo?

—No. Sólo no entiendo por qué no te quedas.

—Tu padre me odia, Emilia. Déjame darle un respiro, al menos por hoy.

—¿Lo haces por él?

—Quiero la paz.

—Va a ser difícil, ya te lo había dicho—. Él se acercó a ella y le besó los labios, tomándola por sorpresa. Ella tardó un segundo en reaccionar, luego del cual se alejó de él y miró a su hijo, que los miraba completamente sorprendido.

—¡Rubén! —Lo regañó ella.

—Tenía muchas ganas –se explicó él.

—¿Eres el novio de mi mamá? –preguntó Santiago sonando un poco aturdido. Rubén se agachó frente a él y lo miró con expresión seria. Para Santiago, este era un tema importante, así que no podía ir con bromas o evadir el tema.

—Si tú me das permiso –le dijo—. Quiero mucho a tu mamá. Te quiero mucho a ti…

—Santiago no tiene edad para decidir algo así –lo atajó Emilia, presintiendo hacia dónde quería llegar Rubén.

—Pero comprende lo que es un novio, y tal vez lo desapruebe. Si te caigo mal –dijo mirando al niño—, sólo tienes que decírmelo.

—No sé si me caes mal –contestó Santiago.

—¿Lo ves? ¡No puedes preguntarle esas cosas! –dijo Emilia, sonando angustiada. Rubén no quitó su mirada de encima a Santiago. Le preocupaba que Emilia estuviera nerviosa, pero ahora su centro era el niño.

—¿Puedes darme unos pocos días para que te decidas? –Santiago lo miró muy serio. No sabía qué pensar; el otro novio de su mamá no le había gustado, la acaparaba todo el tiempo y hacía que no la viera. Tal vez éste también fuera igual—. Tienes todo el derecho a decidir que no te gusto ni poquito –siguió Rubén—, pero dame unos días, salimos, paseamos… y luego me dices, ¿qué te parece? –el niño ladeó su cabeza estudiando su propuesta. El otro novio nunca le dijo algo así.

—¿Seguro que no te llevarás lejos a mi mamá?

—Si me llevo a tu mamá, ¿no te gustaría venir con nosotros también?

—¡Sí!

—Hecho.

—¡Rubén!

—¿Qué? Estoy jugando limpio—. Ella sonrió al fin, y él se elevó lo suficiente para darle otro beso, esta vez ella le tomó el cuello de la camisa y le devolvió el beso—. ¿Mañana a las diez?

—A las nueve.

—Nos vemos entonces –le dio un último beso, también a Santiago, y por fin se internó en el ascensor.

Emilia quedó allí, mirando las puertas metálicas y sonriendo un poco tonta.

—Vamos para dentro –pidió el niño, y Emilia suspiró esperando que su padre no siguiera enfurruñado.

Antonio parecía de mejor humor, pensó Emilia. Estaba sentado a la mesa y comía tranquilamente. Al ver a su nieto, le palmeó la silla a su lado, para que el niño se sentara allí, y él corrió para hacer caso.

Emilia caminó a su habitación, seguía con el vestido de anoche, y rápidamente se dio una ducha y se puso algo amplio y de algodón. Cuando volvió a la sala, ya sólo faltaba ella por comer, pero los demás seguían allí sentados.

—¿Entonces, te irás con él también mañana? –Emilia miró a Santiago. Él debió haberles dicho.

—Sí. Nos llevará por ahí.

—Mmmm –murmuró Antonio. Emilia cruzaba los dedos para que su padre no hiciera algún comentario que desanimara a Santiago—. Rubén tiene mucha plata –le dijo al niño en tono confidente—. A él puedes pedirle los juguetes que quieras, los helados que quieras, todo lo que quieras.

—¡Papá!

—¿Qué?

—¿Por qué le dices eso al niño?

—Tiene la esperanza de que Santiago se porte mal mañana y te devuelva –contestó Felipe riendo.

—¡No lo hará! –y casi dice: "es su hijo". Luego cayó en cuenta de que no le había dicho nada a Santiago. Pero… ¿no era demasiado pronto para él?

—¿De verdad puedo pedirle lo que quiera, mamá?

—Claro que no. Es de muy mala educación pedir y pedir—. Santiago hizo una mueca de decepción, pero pasados un par de segundos se puso en pie sobre la silla a mirar el plato de su madre y pescar cualquier cosa que ella desechara o le diera.

Cuando ya se hubo acostado, recibió varios mensajes de Rubén. "Ya estoy en la cama", le escribió ella para que no enviara más mensajes y la dejara dormir, pero fue peor.

"Si crees esa es una manera de cortar una conversación, estás muy equivocada. Ahora quiero saber qué pijama llevas, y me has hecho pensar en lo mucho que deseo que te acurruques a mi lado".

Emilia sonrió en silencio mirando la pantalla de su teléfono.

"Mi pijama es de algodón, grande y abrigadora; nada sexy. Y si me acurruco a tu lado, Santiago se acurrucará al lado mío".

"Santiago es bienvenido", contestó él. Emilia dejó el teléfono sobre su pecho sonriendo y mirando al niño que todavía se movía en su cama, pues no se había dormido.

—Santi —lo llamó. El niño giró su cabecita a ella—. ¿No te gustaría... tener un papá?

—Tengo a mi papá Antonio.

—No, él es mi papá. Y tu abuelo. Me refiero a... un papá exclusivamente para ti—. Santiago la miró inexpresivo. Tal vez era un concepto demasiado difícil para él. La figura paterna para Santiago estaba bien dibujada en Antonio, y si no, Felipe era un buen sustituto. Siempre lo acompañaban a todas partes, lo representaban en el colegio, y no era tan mayorcito como para que sus amiguitos le hicieran preguntas más profundas acerca de su verdadero papá.

Cuando en el colegio, la maestra le pedía que dibujara una familia, él siempre dibujaba a sus abuelos, a su tío y a ella acompañándolo en el parque. No tenía ese vacío, al menos hasta ahora.

—No quiero que te vayas lejos —dijo el niño. Ese era su miedo. Se sentía completo, y le daba terror la separación. Siempre había sido así, sobre todo con ella. Tal vez tenía mucho que ver el hecho de haberlo rechazado por casi dos años.

Los ojos de Emilia se humedecieron.

—No me iré lejos. Y si me fuera, te llevaría conmigo.

—¿Y a los abuelos y al tío?

—Tal vez ellos no quieran venir.

—¿Por qué no?

—Porque a lo mejor quieren seguir en su casa—. Santiago la miró sin entender. Emilia suspiró, mejor dejar correr el tiempo. Ni siquiera estaba segura de lo que sería del futuro con el mismo Rubén. Anoche y esta tarde había sido perfecto, pero no sabía lo que había a la vuelta del camino.

Cerró sus ojos pensado en Rubén, en sus besos, en su toque.

Había sido más que perfecto, había sido maravilloso.

La pantalla de su teléfono volvió a iluminarse con un mensaje de Rubén.

"Quedan once horas para verte mañana", decía, y Emilia volvió a sonreír acomodándose mejor en su cama. Cuando sintió a su hijo acomodarse a su lado, no tuvo ánimo de enviarlo de vuelta a su cama. Hoy había tenido que encajar la noticia de que de nuevo su mamá tenía novio, y tal vez mañana fuera a ser un día difícil para él.

36

Emilia notó a Santiago un poco taciturno mientras le abrochaba el abrigo esa mañana.

El día estaba soleado, el cielo bastante despejado, lo que anunciaba que sería un buen día para correr al aire libre tal como le gustaba, pero él estaba silencioso y un poco pensativo cuando en otra ocasión habría alborotado el edificio con su energía.

Rubén le había caído bien hasta que se enteró de que era su novio, pensó. Pero no podía cambiar ya ese hecho, a ella le hubiese gustado que su hijo se enterara de otra manera.

A lo hecho, pecho, se dijo, y se encaminó a la cocina a contestar por el interfono. Rubén había llegado y solicitaba subir.

—No, nosotros ya estamos listos y bajamos —contestó ella. Le tomó la mano a Santiago y lo llevó hasta el ascensor en el pasillo.

—¿Estás nervioso? —el niño negó agitando su cabeza. Emilia suspiró—. Todo va a estar bien —le dijo—. Antes te gustaba Rubén—. Santiago siguió en silencio. Tal vez no era capaz de expresar sus miedos con palabras, y Emilia le apretó la manito y se inclinó un poco para besársela—. Tú no debes preocuparte, eres mi príncipe azul. No te dejaré por nadie.

Eso lo hizo sonreír al fin.

El ascensor se abrió y Emilia se encontró de frente con Rubén, que le sonrió, pero su mirada se desvió de inmediato a Santiago.

—Hola —los saludó—. ¿Qué tal tú, campeón?

—Bien —contestó él sin soltar la mano de Emilia. Luego lo vio acercarse a su mamá y darle otro beso en la boca. Los adultos a veces eran asquerosos, comiendo cosas con sabor desagradable y tocando la boca de otro.

—Estuve pensando todo este tiempo dónde llevarlos —siguió Rubén, pero no se hizo al lado de Emilia, sino al lado del niño, y le tomó la mano—. Como es temprano, y seguro que acabas de desayunar... —Santiago tardó en captar que lo decían por él.

—Sí, mamá me dio huevos, chocolate y pan.

—Eso sí es un desayuno criollo. En fin, como te venía diciendo, vamos a unos juegos en Happy City, ¿te parece?

—¡Me encanta Happy City!

—Genial. Luego comemos algo—. Él miró a Emilia como para que aprobara el itinerario.

—Pero no podemos dejar que Santiago coma dulces antes del almuerzo... ni después, realmente.

—Sólo por hoy. Un poquito.

—Sí, mamá. Un poquito—. Emilia los miró a ambos. Ver que hacían exactamente la misma expresión de ruego, adelantando el labio inferior y elevando las cejas como perrito abandonado casi hace que se echara a reír.

—Vale, vale –cedió—, pero sólo un poco. Este señor de aquí se pone terrible cuando come mucha azúcar.

—Ya tendrá dónde quemar esas energías –sonrió Rubén. Le abrió a Santiago la puerta de atrás para que el niño subiera, y luego le abrochó el cinturón.

—¿Tu carro es nuevo? –preguntó el niño cuando Rubén y Emilia se hubieron sentado.

—No –contestó él.

—Huele a nuevo. ¿Es verdad que tienes mucho dinero?

—¡Santiago! –lo regañó Emilia. Temeroso de haber cometido algún grave error, la miró en silencio, pero Rubén sólo se echó a reír.

—Tengo dinero, porque trabajo mucho. Cuando tú seas grande, también trabajarás mucho y ganarás tu dinero.

—Entonces puedo...

—Santiago... —volvió a detenerlo Emilia.

—Déjalo que hable –le pidió Rubén.

—Es sólo que... no quiero que te mire de manera especial por... ya sabes. No quiero que se vuelva interesado.

—Míralo, es un niño. ¿Qué pueden importarle esas cosas? En lo máximo que podría pensar es en juguetes nuevos.

—Yo no te pediré juguetes nuevos –prometió Santiago, y Emilia se cubrió los ojos con una mano. Rubén no lo pudo evitar y se echó a reír—. Mamá dijo que es de mala educación pedir y pedir.

—Y lo es. Pero a mí puedes pedirme lo que necesites, ¿vale?

—¿De verdad?

—Pero no abuses, Santiago —el niño puso expresión seria. Pocas veces su mamá lo llamaba por el nombre completo, sino quería regañarlo por algo muy malo que había hecho, y hoy lo había hecho tres veces seguido.

—Está bien —dijo con voz grave.

—Lo asustaste —le recriminó Rubén a Emilia, pero ella no dijo nada. Rubén miró al niño por el retrovisor y lo halló mirando muy callado por la ventanilla.

No podía decir nada más, era ella quien lo estaba educando, y hasta ahora lo había hecho sólo con la ayuda de sus padres. No podía llegar y lanzar juicios acerca de la manera como le hablaba o lo reñía. Tal vez era su manera de hacer las cosas, tal vez le funcionaba así. Él recordaba a un par de padres que eran amorosos, pero también, de vez en cuando, eran inflexibles e imponían castigos sin que les temblara la mano.

Él era nuevo en este oficio, así que no podía decir nada. A menos que Emilia misma cambiara esa situación.

Llegaron a un paseo comercial y Rubén los encaminó a los juegos de Happy City. Santiago por fin se fue entusiasmando un poco, sobre todo cuando vio que Rubén cargaba la tarjeta.

Al primer sitio al que se acercó fue al saltarín, o al brinca—brinca, como lo llamó él cuando pidió permiso para subirse.

Rubén le quitó los zapatos y lo alzó por la cintura para que entrara al sitio rodeado de una malla, y el niño, sin pérdida de tiempo, empezó a saltar. Emilia no se sorprendió nada cuando vio que Rubén sacaba su teléfono y le hacía un video, sonrió agitando su cabeza y los observó. Eran bastante parecidos, él tenía rasgos de ella, como la forma de sus ojos, pero la nariz, mentón y cabello los había heredado de los Caballero.

Del brinca—brinca pasaron al trencito, y luego a un inflable con obstáculos.

Emilia se quedó rezagada por un momento. Había estado un poco alelada mirando a padre e hijo reír y jugar, o saludarse cada vez que Santiago pasaba cerca en el trencito, pero estaba comprendiendo que la salida era más para Santiago que para ella. Él adoraba a su hijo, de eso no había duda, y le estaba enviando un muy sutil mensaje con esta salida: quería involucrarse en su vida. De alguna manera.

Otra vez la duda la asaltó. ¿Y si hacía todo esto más por el niño que por ella? A ella la quería, sí, pero tal vez amaba más al niño por ser su hijo, porque sus padres también lo querían. No podía olvidar que, después de todo, Santiago era el primer nieto que llevaría el apellido Caballero, pues los hijos de Viviana llevarían el de su padre.

¿Y si la querían a ella sólo por eso?

Rubén la miró con una sonrisa radiante ante alguna payasada de Santiago, y ella le correspondió a la sonrisa, pero sin mucha convicción. Él se le acercó y le rodeó los hombros con su brazo.

—¿Estás cansada ya? ¿Nos vamos a otro lado?

—¿Quieres que Santi me odie? –Dijo ella echándole malos ojos—. Hasta no caer muerto de cansancio, no se irá de aquí.

—Pero en algún momento tendrá que parar. Además, no tiene mucho sentido si tú no te diviertes también—. Ella sonrió de verdad al fin, y él bajó su cabeza para besarla—. Te extrañé anoche—. Ella retiró su cabeza para mirarlo incrédula.

—Sólo pasé una noche contigo… ¿cómo puedes extrañarme?

—Ah, para que veas. Te quería a mi lado para besarte, para abrazarte –ella se echó a reír, y buscó a Santiago con la mirada, pero él estaba entretenido matando las ardillas que asomaban de un juego, golpeándolas con su martillo de goma.

—¿Necesitas ayuda con eso? –le preguntó al niño, y él elevó su carita para mirarla. Se estaba tomando muy en serio la exterminación de los topos y las ardillas.

—¡Son muchas! –Dijo, como si en vez de en un juego, estuvieran en un vasto terreno de guerra frente al enemigo—. ¡No puedo yo solo!

—¡Vale, capitán, llegaron los refuerzos! –exclamó Rubén, y empezó a hacerles barra aplaudiendo y gritando.

Se hizo la hora de almorzar muy pronto, y empezaron a buscar un restaurante donde comer. El teléfono de Rubén sonó y vio que era su madre. No le había avisado que hoy pasaría el día con Santiago, y lo iba a matar.

—Hola, mamá –la saludó.

—Hijo, ¿te esperamos para almorzar?

—Lo siento –contestó él—. Almorzaré con Emilia y Santiago.

—Ah… —Rubén elevó sus cejas cuando su madre se quedó en silencio. Imaginó que en cuanto lo supiera propondría que los llevara con él a casa para que comieran con ellos.

—¿Pasa algo? –preguntó, extrañado.

—No, no. Pásalo bien.

—No te lo dije antes porque… fue algo que acordamos anoche mismo.

—No te preocupes. Disfruta tu tiempo con tu familia—. Algo atravesó el corazón de Rubén, y miró a Emilia, que iba al otro lado de Santiago, que parloteaba sin parar.

Sí, esta era su familia. No importaba cómo se había formado, este era su hijo, y ésta era su mujer, y los adoraba a ambos. Gemima lo había entendido y en vez de reclamar tiempo con su nieto, le estaba dejando tener el suyo, disfrutarlos, porque a las personas también había que disfrutarlas.

—Gracias, mamá—. Contestó al fin.

—Hazle muchas fotos a Santi.

—Ah, no lo dudes –Gemima sonrió y cortó la llamada. Rubén señaló un restaurante y entraron. Ya se iba llenando de gente, pero les encontraron una mesa y los tres se sentaron.

—¿Puedo colorearlo? –preguntó Santiago cuando le pusieron un individual con figuras. El mesero le sonrió y le puso un par de marcadores de colores dándole la respuesta.

—Mira, mamá. Son para colorear.

—Qué bien.

—¿Te gusta colorear? –le preguntó Rubén, y el niño asintió moviendo afirmativamente su cabeza. De inmediato destapó los marcadores y se dedicó al trabajo mientras los adultos hacían el pedido del almuerzo.

—Es una buena forma de tenerlos ocupados mientras la comida llega –dijo Emilia. Rubén miraba al niño.

—Es zurdo.

—Te lo había dicho, ¿no?

—Sí, pero verlo es… vaya, es como yo—. Emilia sonrió.

—Cuando lo noté, ya tenía más de dos años. Tomaba los crayones con la izquierda… dibuja muy bien, tiene cuidado de no traspasar los límites, ya lo verás—. Ella elevó su mirada y vio que él la miraba a ella, no al niño—. ¿Qué? –él sólo agitó su cabeza negando—. ¿Quién te llamó ahorita, Gemima?

—Sí. Por lo general, almuerzo con ellos los domingos. Están solos en esa casa tan grande, ya sabes.

—Sí, deben extrañar a sus hijos. ¿No te pidió que fuéramos a su casa cuando le dijiste que estabas con nosotros? –él negó sonriendo.

—Quiere que disfrute este día contigo y Santiago—. Emilia sonrió también mirándolo fijamente. Él llevaba una chaqueta verde olivo que hacía resaltar sus ojos, y Emilia sintió el deseo de pasar su dedo índice por la mejilla y sentir su textura.

Tócalo, tócalo, se dijo. Seguro que a él no le molestará. Pero no lo hizo, por el contrario, se cruzó de brazos y miró de nuevo a Santiago.

—¿Te ayudo? –le preguntó Rubén a Santiago, y él le prestó el otro marcador.

—Pero no te salgas de la línea.

—Bueno, no lo haré.

—¿Qué te pasó en la mano? –preguntó el niño al ver las cicatrices en el dorso de la mano.

—Ah… un accidente.

—¿Te caíste de la moto? –Rubén sonrió.

—No.

—¿Entonces? –Emilia miró a Rubén atenta a lo que él le contestaría al niño. Ella nunca le mentía a Santiago, y las cosas que él no debía saber, las contaba de manera que él no hiciera muchas preguntas. Tenía curiosidad por saber cómo Rubén manejaría este tema.

—Fue, más bien, que algo muy pesado cayó en mi mano.

—Ah… ¿Te dolió?

—Muchísimo. El doctor tuvo que sacarme todos los huesitos y volvérmelos a poner—. Emilia agitó su cabeza negando. No comprendía el gusto de los hombres por los detalles como esos en sus historias. O tal vez sólo era su suerte, pues igual eran su hermano, su padre, y su hijo.

—¿Todos los huesitos? ¿Te los sacaron? ¿Y dónde los pusieron mientras tanto?

—En una taza.

—¿Y te quedó la mano como una gelatina?

—Como una gelatina. Pero después me los volvieron a poner y volvió a funcionar.

—Ah, bueno. Yo una vez estuve enfermo, ¿verdad, mamá? –aquí viene, se dijo Emilia. Ahora empezarían a competir por cuál era más fuerte resistiendo el dolor y las enfermedades.

—Sí, te resfriaste.

—No, esa no. La vez que me salieron ronchas.

—Ah, cuando te dio varicela.

—¿Te dio varicela? —preguntó Rubén, muy interesado, y Santiago empezó a describirle las ampollas, la comezón, la fiebre. Entonces Rubén contó que a él también le había dado varicela cuando era niño, y allí se estuvieron hasta que llegaron los platos y ella tuvo que pedirles que cambiaran de tema.

Se estaban llevando muy bien, sobre todo porque Rubén hablaba con él con mucha normalidad. No lo subestimaba por ser niño, no lo ignoraba, le hacía preguntas y contestaba las suyas.

Al final del almuerzo, ya habían pasado por tres temas más, incluyendo la maestra de Santiago, los abuelos (y Emilia se enteró de que los de Rubén ya habían fallecido), y de lo horrible que era que la Coca—Cola se te devolviera por la nariz.

Ella participaba de vez en cuando, pero más que todo se concentró en verlos charlar y empezar a llevarse bien.

Luego de comer, Rubén lo premió con un helado, y a pesar de lo lleno que ya estaba, Santiago se lo comió.

—Ya lo tienes en la palma de tu mano —le dijo Emilia con una sonrisa.

—¿Crees que siga haciendo esa carita que pone cuando nos ve besarnos? —Ella elevó una ceja.

—No lo sé.

—Entonces, averigüémoslo—. Él se inclinó a ella y la besó. Emilia se rio mientras lo besaba, y luego giraron sus cabezas para mirar a Santiago, pero él no hizo ninguna cara de preocupación, sólo los observaba preguntándose por qué hacían esas cosas tan asquerosas—. ¿Te molesta si le doy besos a tu mamá?

—Si no te molesta a ti —dijo él alzándose de hombros. Rubén se echó a reír.

—A mí me encanta hacerlo, así que la besaré mucho—. Santiago les mostró su lengua mientras sacudía su cabeza, y Rubén estiró la mano y para atraparle la lengua, iniciando un juego entre los dos que incluyó muchas risas de Santiago.

Hacia la media tarde, Rubén propuso entrar a cine, y Emilia aceptó, pero no bien empezó la película, Santiago se durmió.

—Y eso que odia tomar la siesta —murmuró Emilia. Rubén lo alzó en su regazo para que no estuviera torcido en la silla, y el niño despertó un momento, pero al ver quién lo alzaba, se tranquilizó.

—Se ha portado muy bien —dijo él, acomodando la cabeza del niño sobre su hombro. Emilia no dejó de mirarlo, a pesar de la escasa luz del lugar.

—Ayer dijiste… me pediste que me fuera a vivir contigo.

—Y lo mantengo.

—¿De verdad?

—Claro que sí, Emilia.

—¿Con Santiago y todo?

—Por supuesto. ¿Cómo permitiría que te vinieras sin él? Tú tampoco lo permitirías.

—Es cierto.

—¿Lo estás considerando? —Ella recostó su cabeza al asiento. La sala estaba bastante sola, y ellos bien atrás en las hileras de sillas.

—No quiero decidir eso ahora. Todavía estoy acostumbrándome a la idea de que… bueno, no te odio—. Él sonrió.

—Sí, esto ha sido un poco rápido para ti. Pero seré paciente.

—Siempre dices eso.

—No tengo otra opción, ¿verdad? Además, eres lo que más quiero; debo ser paciente.

Emilia se giró en el asiento para mirarlo largo rato en silencio. Él se estiró para besarla, pero entonces se quejó.

—¿Qué pasa? —preguntó ella. Él no dijo nada, sólo hizo una mueca, y acomodó a Santiago en el otro hombro—. Estás fatigado. Tú todavía tienes esa herida reciente.

—No es nada, y ya cerró.

—Pero se volverá a abrir si… —ella se detuvo cuando él le tomó la mano y se la apretó suavemente.

—No importa. No cambiaría este momento por nada en el mundo, así que, ¿qué importa un poco de dolor? —Emilia lo miró sin decir nada, y sólo entrelazó sus dedos con los de él. Miró a la pantalla tratando de concentrarse en la película, pero no hubo éxito. A su lado estaba él, con su hijo. Una escena que nunca imaginó.

—¿Hasta qué horas tienes permiso? —preguntó Rubén. Emilia lo miró duramente por insinuar que era una niña que necesitaba el permiso de papá. Rubén se echó a reír.

Habían tenido que salirse de la sala de cine. Estuvieron allí largo rato, tomados de las manos y en silencio, pero luego perdió el sentido permanecer en la sala, ya que la película era más para un público menor de diez años, y el invitado de honor estaba dormido.

Rubén llevaba a Santiago del lado de su brazo sano y Emilia lo sacudió un poco para que despertara.

—Déjalo dormir.

—No lo creo. Si duerme más de cierto tiempo, en la noche es difícil que quiera volver a dormirse. Yo me lo conozco. Y, además, mañana tiene escuela.

Santiago despertó, y aunque al principio estuvo bastante lelo, fue recobrando su energía poco a poco hasta volver a ser el de antes.

Rubén hizo fotos de Emilia y Santiago, de él y Santiago, de Santiago solo. Y luego, le pidió el favor a un transeúnte para que le hiciera una foto a los tres. Se sentía dichoso, afortunado. Había obtenido más de lo que se atrevió a desear en un principio; aunque no era oficial, los sentía como su familia; aunque Emilia aún tenía dudas, ella era su mujer, y este niño de aquí, su hijo.

Hacia la media tarde los devolvió a casa. Hubiese querido llevarlos a su apartamento, pero allí no había ninguna distracción que ofrecerle al niño y se aburriría.

Bajó del auto mirando al edificio preguntándose si sería prudente invadir otra vez la residencia de los Ospino. Tal vez el Ospino mayor lo echara a patadas esta vez.

—¿Vas a entrar? –preguntó Santiago, y Rubén no dejó de mirar el edificio.

—Tal vez otro día.

—¿Quieres darle otro respiro a papá? –preguntó Emilia un tanto burlona. Rubén la miró de reojo.

—Sigo en pie de guerra –dijo—, pero hasta los soldados más bravos dejan pasar la pelea cuando saben que no la ganarán.

—Bueno, soldado, parece que papá te tiene contra las cuerdas—. Él sonrió.

—Por ahora.

—No te ha tocado nada fácil, ¿verdad? –él volvió a mirarla.

Era verdad. Había tenido que pelear por ella, estaba peleando por su hijo, y le aguardaba una pelea por su suegro y tal vez otra por su cuñado.

—Tú lo vales –dijo, y ella sonrió enternecida por esa declaración.

—¿Entonces no entras? –preguntó Santiago.

—Otro día.

—Pero yo quería mostrarte mis juguetes—. Emilia elevó sus cejas. Santiago no hacía eso con todos sus amiguitos, y ciertamente nunca lo hizo con Armando.

—Vaya, qué pesar. ¿Puedo venir entonces otro día? Y así me los muestras.

—¿Mañana?

—No, mañana trabajo. ¿El otro domingo?

—Bueno. No se te olvide.

—No se me olvidará. Ven, dame un abrazo —Santiago lo abrazó un poco tímido, pero sonriente, y luego caminó internándose en el edificio. Emilia dio unos pasos a él.

—Tómate algún medicamento en cuanto llegues a casa —él sonrió asintiendo. Que ella se preocupara por él era como si le dedicara un te quiero.

—Ya mañana vuelvo a la oficina.

—¿De verdad? ¿No es muy pronto? —él hizo una mueca.

—De todos modos, estoy enloqueciendo en casa sin hacer nada. No haré ningún esfuerzo físico, de todos modos. ¿Te veo mañana? —Emilia asintió, y él le dio un beso sobre los labios muy suave, muy tierno, y ella se sintió otra vez derretida en esos brazos—. Debería subirte al auto y llevarte en volandas al apartamento —ella se echó a reír.

—¿Y qué harías luego?

—Ah, te desnudaría… esta vez, muy despacio. Y te besaría.

—¿Muy despacio?

—Bueno, tú me enloqueciste la otra vez. Mi idea era hacerlo lento, muy lento, pero tú tenías otras intenciones con mi pobre cuerpecito. – Eso la hizo reír, sobre todo, porque él usó un diminutivo para referirse a su persona.

Sin poder evitarlo, le rodeó la cintura con los brazos y se pegó a él mientras aún reía. Él volvió a besarla, y ella tuvo que retirarse entonces, pues su cuerpo empezaba a reaccionar a sus caricias.

—Hasta mañana, entonces.

—Hasta mañana, Emilia—. Ella lo miró a los ojos, verdes e iluminados.

—¿Por qué me miras así?

—¿Así, cómo?

—No lo sé, como si…

—¿Como si quisiera comerte?

—¡No!

—¿Como si quisiera secuestrarte y llevarte a otra galaxia? —ella no dejó de reír—. ¿O como si el mero hecho de poder despedirme de ti con un "hasta mañana" ya me hiciera inmensamente feliz?

—Sí, justo así.

—Es porque te amo, y no quiero irme, por eso—. Ella volvió a reír, pero al fin se separó de él y se internó en el edificio. Él estuvo allí hasta que la perdió de vista, y luego se introdujo en el auto y salió de allí.

Emilia vio el Mazda blanco irse calle abajo y suspiró. Puntos, puntos. Ese tonto seguía sumando puntos cuando la verdad es que había empezado con números rojos.

Ahora hasta la hacía suspirar.

Al lado del ascensor encontró a su hijo, que la esperaba para pulsar el botón de llamada del ascensor. Había aprendido a no subir y bajar solo, y la miraba con ojos muy adultos, como si la estudiara.

—Ya se fue –le dijo, y entraron juntos al ascensor, mientras Santiago guardaba un muy inusual silencio.

37

—¡Porquería vida! —exclamó Melissa golpeando su escritorio con un rollo de papel. Luisa la vio y la miró extrañada.

—¿Y a ti qué te pasa?

—¡Acabo de perder... un montón de dinero! —Luisa, preocupada, se puso en pie. Melissa a veces era muy dramática, pero ahora estaba hablando de dinero.

—¿Se te perdió? ¿Aquí, en las oficinas? —Melisa apoyó su frente en su mano con cara de dolor y pesar, y Luisa empezó a preocuparse de verdad—. ¿Te robaron? ¿O lo perdiste? ¡Dime!

Melisa se puso en pie y caminó a la pequeña cocina ignorándola. Luisa se quedó allí pasmada por la manera en que esta niña correspondía a su preocupación. Elevó sus manos al cielo en una plegaria pidiendo paciencia para comprender la juventud de hoy en día y volvió a su escritorio concentrándose de nuevo en su trabajo. Tal vez todo era otra vez un melodrama de esta niña.

Melisa entró a la pequeña cocina y allí se encontró a su dinero perdido. Rubén se preparaba un café.

—Dime que lo que vi esta mañana más temprano fue... un arrebato—le dijo acercándose a él—. Tú de verdad no estás saliendo con Emilia, ¿verdad? —Rubén elevó una ceja mirándola. ¿De cuándo acá esta niña le hablaba así?, se preguntó.

No es que fuera elitista, de hecho, se relacionaba muy bien con la gran mayoría del personal y le agradaba que lo trataran como a un igual, pero esta de aquí estaba siendo confianzuda y se estaba metiendo en su vida personal.

—Dame una razón por la cual deba contestarte.

—¡Es que no es posible! ¿Eres ciego, o qué? ¡Ella es tan... corriente! ¡Si acaso se pone un poco de polvo en la nariz! Y tiene un hijo, ¿sabías? ¿Por qué la eliges a ella mientras otras estamos más... libres, jóvenes y... dispuestas?

Rubén miró al techo negando, como si no se pudiera creer tremenda sarta de tonterías.

La rodeó para salir de la cocina, pero ella le tomó el saco que llevaba puesto deteniéndolo. Rubén tuvo que cambiar de mano su taza de café, pues casi se quema con él por el movimiento brusco que ella había hecho.

—Tú me gustas –le dijo—. Lo digo en serio.

—Detente. Lo digo también muy en serio.

—Yo sé lo que buscan los hombres como tú –dijo ella cambiando el tono de su voz, entornando los ojos y consiguiendo que, de alguna manera, sus labios parecieran más carnosos—. Y todo eso lo puedes conseguir en mí. Te lo juro. Lo pasaremos muy bien.

—¿Te vendes así de barato con todos los hombres, o es sólo con los que pueden ofrecerte una mejor realidad de la que ahora tienes? ¿Tan patética es tu vida? –ella lo miró a los ojos, un tanto sorprendida de que él le hablara así. Sin embargo, no podía darse por vencida sólo por unas pocas palabras duras.

—Pruébame una noche y no te arrepentirás.

—Llevo tres minutos aquí contigo y quiero salir corriendo. ¿Qué te hace pensar que quiero una noche? –Melisa lo soltó al fin, y entonces se dio cuenta de que tras él estaba Emilia, que los miraba con las cejas alzadas.

Al ver que ella miraba hacia la puerta, Rubén se puso francamente nervioso, como si de verdad hubiese estado haciendo algo malo.

—Emilia... —empezó a decir él, y lo escuchó mascullar un "mierda" muy por lo bajo.

Esta relación aún no era sólida, concluyó Melisa, y sonrió.

—No es... —él, ciertamente, iba a decir esa trillada frase. "No es lo que crees". Y no lo era, lamentablemente, pensó Melisa, pero eso Emilia no lo sabía.

—¿No deberías llamar antes de entrar a un lugar? –preguntó con una sonrisa sobrada. Emilia sonrió, pero su sonrisa no iluminó sus ojos.

—Este es un sitio público...

—Ah, cierto –sonrió Melisa—. Lo olvidamos.

—Emilia... —volvió a hablar Rubén, dejando en la encimera la taza de café humeante, pero Emilia pasó por su lado concentrándose en Melisa.

—No te aguantaste las ganas, ¿verdad? –preguntó, y ella la miró de arriba abajo.

—Puede que se haya dado cuenta de que conmigo lo puede pasar mejor.

—No cariño, estás perdida. No tienes ni idea de nada. Mira eso –dijo, señalando con el índice a Rubén—. Me pertenece, todo el paquete. No te atrevas a tocarlo—. Y Melisa se sintió de vuelta a la secundaria, donde en una ocasión la zorra más zorra del colegio se peleó con ella por haberse atrevido a hablarle a su novio. Respiró profundo recordando que Emilia no había usado ni una sola palabrota, y dudaba mucho que en verdad iniciara una pelea aquí por Rubén. Ella se veía serena, entera y dueña de la situación… pero exudaba tanto veneno que tuvo que apretar los dientes.

—No eres dueña de nada.

—Ah, sí, claro que sí; de dos cosas soy dueña en este mundo: de mi hijo y… de él. No lo toques, no sabes de lo que soy capaz.

Melisa caminó hacia la puerta y huyó de allí dando un duro golpe que resonó en los oídos de la pareja que se quedó dentro.

Rubén miraba a Emilia extasiado. ¡Ella de verdad había dicho lo que dijo!

No, sus oídos debían estarlo engañando. Tal vez si se daba un golpe en la cabeza todo volvería a la normalidad. Tal vez se estaba soñando todo esto. ¡Nunca se imaginó algo así!

Emilia lo miró muy seria.

—Y tú qué –le preguntó ella en tono molesto, con los brazos cruzados y mirándolo ceñuda.

—¡No! ¡Yo, nada! ¡Nada de nada!

—No jodas—. Ella estaba molesta. Había marcado territorio antes, pero ahora que estaban a solas, no temía soltar un poquito de su mal humor.

Rubén se mordió los labios para no reír. Seguro que le daba un puntapié si se reía en este momento.

—Siento mucho que… hayas tenido que presenciar eso. Pero no tienes de qué preocuparte, en verdad. Soy plenamente consciente de que ella no me quiere a mí; quiere mi dinero—. Emilia lo miró fijamente.

—¿Por qué dices eso?

—Porque es la verdad. Soy el hijo del socio mayoritario, así que esto… pasa de vez en cuando, es todo.

—No digas eso. ¿No te has visto en un espejo? ¿No te consideras a ti mismo? –Rubén encogió el hombro sano.

—¿Qué quieres decir? ¿De verdad crees que le gusto, que está enamorada y ahora tiene el corazón roto? Si escucharas su corazón, oirías que se lamenta de los millones que no consiguió.

—¡Tú eres guapo, interesante y bueno! ¡No hables de ti mismo como si sólo fueras una billetera cargada de plata! –ella había alzado un poco la voz, y él la miró pasmado.

Era el mejor piropo que le habían hecho jamás, pero ella tenía que ser realista.

Elevó su mano izquierda y se la mostró. Le señaló las cicatrices con el índice de la derecha y dijo:

—Me las gané por dos "amigos" que vieron la billetera cargada de plata, no por el hombre bueno e interesante que soy.

—A ese par de malditos les tengo reservado el infierno de las patadas en las pelotas. Son un par de desgraciados que merecen el ojo por ojo. Y tú no… Dios, Rubén, ¿por qué me haces enojar tanto? –Rubén la abrazó, pero lo cierto es que estaba riendo y sólo quería que ella no lo viera.

—Vale, vale. Soy un tonto.

—¡No hables así!

—Lo siento.

—No todo el que se acerca a ti es por tu dinero –susurró ella con la cara enterrada en su pecho—. A menos que creas que yo también estoy aquí por ello.

—No, estás conmigo porque casi te lo he suplicado. ¡Auch! –Gimió cuando ella le enterró el tacón en el pie—. ¡Me vas a lesionar!

—Ojalá te duela cada vez que pienses algo así—. Él no lo pudo contener y se echó a reír, pero luego tuvo que calmarse y le besó la frente.

—Ella nos vio besarnos –le explicó. Sabía que luego de visto lo visto tendrían una discusión, pero jamás imaginó que sería de este modo—, vino a ver si tenía una oportunidad. De verdad… sólo es una interesada. Te lo digo no porque me crea incapaz de atraer de verdad a una mujer, sino porque cosas como estas me han pasado casi desde que era un niño. Así que, por defensa propia, aprendí a alejarlas. Conozco a las mujeres como ella, las detecto a una legua de distancia—. Emilia suspiró.

Rosas para Emilia

—¿Crees que nos dé problemas?

—Con el show de "Nadie pasa de esta esquina" que acabas de hacer, no lo creo—. Él dio un paso atrás, poniendo a buen resguardo sus pies, y ella lo miró primero con malos ojos, pero luego no pudo evitar reír también.

—No sé qué se apoderó de mí.

—Instinto de pantera, creo yo. Me encantó, de hecho. Tanta pasión...

—Me voy de aquí –él la detuvo tomándola por un brazo y la atrajo de nuevo a su cuerpo abrazándola.

—Gracias –le dijo, y Emilia no contestó, ni preguntó "Gracias por qué", sólo lo rodeó con sus brazos comprendiendo algo más de este hombre.

Su vida estaba marcada, y tal vez para siempre. Él la había ayudado a ella a sanar muchas heridas, y ahora era una mujer más ligera y libre, tal vez iba siendo hora de que le devolviera el favor.

Elevó su rostro y le besó la garganta. Rubén se quedó muy quieto al sentir su toque.

—¿No me vas a decir que me amas? –preguntó ella. Él sonrió.

—Ya lo sabes. Siempre te lo estoy diciendo.

—Ah. ¿Te cansaste de decirlo? –él negó lentamente.

Rubén sonrió mientras se lo decía pensando en que había varios niveles de recompensa en la vida. Hoy, más que nunca, sintió que el día en que Emilia le correspondiera estaba muy cerca. Ni siquiera le había dicho que lo perdonaba, pero lo sabía en su corazón, y éste se sentía más liviano por eso.

La semana se fue pasando poco a poco, día a día.

Ambos estaban llenos de trabajo, en varias ocasiones pasaron la tarde o la mañana entera sin que se vieran el uno al otro, y fue en esos momentos en que los salvó el maravilloso invento del teléfono inteligente.

La noche del viernes Rubén salió un poco tarde de su oficina. Sabía que Emilia estaba por aquí; debía estarlo, pues ella siempre se despedía de alguna manera antes de irse. La encontró en una de las salas de estudio frente a una mesa de dibujo analizando unos planos, y sin pensarlo mucho, se le acercó.

Ella supo que era él desde antes de verlo. Era increíble, pero ya identificaba sus pasos.

Se giró y le sonrió. Estaba guapísimo, con una camisa blanca con el cuello abierto y encima un suéter rojo vino que dejaba al descubierto sus antebrazos. Ya lo había visto esta mañana, pero ahora, por alguna razón extraña, lo encontraba más atractivo.

—Te estaba esperando –le dijo. Él buscó una silla y se sentó a su lado, le dio un beso fugaz, y se concentró en el plano que ella tenía delante.

—¿Algún proyecto? –ella negó haciendo una mueca.

—Mis intentos de ser una gran arquitecta. Llevo trabajando en estos planos mucho tiempo.

—Déjame ver –él tomó el pliego de papel y lo analizó. Emilia lo miró extrañada. ¿Olía mal? ¿Tenía mal aliento? Él no había insistido en besarla. Casi toda la semana le había estado insinuando volver a meterse juntos en una cama, por teléfono o en persona, y hoy ella prácticamente se estaba poniendo en bandeja de plata y él nada de nada.

—Mmmm –murmuró él mirando el papel—. ¿Le has mostrado esto a alguien antes?

—Sólo a ti.

—Gracias. Es bueno—. Ella sonrió.

—No lo dices porque soy yo, ¿verdad?

—Algo aprendí de papá, y es no dejarme llevar por las relaciones al considerar el valor de un arquitecto, o cualquier profesional. Tú eres buena.

—Gracias. Alguna crítica tendrás.

—Termínalo y lo criticaré –Emilia rio ahora más abiertamente y Rubén la besó.

Oh, por fin, dijo Emilia, y le rodeó los hombros. Acto seguido se levantó de su silla y se sentó en el regazo de Rubén para seguir besándolo. Él, un poco sorprendido, la miró fijamente.

No tiene ganas, se dijo Emilia enderezando su espalda y poniéndose de pie. Ya no quiere.

—Hey, ¿a dónde vas? –preguntó él cuando la vio tomar su bolso y su abrigo.

—Ya… es tarde.

—Sí, un poco. Pero dijiste que me estabas esperando, ¿no? ¿Cambiaste de opinión? –ella lo miró deteniéndose en sus movimientos. ¿Qué quería decir eso? ¿Irían a algún lado? ¿Él quería o no quería?

Diablos, ¿cómo una mujer le decía a un hombre que quería sexo sin quedar como una regalada, o peor, como una fulana?

Rubén se puso en pie y se acercó a ella metiendo sus manos en sus bolsillos.

—¿Pasa algo, Emilia? —ella negó mirando el suelo. Tenía un montón de palabras atrapadas justo detrás de sus dientes, pugnando por salir a borbotones, pero se mordió los labios y las retuvo allí—. ¿Te sientes bien?

—Estoy perfecta.

—Vale. Ahora estás molesta y no sé por qué—. Ella elevó su mirada a él.

—No estoy molesta.

—Hace sólo unos segundos me besaste de la manera más sexy y ahora te comportas como si… me odiaras.

—No te odio, Rubén—. Él se quedó en silencio notando que el pecho de Emilia estaba agitado—. Yo, de hecho… —él hizo un movimiento con su cabeza animándola a seguir cuando ella se quedó en silencio.

Emilia cerró sus ojos. No, no. No diría esas cosas que se le venían a la mente.

—Emilia –la llamó él—. Emi… —él le tomó el mentón con dos dedos y le hizo alzar la cabeza.

Pero esos dos dedos no se quedaron allí, el pulgar se paseó por la piel de su garganta muy suavemente y el índice se ubicó en la parte de atrás de su oreja. Emilia se estremeció.

—Dios… —susurró, y le tomó la camisa arrugándola en un puño, pero él no la besó—. ¡Eres malo! –exclamó ella abriendo sus ojos. Ahora Rubén estaba sorprendido.

—¿Qué?

—Haces… esas cosas y luego te quedas allí… Envías señales confusas ¡y yo no sé qué quieres!

—¿Tú no sabes qué quiero yo? –dijo él moviendo sus índices señalándose a sí mismo y a ella, supremamente confundido.

—Haces las cosas y… ¡luego no haces nada! ¡Y me tengo que ir a la casa pensando en tantas cosas, imaginando tantas cosas!

—Espera, espera, espera –la detuvo él tomándola de los hombros y deteniéndola, pues ella había empezado a darle en el pecho con sus puños—. Nena, no tengo idea de qué me hablas. ¿Qué cosas? ¿Qué está mal? ¿Qué hice mal?

—¿En verdad los hombres son tan tontos?

—Supongo que sí, porque estamos peleando y no tengo ni puñetera idea de por qué.

—¡No estoy borracha como para decírtelo! —Ahora él quedó boquiabierto, y Emilia se maldijo a sí misma. Lo había dicho sin decirlo.

Cuando ella intentó escapar, no le fue muy difícil atraparla. Emilia pidió que la soltara, pero él la retuvo allí entre sus brazos, mientras ella, encogida, le daba la espalda.

—¿Qué cosas, Emilia? —le preguntó él.

—Déjame ir.

—Iniciaste esta conversación. No te dejaré ir hasta que lo digas todo—. Reteniéndola con un brazo, Rubén retiró el cabello de su nuca y le besó la piel. Emilia soltó un gemido que le puso los pelos de punta. Ella le apretó el brazo con que la retenía, su respiración estaba agitada, y ya no parecía huir de él, por el contrario, su cuerpo buscaba su contacto.

Su cuerpo hablaba, de hecho, gritaba, pero su boca permanecía en silencio.

—Sólo dímelo —le pidió él—. Dime lo que deseas, Emilia—. Ella agitó su cabeza negando. Ahora él metió su lengua en su oreja y Emilia se arqueó contra él—. Me deseas, dilo.

—No—. Sin contemplaciones, él metió su mano debajo de su falda y la fue subiendo poco a poco. Lejos de luchar contra él, ella sólo se quedó allí, sintiéndolo invadir el interior de su ropa, y luego, de su cuerpo.

—Estás mojada, mujer, y te atreves a decir "No"—. Emilia agitó su cabeza negando tercamente, pero los dedos de él empezaron a moverse. La movió hasta ponerla contra una pared.

—No, Rubén —dijo casi en una súplica—. Podrían vernos.

—Dime que me deseas, dime que quieres que te haga el amor, y te llevaré a un sitio privado a terminar esto—. Ella apretó los dientes—. Qué terca eres —se quejó él, e introdujo dos de sus dedos en su cuerpo, masajeándola, y Emilia no pudo evitar elevar un poco su cadera para darle más acceso.

No pudo pensar en que luego estaría muerta de vergüenza, en que, a pesar de permanecer en silencio, era más que evidente la verdad. No pudo pensar en nada; esos dos dedos lo eran todo en este momento.

Pero Rubén se retiró de ella, y Emilia quedó tan vacía que quiso llorar. Él le acomodó de nuevo la falda y la ropa interior, pero no la tocó como antes. Ella se giró recostando su espalda en la pared, ya que no era capaz de sostenerse a sí misma y lo miró a los ojos, suplicante.

Todo su cuerpo estaba en tensión, preparado para lo que sabía que vendría. Toda la semana ella había estado añorándolo, añorando su cuerpo, sus manos, todo. Recordando lo que había sido esa primera vez, las sensaciones, la textura de su piel, el roce de las estrellas con sus dedos.

Apoyó la cabeza en la pared. Él había conseguido un poder sobre ella y le daba miedo, mucho miedo. Poco a poco él estaba ganando terrenos vírgenes en ella, terrenos que ningún otro jamás alcanzó a ver siquiera, y no estaba segura de querer otorgarle tanto poder, tanto dominio.

En el pasado, un pasado que ninguno de los dos podía borrar, ella había caído presa de este encanto, y diablos, le daba miedo.

Esta relación no estaba siendo ningún camino de rosas. Por el contrario, las espinas aún la lastimaban de vez en cuando. Los miedos alzaban su horrenda cabeza y le susurraban, atemorizándola, haciéndola vacilar.

Pero ahora, en este preciso momento, le dolía el cuerpo, la piel le estaba ardiendo, y las lágrimas empezaron a salir.

—No me hagas esto –solloizó—. Por favor.

—Emilia, mi amor… —dijo él acercándose de nuevo a ella, pero sin llegar a tocarla.

Tu dolor es mi infierno, quiso decir él, pero no dijo nada, no hizo nada. Sólo permaneció allí, con la respiración agitada, muriéndose por ella.

Pero él tenía que ganar esta vez. Ella tenía que ceder.

—Rubén… —susurró ella.

—Dímelo, mi amor. Pídeme lo que quieras.

—No me hagas daño.

—¡Oh, Dios! –murmuró él abrazándola al fin.

—No me hagas daño –repitió ella.

¿Cómo podría él hacerle entender que preferiría morir que causarle ningún mal? ¿Cómo explicarle que estaba tan unido a ella que era capaz de sentir sufrir su dolor? ¿Cómo podía borrar el pasado al fin?

Él plantó un beso en la comisura de sus labios, luego fue moviendo los suyos hasta besarla plenamente.

Emilia se dejó besar, lamer, abrazar. La temperatura de su cuerpo aumentó hasta sentirse enfebrecida y volvió a rodearle los hombros con sus brazos.

Sus miedos eran intermitentes, notó. Cuando él la besaba así, ellos parecían huir, o apagarse.

Bésame siempre entonces, le pidió desde su corazón. No dejes de adorarme.

Rubén se alejó de ella y le tomó la mano conduciéndola a la salida del estudio. Luego, sin detenerse, la introdujo en el ascensor, y una vez allí, volvió a besarla. Otra vez no le importaron las cámaras de seguridad, y ella también las olvidó.

Pero la puerta del ascensor se abrió y tuvieron que detenerse.

Emilia lo vio conducirla hasta la salida del edificio, hasta su auto, por la carretera.

Sonrió al notar que a pesar del paso de los minutos ninguno de los dos había reconsiderado la idea de dejarlo pasar, por el contrario, en cada semáforo se volvían a besar, él volvía a decir cosas hermosas, y otra vez los bocinazos los obligaban a avanzar.

Emilia se echó a reír cuando al fin entraron al apartamento de Rubén, y él encendió la luz para mirarla. ¿Cuánto tiempo había pasado? Varios, se contestó a sí misma, y aún ella lo deseaba.

Rubén la alzó subiéndola a su cintura y volvieron a besarse, pero ella volvió a reír.

—¿Qué pasa? —preguntó él sacándole los zapatos mientras caminaba con ella hasta su habitación. La dejó con suavidad sobre el colchón y se ubicó encima de ella.

—Que me siento… rara.

—¿Rara por qué? —insistió él desabrochando los botones delanteros de su blusa. Cuando tuvo su torso al descubierto, se inclinó a ella para besarle la piel. Emilia cerró sus ojos sintiendo la aspereza de su lengua rozar su clavícula, el hueco de su cuello, la piel de sus senos—. ¿Rara por qué? —volvió a preguntar él. Ella abrió sus ojos confundida.

—¿Qué? —preguntó, y Rubén sonrió. Había perdido el hilo de la conversación. Perfecto.

Puso su mano sobre su rodilla y la fue subiendo por el muslo para bajarle las medias de seda. Ya que poco usaba pantalones, Emilia protegía sus piernas del frío con medias negras, y le sentaban genial.

Desnudó sus piernas y besó la piel, ella lo miraba a cada movimiento con esa sonrisa en sus labios.

—Tienes piernas bonitas —le dijo.

—Gracias.

—Y tobillos bonitos –dijo, besándolos.

Emilia cerró sus ojos cuando él no se detuvo allí, sino que siguió besándola al interior de las rodillas, de sus muslos, y cuando llegó a su entrepierna ella lo detuvo tomándole la cabeza.

—¿Qué haces?

—Besarte.

—Pero…

—Te besaré ahí, Emilia.

—¡No! ¿Por qué?

—Porque quiero… me apetece mucho –ella tenía su boca abierta sorprendida y confusa. Él lo había dicho como si más bien le apetecieran unos chocolates. Rubén movió su cabeza para besar sus manos, pidiéndole que lo dejara seguir. El sólo imaginárselo ya estaba causando estragos en ella. ¿Qué tal dejar que lo hiciera?

Él le sacó la blusa y la falda, que tenía completamente subida a la cintura, le besó el vientre, que tenía unas suaves líneas más claras debajo del ombligo. Allí ella había albergado a su hijo, dándole vida aun cuando había tenido el derecho legal de matarlo, y fue bajando.

La lamió suavemente por encima de los pantys, pero luego los sacó para tocarla directamente y tirar de su piel. Emilia lanzó un sollozo en parte de incredulidad. Había oído de esto, pero nunca lo había practicado… o nunca se lo habían practicado. Metió los dedos entre los cabellos de Rubén y lo sintió pasear su lengua por todos sus rincones pensando en que tenía que ser él el primero, era como si las llaves para abrir el deseo en su cuerpo le pertenecieran a él.

Y fue el último pensamiento coherente que tuvo en mucho rato.

No se dio cuenta de que abría más sus muslos para darle espacio, cabida; que gemía, que arqueaba su espalda con cada llamarada de placer. La boca de Rubén y su zona más íntima estaban haciendo una excelente pareja ahora mismo, su lengua se movía tan rápido y profundo que todo vestigio de vergüenza se fue dejando sólo las sensaciones, y éstas también se sucedían rápido y fuerte, hasta que su cuerpo pareció estallar en pedacitos luminosos y calientes.

Sin embargo, allí no acabó todo, y lo sintió entrar en su cuerpo tan suavemente que cuando fue consciente, ya estaba todo dentro. Lo rodeó como un puño y abrazó su cintura con sus piernas, sin dejar ni un solo milímetro de él fuera.

Él besó su cuello, su oreja, sus labios. Inició un suave

movimiento a la vez que le decía lo hermosa que era, lo mucho que la amaba, todo el tiempo que había deseado tenerla así.

Besó sus pestañas y sus cejas, y sus embates se fueron acelerando poco a poco. Estaba jugando con ella, manteniéndola en vilo sobre el abismo, alargando el momento.

Ella no quería alargar el momento, ella quería otro orgasmo con Rubén.

—Te deseo –le dijo—. Te deseo mucho. Por favor, no me hagas esperar.

Emilia comprendió algo acerca de los hombres, y en especial de Rubén. No era él quien ejercía el dominio sobre ella. Aquí, ella tenía tanto poder como él.

Se corrieron juntos esta vez, y aun después de saciados, no cesaron los mimos y los besos.

La noche era joven, y había mucho por explorar y descubrir.

38

—Me tengo que ir –dijo Emilia con pereza mirando el reloj despertador de Rubén. Él había estado paseando su mano por la piel de su espalda y contemplándola.

—Ya lo sé –contestó él con resignación. Dejó un suave beso en su omóplato y salió de la cama—. Vístete, te llevaré. Emilia se movió ligeramente para mirarlo cuan desnudo estaba y buscando su ropa. No quería irse.

Rubén se giró para mirarla, y Emilia tuvo que esquivar sus ojos.

—Emi, si pasas un minuto más en mi cama, llegarás a media noche a la tuya –ella sonrió.

—¿Un minuto solamente?

—Uno –empezó a contar él—, dos, tres…

—Tardo más o menos quince minutos estirándome y desperezándome.

—Cuatro, cinco, seis… —Riendo, Emilia se puso de rodillas en la cama, sujetando las sábanas sobre su pecho y sonriendo. Rubén siguió contando.

—Además, en un minuto se pueden hacer y decir muuuchas cosas—. Rubén aceleró el ritmo de su conteo y Emilia gritó: —¡Trampa! ¡Eres un tramposo! –él caminó a ella y la hizo caer de nuevo sobre el colchón. Emilia empezó a reír y a gritar en protesta, pero Rubén siguió contando aceleradamente hasta llegar a sesenta, y Emilia tuvo que quedarse varios minutos más en el apartamento de Rubén.

Llegó a casa y ya iban a ser las once. Rubén la había dejado abajo y ella abrió la puerta entrando casi en puntillas de pie. No había nadie en la sala, las luces estaban apagadas, y se quitó los zapatos para ir hasta su habitación sin hacer ruido.

—No es necesario que te congeles los pies —dijo la voz de su padre desde la oscuridad, y Emilia se llevó la mano al pecho asustada.

—¡Papá!

—¿Qué estás haciendo, Emilia?

—Lo siento, no quería hacer ruido y…

—Me refiero a qué estás haciendo con tu vida. Y con la vida de tu hijo—. Emilia vio la figura de su padre emerger de entre las sombras. Antonio se acercó al interruptor de la luz para encenderla y se vieron el uno frente al otro—. Ahora estás viviendo este romance y te sientes muy bien al lado de él… ¿has pensado en Santiago?

—Claro que sí, papá.

—No, yo pienso que no. ¿Le vas a decir que él es su padre? –Emilia tragó saliva—. No confías en él lo suficiente como para eso, ¿verdad?

—No es eso.

—No confías en ti misma entonces. Estás dispuesta a exponerte a ti misma al peligro, pero no al niño. ¿No te dice eso algo? –Emilia se mordió los labios guardando silencio—. Ese pequeño casi se echó a llorar porque no estabas. Dijo: "es lo mismo, otra vez no está aquí". ¿Crees que si llega a detestar a ese hombre cambiará de opinión fácilmente sólo porque ahora es su padre? ¡Piensa en él, Emilia! –Emilia siguió callada. Su padre tenía tanta razón que los ojos le picaron por las lágrimas de vergüenza.

—Yo sólo…

—Estás viviendo el momento, sí. En el fondo, ni siquiera te lo reprocho, pero no eres tú sola, Emilia. Tienes bajo tu cuidado la vida, el destino de otra persona y es tu hijo. Tu hijo. ¿O es que otra vez quieres desentenderte de él?

—¡Claro que no!

—¿Qué sucede? –preguntó Aurora llegando a la sala. Al ver las lágrimas de Emilia caminó a ella—. ¿Te pasó algo? ¿Te hizo algo Rubén?

—No, sólo que le estoy dando un trago amargo de la realidad, que pareció olvidarla por un momento.

—Antonio… —le reprochó Aurora.

—Alguien tiene que hacerlo. Creyendo haber conquistado el cielo, Emilia podría caer de nuevo en el infierno. Tiene que ser consciente y responsable. Si decides irte de la casa algún día, no te detendré, es el orden de la vida, pero créeme que entonces estaré preocupado por mi nieto, pues su madre prefiere irse por horas sin siquiera llamar para preguntar si ya comió o si está bien—. Antonio dio la media vuelta y se internó en su habitación. Emilia movió una silla del comedor que estaba más a mano y se dejó caer en ella dejando que las lágrimas corrieran libres por sus mejillas.

Aurora se sentó a su lado y la observó en silencio.

—¿Estás enamorada? –Le preguntó al cabo de un largo rato, y Emilia cerró sus ojos—. Lo quieres –concluyó Aurora—. Lo quieres, pero crees que eso es malo y no lo admites. Enamorarte del hombre que te… hizo eso. Sí, es raro.

—Mamá…

—¿Te ha pedido que te cases con él? –volvió a preguntar Aurora y Emilia levantó al fin la mirada.

—No—. Aurora hizo una mueca de decepción—. Me pidió que me fuera a vivir con él… —y luego corrigió: —Que nos fuéramos a vivir con él.

—Tú y Santi. Pero… ¿por qué no matrimonio?

—Porque sabe que yo no aceptaré –rio Emilia.

—¿Es decir, que él no sabe que lo quieres? ¿No se lo has dicho?

—Tal como acabas de decir –contestó Emilia secando sus lágrimas—, no es fácil, mamá.

—Pero tampoco es fácil para Santiago. Mientras tú estés entre dos aguas, él estará en el limbo, así que por él vas a tener que tomar rápido una decisión: o te alejas de ese hombre, o de verdad te comprometes.

—Lo sé, lo sé… Pero…

—Es un bebé… un nene pequeño. Te ama con locura, siempre lo ha hecho.

—No tienes que decirme eso.

—Cuando aprendió a andar, hacia el primer lugar al que se dirigió fue hacia ti…

—¡Mamá, por favor!

—No lo hagas sufrir más.

—¡No es mi intención! –exclamó entre dientes, intentando no elevar demasiado la voz, pero entonces una puerta se volvió a abrir y la carita de Santiago asomó.

—Llegaste, mami –él caminó a ella y Emilia lo alzó en su regazo.

—Lo siento, te desperté.

—Estabas con él, ¿verdad? –Aurora se puso en pie respirando

profundo y enviándole un claro mensaje. Debía tomar pronto una decisión.

Cuando se quedó a solas con su hijo en la sala, Emilia lo abrazó y le besó la frente.

—¿El ruido te despertó? –Santiago asintió frotándose los ojos y bostezando. Emilia lo acercó a su pecho abrazándolo con fuerza.

—Te quiero, mi amor—. El niño sonrió sin contestar—. Sabes… tengo algo importante que decirte.

—Yo también.

—Ah, ¿sí?

—Hoy en la escuela un niño dijo que tengo los pies muy grandes. La abuela dice que no debe importarme, porque los hombres con pies grandes son inteligentes.

—Tú no tienes los pies tan grandes. Ese niño es un tonto.

—Pero no le puedo decir tonto –susurró él— porque la profesora se molesta –Emilia rio.

—Vale, no se lo digas. Santiago… —él la miró fijamente con carita seria. Ella tomó aire. ¿Cómo hacer esto? Nunca había estado en una situación tan complicada—. ¿Recuerdas que una vez te conté acerca de tu papá? –El niño miró hacia el techo. Luego meneó la cabeza negando—. ¿Ya se te olvidó?

—Estaba muy chiquito –eso la hizo reír de nuevo.

—Todavía estás chiquito. Bueno, es que tu papá… está aquí—. Santiago la miró primero a ella, y luego la sala en derredor—. No… no me refiero a aquí ahora… quiero decir… que Rubén… él es tu papá. Tu papá de verdad, verdad.

Santiago se quedó en silencio por largo rato, y Emilia empezó a acariciar su cabello sintiéndose agitada. No, no había sido la manera adecuada de decirlo, ni el momento del día, ni el ambiente. No lo había preparado lo suficiente.

—¿Él es mi papá?

—Sí –sonrió ella. Ya no podía recoger sus palabras, no podía retractarse. Diablos, debió pensarlo mejor.

—¿Por qué? –la peor pregunta de todas. ¿Cómo que por qué?, quiso preguntar ella.

—Porque… Pues porque…

—¿Me quiere? –preguntó Santiago antes de que ella pudiese contestar, y Emilia cerró sus ojos.

—Eso puedes saberlo tú. Tú mismo puedes sentir si te quiere o no—. Santiago se recostó al pecho de su madre jugueteando con su reloj de pulsera—. Si quieres –siguió ella—, mañana salimos con él y tú decides, ¿te parece? –Él movió la cabeza, pero ella no pudo saber si era una respuesta afirmativa o negativa—. La otra vez que salimos nos divertimos bastante. Nos tomamos fotos y saliste muy guapo. Podemos repetirlo.

El niño suspiró.

—Tengo sueño –dijo, y Emilia se levantó con él. Santiago, por increíble que pareciera, estaba evadiendo el tema. Sólo tenía cuatro años, pero le estaba diciendo que no quería hablar.

No debía ser fácil para él. Sí, sólo tenía cuatro años, pronto cinco, pero era un chico inteligente, sensible, y con los miedos de cualquier otro niño de perder de vista a su mamá.

Lo abrazó con fuerza mientras se encaminaba a la habitación y lo besó repetidas veces en el cuello y el cabello mientras él permanecía colgado de ella con brazos y piernas.

Tal vez no quería un papá, pero sí que lo necesitaba, todo niño necesitaba a su papá, y Santiago lo único que tenía que hacer era acostumbrarse a la idea.

Lo acostó en su pequeña cama y él le se dio la vuelta mirando a la pared y dándole la espalda. Sin amilanarse por su actitud, Emilia lo arropó con su sábana, le puso entre los brazos su peluche favorito y volvió a besarlo.

Sacó del bolso su teléfono y lo encendió para enviarle un mensaje a Rubén. "Ya Santiago sabe que eres su papá", escribió, pero no pulsó el botón de enviar.

Él la llamaría de inmediato, sin importar la hora. Hasta era muy capaz de devolverse y venir hasta aquí otra vez sólo para verlos.

Pensar en eso le hizo sonreír, y luego recordó las palabras de su madre; enamorarse del hombre que le había hecho daño, al que por años llamó bestia… era inconcebible, pero le había pasado. Él, poco a poco, había elaborado un perfume a su alrededor del que quedó adicta.

Se desnudó pensando en todas las cosas que él había hecho en estas últimas semanas; le había dado más dinero del que inicialmente ella pensó cobrar en la indemnización, le había regalado el cuadro de un artista sólo porque había visto que a ella le gustaba. Había aceptado el ajuste de cuentas por parte de Felipe diciéndole, además que la amaba… y desde entonces no había dado tregua. Todos los días había ido aportando un granito de arena tras otro hasta por fin formar una montaña, no sólo con una rosa, sino con su mirada, con sus actitudes, con la manera en que era consciente de ella, con sus palabras…

Y tenía que pensar en la manera que tenía de besarla, se dijo sentándose al filo del colchón; la manera de adorarla mientras le hacía el amor.

Se recostó en la cama y apagó la luz de su lámpara.

Mañana temprano lo llamaría y concertaría una cita con él. Tal vez estuviera ocupado, pero si ella iniciaba la conversación con el mensaje que ya estaba escrito, él cancelaría cualquier otro compromiso por verlos.

Tener esa seguridad la hizo sonreír. Él era tan constante y confiable como una enorme roca, tal vez no era tan mala idea ponerse bajo su cuidado.

Lo primero que hizo Rubén esa mañana al despertar fue mirar su teléfono. Ningún mensaje.

Se sentó despacio en el colchón haciendo mentalmente la lista de las cosas que tenía que hacer hoy; a primera hora, encontrarse con Alfonso Linares, un conocido maestro de obras con el que iniciaría un proyecto, luego, con Darío Cardozo, un agente de bienes raíces que casi se mea en los pantalones cuando lo llamó. Las dos citas eran importantes, así que se puso en pie sin más dilación y se introdujo en la ducha.

Este apartamento era demasiado pequeño. Si pretendía convencer a Emilia para que se viniera a vivir con él, debía buscar un espacio donde ella fuera capaz de imaginarse a sí misma y a su hijo felices, cómodos, tranquilos.

Había vivido aquí estos últimos años y ahora no se explicaba muy bien por qué ese afán de disimular su dinero. La gente terminaba sabiéndolo de todos modos; al principio lo trataban con normalidad, pero luego las cosas cambiaban siempre. Le gustaba más el primer estado; podía confiar mejor en las personas que creían que era un arquitecto que se ganaba la vida con su trabajo, no que tenía asegurado el futuro por el trabajo de toda la vida de su padre.

Pero era algo que no podía cambiar. No iba a quedarse en la ruina sólo para que lo trataran con normalidad, ahora tenía un hijo al que brindarle un futuro y una mujer a la que estaba conquistando. Si bien Emilia no se dejaría llevar por los oropeles de su posición, estaba dispuesto a echar manos a las ventajas que eso mismo le pudiese ofrecer.

Aurora despertó en su cama bastante incómoda. Había algo metido entre sus costillas, algo cálido, blandito y de cabellos rizados y alborotados.

—Santi, ¿qué haces aquí? –preguntó. El niño se movió y la miró.

Él nunca se metía a la cama de los abuelos. Era más probable que se metiera a la de Emilia, pero hoy había venido aquí.

—Buenos días, abuelita Aurora –dijo con su voz clara y los cabellos parados. Aurora sonrió.

—Buenos días, hijo. ¿Estás enfermo? –el niño negó bostezando. Se sentó en la cama mirando a Antonio, que había abierto los ojos y lo miraba en silencio.

—Buenos días, abuelito Antonio.

—Buenos días –le contestó él—. Madrugaste mucho.

—Ya no tengo sueño.

—Eso veo. ¿Quieres que vayamos al parque un rato?

—Mamá me dijo anoche que hoy saldríamos. Dice que quiere que vea a… Rubén. Dice que él es mi papá—. Aurora miró a su esposo.

—Te lo dijo –murmuró Antonio.

—¿Es verdad? ¿Es mi papá?

—¿Crees que es mentira? Emilia no te mentiría.

—Sí, pero… ¿papá no estaba en el cielo? ¿Pueden volver del cielo las personas?

—Rubén estuvo en un viaje… pero eso puedes preguntárselo a él, ¿no? ¿No dices que irás a verlo? –Santiago recostó su cabecita en la panza de Antonio sin responder. Aurora se sentó en la cama y lo miró.

—¿Tienes miedo? –El niño negó, pero no engañó a Aurora, que lo conoció desde el mismo instante en que salió del vientre de su hija—. No tienes que tener miedo. Es bueno tener un papá.

—¿Y el abuelito Antonio?

—Él será tu abuelo por siempre. Eso nunca cambiará. Ven aquí –Aurora lo abrazó y lo besó—. Ahora es un poco raro, pero te gustará, te irás acostumbrando. Lo normal es que los niños vivan con su papá y su mamá, y si ellos están juntos, muchísimo mejor.

—Pocos niños tienen esa bendición –murmuró Antonio, que se había sentado también y con el corazón un poco encogido, acariciando la delgada espalda de su nieto—, y es para estar feliz, no para estar preocupado.

—No estoy "procupado" —dijo él, y Antonio sonrió. Se acercó al niño y también le dio un beso.

—Vamos a desayunar —dijo Aurora saliendo de la cama—. ¿Qué quieres hoy? ¿Cereales? ¿Sándwich?

—Sándwich de jamón, pollo, queso y mermelada.

—Tú con tus inventos extraños.

—Y Coca—Cola.

—No te daré Coca—Cola al desayuno.

—Entonces café.

—Tampoco te daré café.

—Abuelita…

—Vamos a la cocina. Tal vez sea mejor una avena.

Antonio los vio salir de la habitación sonriendo. Suspiró al darse cuenta de que Emilia anoche había hablado con el niño. Había sido rápido, y tal vez era lo mejor. Era cierto que no estaba nada feliz de la relación con su hija y ese hombre, pero era el padre del niño; era el que había puesto el mundo de Emilia patas arriba, y también era su responsabilidad volverlo a hacer estable, ahora con Santiago a bordo.

Buscó su teléfono y salió de la cama. Tenía cosas que hacer hoy.

Emilia miró ceñuda su teléfono cuando a media mañana aún no había recibido ningún mensaje de Rubén. Había sido ella quien lo saludara con un "Buenos días" más temprano, y él sólo había contestado y vuelto al silencio.

No le había vuelto a escribir para preguntarle dónde estaba o qué estaba haciendo. Por lo general era él quien iniciaba las conversaciones, quien todo el día quería saber qué hacía, cómo estaba. ¿Qué le pasaba hoy?

Ayer todo había sido perfecto otra vez. Sexo, risas, comida, más sexo. Y amor, él, más que tener sexo, le hacía el amor. ¿Por qué hoy estaba tan callado?

—¿Se desapareció tu príncipe azul? —dijo Felipe sentándose a su lado en la mesa comedor con sus libros. Últimamente no se le veía sin ellos.

—¿Cuál príncipe azul?

—Rubén Caballero.

—No se ha desaparecido.

—¿Y por qué esa cara de amargura? —Emilia le echó malos ojos—. Entiende. Los hombres tenemos mil ocupaciones, además de enviar rosas y esas tonterías.

—¿Vaya, te estás congraciando con él?

—Sólo quiero molestarte a ti –Emilia sonrió.

—Es sólo que necesito decirle algo importante, pero al parecer está ocupado.

—Llámalo.

—Claro que no.

—¿Por qué no? No está mal visto que sean las mujeres las que tomen la iniciativa –Emilia se sonrojó de inmediato. Eso le recordaba varias de las cosas que había hecho anoche.

Ese tonto, ¿dónde estaba?

Antes de que Felipe reparara en que se había sonrojado, se fue a su habitación teléfono en mano.

—¡Emilia! –la saludó Rubén al contestar su llamada.

—Ah… hola. Buenos días—. Rubén sonrió de oreja a oreja.

—Buenos días –contestó a su saludo—. Justo iba a llamarte. ¿Puedo pasar por ti para que almorcemos juntos? Con Santiago, si te parece.

—¿Ibas a llamarme?

—En este mismo momento. Estuve un poco ocupado, y no pude hablarte antes. Es un poco precipitado, pero necesito que vengas conmigo.

—Ah, ya. Bueno… ni siquiera me he duchado, estoy haciendo nada aquí en la casa.

—Llego más o menos en treinta minutos, el tráfico está pesado.

—¿Subirás?

—Es hora de enfrentar al gigante –bromeó Rubén, refiriéndose a Antonio.

—Ya le dije todo a Santiago—. Eso lo hizo quedarse en silencio por un momento.

—¿Decirle qué, amor? –preguntó un poco cauteloso.

—Le dije a Santiago que tú eres su papá—. Ahora él abrió su boca incapaz de decirle nada y tuvo que buscar un espacio donde orillarse o se estrellaría si seguía conduciendo.

—¿De verdad? ¿Se lo dijiste?

—Anoche… tuve una conversación con papá, y… lo hice, sí.

—¿Y… cómo lo tomó él? Me odia, ¿verdad? Dios…

—No sé si te odia, pero hoy está más apegado a los abuelos que nunca—. No le dijo que a ella poco le había hablado hoy, y que por eso estaba al borde de la depresión—. Quiero verte –dijo, cerrando sus ojos.

—En media hora, mi amor. Iré por ti y mi hijo.

—Yo... De repente... es importante que estés a mi lado, que me hables, que me digas que me quieres.

—Te quiero. Quiero estar a tu lado.

—Rubén...

—En media hora, mi amor. En media hora estaré allí—. Ella asintió y él cortó la llamada. Emilia cerró sus ojos con fuerza, y extrañamente, no se sintió mal por haber dicho esas cosas que evidenciaban tanto su necesidad de él.

Tal vez era porque en el pasado él no había tenido miedo de decirle cuánto la amaba y la necesitaba.

—¿Santiago? –lo llamó—. Vamos a ducharnos, hijo. Tenemos que salir—. El niño la miró serio, pero hizo caso y fue hasta ella—. Hoy te pondré tu ropa más nueva. Y tus zapatos favoritos, ¿qué te parece?

—¿Iremos con Rubén?

—Es tu papá. Te lo dije anoche. Y sí, iremos con él.

—Me duele la panza.

—Ahorita, con un helado de tres pisos de todos los sabores, se te quitará.

—No he almorzado –dijo él mientras Emilia le sacaba el piyama que aún llevaba puesta y lo conducía al baño.

—Pues almorzaremos primero—. Santiago no volvió a poner peros y se introdujo en el baño junto a Emilia, que lo ayudó a bañarse y luego a vestirse. Cuando el niño estuvo listo, se metió a la ducha ella, lavándose el cabello, lo que tomó más rato del que esperó, así que cuando llegó Rubén, ella seguía en la habitación eligiendo qué se pondría.

Santiago vio a Rubén entrar y quedarse de pie en la estrecha sala. Él lo miró por un momento antes de sonreírle.

—Hola, Santi –el niño no contestó, sólo asintió dando una leve cabezadita.

—Sigue –lo invitó Aurora señalando los muebles—. Siéntate.

—Gracias, Aurora. Hola, Felipe –el joven sólo le alzó las cejas y volvió a enterrar su nariz en su libro, ignorándolo.

—¿Te apetece algo de tomar? –le preguntó Aurora.

—No, gracias...

—Emilia aún no está lista –le informó—. Santiago, ¿le harías compañía a Rubén mientras Emilia sale? –Santiago asintió y Rubén caminó hasta los muebles para sentarse en el sofá, Santiago lo hizo en el sillón del abuelo Antonio.

—¿Está todo bien? –le preguntó Rubén sin quitarle la mirada de encima. Santiago volvió a asentir—. ¿En la escuela también? –El niño repitió su respuesta—. ¿Estás enfermo?

—No.

—Ah. Pensé que sí. Como estás tan callado.

—No estoy enfermo.

—Entonces… ¿estás molesto? ¿Conmigo, de casualidad? –Santiago ladeó su cabeza analizando la respuesta a esa pregunta.

—¿Es verdad que eres mi papá? –le preguntó, y Rubén sonrió. No podía ser de otro modo con él. Era tan directo como su madre.

Al otro lado de la sala, Felipe elevó su mirada del libro y miró a Rubén y a Santiago hablar en los muebles. Era fácil deducir que eran padre e hijo, y la conversación que sostenían ahora era tal vez la más importante que tuvieran en mucho tiempo.

—Sí –contestó Rubén—, lo soy.

—¿Y dónde estabas? –siguió el niño—. ¿Por qué te tardaste tanto en venir? –Rubén comprendió de inmediato la razón de su pregunta, y tomó aire.

Tenía que decirle algo que se acercara mucho a la verdad, estaba demasiado pequeño para comprender las cosas, pero tenía sus preguntas y merecía respuestas.

—¿Recuerdas que te conté que tuve un accidente y por eso tengo cicatrices en las manos? –El niño las miró, allí estaban las cicatrices. Agitó su cabeza asintiendo—. Pues por eso no pude venir antes. Estuve en un hospital mucho tiempo, y luego viajé a otro país.

—¿No me querías? –Rubén sonrió con tristeza.

—Sí te quería. Te amaba, pero no te encontraba… ni a ti… ni a tu mamá.

—¿Te perdiste?

—Sí. Estuve perdido mucho tiempo. Pero ya te encontré, a ti y a Emilia, y los amo.

—¿Vendrás a vivir aquí? –Rubén elevó sus cejas—. La abuelita Aurora dice que los niños deben vivir con su mamá y su papá.

—Sí, eso es verdad.

—Entonces vendrás a vivir aquí, ¿no?

—Ya veremos qué hacemos—. La puerta se abrió y por ella entró

Antonio Ospino con varios paquetes y bolsas de compras. Al verlo hablar con el niño hizo una expresión de desagrado, pero no dijo nada.

Rubén se encaminó a él para ayudarlo, y también Felipe, pero él dejó todo sobre la mesa y miró a Rubén.

—Has venido.

—Sólo quería saludar a... mi hijo—. Se miraron a los ojos fijamente. Antonio elevó una ceja cuando el joven no apartó la mirada, sino que se la sostuvo.

—Parece que tienes el mismo carácter de tu padre –Rubén quedó un poco confundido, pues no comprendió si aquello era bueno o malo. Todo dependía de cómo veía él a su padre, si bien o mal.

—Sólo intento asumir el papel que me dio la vida en su familia, señor Ospino; asumir mis responsabilidades.

—Mmmm, sí. Responsabilidades. Tienes muchas—. Rubén vio a Felipe que sonreía mirando a su padre, y volvía a sentarse en la silla en que antes había estado, pero ya no parecía concentrado en sus libros, sino en la conversación de él y Antonio.

—Lo sé –contestó.

—¿Rubén? –llamó Emilia asomándose a la sala. Rubén vio que iba envuelta en una toalla y tenía aún el cabello húmedo—. No me tardo –dijo, y volvió a meterse. Antonio hizo una mueca. Era evidente que a esta muchacha no la avergonzaba que la vieran en paños menores, y miró un poco ceñudo a Rubén.

—¿Te los vas a llevar? –él sonrió.

—Sólo durante la tarde.

—¿Qué estás planeando?

—¿Qué me exigiría usted que hiciera...? aparte de largarme y morirme, claro –Antonio no lo pudo evitar y sonrió.

—No te pases de listo –le dijo, y tomó de nuevo las bolsas de sus compras y se fue a la cocina, donde había estado Aurora atareada, pero con una oreja en la sala escuchando la conversación.

Varios minutos después salió Emilia. Lucía un corto vestido azul oscuro con pequeños estampados blancos. Le llegaba arriba de la rodilla, pero llevaba sus medias negras y botas de piel sin tacón. El cabello suelto, como siempre, y un toque de maquillaje en el rostro. Se acercó a él y se puso en puntillas para besarlo.

—¿Hablaste con papá? —le preguntó en un susurro.

—Creo que hemos establecido una tregua.

—¿Y hablaste con... Santi? –Rubén asintió apretando sus labios.

—Pero debo ganármelo también.

—Te lo ganarás –dijo ella posando sus manos en los brazos de él y sonriendo. Rubén también sonrió, pero porque se veía hermosa con esa luz en su mirada y esa sonrisa. Qué tentación el volver a besarla, pero debía medirse. Sentía los ojos de Antonio en la espalda, y los de Felipe en la nuca.

—¿Nos vamos? –propuso, y Emilia le extendió la mano a su hijo.

—Papá, mamá –dijo Emilia despidiéndose—. Regresaremos un poco tarde—. Al escucharla, los dos asintieron sin decir nada. Rubén elevó su mano despidiéndose también, y los tres salieron del apartamento.

—Una bonita familia feliz –murmuró Felipe, y Antonio y Aurora volvieron a ocuparse en sus cosas tratando de ignorar el nudo que se les había formado en la garganta.

39

Santiago se sentó en el asiento de atrás del auto tal como la última vez y observó en silencio cómo Rubén le abrochaba el cinturón.

—Yo puedo solo —dijo, y le quitó las manos para hacerlo él.

—Claro, ya estás grande —dijo Rubén con una sonrisa. Emilia miró a su hijo apretando sus labios y luego a Rubén algo afectada por la actitud de su hijo. Él agitó su cabeza tratando de decirle que no se preocupara por nada.

—¿A dónde iremos? —preguntó Emilia en el momento en que Rubén encendía el auto y salía de la zona.

—Es una sorpresa.

—¿De verdad? —Rubén sonrió sin añadir nada más.

Condujo por casi media hora hasta pasar por un portón que anunciaba el nombre de un condominio.

—¿Vinimos a visitar a tu hermana, o algo?

—No, iremos mañana, ¿no?

—Ah... ¿Entonces?

—Quiero que veas un lugar —sonrió él mirándola fugazmente.

Emilia observó atentamente el sitio. Las casas eran retiradas unas de otras y había amplias zonas verdes. Un anciano paseaba un perro y enseguida el interés de Santiago se despertó.

—Mi mamá no me deja tener perro —dijo—. Ni siquiera un gato.

—¿No lo dejas? —preguntó Rubén mirando a Emilia con una ceja elevada.

—¿Has visto el tamaño de mi apartamento?

—Pero ya es hora de que cambies de casa, ¿no crees?

—Sí, ya papá vio algunas casas.

—Yo quiero proponerte una que tal vez te guste—. Ella lo miró de reojo, pero él no agregó nada más, sino que avanzó hasta detenerse en una casa de ladrillo limpio y cristal.

Emilia quedó un poco boquiabierta al verla, y en cuanto el auto se detuvo, bajó. Rubén le abrió la puerta a Santiago, que saltó al suelo mirando el jardín, era amplio y de suelo irregular, con pequeñas lomitas que parecían hechas de algún algodón verde.

De inmediato, el niño corrió a la loma más cercana para tocarla con sus propias manos.

—Santiago, no te vayas a ensuciar la ropa —le advirtió Emilia, él la miró sonriendo.

—Es césped.

—Sí.

—Parece algodón. Qué bonito—. Rubén miró a Emilia con una sonrisa y ella tuvo que contener la tentación de ir y besarlo.

Pero, ¿por qué contenerla?, se dijo, así que fue hasta él y le rodeó los hombros, se empinó y le dio un beso.

Los interrumpió un hombre que carraspeó llamando su atención, así que ambos giraron sus cabezas.

—Buenos días —se presentó el hombre, calvo y de bigote, pero con voz clara y sonrisa amplia—. Mi nombre es Darío Cardozo. Quisiera mostrarles la casa, así que, por favor, sigan.

—¡Un agente inmobiliario, eh! —sonrió Emilia. Rubén tomó su mano y miró a Santiago. El niño corrió a ellos con un poco de césped en las manos, como si aún no se pudiera creer que no fuera algodón.

Entraron a la casa, que estaba vacía, y Emilia pudo ver que, si bien no era una mansión como la de los padres de Rubén, sí que era amplia y hermosa. Tenía varias salas con diferentes ambientes, una cocina al estilo americano, grande, y un enorme jardín.

—Aquí Santiago puede correr y atrapar ranas, ¿sabes? —Dijo él señalando el patio—. Y podría tener un perro, sería un bicho muy feliz.

—Quién, ¿Santiago o el perro? —Rubén se echó a reír.

—Los dos, supongo.

—La casa tiene cuatro habitaciones —dijo Darío Cardozo, conduciéndolos a la segunda planta de la casa—. Dos de ellas tienen su baño propio, y las otras dos comparten un tercero... —Darío siguió hablando de los detalles de la casa, y Emilia se adelantó unos pasos para abrir puertas, armarios y ventanas. Santiago se había quedado abajo, corría por el jardín sin son ni ton, y cuando vio que ella lo observaba desde la ventana, agitó su manito a ella. Emilia le sonrió devolviéndole el saludo.

—¿Qué opinas? –le preguntó Rubén a Emilia, y ella miró en derredor la habitación principal. Tenía un cuarto exclusivamente para el armario, otro para el baño, que tenía bañera doble, ducha y dos lavamanos con un amplio espejo. Le entraba mucha luz y cabría perfectamente una cama enorme.

Tal vez podía pintar una de las paredes con un color vivo para darle un toque alegre, y una planta en la esquina le daría también un poco de alegría…

—Me gusta –dijo al fin, y Rubén le hizo una mirada al señor Cardozo que éste entendió y los dejó a solas en la habitación.

—¿Puedes imaginarte vivir aquí? –le preguntó Rubén poniendo su mano en su cintura y haciéndola girar a él. Ella sonrió.

—Sí, también a mis papás le encantará—. Él hizo una mueca.

—No es para ellos.

—Ah, ¿no?

—Es para ti, y para Santiago.

—¿Quieres que viva sola aquí en esta enorme casa?

—¿Sola? ¡Claro que no! –Emilia elevó sus cejas—. Vivirías conmigo, claro está.

—¡Ah… esto es una encerrona! –él sonrió para nada avergonzado. Volvió a tomarle la cintura y le besó el cabello.

—Bueno, imagínatelo por un momento, por favor. Dormiría a tu lado todas las noches, y por supuesto, pasaríamos las mañanas juntos. Yo le haría el desayuno a Santiago antes de que se vaya a la escuela, porque tú te demoras demasiado con tu cabello –ella rio—. Y puedes invitar a tus padres a pasar las tardes aquí, a cenar de vez en cuando, y yo a los míos, claro.

—Claro.

—No quiero presionarte, pero… ¿te gustaría? –Emilia volvió a reír.

—No, claro que no me presionas. Me traes a una casa que está en alquiler, incluso haces venir al agente para que me la enseñe, pero no me presionas.

—Me muero por estar contigo –susurró él acercándola más a su cuerpo—. De hecho… lo que quiero es que nos casemos; sueño con la posibilidad de tener más hijos contigo, ¿por qué no?, y formar una familia. Hacerte el amor sin pensar en el reloj, o en que Santiago duerme solo, o en qué pensarán tus papás. Darte todo lo que te haga feliz, mimarte y…

—¿Deseas casarte? –lo interrumpió ella y él se detuvo en su

ensoñación para mirarla fijamente y muy serio.

—Emilia, cuando te conocí en la universidad, de una vez lo pensé. Me dije: si algún día me caso, será con alguien como ella.

—¿De verdad?

—¡Incluso empecé a hacer cuentas! —exclamó él—. Pensaba: ella está empezando la carrera, si logro conquistarla, y eso tal vez me tome un año, conseguiré que sea mi novia. Unos meses después, y cuando sepa que está totalmente enamorada de mí, le pediré matrimonio, y sé que dirá que sí. La boda será entonces cuando ella lo diga, y seguro que me pedirá que espere a graduarse, y yo esperaré, claro, y mientras, yo habré hecho mi especialización, y nos habremos hecho un poco más mayores y maduros…

—Qué chico tan responsable.

—También pensé en el sueldo que ganaría para entonces. Mi fideicomiso expiraba a los veinticinco, así que para entonces ya habría superado la edad y ganaría el dinero por las ganancias de las acciones en la empresa. No pasarías necesidad a mi lado.

—¿Pensaste en todo eso?

—Estaba enamorado, soñaba bastante—. Ella bajó sus ojos. Tal como había pensado, pudo haber sido hermoso.

Pero ahora también lo estaba siendo, pensó, y volvió a mirarlo.

—Las cosas salieron muy diferentes.

—Pero podemos empezar, empezar al fin—. Las manos de él se pasearon por su delgada espalda, y Rubén se inclinó para besar la punta de su nariz.

—¿Y cuánto tiempo tengo para pensarlo?

—Emmm… ¿cinco minutos? —Emilia se echó a reír.

Se escuchó la voz de Santiago que los llamaba, y Emilia se separó de Rubén para atenderlo. Santiago tenía un enorme sapo entre las manos, tal como había vaticinado Rubén que pasaría, y Emilia dio un paso atrás impresionada.

—¡No tomes eso con las manos! —Exclamó ella, pero Santiago miró al animal en sus manos con pesar—. Dios, jamás comprenderé cómo eres capaz de tomar esas cosas con tus manos… ¿no te da asco?

—¿Por qué le iba a dar asco? —dijo Rubén agachándose frente al niño y mirándolo con una sonrisa. Se había embarrado un poco la cara con tierra, pero se veía radiante, las mejillas sonrosadas y agitado de correr.

—¿Me lo puedo quedar? —preguntó, y al tiempo, Emilia y Rubén contestaron:

—¡No!

—¡Claro! –Santiago miró de uno a otro y Emilia miró a Rubén enviándole un silencioso mensaje. Rubén se acercó a ella, le dio un beso en la sien y en el oído le susurró:

—Déjamelo a mí.

—Rubén…

—¿No confías en mí? –le preguntó, y se alejó para hablar de nuevo con Santiago.

—Vamos al jardín, ¿vale? –El niño miró al pobre sapo en sus manos con un muy mal presentimiento, pero hizo caso. Cuando llegaron de vuelta al jardín, Rubén le preguntó dónde lo había encontrado.

—Allá –dijo el niño, señalando una hondonada donde las lluvias habían formado un pequeño charco. Rubén caminó hacia allí y el niño lo siguió aún con el sapo en las manos.

—Esta es la casa del sapo –dijo Rubén—. ¿Ya le tienes nombre? –Santiago ladeó su cabeza pensativo. No había pensado en eso.

—Kriki –dijo, y Rubén sonrió. Se agachó frente a él y le sonrió.

—Kriki. Excelente nombre.

—¿De verdad me lo puedo quedar?

—Claro, es tuyo.

—Pero mamá dijo que no.

—Bueno, es que ella está preocupada por Kriki.

—No lo creo.

—Sí, lo está. Ella piensa que Kriki va a estar alejado de su charco si te lo llevas a tu casa. Va a extrañar mucho este bonito lugar—. Santiago miró el amplio jardín en silencio—. ¿Tú no te sentirías un poco triste si te llevaran de tu casa a otro lugar extraño? –el niño volvió a mirarlo.

—Pero lo cuidaré, y le daré mucha agua y moscas.

—Estoy seguro de que lo harás –Santiago sujetó el sapo de una forma que parecía que lo fuera a destripar—. De todos modos –se apresuró Rubén—, es como arrancar una de esas flores sólo porque a tu mamá le gustan. ¿Qué le pasaría a la flor si la arrancas?

—Se muere.

—Sí, se marchitará. No importa cuánto la cuides y la quieras, se morirá porque no está en su casa, donde es feliz –Santiago miró el sapo, y dando unos pasos, lo soltó de vuelta al charco.

Cuando el sapo se escondió de nuevo entre los arbustos, huyendo de su carcelero, a Santiago le tembló la barbilla.

—Kriki sigue siendo tuyo —le dijo Rubén poniéndole una mano en el hombro, como si en vez de acompañar a un niño a soltar un sapo, estuviera dándole el pésame a un amigo por la pérdida de un familiar querido.

—Pero ya no está conmigo.

—Claro que sí, y ahora, seguro que Kriki te quiere más, pues no lo has alejado de su hogar. Tal vez tenga hijitos que se alegrarán de que no se fue por siempre—. Santiago volvió a mirarlo, y Rubén quedó completamente sorprendido cuando el niño se echó en sus brazos y lo abrazó con fuerza.

Rubén no perdió tiempo y lo alzó poniéndose en pie, apoyando su mano en los cabellos rizados del niño y besando su frente, sintiendo que su corazón saltaba en su pecho de una emoción nunca antes experimentada. Toda la ternura, todo el amor que jamás alcanzó a imaginar que era capaz de sentir estaba palpitando ahora en su pecho.

Cerró sus ojos y abrazó al niño con fuerza. Su hijo.

Cuando lo sintió sollozar, sonrió.

—No te sientas mal por Kriki —dijo, pero tenía la voz un poco afectada por todo el cúmulo de emociones que lo embargaban—. Él debe estar muy feliz.

—No lloro por Kriki.

—¿Entonces?

—¿Si yo me voy de la casa de los abuelitos… enfermaré también? —Rubén lo separó suavemente y lo miró a los ojos con atención.

—Yo desearía que no —le contestó—. Tal vez al principio te sientas raro, pero las personas no somos como los sapos o las flores. Resistimos más.

—Yo quiero a mi mamá, pero también quiero a abuelita Aurora y a abuelito Antonio.

—Y ellos nunca van a dejar de quererte a ti. Los verás muy seguido.

—¿Tú me quieres? —a Rubén los ojos le picaron por las lágrimas contenidas.

—Te amo con todo mi corazón—. Santiago se quedó en silencio como analizando esas palabras, como calibrando su veracidad, y al cabo de unos segundos, volvió a abrazar a Rubén.

—Gracias… —se quedó como si fuera a agregar algo más, pero no lo hizo.

—De nada –dijo Rubén, pero entonces dejó de escuchar lo que Santiago dijo, pues lo había tapado con su voz—. ¿Qué? –Preguntó con el corazón en un puño— ¿Qué dijiste?

—Papá –respondió Santiago—. Eres mi papá, ¿no? Te puedo llamar papá—. Ahora sí, Rubén no pudo evitar que los ojos se le aguaran.

—Oh, sí. Llámame papá. Eres mi hijo. Llámame papá.

Emilia bajó a la cocina mientras escuchaba a Darío Cardozo que le seguía explicando cosas acerca de la casa. Era una cocina preciosa, con encimera en mármol negro y gabinetes blancos. Desde el ventanal vio a Rubén y a Santiago abrazados y quedó paralizada en el lugar. Darío siguió hablando, pero ella ya no escuchaba nada. ¿Qué había pasado?

—Disculpe –le dijo al hombre, y salió de la casa hacia el jardín. Cuando llegó a ellos, Santiago ya se había bajado y corría libre y salvaje hacia el otro extremo del jardín.

—¡Mamá! Voy a buscar un saltamontes –dijo, y siguió derecho en su carrera.

Emilia miró a Rubén, pero él no la miraba a ella, sino que tenía la vista fija en el charco donde antes había estado el sapo que atrapara Santiago.

—¿Pasó algo? –él negó meneando su cabeza, y Emilia tuvo que ponerse delante de él. Lo encontró con los ojos cerrados y la mandíbula apretada.

—¿Te dijo algo desagradable? –indagó ella, y él sonrió al fin manteniendo sus ojos cerrados.

—No, no.

—¿Entonces…?

—Me… me llamó papá—. Emilia abrió grandes los ojos de sorpresa. Rubén abrió los suyos, y hoy más que nunca se vieron verdes, cristalinos—. Me llamó papá —repitió. Emilia lo abrazó con fuerza, y se estuvieron allí, el uno en brazos del otro largo rato. Felicitándose, alegrándose, compartiendo las satisfacciones y los sueños hechos realidad.

—Mi hijo es un chico fácil –bromeó Emilia volviendo con Rubén a la casa, tomados de la mano y sonrientes.

—Claro que no. ¿Por qué dices eso?

—Un par de palabras bonitas y cayó rendido. Será presa de las chicas malas. Ya tengo miedo.

—No hables así de mi hijo —dijo él con voz seria, y Emilia se echó a reír.

—Me gusta la casa —comentó ella admirando la fachada.

—Eso me alegra.

—Y sí que podría imaginarme a Santiago aquí. En las pocas horas que lleva en este sitio ya es feliz. Pero... —él la miró en silencio. Sabía que iba a haber un pero—. Esto es demasiado rápido, Rubén.

—¿Me estás pidiendo tiempo?

—Unos meses.

—Demasiado... Llevo tanto tiempo amándote...

—Y yo llevo tan poco en no odiarte... —Rubén se quedó en silencio, sintiendo sus palabras como un balde de agua fría—. Todavía te estoy conociendo, todavía... sigo tomando decisiones que son tan, tan importantes, que a veces me da miedo.

—Pero no tienes que... —ella le puso el índice sobre los labios con delicadeza, callándolo.

—Sé que deseas poner en marcha la vida que soñaste. Te creo que me amas, ¡te creo! Pero necesito... necesito tiempo... al menos, para acostumbrarme a la idea—. Rubén bajó la mirada. Pasaron largos segundos en silencio y Emilia lo vio tragar saliva y sintió su corazón arrugarse un poco, pero no cedió.

—Está bien —dijo él al final—. No tengo otra opción, ¿verdad? –su sonrisa era más bien triste, y lo vio respirar profundo y alejarse de ella unos pasos.

Quiso ir tras él, llamarlo, pero decidió mantenerse firme en su decisión.

Rubén llamó a Santiago, que salió de algún recoveco entre el jardín. Emilia lo vio hablar con Darío Cardozo, estrechar su mano y encaminarse al auto.

Ya se iban. Hora de volver a la vida real. El fantasear e hilvanar sueños se había acabado, al menos por hoy.

Sintió el corazón oprimido, pero no podía hacer nada más. Rubén le estaba pidiendo demasiado, ella no se sentía preparada para vivir con él. El sexo estaba bien, y sería mucho más cómodo para ambos si no tenían que salir corriendo luego de cada encuentro, pero en la comodidad no siempre estaba la felicidad, y ella prefería dar un paso a la vez.

Subieron de nuevo al auto de Rubén, y él los llevó a un restaurante para comer. Emilia no dijo nada durante un buen rato, sólo escuchó a Santiago y a Rubén hablar sin parar acerca de todo. Ya antes se habían llevado bien, así que no era de extrañar que retomaran esa amistad. Qué bueno que Santiago todavía fuera un niño con el corazón puro y dispuesto.

—Te llevo de vuelta a tu casa, ¿o quieres ir a otro sitio? —Emilia lo miró inexpresiva. Él no parecía triste ahora, ni molesto, ni nada. Al parecer, su charla con Santiago lo había ayudado a sentirse mejor.

No a ella, ella se sentía fatal.

—No. Quiero ir a casa. Me siento cansada.

—Yo no – dijo Santiago—. No quiero ir a la casa.

—¿No tienes tareas que hacer?

—Ya las hice ayer.

—Pero mamá está cansada –dijo Rubén con voz conciliadora.

—Por favor… —Rubén miró a Emilia esperando que, como siempre, regañara al niño y zanjara la cuestión, pero ella suspiró y dijo:

—Si quieres pasar la tarde con… tu papá, adelante—. Luego lo miró a él y en voz baja añadió: —Pero te agradezco que me lleves a casa.

—Claro.

—¿Me puedo quedar?

—Sí—. El niño celebró haciendo una exclamación, y Rubén miró a Emilia de reojo, que se recostaba en el asiento y se masajeaba los ojos.

—¿Te sientes bien?

—Sólo estoy cansada.

—Claro, ha sido un día largo—. Ella ladeó su cabeza para mirarlo, pero Rubén se puso a hablar con Santiago de lo que harían a continuación.

Se sintió un poco ignorada, pero, ¿qué podía hacer? Tal vez su hijo merecía un poco de protagonismo.

Y luego se dio cuenta de que sentía celos de su propio hijo.

Rubén bajó con ella a la entrada del edificio y la acompañó al lobby. Frente al ascensor, Rubén le dio un beso y ella se quedó allí unos segundos más.

—¿De verdad estás bien?

—Sí. De verdad.

—Te noto un poco… decaída—. Ella lo miró a los ojos

buscando algo en él. Tal vez había esperado que el triste fuera él, que le insistiera, pero Rubén sólo había aceptado su negativa y se había retirado con su propuesta.

Pero diablos, ¿qué le estaba pasando? Ni ella misma se entendía.

—¿Tú... estás conforme?

—¿Con qué cosa, amor?

—Con... mi respuesta. Acabo de decirte que no viviré contigo—. Él sonrió.

—No estoy conforme, sólo te estoy dando el tiempo que me pediste—. Ella lo miró expectante, pero él no añadió nada más.

—Ah... —dijo ella al fin, y pulsó el botón de llamada del ascensor—. Nos veremos mañana, entonces.

—O más tarde, cuando traiga de vuelta a Santiago.

—Claro.

—Si te duele la cabeza, tómate una aspirina.

—Sí, sí —el ascensor llegó y Emilia se internó en él.

—Tal vez lleve a Santi a casa, con mis padres –dijo él.

—Seguro que serán muy felices.

—Sí –sonrió Rubén—. Hasta luego –se despidió él.

—Hasta luego.

—No olvides que te amo –ella lo miró un tanto sorprendida, pero ya había pulsado el botón de cerrar las puertas, y lo último que vio fue la sonrisa llena de picardía de Rubén.

—¡Diablos! –exclamó ella, y se recostó en un rincón cruzándose de brazos. Luego, sonrió. Él había esperado hasta el último momento para decirlo, y ella languideciendo por esas palabras.

—Y colorín, colorado, este cuento se ha terminado –dijo Telma subiendo las piernas al colchón de Emilia.

Las dos estaban en su cama, la una con la cabeza hacia un lado, y la otra hacia el otro. Emilia acababa de contarle el par de semanas de locura que había vivido con Rubén.

¿De verdad habían sido sólo dos semanas?

—Tú diciéndome que no eres Flash –se burló Telma—, y mírate. Teniendo sexo con tu violador –Telma se sentó y la miró fijamente—. Sería un excelente título para una novela Hot: sexo con mi violador.

—Das asco –le dijo Emilia, y Telma se echó a reír.

—Pero, ¿qué tal fue?

—¿No te acabo de contar?

—No. No contaste gran cosa. Sólo dijiste, así, entre sonrojos y vergüenzas: "me acosté con él".

—¿Y qué quieres que te diga?

—¡Pues todo!

—¿Cómo que todo? ¿Cómo se te ocurre que te voy a contar todo?

—Anda, vamos, Emi. ¡Somos amigas de toda la vida!

—¡Pero aun así!

—¡No seas ñoña!

—¡No soy ñoña!

—¡mojigata!

—¡Telma, no molestes! –Telma se echó a reír.

—Tonta, obviamente no te estoy preguntando por cosas morbo como de qué tamaño lo tiene, o si se mueve bien.

—¿Telma! –volvió a exclamar Emilia, y Telma soltó la carcajada, pero segundos después estuvo otra vez seria.

—Lo que quiero saber es cómo te sentiste tú. ¿Fue… cómodo? –Emilia frunció el ceño.

—Jamás esperé que usaras la palabra "cómodo".

—Para mí, estar cómoda con mi pareja es la segunda cosa más importante.

—No quiero imaginar cuál será la primera –Telma rio entre dientes.

—Yo creo que sí hay que estar cómodo. Si te da vergüenza todo, si no haces sino pensar en qué va a pensar él, o en que a él no le va a gustar… —Emilia se quedó en silencio. Ni una sola vez pensó en algo así mientras estaba con Rubén. La primera vez había sido tan espectacular para ella.

De vez en cuando la habían asaltado las dudas, pero lo había disfrutado. Cada momento, cada palabra, cada toque de él.

Cerró sus ojos dándose cuenta de que recordarlo era revivirlo. Y él estaba tan lejos ahora…

Telma la había llamado para invitarla a salir, pero de verdad le había empezado un dolor de cabeza, así que su amiga decidió venir, preparar comida entre las dos como solían hacer, y luego encerrarse en la habitación para hablar.

Primero habían hecho una disección de su relación con Adrián, la cual parecía ir sobre ruedas, y luego habían empezado las preguntas acerca de Rubén, hasta que Emilia se había visto acorralada y, tal como dijera Telma, entre sonrojos y vergüenzas admitió que lo había hecho con Rubén.

—Te estás protegiendo, ¿verdad? –preguntó Telma, y Emilia escuchó su voz como desde el fondo de una cueva.

—¿Ah? –preguntó.

—Que si te estás protegiendo. No necesitas volver a quedar embarazada.

Emilia sintió que toda su piel se quedaba fría de repente. No. No se habían protegido. ¡Ni una vez!

Y ya había perdido la cuenta de las veces en que hubo sexo, y él se corrió dentro de ella, y...

¡Mierda, podía haber quedado embarazada!

—¿Emilia? –preguntó Telma.

—Claro que sí –mintió ella con descaro.

—Ah, bueno. De todos modos, Rubén no es un niño, debe saber cómo hace las cosas.

—Sí, sí—. Casi inconscientemente tomó el teléfono y buscó el número de Rubén. Quería preguntarle si él sí había tomado alguna precaución. Ella no, diablos. Para nada.

Antes, con Armando, fue muy cuidadosa con eso. ¿Por qué había olvidado las precauciones que eran de primer orden con él?

Dios, Dios, oró cerrando sus ojos, ignorando lo que Telma decía. Por favor, no permitas que otra vez esté embarazada. No puedo volver a pasar por esto, detener mi vida otra vez por un embarazo. Por favor, no.

40

Rubén observó a su hijo jugar en el jardín con Pablo, su recién descubierto primo.

De inmediato se llevaron bien y Pablo le mostró todos sus juguetes, con los que Santiago quedó encantado, y Viviana los hizo ir al jardín para que jugasen allí y disfrutasen un poco el sol. Ahora estaban concentrados en un lego de casi mil piezas, carritos de carrera no más grandes que sus manos, y pistas donde sufrían aparatosos accidentes.

Sonrió pensando en su propia niñez, también tuvo primos con los que jugó mucho, pero su hermana fue la que más lo sonsacó, aún en su adolescencia.

Miró a Emilia que estaba a su lado observando la hermosa casa de su hermana. Seguro la estaba analizando más como arquitecta que como posible habitante, y sonrió también. Roberto, el esposo de Viviana, estaba allí y sostenía a Perla, la recién nacida.

Ella estaba un poco distante hoy, pensó. Le había dado un beso sobre los labios cuando fue a recogerla a su casa junto al niño, y notó que apenas si lo había mirado. Hubiese deseado preguntarle si algo ocurría, pero delante del niño no lo hizo, y ahora tendría que esperar a estar de nuevo a solas para conversar en privado.

Tal vez seguía un poco chocada por su propuesta de ayer.

Por otro lado, Emilia no se estaba comportando como esperó con Perla. Había pensado que se entusiasmaría y le haría preguntas a Viviana, que la alzaría y mimaría un poco. Había visto a las mujeres derretirse por Pablo en el pasado, y Perla era tan preciosa que no era normal que alguien pasara de ella, pero Emilia apenas si había mirado a la niña.

Tuvo que recordar que tal vez su propia experiencia en todo lo referente a la maternidad las cosas no habían sido agradables para ella. Y luego cayó en cuenta de que Emilia había admitido no haberle dado el pecho a Santiago.

Se puso en pie cuando sintió otra vez ese peso en el corazón. Habían sido muchos años donde Emilia acumulara su odio hacia él, lo rumiara, lo perfeccionara. No podía pretender con un par de semanas bonitas y llenas de frases de amor borrarlas para siempre, pero en ocasiones se desesperaba, pensando en que la lucha estaba siendo más dura de lo que podía comprender.

Caminó a Roberto y le pidió a la nena para alzarla, y él no tuvo reparo en cedérsela.

Perla era hermosa, con el cabello oscuro de Roberto y los ojos claro de los Caballero. Aunque podía ser que se oscureciera, todavía estaba muy pequeña.

—Seguro que te mueres por conocer toda la casa –dijo Roberto mirando a Emilia con una sonrisa.

—La verdad, sí –admitió ella.

—Pues ven. Mientras Viviana se ocupa en la cocina, te llevaré a dar un paseo. Seguro que Rubén no tiene problema en quedarse por unos minutos con Perla.

—Estoy más que bien acompañado.

—Lo sabía –Emilia sonrió y se puso en pie siguiendo a Roberto.

Rubén borró su sonrisa al quedar solo. Miró la espalda de Emilia, que se alejaba sintiéndose preocupado, sabiendo que algo pasaba, pero sin manera de imaginarse qué.

—Fue construida especialmente para nosotros –le dijo Roberto a Emilia, que miraba los estantes de libros en una biblioteca que aún no se llenaba.

—¿De verdad? –Preguntó Emilia con una sonrisa—. Pues es muy linda.

—Gracias. Le di mis ideas a Álvaro, y él la construyó.

—Pues tienes madera de arquitecto –Roberto se echó a reír.

—No, para nada. Lo mío es hacer dinero, soy muy soso—. Emilia respiró profundo tomando en sus manos un libro cualquiera y pasando su mano por la portada—. En aquella época –siguió Roberto—, Rubén era todavía un estudiante—. Emilia lo miró ahora—. ¿Has visto sus fotografías de esa época? –ella negó meneando la cabeza, y Roberto buscó en un bife un álbum de fotografías.

Lo abrió sobre una mesa, y Emilia notó que era enorme, lleno hasta el final de fotografías. Sintiendo curiosidad, se acercó.

—Es de Viviana. Casi se peleó con Gemima por haberse adueñado de él. Prometieron compartirlo.

—¿Las fotografías no debería tenerlas la madre?

—No conoces a Viviana. Además de que adora a su hermano, es bastante terca. Mira –él le señaló una foto, y vio a Rubén de más o menos tres años de edad.

Se impresionó al ver que era la misma cara de Santiago.

—Qué guapo.

—No. Mira los rizos. Ricitos de oro, le decían en la primaria. Se peleó varias veces por eso.

—Qué malos.

—Míralo aquí –le señaló ahora una foto donde debía tener más o menos diez años, y Álvaro lo tenía alzado por un brazo y una pierna, y él colgaba casi tocando el suelo con una risotada. Todavía tenía sus rizos.

Roberto fue pasando las fotografías. Tenía fotos en otros países y lugares del mundo siempre con sus padres o su hermana. Siempre riendo, haciéndole cachitos a Viviana con sus dedos sin que ella se diera cuenta, durmiendo a pierna suelta en un mueble con algún perro, feliz con su toga y birrete de la universidad, orgulloso de haberse graduado de arquitecto…

Y de repente, las fotos cambiaron. Una cena familiar, y él estaba serio. Un cumpleaños, y Rubén parecía, más bien, querer salir corriendo de allí. Su mirada era diferente, distante, aburrida.

Una foto, donde al parecer todos hacían un brindis, le llamó la atención. Él miraba su copa y en su boca había un rictus amargo. Mientras los demás alzaban la copa y sonreían, él la miraba como si en la suya hubiese veneno, y se lo hubiese puesto su mejor amigo.

Alzó la mirada de la foto para mirar a Roberto, y éste la estudiaba atentamente.

Emilia pestañeó un poco y sacudió su cabeza.

—Siempre ha sido guapo –dijo.

—Sí. No se le puede quitar, y si le preguntas a Viviana…

—Seguro que opina que es lo más de lo más.

—Se llevan cuatro años de diferencia, y muchas veces se pelearon escandalosamente.

—Rubén no parece el tipo de persona que se pelee escandalosamente.

—No el Rubén que conoces ahora. De adolescente fue bastante

temperamental…

—Por qué dices "el Rubén que conozco ahora" –lo interrumpió ella.

—Porque eso que le hicieron hace cinco años lo cambió – contestó Roberto cerrando el álbum y guardándolo—. Lo cambió totalmente. Hasta ahora es que vemos una sombra de lo que él fue—. Emilia sonrió con un poco de desdén.

—Ya veo. Me trajiste aquí y me enseñaste ese álbum para que me compadeciera de él. Eso no es necesario; ya estamos saliendo.

—No, no pienses así…

—Los Caballero deben estar tranquilos. Ya le estoy dando una oportunidad a Rubén, ya… ¡ya tenemos una relación! Y aunque la relación no siguiera adelante, ya Santiago está vinculado con ustedes. Sabe que él es su papá, sabe que Gemima y Álvaro son sus abuelos. Aunque Rubén y yo cortáramos… —se detuvo cuando vio a Rubén en la puerta, muy serio, con Perla en brazos, que se movía como si algo la molestara, y Emilia quedó allí, casi petrificada en el suelo.

Roberto se acercó a Rubén y tomó a la niña de sus brazos, saliendo de la biblioteca y dejándolos solos.

Rubén miró a Emilia por un largo minuto en silencio, mientras ella dio un paso atrás y miró en derredor los libros, los muebles… cualquier cosa, menos a él.

—¿Debo… debo estar preparado? ¿Vas a terminarme? –preguntó él con voz suave. Emilia apretó sus dientes.

—No lo sé. Cualquier cosa puede pasar—. Rubén pestañeó y frunció el ceño.

—No. Cuando me preguntan por mi relación contigo, yo sonrío y digo: seguiremos adelante, estaremos bien. Nunca, siquiera, menciono la posibilidad de terminar. Lo que tengo contigo es algo sagrado para mí, no juego con eso. De hecho… me da hasta temor el sólo pensarlo.

—Somos muy diferentes, ya ves. Yo no doy por sentadas las cosas.

—No, ni yo, pero soy positivo. Porque te amo.

—¡Pero yo no! –exclamó ella—. No siento lo mismo por ti. Tu familia… me aturde mostrándome fotos de ti, mostrándome que también fuiste una víctima…

—Les diré que se detengan –dijo él con la garganta un poco apretada.

—No es sólo eso. ¡Estoy cansada!

—¿De qué, Emilia? –ella guardó silencio, y él avanzó un paso hacia ella—. ¿Estás cansada de mí? –preguntó, pero ella no contestó—. ¿Estás cansada de qué?

—¡De todo! –Contestó ella al fin—. De este… miedo constante, de esta sensación de que no controlo mi destino. Me siento acechada por ti…

—Yo no te acecho. Siempre he ido de frente y con la verdad como bandera.

—¡No! ¡Estás intentando amarrarme a ti como sea! Con la casa ayer, ¡con Santiago!

—Emilia…

—¡Me siento como si hubiese llegado aquí a la fuerza, arrastrada por un poder que no conozco, que me controla y odio eso!

—No…

—Incluso… —siguió ella— es posible que esté de nuevo embarazada, ¿te das cuenta? –Él alzó su mirada a ella, con los ojos grandes de sorpresa—. ¡Es muy posible! –siguió Emilia, y Rubén vio que sus ojos se humedecían—. Yo… no tomé precauciones. Como… terminé mi relación con Armando, y de mala manera, no volví a tomar la píldora, y en ninguna ocasión que estuve contigo tomé medidas. ¡Y tú tampoco! ¡Tienes más experiencia que yo, y tampoco hiciste nada! ¡No quiero estar embarazada! ¡No otra vez! ¡No lo quería tampoco la primera vez! ¡No quiero volver a pasar por ese infierno!

Rubén ahora estaba inexpresivo, ni siquiera pestañeaba, y la vio secarse las lágrimas y sollozar.

—Mi vida se estancó por años por el embarazo de Santiago –siguió Emilia, y Rubén tomó nota de que ella decía "el embarazo", no "mi embarazo"—. Todo se detuvo, todo se echó a perder. Mi carrera, mis planes. Más que la violación en sí, fue eso lo que destruyó mi vida. Tener que mostrar una barriga que odiaba, tener que decirle a todo el mundo: sí, estoy embarazada, pero no conozco al padre. Es una vergüenza, pero es que soy una víctima. Y luego… Dios, tener que verlo, darle el pecho… ¡no fui capaz! ¡Y no quiero volver a pasar por eso! Estoy avanzando por fin, mi carrera por fin está por buen camino. Quiero ser una arquitecta, maldita sea, ¡no una esposa y madre de tres o cuatro hijos! ¡De niña no jugué con muñecas, sino con legos armando edificios! ¡Estaba intentando retomarlo, y otra vez apareciste tú! ¿Es que no puede la vida, por una vez, hacer caso de mis deseos? ¿Son demasiado mezquinos, acaso? –ella se detuvo al fin, y Rubén no dijo nada que diera respuesta a sus preguntas.

Luego de largo rato en silencio, por fin tomó aire y habló.

—No es posible que estés embarazada –dijo al fin, y ella volvió a mirarlo. Lo vio sonreír, pero fue una sonrisa rara, pues no se dibujó ni en sus labios ni en sus ojos—. Después de lo que pasó, Emilia, mi cuerpo se afectó de maneras que no te imaginas. Digamos que... las posibilidades de que yo vuelva a embarazar a una mujer son muy, muy bajas... —Emilia palideció y lo miró en silencio—. Sólo podré tener otro hijo si mi mujer decide practicarse la fecundación in vitro, pues si se lo dejamos al azar o al destino... puede que nunca suceda. Cuando te dije que mi sueño era casarme contigo y que tuviéramos más hijos... estaba soñando. Tenía la intención de decírtelo más adelante, porque era tu derecho antes de que tomaras cualquier decisión, y tal vez, me dije yo en mis fantasías, tal vez ella acepte hacerse la dichosa fecundación... Como ves, si no es con la ayuda de la ciencia, no hay modo en que algo así pase, así que no te preocupes por eso. No creo que estés embarazada. Y... si has notado el elevado interés de mi familia en Santiago, es porque saben que probablemente sea el único hijo que tenga jamás.

Emilia bajó la mirada sintiéndose fatal, y un dolor lacerante empezó a carcomer su corazón y su alma.

—Por otro lado... —siguió Rubén— Ya sé que te hice daño en el pasado. He intentado repararlo, he tratado de... cubrir con mi amor el sufrimiento que te causé. No he encontrado aún el modo de explicarte bien, del modo en que no tengas dudas nunca jamás de que no fue mi culpa, de que no sé qué nos puso a ambos allí, en ese momento, y en ese lugar. No sé qué pasaba por mi mente cuando te sometí de esa manera—. Emilia lo miró ahora apretando sus dientes, y vio que una lágrima bajaba por la mejilla de Rubén, pero él la limpió casi inmediatamente—. Pero tenía la esperanza de que al menos por mi hijo sintieras otra cosa, porque es tuyo también. Si en tu vientre hubiera otra criatura mía, también sería tuya, ¿no? –Él tomó aire, y Emilia vio que tenía sus hombros caídos—. Tenía la esperanza de que ya no miraras más hacia el pasado, que pudieses ver el futuro con optimismo. Que... Sonará pretencioso, tal vez... pero tenía la esperanza de que me hubieses perdonado. Cuando me besaste, allá en Brasil, pensé que al menos habías borrado de ti el asco que me tenías, lo di por hecho, la verdad… Y mi principal deseo, en lo que me he empeñado desde que te volví a encontrar, ha sido que supieras, que tuvieras seguro… que todo lo que te sucediera de ahora en adelante, ya no tendría por qué ser un infierno, porque yo estaría allí para ti, apoyándote en todo. Si estuvieras embarazada, no pasarías por eso sola; si fuera cierto que tienes otro hijo mío en tu vientre, yo… —sacudió su cabeza interrumpiéndose—. Pero no es cierto. No tengas miedo—. Él se dio media vuelta y salió de la biblioteca. Emilia quedó allí, con sus puños tan apretados que casi se hacía daño en las palmas con las uñas.

Se miró los pies por lo que pareció ser una hora, y nadie vino en su rescate, nadie vino a decirle que se podía devolver el tiempo, que él no tenía un corazón susceptible a las heridas, como cualquier otro ser humano en el mundo.

Con la garganta adolorida por el nudo que se había formado allí, volvió a la sala. Encontró a Viviana sonriendo y hablando con Rubén y los niños, que habían vuelto del jardín, pues ya oscurecía. Rubén no la miró, y Viviana se puso en pie caminando a ella con una sonrisa.

—He pedido la cena –sonrió ella, y Emilia elevó la cabeza para mirarla, pues era alta, hermosa, tan sofisticada… —Por favor quédate.

—No creo que sea posible –dijo Rubén con voz un poco hueca—. Santiago debe acostarse temprano.

—¡Pero tengo muchas cosas que hablar con mi cuñada! –Exclamó Viviana—. Muchos cuentos donde tú pasas vergüenza –Rubén sonrió, pero no dijo nada. Viviana miró a Emilia, pero ella tampoco respondió, parecía un poco perdida ahora mismo.

Hizo una mueca comprendiendo que no conseguiría que se quedaran. Miró a su esposo, y éste hizo un movimiento con su cabeza que le pedía que no insistiera, y entonces se preocupó. ¿Había problemas?

Dejó salir el aire y puso una mano en el hombro de Emilia.

—Vale, como digan. Pero por favor, vuelve. Créeme que quisiera poder hablar contigo muchas cosas. Al fin tengo una hermana—. Emilia asintió y pasó saliva tratando de desatar el nudo de su garganta.

Vio a Rubén ponerse en pie y llamar a Santiago, que no dudó en protestar, pues se hallaba muy contento jugando con su primo.

Miró a Emilia esperando que ella diera la última palabra, pero ella no dijo nada y Santiago tuvo que acogerse a la orden de Rubén. Al parecer, él también mandaba.

Se despidieron con besos y abrazos, y subieron al auto.

Santiago iba parloteando sin parar, y Rubén prefirió hablar con él que quedarse callado.

—Pablo tiene una bicicleta –informó Santiago—. Pero no la monta, no sabe. Mamá, va a cumplir cuatro años, como yo.

—Sí, ya casi te alcanza.

—No, porque yo voy a cumplir cinco años. Papá, en febrero cumplo cinco años.

—¿De verdad? Qué buena noticia.

—Mamá me dijo que cuando cumpliera cinco me haría una fiesta. ¿Cierto, mamá?

—Sí, hijo.

—El diecisiete de febrero. Papá, no se te olvide.

—¿Quieres de regalo una bicicleta? –el niño miró a Emilia de reojo.

—Es de mala educación pedir—. Rubén se echó a reír.

—Ya te dije que a mí puedes pedirme lo que sea. Si quieres una bicicleta, o unos patines, dímelo.

—Quiero una bicicleta –sonrió Santiago—. Y unos patines también.

—Vaya, ya no estás tímido –sonrió Rubén. Santiago volvió a mirar a Emilia, pero ella seguía callada.

Llegaron a casa, y Santiago notó que ninguno de los dos hacía las cosas de antes, como tomarse de la mano o darse besos. Los miró preguntándose qué había pasado, si de pronto estaban enojados con él por algo. Pero Rubén, es decir, papá, le hablaba y contestaba sus preguntas sonriendo. Él no estaba enojado.

Era mamá. Ella estaba enfadada, seguramente.

—Espero que lo hayas pasado bien –le dijo Rubén inclinándose para darle un beso.

—Sí, gracias. Tía Viviana me dijo que también podía volver cuando quisiera.

—Y es verdad. Sólo es que me lo pidas y te llevaré. Claro, antes tienes que pedirle permiso a tu madre—. El niño volvió a mirarla, pero Emilia miraba a otro lado.

Santiago se metió al edificio, como siempre hacía, y, como siempre, se quedó en un rincón para espiarlos. Seguro que ahora sí se besarían.

—Bien, nos vemos entonces –dijo Rubén, y se dio la vuelta para entrar al auto.

—Rubén –lo llamó ella, y él giró su cabeza ya con la mano en la manija de la puerta del auto—. Para mí ha sido muy difícil aceptar todo esto –siguió Emilia—. Siento que… tal vez jamás me recupere del todo. Parece que estoy rota por dentro, y no hay manera de repararme—. Él asintió, pero no se dio la vuelta para mirarla de frente.

—Tienes razón. Tal vez nunca nos recuperemos—. Él suspiró—. Tal vez estaba escrito que no funcionaría –dijo—. Ni en el pasado, ni ahora—. Abrió la puerta del auto para entrar—. Parece que, después de todo, el amor no lo es todo en una relación—. Y con esas palabras se metió al auto dejándola sola, lo puso en marcha y salió de allí.

Emilia se quedó quieta en su lugar largo rato. Él le había terminado. ¡Él!

Había pensado que, si algún día la relación acababa, sería por ella, nunca por él.

Y eso que acababa de decir que su relación con ella era sagrada. ¿Era todo? ¿Hasta aquí llegaba su sagrada relación?

Furiosa, se dio la media vuelta y entró al edificio encontrándose con Santiago, que la miraba con ojos enormes.

—Vamos, entra al ascensor –le dijo, y el niño hizo caso en silencio.

Subieron todos los pisos sin decir nada, y Emilia no le preguntó nada de lo que había hecho durante la tarde, ni él le contó que se había divertido.

Elevó su carita para mirar a su madre, y vio que ella se llevaba una mano a la cara como hacía él cuando quería secarse las lágrimas sin que nadie lo viera.

Su mamá estaba llorando, tal vez se había peleado con Rubén.

Y él se había quedado otra vez sin papá.

41

Emilia se sentó en su cama sin poder dormir. Una a una todas las palabras de Rubén venían a su mente, dando y dando vueltas en su cabeza.

Las palabras que le dijera con respecto a Santiago y al posible bebé que había en su vientre se parecían mucho a las que le había dicho su madre cuando se supo que estaba embarazada. Sí, el bebé era hijo de ese hombre, pero también era suyo. Tan sólo por eso debió haberlo amado desde que supo que estaba en su vientre, había dicho ella.

Dio unos pasos y corrió la cortina para mirar afuera la noche oscura y solitaria.

En esa época no lo había visto así. Ahora que podía analizarlo con cabeza fría, se dio cuenta de que en ese entonces estaba tan llena de rabia y dolor que no pensaba claramente, y aún hoy se venían a su mente los ecos de aquellos sentimientos.

Había llorado cada noche, había evitado mirarse al espejo para no ver cómo su cuerpo empezaba a deformarse, había ignorado las patadas del niño en su vientre como si simplemente no estuviese allí. Había cerrado su corazón a la ternura que inspiraba un bebé recién nacido, y se había endurecido de tal forma que un embarazo para ella no representaba la felicidad que debía, sino miedo, ira y tristeza.

Miró hacia su hijo, que dormía con tranquilidad mirando hacia la pared. Consiguió despertar su sentimiento e instinto maternal por Santiago, y había sido un poco tarde, pero éste al fin llegó. Había momentos ahora en que se preguntaba cómo sería su vida sin él. Tal vez el sueldo le alcanzara un poco más, tal vez tuviera más libertad y tiempo libre, pero no era capaz de imaginarse esa vida sin un enorme hueco en el corazón, un hueco que ahora llenaba él.

Amaba a su hijo, de eso no tenía duda, pero todavía había un poco de resentimiento por haber tenido que tenerlo en aquellas circunstancias. Había sido difícil.

Pero ya pasó, dijo esa vocecita de siempre en su cabeza. Ya eso es pasado.

Se puso la mano en su vientre otra vez plano. Rubén había dicho que no era posible que estuviese embarazada, que probablemente nunca sucedería, y otra vez un pinchazo de tristeza la atravesó. Ella rechazando al hijo que pensaba habían hecho, y él anhelándolo. ¿Si estuviese embarazada de verdad, asumiría ella de nuevo ese comportamiento?

Ya no lo sabía. Tal vez, al saber que probablemente era otro milagro, fuera diferente.

Intentaba justificar su comportamiento de ahora por lo que había sucedido en su pasado. Había sido grave, había sido horrible, pero hasta ahora se enteraba de que más allá de su sufrimiento, había habido otra persona que también lo había pagado caro. Ella perdió bruscamente su virginidad y tuvo un bebé casi en contra de su voluntad, pero Rubén había perdido la alegría de la vida, el brillo en sus ojos y la confianza en los amigos; la capacidad para volver a dibujar con detalle y la de hacer hijos otra vez.

Haciendo cuentas, él había perdido más.

¿Debía compadecerse de él por eso?

Compasión no es amor, se dijo, y estaba segura de que Rubén tampoco lo aceptaría. Él quería amor, él quería su amor.

Se volvió a acostar pensando en que a pesar de que tenía ese sentimiento en su corazón, estaba rodeado de mil espinos que lo encarcelaban y le impedían salir afuera. Era un pobre amor adolorido y sin libertad, y sólo ella, y tal vez su mamá, sabía que estaba allí palpitando, pidiendo un poco de luz.

Cerró sus ojos sintiéndose triste. Ella le había dicho que no lo amaba, y eso seguro había sido lo que lo decidiera a dejarla. Más que el haber dicho que odiaba la idea de estar embarazada, más que esas otras cosas horribles que se salieron de su boca como si quisiera castigarlo, el golpe certero había sido ese, sin duda.

Bueno, mañana sería otro día. Tal vez la perdonara, tal vez mañana todo volviera a la normalidad.

Pero no volvió. Nada era normal.

Cuando iba en el autobús camino a su trabajo, inconscientemente miró su teléfono. A esa hora él siempre le enviaba un saludo de buenos días. Pero hoy, nada.

Llegó a las oficinas y no lo vio sino hasta media mañana, que salió con su padre y lo vio de paso. No la saludo, a pesar de que la había visto.

A medio día tampoco la buscó para ir a comer juntos, y se fue la tarde y tampoco se vieron.

Llegó la noche y Emilia pasó, por primera vez desde que volviera a trabajar aquí, un día sin cruzar palabras con él. Y se sintió todo muy raro.

Y el martes fue igual.

Ya el miércoles tuvo que controlar sus ojos, gobernarlos para que se quedaran sobre su trabajo, fuera en una pantalla de computador o un plano. Cualquier cosa. Sus ojos siempre lo estaban buscando a él.

¿Era en serio?, quiso preguntar Emilia ¿Me terminaste en serio? ¿No me amabas de verdad?

El jueves se encontró con él en el ascensor. Ella lo saludó con un "buenos días", y por primera vez, él habló con ella.

—Esta noche iré a tu casa –dijo, y el corazón de Emilia saltó emocionado, feliz, retumbando en su pecho. Él iría a su casa, hablarían, se contentarían y él volvería a decirle que la amaba. Después de todo, no podía estar sin ella, ¿no? Lo había dicho mil veces—. Quiero ver a Santiago –dijo él, y toda esa emoción se fue bajando.

Santiago. Claro, Santiago.

—Ah… Sí. Pero… ya sabes que entre semana se acuesta temprano.

—Aunque sea una hora –dijo él sin sonreír—, quiero verlo.

—Vale. No hay problema—. Él salió del ascensor antes de que ella pudiera preguntarle si entonces se irían juntos. Si se iban en el auto de él, tal vez pudieran hablar, pero él no dio ocasión de aclarar ese asunto, y ella se quedó con la pregunta en los labios.

Cuando ya todos salían, ella tomó su bolso y miró hacia la oficina de Rubén, pero él no estaba. Le preguntó a una de las secretarias, y ésta le contestó que él había salido a media tarde y no pensaba volver, lo que quería decir que esa plática en su auto quedaba cancelada.

Caminó al ascensor un poco cabizbaja.

No te desanimes, se dijo. Lo verás en la casa.

Entró al apartamento esperando encontrarse a Rubén y a Santiago conversando en los muebles, sonriendo o viendo la televisión, pero no había nadie.

—Buenas —saludó en voz baja.

—Rubén vino aquí y se llevó a Santiago —le informó Aurora mirándola con ojos algo preocupados—. Dijo que tú habías dado permiso. Yo… no sé, ¿y si se lo lleva?

—Mamá, no se lo va a llevar.

—Tú y él están enojados, ¿verdad? Están peleados. ¿Y si se lo lleva?

—Ya te lo dije, no se lo va a llevar—. Emilia se sentó en la mesa del comedor quitándose los zapatos, pero allí no estaba Santiago para que le trajera las pantuflas.

Ni Santiago, ni Rubén. Estaba linda.

Apoyó su cabeza en su mano sintiéndose de repente muy vacía. ¿Qué estaba haciendo aquí? Viviendo aún en la casa de sus padres cuando había un hombre que le había mostrado una casa de ensueño, le proponía un hogar lleno de amor, un paraíso sólo para ella…

Sus ojos se humedecieron, pero venció a las lágrimas poniéndose de pie y caminando a su habitación.

—La cena ya está lista —le dijo Aurora.

—No tengo hambre, mamá —contestó ella sin mirarla, y se metió a su habitación.

Rubén y Santiago llegaron a eso de las nueve, y Santiago estaba bastante emocionado. Ella no salió de su cuarto para saludarlos; ya estaba en piyama, y, además, había llorado un poco y no quería que nadie la viera así. Santiago entró sonriente y contándole que habían ido a jugar un poco en unas máquinas de juego y luego habían comido pizza.

—Mmmm, te divertiste —comentó ella, pero Santiago la miró serio.

—¿Estás enojada con él?

—¿Por qué lo dices, corazón? —el niño no respondió, y Emilia suspiró—. No tiene nada que ver contigo, no te preocupes.

—Y la casa a donde fuimos. ¿Ya no vamos a vivir ahí?

—¿Te gustaría vivir allí? —Santiago asintió agitando su cabeza.

—Me gusta. Quiero a Abuelito Antonio y a abuelita Aurora, pero no me voy a enfermar si me voy de aquí—. Emilia lo miró confundida.

—¿Por qué te ibas a enfermar?

—Porque estaría triste. Pero ya no nos vamos, ¿verdad? –Emilia hizo una mueca.

—No lo sé.

—¿Por qué?

—Cariño, ya te dije. No lo sé.

—Pero yo quiero…

—Santiago, por favor –el niño la miró en silencio—. Todo estará bien –lo tranquilizó ella pasando su mano por sus rizos—. Estaremos bien, no te preocupes.

Santiago se recostó en su regazo, pero no estaba contento con esas respuestas que nada le decían. Lo mismo había sido con Rubén. Le había preguntado si se había peleado con su mamá y le había dicho exactamente lo mismo, que estarían bien.

No quería que esto fuera así, no le gustaba. Las cosas antes estaban mejor.

El domingo en la mañana, Rubén la llamó. Para hablar con Santiago, claro, y ella, molesta, se lo pasó.

El niño recibió el teléfono y se fue a otro lado de la casa para hablar con él, pero Emilia lo vio muy poco entusiasmado.

Regresó ofreciéndole el teléfono.

—Quiere que hablen –dijo. Emilia lo tomó, y vio a Santiago zapatear hasta llegar al sofá y mirar la televisión muy serio.

—Dime –pidió ella por el teléfono.

—¿Puedo llevarme a Santiago hoy todo el día? –Emilia apretó los dientes.

—No –dijo de inmediato—, lo siento.

—Pero… quiero verlo.

—Yo también tengo derecho a pasar un poco de tiempo con mi hijo.

—Lo tienes toda la semana.

—No. Quiero pasar el domingo con él.

—Emilia…

—¡Vaya, recordaste mi nombre!

—Emilia, nuestras discusiones no tienen nada que ver con Santiago.

—No estoy metiendo a Santiago, sólo quiero tenerlo yo también un día.

—Seguro que ni siquiera habías planeado algo para hoy con él –

Emilia se quedó con la boca abierta con algo para decirle, pero sin argumentos.

—¡Claro que no! Mira…

—No peleemos más, seguro que te está escuchando—. Emilia miró al niño, y efectivamente, Santiago había estado atento a la conversación—. Está bien –se resignó Rubén—, tú ganas. Lo dejaré pasar.

—No tienes otra opción.

—Te recuerdo que si estamos peleados es por ti, no por mí.

—¿Qué quiere decir eso? ¡Fuiste tú quien me terminó! –exclamó ella.

—No, Emilia. Tú lo terminaste. No sientes nada por mí… no soy tan tonto como para seguir contigo si no hay nada en tu corazón hacia mí. Hasta el más enamorado de los hombres debe aprender a aceptar cuándo perdió una pelea.

—Hasta el más…

—Nos vemos mañana en las oficinas –cortó él—. Hasta entonces.

Emilia quedó con su teléfono en la mano. "Hasta el más enamorado de los hombres", había dicho él. Todavía la quería, pero se había retirado por eso que ella había dicho.

Tal como lo sospechaba.

¿Pero, cómo se lo digo?, se preguntó. Practicar en un espejo no sería suficiente.

Se puso en pie y llamó a Santiago. El niño la miró sin ganas.

—Vamos a salir por ahí.

—No quiero –dijo el niño—. Estoy viendo televisión.

—No, nada de "no quiero". Es domingo. ¿No quieres un helado?

—No.

—¿No? ¿Ni de chicle, tu favorito? –Santiago volvió a mirar al televisor negando.

Ella tampoco tenía ganas de salir, pero no iba a dejar que Rubén tuviera razón, así que prácticamente obligó al niño a levantarse del sofá y salió con él.

Sin embargo, regresaron sólo una hora después, y esa tarde, como nunca, Santiago tomó la siesta.

Aurora le tocó la frente, pero no tenía fiebre.

—Toda la semana ha estado así. ¿Qué le pasará? –Emilia se sentó en la cama del niño mirándolo. Cuando Aurora salió de la habitación, Emilia se acostó al lado del pequeño y lo abrazó.

—¿Ya no te soy suficiente? –le preguntó—. ¿Ya no te basta conmigo? Lo quieres a él también, ¿verdad? Parece que también te estoy haciendo daño a ti—. Se secó la lágrima que corrió por su nariz y tragó saliva—. Pero no sé qué hacer. Quisiera reparar las cosas, pero… ¡no sé qué hacer! ¿Por dónde empiezo? Nunca he pasado por algo así… y no hay ningún manual que diga cómo reparar las relaciones. Dios, ni siquiera me habla.

Se quedó allí a su lado, y rato después, también ella se quedó dormida.

—¡Emilia! –la llamó Adrián el lunes por la mañana separándose del grupo en el que estaban Rubén y Álvaro conversando. Ella se detuvo en su camino hacia su cubículo y vio que Adrián se acercaba a paso rápido mientras Rubén seguía hablando con los otros—. Te estaba buscando –le dijo Adrián—. Iniciaremos un recorrido por las obras. Te necesito.

—Ah… bueno…

—Espero hayas traído zapatos adecuados.

—Sí, siempre.

—Bien, salimos en media hora—. Adrián se alejó y Emilia miró en dirección a Rubén, pero él se alejaba también con su padre hacia las oficinas. Ni siquiera la había saludado. Otra vez.

Se sentó en su silla desganada.

Ayer le había bajado la regla. Se había retrasado cuatro días. No estaba embarazada, tal como dijera él. Debía estar tranquila.

Pero no lo estaba. Sentía un peso sobre sus hombros y una culpa terrible, y lo peor, como siempre había sido él quien la buscara a ella, siempre él iniciando la conversación, sonsacándola, siempre atrayéndola… ella no sabía cómo hacer para contentarse.

Quería contentarse, quería pedir perdón.

Pero era una analfabeta en esto de las relaciones, y tenía que reconocer que lo había herido de verdad, lo que lo hacía todavía más difícil.

Además, lo que le había dicho, que no podría tener más hijos en el futuro, no había dejado de darle vueltas en la cabeza todos estos días. Había pensado que sólo las mujeres se entristecían cuando sabían que por alguna razón no podrían tener hijos. Hasta ahora veía que a los hombres también les afectaba.

Antes de la media hora Adrián empezó a acosarla para que salieran pronto. Ella tomó su bolso y salió con él mirando a todos lados, deseando volver a ver a Rubén, pero él no estaba por allí.

Tenía que ser valiente y buscarlo ella, no podía dejar seguir pasando el tiempo, la discusión de ayer no le había sentado nada bien, ver a su hijo triste porque sabía que se estaban peleando también la tenía angustiada. Debía hacer algo y no encontraba la oportunidad. Se iría a las obras y no sabía a qué horas regresaría... Pero si se quedaba, seguro que tampoco sería capaz de buscarlo, porque tenía miedo.

Para amar se necesita ser valiente, concluyó, y se dio cuenta de que todo este tiempo ella había sido una auténtica cobarde.

Debía repararlo. Tal vez sí, ambos estaban echados a perder, estaban rotos por dentro, tenían muchas heridas internas, miedos, traumas... pero la idea era que entre los dos se curaran esas heridas, desaparecieran esos miedos, no que el uno le aumentara las cargas al otro, tal como estaba pasando.

¡Pero, cómo, cómo, cómo!

Llegaron a la obra y Emilia decidió desplazar en el fondo de su alma esos temores y preocupaciones. Estaba aquí y era lo que amaba. Oh, su carrera, la que había sido, por años y años, la primera en su lista de prioridades.

Pero de repente esto ya no era tan emocionante, y revisó lo que tenía que revisar, verificó lo que tenía que verificar, y aportó lo que tenía que aportar sin pizca de emoción. Los pensamientos relegados en el fondo de su alma tenían ojos verdes, y éstos saltaban a cada momento distrayéndola, retorciendo su corazón, acusándola.

Iba a enloquecer.

Extrañaba conversar con él de todo. Que comprendiera las cosas que le decía sin tener que dar muchas explicaciones, que la hiciera reír, que le tomara la mano al caminar.

Y sus besos, diablos, extrañaba que la besara, que con una mano la atrajera tomándola de la cintura mientras le sonreía con esos labios tan hermosos y se inclinara y...

—Toma –le dijo Adrián, interrumpiendo sus pensamientos, pasándole un sándwich de cordero y un jugo de botella. Ella lo recibió algo confundida—. No tenemos tiempo para almorzar –explicó él—. Yo invito.

—Es lo menos que puedes hacer –refunfuñó ella, y Adrián sonrió.

Caminaron por el piso bajo del edificio en construcción,

esquivando las vigas desnudas y pilas de bloques, arena y gravilla. Adrián había estado hablando con el maestro de obra y un ingeniero analizando los planos y el progreso de la construcción. Estimando el tiempo que les tomaría tenerlo listo y quejándose de los retrasos e imprevistos.

Recordó que a varias de sus compañeras de estudio les molestaba tener que venir a sitios como este, pues se les ensuciaba la ropa y se les echaba a perder los zapatos. Pero a ella le encantaba. No ponía peros cuando había que venir, y por eso Adrián siempre la buscaba.

—Tengo que cuidar bien de ti —siguió él mirándola con una sonrisa de medio lado—. Rubén me advirtió que, si por mi culpa pasabas hambre, me mataría—. Ella alzó su cabeza para mirarlo tan rápido que casi le duele el cuello.

—¿Él dijo eso?

—Obvio, quién más. Parece una gata parida contigo—. Emilia sintió un aire fresco llenar su alma y reemplazar el ambiente enrarecido que se había establecido en su corazón.

Él estaba enojado, triste o herido, o todo al mismo tiempo, pero en su corazón aún no había terminado con ella. ¡Había esperanza!

Su teléfono timbró en el momento y Emilia caminó a un lado de la obra para contestarlo. Era un rincón algo solitario, pero entonces vio allí a un obrero, que la miró como si hubiese visto un fantasma y Emilia se fue a otro lado a contestar su llamada.

—¿Mamá?

—Emilia, creo que vas a tener que pedir permiso en tu trabajo e ir por Santiago al colegio —le dijo Aurora.

—¿Pasó algo con el transporte?

—Sí. Me llamaron para decir que hoy no podrán traerlo a casa—. Emilia frunció el ceño. Hasta hoy, eso no había pasado—. Yo estoy con tu papá mirando unas casas —explicó Aurora— y se nos fue el tiempo. Estamos muy lejos, no alcanzamos a llegar.

—Ay, yo también estoy muy lejos.

—No puede ser. Llama a Felipe entonces…

—Felipe está en clases.

—¿Y ahora? Si salgo de aquí, no importa si tomo un taxi, el niño tendrá que esperar más de una hora solo en la escuela.

—¿Entonces qué hacemos? —preguntó Emilia, pero luego respiró profundo—. No… no te preocupes, llamaré a Rubén.

—Eso, hazlo. Lo dejo en tus manos—. Aurora cortó la llamada y Emilia miró su teléfono buscando el número de Rubén, que le contestó casi de inmediato la llamada.

—¿Está todo bien? –preguntó él, y ella no pudo evitar sonreír.

—Todo está bien –contestó Emilia—. Te llamo… para pedirte un favor.

—¿Santiago? –Emilia se mordió los labios preguntándose cómo había hecho él para adivinar.

—Sí. Se trata del niño. No hay quien lo recoja en la escuela y…

—Yo iré. Dame la dirección.

—¿De veras? Te agradezco mucho. Es que los del transporte llamaron para decir que no podrían, mis papás están lejos, yo también…

—No importa, Emilia. Dame la dirección y yo voy por él—. Emilia se la dio sintiéndose un poco rara. En parte estaba feliz porque él había aceptado sacarla de este apuro de inmediato, y por el otro, él estaba siendo un poco cortante hoy. Tal vez por la discusión de ayer.

Cortó la llamada y miró su sándwich sintiéndose sin hambre. En dos horas volvería a llamarlo, y así tuviera que obligarse, le pediría verse con él a solas para hablar. Tenían que hacerlo, como fuera.

Rubén llegó a la escuela y de inmediato una profesora con uniforme y aspecto cansado lo hizo pasar.

—Usted es el papá, ¿verdad? –le preguntó, y Rubén asintió mirando los pasillos llenos de dibujos y carteles, pero por allí no estaba Santiago.

—Sí, soy yo. ¿Dónde está?

—Necesito hablar con usted antes de que lo traigan.

—¿Pasó algo? –preguntó él algo aprensivo. La profesora se mordió los labios.

—Hoy Santiago presentó un comportamiento algo agresivo hacia uno de sus compañeros.

—¿Santiago? ¿Mi Santiago?

—Sí, señor. Le… le pegó a otro niño.

—No, no. Debe haber un error.

—No lo hay. Yo lo vi hacerlo. Fue sin provocación; Santiago le pegó—. Rubén miró boquiabierto a la profesora, pero se repuso y se masajeó los ojos.

—Vale… hablaré con él de esto.

—Se lo pido. Este comportamiento es inaceptable en un niño de cuatro años, y de cualquier edad, realmente. Es la primera vez que se presenta, y no sabemos qué circunstancias especiales está viviendo en casa, pero no se puede repetir.

—Sí, sí. Discúlpelo, no pasará otra vez—. La profesora asintió y se alejó para buscar al niño. Santiago apareció entonces arrastrando su morral y con la cabeza gacha. No levantó la vista para mirar a Rubén; en otra ocasión se hubiese emocionado por ser él quien lo fuera a buscar, pero no era así—. ¿Estás listo? –Le preguntó Rubén—. ¿Nos vamos? –el niño asintió con un movimiento de la cabeza y fue tras él. Rubén le abrió la puerta de atrás del auto y el niño entró, dejó que le abrochara el cinturón y permaneció en silencio. Rubén lo miró apretando sus labios. Quería abrazarlo, darle un beso que lo consolara, preguntarle qué había pasado, pero había obrado mal y abrazarlo y besarlo podía traducirse de manera equivocada. No podía ni debía pensar que a él no le importaba que fuera agresivo, o que se lo pasaría por alto.

Rubén se sentó frente al volante y acomodó el espejo retrovisor de manera que pudiera verlo.

—Tienes algo que contarme –le dijo, pero Santiago permaneció en silencio—. La profesora dice que te vio pegarle a un compañero, Santiago. ¿Eso es verdad? –el niño no dijo nada, sólo miró por la ventanilla. Rubén respiró profundo y encendió el auto para salir de allí.

Rubén condujo largo rato, pensando y pensando. Hoy más que nunca recordó a sus padres. ¿Cómo actuaban ellos cuando debía ser amonestado o castigado?

Debía, primero, llevarlo a un sitio neutral, donde pudieran hablar. No podía ser un lugar que él considerara premio, como la casa de sus padres, un lugar de juegos, o una heladería. No podía ser en su casa, pues allí estarían los abuelos, entrometiéndose sin querer, e interrumpiendo la conversación.

Decidió llevarlo a su propio apartamento.

Santiago miró todo en derredor cuando entró a la que era la casa de su papá y dejó el morral lleno de libros en el suelo.

—Siéntate donde quieras –le dijo Rubén, pero el niño permaneció de pie. Rubén lo miró ladeando su cabeza—. Seguro que tienes hambre, pediré el almuerzo. Mientras, cuéntame qué fue eso que hizo que le pegaras a un compañero de clases—. Santiago siguió sin hablar. Terco, se dijo Rubén. Igual que su madre.

Llamó a un restaurante pidiendo algo para él y para Santiago, y al terminar, se sentó frente al niño en silencio también. Se cruzó de brazos y esperó.

—Él me dijo que tengo los pies grandes –contestó Santiago al fin. Rubén elevó una ceja. Santiago al fin lo miró.

—¿Y por eso le pegaste?

—Es que me molesta.

—¿Te molesta que te digan que tienes los pies grandes?

—Me lo dice siempre, le dije que no me dijera más así, pero él siguió.

—Y le pegaste.

—¡Yo no quería! –exclamó el niño, y sus ojos se llenaron de lágrimas.

—Entonces la mano se alzó sola y le pegó.

—No lo volveré a hacer.

—¿Por qué estás tan enojado, Santiago?

—Él me dijo pies grandes.

—No, uno no le pega a una persona por algo así. A mí me decían de todo, se metían conmigo porque era más alto que los demás, y no les pegaba por eso. Yo creo –siguió Rubén apoyando sus brazos en sus rodillas y mirando al niño entrecerrando sus ojos— que estás molesto por otra cosa. Seguro que ya antes te han puesto apodos y no te importó. ¿Estás enojado con alguien más, Santiago? –el niño meneó la cabeza negando—. ¿Estás enojado con tus abuelos?

—No.

—¿Con tu tío Felipe?

—No.

—¿Con tu mamá y conmigo? –el niño se quedó callado—. ¿Por qué estás enojado con nosotros?

—No estoy enojado.

—¿Es porque estamos peleados? –el niño lo miró al fin.

—¿Por qué están peleados? –Santiago se secó las lágrimas—. No quiero que estén peleados. Prefiero que se den besos—. Rubén sonrió triste, sintiendo su corazón estrujado por las lágrimas de su hijo.

—Ven aquí –le dijo, y lo atrajo con un brazo y lo estrechó en su pecho. Lo abrazó largo rato, y sintió al niño llorar, desahogando al fin sus miedos e inseguridades.

Le besó los cabellos cerrando sus ojos, diciéndole que todo estaría bien, que no se preocupara, y Santiago se quedó allí largo rato, en el regazo de su padre, llorando en su pecho como sólo un niño podía hacerlo.

42

—¿Está todo bien? –le preguntó Emilia a Rubén por teléfono; lo había llamado justo a las dos horas para saber cómo le había ido con el niño. Tal vez ya estaban en casa, aunque lo dudaba. Sabía lo preocupado que Rubén era por su hijo, seguramente lo había llevado a almorzar por allí y ahora paseaban o jugaban en algún lado.

—Sí –contestó él—. Más o menos—. Emilia miró a su espalda, sintiéndose observada. No deseaba que Adrián la escuchara, así que se alejó un poco más.

—¿Más o menos? Rubén… ¿le pasó algo al niño?

—El niño está bien, no te preocupes –le dijo él—. Tal vez su compañerito no lo esté tanto.

—¿Qué compañerito?

—Un niño tonto que le dijo pies grandes a mi hijo. Y Santi le puso la mano encima.

—¿Qué? ¿Le pegó?

—Exactamente.

—¡No puede ser! Santiago nunca haría eso, ¡debes ser mentira!

—La profesora misma lo vio, no hay error.

—Mi hijo no es así.

—Lo sé, Emilia –le dijo él—. Pero lo hizo. Me lo acaba de admitir.

—Hablaré con él.

—Ya lo hice yo, no te preocupes.

—No, no. Me va a oír.

—Emilia, no es necesario, ya me ocupé del asunto.

—No puedo permitir que esto vuelva a suceder. No quiero un niño abusador, ¡no quiero que se convierta en eso!

—No me estás escuchando –se quejó Rubén—. Ya me ocupé del

asunto. Te lo comentaré bien más tarde, ¿vale?

—¿Más tarde?

—Pues si no quieres…

—No, no… Sí. Hablemos.

—Vale. Por lo pronto… me tomé la tarde para pasarla con Santiago.

—Lo estás premiando.

—Créeme que no. Necesitaba, más que un castigo, alguien que lo escuchara.

—Él está bien, ¿verdad? –Rubén suspiró.

—Estará bien. No te preocupes, lo devolveré temprano a casa.

—¿Podríamos… salir los tres después? Para hablar…

—¿Entre semana? No te gusta acostarte tarde... –Emilia sonrió.

—No me importará en esta ocasión –eso dejó pensativo a Rubén, pero sin desear hacerse muchas ilusiones, ignoró el comentario.

—Está bien, te esperaré en casa de tus padres esta noche.

—Gracias—. El cortó la llamada sin añadir nada más, y Emilia besó su teléfono deseando que fuera Rubén. Miró en derredor otra vez y buscó a Adrián para continuar con su trabajo.

Rubén dejó el teléfono a un lado y miró a Santiago almorzar mientras veía la televisión. El niño se había desahogado bastante, y luego habían conversado. Rubén había tenido que asegurarle que todo estaría bien, que pasara lo que pasara, él seguiría siendo su papá, y nada le faltaría. Que no se iría lejos y, sobre todo, que ninguno de los dos dejaría de amarlo estuviesen donde estuviesen, viviesen juntos o no.

Pero no era lo mismo. Aunque estaba acostumbrado a no tener un papá, y con sus abuelos y su madre le había bastado, su mundo había cambiado cuando él había entrado a su vida. Tantos cambios, tan de seguido y tan bruscos no podían ser buenos para la tranquilidad de un niño tan pequeño.

No quiso decirle que ya su mamá sabía lo sucedido, había estado preocupado por eso, pero mejor dejarlo comer tranquilo.

—¿Tienes tareas que hacer? –le preguntó Rubén, y el niño asintió mirando el morral. Rubén lo tomó del suelo, donde lo había dejado Santiago, y se puso a mirarlos uno a uno. Santiago tenía la letra grande, pero clara, con un trazo seguro y dibujos más elaborados de lo que esperó, pues no eran simples bolitas y esqueletos.

Sonrió. Tenía a quién salir artista.

—Bien —le dijo al niño poniendo los cuadernos sobre la encimera en la que estaba Santiago comiendo—, ahora descansarás media hora, y de inmediato nos pondremos con las tareas.

—¿No voy a ir a la casa ahora?

—Iremos más tarde, hoy la tarde la pasarás conmigo.

—¿Y tu trabajo?

—No te preocupes, no le va a pasar nada a mi trabajo—. Santiago se echó a reír.

—No es eso. ¿No se enoja tu jefe? —Rubén sonrió sentándose a su lado y deseando apachurrarlo un poco.

—No, no se enoja, tú tranquilo.

Emilia llegó temprano a casa, pues Adrián la había traído en su auto desde las obras que habían ido a visitar, y tal como lo deseaba, se encontró a Rubén junto a Santiago en la sala, conversando y jugando. Aurora los miraba desde el comedor, donde estaba sentada mirando unas revistas de finca raíz.

—Buenas —saludó Emilia al llegar, y Santiago se puso en pie al verla, miró nervioso a Rubén, y ante una señal de éste, se acercó a Emilia a paso lento.

—Discúlpame, mamá —le dijo—. Yo no lo vuelvo a hacer—. Emilia sonrió con el corazón arrugado.

—¿Lo prometes?

—Lo prometo.

—Comprendes que no hay nada en este mundo que justifique la violencia, ¿verdad? Pase lo que pase, tú no tienes por qué pegarle a nadie, sea grande o pequeño, niña o niño, una persona o un animalito.

—Lo sé. Lo siento. ¿Me perdonas?

—Está bien —le dijo Emilia al fin, abrazándolo—. Te perdono, mañana te disculparás también con ese niño—. Emilia miró a Rubén, que estaba sentado en el suelo, con una mano apoyada en la rodilla y observando la escena—. Estaban jugando —observó ella. Entre los dos estaban los juguetes de Santiago, y el peluche de Totoro sentado como si hiciera parte de la reunión.

—Pero ya íbamos a recoger todo —dijo Rubén—. ¿Cenamos fuera? —Emilia miró a su madre, que le abrió los ojos animándola a que aceptara.

—Ah… Claro, sí.

—Entonces vamos.

—Deja y… me cambio de ropa.

—Así estás bien.

—No, no lo estoy. Estuve en las obras, debo estar llena de tierra, y también… —se detuvo, pues no podía explicarle que estando en pleno período menstrual una mujer debía ser más meticulosa que de costumbre. No me tardo—. Emilia corrió a su habitación y se quitó la ropa, luego al baño para darse una ducha rápida. Rubén suspiró. Aquí lo esperaba una hora. Santiago lo miró con una sonrisa, y él extendió la mano a él para tirarle de un cachete. No importaba, todo lo que invirtiera aquí, tiempo, esfuerzo, lo que fuera, valdría la pena.

Emilia salió más de media hora después luciendo pantalones jeans oscuros y una blusa sin mangas negras. Se puso encima una chaqueta también de jean y Rubén observó que se había puesto maquillaje.

No te ilusiones, se reprendió. Ella dijo muy claro que no te ama, no se vistió así para ti.

Santiago tomó su abrigo y se lo puso muy entusiasmado, y se despidió de su abuela con un beso antes de salir por la puerta acompañado de sus padres.

Se veían bellos, decidió Aurora. Hacían una bonita familia. Cada día Rubén demostraba que era confiable, aunque ella misma no dejaba a veces de sentir un poco de duda, pero era más porque él era un hombre con dinero y muchos contactos que le permitía conseguir casi cualquier cosa, sobre todo con el niño. Sin embargo, aun habiendo tenido oportunidades, Santiago seguía aquí. Al parecer, él quería el lote completo, no se conformaría sólo con una parte de lo que era su familia.

Ojalá que los miedos e inseguridades de su hija también se fueran disipando y no lo echara a perder.

—Quiero comer pollo frito –dijo Santiago subiéndose a la silla—. Mamá, quiero pollo frito.

—Ya te oí.

—Que no sean alas. Quiero muslo. Frito—. Emilia elevó una ceja a Rubén sonriendo y negando, pero él no sonrió en respuesta.

—¿Seguro que te lo comes todo? –le preguntó Rubén al niño, y Santiago asintió.

—¡Tengo hambre!

—Vale, te pediré una porción, pero no dejes nada en el plato. ¿Quieres que pida algo por ti, Emilia? —ella lo miró ya sin sonreír; él se estaba comportando algo distante. La había invitado a comer con el niño, pero no parecía tener un ánimo conciliatorio. Le dictó su pedido y él se alejó hacia uno de los restaurantes.

Para la ocasión, habían decidido ir a la plazoleta de comidas de un centro comercial, que estaba algo solitario por ser lunes. Allí, habían tenido ocasión de pedir cada uno lo que quisiera, pero se habían adherido al antojo de Santiago y los tres pidieron pollo frito.

Mientras esperaban su plato, Santiago, como siempre, acaparó la conversación contando cosas del colegio, haciendo preguntas acerca de lo que lo rodeaba y riendo.

Emilia los miraba sonriendo. Santiago estaba muy diferente esta noche a lo que había sido toda la semana, hablaba, sonreía fácilmente, y parecía entusiasmado con todo. Les tomaba la mano a ambos y a veces se colgaba y tenían que sostenerlo en el aire porque no le daba la gana de apoyar los pies en el suelo. Estaba feliz, era indudable.

Hacia las nueve de la noche ya estaba cansado y durmiéndose de pie. Había sido un día largo para él, así que decidieron volver a casa. No bien Rubén le abrochó el cinturón en el asiento de atrás, se quedó dormido.

—Lo ha pasado muy bien —dijo Emilia—. Muchas gracias por ocuparte de él hoy.

—Es mi hijo, Emilia. Ocuparme de él es un deber, no tienes que agradecerme—. Ella lo miró fijamente por unos minutos. Lo echaba de menos. Ya no le sonreía, ya no la miraba con miel en los ojos, ya no era igual.

Necesitaba recuperarlo, era urgente.

—Los llevaré a casa, tú también madrugas mañana –siguió él poniendo la mano en la palanca de cambios del auto y Emilia puso la suya encima de la de él deteniéndolo.

—No, no nos lleves aún.

—Santiago está dormido.

—Quiero hablar contigo—. Rubén la miró fijamente.

—¿De qué, Emilia?

—De… —ella inspiró hondamente y soltó: —de nosotros.

—De nosotros –repitió él sin mucho entusiasmo.

—Hablemos –pidió ella—. Por favor.

—Vale. Está bien. ¿A dónde vamos, entonces?

—Llévanos a tu apartamento—. Él ahora quedó un poco pasmado. Se acercó a ella y la olfateó. Emilia lo miró confundida.

—No has bebido licor… —Eso, lejos de molestarla, la hizo reír.

—Claro que no.

—Entonces, ¿por qué estás diciendo esas cosas?

—Porque… Dios… yo…

—Si nuestra conversación se va a desarrollar así, se nos va a ir la noche entera –dijo él metiendo al fin el cambio y saliendo de la zona de parqueo—. Está bien, vamos a mi apartamento, con Santiago dormido no podremos quedarnos en otro sitio; ir a tu casa también queda descartado—. Ella se mordió los labios, ya que él estaba tomando su propuesta de ir a su apartamento más como la última opción, pero no se desanimó.

Hicieron gran parte del camino en silencio, y cuando hablaron, fue acerca de Santiago. Él le contó lo que había hablado con el niño, la razón que le había dado para pegarle al chico.

—Ya me había contado de ese niño que lo molesta –dijo Emilia—. Creo que también tendré que hablar con la profesora al respecto.

—No, acuérdate que Santiago alzó la mano primero. No puedes, además de agredir a alguien, decir que fue culpa de él. Santiago tiene que aprender a manejar los problemas de manera diferente. Ya si el niño sigue molestando y Santiago guarda la compostura como lo venía haciendo, intervenimos—. Emilia lo miró con una sonrisa, y él, al sentirla en silencio, se giró a mirarla. Ella sonrió.

—Eres muy sensato –dijo. Él la miró de reojo varias veces, volviendo sus ojos a la carretera, mirándola a ella, a la carretera, a ella.

Emilia volvió a reír.

—¿Te burlas de mí? —preguntó él.

—Claro que no.

—Sí, te burlas—. Él desaceleró y entró al fin en su edificio, tomó a Santiago en brazos, que era un peso muerto, y se lo echó al hombro. Emilia casi suspira al verlos así.

Al entrar al apartamento, Rubén acostó a Santiago en su cama, y volvió a la sala para ofrecerle una bebida, ella aceptó tomar una copa de vino.

Rubén estaba nervioso. ¿Por qué ella se estaba comportando así? ¿Por qué no era esquiva, por qué tan linda?

Tal vez quería retomar las cosas donde las dejaron, pero a él no le bastaba con eso ya, quería mucho más.

De todos modos, decidió irse con tiento.

—Hoy estuve con Adrián en las obras –le contó ella sentándose en las butacas de la cocina. Él, que estaba al otro lado de la encimera, dejó su copa de vino apenas empezada a un lado—. Me dijo que... que le habías dicho que, si me hacía pasar hambre, lo matarías.

—Mmmm –admitió él sin sonreír—. Nadie sabe que terminamos, así que no quise ponerlo sobre aviso.

—Ah, ya. Rubén... —Emilia se cruzó de brazos, apoyándolos sobre a encimera y sin levantar la mirada—. Yo... ¿Hay... alguna posibilidad de que... lo...? —cuando ella se quedó callada, Rubén se echó a reír y se acercó a ella.

—¿Qué es eso que te cuesta tanto decir? Estás aquí, tenemos a Santiago dormido en la habitación, seguro que nada nos interrumpirá, y tú no eres capaz de sacar eso que tienes dentro. ¿Es tan malo?

—No, no es malo.

—Ya—. Él salió de la cocina y se quitó el saco quedando en mangas de camisa. A Emilia se le hizo agua la boca al ver sus movimientos mientras se arremangaba y desabrochaba unos cuantos botones para estar más cómodo.

Cuando vio que se sentaba en el sofá, casi corrió a sentarse al lado de él.

—Es que no quiero seguir peleada contigo –dijo al fin—. No quiero más... esta distancia—. Él la miró fijamente—. No soy buena expresando mis sentimientos. Dios, me cuesta... pero yo... yo no te odio—. Él suspiró.

—Buen comienzo.

—No, no... espera... Rubén... no me lo estás poniendo fácil.

—Oh, lo siento. En cambio, para mí... siempre fue un lecho de rosas.

—¿Así que eso haces? ¿Ponérmelo difícil a propósito para que... sepa lo que tú sentiste?

—Yo siempre fui claro respecto a mis sentimientos, Emilia. Te los declaré siempre, no importa cuánto me gritaras que me odiabas, siempre te los dije por el simple hecho de que no los podía mantener dentro.

—A mí me pasa lo contario –dijo ella bajando los ojos—. Están allí... dentro, pero... están encadenados, no pueden salir, no es fácil sacarlos.

—¿De qué hablas?

—De mis sentimientos –ella alzó la mirada, y la de él estaba clavada en ella.

—¿Qué sentimientos, Emilia? –Ella abrió la boca para decir algo, pero no salió nada—. ¿Qué sentimientos, Emilia? –repitió él, y Emilia cerró sus ojos con fuerza, como si fuese a llorar, como si le estuviera doliendo algo muy dentro.

Cuando lo sintió más cerca aún, el contacto de su nariz con su mejilla, acariciándola levemente, pidiéndole que lo dijera, que lo dijera… Emilia abrió al fin sus ojos.

—Yo te quiero –él se retiró un poco bruscamente para mirarla. Sin embargo, los ojos de Emilia parecían un poco perdidos, como si no se pudiese creer que lo hubiese dicho en voz alta. Tenía la respiración agitada, y los ojos se le estaban humedeciendo.

No te arrepientas de decirlo, quiso decirle. No menosprecies lo que para mí ha sido lo más hermoso que he escuchado jamás, y antes de que ella abriera la boca para desdecirse, o borrarlo con alguna otra frase, la besó. Selló el caudal que seguramente se venía con un beso y Emilia no lo rechazó. ¡Ah, la extrañaba, la extrañaba tanto!

Quiso decirle cuánto la amaba, cuánto la había echado de menos, pero esperó, y dejó de besarla para mirarla otra vez.

Ella al fin lo miró a los ojos.

—No te quiero perder –dijo ella, y Rubén estuvo a punto de jurarle que eso nunca pasaría. Ah, tonto, hazte rogar un poco, se dijo—. Estos días sin ti fueron… tan… vacíos. No me di cuenta de cuánto…

—Me querías –eso la hizo sonreír. Ya que a ella aún le costaba decirlo, él la ayudaba muy libremente.

—Pero sigo firme en que debemos ir despacio—. Él hizo un movimiento con sus cejas y se volvió a alejar—. No, no, escúchame. No te pongas en esa actitud.

—No tengo ninguna actitud.

—Está bien, como sea, por ahora, escúchame. Te odiaba, te aborrecía –él hizo una mueca. Ella estaba volviendo sobre ese tema otra vez, pero tal como ella le había pedido, tenía que escucharla hasta el final. Comunicación; la clave del éxito en las relaciones, y ellos tenían mucho qué hablar, aunque gran parte no le fuera a gustar ni cinco—. Tenía tu cara en mi mente y era para lanzarle juramentos de muerte. No sabes cuánto te odié. Fuiste amable al principio esa vez, me enamoraste con tus rosas, sí, y con las palabras tan bonitas que dijiste... y eso me hizo sentirme peor, enojada conmigo misma porque confié en ti. Por eso, quererte es como traicionarme a mí misma. Es una lucha increíble la que he tenido que pelear para por fin decirte esto. ¿Me comprendes? –él la miraba fijamente. Tragó saliva y asintió.

—Más o menos.

—No quiero que te rindas conmigo –pidió ella tomando su mano y acariciando el dorso con su pulgar—. No te rindas conmigo, te lo ruego.

—Emilia... —murmuró él abrazándola, y Emilia lo rodeó con fuerza.

—Ese día sólo estaba asustada. Muy asustada. Vivir juntos... es demasiado pronto. Quisiera hacerlo, quisiera arrancar de mí todos mis miedos e inseguridades, pero no es tan fácil como decir: quiero y puedo. Tal vez se necesite un proceso, si largo, no lo sé; si lento, tampoco. Por eso te pido que no te rindas conmigo. No quiero a nadie más que a ti—. Él, ante esas palabras, la alzó sobre su regazo y la abrazó con más fuerza, paseando su mano por todas partes.

—Está bien, lo siento.

—Te precipitaste al llevarme a esa casa, reconócelo. Dijiste que tendrías paciencia, pero a las dos semanas ya me estabas presionando para irme a vivir contigo. Y luego... el miedo de haber quedado embarazada... Rubén, no somos una pareja normal. A otros quizás les funcione que al mes ya se estén declarando amor eterno y yéndose a vivir lejos y juntos... nosotros tenemos un pasado en común que debemos primero aceptar, sanar, y luego... sobre esas cicatrices... construir—. Él asintió, aunque tenía el rostro escondido entre el cabello de ella y su garganta—. Si vamos despacio –prometió ella—, estoy segura de que iremos mucho más lejos que si nos aceleramos.

—Lo entiendo –susurró él.

—Te quiero, Rubén.

—Oh, Dios... —masculló él pegándola aún más a su cuerpo, y besando su oreja sin poder evitarlo—. Te amo, Emilia. Te amo tanto... —ella sonrió al fin, sintiendo esas palabras como agua fresca que humedecía su tierra ya sedienta.

Le tomó el rostro para devolverle los besos, y él lo hizo suave, profundo y a conciencia. Se restregó contra ella al interior de su boca buscando excitarla, y también fue metiendo la mano debajo de la blusa, hasta que ella lo detuvo.

Él la miró un poco aprensivo. ¿Qué tan lento debían ir?

—No podemos —sonrió ella—. Estoy con la regla, lo siento.

—Ah… —sin embargo, por varios segundos, no la bajó de su regazo, sino que volvió a besarla.

Hasta que una idea se fue filtrando al fin en su mente obnubilada por el deseo. Si ella estaba menstruando ahora, quería decir que no estaba embarazada.

Se alejó ahora.

—Tienes la regla –dijo él. Ella asintió.

—Me llegó ayer. Lo siento.

—No estás embarazada—. Ella lo miró fijamente.

—No—. Él se puso en pie alejándose unos pasos. Emilia lo miró extrañada. Él se estaba pasando las manos por la cara y masajeaba sus ojos como si algo lo molestara mucho—. ¿De verdad… querías que lo estuviera? –preguntó ella.

—No es eso.

—¿Entonces…? —abrió grandes sus ojos cuando comprendió lo que pasaba—. ¡No! –Exclamó de inmediato—. No he venido a buscarte luego de asegurarme de que no estaba embarazada – caminó a él y lo abrazó con fuerza por la espalda.

Él frunció el ceño. ¿De qué estaba hablando ella?

—He deseado reconciliarme contigo casi desde el mismo momento en que me terminaste, por favor, créeme. Es sólo que soy muy lenta, me ha costado toda una semana encontrar la manera para decírtelo. Rubén, por favor…

Él tomó sus manos para separarse un poco de ella y así poder girarse, pero ella lo interpretó como que quería alejarla y lo que hizo fue apretarse más contra él.

—Perdóname –lloró Emilia—. Te dije cosas horribles. Te dije que odiaba estar embarazada. Es sólo que… mi experiencia fue tan… no soy capaz de verlo aún como algo hermoso, como debería ser. Pero no me dejes, Rubén…

—Emilia…

—Por favor –ella tenía el rostro enterrado en su espalda, lo apretaba con fuerza, y Rubén se quedó un rato allí en silencio, casi disfrutando un poco el momento. Incluso sonrió—. Si de verdad hubiese habido un hijo tuyo en mí… estoy segura que…

—No mientas, Emi –la acusó él.

—¡No estoy mintiendo!

—Te cuesta tan sólo imaginártelo.

—Pero me habría acostumbrado la idea. Ahora sé lo que es estar sin ti. Habría hecho algo, por favor… —él no pudo evitarlo y se echó a reír en silencio. Ella sintió el movimiento de su abdomen, y lo interpretó otra vez de manera errónea. Creyó que estaba llorando.

Algo se arrugó dentro de ella, y lo giró para mirarlo a los ojos, pero entonces lo vio riendo.

Confundida, dio un paso atrás.

—Está bien –dijo él al fin—. Está bien. No te preocupes por eso.

—Pero tú…

—Sí, me dolió muchísimo que aun sin estar segura, rechazaras a nuestro bebé… que no existe, de todos modos –él se fue poniendo más serio, y elevó su mano hasta tocar su rostro y acariciarlo suavemente—. Me dolió más por ti, porque me di cuenta de que tus miedos y traumas son mucho más profundos de lo que me imaginé… pero no estoy enfadado contigo por eso. Ya no.

—¿Entonces? –él se alzó de hombros.

—Es sólo que… tenía esperanzas.

—¿Esperanzas de que estuviera embarazada?

—Esperanzas de que lo que dijeron los médicos pudiera ser verdad… que, con el tiempo, tal vez yo pudiera volver a engendrar.

—¿Entonces estuviste jugando conmigo? –Exclamó ella golpeándolo en el pecho, y Rubén no pudo evitar reír en voz alta—. ¡Yo preocupada, pidiéndote perdón!

—¡Hey, para!

—¡Creyendo que estabas llorando!

—¡Lo siento!

—Eres un idio… —Rubén la interrumpió con un beso que la dejó medio sonsa

—Sí, soy un idiota –le dijo—. Tal vez lo siga siendo en el futuro, de vez en cuando.

—Tonto –dijo ella con rencor, y Rubén volvió a besarla.

—Qué mala suerte que no pueda hacerte el amor ahora.

—Te esperarás tres días más.

—Vaya tortura –ella se echó a reír, pero luego se quedó seria.

—¿Intentaste tener hijos antes? ¿Cómo estás seguro de que no puedes?

Él respiró profundo, se alejó de ella para sentarse en el sofá, y ella volvió a su lado. Rubén la rodeó con un brazo.

—Porque me pasó algo muy… raro, luego de que salí del hospital y me fui a casa a recuperarme.

—¿Qué te pasó?

—Yo… Pasaron meses hasta que me di cuenta de que… no tenía erecciones mañaneras—. Emilia se sonrojó un poco, y se alejó para mirarlo a la cara. Él hizo una mueca—. Sí, es bochornoso. Me quedé callado, me daba vergüenza decírselo a papá… pero el médico me hizo la pregunta clara y sin tapujos, así que tuve que decírselo.

—Pero… te recuperaste, y muy bien… o… No tomas pastillas, ¿verdad? –Rubén se echó a reír.

—No, volvió por sí mismo luego de un tiempo; de todos modos, papá, al que le conté luego, insistió en hacerme exámenes de todo tipo—. El suspiró, y Emilia sintió su mano pasearse por su cabello mientras le contaba—. Mi semen no tiene la cantidad adecuada de espermatozoides –dijo al fin—. Eso es lo que pasa.

—Pero hay posibilidades.

—Muy remotas.

—Pero las hay—. Él la miró a los ojos en silencio. ¿Por qué ella le estaba dando esperanzas ahora?

Emilia volvió a besarlo, esta vez muy suave, muy despacio, comprendiendo que ahora era él quien necesitaba mimos y consuelo.

—Ya es tarde –dijo él—. Vamos, te llevaré.

—No, no quiero.

—Santi tiene clase mañana.

—¿Qué tan malo puede ser que pierda un día? –dijo ella recostándose en su pecho y acomodándose muy bien.

—¿Lo estás diciendo en serio? ¿Tú, la obsesa de la disciplina y el estudio?

—Mi hijo es un buen estudiante, se pondrá al día y no pasará nada. Además, sólo es prescolar, ni que fuera a perder alguna enseñanza vital.

—Leí por ahí que el prescolar es vital.

—Pero es más vital quedarme aquí contigo esta noche—. Él sonrió. Ella estaba diferente, antes nunca se había comportado así.

Que luchara por él… que fuera ella la que insistiera en quedarse… se sentía bien.

La acercó más a su cuerpo y besó su frente con ternura. Iba a ser una noche larga, pero, ¿qué importaba? Ella estaba entre sus brazos. Otra vez.

43

Santiago se despertó sentándose en la enorme cama y miró en derredor. Se frotó los ojos sin ubicarse. Esta no era la cama de los abuelos, ni la de su mamá… ni ninguna que conociera. Y ahora… ¿dónde estaba el baño? Se bajó y sintió el suelo cubierto por una alfombra muy abullonadita. Mejor, porque su mamá le decía que levantarse descalzo era malo. Luego sintió voces. Era gente hablando. Y risas. ¡Era su mamá! Caminó hacia las voces y encontró a su papá y a su mamá en el sofá hablando, riendo y besándose. Saltó varias veces celebrando en silencio, pero ellos lo vieron. Quiso esconderse, pero era demasiado tarde, además, recordó que necesitaba el baño.

—¿Santi? –lo llamó Rubén, su papá, y él volvió a asomar su carita.

—Tengo pis –dijo. Sonriendo, Emilia se puso en pie y caminó a él, le tomó la mano y lo guio al baño. Rubén se quedó allí en el sofá un poco alelado mirando su estrecha sala. Emilia le había dicho que lo quería. Bueno, aquello no era tan romántico como un apasionado "te amo". El idioma español tenía niveles de pasión, y un "te quiero", que era lo que ella acababa de dedicarle, no era la máxima expresión del amor.

No se conformaba con eso, quería más. Lo quería todo. Pero ella tenía razón. Por precipitarse, por quererlo todo, casi la ahuyenta.

Suspiró preguntándose hasta cuándo tendría que tener cautela con ella. Quería hacer florecer este amor, quería vivirlo en su plenitud a su lado, quería el cielo, y éste sólo lo podría conseguir si ella le correspondía completamente.

Se puso en pie y caminó a la habitación para sacar algunas sábanas. Ella había insistido en dormir aquí con el niño, como si ya fueran una familia unida por los lazos legales, y él no pensaba oponerse en lo más mínimo.

—¿Vamos a vivir aquí? —oyó que preguntaba Santiago mientras se cepillaba los dientes. Eso le extrañó. Él no tenía cepillos de dientes para niños en su baño. Se asomó para mirar y vio que Emilia le lavaba los dientes con un cepillo de adulto con mucho cuidado mientras él estaba sentado en la encimera del lavamanos.

—Sólo por hoy —contestó ella a la pregunta del niño. Santiago le sonrió al verlo, y Emilia se giró—. Usé uno de tus cepillos nuevos —le dijo—, espero no te moleste.

—Claro que no.

—Hay que lavarse los dientes antes de acostarse —recitó Santiago como si fuera un mantra contra la caries.

—Todos los días —confirmó Rubén con una sonrisa, sintiendo algo muy fuerte y hermoso en lo profundo de su alma. Esta escena era tan doméstica, y a la vez tan bonita, que deseó que se repitiera por siempre, no le importaría pasar la eternidad aquí con su hijo y su mujer.

Se cruzó de brazos para evitar la tentación de ir a ellos y abrazarlos.

Santiago salió del baño, y Emilia, guiñándole un ojo, cerró la puerta quedándose ella dentro.

Comprendiendo que en aquella enorme cama era donde dormiría, Santiago se subió a ella y se acomodó en el centro. Minutos después salió Emilia del baño, y buscó entre la ropa de Rubén una camiseta. Delante de él se cambió de ropa, y él tuvo que mirar a otro lado. Era como ofrecerle un plato de comida a un hombre hambriento y retirarlo antes de que pudiera extender la mano.

—Dormiré en el sofá —dijo él, y Emilia elevó una ceja.

—Duerme aquí —le pidió. Él se metió las manos en los bolsillos balanceándose en sus pies, dudando. Emilia sonrió. Sabía a qué se debía su duda, pero quería esto—. ¿Nunca te metiste en la cama con tus papás?

—Sí, pero…

—Ven, duerme con nosotros—. Él paseó su mirada por las piernas de ella, que estaban descubiertas.

—Emi… —ella sonrió otra vez.

—¿Qué, Rubén? —Rubén miró a Santiago, que lo miraba con ojos soñolientos. No pudo decir todo lo que se le venía a la mente ahora mismo, no quería corromper los oídos de su hijo.

—Eres mala. Me provocas… y no podrás solucionarlo luego—. Ella volvió a reír.

—Está bien –dijo ella tumbándose al lado de Santiago—. Duerme en el sofá. Tú te lo pierdes.

—Diablos –masculló él, y en menos de cinco minutos estuvo listo para meterse en la cama con su mujer y su hijo. Se metió bajo las sábanas y vio cómo Santiago le daba la espalda para abrazarse a Emilia, y ella lo acomodaba como si estuviera acostumbrada a esto—. ¿Duermes con él todas las noches? –le preguntó.

—No. Sólo de vez en cuando—. Ella extendió su mano a él y la apoyó en su cuello, acariciando el cabello de su nuca—. Gracias por perdonarme—. Él cerró sus ojos disfrutando la sensación de la mano de ella sobre su piel. Quiso decirle que se moría por hacerlo, por perdonarla, pero se calló. Estar aquí, en esta cama, con Emilia y su hijo, le produjo tal ola de bienestar que dudó que en el mundo hubiese algo mejor. Poco a poco se acercó más a ellos y abrazó a Emilia por encima de Santiago, que ya se iba quedando dormido.

—Te amo –le dijo él—, y esto, estar aquí contigo y mi hijo… va más allá de lo que soñé alguna vez.

—Vendrán cosas mejores –dijo ella en un susurro—. Estoy segura de eso.

—Dios, esto es tan bueno que dudo que haya algo mejor—. Ella sonrió.

Algún día, se dijo ella, seré capaz de decirte "te amo". No un simple te quiero, o me gustas. Un "Te amo" que salga de lo profundo de mi ser, tan fuerte y poderoso que borrará todas nuestras dudas, y nuestras cicatrices quedarán en el olvido. Algún día, seré capaz de demostrarte que soy capaz de amarte tanto como tú me has amado a mí, que puedo ser tu mujer en todo el sentido de la palabra, que te pertenezco como sé que tú me perteneces a mí.

Algún día seré capaz de cuidarte, protegerte y defenderte tal como tú has hecho conmigo, de unir el latido de nuestros corazones, de escuchar tu alma como si fuese la mía.

Sintió la mano de Rubén en su espalda, paseándose perezosamente de arriba abajo, y poco a poco se fue quedando dormida, con una sonrisa en el rostro que Rubén no pudo ignorar, y con suavidad se inclinó a ella para besarla.

Al día siguiente, Rubén despertó con Santiago metido entre sus costillas. Abrió los ojos y lo vio con la cabeza en el piecero, una pierna encima de Emilia, y la otra encima de él.

—Qué mala manera de dormir —se quejó pasándose la mano por el cabello alborotado, y luego miró a Emilia, que dormía un poco acurrucada a su lado. Se inclinó sobre ella y le besó la mejilla—. Despierta —le dijo entre beso y beso.

—¿Qué? —murmuró ella sin abrir los ojos.

—Despierta. No pasa nada si Santi no va a la escuela, pero tú y yo sí debemos ir a trabajar.

—Cinco minutos —dijo ella arrebujándose un poco más dentro de las sábanas. En el momento, Santiago abrió los ojos y miró a Rubén sin fijarse mucho en quién era o qué hacía aquí, sólo se movió, se acostó casi encima de Emilia y volvió a dormirse. Ella siguió durmiendo como si un niño de cuatro años no estuviera descargando su peso sobre ella. Rubén sonrió y salió de la cama. Debería tomarles una foto, porque esta mañana estaba siendo increíble.

Desayunaron juntos, y Emilia terminó llevando a Santiago a casa y luego a la escuela, entró una hora tarde, pero nadie le dijo nada, y, además, le pidió disculpas al niño con el que se había peleado. Rubén se fue luego con Emilia a las oficinas de la CBLR; la mañana perfecta.

—Encontramos una casa —le dijo Aurora a Emilia llena de entusiasmo—. Es la ideal.

Ella apenas venía entrando después de un largo día de trabajo. Hoy otra vez había almorzado con Rubén, al igual que ayer y anteayer, pero visto que eran incapaces de verse por la noche sin alterar el sueño de Santiago, habían restringido un poco estas salidas nocturnas.

—Hoy —siguió Aurora con una sonrisa— luego de tanto salir y mirar y mirar, encontramos la casa perfecta.

—¿Cómo es? —preguntó Emilia sentándose frente a ella en el comedor, mientras recibía el saludo de su hijo, que le preguntaba por Rubén.

—Es grande —dijo Aurora, mirando a Emilia ponerse en pie y caminar a la cocina para prepararse algo de comer—. Cuatro habitaciones. Perfecto para nosotros, Santiago tendrá su propia habitación... pero estábamos pensando... Emi... Volviste con Rubén—. Emilia había estado metida en la nevera sacando del fondo el jamón, al oír eso enderezó su espalda y la miró preguntándose a qué venía esa afirmación. Ya Aurora sabía eso; Rubén había venido aquí antes.

—Sí –contestó ella–. Sólo fue… una discusión, nada serio – mintió.

—¿Te irás con nosotros cuando nos mudemos? –Emilia miró a su madre interrogante.

—¿Qué quieres decir?

—Ustedes… son una familia ahora, ¿no?

—Sí, pero…

—¿No vivirás con él?

—No.

—Mmmm –Emilia la miró de reojo.

—¿Quieres que me vaya a vivir con él?

—No se trata de lo que yo quiera –dijo Aurora como si tal cosa, incluso agitó su mano quitándole importancia.

Emilia bajó la mirada y se concentró en la preparación de su comida.

—Él ya me lo propuso –dijo luego—. Y por eso nos peleamos—. Aurora miró a su hija en silencio, la vio servirse la comida en un plato y caminar a la mesa para comer. Estuvieron largo rato en silencio.

—¿No quieres vivir con él? –preguntó Aurora, y Emilia sonrió.

—No es eso.

—¿No lo quieres?

—Sí, mamá. Lo quiero. Tú lo sabes.

—Entonces…

—Es… demasiado pronto. Al menos para mí. Quiero… conocerlo, quiero saber que tomé la decisión adecuada. Tenemos un hijo, sí… pero realmente, ¿cuánto llevo de conocerlo? ¿Dos meses? ¿Menos? Estoy tratando de llevar esta relación tan sensatamente como llevaría cualquier otra.

—¿Eso intentas? –Sonrió Aurora, pero su sonrisa parecía más de burla—. Tu relación con él nunca ha sido sensata ni normal, nunca. Y dudo que algún día lo sea.

—Trato de inyectarle un poco de normalidad. Quiero… vivir los momentos uno a uno, despacio. Conocerlo, vivir el proceso paso a paso… Nuestro pasado nos une… y a la vez nos separa.

—¿Crees que si te unes a él, que si te vas a vivir con él… tendrás dudas luego? –le preguntó Aurora mirándola con ojos entrecerrados. Cuando Emilia no contestó, se recostó en su asiento suspirando—. Conocí a tu padre un día, y al mes me fui a vivir con él, y me casé cuando quedé embarazada de ti, que fue dos meses después—. Emilia la miró con ojos grandes de sorpresa. Aunque haciendo cuentas un día supo que su madre debió haberse casado embarazada, no esperó que ella contara su historia así tan de repente—. Fue verlo y saberlo –siguió Aurora—, supe que era el hombre de mi vida. Yo era consciente, tal vez por toda la poesía que había leído, que cosas así no suceden muy a menudo en la historia de la humanidad, que tendrías que ser muy afortunado si te pasaba a ti, y que lo que seguía era atrapar ese amor, luchar por él, porque una vez se ha ido, no volverá. Fue una locura. Mis padres se opusieron; ambos éramos muy jóvenes, y no teníamos más que eso, juventud. Él era un simple obrero y yo ni siquiera terminé el bachillerato, ya sabes. Tuvimos muchas dificultades como bien sabes, pero nunca dudamos el uno del otro. Sabíamos que nos amaríamos hasta el final, que el uno sin el otro estaría incompleto.

Emilia bajó la mirada. Justo así se sentía con Rubén, y cada día la sensación era más fuerte. Aurora respiró profundo y en su rostro se dibujó una sonrisa.

—Hay amores que no dan espera, Emi. La fruta, cuando está madura, debe ser arrancada del árbol. No hagas esperar al amor—. Emilia cerró sus ojos con fuerza. Hacer esperar al amor, qué frase más bonita y más significativa. Triste y melodiosa.

—¿Y... cuándo nos mudaremos? –preguntó ella cambiando de tema. Aurora suspiró.

—Tu padre quiere que sea cuanto antes. Creo que habrá que cambiar de escuela a Santi.

—¿Es muy lejos?

—Sí, un poco. Otra vez nos cambiaremos de lugar... —dijo ella, y casi pareció una queja. Emilia miró a su madre fijamente, que tenía la barbilla apoyada en su mano y miraba lejos.

—No extrañarás esta casa –le sonrió—. Siempre te has quejado de lo pequeña que es.

—Yo no me quejo.

—Sí lo haces.

—Pero bueno, tienes que admitir que es pequeña... Mañana iremos a verla, ¿te parece? –Emilia negó sacudiendo su cabeza.

—Tendrá que ser después. De hecho... quería pedirte... Rubén me pidió que saliera con él el fin de semana...

—Me vas a pedir que cuide de Santiago, ¿eh? —Emilia se mordió los labios—. A Santi no le gustará que lo dejen por fuera esta vez.

—No creo que le importe. Le hemos dedicado tiempo esta semana.

—Los niños son una esponja; absorben y absorben. Mientras más atención le des, más atención querrá.

—Entonces, ¿qué me aconsejas?

—Qué importa, escápate—. Emilia sonrió—. Cuando vivas con Rubén —dijo poniéndose en pie— no habrá necesidad de escapar —Aurora escapó antes de que Emilia pudiese hacer un comentario, y en el momento llegó Felipe cargado de libros y con hambre, y Aurora se dedicó a atender a su hijo menor.

No hagas esperar al amor.

La frase quedó flotando en la mente de Emilia, obrando una extraña magia, haciéndole desear ver a Rubén, aunque acababa de estar con él en la oficina.

Esa fruta ya estaba más que madura. Tal vez debía actuar pronto.

—¿Qué haces? —le preguntó Emilia a Rubén entrando a su oficina. Él se giró a mirarla y sus ojos se demoraron un poco en su escote, que estaba un poco revelador, pero de inmediato volvió sus ojos sobre la mesa de dibujo, donde habían estado posados antes.

—Unos... unos planos—. Emilia se acercó a la mesa y miró. Era el dibujo de la fachada de una casa con tejado a dos aguas, doble garaje y un jardín inmenso.

—¡Qué bonita!

—Gracias.

—¿Es tu próximo proyecto?

—Más bien es un proyecto viejo —sonrió él y empezó a enrollar el papel—. Lo estoy retomando.

—¿Por qué? ¿Te lo rechazaron?

—Sí, la persona finalmente eligió otro diseño.

—Ah, vaya. Qué desperdicio.

—Lo mismo dije yo. Lo estoy modernizando un poco. Ahora que soy un arquitecto más reconocido, tal vez lo venda.

—Seguro que lo harás —dijo ella con una sonrisa, y Rubén, incapaz de resistirse mucho tiempo más, se inclinó a ella y la besó. Ella respondió a su beso y le rodeó los hombros con sus brazos. Ella olía bien, pensó Rubén; a pesar de llevar todo un día trabajando, su aroma era agradable, femenino, atrayente.

O era que llevaba ya semanas sin ella.

—Dime que ya puedo llevarte a mi cama y hacerte el amor una y otra vez –Emilia se echó a reír.

—¿Dónde quedó el romanticismo?

—Llevo semanas sin ti, el romanticismo está un poco adormecido justo ahora.

—¿Adormecido? Esa palabra suena extraña –dijo ella sobándose un poco contra él. Rubén gimió.

—Qué mala eres –Emilia volvió a reír—. ¿Hablaste con tu mamá de Santi? –Emilia asintió—. ¿Dijo que sí?

—Tal como te dije.

—Emmm, habría sido bueno que esta vez dijera que no. Mamá habría estado encantada de tenerlo con ella un fin de semana.

—Y habría regresado un poco malcriado—. Rubén se echó a reír.

—No me malcrió a mí.

—Pero por alguna razón, ella está obsesionada con Santiago. Esta semana lo llamó casi a diario.

—Lo adora.

—Lo sé—. Él guardó el plano junto con los demás que se hallaban en su oficina y le tomó la mano para salir del edificio. Cuando estuvo afuera y mientras caminaba a su auto, él se detuvo y miró en derredor. Emilia lo miró interrogante.

—¿Pasa algo? –le preguntó. Lo vio pasarse la mano por la nuca, pero luego le sonrió y retomó el camino al Mazda 3.

—Nada, nada. ¿Sabes? –Dijo en voz un poco alta, y Emilia no pudo evitar pensar en que estaba actuando extraño—. He pensado cambiar de apartamento.

—Ya era hora –rio ella. Entró a su auto y se puso el cinturón de seguridad.

—Sí, lo sé –dijo él encendiendo el motor, y otra vez echó una mirada en derredor—. Es estrecho, indigno de mí –Emilia volvió a reír.

—¿Y a dónde te pasarás?

—Si quieres, te lo enseño.

—¿Ya lo tienes visto?

—Bueno, no es tan difícil.

—Ah. Ya sé. Es de tu familia—. Él hizo una mueca evasiva—. Eres un ricachón –dijo ella, y él salió de la zona de parqueo sonriendo.

—Lo dices como si fuera un defecto.

—Ya sé que no es tu culpa, pero no puedo evitar pensar que es un poco injusto. Otros luchando toda su vida por conseguir una casita propia… y tú puedes elegir dónde vivir en cualquier momento—. Lo miró de reojo, pero él no estaba sonriendo, ni hizo ningún comentario al respecto. Emilia sintió que había cometido un error entonces—. Lo siento. No debí decir algo tan tonto.

—El problema, Emilia, es que no es tonto. Tú lo dices de manera inocente, y tal vez para bromear un poco, pero hay quienes piensan en eso profundamente… tanto, que les consume el alma, los transforma en seres irreconocibles.

—Estás hablando de esos dos que nos hicieron eso—. Él la miró por un momento. Ella había dicho al fin algo con lo que él siempre había estado de acuerdo, que los dos habían sido víctimas de aquello.

Sonrió al fin.

—¿Qué importa ya?

—Nunca los encerraron –dijo Emilia.

—No, pero seguro que tampoco pudieron ser libres. Huyeron por miedo, y el miedo es la peor atadura de todas—. Emilia sintió algo oprimirle el corazón. Tal como le pasaba a ella. El miedo la oprimía, le impedía ser libre.

Extendió su mano a la de él y se la estrechó. Él correspondió a su toque, y siguió su camino. Cuando vio que no se dirigía a su apartamento, lo miró elevando sus cejas. Él le sonrió con un poco de picardía, y ella adoró otra vez esa sonrisa. Debería poder comerse, pensó.

Él entró a un edificio de apartamentos de lujo. Le dieron la bienvenida como si lo conocieran y caminó con ella de la mano hacia los ascensores. Emilia miraba todo un poco alelada. Siendo arquitecta sabía que toda esta construcción era fina, con los últimos estándares de calidad, y muy lujoso.

—¿Es aquí? –preguntó.

—Justo en el último piso.

—¿Tienes el pent-house?

—Sí.

—¿Y vivías en esa cosa tan pequeña? –él se echó a reír.

—Espera a verlo. Me odiarás.

Emilia lo odió. A muerte. Rubén encendió la luz y ella se vio frente al apartamento más hermoso que jamás hubiese visto. Debía tener más de trescientos metros cuadrados, un amplio jardín donde seguramente se podría disfrutar de la lluvia sin que ésta te mojara, pues el techo y las paredes eran todas en cristal. Ahora que era de noche, se podía disfrutar prácticamente por todos los lados las luces de la ciudad. La cocina era amplia, más amplia que toda su casa, en mármol negro, con butacas y todos los equipos necesarios para hacer una excelente cena con los amigos o la familia. Y todo, los muebles, los cuadros colgados de las paredes, las lámparas, e incluso el piso de madera pulida, relucía con las luces de las arañas que pendían del techo alto.

—Teniendo esto –murmuró ella mirando arriba, abajo, a todos lados— y durmiendo en esa cajita de fósforos—. Rubén sonrió.

—¿Te gusta?

—Es precioso. Sería una tonta si digo que no me gusta –ella caminó abriendo puertas, asomándose a los baños y no podía evitar lanzar exclamaciones cuando veía algo que le llamaba la atención, como el enorme guardarropa de la habitación principal, o la bañera de dos plazas, o la hermosa chimenea a gas.

Lo miró con una sonrisa, y él se acercó a ella tomándola de la cintura.

—¿Éste sí te parece que está a la altura de un ricachón como yo? –Emilia se echó a reír.

—Definitivamente.

—¿Quieres probar qué tan amplia es la cama?

—Seguro que cabemos en todas las posiciones.

—Ah, te sorprenderías –Ella volvió a reír encantada sintiendo el beso de él en su cuello.

La llevó paso a paso hasta hacerla caer sobre la cama, y en un segundo estuvo sobre ella. Emilia empezó a desabrocharle la camisa.

—Esta es ya la segunda casa que me muestras –comentó ella.

—Pero tengo la sensación de que ésta te impresionó más—. Ella se mordió los labios sonriendo. Metió las manos por sus costados sintiendo su piel cálida y suave, tan elástica.

—¿Tienes la esperanza de que con esta te diga que sí?

—Emilia, cada día tengo la esperanza de que me digas al fin que sí.

—¿No te preocupa pensar que tal vez... esté interesada en tu dinero? –él la miró muy serio, aunque ella no dejaba de pasear sus manos por su torso.

—Si estuvieras interesada en mi dinero —dijo él— al enterarte de quién era yo esa vez que nos vimos, habrías corrido a mí a decirme que tienes un hijo mío, no me habrías lanzado los adornos de la oficina de Adrián.

—Seguro —sonrió ella.

—Sé, además, que, si en tu corazón albergas un sentimiento por mí, este me lo gané a pulso. Por primera vez, Emilia, sentí que conquistaba a una mujer, que luchaba a muerte por ella. La primera vez, cuando lo intenté con rosas, encontraba cierta belleza en que tú no supieras quién era yo, ni lo que tenía. Cuando te vi sonreír esa vez… algo me dijo que algún día te tendría así —él se inclinó a ella y le besó el cuello con delicadeza—. Sabía que te tendría entre mis brazos; sabía que formaría mi propia familia contigo —él metió su lengua en el caracol de su oreja, y Emilia siguió paseando sus manos por la piel de su espalda sintiendo un estremecimiento recorrer la suya—. Te amo, Emilia —siguió él metiendo su mano debajo de su falda y apretando con algo de fuerza su muslo. Ella lo miró a los ojos—. Te amo —repitió él—. Estoy seguro de que te amaré toda mi vida—. Ella sonrió mordiéndose los labios. Los ojos le picaron por la humedad que se había formado en ellos.

No hagas esperar al amor, dijo la vocecita.

Cerró sus ojos y suspiró.

—Yo… yo también te amo —dijo al fin, y Rubén se quedó completamente quieto al escucharla—. Es algo que… ya sabía, porque se notaba desde los puntos más lejanos de mi corazón, desde todos los rincones. Tú lo dudabas, pero ya yo lo sabía—. Se mordió los labios, sintiéndose un poco sonrojada. Nunca se imaginó que pudiera decir palabras así, pero había empezado, y estas no parecían detenerse—. Me vuelves loca con tu aroma y tu voz, pero este enloquecimiento es dulce, me hace feliz. Mi alma sonríe sin que rían mis labios, la luz de tu amor por fin alcanzó mi corazón…

—Oh, Dios —dijo él cuando ella se detuvo—. Oh, Dios… —repitió, y escondió su rostro en el hueco de su cuello, y Emilia lo sintió temblar. Lo abrazó con fuerza con brazos y piernas, besó su cuello, sacó levemente la lengua y la pasó por su oreja. Lo escuchó gemir, y Emilia fue consciente de que entre sus brazos tenía a un hombre que, por fin, estaba rozando con sus dedos el cielo.

Se alzó sobre ella y la besó profundamente, besándola más allá de sus labios, de la profundidad de su boca. Parecía que él quisiera rozar su alma, tocarla y enlazarse con ella.

Emilia no lo evitó, y cerró sus ojos ante el mundo, centrándose en este beso, en este hombre y en este amor.

Sintió su mano desnudarla, pero no fue muy consciente de ello, y que él entrara en su cuerpo fue tan natural y tan adecuado, que parecía que desde el principio de los tiempos ellos habían estado así, unidos. Sus almas habían estado siempre unidas, y por azares de la vida, éstas se habían separado hacía ya mucho tiempo.

Alguien lloró, alguien gimió. Emilia no supo cuál de los dos fue. Debió ser ella, porque se acercaba a la plenitud de su felicidad, con él dentro, con ella rodeándole. Tal como debió ser desde los albores de la humanidad.

Cuando juntos llegaron al orgasmo, y volvieron de ese mundo que era sólo para los dos, él se desnudó, y luego la desnudó a ella para dedicarse a mimarla y a regalarse con las curvas del cuerpo de su mujer.

Era como si, luego de un largo período muriendo de sed, al fin pudiese beber directamente de un manantial de agua viva.

44

Emilia tenía su cabeza apoyada en el regazo de Rubén, los dos tumbados en el sofá, disfrutando los restos de papas fritas de su pedido a domicilio. Él sostenía la pequeña caja de cartón que contenía las papas mientras ella extendía la mano y sacaba de una en una, comiendo ella, o metiéndola en la boca de Rubén entre risas.

Era genial estar así. Siempre era genial estar con Rubén, pero hoy había algo especial. Se amaban, y ambos lo sabían.

Emilia llevaba puesta una camisa de Rubén y sus pantis, y él unos pantalones pijama que se había puesto un poco a prisa para recibir el pedido de comida y pagar lo correspondiente, llevaba el torso desnudo y para Emilia así estaba más que perfecto. Ahora comían, charlaban, reían, y, sobre todo, estaban todo el tiempo el uno en contacto con el otro, tocándose o acariciándose, dándose besos sin motivo y sin razón, tal como los besos debían ser.

Hacía un par de horas más o menos, y cuando aún era una hora de la noche decente, Emilia llamó a su casa para hablar con su hijo. También lo había hecho Rubén, prometiéndole encontrarse pronto y salir por allí los tres. Al principio Santiago había sonado un poco resentido por no estar con ellos, pero luego la promesa hecha logró tranquilizarlo.

Emilia se puso en pie y caminó a la enorme cocina para dejar allí los restos de comida y las cajas y aprovechó para lavarse las manos. Rubén no tardó en unirse a ella, y estando allí, otra vez rieron por cualquier cosa y se dieron besos.

—¿Y cómo te diste cuenta de que me amabas? –preguntó él teniéndola sujeta por la cintura y sonriendo. Emilia entrecerró sus ojos mirándolo. Habían hablado mucho esta noche… durante el tiempo en que no estaban haciendo el amor, y él salía ahora con esa pregunta.

—¿Cómo que cómo? –él se echó a reír por lo incoherente de su pregunta.

—Quiero decir… ¿Fue algo repentino que llegó a ti, así como un flechazo, o fue algo gradual?

—No sé si a las mujeres nos pase como a los hombres. Yo nunca había estado enamorada. Supongo que fue… gradual.

—Ah, le quitas todo el romanticismo a la cuestión –eso la hizo reír.

—Lo siento, no soy muy de palabras bonitas.

—No lo creo. Hace unas horas me dedicaste las palabras más bonitas que jamás hubiera escuchado—. Emilia sonrió algo tímida.

—Fue…

—¿Espontáneo?

—Claro que sí. ¿Me imaginas a mí memorizando palabras y frases de amor? –Él miró al techo sonriendo y pensando.

—No –dijo al cabo de unos segundos.

—Ya me gustabas desde antes –dijo ella mirándolo a los ojos—. Con las rosas de antes, ya me habías conquistado. Hiciste que dejara de obsesionarme con eso de terminar la carrera primero. Pensé… si al verlo, él es todo lo que parece ser, le diré que sí.

—¿De verdad?

—Me conquistaste –Rubén sonrió, pero fue una sonrisa más bien llena de nostalgias.

—Pero luego hice que me odiaras –ella agitó su cabeza negando.

—No fuiste tú.

—Bueno, mi cuerpo lo hizo. Y me odiaste por largo tiempo.

—Pero ya te perdoné. Te perdoné cuando pude ver cuánto te dolía a ti lo sucedido. Fui capaz de ponerme en tu lugar y sentir tu dolor—. Ella suspiró y apoyó las manos en el pecho de Rubén, que la miraba atentamente—. Fue en la oficina de tu padre… casi pude palparlo.

—Me estaba matando el dolor –susurró él—. Tal vez fue muy obvio.

—Tal vez sólo no lo podías contener, y gracias a Dios –dijo ella apoyando su mejilla en él—, porque así me alcanzaste con tus sentimientos. Mi padre me dijo que debía enfrentar y vencer a mis demonios, y por eso entré a trabajar allí. Sabía que te vería a diario, que tendría que enfrentarte, pero entonces ya no tenía miedo, sino… curiosidad. Tenía curiosidad por tu amor, quería ver qué hacías—. Él la abrazó fuerte y besó sus cabellos.

—No sabía qué hacer –admitió él—. Me tomó completamente por sorpresa el enterarme que trabajarías allí. Y estuve muy feliz, contento… pensé, si acepta venir a trabajar aquí, tal vez es que no me odia tanto. Tengo una oportunidad…

—¿Tenías algún plan? –preguntó ella elevando el rostro a él.

—La verdad, estaba perdido, sin saber por dónde empezar. Fue después de esa conversación que tuve más o menos una idea de qué hacer.

—¿Qué conversación?

—La que tuvimos en la cocina, luego del encuentro con Kelly… tú, escondida en un rincón y escuchando todo…

—Ah, eso. Me escondí porque no quería que me vieras.

—Eso fue fácil de suponer. Pero entonces no me agrediste como normalmente hacías, me hablaste casi con normalidad, te burlaste de mí, o lo intentaste. Yo sólo estaba encantado de poder mantener contigo al fin una conversación.

—Te contentabas con muy poco.

—En esa época sí, no tenía opción. Y luego vi cómo intentabas ignorarme a propósito, usando a Adrián para molestarme…

—Yo no hice tal cosa.

—Sí lo hiciste. Esa vez en el ascensor, te fuiste a almorzar con él… —Emilia hizo una mueca.

—Ese tonto, como sabía que yo te gustaba a ti, no intentó nada conmigo.

—¿Qué quiere decir eso, que tú lo habrías aceptado?

—Quién sabe, con tal de mortificarte… —Rubén la miró amenazador, pero ella se echó a reír—. No te preocupes, está muy enamorado de Telma.

—Sí, eso me ha dicho.

—Es un buen amigo –Rubén quedó en silencio mirándola, tan cerca que podía ver cada detalle de su rostro.

—¿Podemos empezar de nuevo? –preguntó él, y ella lo miró algo confundida.

—¿Empezar de nuevo?

—Tú y yo.

—Ya lo estamos haciendo, ¿no?

—No, yo digo desde cero. Mucho gusto –dijo él soltándola de repente y extendiendo su mano a modo de saludo—, mi nombre es Rubén Caballero—. Eso la hizo reír, pero recibió la mano que le tendía—. Yo soy… el dibujante de las rosas. He estado enamorado de ti desde que te vi.

—Ah… un placer. Emilia Ospino.

—Sí, sé cómo te llamas… compartimos una clase en tu primer semestre. Te robaste mi goma de borrar.

—Oh, lo siento. Es que son tan valiosas…

—No importa, me enamoré de ti, valió la pena –Emilia sonreía y sus hombros temblaban sintiéndose jubilosa, pero Rubén no se detuvo—. Quisiera dejar de ser un simple admirador –dijo—. Si te han gustado mis rosas… ¿aceptarías un café? Tengo una excelente oferta que hacerte.

—¿Qué tipo de oferta?

—Bueno, es una transacción donde ambos salimos ganando. Yo te amo y tú me amas, yo cuidaré de ti y tú de mí. Yo te defenderé cuando lo necesites, y tú me defenderás cuando lo necesite yo. Si hace frío en las noches, yo seré tu abrigo; si algo te asusta, yo te protegeré. A cambio de todas esas maravillas, sólo te pediré que nunca dejes de quererme, que me cuentes las cosas que te inquietan, que te apasionan, que hacen de ti esa mujer que yo tanto amo. ¿Qué opinas? –Emilia lo miró sintiéndose emocionada, feliz, conmovida hasta lo más profundo de su ser.

—Suena bien –dijo al fin.

—Qué bien –él la alzó en sus brazos y caminó con ella atravesando la amplia sala y encaminándose de nuevo a la habitación principal, donde se hallaba una cama con las sábanas revueltas—. Un plus de la oferta es el buen sexo. Te haré una demostración ahora mismo si lo deseas.

Él la puso en la cama, y ella sonreía mirándolo acomodarse sobre ella.

—Acepto –dijo Emilia—. Acepto la oferta –él sonrió inclinándose para capturar sus labios en un largo y muy sensual beso.

Andrés Gonzáles miró la fachada del edificio de apartamentos de lujo donde recientemente se habían introducido Rubén Caballero y una mujer. La mujer era, después de todo, aquella estudiante de arquitectura que el niño Rubén se había quedado mirando en una ocasión, la misma que él había hecho que fuera a una fiesta junto con su amiga para que presenciara el ridículo que haría Rubén Caballero con la sangre llena de drogas.

En ese momento no había sabido cuál de las dos era el objetivo de Rubén, por eso había mandado la invitación para las dos, pero como la probabilidad era más alta para la estudiante de arquitectura, había hablado con sus compañeras de estudios para que la obligaran a asistir, sea como sea.

Y ella había ido, según las preguntas que había hecho esa noche antes de darle a Rubén la cerveza, ella había asistido, pero no se había enterado de nada.

Al parecer, el tiro le había salido por la culata.

La había encontrado hacía apenas unos días. La vio y la reconoció en aquella obra en la que actualmente estaba trabajando como un vil obrero. Ella era difícil de olvidar, por su cabello y su figura; era muy sexy, con curvas donde una mujer debía tenerlas, y con un trasero que sólo te hacía pensar en tenerlo delante de ti para empujar dentro. Ah, era preciosa. Si estaba allí en esa obra era porque hoy en día era una arquitecta, así que empezó a seguir sus pasos y encontró mucha información que despertó su curiosidad y su indignación a partes iguales. Ella salía con Rubén Caballero y tenían un hijo, pero no vivían juntos.

Era innegable que ese niño era hijo de Rubén, pero entonces aquello no hacía sino suscitar más preguntas: ¿por qué, si tenían un hijo tan grande ya, no estaban casados, o por lo menos vivían juntos?

No podía saber la edad del niño, no era bueno en eso de las edades de los críos. Podía tener tres o siete que a él le parecería igual.

Pero más que importarle la vida sentimental de Rubén Caballero, lo que sentía era indignación por ver cómo él seguía siendo el niño bonito exitoso e influyente que estaba escrito desde siempre que sería, pasando por encima de él, de Guillermo, y de todos los demás.

Nada lo había detenido, ni siquiera aquella paliza, ni lo tóxico de las drogas que había puesto en aquella cerveza.

Todos estos años había pensado pasar de él; de verdad, lo había intentado. Ignorarlo, dejarlo estar. La humillación de Álvaro Caballero, el odio que había hervido dentro de él todos estos años… Y lo había conseguido, después de todo, tenía cosas más graves por las que preocuparse. Había llegado a la ciudad hacía apenas un par de meses, sin poder contactarse con sus viejos amigos para que lo ayudaran, sin poder usar su nombre o su título, terriblemente arruinado. Bajo el peligro incluso de morir de hambre, había tenido que aceptar el primer empleo que le habían ofrecido y por eso estaba como obrero de construcción. Él, que había estudiado arquitectura con el sueño de ser alguien algún día, había terminado aquí.

Sabía dónde encontrar a Rubén Caballero, era muy fácil, el edificio de la CBLR seguía prístino sobre la avenida, con su logo más brillante que nunca, con su entrada tan magnífica. No le habría sido difícil seguirlo si hubiese querido terminar lo que empezó hacía cinco años, pero no lo había hecho, y ahora ella había caído casi sobre sus brazos, como si fuera el mismo destino indicándole cuál debía ser su próximo objetivo.

Él no estaría tranquilo mientras las cosas siguieran como estaban, la felicidad no llegaría jamás a él si no hacía algo. Él no había buscado a Rubén, la chica lo había llevado a él, le había recordado su odio, le había traído otra vez a la mente lo supremamente injusta que era la existencia de su "amigo" de la universidad…

Y, además, pensó, tenía que vengar a Guillermo. Su sangre clamaba venganza. Por culpa de Rubén su amigo del alma estaba muerto, y él había tenido que vivir huyendo todos estos años, de pueblo en pueblo, de ciudad en ciudad.

Rubén Caballero debía morir también.

Amaneció, y Emilia fue la primera en despertar. A su lado estaba Rubén, que la rodeaba con uno de sus fuertes brazos, y ella besó la piel de su hombro sintiéndose dichosa. Pero la naturaleza llamaba, así que salió de la cama con cuidado de no despertarlo.

Se miró frente al espejo cuan desnuda estaba y no pudo creerse lo que se encontró. Anoche no había dormido nada ¡y no tenía ojeras! El sexo era el mejor tratamiento para la piel, se dijo. A ella le sentaba de maravilla.

Luego de lavarse la cara y acomodar un poco sus rebeldes cabellos, husmeó un poco entre las cosas de Rubén. Él no habitaba aún este apartamento, pero había algunas cosas personales, como una máquina de afeitar eléctrica y lo necesario para el baño, como jabón, champú y el after shave. Fue destapando los tarros y oliendo cada uno identificando los aromas.

Caminó al guardarropa, que estaba prácticamente vacío, y vio allí algunas corbatas, lo que le hizo fruncir el ceño. Rubén no usaba corbatas. Ni en las fiestas y galas lo había visto usarlas.

Tomó una de ellas y la desenrolló para observarla bien. Era plateada y bonita, con un labrado en su tejido que la hacía parecer fina y cara.

Salió del cuarto del armario para asomarse de nuevo a la cama, pero Rubén seguía dormido y desnudo sobre ella. Estaba completamente indefenso ahora.

Una sonrisa maliciosa se dibujó en sus labios, y tomó varias corbatas más, salió de nuevo a la habitación, y con mucho cuidado, tomó uno de los poderosos brazos de Rubén y lo ató con la corbata.

Él despertó inhalando aire profundamente. Cuando vio a Emilia sobre él atándolo a la cabecera de la cama, se sintió supremamente confundido.

—¿Qué haces? –preguntó él con voz ronca.

—Te voy a amordazar –contestó ella muy seria. Que alguien tan pequeño como ella dijera algo así, y con esa voz decidida, casi lo hace reír. Si hubiese querido, él la habría alejado con una sola mano.

—¿Me vas a qué?

—Te ataré y te violaré.

—¿De verdad? No me asustes. ¡Esos no son juegos! –ella lo miró con el ceño fruncido.

—No estoy jugando. Llegó la hora de mi venganza.

—Emilia, no serás capaz.

—Han sido años y años esperando este momento. Claro que seré capaz—. Rubén movió una de sus manos. Estaba bien atado, pero si se empeñaba, podía desatarse. Sin embargo, no insistió demasiado y la miró ceñudo.

—¡Esto es ultrajante! –exclamó, pero en el fondo, lo que quería era reír a carcajadas—. ¡Soy un hombre! —volvió a exclamar, siguiéndole el juego, aunque sonaba de verdad un poco asustado— Soy Rubén Caballero, ¡deberías tratarme con un poco más de respeto!

—¡Soy yo la que decide quién merece respeto aquí! —le contestó Emilia poniéndose ambas manos en la cintura. La condenada estaba desnuda, y sus senos muy a la vista, y, aun así, tenía la osadía de retarlo.

—¡No te saldrás con la tuya, Emilia Ospino! ¡Suéltame! ¡Te lo haré pagar! ¡Para ya! –ella pasó por encima de él para atarle ahora un pie. Rubén se halló ahora con ambas manos atadas a la cama con las corbatas y ahora los pies también——. ¡Esto es indigno! – Siguió quejándose él mientras ella, muy ocupada, se concentraba en el último nudo——. ¡Humillante! ¡Un hombre nunca debería estar en esta situación! Ah, mira, se soltó el nudo –dijo, señalado su mano derecha. Emilia alzó la cabeza y vio que era cierto, el primer nudo que había hecho se había aflojado y soltado.

—Gracias –dijo, como si él simplemente le hubiera dado la hora. Volvió a atarlo ahora con más fuerza.

—De nada —le contestó él. Volvió a probar el nudo tirando de él y dándose cuenta de que ahora sí estaba bien atado——. ¡Que sepas que me siento ultrajado! —volvió a decir él mirándola ceñudo— ¡Me vengaré de ti y tu familia, te haré llorar con lágrimas de sangre!

Él siguió despotricando, y Emilia se movió alrededor comprobando todos los nudos. Cuando lo tuvo completamente amarrado, pasó su mano por la pantorrilla masculina y lo sintió tensarse y quedarse quieto. Rubén se había quedado callado y ahora la miraba con intensidad, esperando a que ella empezara.

Emilia se sentó a horcajadas sobre él con una sonrisa que hizo que Rubén sintiera pinchazos de placer y orgullo por todos los lados de su cuerpo.

—Ahora sí, cariño. Te voy a someter —dijo ella, y Rubén la vio tomar una última corbata y acercarla a su rostro para cubrirle los ojos. Siempre había odiado las corbatas, pero se temía que de ahora en adelante siempre que las viera no podría evitar sonreír. O peor, excitarse.

—Ten compasión de mí –pidió él cambiando completamente el tono de su voz cuando ya no pudo ver nada. Ella estaba sobre su vientre, lo podía sentir. Ahora que no veía nada, o casi nada, era demasiado consciente en su sentido del tacto, y ella estaba desnuda y húmeda sobre el vientre de él.

—¿Compasión? –dijo ella paseando la mano por el centro de su pecho, bajando por el ombligo y llegando a su entrepierna——. No conozco esa palabra.

—Por favor –dijo él, pero ella lo tomó en su mano y tuvo que quedarse callado. Se quedó quieto. Si hacía algún movimiento brusco los nudos que ella tan laboriosamente había hecho se desatarían, y ella lo quería atado, así que atado se quedaría.

—Ahora tú estás abajo y yo arriba —dijo Emilia con voz ronca——. Ahora tú estás atado y te tengo completamente a mi merced. Llegó el momento de castigarte por tu mal comportamiento —

Emilia acompañó esas palabras con un suave manotazo sobre su cadera y Rubén reaccionó un tanto sorprendido, saliéndose un poco del papel que había asumido. Ella sonaba como una experta dominatriz, y la piel se le erizó un poco. ¿Sería masoquista si encontraba placer en esto?

No le importó. Esto era genial.

Emilia empezó a acariciarlo suavemente allí en el sitio donde sus dedos habían quedado pintados, y el cuerpo de Rubén onduló sobre la cama. Qué fuerte era él, pensó ella, qué grande. En el pasado esa fuerza le había hecho daño. Involuntariamente, pero le hizo pensar que una mujer estaba a la merced de un hombre en más de un sentido cuando se entregaba a él.

Pues bueno, ahora era él quien estaba a la merced de ella.

Siguió acariciándolo de arriba abajo, suavemente, buscando excitarlo, aunque no necesitó hacer mucho, él ya estaba duro y clamando por ella. Eso era trampa.

Sonrió al mirarlo. Él movió su cabeza notando lo mucho que ella disfrutaba esta escena, y movió su mano para alcanzarla, pero la corbata se lo impidió. Lo vio apretar los dientes.

—Estás en serios problemas ahora –le dijo.

—¿Ah, yo? Me parece a mí que el que está en seria desventaja eres tú –se burló ella.

—Cuando te atrape…

—¿Qué me harás? –Él no contestó, sólo hizo una mueca—. He esperado mucho tiempo por esto, Rubén Caballero –sentenció ella—. Llegó la hora de mi venganza –ella bajó la cabeza y lo mordió en el hombro. Rubén jadeó de pura sorpresa. No era un chupetón ni un beso, era una auténtica mordida, ella le hincaba los dientes con fuerza. Cuando Emilia levantó la cabeza, pudo ver la marca de sus dientes en la piel de Rubén.

Pero Emilia no se detuvo, y poco a poco, se fue moviendo hasta que su centro quedó frente a la cara de él.

—Bésame —le ordenó, y Rubén tardó un cortísimo segundo en comprender lo que estaba pasando, pero en cuando lo hubo hecho, no fue desobediente. Escuchó a Emilia gemir. Él ya antes la había besado por todos lados, pero esta vez tenía algo especial, algo que la hacía ondularse como lo hacía, gemir y casi gritar. Cuando ella alcanzó su orgasmo, se sentó en su pecho esperando que las olas de placer terminaran de pasar, y Rubén siguió allí, con sus ojos vendados y esperando su siguiente orden; duro como una piedra, y con la sensación de que, si no se iba con cuidado, se correría sin el permiso de ella.

Emilia fue bajando poco a poco por su pecho y su vientre, dándole pequeños mordiscos por toda su piel hasta que la sintió en su entrepierna, y él tuvo dudas por primera vez; no por sus intenciones, sino por su inocencia, dudaba que Emilia hubiese hecho esto antes, y tal vez no sabía que con los dientes sí que se podía causar daño.

Emilia le dio pequeños mordiscos en el bajo vientre y la ingle, él ahora se hallaba dividido entre el placer y la incertidumbre. ¿Qué iba a hacer esta enana ahora?

—Emi... —susurró, pero su reclamo perdió convicción cuando salió teñido de placer.

Sintió su lengua acariciarlo y soltó un auténtico gemido. Quédate quieto, se dijo. Te vas a desatar si te mueves mucho. Ella se metió uno de sus testículos en la boca y chupó con fuerza, y Rubén volvió a gemir. Emilia no sabía que el objetivo de una dominatriz era torturar un poco a su amante, sin embargo, lo estaba consiguiendo a la perfección. Apretó sus dientes para que esos sonidos tan delatores no salieran de su boca, pero sentir su cabello sobre él, ella ocupándose tan inocentemente, y a la vez llena de tanta picardía sobrepasaba sus límites.

—Oh, Dios –bramó cuando ella se lo metió en la boca y succionó.

La corbata que le cubría los ojos se había corrido y de tanto moverse y al fin pudo mirar lo que ella estaba haciendo, pero eso fue peor, porque verla hacerlo y sentirlo en su propia piel triplicaba las sensaciones—. Detente –le pidió—. Dios, Emilia, no sigas.

—Haré lo que quiera.

—No quiero... Dios, Emi, por favor... —Ella siguió torturándolo largo rato, y Rubén intentó distraerse, pensar en otra cosa, pero no le fue posible, esto era una tortura de verdad, Emilia parecía realmente estarse vengando.

Emilia se detuvo justo a tiempo, como si hubiese cronometrado todos sus movimientos, y cuando Rubén ya estaba al borde del abismo, volvió a acercarse a su rostro y a besarlo, esta vez con dulzura. Él quiso abrazarla, pero joder, estaba atado.

—Sexo así por la mañana –susurró ella en su oído—. ¿Está en tu oferta? –él no fue capaz de contestar, estaba intentando controlar muy fuertemente sus emociones, sobre todo porque ella aún lo tenía en su mano, y lo guiaba al interior de su cuerpo.

La sintió húmeda, y fue entrando en su cuerpo suavemente; ya dentro de ella, lo apretó fuertemente y no pudo más que gemir.

Se movió para alcanzar sus senos, o alguna parte de su cuerpo, pero no podía a menos que ella misma le diera acceso, y Emilia ahora estaba concentrada en él, en lo que tenía entre las piernas. La vio moverse balanceando su cadera, apretarlo fuertemente y elevarse hasta que él quedaba prácticamente afuera, para luego aflojar y volver a empalarse en él.

Ella estaba jugando, explorando, inventándose movimientos, y Dios, él se iba a correr, no iba a durar el tiempo suficiente para estos juegos y la decepcionaría.

Estaba sudando, conteniendo con toda su fuerza la explosión de su orgasmo, y bendijo el momento en que ella al fin perdió el control y empezó a moverse más rápido, más fuerte, más profundo.

Ah, era hermosa, tan hermosa. Desnuda, sobre él, con sus senos moviéndose al ritmo de sus embates, su cabello rodeándola, cubriéndola por partes, haciéndola tan hermosa y tan sensual.

Te amo, dijo, pero no fue consciente de si lo hizo en voz alta o sólo en su mente. Te amo tanto…

La sintió gemir sobre él, apretarlo con fuerza y tensionarse toda. Ella le apretó una pierna en la que se apoyaba, lo aruñó un poco, pero no le importó, estaba viviendo su orgasmo en toda su plenitud, con toda la fuerza con que había sido contenido antes.

Se derramó dentro de ella, y fue hermoso, porque se miraron a los ojos muy conscientes el uno del otro, de lo que estaba sucediendo, de lo que ambos deseaban.

Emilia se dejó caer sobre su pecho laxa e hirviente, cubriéndolo a él y a ella misma con su largo cabello, y él movió sus manos para desatar los nudos de las corbatas y abrazarla al fin, porque era su mujer, la mujer de su vida, y lo que más deseaba en el mundo era tenerla aquí, encerrada en este capullo y libre de todos los peligros de afuera, sólo para él.

Ella se movía de vez en cuando, sacándole de nuevo un gemido, y él le apretó el trasero para volver a empujar dentro de ella, haciéndola gemir también. Se dijeron cosas que tal vez no tenían sentido, palabras inconexas embebidas de amor, de ternura. Besos que no daban en el blanco, pero sin importarles, porque se sentían más allá de todo lo físico, en un plano donde nadie los podía alcanzar ahora: la saciedad de su amor.

45

Quince días pasaron, y en esos quince días, los Ospino concretaron al fin la compra de una casa. Una casa mucho más grande, moderna, con jardín y patio trasero. Se habían decidido luego de buscar y buscar; sin embargo, con sólo verla, Aurora supo que era la casa de sus sueños. Ahora sólo quedaba cambiarse a ella, y tener, por fin, comodidad.

—No es una casa que se recorra en tres segundos –bromeó Felipe en medio de la sala vacía, y Emilia sonrió mirándolo de reojo.

Emilia había pedido permiso por mudanza y tal vez porque era la nuera del jefe supremo, le concedieron también el lunes para que no fuera a trabajar muy cansada luego de un trasteo. Así que aquí estaban, organizándolo todo para la pronta mudanza. Ella tomaba medidas de las paredes para luego hacer la proyección de la decoración. Sus padres le habían encargado eso.

—Definitivamente, no –dijo ella contestando a la broma de Felipe—. Y te queda más cerca de la universidad.

—Sí, súper cerca. Es genial. Me compraré una bici y me iré en ella. Me ahorraré los madrugones y el tráfico, que está espantoso a cualquier hora.

Emilia sonrió para sí sintiéndose satisfecha. Si Rubén se hubiese limitado a darle el dinero que ella había pedido al principio aquella vez, este sueño no estaría realizándose.

Definitivamente, si la vida te da limones, se dijo, hazte una limonada.

Felipe movió dos latas de pintura blanca de primera calidad hacia donde estaba Emilia, y empezó a encintar la pared con mucho cuidado.

Él también había faltado a clases hoy. Había pasado la época de exámenes y ahora estaba un poco más libre, así que les pasó una carta a sus profesores y éstos le habían concedido las horas de la mañana para hacer lo que necesitase. Mañana sábado no tendría clase, y el domingo podría terminar con el trabajo aquí. Después de todo, todavía estaba en los primeros semestres y aún no se hacía demasiado agobiante el estudio.

Había sabido desde siempre que medicina sería difícil, y antes lo fue. Se dio cuenta de que había una enorme diferencia cuando estudiabas porque te tocaba, y porque te placía. Entendía más ahora, tenía que esforzarse menos en memorizar, y las calificaciones le estaban saliendo más altas que la vez pasada.

También se debía, tal vez, en que ahora en la casa había menos carga. Emilia ya no parecía una zombi deprimida, un fantasma ambulante, sino que sonreía y era feliz, y Antonio percibía su felicidad, al igual que Aurora, y aunque aún no parecían muy de acuerdo con su relación con Rubén Caballero, habían aprendido a aceptar que era inevitable, que un día se la llevaría a ella y a Santiago y formarían su propio hogar.

Todo en casa estaba en su lugar, por fin, y eso se reflejaba aún en él.

Emilia el otro día le había preguntado si le gustaba alguien y él sólo había sonreído. Estaba tan ocupado ahora mismo que no había tenido tiempo para pensar en eso. Sí había una niña que le llamaba un poco la atención, pero el amor no era su prioridad ahora. Tal vez después, cuando él mismo fuera independiente en todos los aspectos, se decidiera por alguien.

En el momento llegó Rubén. Entró tranquilamente por la puerta principal, que habían dejado abierta, y la desocupada sala se llenó instantáneamente del olor de la comida que traía en unas bolsas de papel. Emilia enseguida sonrió ampliamente y corrió a él para darle un beso.

—¿No han empezado? —preguntó él mirando las paredes vacías.

—Te estábamos esperando a ti —dijo Felipe—. O más bien, a la comida que traerías.

—Ya ves, soy indispensable —bromeó Rubén, y Felipe sólo agitó su cabeza negando. Él miró sonriente a Emilia; su cuñado nunca bromeaba con él, ni hacía comentarios así. Tal vez las cosas empezaban a suavizarse un poco.

—¿Necesitas ayuda? —le preguntó a ella en voz baja.

—¿Tú, ensuciándote tus aristocráticas manos?

—No, mis manos son tan aristocráticas que no lo hago. Hago la oferta sólo porque quiero conquistarte —ella sonrió, y Rubén no desaprovechó la oportunidad de volver a besar sus labios, además, Felipe no los estaba mirando.

—En lo que me puedes ayudar —dijo ella separándose un poco y señalándole la pared— es midiendo la pared de arriba abajo.

—Claro, con ese metro y medio que tienes, no eres capaz.

—¿Te estás metiendo conmigo? —preguntó ella entrecerrando sus ojos, y él sonrió esquivo. Tomó la cinta métrica sin decir nada más y le ayudó con las partes altas que ella no alcanzaba.

Luego de eso, Emilia lo vio quitarse la camisa y el reloj y quedarse en una camisilla de tirantes que llevaba abajo. Incluso se quitó los zapatos y ayudó a Felipe con la pintura blanca, los rodillos y todos los materiales. Mientras, Emilia dibujaba líneas en la pared donde pronto estarían los estantes para las fotografías familiares de su madre, que eran bastantes y había tenido que guardar en una triste y lúgubre caja todos estos años. Ahora por fin podría exhibirlas y estaría feliz.

Los muebles deberían ser comprados nuevos. Habían tenido que deshacerse de gran parte de ellos cuando se pasaron a aquel pequeño apartamento, y no sólo estaban viejos y deslucían con la nueva casa, sino que querían esta vez darse el gusto de tener todo nuevo. Absolutamente todo.

Lo único que ninguno había insistido e ir a mirar o comprar, era la cama nueva para Emilia o Santiago, y ella lo había dejado pasar, como si no le preocupara seguir usando su cama vieja. Nadie había hecho ningún comentario al respecto.

Ahora, mientras Santiago estaba en la escuela, Aurora y Antonio se encargaban de comprar algunas cosas que les faltaban, como bombillos, limpiavidrios, y otras cosas de igual importancia, y Emilia, Rubén y Felipe terminaban de pintar las paredes y de decorar; en cuanto los muebles estuviesen acomodados, podrían pasarse a vivir aquí.

Se detuvieron a comer, y pocos minutos después llegó Telma con Santiago, pues ella había sido la encargada de ir a recogerlo en la escuela por el día de hoy.

—¡Papá! —exclamó el niño corriendo a él para abrazarlo. Rubén lo alzó de un solo movimiento.

—Qué grande estás, ya no podré alzarte más. ¡Mi espalda! —Santiago reía encantado, pero no hizo ademán de bajarse. Telma caminó a Emilia y miró las líneas que había dibujado en la pared sin entender mucho.

—Gracias por traer al niño –le dijo Emilia dejando sus instrumentos en el suelo y sacudiéndose las manos.

—De nada. ¿Qué haces ahí?

—Unos estantes fijos en la pared. Serán de cristal y hierro forjado, sé que le gustarán a mamá.

—Mmmm… ¿Te traerás a Rubén a vivir aquí? –Emilia rio por lo cómico de la pregunta.

—Claro que no. Papá no lo permitiría.

—¿Entonces?

—¿Entonces qué?

—¿Cómo van a hacer? –Emilia la miró sin entender, y Telma miró al techo pidiéndole a Dios paciencia—. ¡Para estar juntos! Seguro que ya tienes la mitad de tu ropa en el apartamento de Rubén, ¿por qué no tomas a tu hijo y te vas de una vez? –Emilia sonrió un poco sonrojada.

—¿Te vas a ir tú a vivir con Adrián sólo porque la mitad de tu ropa está en el apartamento de él? –preguntó ella.

—Sí –ante esa respuesta, Emilia la miró sorprendida.

—¿De verdad?

—Estoy enamorada de él, he decidido que no quiero perder tiempo conduciendo para ir a verlo, y él piensa igual, así que hemos decidido vivir juntos.

—¿Cuándo?

—Dentro de poco. Estamos buscando un sitio más grande. Ya que compartiremos los gastos, podemos permitirnos algo mejor.

—Tú ganas bien, y él también.

—Pero no somos derrochadores. ¿Y si luego vienen niños? –Emilia ahora abrió los ojos grandes como platos.

—¿Hay posibilidad? –Telma sonrió.

—Con la tremenda actividad que llevaremos… es altamente probable.

—Me alegra mucho por ti.

—Y tú. ¿Cuándo solucionarás al fin tu vida? –Emilia suspiró.

—Un día de éstos.

—Lo estás haciendo sufrir y no es justo con él –Emilia la miró con ojos entrecerrados.

—Es increíble que ahora estemos hablando de Rubén en esos términos—. Telma sonrió.

—Sí, lo es, pero así es la vida: larga, rara, llena de curvas en las que cualquier cosa puede pasar… el hombre que una vez fue tu desgracia, ahora está siendo el motivo de tu felicidad.

—De mi plena felicidad –corrigió Emilia.

—¿Ya no tienes dudas acerca de él?

—Las dudas nunca fueron acerca de él, sino de mí. Pero ahora me conozco un poco mejor, soy capaz de hacer y soportar muchas cosas, y es increíble, pero eso lo descubrí gracias a él.

—Es una buena compañía para ti, entonces –Emilia se mordió los labios sonriendo.

—Más que una buena compañía.

—Súper. Te sonrojas y todo—. Emilia rio con cierta timidez—. Si te vas a vivir con él, estarías oficializando de una vez ese concubinato –Emilia rio abiertamente ahora.

Caminaron a la cocina, donde los hombres se repartían la comida. Santiago estaba sentado en una encimera un poco cubierta de polvo, pero como no había ningún lugar libre de él, no dijo nada.

Comieron, charlaron, rieron, y luego volvieron al trabajo. Emilia terminó sus estantes y Felipe y Rubén adelantaron bastante con la pintura. Mañana volverían aquí a seguir pintando, pero ya era poco lo que faltaba. Hacia el anochecer, Rubén le propuso a Felipe llevarlo en el auto junto con Emilia y Santiago. El joven no se negó, y compartió el asiento de atrás con su sobrino.

Cuando llegaron al edificio en el que aún vivían, Felipe se despidió con un simple movimiento de cabeza, y Rubén cubrió de besos a su hijo, del que no quería desprenderse.

—¡Corre, sube al ascensor con tu tío! –lo apuró Emilia, para quedarse un rato a solas con Rubén, que no tardó en rodearle la cintura y besarle sonriente en cuanto el niño se hubo ido.

—Mañana no tienes que venir –le dijo ella—. Seguro que tienes cosas que hacer.

—Sí, mirar por la ventana mientras el tiempo pasa.

—Pero es que…

—Eres la primera novia que no se aprovecha de su novio para que le pinte la casa donde vivirá –Emilia se echó a reír—. Vamos, aprovéchate de mí –le susurró él en el cuello.

—¿Más?

—Sí—. Ella no dejó de reír mientras él le besaba el cuello y seguía diciendo cosas absurdas pero tiernas.

—Más bien, te encargo a Santiago. Seguro que se aburrirá en la casa vacía viéndonos trabajar, no será justo con él.

—Se lo encasquetamos a papá y mamá y asunto resuelto.

—Qué malo eres.

—¡Es ideal! Ellos felices, Santiago feliz, nosotros libres—. Ella lo miró poniéndose un poco seria.

—Tal vez debamos solucionar de una vez un par de cosas –él la miró atento. Cuando Emilia lo tomó de la mano para guiarlo al interior del edificio, Rubén elevó las cejas. La conversación sería más larga, o si no, ella no estaría huyendo del frío de afuera—. Lo he… lo he pensado seriamente –dijo ella cuando estuvieron adentro—. Tú no me has insistido, pero imagino que aún esperas una respuesta—. Él frunció levemente el ceño de manera interrogante—. Acerca de vivir juntos—. Ahora él la miró un poco sorprendido.

—¿Aceptas? –Emilia sonrió de medio lado.

—Es más… práctico.

—Pero aceptas.

—Sí… supongo que sí—. Él la iba a abrazar, feliz, pero entonces la vacilación que sintió en su voz lo detuvo. Ella hizo una mueca—. Preferiría irme a vivir contigo siendo la señora Caballero—. Él abrió su boca incapaz de articular palabras, y Emilia se acercó a él—. ¿Por qué mejor no me propones matrimonio?

—¡En seguida! –Exclamó él saliendo de su aturdimiento—. No tengo un anillo aquí –siguió, palpándose los bolsillos, como si tener un anillo de compromiso encima fuera algo normal. Emilia sonrió—. ¿Quieres casarte conmigo? –preguntó él mirándola fijamente a los ojos.

—Sí, quiero.

—¡Nos casaremos entonces! –dijo él abrazándola—. ¿Cuándo? ¡No lo dilates mucho, por favor!

—¡Pronto!

—¿Un mes?

—No tan pronto.

—No quiero una fiesta muy grande –dijo él volviéndola a mirar—. Si tardamos, mamá se encargará de que sea todo un jolgorio. Algo pequeño.

—¿Algo pequeño y de prisa? ¿Cómo si estuviera embarazada?

—¿Qué importa lo que digan los demás? –ella volvió a reír.

—Está bien.

—Y después de que nos casemos –dijo él, y ahora cerró sus ojos, le tomó la mano a Emilia—. Por favor, permíteme darle mi apellido a Santiago—. Ella elevó sus cejas. Cuando él abrió los ojos, la vio con la sombra de una sonrisa en su mirada, y su corazón se aceleró.

—Es lo correcto; y más que tu derecho, es tu obligación—. Él volvió a abrazarla con fuerza, y ésta vez la alzó. Emilia no pudo evitar lanzar un chillido de emoción. El conserje del edificio los miraba un poco ceñudo, pero no les importó.

—Se lo contaré a mis padres. Dios, se van a emocionar. ¡Emilia, gracias! De verdad, yo… soñé con esto, pero ver que se realizará es… maravilloso, de verdad—. Ella puso una mano en su mejilla sintiendo su aspereza, y sonrió.

—Es el final feliz que nos merecemos. No hay por qué esperar…

—No, no hay por qué.

—Además, quiero tenerte disponible para mí siempre, hay muchas corbatas que usar –él se echó a reír.

—Ya no soy capaz de verlas y pensar en ellas de manera normal. Me has corrompido.

—Hice algo bueno –susurró ella, empinándose para darle un beso en los labios, y él la besó despacio y profundo, fuerte y suave, con renuencia a desprenderse de ella.

Pero ya pronto podría tenerla siempre, no más despedidas en la puerta de su casa. Esto era el cielo.

Ella se despidió al fin y se internó en el ascensor. Rubén salió y caminó a su auto sonriendo solo, feliz, sin poderse creer que al fin le estaba sucediendo esto tan bueno. Miró al cielo y elevó una oración de gracias. Gracias, le dijo a Dios. Gracias, gracias, gracias.

El domingo en la mañana llamó a Emilia, que estaría de nuevo en la casa nueva terminando el amoblado. Él se había ofrecido a ayudarla, pero le habían encargado ocuparse de Santiago. Pensaba llevar al niño con sus padres y volver con ella, no entendía por qué Emilia prefería dejarlo fuera de esto. Tal vez no quería que tuviera mucho roce con sus padres, pero él era de la opinión de que, por el contrario, necesitarían ese roce para que las asperezas se fueran limando.

Ella aún no les había dicho a sus padres que se casarían. Ya Gemima y Álvaro estaban enterados, incluso Viviana, pero ella no le había dicho a su familia. En cierta forma, la comprendía, pero a la vez, quería que ella lo gritara a los cuatro vientos, tal como había hecho él… bueno, casi.

Fue por Santiago y lo llevó a casa de sus padres, que estuvieron encantados de tener al niño con ellos durante el día, y entonces recibió una llamada un tanto inquietante. El conserje de su antiguo edificio le pedía ir al apartamento para hacer una revisión.

—¿Revisión de qué? –preguntó Rubén.

—Alguien forzó la puerta de su apartamento –dijo el conserje—. Tenemos el video de seguridad.

—¿Qué? –un frío recorrió la espalda de Rubén.

—Le pedimos que venga y dé parte a las autoridades, también que revise que todo está en orden.

—¿Esa persona entró?

—Sí, señor.

—¿Y qué se supone que hacían los vigilantes en ese momento? –el hombre se quedó en silencio, y dándose cuenta de que insultando al hombre no conseguiría nada, Rubén tomó su auto y fue de inmediato al lugar.

Rubén entró acompañado del hombre de seguridad, encendió la luz y enseguida tuvo que cubrirse la nariz. Olía a orina, a heces y a cualquier otra porquería. Estaba esparcida por los muebles, las paredes, la cocina.

—¿Qué es esto? –preguntó Rubén con el rostro cubierto por su antebrazo. Empezó a sentir náuseas. Salió de allí y el vigilante tomó su radio notificando la situación. Rubén tuvo que caminar a las escaleras y tomar un poco de aire. ¿Por qué habían hecho esto? ¿Quién lo odiaba tanto?

La respuesta llegó casi de inmediato a su mente. Andrés y Guillermo. Habían vuelto y le estaban dejando un claro mensaje.

La policía llegó minutos después, revisaron el lugar y determinaron que no se había producido robo; de todos modos, no había nada personal allí, pues recientemente se había ido a vivir a su pent-house. Rubén llamó a Álvaro de inmediato para contarle lo sucedido.

—¿Crees que sea él?

—¿Quién más podría ser, papá?

—¿Viste el video de seguridad?

—Aún no.

—Debes fijarte muy bien, tal vez puedas reconocerlo, y nosotros haremos inmediatamente la denuncia—. Rubén asintió cerrando sus ojos—. Debes avisarle a Emilia –siguió Álvaro.

—No quiero asustarla.

—Pero ella debe saber, debe estar sobre aviso. ¿Crees que ellos no le harán nada? –Rubén apretó sus dientes.

—Son capaces de todo.

—Entonces dile. También… hay que proteger a Santiago, y a todos los miembros de su familia.

—Si saben dónde vivo, saben dónde vive ella…

—Con mayor razón; no podemos perder tiempo—. Rubén asintió y luego de cortar la llamada, buscó el número de Emilia, pero el teléfono de ella estaba apagado. No tenía el número de Felipe o Antonio, y entró en desesperación. ¿Por qué justo ahora ella tenía el teléfono apagado? ¡Hacía sólo unos minutos habían hablado! Esto era un asunto delicado, de vida o muerte, ¡tenía que contactarla lo más rápido posible!

Se metió en su auto y salió de la zona al máximo de la velocidad permitida.

Felipe lo vio llegar y saltar del auto en cuanto éste se detuvo y sonrió. Qué insistente era. Hacía unos minutos Emilia había dicho que hoy no vendría él a ayudar, pues se haría cargo de Santiago, pero por lo visto no resistía un día sin ella y aquí estaba.

—Pensé que no vendrías –saludó Felipe con una sonrisa. La actitud de él le pareció extraña, pues en vez de contestarle, entró a la casa y miró en todas direcciones. Estaban Aurora y Antonio moviendo y acomodando muebles, pero no vio a Emilia.

—¿Dónde…?

—Salió –contestó Aurora antes de que terminara la pregunta—. Necesitábamos unas gasas y desinfectante y fue…

—¿Ella? ¿Por qué ella? –Reclamó Rubén, y luego miró a Felipe— . ¿Por qué no fuiste tú? –él le señaló el pie, donde una uña se veía morada… no había uña.

—Me cayó encima un mueble. La gasa y el desinfectante son para mí.

—¡Mierda! –Exclamó Rubén, y caminó a la salida, pero de repente se detuvo—. Su teléfono… —Felipe se lo señaló, estaba conectado a la corriente eléctrica—. ¿Hacia dónde fue? –Antonio lo miró con el ceño fruncido.

—¿Qué pasa?

—¡Hacia dónde fue Emilia! –Antonio señaló, y lo vio ir corriendo, dejando el auto.

—Algo está sucediendo –dijo, sin mirar a nadie en particular.

—Algo… como qué –preguntó Aurora, y Antonio no contestó, sino que fue detrás de Rubén.

Rubén avanzó a paso rápido, pero no veía rastro de Emilia. Las casas por aquí eran un poco separadas unas de otras, con jardines. Llegó hasta la droguería donde Emilia debió ir por la gasa y el desinfectante, pero ellos no la habían visto, Emilia nunca llegó al sitio. Rubén salió de la droguería sintiendo un poco de desesperación. Vio a una mujer pasar y se acercó para preguntarle, pero ella no había visto a nadie como Emilia pasar.

—Dime qué está sucediendo –oyó decir a Antonio, y Rubén se giró a mirarlo. Cerró sus ojos con fuerza, pero, sin perder tiempo, echó a andar buscando a Emilia—. Rubén, dime. Qué está pasando.

—Esos hombres… —contestó Rubén—. Los que intentaron matarme hace años… Han vuelto.

—¿Qué?

—¡Han vuelto! –exclamó Rubén, y su voz salió tan teñida de miedo, que un frío recorrió a Antonio, dejándolo paralizado.

—¿Crees que sean capaces de hacerle daño a Emilia?

—Ellos dañarían a quien fuera con tal de herirme a mí.

—¿Por qué? Por qué te odian tanto. ¿Qué les hiciste?

—¡No les hice nada! Sólo no soportaron que yo lo tuviera todo, familia, dinero, comodidades y etc., y ellos no. Dios, Emilia, ¡dónde estás! –miró en derredor y trató de controlarse, enfriar un poco su cabeza.

Conocía a Andrés y a Guillermo, había aprendido a conocer cómo funcionaba más o menos sus mentes, y ellos sabían que a través del engaño podían conseguir cualquier cosa, o casi cualquier cosa. Habían conseguido que él confiara en ellos, aunque en la época él no había sido más que un niño ingenuo. Emilia no los conocía, no reconocería sus rostros si se le presentaban con engaños y subterfugios. Ellos lo sabían y por eso habían atacado por allí, su punto más débil.

Una arboleda, que quedaba cerca del camino que él había recorrido para venir aquí llamó su atención ahora, y sin darle explicaciones a Antonio, corrió allí.

Llegó sin aliento, y empezó a llamar a Emilia con todas sus

fuerzas.

La encontró en el suelo, con las muñecas atadas y un golpe en la cabeza. La alzó y la abrazó contra su pecho. Tal como había sospechado, ellos la habían traído a un lugar oculto.

—Emilia –susurró él llamándola—. Emilia, mi amor. ¿Estás bien? –ella no despertaba, y el hilo de sangre que brotaba de su herida manchó su camisa. Rubén la revisó tocándole las extremidades. Tal vez habían sido unos brutos y la habían golpeado en otros sitios, pero no encontró evidencia de más golpes. Con el corazón martilleando en su pecho, se decidió incluso a revisar su ropa interior, pero ella seguía intacta y en su lugar.

—Estarás bien –dijo entre dientes y desatándole las manos—. Te juro que estarás bien, mi amor. Haré que paguen por esto—. La alzó en sus brazos, pero entonces una de sus pesadillas más horribles se materializó en ese mismo instante. Frente a él estaba Andrés González y le apuntaba con un arma, que parecía ser muy real, y muy cargada.

46

—Esto es increíble –sonrió Andrés apuntándole a Rubén en el centro del pecho. Él empezó a moverse poco a poco. Si seguía con Emilia en los brazos y él disparaba, podía darle a ella, así que muy despacio empezó a bajarse hasta poder apoyarla en el suelo—. ¡Esto es increíble! –volvió a decir Andrés entre risas.

Rubén lo miró fijamente, aunque estaba un poco a contraluz. Andrés no parecía el mismo. De hecho, tuvo que mirarlo fijamente tratando de reconciliar esta imagen con la del joven estudiante guapo y alegre que una vez fue. Estaba demasiado delgado, moreno por el sol, como si llevase mucho tiempo a la intemperie, sus dientes estaban manchados, como si no hubiese parado de fumar en los últimos años, y tenía un tatuaje en el cuello que nunca le había visto. Además de eso, olía bastante mal, como si llevara varios días sin bañarse.

Recordó entonces que este mismo sujeto dejó su antiguo apartamento hecho un asco, así que probablemente era eso lo que había estado haciendo y por eso olía así.

—¡Estás… estás igualito! –Volvió a exclamar Andrés señalándolo con el arma—. ¡Igual de "niño bonito" que antes! ¡No es justo! –Rubén guardó silencio, no porque no tuviera nada que decirle, sino por el miedo de que cualquier cosa que saliera de su boca lo hiciera alterarse y disparar—. ¡No te pasó nada! ¡Sobreviviste! –eso le hizo fruncir el ceño. ¿Por qué parecía sorprendido? ¿Acaso no había sabido de él en todo este tiempo? ¿Dónde había estado?

—Andrés… —dijo en voz baja, pero él dio unos pasos rascándose la cabeza, que tenía muchos menos cabellos que antes y se veía engrasado y sucio.

—Guillermo está muerto, ¿sabes? –dijo, y Rubén sintió que su voz se había quebrado al decirlo—. Está muerto y es tu culpa.

—No lo creo.

—¡Es tu culpa, tu culpa! –los ojos de Andrés se humedecieron—. ¡Cambió tanto! ¡Ya no era… Guillermo! ¡Mi mejor amigo! Me estaba enloqueciendo con su culpa, diciendo que confesáramos, ¡pensando que tal vez te habíamos matado! Pero mírate aquí, toda su culpa fue para nada, porque sigues vivito y coleando. ¡No lo puedo creer!

—Casi me matas, Andrés…

—No, no. ¡Yo te veo muy perfecto!

—Sobreviví, pero casi me matas de verdad. Me hiciste más daño del que puedo llegar a contar—. Andrés lo miró fijamente, y lejos de encontrar un resquicio de culpa o arrepentimiento, Rubén sólo encontró en él cierta satisfacción.

No se arrepentía de lo que habían hecho, por el contrario, parecía que de verdad hubiese deseado que todo hubiese acabado fatalmente.

No había esperanza para él.

Apretó sus labios pensando en que, si la policía lo atrapaba ahora y lo llevaban a la cárcel, él saldría libre en unos cuantos años, o hasta meses, si se conseguía un buen abogado, después de todo, sólo le había dado una paliza y droga sin su consentimiento. Podría argüir que no hubo intenciones de matarlo, y con eso conseguiría una rebaja considerable. Ahora, lo único que había hecho era introducirse en su apartamento y golpear a una mujer… Aunque para él era grave, muy grave, las leyes eran parejas y al no encontrar nada de peso, él saldría libre, y él y su familia estarían otra vez expuestos.

Apretó sus dientes mirándolo con rencor, pero Andrés seguía sonriendo.

—Pero terminaste junto a la hembrita –dijo señalando a Emilia, que seguía inconsciente. Rubén la miró. Ahora, era mejor que ella siguiera ignorante de lo que sucedía aquí. No quería que viera a uno de los hombres que les habían hecho daño, mejor que quedara fuera de todo esto.

Entonces, vio a Antonio acercarse tras la espalda de Andrés, a paso lento, como un gato; sin hacer el menor ruido.

Su corazón empezó a latir furiosamente. Si Antonio intervenía podría haber muchos desenlaces para el escenario que se desarrollaba aquí. Podía ser que los salvara a ambos, podía ser que fuera peor y aumentara el número de perjudicados.

Intentó ganar tiempo, hacerlo hablar, distraerlo.

—Estuve en coma cuatro meses... —dijo. Tal vez si le decía que había estado al borde de la muerte, satisfacía un poco su sed de sangre—. Y perdí... la capacidad de dibujar con detalle... casi me destrozan la mano.

—No, no, no. No metas a Guillermo en eso. El que te golpeó fui yo —dijo Andrés bajando el arma—. Él sólo se quedó allí, mirando cómo yo acababa contigo. Consiguió la droga, pero te la di yo. ¡Debiste morirte, men!

—¿Qué drogas eran? —preguntó Rubén, aunque sabía parte de la respuesta; los médicos habían encontrado muchas, peligrosas y mortales según la dosis.

—Ah... todas las que Guillo se pudo encontrar por ahí. Tenía un contacto, y ya ves—. Andrés sonrió como enorgulleciéndose de su hazaña—. Te la pusimos en la cerveza. Él te la sirvió.

—Yo... no recuerdo lo que sucedió esa noche—. Andrés se encogió de hombros, como si no le molestase contarle.

—Tú te querías ir —dijo—. No estabas cómodo, porque claro, el niño bonito estaba acostumbrado a otro tipo de fiestas y ambientes. ¿O no? —sonrió—. Pero te la tomaste y... ¡bomba! Fue... —soltó la risa, una risa desagradable, burlona, y Rubén volvió a apretar los dientes. Él se reía de lo que había sido su peor miseria—. Pero saliste y te nos perdiste por un buen rato. Te encontramos afuera, ¡con los pantalones abajo! —siguió riendo, y Antonio aprovechó para acercarse otro par de pasos.

—¿Y por qué... estaba Emilia allí? —preguntó Rubén. Andrés la miró poniéndose serio. No se dio cuenta de que Rubén prácticamente la cubría con su cuerpo ahora, y que había ido acercándose a él. Dio un paso atrás, sintiéndose un poco perdido por la pregunta.

—Ah, cierto, la chica estaba allí. Convencí a unas niñas para que hicieran que fuera. No sé cómo lo hicieron. Y según lo que me dijeron, ella fue. Pero fue tiempo perdido, no conseguimos nada con eso.

—¿Y qué... querían conseguir?

—¡Que te viera borracho y drogado! —Exclamó Andrés—. Haciendo el ridículo, meándote o vomitándote —soltó una estridente carcajada, y Rubén vio por el rabillo del ojo que Antonio había tomado algo del suelo y lo levantaba. Una piedra.

—No debiste meterla en esto —dijo Rubén, pues Antonio había

hecho un poco de ruido con sus pies, y quiso volver a llamar la atención sobre sí mismo. Funcionó; Andrés volvió a apuntarle con el arma.

—Y tu papá no debió insultarnos como lo hizo.

—¿Sólo por eso? ¿No aguantaste un rechazo?

—Nos dijo holgazanes y... ya no recuerdo qué más, pero no fue justo. Íbamos por un empleo, no tenía necesidad de humillarnos así.

—Y a cambio de una humillación, casi matas a una persona.

—¡Te odiaba! ¡Te odiaba y te odio!

—Pero yo creía que eran mis amigos, tú y Guillermo.

—No me vengas con esa pendejada, tú no nos considerabas amigos. Si hubiese sido así, me habrías ayudado con el empleo, ¡sólo era decirle a tu papá! Si tan sólo hubieses ayudado a uno de los dos, a Guillermo, o a mí, pero no. ¡No hiciste un culo! ¡Guillermo también te odiaba! –Exclamó—, así que lo planeamos; vengarnos, queríamos vengarnos. ¡Sólo iba a ser una pequeña venganza!

—¡Pero casi me matas! Y de paso, seguro que también arruinaste tu vida y la de Guillermo.

—¡Cállate! –gritó Andrés, tomando el arma con las dos manos.

—¿O me vas a decir que tu vida fue mejor después de eso?

—¿Qué mierda te importa a ti lo que fue mi vida?

—¡Mírate! –Exclamó Rubén, dando unos pasos a él, y a pesar de que era Andrés quien sostenía el arma, era él quien retrocedía—. Llevas la miseria pintada en tu cara, ahora no eres más que un perdedor. ¿No pensaron en que luego la policía los estaría buscando por lo que hicieron? ¡Me arrojaron montaña abajo! ¡Pudieron haberse convertido en asesinos!

—¡No me importa! –Gritó Andrés—. ¡Aún ahora, te mereces morir!

—¡No! –gritó Rubén, él había dejado de apuntarlo a él para dispararle a Emilia, y en un microsegundo ocurrió todo. Se escuchó la explosión del cañón, gritos, y el eco del disparo resonar en la distancia.

Junto con todo aquello, vino una extraña consciencia. Rubén se vio a sí mismo vestido con una chaqueta de cuero color miel, entrando a una arboleda, mirando a Emilia que se movía como si buscara a alguien. Tan hermosa, tan...

Esa imagen lo sacudió. Era lo que había sucedido hacía cinco años en aquella fiesta. Todo vino a su mente, una palabra tras otras, él tomándole con fuerza las manos, sometiéndola en el suelo, haciéndole daño.

—¡No! –gritó con fuerza. Escuchó que alguien le hablaba, pero no era capaz siquiera de abrir los ojos.

Lo había sabido por labios de Emilia, ella le había contado lo que había pasado entre los dos, pero una cosa era escucharlo, y otra muy diferente recordarlo.

Cuánto daño, cuánto dolor.

La había visto hermosa, como un hada o una ninfa del bosque. Había malinterpretado cada una de sus palabras. La había besado y ella se había dejado besar, pero cuando le puso el alto, él no lo hizo, sumergido en un extraño mundo de fantasía.

A falta de información, ahora tenía demasiada. Era capaz de ver lo que había visto su mente drogada y alterada, y lo que el Rubén consciente había intentado impedir desde el fondo de su alma.

"Así no", había dicho ese Rubén despierto, pero que estaba siendo dominado por el otro, el que gobernaba su cuerpo. "Espinos no, dale rosas".

Por eso esa imagen de su sueño cuando ella le reclamaba que más que rosas, lo que él le había dado eran espinos.

Y sí, Dios, había tenido toda la razón. Si Emilia hubiese decidido odiarlo eternamente habría estado en todo su derecho… Pero no había sido así, y hoy la amaba más que nunca por eso.

Abrió sus ojos y se vio frente al rostro tranquilo de Emilia, que yacía otra vez en el suelo de una arboleda, pero ahora ella estaba herida en la cabeza, y eso lo ayudó a ubicarse un poco. Aquello ya había pasado, ella ya lo había perdonado. Qué buena, qué buena era Emilia por haberlo perdonado, él no lo habría conseguido, perdonar a quien le hizo tanto daño. Con razón sus dudas, con razón su odio y su rencor.

Le puso las manos en las mejillas y se acercó para besarlas, pero entonces sintió la mano de alguien que lo sacudía.

—¿Le pasó algo a Emilia?

—¿Qué?

—Emilia, ¿le pasó algo? ¡Contesta, hombre! ¿Le pasó algo a mi hija?

¿Por qué Antonio estaba aquí?, se preguntó Rubén, y entonces volvió al presente y a la realidad. Andrés, el causante de todo, o uno de los causantes, había intentado hacerles daño otra vez.

Pestañeó alejándose un poco, y lo primero que hizo fue revisar a Emilia, que seguía con sus ojos cerrados. No había heridas en su cuerpo, y pudo respirar tranquilo. Luego levantó la vista, y lo que vio lo dejó un poco pasmado. Andrés yacía en el suelo con una herida en la cabeza y el arma a pocos centímetros de su mano, y Antonio se elevaba sobre él con la piedra que había usado para golpearlo. Él también estaba bien.

Cerró sus ojos deseando llorar de alivio, y, sin fuerzas, se dejó caer en el suelo al lado de Emilia. Antonio miró a su hija y a Rubén tomar aire hondamente, como si estuviera teniendo dificultades para respirar.

—¿Ella está bien? —preguntó Antonio.

—Lo estará.

—Hay que llamar a la policía—. Rubén asintió. Intentó ponerse de pie, pero se encontró débil como si de verdad lo hubiesen herido. Antonio tomó la cuerda con que antes habían atado las manos de Emilia para atar las de Andrés, luego, como si con eso no tuviera suficiente, les quitó los cordones a los zapatos de Andrés y con ellos ató también sus pies—. Le pegué duro —dijo—, pero no demorará en despertar.

Emilia empezó a removerse, y Rubén se puso en acción por fin. La movió con cuidado y le quitó la cuerda que ataba sus manos.

—Todo está bien —le susurró él arrullándola en su pecho.

—¿Qué… qué pasó? —preguntó ella.

—Nada, mi amor, nada. Todo está bien—. Antonio miró la escena; su hija siendo abrazada, protegida y consolada por Rubén Caballero, y sintió como si un enorme peso se le cayera de encima. Él, todo el tiempo, la había protegido con su cuerpo, y sin hablar, ni hacer un solo movimiento, le había dado las señales para que actuara a tiempo. Había hecho hablar a este loco maniático, distrayéndolo de lo que sucedía detrás de él, y así habían tenido la ocasión perfecta para librarse de este malnacido, el que les había hecho daño a él y a Emilia.

Era justo que precisamente él le diera este golpe en la cabeza, pues por fin sentía que estaba vengando el dolor de su hija. Sintió la tentación de golpearlo hasta matarlo, pero entonces tuvo que contenerse; en la cárcel le iría mucho peor.

Emilia se sentía mareada, la cabeza le dolía terriblemente, pero poco a poco su mente se fue aclarando, y al recordar lo que le había sucedido, miró a Rubén.

¿Qué hacía el aquí? ¿Cómo había llegado acá?

—¡Rubén! –exclamó—. Alguien… alguien me golpeó.

—Lo sé –dijo él, alzándola en sus brazos.

—No me di cuenta, sólo sentí el golpe…

—Ya todo pasó.

—No le vi la cara… —él echó a andar fuera de la arboleda, y Emilia se dio cuenta de que también allí estaba su padre… al pie de un indigente tirado en el suelo.

—¿Quién es él?

—Andrés González –le contestó Rubén—. Emilia volvió a mirarlo. En su mente, se había formado otra imagen de él, alguien más grande e imponente, pero no parecía ser más que un pobre diablo que aguantaba hambre desde hacía semanas.

Recostó su cabeza en el hombro de Rubén, sintiendo que le palpitaba con fuerza, y agradeció el no tener que andar, pues incluso le estaban dando náuseas ahora. Se aferró a él sintiendo su perfume tranquilizarla y no pudo menos que respirar profundo. No importaba qué había sucedido, o qué había estado a punto de suceder, su padre y su futuro marido habían cuidado de ella.

La policía no tardó en hacer presencia, y entonces los vecinos alrededor acudieron para curiosear, algunos incluso hicieron fotografías y videos del momento en que capturaban a Andrés, que bastante aturdido caminaba esposado entre dos policías que lo sostenían a cada lado para que no escapase.

Rubén insistió en llevar a Emilia a un centro médico, donde le hicieron una revisión, y luego de una sutura la devolvieron a casa, pero su casa ahora mismo estaba un poco caótica por la mudanza, y sin pérdida de tiempo, Rubén la llevó a la mansión con sus padres, junto con Santiago, Antonio, Aurora y Felipe, que se quedaron mirando la mansión un poco alelados. Santiago, al ver a su madre herida, se preocupó mirándola con ojos grandes.

—Estoy bien, mi amor –le dijo Emilia atrayéndolo a ella para abrazarlo.

—¿Qué te pasó?

—Me caí y me golpeé en la cabeza.

—¿Te rompiste? –Emilia sonrió asintiendo.

—Tomen asiento, por favor –dijo Gemima, ejerciendo como anfitriona de sus consuegros. Álvaro estaba en el comando de la policía, mientras Rubén iba de camino allí. Había sido él quien trajera a la familia de Emilia, pero en cuanto los dejó en la mansión, se había devuelto. Tenía una denuncia que poner—. Perdonen la espera, pero Rubén apenas me avisó y…

—No te preocupes, Gemima… —le sonrió Emilia—. Somos nosotros los que irrumpimos en tu casa.

—Yo… creo que al menos nosotros sí debemos dormir en nuestra casa…

—Está hecha un desastre –dijo Antonio interrumpiendo a su esposa, tomando una de sus manos para que lo mirara y no insistiera—. Tendríamos que ir a un hotel, y si los padres de Rubén nos ofrecen su casa, ¿por qué no aceptar su hospitalidad? –Aurora lo miró sorprendida. Había pensado que él sería el primero en negarse.

—Pienso igual –dijo Felipe sentándose en un sofá al lado de Emilia—. Aunque yo deberé irme no bien amanezca. Tengo clase.

—Ah, tomo nota –sonrió Gemima—. ¿Qué desayunas antes de irte? –A Felipe se le iluminaron los ojos, pero entonces Aurora enderezó su espalda y lo miró severa.

—Nada, nada. No te preocupes.

—No es molestia. Si se te antoja algo, puedes ir a la cocina con libertad.

—Gracias—. La mirada de pesar que Felipe le dirigió a Aurora casi hace reír a Emilia, pero prefirió guardar la compostura.

—Tal vez deba contratar a alguien para que luego te haga las curaciones –dijo Gemima mirándola.

—No será necesario. Yo misma lo haré—. Gemima la miró apretándose los labios.

—Estoy tan feliz de que estés bien… —Emilia sonrió. Ya no pensaba que todo esto que hacían por ella era a causa del niño. Ahora de verdad creía que la apreciaban, que era parte de esta familia.

Suspiró recostándose al espaldar del sofá, sintiendo el peso de su hijo que se recostaba en ella con la necesidad de sentirla cerca, y ella extendió la mano a los rizos de su hijo para ponerlos en su lugar, tarea infinita, pues eran rebeldes.

En unos minutos llegaría Rubén y le informaría de lo sucedido en el comando de policía. Rubén le había contado que había intentado contactarla para ponerla sobre aviso, pues había estado seguro de que la buscaría para hacerle daño, y no se equivocó. Sabiendo que tenía una relación con Rubén, la había convertido en un blanco. Pero confiaba en Rubén y en su suegro; seguro que conseguirían meter a ese hombre a la cárcel, sólo así ella podría estar otra vez tranquila.

47

Rubén entró a la mansión pasada la media noche acompañado de su padre, que le dio una palmada en el hombro apretándoselo un poco en un gesto consolador. Él suspiró y subió las escaleras despacio, sintiéndose cansado, viejo, necesitando urgentemente ser abrazado por su mujer.

La encontró dormida en su cama, obviamente acompañada de Santiago, que estaba extendido en todo el colchón dejando a Emilia en un pequeño rincón. Sonrió y se acercó al niño para alzarlo y llevarlo a otra habitación, presintiendo que a este pequeño le iba a costar un poco dejar de visitar la cama de su madre por las noches. Emilia se despertó al sentirlo, y se sentó en la cama preguntándole cómo había ido todo. Él se detuvo, y en la penumbra sólo pudo ver que la miraba sin girarse del todo con el niño en brazos.

—Déjame llevarlo primero a su cama –le dijo—. Ya te contaré—. Algo se removió en ella. Él parecía triste, o preocupado, no sabía bien. Tal vez las cosas no habían salido bien, tal vez saldría libre bajo fianza.

Se quedó allí sentada en la cama y encendió la lámpara poniendo una luz tenue y preguntándose mil cosas, llenándose la cabeza de pensamientos cada vez más pesimistas.

Rubén regresó a los pocos minutos y se sentó en el borde de la cama, ella se sentó a su lado y lo miró fijamente. Rubén se giró a mirarla, y así, en la penumbra, ella se veía hermosa. Le sonrió, y Emilia se acercó otro poco a él y apoyó sus manos en el pecho masculino.

—¿Qué pasó? –él respiró profundo.

—Estará preso por varios años.

—Ah… Eso es… tranquilizador.

—Sí. Un poco.

—¿Estás triste? –él hizo una mueca.

—Los años de cárcel no se los darán por lo que nos hizo a nosotros –contestó Rubén, quitándose la chaqueta que llevaba puesta con movimientos suaves.

—¿No? ¿Y entonces?

—¿Recuerdas que eran dos? ¿Guillermo y Andrés? –ella asintió. Rubén empezó ahora a quitarse los zapatos—. Pues… la policía lo interrogó, usaron bastante presión. Gracias a los contactos de nuestros abogados, pudimos escuchar el interrogatorio… y Andrés confesó… que él mismo asesinó a Guillermo –Emilia contuvo una exclamación. Rubén miraba el suelo y extendió una mano poniéndola sobre una de sus piernas, acariciándola de manera distraída—. Lo contó todo. Dice que esa noche, luego de que salieron de la fiesta, a Guillermo le empezó a remorder la conciencia. Le dijo que volvieran, que me sacaran de donde me habían metido. Que se habían pasado de la raya, pero Andrés no quería. Discutieron fuertemente, Guillermo lo acusó de loco y obsesionado. A pesar de que él había sido quien consiguiera las drogas que me dieron esa noche, no había planeado dármelas todas al mismo tiempo, y como no dejaba de fastidiarlo con el tema de confesar, de tratar de reparar el daño, Andrés simplemente perdió el control y lo mató—. Él la miró ahora, con una sonrisa que parecía más una mueca—. Perdió el control y mató a su mejor amigo.

—¡Es terrible!

—Sí… Que quiera matar a alguien a quien odia ya es malo, pero acabar con la vida del que consideras tu mejor amigo… eso debió enloquecerlo.

—¿Y la policía… sospechaba de él?

—Sí, pero no tenían nombres, sólo la descripción de un testigo que los vio juntos en una cantina de mala muerte. Ahora lograron al fin cerrar ese caso, relacionarlo con el mío y el tuyo, y… cerrar capítulo—. Emilia se apoyó en su hombro.

—Para la policía –dijo—. El caso está cerrado para ellos—. Rubén la rodeó con su brazo y besó su cabello teniendo cuidado de no lastimarla.

—También nosotros pasaremos página. Nos olvidaremos de esto.

—Lo deseo con todo mi corazón –ella elevó su rostro a él y se miraron el uno al otro por largo rato, hasta que ella sonrió y elevó su mano para acariciar su rostro, pasándolo por sus cejas, sus pestañas y su nariz—. Te duele lo que le pasa a ese hombre, ¿verdad? –Él hizo una mueca.

—En cierta forma.

—No, en cierta forma no. Te duele.

—Bueno, es que por un buen tiempo los consideré mis amigos. Fue después que empecé a darme cuenta de sus actitudes egoístas y a veces hasta un poco aprovechadas. Me… dolió. El dinero para mí… fue una cosa que siempre estuvo allí. Mis padres me enseñaron a que no fuera eso lo que me definiera como persona, y por eso yo no le prestaba demasiada atención, pero para ellos lo era todo. Me odiaban, y yo no me enteraba. Planearon matarme y… —se quedó en silencio y la miró. Dejó salir el aire, y de repente, se tiró en la cama. Emilia sintió extraña su actitud.

—¿Pasa algo?

—No… sólo abrázame –ella no se hizo rogar, y se recostó a su lado rodeándole la cintura con su abrazo.

Minutos después, él se levantó para ponerse un pijama, pero sin perder el tiempo, volvió a meterse en la cama, a abrazarse y a arrullarse. Hoy casi se pierden el uno al otro, pero eso no había sucedido y volvían a estar juntos.

En la mañana, Álvaro sostenía en una mano el diario, y en la otra un café. Ya estaba listo para un día más de trabajo, y teniendo en cuenta que Rubén no iría hoy, debió madrugar un poco más. Tampoco Emilia, pero ella tardaría unos días en volver.

Estos dos necesitaban un respiro. Ya con lo del accidente en Brasilia había sido bastante traumático, Rubén había acumulado más cicatrices, y ahora Emilia tenía otro golpe que pudo haber sido fatal. Si la pobre tenía pesadillas con constancia, él no podía menos que comprenderla y compadecerla.

—Ya me voy, señor Caballero –dijo Felipe pasando por su lado y cojeando un poco. Álvaro le señaló el pie con el diario.

—Ve al médico y haz que te revisen eso.

—Estaré bien.

—No deberías ir a clase—. Felipe sonrió abriendo grandes los ojos.

—Ni lo mencione, no puedo perder una clase más.

—Pues ojalá al verte decidan que debes descansar.

—Estaré entre médicos, no se preocupe –sonrió Felipe y se

encaminó a la salida.

—¿En qué te vas? –le preguntó.

—En… bus, supongo.

—¿Bus por aquí? No lo creo –él llamó a Edgar y le dio la orden de preparar un auto para Felipe, que se quedó un poco pasmado por la facilidad con que le habían solucionado un problema que él ni siquiera había considerado. Sin negarse, pues habría sido una tontería, Felipe agradeció el favor y salió por fin de la mansión.

Entonces Álvaro vio a su mujer correr por uno de los pasillos con el teléfono celular en la mano y como si hubiese hecho una travesura muy grande en este mundo.

—¿Gem? –la llamó, usando el diminutivo que sólo él le aplicaba. Ella se detuvo en seco y escondió el teléfono—. ¿Qué hiciste?

—¿Yo? ¡Nada! –él la miró significativamente, y la sonrisa de Gemima no se hizo esperar. Corrió a él mostrándole la pantalla del teléfono, y Álvaro pudo ver en ella a Rubén, Emilia y Santiago dormidos en la misma cama. Al parecer, Santiago se había metido en la cama de sus papás, y abrazaba a su mamá, mientras Emilia abrazaba a Rubén.

—¿Te metiste en su habitación para tomar una foto?

—¡Ay, claro que no!

—¿No?

—¡Es sólo que fui a ver cómo amaneció el niño y no lo vi! ¡Y me preocupé, claro está!

—Y fuiste a llamar a Emilia y los viste. Muy conveniente.

—¿No son divinos? –sonrió Gemima ignorando la regañina de Álvaro.

—Siéntete afortunada por no haberte encontrado una escena en esa cama.

—Emilia está herida, mi hijo no es un bruto.

—Treinta años conmigo y no has aprendido nada –farfulló Álvaro bebiendo un trago de su café. Gemima le echó malos ojos, pero cuando se despidió, como siempre, le dio un beso en los labios—. Me comentas cómo van las cosas aquí –le pidió él, y ella asintió sin dejar de mirar la foto en su teléfono. Quería enmarcarla.

Emilia despertó sintiendo dolor de cabeza. Intentó moverse para luego descubrir que estaba atrapada. Rubén la retenía por un lado y Santiago por el otro. Era lindo, pero no era nada cómodo.

De todos modos, no pudo evitar sonreír.

—¿Rubén? —Lo llamó ella con suavidad, pero él no se movió—. Rubén —volvió a llamarlo, y él al fin dio señales de haberla oído. Murmuró algo, pero no se movió—. Necesito… que muevas a Santiago.

—Santiago —repitió él, pero era evidente que hablaba más dormido que despierto.

—Me estoy ahogando aquí —él reaccionó al fin. Se movió y la miró. Ella había estado atrapada entre Santiago y él. Santiago, que otra vez se había pasado a la cama.

Movió al niño separándolo de Emilia y se pasó la mano por el cabello intentando terminar de despertar.

—Le va a costar un poco dejar la costumbre —lo excusó ella—. Pero hablaré con él.

—No pasa nada, lo entiendo… A mí también me costaría —Emilia sonrió al imaginárselo, y no era difícil. Santiago era una viva muestra.

Rubén iba bajando de la cama, pero Emilia lo retuvo tomándolo del piyama. Él la miró interrogante, pero la intención de ella quedó clara cuando hizo fuerza para atraerlo.

—Buenos días —dijo ella, y Rubén sonrió al fin.

—Buenos días. ¿Quieres… que te suba el café, o algo?

—Más que café —susurró Emilia—, lo que necesito son un par de aspirinas.

—Claro. Pero primero, desayuno.

—Yo sí quiero café —dijo la vocecita de Santiago, que se había despertado, pero seguía sin moverse en la cama, aunque con sus enormes ojos muy abiertos. Emilia lo miró y sonrió negando.

—Tú no tomarás café. No te quiero eléctrico y alborotando a todos en la casa.

—Lo que la mamá diga —sonrió Rubén y sacó a Santiago de la cama, alzándolo por la cintura. Él colgaba como un peso muerto, adormilado como estaba aún, y no dijo nada mientras lo llevaban a la cocina. Emilia los vio y sonrió, sin embargo, no pudo evitar notar que algo andaba mal con Rubén, que parecía esquivarla cuando estaba despierto.

Cuando estaba despierto, pues no la había soltado en toda la noche.

Minutos después, alguien llamó a la puerta, y cuando dio el pase para entrar, una joven con uniforme entró con una bandeja de desayuno. Aunque habría sido más romántico que el mismo Rubén se la subiera, no pudo menos que agradecer y sentirse algo así como una princesa de cuentos.

Se metió a la ducha y se dio un baño, poniéndose la ropa que su madre le había traído anoche. Se preguntó entonces qué sería de sus padres y salió al fin de la habitación.

Los encontró en una mesa de desayuno, hablando con Rubén y Gemima, que se tomaba un café con ellos.

—Ah, despertaste –la saludó Gemima, y de inmediato Rubén se puso en pie para conseguirle una silla.

—Buenos días.

—Buenos días –contestó Antonio—. Nos iremos a casa en unos minutos, para terminar de acomodar todo. Ayer, con todo lo que pasó, no nos fue posible.

—No hay problema, en cuanto pueda, iré a ayudarlos.

—No, tú quédate aquí –le reconvino Antonio—. Necesitas descanso.

—Y este jovencito debe irse a clases –dijo Aurora mirando a Santiago, y Gemima pareció más triste que el mismo niño, que preguntó si no se podía quedar con su mamá, a lo que Emilia respondió que no.

Cuando terminaron su desayuno, Aurora y Antonio dejaron la mesa, y luego, la mansión. Emilia le tomó la mano a Rubén, y sonriendo, comentó algo sobre lo extraño que estaba siendo el comportamiento de su padre.

—Tal vez está aceptando al fin que estés conmigo –dijo él, y ella le tomó el rostro para besarlo. Cuando él no hizo nada más que responderle al beso, ella lo miró ceñuda.

—¿Te pasa algo?

—¿A mí? No, nada.

—Por lo general, tú no pierdes el tiempo para meterme mano, y estás siendo desagradablemente conservador esta mañana.

—Estás herida, no quiero…

—Mis labios están muy buenos para besar… —murmuró ella con voz y labios seductores— y besarse quita el dolor de cabeza, y tú no me quieres dar mi medicina –él se echó a reír—. Ven, besémonos –dijo ella abrazándolo, y paseando sus manos por sus costados y su espalda y buscando su boca.

—Estás un poco loca.

—Sí, sí, sí. Y qué. Con un hombre como tú, debo ser tonta si me mantengo cuerda –él sonrió un poco admirado porque ella estuviera soltando piropos uno tras otro.

Se inclinó para besarla, pero de inmediato la imagen aquella, que lo había perseguido en sueños, llegó para interrumpir su beso. Emilia lo miró ahora con un poco de enfado.

—Ah, chicos, están aquí –dijo Gemima, interrumpiéndolos, aunque con su expresión pedía perdón––. Necesito salir un momento para arreglar unos asuntos. Emilia, pasaré por el supermercado, ¿necesitas que te traiga algo?

—No, señora Gemima.

—¿Y tú, Rubén? –él sólo meneó la cabeza negando. Gemima salió de la mansión y Emilia se cruzó de brazos caminando al sofá más próximo.

Al verla así, Rubén se pasó la mano por los cabellos, pero cuando ella no dijo nada, se preocupó realmente.

Caminó a ella y la miró desde su estatura.

—Lo recordé todo –le dijo de pronto, deseando que esto se arreglara. Sabía que al hablar otra vez de este tema, Emilia reviviría sus recuerdos y volvería a sentirse mal, pero quería compartírselo, quería que lo supiera. Lo estaba matando.

—Todo qué –contestó ella un poco seca.

—Lo que pasó… en esa fiesta––. Ahora ella lo miró un poco impresionada. Rubén se paseó por la bonita sala y Emilia vio que parecía no saber qué hacer con sus manos, pues por un momento las metía en el bolsillo, luego se cruzaba de brazos y ya tenía el cabello un poco alborotado de tanto mesárselo.

—Cuando Andrés… disparó… —siguió él— yo me eché sobre ti con miedo de que te alcanzara la bala. Supongo que… estar en esa posición, en un lugar tan parecido… consiguió que a mi mente volviera la información. Recuerdo cómo fue todo, recuerdo… —dijo él mirándola con ojos preocupados––, cada cosa que dije, que hice… la fuerza que usé… el daño que te hice––. Él no le quitó los ojos de encima, y vio que Emilia cerraba sus ojos––. Lo siento – dijo Rubén, sintiéndose otra vez angustiado––. Lo siento tanto, Emilia––. Ella volvió a mirarlo, ahora con una extraña expresión. Se puso en pie y caminó a él despacio, mirándolo de hito en hito.

—¿Qué sientes? ¿El haberlo recordado?

—No… lo que te hice. Una parte de mí era consciente, intenté detenerme, intenté parar, pero la otra parte, la que veía todo como una ensoñación, la que te veía a ti como a una ninfa hermosa de un bosque, simplemente pensaba que era lo que correspondía hacer, marcarte como mi mujer para siempre, y lo siento tanto, Emilia. Por favor, perdóname.

—¿Me estás pidiendo perdón por lo que pasó esa noche?

—Sé que no merezco… —ella lo calló poniendo un dedo sobre sus labios, y él la miró expectante.

—No vuelvas a pedirme perdón.

—Pero yo…

—Yo ya te perdoné. Hace mucho tiempo te perdoné. El que tú lo recuerdes ahora, no cambia nada, no hace que yo lo reviva o lo recuerde con rencor.

—Emilia…

—Supuse que esto algún día pasaría, me imaginé que con los años algo haría que lo recordaras, y ya estaba preparada para esto. No fue tu culpa, Rubén. El destino nos puso allí a los dos. El camino ha sido largo y bastante difícil, pero ya estamos aquí, y además…

—añadió ella acercándose más a él, paseando sus manos por los brazos de él— me has dado tantas rosas, que éstas ya desplazaron las espinas. No hay espinas por las que debamos sentirnos mal, mi amor, ya no—. Él la abrazó con fuerza, besándola, apretándola, incluso terminó alzándola un poco. Emilia sonrió.

—Cásate conmigo, mujer.

—Ya te dije que sí.

—Cásate ya –ella se echó a reír.

—Ya es como si nos hubiésemos casado, como si ya fuésemos una familia, con hijo y todo. Mis padres y tus padres se llevan bien. Ya nada puede pasarnos, ya nadie puede tocarnos.

—Eso espero –dijo él sin dejar de abrazarla—. Eso deseo. Que, de aquí hasta la vejez, nuestra vida sea muy normal y muy tranquila –él le besó la frente y Emilia sonrió.

—Sí. Ya tuvimos todos los sobresaltos que se puedan tener en la vida.

Rubén la besó con fuerza, honda y profundamente, como si deseara devorársela.

—Te amo –le dijo.

—Yo te amo a ti.

—¿Estaría abusando si…?

—No –contestó ella sabiendo lo que él le pedía—. Hagamos el amor en tu cama –él sonrió, y le tomó la mano llevándola hasta su habitación, donde se dispondría a desnudarla con mucho cuidado para hacerle el amor.

48

Aurora terminó de acomodar todos los muebles de su nueva casa, y como punto final, enderezó la fotografía enmarcada de su familia colgada en la sala principal; ella, Antonio, Emilia siendo adolescente, y Felipe, cuando tenía diez años. La foto, cuando estaban en el pequeño apartamento, había tenido que ponerla en su cuarto, porque en la sala no había espacio, y ahora ésta podía ser exhibida junto con las demás fotografías que había tenido que archivar.

En las demás estaban Emilia y Felipe de niños, abrazados y sonrientes; Felipe montando bici mientras Emilia lo empujaba desde atrás, y ella junto a Antonio vestidos para alguna ocasión especial.

Suspiró. El tiempo se había ido volando. ¡Habían pasado por tanto! Cuando quedó embarazada de Emilia y se lo dijo a Antonio, nunca se imaginó que en la vida viviría tantas aventuras con su familia, no imaginó que sería testigo de tanto.

Había sabido que tenía un buen marido, y que junto a él podría formar un hogar estable. Hubiese querido ofrecerles más cosas a sus hijos, pero lo mejor que habían podido darle era estabilidad, confianza, disciplina, y respeto por el dinero y el trabajo. Así, cada uno había podido conquistar poco a poco sus sueños. Aunque los sueños se vieron truncados por mucho tiempo…

Se secó la lágrima que se atrevió a humedecer sus ojos, y cuando Antonio la vio, intentó disimular y respiró profundo. Antonio dejó la caja de herramientas que llevaba en el suelo y se acercó.

—¿Te acuerdas de ese día? –Aurora sonrió asintiendo.

—Sí. Era Año Nuevo. Y Emilia quería otro vestido, no ese –Antonio sonrió—. Llevo años viendo esta fotografía, pero… siento que verla aquí, en esta casa y en esta sala… viendo otra vez la luz del día… me siento como si estuviera llegando al final de algo, al final de un camino—. Antonio la miró ceñudo.

—Ningún final de nada, no digas cosas tan sombrías –Aurora se echó a reír.

—¡No estoy hablando de la muerte! Quiero conocer a todos los nietos que pueda. Quiero acompañar a Emilia en su próximo embarazo, porque sé que tendrá más bebés, y como me llamará llorando porque no le sale leche, o porque le duelen las mamas, o porque el bebé llora mucho… quiero estar allí para aconsejarla. También… quiero ver a Felipe convertirse en un buen médico, quiero verlo casarse y convertirse en un gran hombre.

—Ya es un gran hombre.

—Sí… —Aurora se recostó a su marido y rodeó su cintura con un brazo—. A pesar de todo, fue una buena vida—. Elevó su rostro a él y lo miró con una sonrisa—. Gracias.

—¿A mí? Tú has sido la luz de este hogar –ella sonrió, escondiendo con timidez su rostro, y Antonio la estrechó con su brazo.

Tal como ella decía, había sido una buena vida, pero estaba seguro que, de ahora en adelante, todo iría mejor.

—Entonces… se casan –dijo Adrián poniendo en la mano de Rubén una lata de cerveza. Rubén la miró por un momento algo ceñudo.

—En un par de meses –contestó Emilia mirando a Rubén, observando su comportamiento.

Habían venido al apartamento de Adrián para pasar un buen rato. Él había puesto música, había comida servida y Telma se comportaba como la anfitriona.

El apartamento era hermoso, no tan grande como el de Rubén, pero espacioso y con unos cuantos lujos. No entendía por qué Telma quería irse a otro lugar, aquí cabían ellos perfectamente.

—La cerveza no está envenenada, ¿sabes? –bromeó Adrián, y Rubén lo miró con una sonrisa un tanto forzada, luego miró a Emilia fijamente. Ella movió su cabeza como preguntándole qué sucedía, pero él sólo miró la cerveza, cerró sus ojos y bebió de ella—. Es la primera vez que veo que Rubén bebe algo que alguien le ofrece, ¿saben? –Siguió Adrián sentándose al lado de Telma y rodeándole los hombros con su brazo—. Tan alto es su nivel de desconfianza—. Telma miró a Emilia. Las dos amigas se miraron la una a la otra en una muda comunicación, entendiendo por qué Rubén se comportaba así, y del mismo modo, dándose cuenta de que él estaba luchando por dejar ese miedo atrás.

Emilia se puso en pie y se sentó en el apoyabrazos del sillón donde estaba Rubén, recostándose un poco a él.

—No te metas con Rubén –le pidió—. Tal vez es que esta cerveza no es su favorita—. ¿Cierto, amor? –él sonrió de medio lado.

—No, la verdad es que siempre rechacé las bebidas que gente fuera de mi familia me ofreciera, porque, sabes, estuve en un hospital casi ocho meses por un veneno que me pusieron en una—. Adrián lo miró pasmado, Telma lo miró pasmada, Emilia lo miró asombrada.

—No… no sabía eso.

—Eso no es todo –siguió Rubén—, lo hicieron dos amigos, los más cercanos en la época.

—Y por qué… —sonrió Adrián un poco confundido con estas declaraciones— ¿Por qué me lo cuentas ahora?

—Porque siempre te has preguntado por qué no confío en ti. No es contra ti, realmente… no confiaba en nadie. No es que me propusiera desconfiar en la gente, simplemente… era incapaz.

—¿Y ahora, eres capaz?

—Supongo que todos estos años trabajando contigo me han servido para sopesarte un poco… y quizás también me estoy arriesgando un poco.

—Todos tomamos riesgos –dijo Emilia, y él movió su brazo para ponerlo sobre las piernas de ella, que seguía en el apoyabrazos—. Si no tomáramos riesgos, no viviríamos… Nos perderíamos de grandes cosas.

—¿Ya lo saben todos en la empresa? –interrumpió Telma cuando Rubén y Emilia empezaron a mirarse de tal forma que alrededor casi empezaron a flotar corazones rosas perfumados.

—¿Saber qué?

—Que son novios, que se van a casar.

—Ah… necesitamos hacer eso, Emilia –comentó él en voz un poco baja.

—Por supuesto.

—¿Por supuesto? –rio Telma.

—Hay… cierta personilla… que quiero que se entere.

—Ah... —Telma se echó a reír y miró a Adrián, pero él parecía seguir pensando en las palabras que antes dijera Rubén, como si aún lo estuviera digiriendo.

Enterar a los empleados de la CBLR fue más fácil de lo que Emilia jamás pensó. Ni siquiera tuvieron que esforzarse. Sólo fue que alguien los viera tomarse las manos y separarse con un beso, y las preguntas en privado empezaron a llegar.

—¿Son novios? –preguntó Luisa, aquella compañera que viajara junto a ellos a Brasil. Emilia sonrió mordiéndose los labios y asintiendo—. Fue en Brasil, ¿verdad? Allí empezó todo.

—Tú sí que eres observadora.

—No, no, no. Tú tienes una historia con él que empezó mucho antes –siguió ella—. Lo odiabas, no soportabas estar en el mismo espacio que él... incluso recuerdo que lo atacaste una vez.

—Ah, eso fue por mi hijo—. Luisa ahora la miró verdaderamente confundida.

—¿Qué tiene que ver tu hijo?

—Que Rubén Caballero es el papá –Luisa abrió su boca y sus ojos como si por ellos le fuera a entrar toda la historia.

—¿Qué?! –Exclamó al fin—. ¿Tienes un hijo con Rubén Caballero?

—¿Qué? –preguntó alguien más. Melisa exactamente. Emilia se giró a mirarla. No supo si ella casualmente pasaba por su cubículo y las escuchó chismorrear, o se había detenido silenciosamente para enterarse.

No le importó. Ella era la persona que más le interesaba que se enterara, a ver si se resignaba de una vez.

—Ah, Melisa. ¿Estabas escuchando?

—No... no. Yo sólo...

—No importa. De todos modos, todos lo sabrán –Emilia encendió su teléfono y buscó una fotografía, una donde estaban ella, Rubén y Santiago. Una donde era innegable el parecido del niño con los dos—. Este es Santi –le dijo mostrándole la foto. Melisa la miró por sólo dos segundos, luego de los cuales, salió de allí disparada hacia los baños. Luisa soltó una carcajada.

—¡Eres malvada! Me caes bien.

—Gracias. Pero no lo hago por malvada, creo que esa chica debe empezar a resignarse. Además... me molesta que sólo se interese en Rubén por su dinero. Ni siquiera lo conoce bien.

—¿Qué le va a importar a ella conocer bien a nadie? Pero dime, ¿me contarás la historia? —Emilia suspiró.

—No es bonita de contar.

—Ah… me imagino. Él no respondió por el niño.

—Bueno… es que él ni siquiera sabía que existía.

—¿Cómo?

—Verás —dijo Emilia, acomodándose y empezando su historia—. Fue en una fiesta… y él estaba…

—Pasado de copas —dedujo Luisa.

—Me dijo unas hermosas palabras de amor con las que me derritió —siguió Emilia, pensando en que, después de todo, aquello no era una mentira absoluta—, y luego no lo volví a ver.

—Típico.

—Hasta que me lo encontré aquí, en la empresa.

—Y estallaste. ¡Yo se la corto! —Emilia no pudo evitar echarse a reír.

—Menos mal no soy tú, o ahora lo estaría lamentando—. Luisa la acompañó en sus carcajadas.

La historia se regó en todo el personal, y la forma de verla y tratarla cambió en algunos, que se imaginaban que por ser nuera del presidente había que tener deferencia con ella. En algunas ocasiones Emilia les aclaró que no era necesario. En otras, no se molestó tanto.

En los siguientes días, las noches de Emilia estuvieron muy ocupadas. Si no estaba con Rubén en su apartamento muy ocupada, estaba en casa de sus suegros, o en la de su cuñada, o planeando su boda.

Gemima, tal como lo auguró Rubén, quería una súper fiesta, por todo lo alto. Ella tuvo que insistirle en que quería algo privado.

—¡Se casa mi hijo! —Exclamó Gemima—. Es la única vez que lo veré de novio, quiero que sea memorable.

—Para hacerlo memorable no se necesitan seiscientas personas – dijo Emilia, rotunda. Gemima tuvo que ceder, Emilia era más terca que ella.

De todos modos, insistió en anunciar el compromiso en los diarios, y así se hizo, aunque la fotografía fue un poco pequeña en la página de Sociales. En la foto, Emilia y Rubén se abrazaban y sonreían ampliamente. La describían a ella como una talentosa, aunque novata arquitecta, y a él como el heredero de la CBLR

Company.

—¿Te dije que Santiago me llamó desde tu teléfono hoy? –le preguntó Rubén a Emilia, saliendo de un restaurante y tomados de la mano. Ella lo miró confundida.

—No.

—Quiere que lo llevemos al viaje de luna de miel –sonrió él mientras se encaminaban a la zona de parqueo.

—Ah, ¿sí? –rio Emilia. Él le abrió la puerta del auto y ella iba a entrar, pero entonces vio a una mujer y se detuvo en su movimiento. Rubén se giró para ver qué había llamado su atención y allí vio a Kelly.

—Hey –la saludó él—. Hola.

—Hola, Rubén. Podemos… ¿podemos hablar un momento? – Rubén miró a Emilia haciendo una mueca.

—Claro. ¿Cenabas también aquí? –preguntó el señalando el restaurante—. No te vi dentro.

—No, vine porque supe que estabas aquí.

—¿Cómo lo supiste? –ella sacudió su cabeza esquivando la pregunta y Emilia cerró la puerta que antes había estado abierta para ella y dio unos pasos hacia la mujer.

—¿Podemos hablar a solas? –preguntó Kelly.

—No, no puede –contestó Emilia en su lugar. Kelly la ignoró y miró a Rubén, como si la respuesta de ella no valiera, pero él se encogió de hombros, tomando las palabras de ella como suyas.

—Es importante –insistió Kelly.

—¿Qué quieres? –preguntó Emilia ya sintiéndose molesta—. ¿Crees que tienes algo tan importante que decirle que hará que cambie su decisión de casarse conmigo para volver contigo? Aterriza; eso no pasará.

—¿Por qué estás tan segura?

—No hay nada que lo pueda alejar de mí –contestó Emilia.

—Eso es muy presumido de tu parte.

—No estoy presumiendo, sólo constato un hecho. Déjalo en paz y empieza por fin a vivir tu propia vida.

—No quiero.

—Tu problema –Emilia tomó a Rubén de la mano para alejarse de allí, pero Kelly entonces lo tomó por la otra. La diferencia estuvo en que Rubén se zafó de ella casi como si le hubiese fastidiado su toque.

—¿Vas a obsesionarte, Kelly?

—¡Sólo te quiero!

—No. Estás obsesionada. ¿Quieres que ponga una acusación contra ti? A tu familia no le caerá nada bien.

—¡No harías tal cosa!

—Confías demasiado en la bondad de la gente, pero si tú llegases a amenazar en lo más mínimo a mi familia, créeme que lo haré. No dañes la larga relación comercial que ha tenido mi empresa con la de tus padres.

—Ni siquiera porque...

—Vamos, Kelly. No estás embarazada –dijo Rubén, y Emilia contuvo una exclamación—, ni tampoco me amas, ni serás incapaz de hallar otro novio. Déjame ir—. Kelly hincó por un momento sus uñas en el brazo de Rubén, y él soportó estoico el dolor.

—Eres... el mejor novio que jamás he tenido –dijo Kelly, con sus ojos llenos de lágrimas—. Desde siempre... los hombres me tratan como si... Pero tú...

—Lo siento, Kelly.

—No, no, no... No quiero perderte—. Emilia iba a decir algo, pero entonces él la detuvo poniendo su mano en su hombro, haciendo un poco de presión.

—Encontrarás a alguien... que te valore, que te amé tal como eres. Dirás: todos dicen lo mismo, pero aprende de mí. Yo una vez creí que lo había perdido todo, pero hoy soy feliz, no me falta nada, Kelly. Seguro que tú lograrás lo mismo para ti, pero para ello, toma las decisiones correctas hoy—. Ella aflojó su agarre al fin, y lo fue soltando poco a poco.

Alguien como Rubén, pensó. Precisamente él le estaba diciendo esas palabras.

Suspiró y lo miró a los ojos, pestañeando para que no viera sus ojos humedecidos. Era humillante tener que aceptar su derrota justo frente a esta mujer que se lo había arrebatado de sus brazos, pero al parecer, seguir insistiendo sólo conseguiría que él la odiara. No podría vivir con el odio de Rubén a cuestas.

—¿Me lo prometes? – ¿qué cosa? Se preguntó Rubén, y luego cayó en cuenta de que ella se refería a lo que él acababa de decir.

—Hay justicia en el mundo. Para bien... o para mal—. Ella asintió aceptando esa realidad, miró fugazmente a Emilia y dio la media vuelta alejándose. Cuando estuvo a una distancia en que ya no pudo oírlos, Emilia hizo girar a Rubén para que la mirara.

—Sabías que ella venía a montarte un show de que estaba

embarazada. ¿Cómo es eso?

—Creo que leí su mente.

—Rubén…

—¿Qué quieres que te diga? Lo intuí.

—¿Es posible que lo esté?

—Emilia, ¿si no te he embarazado a ti, que le damos al tema como a violín prestado… ahora a ella, que sólo fue una vez? – Emilia entrecerró sus ojos.

—¿Violín prestado? –él sonrió. Ella había dejado de preocuparse del tema de Kelly por eso.

—Así dice el dicho; "como a violín prestado"—. Emilia se echó a reír.

—¿Así hemos estado?

—Hay otro dicho que dice: como a burro alquilado—. Ella soltó ahora la carcajada. Caminaron de vuelta al auto y se introdujeron en él.

Siguieron hablando y riendo hasta que entraron al apartamento, y aunque Emilia no paraba de reír por los dichos de Rubén, éste encontró la manera de desviar su atención hacia otros temas más entretenidos.

Cuando entraron a la habitación de él, ella se quedó de pie en la entrada, con la boca abierta bastante sorprendida.

—Era lo que te faltaba hacer –sonrió ella señalando la enorme cama bañada en pétalos de rosa.

—Ya. Después de todo –dijo él estirando un poco sus labios—, soy bastante predecible y cliché.

—Ven aquí, mi hermoso cliché –rio ella atrayéndolo en un abrazo—. No dejes de hacer jamás estas cosas hermosas. Te amo.

—Ahora todo cobra sentido –respondió él, y se dejó besar. La alzó en sus brazos y la puso sobre el colchón. Emilia sonreía mirándolo desde abajo, fascinada por la dulzura de este hombre, por la manera que tenía de amarla. Nunca se cansaría de él, nunca tendría suficiente de él.

Los pétalos de rosa terminaron todos arrugados y por el suelo, o pegados a alguna parte de la anatomía de ambos, que, extasiados y felices, siguieron arrullándose y besándose aun cuando ya no les quedaban energías para continuar.

La boda se realizó como lo había sugerido Emilia; pequeña, pocos invitados, poco ruido. Santiago había sido quien llevase los anillos, y el juez no alargó mucho la ceremonia, sino que los declaró marido y mujer tan pronto como ellos pronunciaron los votos.

Esto era más un requisito legal; Emilia hacía rato que ya sentía que era la mujer de Rubén.

Todo se desarrolló con normalidad, Gemima estuvo casi en todas partes a la vez supervisando que las cosas salieran bien, y, por el contrario, Aurora sólo observaba y sonreía con los demás invitados. Viviana le presentó a su bebé y Aurora la tomó en sus brazos sonriendo emocionada.

—¡Qué bonita es! –exclamó–. ¡Ah… yo quiero una nieta! Ojalá que Emilia decida encargar pronto—. No vio la mirada que Viviana le lanzaba a su marido. Estaba visto que los padres de Emilia no sabían que su hermano ya no podía engendrar más bebés.

Prefirieron guardar silencio y sólo sonrieron haciendo eco del deseo de Aurora. ¿Por qué oscurecer los sueños de esta mujer en el día de la boda de su hija?

Convencer a Santiago de que si ellos viajaban sin él no era porque no querían llevarlo, sino porque era lo que hacían los novios luego de la boda, fue más complicado. La mitad del tiempo lo pasaría en casa de su abuela Aurora, y la otra mitad, en la de su abuela Gemima.

Fue sólo una semana, pero se le hizo eterno.

Emilia y Rubén fueron a Brasil. Esta vez sí pasearon por todos los sitios que en la ocasión anterior no pudieron, e incluso más, pues lograron pasar un par de días en Río de Janeiro, con sus bellas playas, que no estuvieron tan congestionadas como se imaginaron.

Regresaron morenos y felices, con regalos para el niño, que en cuanto los vio atravesar la puerta de la casa de sus abuelos corrió a ellos para colgárseles encima sin intención de soltarlos por lo menos en un año.

Sin embargo, con el tiempo tuvo que comprender que su madre no se iría jamás a ningún sitio. Ella seguía allí, firme y constante como una roca. Y ahora incluso más, porque estaba su papá. Además, llevaba el apellido de él, Caballero. Ya no era Santiago Ospino, ahora era Santiago Caballero.

El día que le pidió que por favor no entrara a la escuela con él, Emilia comprendió que su hijo se había crecido, se estaba haciendo independiente, y le dolió un poco.

Pero era lo que hacían los hijos, ¿no? Crecer, independizarse.

Quería otro bebé.

La idea empezó a fraguarse en su mente poco a poco. Reconoció que quería tener otro. Perla ya daba pasos, y Telma le había anunciado que tendría un bebé y fue cuando se dio cuenta de que vivir la maternidad desde el principio y con ilusión hacía que todo fuera diferente. Su percepción acerca de los cambios en el cuerpo de una mujer, de las miradas de todos alrededor, de las preguntas, de los comentarios… todo era distinto si estabas embarazada, pero también casada, y ella lo estaba. Quería tener otro bebé de Rubén.

Pero él no le había hablado más del tema. Había dicho una vez que, con un tratamiento de fertilidad, o fecundación in vitro se podría, y aunque conocía que esos tratamientos eran costosos, sabía que a él no le importaría, y, por el contrario, mostraría de inmediato su apoyo.

Esa noche se acurrucó a su lado en silencio.

—Estás pensativa –dijo él rodeándola con un brazo, y ella sólo suspiró.

Había pasado un año desde que se casaron, la vida sexual de ambos era tan activa como al principio. Se habían ido adaptando muy bien el uno al otro… se conocían las manías, los gustos, lo que le molestaba al otro…

Sólo había sido un año, y había sido increíble.

Tal vez debía esperar otro poco para proponerle ir por un bebé.

Cuando Santiago cumplió siete años, Emilia se metió al baño a llorar. Su hijo ya estaba muy grande, no era justo. ¿Por qué no lo había disfrutado más cuando era un bebé? ¿Por qué no lo arrulló, por qué no le dio el pecho?

—¡Emilia! –Llamó Rubén al otro lado de la puerta—. ¿Te sientes bien? –ella contestó meneando la cabeza, pero luego se dio cuenta de que no había manera de que él se enterara de que ella había dicho no y lo dijo en voz alta.

Rubén abrió la puerta y entró, encontrándola sentada en la taza, con la tapa bajada, y llorando con pañuelos en las manos.

—¿Qué pasa, mi amor? –ella lo abrazó y lloró más. ¿Cómo podía siquiera decirle que se arrepentía de no haber disfrutado a su hijo cuando estaba en su vientre y luego recién nacido? ¡No era capaz! Había sido su culpa—. Vamos, Emi. Cuéntame.

Para completar, existía la posibilidad de que el tratamiento médico no funcionara para quedarse embarazada. Podía ser que no pudiera repetir la experiencia para esta vez vivirla a plenitud.

Rubén la tomó en brazos y la sacó del baño. Afuera se

desarrollaba una fiesta. El abuelo Álvaro estaba disfrazado de payaso, pero nadie lo sabía, y cuando decía nadie, se refería sólo a Santiago. Se escuchaban las risas y los gritos de los chicos; su padre era un pésimo payaso, así que había optado por irles detrás para atraparlo, pero entonces, la energía de treinta chicos en edad escolar lo superó.

—No te pierdas la fiesta –dijo ella sin mirar a Rubén—. Estará preguntando por ti—. Él no dijo nada, dando a entender que no le importaba algo como eso. Emilia respiró profundo varias veces—. Estoy... estoy siendo la mujer más egoísta sobre la tierra ahora mismo –empezó a decir ella—. No valoré algo tan hermoso que tuve una vez... y ahora lo estoy añorando.

—¿Qué es?

—Mi... mi bebé –los ojos se le volvieron a humedecer—. No disfruté a mi bebé, y ahora él está creciendo. Rubén... pronto será un hombrecito, y yo...

—¿Quieres tener otro bebé?

—¡Sí! Quiero tenerlo. ¡Ojalá pudiera volver a meter a Santiago en mi vientre, lo haría! ¡Devolvería así el tiempo! –él extendió la mano a ella y echó atrás sus cabellos.

—Entonces... ¿quieres que vayamos al médico?

—¿Podemos?

—Claro que sí.

—¿Mañana mismo? –Rubén se echó a reír.

—Vale. Mañana mismo.

—Oh, Dios. Te amo. Me tienes malcriada.

—Es porque casi siempre quieres las mismas cosas que yo.

—Como qué.

—Ser feliz. Todo lo que aporte a ese propósito, Emilia, es sí, y sí—. Ella se alejó un poco sólo para mirarlo a los ojos, y no pudo resistirse a besarlo.

Los médicos les explicaron a ambos el procedimiento a seguir; primero, ella debería tomar unos medicamentos que aumentarían la producción de sus óvulos, luego los retirarían de su cuerpo y lo inseminarían en una cámara especial. Cuando la fecundación se produjera, ubicarían el embrión en su útero.

Había riesgos, vio Emilia. Leyendo, se enteró de que podía nacer prematuro, incluso enfermo. Y encima de todo, el tratamiento valía una fortuna.

A Rubén parecía no importarle ese último asunto, pero a ella le empezaron a entrar dudas. Vivir la maternidad sería maravilloso, pero no sería justo si estaba arriesgando a su bebé a que naciera con problemas, o que ni siquiera naciera vivo. Para ella, que era joven, las probabilidades eran sólo de un cuarenta por ciento.

Se llenó de testimonios de personas que presentaban a sus bebés luego de una Fecundación in vitro. Ellos parecían felices luego de haber pasado la prueba.

¿Y ella… podría?

Al lado de Rubén, se recordó a sí misma, claro que sí.

Cuando se llenó de esa seguridad, decidió ir al fin con el médico. En la misma Bogotá había una clínica, así que no hubo necesidad de salir del país. Decidieron hacerlo sin decirles a sus respectivos padres. Sólo Telma lo sabía, y ella le guardaría el secreto.

Cuando se preparó la primera vez para que le hicieran la revisión, su amiga entró con ella. Telma ya tenía su panza un poco grande, y sonreía de verla tan interesada en su proceso de gestación.

—Nunca imaginé que te vería así –dijo Telma viéndola ponerse de nuevo su ropa. Le habían hecho ecografías y demás para saber cómo estaba su útero y sus ovarios, calculando el tiempo adecuado para empezar a tomar los medicamentos con que daría inicio a su tratamiento.

—¿Verme cómo?

—Deseando un bebé—. Emilia hizo una mueca.

—No, ni yo, pero el día llegó, ya ves—. Telma volvió a reír, y la ayudó abrochándole el único botón que tenía su vestido en la espalda.

—Todo saldrá bien –le dijo con voz suave.

—Eso espero. Rubén invertirá una fortuna en esto, no quiero echarlo a perder.

Llegó a la empresa y lo primero que hizo fue ir a la oficina de su esposo para contarle todo lo que había hecho en la consulta. Él la miraba sonriente, pues por fin ella parecía entusiasmada.

El teléfono de ella sonó, y ella buscó su teléfono. Cuando vio que se trataba del médico que llevaría con ella el proceso, sonrió.

—Mira, qué rápidos. A lo mejor ya tienen los resultados—. Se pegó el teléfono a la oreja y contestó.

—Emilia, te tengo noticias –dijo el médico con tono algo sombrío, y Emilia sintió que algo muy pesado caía en su estómago—. No podemos hacerte el tratamiento.

—¿No? ¿Por qué? –Rubén estuvo a su lado de inmediato, y ella puso entonces el altavoz, incapaz de escuchar aquello sola.

—No eres una paciente con la que podamos trabajar. Verás… Es demasiado arriesgado.

—Qué significa "arriesgado" –inquirió Rubén.

—Ah, el padre –sonrió el médico—. Qué bueno que estás allí. Pero mira, es verdad. No podemos hacerle el tratamiento a Emilia, pues ella… ya está embarazada—. Los dos se miraron fijamente. Emilia sostenía el teléfono, y cuando él vio que la mano le temblaba, lo tomó en la suya—. Como comprenderán –siguió el médico—, todo debe cancelarse. Me alegro por ustedes. Un bebé concebido naturalmente es mucho mejor que… —el hombre siguió hablando, pero ya ni Emilia ni Rubén lo escuchaban, pues estaban muy ocupados abrazándose, felicitándose, besándose.

—¿Cómo ocurrió? –preguntó él.

—Los milagros existen –sonrió ella tomando el rostro masculino en sus manos.

—¿Estoy curado, tal vez? ¿Puede ser el primero de varios? ¿O es sólo un caso especial?

—Dijiste que la probabilidad era baja –sonrió ella—. No nula.

—Lo dijeron los médicos esa vez.

—Pues tuvieron razón, no era nula. ¡Dios, estoy tan feliz! –él volvió a abrazarla, y alzándola, la llevó hasta su escritorio para seguir con la tarea de besarla.

Pero la puerta de su oficina se abrió, y allí estaba Álvaro mirándolos con el ceño fruncido.

—Chicos… sus ventanales son de cristal—. Rubén y Emilia miraron afuera. Efectivamente, habían llamado un poco la atención del personal, que simuló estar muy ocupado en lo suyo—. ¿Qué les hizo perder la moderación?

—¡Emilia está embarazada!

—¡Estoy embarazada! –dijeron los dos al tiempo. Álvaro se sumó a la celebración, y esa noche, Gemima, Viviana y los demás se sumaron también. Santiago estuvo muy feliz por la idea de tener un hermanito. Él quería que fuera otro niño con el que jugar.

—Claro que no –le dijo Aurora—. Será una nena.

—A las niñas les gusta el rosado –dijo Santiago, como si aquello fuera imperdonable.

—¡Pues el rosado es un color precioso! –le contestó Viviana, y, viéndose en desventaja con las mujeres, Santiago buscó el apoyo de sus abuelos, su primo y el tío Felipe, que siempre lo apoyaba.

Los deseos de Santiago se cumplieron, nació otro niño. Pero dos años después, vino una nena, del mismo modo que los dos primeros: sorpresivamente. Para entones, Rubén estaba tomando una especialización en administración. Era el único que podría suceder a su padre cuando éste se retirara, y se había resignado a que su mano izquierda jamás volvería a ser la misma. Sin embargo, no se atrevió a lanzar ni una sola queja contra el cielo; ya estaba teniendo más de lo que jamás soñó.

Le había seguido la pista a Andrés González en la cárcel con la ayuda de sus contactos, y no pasó mucho tiempo hasta que le dieron la noticia de que, en una pelea dentro de la cárcel, él había fallecido. El arma con la que lo habían atacado le había provocado una infección contra la que su cuerpo no pudo luchar, y hasta allí llegó su vida. Rubén no se alegró por eso, por el contrario, sintió tristeza de ver cómo la luz de dos vidas había llegado tan abruptamente a su fin.

Sin embargo, la vida continuaba para él y su familia, y pronto les fue inevitable, así que se cambiaron a una casa grande, y al verla por primera vez, Emilia la reconoció como aquel proyecto que había visto en planos en el estudio de su esposo. Rubén reconoció que fue una casa que diseñó cuando acababa de graduarse, poco antes de lo sucedido en aquella fiesta. Había pensado en proponerle vivir allí, pero nunca pudo hacerlo.

Hasta ahora, pero ahora también fue perfecto.

Aquél cuadro que él le compró en una exposición de arte al fin estaba en un lugar que le hacía justicia; en el centro de la sala principal. Muchas veces Emilia se sentaba en aquella sala mirando el cuadro recordando tantos momentos con cierta melancolía, pero, poco a poco, las rosas y los espinos se hicieron otra parte de su vida. Ella intentó plantar un rosal en el jardín, pero ser madre de tres hijos inquietos, ser arquitecta y ama de casa a la vez ya le quitaba bastante tiempo, así que le dejó la tarea a un jardinero cuando vio que las pobres rosas se marchitarían.

Eran un recordatorio, pensó. Las rosas son hermosas y duraderas, pero hay que cuidarlas con esmero.

Ella suponía que lo estaba haciendo bien. Con Rubén, todavía buscaban espacios solitarios para robarse besos. Todavía, cualquier día de la semana y sin motivo aparente, llegaban a la casa o a la oficina unas cuantas rosas para Emilia.

Fin

Otras obras de la autora

Dulce Renuncia (Saga Dulce No. 1): Marissa Hamilton tuvo que renunciar a su novio para que éste fuera feliz con la mujer de la que se enamoró estando ella ausente, pero eso ha dejado un gran vacío y un gran dolor en su corazón; toda su seguridad y confianza en sí misma ha sido mellada. Con el corazón herido, una mujer podría cometer cualquier locura... como desnudarse delante de un desconocido...
David Brandon no es más que un trabajador más, pero lleno de sueños y aspiraciones. Cuando una hermosa mujer se descubre ante él, ocurre una gran batalla entre su deseo y su caballerosidad. Podría él aprovecharse de una mujer que tiene el corazón roto y busca a gritos reafirmar su feminidad?
Cualquier cosa que haga, decidirá y sellará el destino de los dos.

Dulce Destino (Saga Dulce No. 2): Daniel Santos lo tenía todo: dinero en su cuenta, lujosos automóviles, buenos amigos, autoridad en la mesa de juntas, acciones en la empresa y en el club. Si lo deseaba, podía llamar una amiga, concertar una cita, y pasar la noche con ella; una noche sin compromisos... Tenía todo lo que un soltero podía desear.
Pero había algo que siempre había querido con desesperación y nunca había estado más lejos de obtener.
Ella.
A veces se odiaba por quererla tanto. Ella veía a través de él, ni siquiera se daba cuenta de que estaba allí... al parecer, nunca podría escalar lo suficientemente alto como para llegar a ella. Estaba tan cansado, y se sentía tan solo, siempre tan solo.
Pero era incapaz de enamorarse de otra, la quería a ella.

Dulce Verdad (Saga Dulce No. 3): Maurice Ramsay arrastra consigo el peso de un duro pasado, un corazón roto, y la desconfianza hacia el amor y las mujeres... sobre todo, las mujeres. Sin embargo, ya es tiempo de una segunda oportunidad en su vida, y ésta vendrá con el rostro que él menos imaginó.
Abigail sabe lo que es amar, y lo que es callar. Ella llegará hasta el hombre que ama, no importa si para ello tiene que decir grandes mentiras, o develar terribles verdades. Acompaña a Maurice en la tercera y última historia de esta saga de amigos.

Ámame tú: Allegra Whitehurst debería ser una mujer feliz, pues lo tiene todo: belleza, dinero y poder. Pero su novio de toda la vida le ha sido infiel, y luego de humillarla, la reta: Nunca encontrará a un hombre como él; más guapo, más rico, y mejor en la cama. Allegra sólo quiere hacerle tragar cada una de sus palabras, pero para conseguirlo, tendrá que internarse en una arriesgada aventura: contratar un novio a sueldo.

Locura de Amor: Samantha Jones y Heather Calahan no podían ser las mujeres más opuestas entre sí: la una es una afable y pobre anciana que se lamenta por haber perdido su oportunidad de amar y ser amada, y que sin embargo, todos a su alrededor casi veneran por su alma generosa; mientras que Heather es una hermosa y millonaria joven de veintitrés años, adicta a las drogas y a las fiestas que lo tiene todo, y sin embargo odia su vida, a sus padres, pero por sobre todo, a Raphael Branagan, su prometido.

El destino ha decidido enredarlo todo para que así, al menos una de las dos encuentre al fin su camino y viva una segunda oportunidad.

Tu silencio (Saga Tu Silencio No. 1): Juan José Soler nunca imaginó quedar atrapado en la trampa que él mismo diseñó: el amor. Desde siempre, y sabiendo que es atractivo a las mujeres, ha jugado con ellas a placer, pero el destino le enseñará que hay cosas que no se pueden evitar, que contra el amor no se puede luchar, pero sobre todo, no se debe callar.

Tus secretos (Saga Tu Silencio No. 2): Ana ha llegado a la ciudad junto con su mejor amiga y sus hermanos para cambiar, para ser libre, para mejorar. Pero hay alguien que no aprecia los esfuerzos que ella hace, y sólo la ve como la campesina que alguna vez fue, haciendo caer sobre ella la sentencia de que aunque se vista de oro, seguirá siendo la misma. O eso es lo que ella cree.

Carlos es un hombre de negocios ante todo. Tiene su vida organizada, su destino y futuro trazados, pero guarda un secreto que lo ha venido carcomiendo desde hace mucho tiempo, y ya no podrá aguantarlo. Pronto aprenderá que el amor, entre más intentes contenerlo, más desbordante se hará.

Mi Placer (Saga Tu Silencio No. 3): "Acuéstate conmigo" no es, ni de lejos, la declaración más romántica que Eloísa haya escuchado en su vida. Además, escuchar que está hecha para el placer de un niño rico tampoco es muy cautivador; sin embargo, ella misma tiene que aceptar que parecen muy adecuados el uno para el otro en ciertos aspectos de la vida.

¿Podrá de esta transacción de placer nacer algo duradero? O, tal como ha sucedido en el pasado, ¿será sólo el inicio de otra historia de penas y tristezas?

Yo NO te olvidaré (Hermanos Sinclair No. 1): Haces promesas de no olvidar jamás a esa persona que amas. Juras estar con él y para él hasta la muerte. Te imaginas que será así, fácil y sencillo, porque sabes que tu amor es verdadero, puro, real, y el amor es una fuerza poderosa que puede contra todo. Pero... ¿por qué la vida se empeña en poner a prueba amores que ya antes mostraron ser auténticos?

Eva Herrera conocerá un nuevo significado de luchar por el amor; experimentará la pérdida a niveles nunca antes vistos. ¿Podrá conservar lo más precioso en su vida aun cuando no es consciente de que es suyo?

Yo NO te olvidaré, tal vez sea una promesa que no puedas cumplir...

BIOGRAFÍA DE LA AUTORA

Virginia Camacho nació en Colombia, en la ciudad turística de Cartagena de Indias en el año 1982. Desde adolescente escribió historias de amor, leyéndoselas en voz alta a sus familiares y amigas, hasta que alguien la convenció de que lo hiciera de manera más pública y profesional. Estudió Literatura en la Universidad del Valle, con una carrera docente de varios años en la asignatura de Español que abandonó para dedicarse por completo a sus libros.

Actualmente, vive en Bucaramanga, Colombia, y además de leer y viajar por el país en busca de ideas e inspiración, escribe sin cansancio con la idea de sacar a la luz pública las más de cuarenta historias que tiene en su haber.

Made in the USA
Columbia, SC
07 March 2018